丽泽人文学术书系

中国城市叙事的古典传统及其现代变革研究

葛永海　著

商务印书馆
创于1897　The Commercial Press

图书在版编目（CIP）数据

中国城市叙事的古典传统及其现代变革研究 / 葛永
海著. — 北京：商务印书馆，2022
（丽泽人文学术书系）
ISBN 978-7-100-20135-3

Ⅰ.①中… Ⅱ.①葛… Ⅲ.①中国文学－文学研究－
现代 Ⅳ.①I206.6

中国版本图书馆CIP数据核字（2021）第144285号

丽泽人文学术书系
中国城市叙事的古典传统及其现代变革研究
葛永海　著

商 务 印 书 馆 出 版
（北京王府井大街36号　邮政编码 100710）
商 务 印 书 馆 发 行
三 河 市 尚 艺 印 装 有 限 公 司 印刷
ISBN 978 - 7 - 100 - 20135 - 3

2022 年 3 月第 1 版　　　　开本 710×1000　1/16
2022 年 3 月第 1 次印刷　　　印张 26 1/4

定价：168.00 元

本书为国家社会科学基金青年项目"中国城市叙事的古典传统及其现代变革研究"（项目编号：10CZW038）的结项成果
本书获浙江师范大学中国语言文学一级学科建设经费资助

序　言

梅新林

　　葛永海教授的新作《中国城市叙事的古典传统及其现代变革研究》所探讨的核心内容是"城市叙事"，这是一个颇具学术纵深感的话题，可谓由来已久，源远流长。

　　在我国古代典籍中，关于城市起源的说法颇多，从而形成最早的关于城市的历史叙事，比如《世本·作篇》曰："鲧作城郭"；《淮南子·原道训》曰："黄帝始立城邑以居"；《汉书·食货志》曰："神农之教曰：有城十仞，汤池百步"；《史记·五帝本纪》则记载了虞舜时代城市之兴建，所谓"一年而所居成聚，二年成邑，三年成都"。先秦以来，关于城市的叙述经历了从历史叙事到文学叙事的演变。最早的文学叙事则可以在《诗经》中找到源头，比如《大雅·绵》记载古公亶父率族人建造城邑的过程，"爰契我龟，曰止曰时，筑室于兹"；再如《卫风·氓》写到城内贸易："氓之蚩蚩，抱布贸丝"；等等。《诗经》肇始，文学语境中的"城市叙事"就此开启，随世沉浮，时风浸染，绵延千年，以至于当代。

　　面对此论题，读者自然会有三问，第一问："城市叙事"究竟是什么？本书将"城市叙事"的概念界定为：发生在城市空间中、带有城市属性的故事情节的叙事内容或段落。本书将之与普泛意义的"城市书写"和特殊阶段的"城市文学"作了内涵上的区分，"城市叙事"区别"城市书写"之处在于，它偏重于以故事情节为中心，而不是如同城市书写的普泛形态；同时，它与"城市文学"概念也有所不同，很多情况下，一般所说的"城市文学"

往往指的是一种内容形态，即具有工业文明特征和现代性质素，它属于"城市叙事"的特定阶段和高级状态。由此可见，"城市叙事"乃是介于"城市书写"与"城市文学"之间的一个概念，它表现出一定的周延性，既关注了研究对象范围的广度，同时也注意了研究对象的独立性与系统性。庶几可自圆其说。

第二问："城市叙事"主要指什么？广义的城市叙事显然包容了文学体裁的多样性，可以是小说、散文、戏剧，也可以是诗、词、曲、赋。但若论主要文体，小说显然最为切近，正如有研究者所论："城市在长期的历史遗漏中，顽强地表达自己，文学是她最基本的话语形式。在所有的艺术形式中，小说与城市的关系最为密切。城市的叙事，市民的思想表述，多数是借助小说的形式。反过来说，小说也是属于城市的文体。"[①] 所以，在文学的语境中，对于唐以来城市叙事的研究更多是针对小说作品的讨论。

第三问：在这些洋洋大观的城市叙事中，城市扮演何种角色？或者说，城市如何成就城市叙事？本书给出的回应也颇具启发性：其一，作为情节背景的存在，城市乃是故事的发生地，比如《李娃传》等唐传奇中的长安叙事；其二，作为叙事结构的存在，城市作为文本的一个结构性因素，与人物之间形成了互动性效果，比如宋元话本《白娘子永镇雷峰塔》中的杭州叙事，城市与故事彼此缠绕，相互映照；其三，作为文化想象的存在，城市在这样的文本中已经超乎了一个地域文化的表象，而成为象征性的能指，比如《红楼梦》中的金陵叙事。当本书呼应并完成了以上的三问，我们认为，中国城市叙事当可以立论矣。

作者葛永海对于古代小说中城市文化的研究也是由来已久，此前他已出版《古代小说与城市文化研究》，本书可视为前书的姊妹篇。如果说《古代小说与城市文化研究》偏重于古代小说与城市关系的历时性梳理，对于不同时期的典型城市叙事进行重点的揭示，而本书《中国城市叙事的古典传统及其现代变革研究》则侧重于总结和分析城市叙事发展演进的历史规律，并对其古今转型予以重点透视，正可视为对前著的拓展和深化。正如作者所说，

---

① 季红真：《小说：城市的文体》，《文艺争鸣》2006 年第 1 期。

本书的研究动力一方面固然是相关研究尚存在不足之现状的外部的驱动，另一方面则是其本人自身研究领域之质性提升和内在深化的需要。作者由此形成的一叙一论，基本完成了对于中国城市叙事历史演进和现代转型的整体把握和理论总结。

　　总体而言，本书选题新颖，立意高拔，体系宏大，特点鲜明，正如一位匿名评审专家所言："城市叙事是当前的热门，而追溯其古典传统，试图贯通古今，以城市叙事为核心做贯穿整个中国文学史的研究，从而对现当代文学提出建设性意见，则构成该研究的学术特色。作者雄心勃勃，实际完成得也很好，使这项研究达到优秀的水平。"具体而论，本书的特色主要体现在对四对关系的深入把握上。

　　其一是史与论之结合。本书视野开阔，体例宏大，布局严谨。在理论思辨的维度上，凝炼出城市叙事之"历史演进论""传统特征论"与"现代转型论"三大核心板块。就历史演进而言，本书对于城市叙事的历史分期提出自己的观点，将《诗经》时代一直到20世纪初的城市叙事，划分为宋前的"都城圣咏"、宋元的"市井俗调"、明清的"城镇和声"、近代的"都市变奏"四个阶段，可以说，第一次较系统梳理总结了中国城市叙事的演进脉络，通过将这一过程凝炼为汇聚着各种声部、交织着各种风格的恢宏交响，生动揭示了不同阶段的主要特征，可谓一语定评。在"传统特征论"部分，本书分别以"历史·文本·地域：城市叙事审美的多维考察""城市空间与经典叙事场景""城市空间的文化象征""怀旧与伤逝：穿越时空的城市悲情"为题，从审美特质、空间场景、文化象征、悲情主题等方面予以通论式的总结提炼，与此前的历史论述相呼应，纵中有横，史后带论。

　　在"现代转型论"板块，本书一方面是对历史演进流程的接续，从社会转型和文化嬗变两个方面论证"都市变奏"的发生；另一方面聚焦于城市叙事之近代变革引发的叙事主题、叙事模式和叙事心理的巨大改变，深入讨论现代转型何以发生、如何发生、影响如何。中国文学从传统向现代转型历经较长的时期，这是一个新旧质素彼此斗争、相互缠绕消长的过程。自1840年左右开始发端，至20世纪30年代以新感觉派作家崛起文坛为标志，伴随着"对象城市的现代性""描写的空间化"和"城市反思"等现代城市叙事三要素的确立，现代转型才基本完成。以此作为全书的结穴之处，融古铸今，从而做到水到渠成，逻辑自洽。

其二是宏与微之相济。这种宏观与微观结合的思维首先体现在书稿的整体结构上，注重点面结合，在具体论述中通论和个案分析紧密配合。比如在论述宋元城市叙事时，既有对从宫廷到民间的城市叙事形态转变的整体论述，又有唐传奇之曲江叙事与宋元话本之西湖叙事的比较，以及《开元天宝遗事》与《大宋宣和遗事》的比较等典型个案。再如在论述"文学转型与城市叙事系统的新变"这一大论题时，其后章节既有"文学古今转型与城市叙事的四种新变"这种概括性表述，又有"开风气之先的广东城市叙事：以舶来品书写为中心""从扬州到上海：城市叙事古今演变的样本"之类的典型案例分析。通览本书，这种通论和个案结合论述的方式覆盖全篇，既见森林，亦见树木，宏微相济，相得益彰。

宏微结合还体现在系列具体观点的提出和呼应方面。本书提出系列足以统领全书的核心观点，以宏观统摄中观，以中观引领微观，层层递进，环环相扣。比如在宏观层面，指出先秦至唐代，这一时期的城市叙事是以国家性为中心的"单质型空间叙事"，宋代至清中期，是以世俗性为中心的"交互型空间叙事"，清晚期至近现代，是以现代性为中心的"感悟型空间叙事"，而新中国成立尤其是新时期以来，许多传统主题尽管不断被赋予新的时代内涵，但城市叙事的中心主题已然不复存在，因此该时期的城市叙事是以去中心化为特征的"重塑型空间叙事"。再来看中观层面的分析，若以第三时期的以现代性为中心的"感悟型空间叙事"为例，有三种感知方式在当时的中国都市叙事中最具代表性，新感觉派作家的感知方式可称为"意识流型"，以茅盾为代表的左翼作家对于大都市景观的感知方式可称为"社会分析型"，以老舍为代表的京味小说家的感知方式可称为"文化品味型"。这三种感知方式既代表了 20 世纪初大都市叙事中迥然有别的叙事心理，也塑造出极具特色的叙事形态。而由此推进的微观层面，同样有呼应。比如书中专门讨论了新感觉派代表施蛰存对于传统素材的同题异构，通过对施蛰存《石秀》和《李师师》中市井内容的分析，可以深入理解新感觉派小说家在处理城市叙事时所采用的空间化叙事的艺术技巧，正是意识流与精神分析等现代主义手法使得古老的题材内容获得新生。从"感悟型空间叙事"这一宏大命题出发，最后落到对某一具体作品的意识流分析，本书较好地完成了从宏观到微观的转化与关合。

其三是古与今之贯通。检视近年来文学古今演变研究的学术理路，取径大体有三：一曰贯通式，即指对文学的内容、形式、文学思潮、观念的发展流变以及作家作品传播接受进行纵向的梳理研究。二曰本位式，即章培恒先生多次强调的古代文学与现代文学"互为坐标"的研究，或以古代文学为本位，下析其流；或以现代文学为本位，上探其源。三曰临界式，即着眼于演变发生之临界点的研究，具体指文学体系各要素在由古而今的演进中发生重大改变的转折点，它可能是一个时间点，亦可能是一个时段。①

本书关于城市叙事古今演进的研究即对以上三方面加以融通，古今演变的思维贯穿了全篇，其中既有历史演进分析的纵向探讨，具体如"从曲江叙事到西湖叙事：走向市井的现世体悟""怀旧与伤逝：穿越时空的城市悲情""传统叙事之城市幻梦的文化主题"等章节；又有将古代文学与现代文学"互为坐标"的研究，具体如"新媒介传播：文学报刊的古典传统及其近代变革""渊源追溯：明清小说中的村镇叙事"等章节；而本书更多的着力点则在于城市叙事从古典向现代转型的临界时段考察，具体如"从扬州到上海：城市叙事古今演变的样本""传统与现代的交织：城市叙事主题的承继与演进""传统城市空间的现代演绎：施蛰存的同题异构""传统城市空间感及其向现代的过渡"等章节，它们充分展示出古今演变研究的学理自觉，体现出学术取径的全面性和立体性。

这种古今之思，还表现为古为今鉴的发明。城市叙事有着悠久的古典传统，对中国城市叙事的演变规律与理论特征的历时探讨为我们提供了重要启示，本书将这种历史启示概括为：家国情怀之题旨，地域文化之意蕴，价值冲突之形式。也就是说，作家唯有怀抱浓烈的家国情怀，感悟深刻的地域文化底蕴，充分展示城市生活中关于时代的、文化的、人性的冲突，三者的融会才可能创造出城市叙事的真正杰作。只有鉴古，方可知今，本书正是于此

---

① 葛永海：《文学古今演变的临界点之辨》，《河北学刊》2009 年第 2 期。

意义上为当代的城市文学创作和研究提供理论滋养和历史借鉴。

其四是文与地之复合。主要指的是文学与地理学，尤其是与城市学之间的交叉复合。我和葛永海于 2017 年合作出版了《文学地理学原理》（上、下卷），对于文学与地理的内在关系进行较为全面的理论阐释。我们认为，就文学地理研究而言，大致有"由地而文"和"由文而地"两种路径，这种"二元"研究路径正如鸟之双翼，车之两轮，彼此缺一不可。最终目的是通过"地文互释"与"文地互释"以建立文学与地理的"对话关系"，文学与城市的研究亦是如此。作者在本书中有意识地将文学研究和城市学相结合，较多关注中国传统与西方的城市文化思想，尤其是西方的城市学理论，从而形成了本研究的跨学科特色。

城市发展的历史进程需要在城市学的视野中加以观照。本书一方面重视城市化进程中的中国传统城市规划思想，包括对城市营建、规划布局、空间变迁等资料予以充分采集和吸纳。比如曹魏时期邺城的营建在我国古代都城建设史上具有划时代意义，它表现在：首次出现中轴线和对称布局；宫城、官署与民居截然分开，改变了过去长安、洛阳城中官城和里坊相参的布局；宫殿和贵戚所居都集中在北部，改变了过去"前朝后市"的传统；邺南城内的东西两市进行对称性布局，这些都为后世的都城建设所继承，也由此塑造了古代都城的基本格局，进而影响了都城叙事的题材内容、叙述方式和美学特征。再如宋代的"中世纪城市革命"，在北宋初期，东京城还基本保留前代的坊市制度，市民居住区称"坊"，商贩贸易场所称"市"，商业区分为东市、西市。但是随着北宋东京城贸易剧增，人口不断增加，商业活动已经突破市场限制向外发展。其间尽管政府一再出台政策强行抵制，但最终于景祐年间做出让步，允许临街开设邸舍，这标志着坊市制度的彻底崩溃。正是这种城市空间的巨大变革，为宋元市民阶层的崛起提供了坚实的时代土壤，也为市民文学的发展兴起贡献了广阔的城市空间。

本书另一方面则尽可能汲取西方城市学、地理学中的各种思想资源，比如借鉴美国学者约翰·劳维和艾尔德·彼得逊在《社会行为地理 —— 综合人文地理学》中所提出的城市空间三分法：神圣空间、世俗空间和亵渎空间，以此观照正处于蜕变时期的近代上海的文化空间，让我们从新的角度深化对近代上海都市文化内涵的理解。以上海四马路为例，我们可以清楚地看出这三种空间形式存在的杂糅性与共生性。再如本书充分吸收和借鉴了美国人本主义地理学家段义孚提出的著名概念"恋地情结"，这种对于家乡的依恋和尊重的情感，指的就是城市社会地理学中的"地方感"，这种情结表现为对身处环境的情感依附，即一个人在精神、情绪和认知上维系于某地的纽带。段义孚认为恋地情结不是最强烈的但却是广泛存在的、深厚的人类情感之一。当一个场所或环境令人感动时，它就成为负载情感的事件的载体或被想象为一个象征物。我们所提到的黍离之悲、遗民之叹、家园之念都属于这一种情结的具体表现。从文学地理学的角度来看，恋地的本质是恋自我，当地方场所被赋予人的情感、价值后，人便与地"合一"。"合一"不是合在自然属性，而是合在人性。场所、地方或地域特征是生命的载体和象征，为生命的留恋提供了空间，为不可留的时间提供了可留的空间替代。书中对于此类理论的推衍阐释为本书增添了更多哲学思辨的色彩。

当然，由于历史跨度极大，所设定的研究场域颇为宏阔，本书还存在着一些缺憾，比如：在时间维度上的古今融通问题，对近现代城市叙事的探讨不及古典时段之厚重与深细；在空间维度上的南北比较问题，目前虽有涉及这一重点论题，但讨论似乎不够充分；在叙述策略维度上的点面兼顾问题，由于部分章节重在全景视域，而对一些细部论题有待强化和深入；等等。以上诸种情形，皆有进一步思考和深化的余地和空间，也寄望于作者继续努力！

本书关于城市叙事的研究为我们设想了这样美妙的精神图景：在文学波澜壮阔的演进历史中，城市与人之间总有亲切的对视与晤谈时刻，在不同的时代里，城市与人相互交集并彼此成就，绚丽而深沉的城市历史与文化因而被激发熔铸。就这样，我们应和着城市的生动脉搏，抵达了城市的心灵深处，得以品察与感悟天人相合、传承不息的城市文学精神。

葛永海硕士阶段曾从我问学，后多次参与我的课题研究，学术上相知相契。欣闻新作出版，略缀数语，以表祝贺与推举之意。

是为序。

目　录

绪　论

　　本书以"中国城市叙事的古典传统及其现代变革研究"为题，那么，何谓"城市叙事"？首先需要说明的是，我们不是在叙事学的背景和范畴中使用"叙事"这一概念。作为一个已被广泛接受的词汇，"叙事就是对一个或一个以上真实或虚构事件的叙述"[①]，我们是在一般的叙事文学语境中指称对于故事情节的叙述和描绘。我们将**"城市叙事"**的基本内涵定义为**发生在城市空间中、带有城市属性的故事情节的叙事内容或段落**。[②] 在此，"城市叙事"需要与"城市文学""城市书写"这两个概念加以区别。"城市文学"有广义与狭义之别，广义的城市文学包括以城市描写为主的各种文学体裁及其内容形态，它有两个明显特征：一是文学体裁的多样性，既可以是小说、散文、戏剧，也可以是诗、词、曲、赋；二是城市形态与类型的多样性，所描写的城市既可以是古典的，也可以是现代的，既可以是本土的，也可以是异域的。狭义的城市文学则有其特定的内涵与特征，一般而言，所写城市当处于工业文明时代，其社会生活应具有现代性质素，文学体裁则以小说为主。另一个概念是"城市书写"，则往往泛指关于城市的各类描绘，其中既有完整叙述，也包括碎片化的描述。"城市叙事"区别"城市书写"之处在于，它偏重于以故事情节为中心，而不是如同城市书写的普泛形态；同时，它与"城市文学"概念也有所不同，很多情况下，我们所说的"城市文学"往往

---

① 罗钢：《叙事学导论》，云南人民出版社1994年版，第2页。
② 就古代、近代小说的实际而言，"城市叙事"的内涵显然是多维的，而非单一的。"城市叙事"的含义应该具有外在和内在的多种维度，指向城市在叙事中所扮演的角色——或作为故事的发生地，或作为叙事结构的存在，或作为一种文化想象。因此，发生在城市空间中、带有城市属性之故事情节的叙事内容只是"城市叙事"含义的基本维度。

指的是一种内容形态，即具有工业文明特征和现代性质素，它属于"城市叙事"的特定阶段和高级状态。由此可见，"城市叙事"乃是介于"城市书写"与"城市文学"之间的一个概念，它表现出一定的周延性，既关注了研究对象范围的广度，同时也注意了研究对象的独立性与系统性。

另外需要特别说明的是，"城市叙事"本是一个宽泛的文学概念，可以涵盖多种文体，但在具体的文学创作实践中，小说扮演了特别突出的角色，正如有研究者所论："城市在长期的历史遗漏中，顽强地表达自己，文学是她最基本的话语形式。在所有的艺术形式中，小说与城市的关系最为密切。城市的叙事，市民的思想表述，多数是借助小说的形式。反过来说，小说也是属于城市的文体。"① 有鉴于此，在本书的具体探讨中，除了宋前阶段有着诗歌、辞赋、笔记、文言小说等多样文体并存的特殊性，在宋代之后到现代之间的漫长历史时期，将以小说、笔记等叙事性强的文体为主。

下面简要说明本选题的缘起、现状以及突破方向，并就城市叙事的文体特征、内容属性和叙事形态等予以辨析。

第一节　选题的缘起、现状与突破方向

城市叙事研究属于宽泛意义上的古代城市文学研究，因此，要探讨本论题的缘起与背景，离不开对于当下古代城市文学现状、趋势与方向的把握和理解。21 世纪的古代城市文学研究无疑是时代背景下的必然产物，它一方面受到了改革开放以来迅疾的城市化进程的深度激发；另一方面在学理逻辑上，已然形成热潮的现当代文学领域的城市文学研究开始寻找学术原点，这推动了城市文学的溯源研究。

古代城市文学研究的产生首先与现代城市文学研究的兴起密不可分。现代城市文学研究是在 20 世纪 80 年代逐渐兴起的，大体以 1983 年北戴河首届城市文学理论笔会为标志，当时的与会者一致认为有必要在文学批评界提

---

① 季红真：《小说：城市的文体》，《文艺争鸣》2006 年第 1 期。

出"城市文学"这一概念，并在内涵上作了初步的界定。1986年6月中国作家协会四川分会在重庆召开城市文学研讨会，对城市改革题材的小说创作问题展开讨论。这些活动显然推动了城市文学的创作和研究。至80年代末期，城市文学研究的一批学术成果正式面世。1987年第4期《文艺争鸣》刊登了晓华、汪政的《一种文学两种文化——论城市和乡村两种文化意识》，1988年第1期《文学自由谈》刊登了蒋守谦的《城市文学：一个有意义的文学命题》，1989年第4期《当代》刊登了张炯的《〈大上海沉没〉与城市文学勃兴》，以上三文分别对城市文学的概念、意义和勃兴等方面展开了学理性讨论，这标示着城市文学作为具有活力的前沿性文学命题，已完全进入研究者的视野。90年代以来，随着国家层面的城市化进程加速，城市文学与文化研究也进入一个崭新的阶段，表现为理论探讨更为深入，批评实践更具学术针对性，更加关注城市文学的个性与特征，尤其是地域性特征。

就城市叙事研究而言，总体来看，研究的对象大多集中在现当代时期，一是当代部分，它们的创作与研究几乎与中国当代城市化进程同步，产生了《城市与人——当代中国城市小说的社会文化学考察》《北京：城与人》《都市的迁徙》《城市像框——九十年代都市文学研究》《城市的想象与呈现》等专题著述。另一是现代部分，主要是针对20世纪前期"新感觉派"小说和张爱玲的"都市传奇"等的研究，整体性观照较为突出，涌现出了如吴福辉的《都市漩流中的海派小说》、杨义的《京派海派文学综论》、李俊国的《中国现代都市小说研究》、许道明的《海派文学论》、李今的《海派小说与现代都市文化》、黄献文的《论新感觉派》等一批著作，至于单篇论文则数量众多，不胜枚举。

随着现代城市文学由今而古、向前追溯，古代文学中的城市文学研究由此产生，就其发展历程与趋势而言，最初兴起于20世纪80年代，经90年代诸多因素的交融和积累，在21世纪以后逐渐走向繁荣。与现当代文学相比，古代的城市叙事研究专著总体较少，主要有方志远的《明代城市与市民文学》、郑利华的《明代中期文学演进与城市形态》、葛永海的《古代小说与城市文化研究》、周晓琳与刘玉平的《中国古代城市文学史》等不多的数种专著，多侧重于历史层面的城市形态研究。其中，方志远的《明代城市与市民文学》较为细致地分析了明代市民文学的生存条件——城市与市民的特征和构成,揭示了明代市民文学的发生、发展进程和影响这一进程的社会诸因素,进而探讨明代市民文学的不同类别的创作、传播、接受方式和创作者、传播者、接受者的社会身份及地域分布,对市民文学在明代社会中的影响予以较为深入的分析。葛永海的《古代小说与城市文化研究》认为古代小说与城市文化有着特殊的关系:一方面城市对小说的产生和发展产生了重要的影响;另一方面,古代小说所描写的大量生动的城市图景,乃是古代城市生活形象化的反映。该书侧重于后者的研究,主要以古代小说作为考察对象,探讨其中以各种形态存在的城市文化。其总体思路是将唐代至晚清的历代小说中的城市文化作一纵向、历时性的描述,同时采用纵中有横的结构方式,对历代小说中所反映的典型城市进行不同角度的透视分析。在方法论上,该书采用文史互证和跨学科交叉研究的方法,主要从文献价值的层面来论证小说中城市描写的史料价值,同时指出这些城市描写所具有的小说个性和艺术价值;尽可能将研究的重点深入到城市的精神文化层面,从小说的角度揭示古代城市文化的特质和内涵。

发表的相关学术论文则主要集中研究具体时代的具体作品。在先秦两汉至于唐代这一时期,首先较多集中于对《两都赋》《二京赋》等京都赋的研究,影响较大的有陈复兴的《〈文选〉京都赋与汉代的空间意识》(《社会科学战线》1989年第3期)、李炳海的《帝都中心论的文化承载——古代京都赋意蕴管窥》(《齐鲁学刊》2000年第2期)、王德华的《东汉前期京都赋创作时间及政治背景考论》(《文学遗产》2008年第2期)等;对于《西京杂记》《洛阳伽蓝记》等城市笔记的研究,则有吴宏岐的《〈西京杂记〉所见长安的服饰风俗》(《中国历史地理论丛》1996年第2期)、曹虹的《〈洛阳伽蓝记〉新探》(《文学遗产》1995年第4期)、王柳芳的《论〈洛阳伽蓝记〉对京都赋的接受》(《殷都学刊》2010年第1期)、薛瑞泽的《读〈洛阳伽蓝记〉论北魏洛阳的寺院园林》(《中国历史地理论丛》2001年第2期)等;对于《长恨歌传》《李娃传》《东城老父传》等唐传奇之长安叙事的研究,朱玉麒用力甚勤,著有《隋唐文学人物与长安坊里空间》(《唐研究》第九卷,北京大学出版社2003年版)、《唐代长安的建筑园林及其文学表现》(《江苏行政学院学报》2004 年第 1 期)、《唐宋都城小说的地理空间变迁》(《唐研究》第十一卷，北京大学出版社 2005 年版)等系列论文。

其中，李炳海在《帝都中心论的文化承载——古代京都赋意蕴管窥》中指出：帝王中心论是中国古代的传统观念，与此相应，帝都中心论也就成为古代京都赋的重要文化承载。在中原建都的许多王朝，其京都赋都宣称自己的帝都处于天下中心的地理优势。京都赋还把京都所在地域与天界的中心部位相勾连，通过把京都与北斗星相对应而证明京都所处的中心地位及对四方的统辖关系。还有的京都赋从战略上着眼，渲染帝都所在地区山川形势的险要，以及它在军事上举足轻重的地位，以此证明帝都是天下的中心。

朱玉麒的系列论文则致力于对文学作品尤其是传奇小说中隋唐长安城市空间的还原。隋唐长安城是中国历史上最为宏大的都城，既是上自皇帝、百官，下到庶民、僧道的生活空间，又是大唐帝国各类政令制度运行的舞台。历史研究者立足于文献考古、史地探讨，从城市空间、社会流动、文化艺术等多种角度来考察长安社会的发展演变，考察不同社会群体在长安城市空间中的流动变迁。《隋唐文学人物与长安坊里空间》以唐代的"小说类作品"为研究对象，以"地理空间观"为阅读方法，探讨文学人物在长安坊里空间的活动情况，认为长安作为重要的信息社会给小说场景描写带来了机遇，城市的公共场所给人物的冲突设置了合理的氛围，坊里空间的人物分布和市场结构为故事经营者提供了个性化特征。《唐宋都城小说的地理空间变迁》则主要探讨长安地理空间与小说之间的关系，注重从空间演变的视角来审视长安城市空间在小说中的具体表现和重要影响。

宋元以来，随着城市自身不断发育成长，城市叙事显得更为典型，逐渐形成以白话小说为主体，城市笔记为辅助的基本格局。相关研究成果也颇为集聚，既有通论式成果，也有专题性成果。通论式研究往往着眼于古代城市文学的全局，将宋以后的白话文学作为研究重点，如周晓琳的《中国古代城市文学研究系统建构刍议》(《光明日报》2007 年 5 月 15 日)、《中国古代城市文学研究的文学史意义》(《北京化工大学学报》2008 年第 4 期)，孙逊、葛永海的《中国古代小说中的"东京故事"》(《文学评论》2004 年第 4 期)、《中国古代小说中的"双城"意象及其文化蕴涵》(《中国社会科学》2004 年第 6 期），许建平的《货币观念的变异与农耕文学的转型 —— 以明代后期的市井小说为论述中心》（《中国社会科学》2007 年第 2 期），周笑添、周建江的《中国古代城市笔记小说的源、流、变》（《西北师范大学学报》1995 年第 2 期）。许建平在《货币观念的变异与农耕文学的转型 —— 以明代后期的市井小说为论述中心》中指出，货币观念是影响人生存、发展观念和情感的重要因素，这种影响也会波及作为情感的语言艺术表现的文学领域。该文从货币观念入手，探讨不同货币观念的生成及其对人的消费观念、价值观念、审美趣味和文学表现的影响，意在说明货币观念与文学表现间的联系。文章在探讨过程中发现，在明代后期商品经济发达的城镇中，出现了由农耕货币观念影响下的农耕文学向商业货币观念影响下的商业文学转型的趋向，其间产生的市井小说就是表现这一转型趋向的文学载体。市井小说体现出与以德礼为中心、以稳定平和为特质的农耕文学所不同的以财色表现为中心、以寻新求变为特质的商业文学精神。

专题式研究则主要包括对《碾玉观音》《西湖三塔记》等宋元话本之临安叙事的研究，对《白娘子永镇雷峰塔》《卖油郎独占花魁》等拟话本中西湖叙事的研究，以及对明清著名长篇小说如《水浒传》《金瓶梅》《儒林外史》《歧路灯》《红楼梦》《风月梦》《海上花列传》等中的城市叙事之研究。代表性成果有刘勇强的《西湖小说：城市个性和小说场景》（《文学遗产》2001 年第 5 期）和《晚明"西湖小说"之源流与背景》（北京大学 2000 年主办"晚明与晚清：历史传承与文化创新"国际学术讨论会论文），梅新林的《〈红楼梦〉的"金陵情结"》（《红楼梦学刊》2001 年第 4 期），宋莉华的《汴州与杭州：小说中的两宋双城记》（香港大学 2001 年主办"宋词与宋代文化国际学术研讨会"论文集），张慧禾的《古代杭州小说研究》（浙江大学 2007 年博士学位论文），杨子坚的《南京与中国古代文学》（《南京大学学报》1995 年第 3 期）等。刘勇强在《西湖小说：城市个性和小说场景》中指出，地域性是古代白话小说的重要特点，宋以后西湖小说层出不穷，自成系列，不但从一个侧面昭示了古代小说的嬗变轨迹，也折射出杭州文化高雅与世俗兼容并存的城市个性。而西湖作为小说场景的运用，则是中国小说叙事传统的一个生动体现。西湖小说所反映出的作家对城市生活认识的角度和程度，在中国社会近代化的演进过程中，同样具有深刻的文化意义。梅新林的《〈红楼梦〉的"金陵情结"》则认为，从曹雪芹于悼红轩中披阅十载，增删五次，最后将初名《石头记》之小说改题为《金陵十二钗》，联想到"金陵"一词在《红楼梦》中的反复重现，人们有充分的理由相信在小说作者的潜意识中存在着一个实在难以排遣的"金陵情结"。这一"金陵情结"作为一种内在的心理机制和心理能量，无论对《红楼梦》的思想内核还是美感形态都产生了极为深刻的影响。

晚清时期城市叙事的研究聚焦于城市文学古今演变问题，形成了一个影响广泛的学术热点。许多学者以近代上海文学为范本，着眼于从古代向现代城市文学转型的临界点，探索和分析现代城市文学产生的初期形态。这一方面的研究思路首先来自海外。北京大学出版社"文学史研究丛书"于2005年翻译、出版了哈佛大学王德威教授的专著《被压抑的现代性——晚清小说新论》。该书导论部分也曾以《被压抑的现代性：没有晚清，何来"五四"？》为题，于2003年收入作者在中国大陆出版的第一本专著《想象中国的方法：历史·小说·叙事》中。"没有晚清，何来'五四'？"这一命题的提出不仅对中国现当代文学研究造成了强烈冲击，也开始促使学界对于晚清文学进行重新认识，其中即包括城市小说的发生问题。美国韩南的《〈风月梦〉与青楼小说》（《上海师范大学学报》2004年第1期）将上述命题直接落实在城市小说的研究上，指出："青楼小说《风月梦》堪称中国第一部城市小说。它植根于特定地域，以描写城市生活为内容，通过人物的活动和视角，展现了扬州的城市风貌，对之后的《海上花列传》等小说产生深刻影响。"这一论断对于晚清小说城市属性的定位具有重要的启示意义。其后的国内研究者大多循此思路，并有所发展。如袁进《韩邦庆的小说叙述理论与实践》（《社会科学》2007年第5期）提出韩邦庆在中国小说史上是一个开风气者，他是近代最早描写中国现代都市的小说家；更重要的是，在当时描写现代都市的小说家中，他是唯一一位为了探索这一描写还提出了相应叙述理论的小说家。这一叙述理论直至今日，还常常被作家们所运用。

施战军的《论中国式的城市文学的生成》（《文艺研究》2006年第1期）指出："在20世纪以来的文学发展史上，所谓'城市文学'，更大程度上是指以上海为中心地域展开文学叙事的都市小说。""从 19 世纪 90 年代前期韩邦庆在《申报》代售的半月刊《海上奇书》专刊连载《海上花列传》开始，现代城市文学出现了生成的萌芽，此后通俗文学刊物难以计数、花样翻新，通俗文学写作行列涌现了从包天笑、周瘦鹃、徐枕亚到张恨水、程小青、顾明道、还珠楼主、秦瘦鸥、孙了红、王小逸等作家，这些专供市民阅读的通俗文学作品，大都作为上海特产畅销于市。"杨剑龙在《论上海文化与二十世纪中国文学》（《文学评论》2006 年第 6 期）中认为，上海开埠以后，在商业文化的确立、外来文化的引进、文化传统的继承中，逐渐构成了上海文化的商业性、开放性、个性化的特征。在上海文化的制约下，上海文学更增进和加深了消费特色、现代手法、人性内涵，深刻影响了 20 世纪中国文学的发展与嬗变，使中国文学明显具有与传统文学不同的新质素。上海文学的消费特色开拓了中国现代文学的市场运作形式，并建立起了中国现代通俗文学的传统。显然，这些都代表了以现代城市文学发生为本位立场的学理路径，与古代文学研究界的理解和判断有所不同。

　　回顾过去三十余年古代城市文学研究的学术实践，我们需要对当下的研究格局和发展趋势有全面的了解和清醒的把握。就研究内容而言，当代开展的古代城市文学研究一方面关注传统形态的城市文学研究，尤其偏重于古典文学中的"城市主题"研究；另一方面则有所创新和发扬，产生了一些具有时代特征的新变化，逐渐超越以往城市与文学关系的研究思路，注重从城市化的背景中去探讨文学作品的外部条件与内在意蕴。尤其在当代城市大发展的背景下，许多与城市密切相关的作品被自觉放置在城市化运动的视野中加以考察和评析，学术视野由此得以深拓。

　　概括而言，当下古代城市文学研究的四种趋势和路向大体可辨：一是城市文学由今而古的回溯研究。持续高涨的城市化运动与持续兴盛的当代城市文学与文化研究，引发了系列联动效应，具体表现为古代文学与文化学者的以"今"鉴"古"，现当代文学与文化学者的由"今"溯"古"，以及近代文学与文化学者的"古—今"贯通。21 世纪以来，以上几种研究取向形成了以古代文学研究界为主导、后二者为辅助的基本态势，跨越时段，分向并进，尤其聚焦于古代城市文学的现代转型问题，取得了系列重要成果。二是将早期形态之"城市主题"逐渐接轨城市文学研究。中国城市文学的主题表达有其早期形态，在很长的历史时期内，这些文学作品往往被纳入到文体或是题旨的研究范畴，而未能拓展和接轨于城市文学研究。这种情形在21世纪以来渐有改变，比如历代文献中的京都赋，除了从传统视角研究其主题思想与文体意义，有研究者开始将之视为古代城市文化的重要载体，就其中国城市文学与文化的早期形态特征展开探讨。三是以城市文化审视城市文学研究。城市文学是城市文化的重要组成部分，是特定城市文化土壤中的精神产物，因此，研究者逐步认识到，城市文学研究中的文化维度具有特殊的重要性。四是由文学地理切入城市文学研究。古代城市文学研究是古代文学地理研究特定空间聚焦的结果，古代城市作为一种特定的地理空间对于文学的发展和作用越来越受到研究者的关注，彼此具有一定的交叉性乃至重合性。总的来看，21世纪城市文学研究的兴盛直接与文学地理学的有力推动密切相关，城市文学与文学地理研究的两相交融，也将成为21世纪城市文学研究的一大趋势。

21世纪以来，尽管古代城市文学研究者有了更多的现代意识与学术自觉，自觉将传统学术研究与城市化进程联系起来，自觉进行跨学科的整合和拓展，有关城市叙事的研究也取得不少成果。但就城市文学中城市叙事的整体研究格局而言，不足亦较明显：一是研究仍存在不少空白地带，缺乏整体性和系统性。由于相关研究仍主要聚焦现当代而忽略古代城市文学与文化研究，使得现当代城市文学研究因缺少历史的纵向坐标与具有本土特色的文化资源而显得根基不实。当代研究者多局限于90年代的"新生代"都市小说，现代城市叙事研究则多集中于海派作品，至多到近代的《海上花列传》。这未能真正正本清源，因而不可能具有城市叙事的整体观、系统观和辩证观。二是城市文学研究的话语系统多借鉴西方现代城市理论，缺乏独立性。古代城市文学研究的研究对象是城市与文学的关系，而中国城市的发展与西方世界并不同步，如果照搬西方的文化研究模式，必然水土不服，西方文化研究的核心概念如阶级、种族、性别等，很多都无法成为古代城市文学研究的理论工具。因此，需要尽快摆脱面对西方文化批评理论"削足适履"的不适感，找到适合自身的理论路径。概而言之，由于未能找到城市叙事发生的原点，未能建立中国城市叙事发展演变的完整概念，加之在具体研究实践中，又多集中于特定时代具体文本，缺乏本土化的理论建构，造成目前的城市叙事研究在整体上停留在阶段性文本分析阶段，未能进行有跨度、有深度的学理透视。当下不足和努力方向正如陈思和所说："文学想象缺乏整体性和历史性……文学研究要弥合语词城市与现实城市之间的裂缝，就必须穿透各种虚荣和谎言设置起来的帷帐，直达城市精神本体。"①

　　本书的研究动力一方面固然是相关研究尚存在不足之现状的外部的驱动，另一方面则是本人自身研究领域之质性提升和内在深化的需要。本人此前出版的专著《古代小说与城市文化研究》（复旦大学出版社 2004 年版）以纵向的小说文本梳理为主，其主要内容包括八章，分别是："唐代小说中的城市文化""东京—临安：宋元话本中的两宋双城记""双城的追忆和重塑：明清小说中的开封和杭州""运河边的城市：《金瓶梅》中的临清""南京—北京：明清小说中抹不去的京都之恋""'红尘中一二等富贵风流之地'：明清小说中的苏州""淮左名都：明清小说中的扬州""十里洋场：上海与晚清小说中都市繁华梦的变迁"，该书对于古代小说中的城市叙事做了较系统的历时性梳理，从中可以发现历代小说文本中关于城市的各类典型叙事。而问题也由此而来：若超越某时某地，中国古代的城市叙事是否有规律可以总结？比如能否建立关于城市叙事的历史框架？在更开阔的历史时期中城市叙事如何发展演变？除了城市叙事的个性之外是否还有一些共性特征？城市叙事走到了晚清，它又如何发生转型？凡此种种的追问，其实希望在古代小说与城市文化互动的"发展史"之外，开辟一个关于"系统论"的场域，这也正是本书撰写的主要内在动因。需要在此特别说明的是，因为"发展史"已经撰述在先，尤其是唐代传奇与笔记、宋元话本、明清拟话本与长篇通俗小说等中的城市叙事已钩稽甚详，为避免重复累赘，本书采用"简史详论"的写法，对于已在《古代小说与城市文化研究》中重点讨论的小说作品，除非有新的阐释角度，尽量不再重复征引细论，读者诸君可以对照参看。

　　本书研究着力于两个方面：一是理论上的总结，一是时段上的拓展。有

---

① 陈思和：《观念中的城市》，《中华新闻报》2007 年 1 月 17 日。

鉴于以上两个方面，本书研究聚焦于城市叙事之**"历史演进论""传统特征论"**与**"现代转型论"**三个核心话题，目的在于以更融通的视角、在更开阔的历史视野中探讨中国文学对于城市的体悟与书写，以期揭示城市叙事古今演变的原理与规律。本书努力实现研究方向上的突破，具体而言，其主要创新点表现在以下方面：

第一，历史演进的分析。本书对于城市叙事的分期和演进提出自己的观点，将《诗经》时代到19世纪末发生转型的城市叙事历史视为汇聚着各种声部、交织着各种风格的恢宏交响，并划分为宋前、宋元、明清、近代四个阶段，即"都城圣咏""市井俗调""城镇和声""都市变奏"四个时期。本书第一次系统梳理总结了中国城市叙事的演进脉络，并从一个全新角度探讨中国城市叙事的历史脉络。中国城市职能发展大致经历了城—都—市三大阶段，即从军事中心到政治中心，再到商业中心。中国古典城市叙事轨迹与此惊人吻合：从汉魏赋文中的军事堡垒，到唐传奇中的政治中心，再到宋元话本中的贸易集市和明清小说中的商业中心。这一规律此前未被充分关注过。

第二，古典传统的理论构建。本书着力于以系统性和跨学科思维构建城市叙事的古典传统。在研究视野上，本书拓展了研究的上限，从先秦时代开始论述，努力弥补以往明前城市叙事研究较为单薄的不足之处。不仅在于描述城市叙事的历史演进轨迹，更在于通过对演进过程的总结与反思，以探求城市叙事发生、发展的各种形态以及演变规律。本书努力以系统研究完善零散研究，以辩证研究弥合分解剖析，以宏观研究超越微观考察。在跨学科方面，本书横跨文学与城市学两大领域，文学之发展与城市之发展相伴相随，城市叙事研究对城市学原理的借鉴和运用，有利于推动学科的交叉融合和理论创新。就文学而言，本书尝试着从叙事形态、心理向度、空间意义等方面对古典城市叙事特征进行较深入的理论探讨。

第三，古今演变的实证。文学的古今演变是当前中国文学研究的重要内容，自复旦大学章培恒教授倡导以来，相关的学术探索新见迭出。检视近年来文学古今演变研究的学术理路，取径大体有三：一曰贯通式，即指对文学的内容、形式、文学思潮、观念的发展流变以及作家作品传播接受进行纵向的梳理研究。二曰本位式，即章培恒多次强调的古代文学与现代文学"互为坐标"的研究，或以古代文学为本位，下析其流；或以现代文学为本位，上探其源。三曰临界式，即着眼于演变发生之临界点的研究，具体指文学体系各要素在由古而今的演进中发生重大改变的转折点，它可能是一个时间点，亦可能是一个时段。① 本书关于中国城市叙事的研究对以上三方面加以融通，既有历史演进分析的纵向探讨思维，又将古代文学与现代文学"互为坐标"，而最终的着力点则在于城市叙事从古典向现代转型的临界时段考察。本书的一大意义在于从城市叙事这一不甚为论者所关注的视角出发，为古今演变研究提供颇具代表性和典型性的实证个案。

第四，古为今鉴的发明。城市叙事有其古典传统，在市场经济背景下的当代中国亦大放异彩，通过对中国城市叙事的演变规律与理论特征的历时探讨，追根溯本，其目的在于鉴古知今，比如当代城市民俗叙事乃与宋元市井民俗叙事一脉相承，它们如何接续；再如当代的城乡对立观念在明清小说亦已萌发，晚清小说中乡人游沪成为一时之主题，城乡内涵如何变异，又如何传承；等等。从而为当代城市文学创作和研究提供可能的历史借鉴和启示。

本书重在综合运用以下几种研究方法：一是文献考证的方法。本书通过对古代城市题材小说笔记进行较全面的收集，掌握尽可能丰富的第一手材料，然后加以罗列排比，以探索新的分析路径。二是比较研究的方法。这将是本书运用最多的学术方法，主要分两类：一种是纵向比较，即作品的历时性比较，宏观方面是传统与现代作品比较，微观层面则是前后不同时代作品比较，比如唐代曲江叙事与宋代西湖叙事比较；另一种是横向比较，比如新感觉派三作家比较、茅盾与老舍的城市感知方式比较，本书还将对中西近代小说加以比较。通过不同层次、不同维度的比较，得以更准确把握作家作品特征，得出更为中肯的结论。三是逻辑推绎的方法。在综合运用以上方法的基础上，适当运用逻辑推绎的方法，完善整体研究思路与学术构架，力求提出一系列具有新意的观点。

① 葛永海：《文学古今演变的临界点之辨》，《河北学刊》2009 年第 2 期。

第二节　核心概念一辨：城市叙事的内涵与文体特征

城市叙事是本书中的核心概念，下面我们对于这一概念的相关问题做一简要辨析，在探讨城市叙事的内涵与文体特征之前，我们简要了解"城市"概念的内涵及其演变。

城市是一种较为古老的存在，《现代汉语词典》对"城市"的解释："人口集中、工商业发达、居民以非农业人口为主的地区，通常是周围地区的政治、经济、文化中心。"[①] 这当然是一个从当代眼光出发的解释。就城市的起源来说，更多着眼其早期的功能，按照西方学者的观点，"建立最早的城市，其目的是用来满足居民们的基本需要：拜神祭祖、获得安全感、在共同体中寻找安慰，等等"[②]。中国学者也有类似的观点，"一个文明发源地能不能称得上城市，要看它是否具有固定居民点、大型神庙建筑、防御性设施以及手工业作坊、集市等要素"[③]。

根据考古新发现与学术界的不断探索，对于"中国最早城市何时出现"一直有不同说法。有研究者认为，世界上最早的城市就出现在中国，时间是公元前 3000—前 2000 年的龙山文化（其区域包括河南登封王城岗，山东章丘城子崖，内蒙古包头阿善等地）时期，也就是原始社会后期到夏代末期。[④] 其后又不断有新说提出，1991 年我国考古工作者在湖南澧县车溪乡南岳村发现的一座新石器时代晚期的古城遗址，被称为"城头山古城遗址"，据测定其建成年代距今约 4600—4700 年。不久，考古工作者又在郑州市西山发现了一座古城遗址，其建成年代距今 4800—5300 年，大致属于新石器时代中期偏晚的时期。[⑤] 又据《光明日报》2002 年 7 月 21 日报道，当时正在发掘中的安徽含山凌家滩原始部落遗址被认为是中国最早的城市，这表明中国早

---

① 《现代汉语词典》（第 6 版），商务印书馆 2012 年版，第 168 页。
② 〔美〕理查德·利罕著，吴子枫译：《文学中的城市——知识与文化的历史》，上海人民出版社 2009 年版，第 13 页。
③ 周剑虹、孙晓胜：《中国城市历史提前一千年》，《光明日报》2002 年 7 月 21 日。
④ 戴均良主编：《中国城市发展史》，黑龙江人民出版社 1992 年版，第 18、38 页。
⑤ 朱士光：《城头山并非中国最早的城市》，《中国社会科学报》2011 年 8 月 25 日。

在 5500 年前就出现了城市，从而使中国城市的历史又向前推进了 1000 多年。凌家滩遗址位于长江、淮河之间的巢湖流域。据考古工作者描绘，尽管现在的凌家滩只是一片广袤的庄稼地，而在远古时期则是一座人口集聚较多，养殖业、畜牧业、手工业已经初步形成规模的城市。①

就这样，古老的城市在社会发展演进中逐渐建立起来。"由于城市的需要，三种原始的机构产生了：寺庙、城堡和集市"②，一般认为，从词义组合来看"城市"，应该是城在先，然后才有了市。因此，典籍中多有部落首领筑城的记载，比如《世本·作篇》："鲧作城郭"；《中州杂俎·郡邑》引《轩辕本纪》："黄帝筑城，造五邑"；《淮南子·原道训》："黄帝始立城邑以居"；《汉书·食货志》："神农之教曰：有城十仞，汤池百步"；《史记·五帝本纪》则记载了虞舜时代城市之兴建，所谓"一年而所居成聚，二年成邑，三年成都"③。城市的功能首先在于保护民众的安全，所以，《说文》："城以盛民也"；《墨子·七患》："城，所以守也"；《左传》："民保于城，城保于德。"至于"市"的经济功能的产生，在年代上要迟一些。《孟子·公孙丑下》："古之为市也，以其所有，易其所无者，有司者治之耳"；《周礼·地官·司市》："朝市，朝时而市，商贾为主；夕市，夕时而市，贩夫贩妇为主。"更著名的是《易·系辞》中的记载："神农氏作，列廛于国，日中为市，致天下之民，聚天下之货，交易而退，各得其所。"所谓"列廛于国"中的"国"也即是城，廛是市场的邸舍，这说明城市逐渐形成了相对固定的市场。就现有资料看，到了商代，商都称为"大邑商"，城市经济活动已颇为可观，《帝王世纪》乃有"殷君善治宫室，大者百里，中有九市"之说。④

应该说在有了城市之后，也就有了关于城市的种种叙述。我们将"城市叙事"定义为发生在城市空间中的、带有城市属性的故事情节的叙事内容或段落。正如前文对此的说明，它既不同于"城市书写"，也不同于"城市文学"，目的在于整合研究对象的基本属性，将多种与城市有关的文学叙述

① 周剑虹、孙晓胜：《中国城市历史提前一千年》，《光明日报》2002 年 7 月 21 日。
② 〔美〕理查德·利罕著，吴子枫译：《文学中的城市——知识与文化的历史》，上海人民出版社 2009 年版，第 13 页。
③ （汉）司马迁撰：《史记》，中华书局 1959 年版，第 34 页。
④ 可参见葛永海：《古代小说与城市文化研究》，复旦大学出版社 2004 年版，第 1—2 页。

纳入其中。概括而言，作为宽泛意义上的城市叙事如果从文体演进形态来划分，应该包括四种形态：城市志、城市志文学描写、城市文学叙述、城市文学。这是一个从地志到地志文学，再到较为成熟样态的城市文学的过程。城市志是地方志的一种，尽管其中往往汇集胪列城市吟咏，由于作者秉史笔直书，且体例自有序列，其描述文学意味往往有限，城市志文学描写则指文学性较强、内容生动的城市笔记，如果说《武林坊巷志》属于城市志，那么《武林旧事》就属于城市志文学描写，这两者大都以散文体的面目示人，因此，有时两者的界限并不清晰。相比而言，城市文学叙述可谓是完整意义上的城市叙事，其文体一般也是叙事范畴的文学文体，比如古代小说与戏曲中的城市叙事。至于城市文学则是现代性城市出现之后的产物，具有较为鲜明的工业文明的特征，属于城市叙事的高级阶段。

探讨了城市叙事的基本概念，接下来的问题是如何对城市叙事加以认定？城市叙事是城市与叙事的叠加？城市与叙事的关系如何？城市属性与叙事意义如何平衡？换言之，城市叙事的第一特征为何？城市叙事是关于城市的叙事，因此城市属性是其第一要义，这个城市属性主要指的是城市的空间感，首先是城市的物质空间，也就是作为实体的各类建筑，包括衙门、寺庙、街道、商铺、宅院等，其次便是城市的人文空间，其内容既可能是历史的、民俗的，也可能是商业的、贸易的。对发生在这些城市空间中的故事的叙述就属于城市叙事。在一些古代笔记和小说中，如果只是简单介绍某城某人某事，在故事叙述过程中城市空间不作为故事情节构成的要素，空间感颇为模糊，也就不能认定为城市叙事。

要对城市叙事有个完整的理解，我们需要对其历史演进做个简要梳理。正如后来许多类型的文学叙事都可以在《诗经》中找到源头，城市叙事同样如此。尽管我们的城市叙事主要着眼于叙事性作品，但在我们的探讨中，《诗经》中的城市叙事也成为一个绕不过去的存在。比如《大雅·绵》中关于城邑建造的描写的诗句，记载古公亶父率族人迁到岐山下，开始建造城邑的过程，"爰契我龟，曰止曰时，筑室于兹"；再如《卫风·氓》中的城内贸易："氓之蚩蚩，抱布贸丝"；再如《邶风·静女》中的城郭情事："静女其姝，俟我与城隅"；等等。客观而言，真正意义上的城市在这一时期尚未形成，但相关叙事并不少见，可谓题材多样，这在后文还有详细的论述。

相比于《诗经》，先秦城市叙事更为集中地出现在诸子散文与历史散文中，因而也更具叙述意味。对于先秦散文中的城市叙事大致有两种认识方式，一是词语溯源，即"城市是什么"，即通过"城市"概念的使用来梳理其历史轨迹。《韩非子·爱臣》中的"城市"被认为可能是早期典籍中最早出现的相关概念，其文曰："大臣之禄虽大，不得籍威城市。"其实，在战国至于西汉这一时期，"城市"概念尚处于整合的状态中，因而出现了多种相关却并不一致的说法，比如《战国策·齐策五》中说："通都小县，置社有市之邑，莫不止事而奉王"，这里用了"有市之邑"的说法；《战国策·赵策》中韩国上党守冯亭遣使者对赵王说："今有城市之邑七十，愿拜内之于王，唯王才之"，这里用的是"城市之邑"的说法；《战国策·赵策一》："城市邑五十七，命以为齐，而以求安平君而将之"，则说"城市邑"。大致到了汉代之后，"城市"概念才逐渐稳定下来，比如《后汉书·廖扶传》"扶绝志世外，常居先人冢侧，未曾入城市"等。

二是早期的城市景观叙事，也即"城市有什么"。有写城市营建过程的，如《管子·乘马》："凡立国都，非于太山之下，必于广川之上，高毋近旱而水用足，下毋近水而沟防省，因天材，就地利，故城郭不必中规矩，道路不必中准绳"①；有写城市贸易活动的，如《礼记·月令》写到中秋之月"易关市，来商旅，纳货贿，以便民事"，"四方来集，远乡皆至，则财不匮，上无乏用，百事乃遂"②；有写城市娱乐盛况的，如《战国策·齐策一》载："临淄甚富而实，其民无不吹竽、鼓瑟、击筑、弹琴、斗鸡、走犬、六博、蹋鞠者；临淄之途，车毂击，人肩摩，连衽成帷，举袂成幕，挥汗成雨；家敦而富，志高而扬。"可以说，在战国以后，城市作为"城"与"市"相结合的产物，其经济获得了较大发展，城市规模也获得不断拓展，如《战国策·赵策三》所言："古者四海之内，分为万国。城虽大，无过三百丈者，人虽众，无过三千家者。……今千丈之城，万家之邑相望也"③，由此可见出一个时代

---

① （唐）房玄龄注，（明）刘绩补注，刘晓艺校点：《管子》，上海古籍出版社 2015 年版，第 22 页。

② （元）陈澔注，金晓东校点：《礼记》，上海古籍出版社 2016 年版，第 197 页。

③ （汉）刘向编订，明洁辑评，明洁导读整理：《战国策》，上海古籍出版社 2008 年版，第 143、323 页。

的变化。概括而言，先"城"后"市"，"城""市"相合也成为这一时期城市叙事的最重要特征。

城市叙事在汉魏六朝时迎来了一个较为繁荣的时期。作为国都或者郡府治所的城市，其规模不断扩大，成为具有强大辐射力的政治、经济、文化的中心。与之相伴的是，在西汉后期到东汉前期的散体赋中，出现了"京都赋"，这是一种以描绘歌颂都城为主的赋体城市叙事，常在宫宇楼阁、风土人情的夸饰和铺陈中充分展示城市的雄伟壮观与繁华富丽。最早的京都赋一般认为是西汉辞赋大家扬雄的《蜀都赋》，该赋描绘了蜀都高耸的城市建筑，纵横交错的街道，稠密的人群，所谓"东西鳞集，南北并凑。驰逐相逢，周流往来。方辕齐毂，隐隐轸轸"。城中集聚着富贵之家，生活奢靡，"百金之家，千金之公……置酒于荣川之闲宅，设坐于华度之高堂"。而班固的《两都赋》则以其规模之宏大、特色之鲜明、流传之广远成为"京都赋"中的典范之作。比如《西都赋》描绘了长安城宏伟富丽之景观，极尽渲染之能事，写街衢通达："建金城而万雉，呀周池而成渊。披三条之广路，立十二之通门。内则街衢洞达，闾阎且千。九市开场，货别隧分。人不得顾，车不得旋。阗城溢郭，旁流百廛，红尘四合，烟云相连"；写宫室壮美："昭阳特盛，隆乎孝成；屋不呈材，墙不露形。裹以藻绣，络以纶连。随侯明月，错落其间；金釭衔璧，是为列钱。翡翠火齐，流耀含英；悬黎垂棘，夜光在焉"。[①] 其后则有张衡的《二京赋》（《西京赋》《东京赋》）和左思的《三都赋》（《蜀都赋》《吴都赋》和《魏都赋》），皆将散体大赋长于铺陈的固有特点发挥得淋漓尽致。

在汉魏时期写都城之盛，除了赋体文，还有一种散文笔法。如《西京杂记》不仅写楼阁宏伟，如"汉高帝七年，萧相国营未央宫，因龙首山制前殿，建北阙。未央宫周回二十二里九十五步五尺，街道周回七十里"，"汉掖庭有月影台、云光殿、九华殿、鸣鸾殿、开襟阁、临池观，不在簿籍，皆繁华窈窕之所栖宿焉"；也写宫廷礼仪："汉制：宗庙八月饮酎，用九酝太牢，皇帝侍祠，以正月做酒，八月成，名曰酎，一曰九酝，一名醇酎"；亦有宫闱秘史："惠帝尝与赵王同寝处，吕后欲杀之而未得。后帝早猎，王不

---

① 龚克昌主编：《汉赋新选》，湖北教育出版社 2001 年版，第 269、271 页。

能凤兴，吕后命力士于被中缢杀之。及死，吕后不之信。以绿囊盛之，载以小铦车入见，乃厚赐力士。力士是东郭门外官奴。帝后知，腰斩之，后不知也。"①这些写法均为后来之都城笔记所继承与仿效。

在唐代小说中，出现了笔记体与传奇体，前者是旨在记载历史故事的城市叙事，比较有代表性的有《隋唐嘉话》《明皇杂录》《大唐新语》等，描述了唐代的君王、将相以及名士在长安的生活状态和奇闻逸事，如《隋唐嘉话》卷二："中书令马周，始以布衣上书，太宗览之，未及终卷，三命召之。所陈世事，莫不施行。旧诸街晨昏传叫，以警行者，代之以鼓，城门入由左，出由右：皆周法也"，记载的是长安的城市宵禁与出行制度；《明皇杂录》卷上："玄宗御勤政楼，大张乐，罗列百伎。时教坊有王大娘者，善戴百尺竿，竿上施木山，状瀛洲方丈，令小儿持绛节出入于其间，歌舞不辍"，写的是京城的歌舞娱乐活动。就笔法而言，其与前代笔记相类，大都粗陈梗概而已。后者则属于文学性更强的传奇小说，注重城市生活的细节描摹与场景铺陈，比如《李娃传》《霍小玉传》《长恨歌传》《东城老父传》等传奇名篇都有对长安宫廷街市等建筑的许多叙述，长安构成了人物活动、故事敷衍的极为生动的文学空间。如《李娃传》对于长安城市空间着墨颇多，从开篇处的平康里遇艳，"自毗陵发，月余抵长安，居于布政里。尝游东市还，自平康东门入，将访友于西南。至鸣珂曲，见一宅，门庭不甚广，而室宇严邃。阖一扉，有娃方凭一双鬟青衣立，妖姿要妙，绝代未有"，到荥阳生沦落后参与的长安凶肆大会，可谓盛况空前，"士女大和会，聚至数万。于是里胥告于贼曹，贼曹闻于京尹。四方之士，尽赴趋焉，巷无居人"②，等等，这个发生在长安城的奇情故事展示出极为典型的地理空间特征和丰富的历史文化信息。以上两方面可以窥见唐代城市叙事的基本样貌。

宋代是城市空间发生革命性变革的时期，文学的创作与传播开始全面走向市井空间，市民文学成为文学的主体。因此，宋元以来至于明清时期成为城市叙事的繁荣期，除了《东京梦华录》《武林旧事》《陶庵梦忆》《西湖游

---

① 吕壮译注：《西京杂记译注》，上海三联书店 2013 年版，第 3、42、7、19 页。
② （唐）白行简：《李娃传》，李时人编校：《全唐五代小说》第二册，中华书局 2014 年版，第 772、776 页。

览志》《板桥杂记》《帝京景物略》等城市笔记、小品文继续沿袭着历史性城市叙事的传统路径之外，"三言二拍"、《水浒传》、《金瓶梅》、《儒林外史》、《桃花扇》、《歧路灯》等小说戏曲更将文学性城市叙事推向高潮。这股城市叙事的热潮一直持续至晚清，从而涌现了如《风月梦》、《海上花列传》、陆士谔系列小说等晚清小说的重要作品，至现代以后，则是以包括新感觉派在内的海派小说、老舍小说、茅盾小说等代表了城市叙事的主要方向。后文对此有详尽的论述，此处不再展开。

通过以上所述，我们可以对城市叙事有一个大致的认定，就属性而言，它包括了历史性城市叙事与文学性城市叙事；就文体而言，城市叙事主要形态包括赋体文、小说、笔记、戏曲、评书、小品文等，这几种文体之间的彼此呼应和配合，形成了中国城市叙事的立体构架。相比而言，小说与笔记乃是城市叙事之主要形式，有时候，城市笔记会向完整小说意义上的城市故事转化，比如一些唐代关于长安的城市笔记就会敷衍成为内容丰富的唐传奇小说。赋体文除了场景叙述，也会有故事情节的展演，总体上叙事特征并不典型，但是汉魏时期的城市赋作为城市叙事不可或缺的重要环节和阶段，其文体意义极为突出，因此也作为本书的主要讨论对象。

另外，尽管诗词中毫无疑问包含了城市叙事的内容，由于抒情文学与叙事文学有着不同的形式特点和美学原则，为了避免造成探讨语境的错置与混乱，诗词不作为本书的主要研究对象，但为了说明城市叙事的某些特点，诗词材料会不时被引用，参与讨论和印证。

在空间功能方面，城市叙事的内涵又容纳了诸多功能有别的空间板块，形成了各具特色的城市空间叙事，如宫廷叙事、寺观叙事、市井叙事、宅第叙事、庭园叙事、山水名胜叙事等，皆属于城市叙事的不同空间类型。就城市叙事的空间类型而言，至少有三方面的特点值得注意：其一，一个城市会兼容多种城市空间叙事的类型，比如在唐代的长安，除宫廷叙事外，有都城特征的寺观叙事、庭园叙事和山水名胜叙事也很突出；其二，在特定的时代，一般会出现主流的城市空间叙事，比如在宋元以后，市井叙事就逐渐成为城市叙事的主流；其三，城市空间叙事往往服从于某种城市文化传统之下，但会有不同的表现形态，比如明清时期的杭州城市文化，整体上具有包容性、世俗性、商业性等特点，而当时的西湖叙事则形成了一种刚柔并济、诗意与理性共舞的文学传统。

就城市在叙事中所扮演的角色而言，"城市叙事"的内涵显然是多维的，而不是单一的。就古代、近代小说的实际而言，"城市叙事"的含义至少应该具有三种维度：一是作为情节背景的存在，城市乃是故事的发生地，比如《李娃传》等唐传奇中的长安叙事；二是作为叙事结构的存在，城市作为文本的一个结构性因素，与人物之间形成了互动性效果，比如《白娘子永镇雷峰塔》中的杭州叙事，城市与故事彼此缠绕，相互映照；三是作为文化想象的存在，城市在这样的文本中已经超乎了一个地域文化的表象，而成为象征性的能指，比如《红楼梦》中的金陵叙事。

城市叙事的本质是一种空间叙事，它为我们理解中国文学叙事提供了一个新的角度。客观地说，中国城市叙事之形态具有不稳定性，这种不稳定性是由中国叙事文学的历史传统所决定，故事情节描述往往注重时间流程的、线性的描述，这种线性故事流程最终与中国小说阅读者的接受心理相互影响，形成了阅读接受的"情节崇拜"，即只关注情节的发生发展，跌宕起伏，人物的最终命运，而不甚关注人物心理变化，尤其是空间场景。与西方文学相比，小说中叙事的空间横断面并不突出。值得注意的是，主观上不甚注重空间叙事，是古代叙事文学的普遍状态，这个空间既包括城市空间，同样也包括乡土空间。经笔者阅读查验，发现作为农业文明大国的中国，其古代小说中对于乡土空间的描绘比之城市，竟然更少，这在明清小说中，就表现得颇为明显。尽管缺乏主观上的自觉意识，许多小说中有意无意的空间描写，形态多样，别有意味，尤其是城市空间的叙述，却为我们重新审视中国古代叙事文学提供了崭新的角度。

最后需要说明的是本书的研究对象及其时间范围。本书研究的时段主要分为两个时期，城市叙事的古典时期为先秦时代到1840年，从1840年至20世纪30年代，则是中国城市叙事的现代转型时期，我们认为20世纪30年代以穆时英、刘呐鸥为代表的新感觉派小说以及当时一批富有现代都市情调的上海小说的问世，代表了中国城市叙事之现代转型的最后完成。需要特别说明的是，在具体论述中，会涉及40年代的海派作家如张爱玲等人的作品，但不把它们作为讨论的重点。

第三节　核心概念二辨：城市叙事的内容属性

城市叙事的内容属性主要探讨的是城市叙事所写内容的属性问题。叙事的内容属性其实与城市空间特征密切相关，正如前文所说，城市叙事本质上属于空间叙事，不同历史阶段的空间特征决定了叙事的内容与形式。许多题材内容进入城市叙事的话题范畴中，但在不同历史时期有所侧重，其内容呈现出不同的属性特征，就主要属性之差异而言，可分为三种类型四个阶段：先秦至唐代可称为**"单质型空间叙事"**，整体来说，空间属性比较单一，缺乏空间的延伸感，空间属性基本从属于叙事的政治性和历史性，具体而言，先秦至魏晋南北朝为第一阶段，叙事以城市的军事性、国家性为中心，单质性非常明显，一个叙事单元里基本只有一重空间属性，空间叙事往往是静态与孤立的；唐代为第二阶段，空间的延伸感略有加强，一个叙事单元里出现两重或以上的空间属性，但还未形成突破，叙事以城市的政治性、历史性为中心；宋代至清中期可称为**"交互型空间叙事"**，也就是第三阶段，城市空间呈现多层次、复合性、彼此交错的特点，空间意识开始在文本中凸显出来，有了较为明显的空间视角，进而逐渐形成了立体化的城市叙事格局，在这其中，以城市的世俗性（含民俗）、商业性、地域性为中心；清晚期至近现代为第四阶段，可称为**"感悟型空间叙事"**，空间层次丰富，出现了较为自如的空间转换甚至跳跃，以城市的现代性为中心，由于城市化进程加快，古与今、城与乡之间的差异与隔阂凸显，城市生活反思成为最重要的主题范畴，这一阶段持续到 20 世纪 30 年代，之后不作为本书的探讨重点。

先秦至魏晋南北朝为第一阶段，作为"单质型空间叙事"的初步阶段，以城市的军事性、国家性为中心，空间叙事维度单一，往往呈现静态与孤立的特点。原始社会后期，由于生产发展和私人财富积累，部落之间经常发生掠夺财富或是血亲复仇的战争，抵御侵害因而成为早期城市建立的第一需要，所以《墨子·七患》曰："城，所以自守也"①，这种情况到诸侯纷争的春秋战国时期依然十分明显，在先秦典籍中，许多关于城市修筑的记载即主要强调其抵御功能。例如《国语·齐语》："桓公筑葵兹、晏、负夏、领釜丘，以御戎、翟之地，所以禁暴于诸侯也；筑五鹿、中牟、盖与、牡丘，以卫诸夏之地，所以示权于中国也"②；《吕氏春秋·似顺》："荆庄王欲伐陈，使人视之。使者曰：'陈不可伐也'。庄王曰：'何故？'对曰：'城郭高，沟洫深，蓄积多也'"③；等等。更值得注意的是，当时甚至出现了如《墨子》那样专门研究城池攻防的著作，《墨子》共十五卷，其中第十四、十五卷全篇介绍了守城的装备、战术、要点，在"备城门""备水""备穴""备蛾傅（即蚁伏，指步兵强行登城）""迎敌祠""杂守"④等篇中，他详细地介绍和阐述了城门的悬门结构、城门和城内外各种防御设施的构造、各种攻守器械的制造工艺以及水道和地道的构筑技术。墨子提出了"守城者以亟伤敌为上"的积极防御指导思想，认为在守城防御中，应守中有攻，积极歼敌。具体措施是：利用地形、依托城池，正确布置兵力；以国都为中心顽强坚守，形成边城、县邑、国都的多层次纵深防御，层层阻击，消耗敌人；同时也要适时出击，争取扩大战果。在这些典籍关于城市的记载中，可以发现，城市的军事功能被极大地凸显出来，成为城市的核心要素。

比及秦汉，针对"城"之抵御功能，秦始皇一方面毁六国之要塞，如《史记·秦始皇本纪》："十八年，大兴兵攻赵，王翦将上地，下井陉，端和将河内，羌瘣伐赵，端和围邯郸城"；"二十二年，王贲攻魏，引河沟灌大梁，大梁城坏，其王请降，尽取其地"；"三十二年，始皇之碣石，使燕人卢生求羡门、高誓。刻碣石门。坏城郭，决通堤防"，这次毁城甚至铭石为辞，因颂其功。秦始皇这一政策诚如贾谊在《过秦论》中所言，乃是"堕名城，杀豪俊……以弱黔首之民"。秦始皇另一方面则是积极修筑城池，以建坚固之城防，"乃使蒙恬北筑长城而守藩篱，却匈奴七百余里，胡人不敢南下而牧马，

① （清）毕沅校注，吴旭民校点：《墨子》，上海古籍出版社 2014 年版，第 18 页。
② （战国）左丘明著，（三国）韦昭注：《国语》，上海古籍出版社 2015 年版，第 164 页。
③ （汉）高诱注，（清）毕沅校，徐小蛮标点：《吕氏春秋》，上海古籍出版社 2014 年版，第 584 页。
④ （清）毕沅校注，吴旭民校点：《墨子》目录，上海古籍出版社 2014 年版，第 3—4 页。

士不敢弯弓而报怨"，并"斩华为城，因河为津，据亿丈之城，临不测之溪以为固"。据《史记·秦始皇本纪》："三十三年，发诸尝逋亡人、赘婿、贾人略取陆梁地，为桂林、象郡、南海，以适遣戍。西北斥逐匈奴。自榆中并河以东，属之阴山，以为三十四县，城河上为塞。又使蒙恬渡河取高阙、阳山、北假中，筑亭障以逐戎人。徙谪，实之初县。禁不得祠。明星出西方。三十四年，适治狱吏不直者，筑长城及南越地。"秦代修筑城墙盖极为频繁，甚至出现了专以此为役的刑罚，名曰："城旦"，日守边防寇，夜筑长城，刑期四年。《史记》记载，丞相李斯下"焚书令"，"令下三十日不烧，黥为城旦"。[①]

　　结合秦汉时诸多典籍可知，在这些记载中，城市作为政治和军事的中心，其他综合性功能经常被淡化，而往往强调城墙的保民御敌功能，更多地凸显出"城"的含义。

　　汉魏六朝时的城市叙事则凸显为一种国家叙事，这在《子虚赋》《上林赋》《两都赋》《二京赋》等汉赋中表现充分。在笔记中亦如是，如《西京杂记》对帝后公卿的奢侈好尚，宫殿苑林，珍玩异物，以及舆服典章，文人逸事，民风民俗等都多有记述，其中对于宫廷之雄阔壮观多有渲染，如卷一："汉高帝七年，萧相国营未央宫，因龙首山制前殿，建北阙。未央宫周回二十二里九十五步五尺，街道周回七十里"，"初修上林苑，群臣远方、各献名果异树。亦有制为美名，以摽奇丽者"，"积草池中有珊瑚树，高一丈二尺，一本三柯，上有四百六十二条。是南越王赵佗所献，号为烽火树"，"武帝作昆明池，欲伐昆明夷，教习水战"，[②]这些记载大都意在展示一种君临天下、四方来朝的国家力量和时代气象。《洛阳伽蓝记》全书共五卷，按地域分为洛阳的城内、城东、城南、城西、城北，记述佛寺七十余处，其主旨亦在于以都写国，将都之兴衰视为一国之兴衰的晴雨表。在北魏迁都邺城十余年后，时任抚军司马的杨衒之因行役重游洛阳，所见之城市一如废墟，"城郭崩毁，宫室倾覆，寺观灰烬，庙塔丘墟。墙被蒿艾，巷罗荆棘。野兽穴于荒阶，山鸟巢于庭树"，抚今追昔，不由追记遭受战争劫难前城内外佛寺之

---

① （汉）司马迁撰：《史记》，中华书局 1959 年版，第 233、234、251、253、255 页。
② （汉）刘歆撰，（晋）葛洪集，向新阳等校注：《西京杂记校注》，上海古籍出版社 1991 年版，第 1、44—45、47、3 页。

盛，由衷感叹国家之盛衰变迁，国力之强弱消长。《洛阳伽蓝记》体例是以
北魏佛教的盛衰为线索，以洛阳城的数十座寺庙为纲领，以寺庙为纲维，先
写立寺人、地理方位及建筑风格，再写相关人物、史事、传说、逸闻等，以
点带面，加以敷衍，描绘了皇室诸王的奢侈贪婪，南北朝间的交往，北魏全
盛时期洛阳手工业、商业的繁盛，民间艺人的卓越技艺和演出盛况等，反映
了北魏时期广阔的政治经济背景和社会风俗人情。需要说明的是，这一时期
的城市叙事尽管气势宏大，在空间叙事的维度上并无大的拓展。

唐代为第二阶段，也是"单质型空间叙事"的推进阶段，空间的延伸感
略有加强，空间叙事的政治性、历史性较为典型。正如前文所述，唐之城市
叙事包括了唐人传奇与笔记两类，受汉魏时期的影响，两类城市叙事所写长
安、洛阳故事，前者如《任氏传》《柳氏传》《霍小玉传》《长恨歌传》《东城
老父传》《李娃传》等中的都城传奇，与直写长安的《北里志》《乐府杂录》
《教坊记》等，多写长安、洛阳的《隋唐嘉话》《开天传信记》《明皇杂录》
《开元天宝遗事》等的都城笔记在撰述心态与文本格调上基本相通，其一方
面所表现的政治文化色彩较为明显，所写内容大都与都城之政治制度与文化
风尚相关；另一方面，则历史意识浓郁，多有偏于纪实、有补正史的故实记
载，呈现为检视历史的撰述姿态。

传奇写长安故事，典型则有：《东城老父传》中写到长安斗鸡习俗，"玄
宗在藩邸时，乐民间清明节斗鸡戏。及即位，治鸡坊于两宫间"；《长恨歌
传》中的李杨爱情以及七夕习俗，"秋七月，牵牛织女相见之夕，秦人风俗，
是夜张锦绣，陈饮食，树瓜花，焚香于庭，号为乞巧。宫掖间尤尚之"；《李
娃传》写到长安的街鼓制度，"久之，日暮，鼓声四动。姥访其居远近。生
绐之曰：'在延平门外数里。'冀其远而见留也。姥曰：'鼓已发矣。当速归，
无犯禁'"；等等。这些对于城市制度史、风俗史之研究皆有特别意义。

这种撰史意识在几部描写长安的都城笔记中表现尤为充分。《北里志》
序言首先介绍了长安平康里诸妓的生活状态，"诸妓皆居平康里，举子、新
及第进士、三司幕府但未通朝籍未直馆殿者，咸可就诣。如不吝所费，则下
车水陆备矣。其中诸妓，多能谈吐，颇有知书言语者"。文人与妓之间的交
流酬答庶几作为长安城的一道文化景观，作者拟记录其事，为历史存照，然

唐后期时局不稳，离乱相续，所谓"俄逢丧乱，銮舆巡省崝函，鲸鲵逋窜山林，前志扫地尽矣。静思陈事，追念无因，而久罹惊危，心力减耗，向来闻见，不复尽记。聊以编次，为太平遗事云"①。《北里志》首篇为《海论三曲中事》，次记"天水仙哥""楚儿""郑举举"等居平康里者十二人生平事迹，附记文士武人狎游妓馆五事等，其书乃为长安平康里之风情志。

《教坊记》主要记述了开元年间教坊制度、有关逸事及乐曲的内容和起源。《教坊记》始记乐伎日常生活以及学艺和演出情况，中间列出325首曲名，包括《献天花》《和风柳》《美唐风》等大曲46个，一般曲目278个，最后还说明若干乐曲和歌舞的来源。对此《四库全书总目提要》评论曰："然其后记一篇，谆谆于声色之亡国，虽礼为尊讳，无一语显斥玄宗，而历引汉成帝、高纬、陈叔宝、慕容熙，其言剀切而著明。乃知令钦此书，本以示戒，非以示劝。"②

在唐人并非专写城市的如《朝野佥载》《明皇杂录》《开元天宝遗事》《隋唐嘉话》《开天传信记》等笔记中，视野更为开阔，尽管其中城市掌故采自民间逸闻，不尽可信，但是所表达的补正史之阙，反思政治得失的观念则为后世所认可，如刘𫗧《隋唐嘉话》序曾言："余自髫龀之年，便多闻往说，不足备之大典，故系之小说之末"，其实意在为正史大典之补。再如郑綮在《开天传信记》序言中就直言对于开元天宝之盛世的追慕："窃以国朝故事，莫盛于开元天宝之际"，通过历史回顾，希望有鉴于当下，"承平之盛，不可殒坠。辄因薄领之暇，搜求遗逸，传于必信，名曰《开天传信记》"，此种意识在当时笔记中颇为通行。

概言之，一方面，唐代的城市叙事在叙事方面有所突破，尤其是逐步形成了深情绵邈的叙事风格，较大地丰富和拓展了汉魏以来的都城书写的路径和模式。另一方面，以长安和洛阳为中心的城市叙事，继承了"都国同构"的写作心理和思维方式，尽管也出现了零星的关于坊巷民间的人物故事，帝王将相、贵族名士依然是叙事的绝对主角，因而展现出浓厚的政治色彩和鲜明的历史意识。就城市叙事内容属性的总体而言，空间叙事依然受制于传统

---

① （唐）崔令钦等：《教坊记　北里志　青楼集》，古典文学出版社1957年版，第22—23页。

② （唐）崔令钦等：《教坊记　北里志　青楼集》，古典文学出版社1957年版，第17页。

的城市格局和空间维度，尽管一个叙事单元里出现两重或以上的空间属性，但是空间因素仍然从属于政治因素或历史因素，城市的空间特性基本淹没在对于国家机器或者国家典仪的公共叙述背景之中，城市空间叙事在文本中未有独立之地位，叙事格局尚未形成大的突破。

宋代至清中期为第三阶段。这种"交互型空间叙事"以空间的流动与相互联系为主要特征，呈现为空间的多层次、复合性和彼此交错，进而逐渐形成了立体化的城市叙事格局。因为有了较为明显的空间视角，空间意识开始在文本中凸显出来。我们这里主要讨论城市空间的世俗性（含民俗）、商业性和地域性。

自宋以来至于明清，世俗性是城市的主要属性，更是城市叙事的主要特征。随着宋代出现的"中世纪城市革命"[①]，城市的主体人群发生巨大改变，市民阶层登上历史舞台，他们为城市而生，与城市彼此呼应，同声相应，同气相求，城市空间的变革造就了他们，他们的生活日常包括衣食住行、喜怒哀乐等亦塑造着城市的气质和内涵，进而影响着城市叙事的内容和形式。从宋元话本中的《碾玉观音》《错斩崔宁》《西湖三塔记》《白娘子永镇雷峰塔》等，到"三言二拍"中的《蒋兴哥重会珍珠衫》《杜十娘怒沉百宝箱》《玉堂春落难逢夫》《卖油郎独占花魁》等，再到明清长篇小说代表作《金瓶梅》《儒林外史》等，"极摹人情世态之歧，备写悲欢离合之致"的生活空间体验成为城市叙事的主要表现方向。清代刘廷玑《在园杂志》卷二曾指出："深切人情事务，无如金瓶梅，真称奇书"，《金瓶梅》写官、商、霸一体的西门庆之一生浮沉，以及西门府之盛衰史，运笔写来，事无巨细，琐碎之间有着无限烟波，其中城市活动空间层次之丰富，人物位移互动之频繁，展现了16世纪中国发生在运河城市中生动的现实生活画卷，在明清小说中罕有其匹，

① "中世纪城市革命"理论的奠基者是英国学者伊懋可（即马克·埃尔文），他在斯波义信等人研究的基础上提出了中国城市"中世纪在市场结构和城市化上的革命"。此后美国学者施坚雅以此为基础总结了加藤繁、崔瑞德以及斯波义信等人的研究，提出了"中世纪城市革命"的五个特征："1. 放松了每县一市，市须设在县城的限制；2. 官市组织衰替，终至瓦解；3. 坊市分隔制度消灭，而代之以'自由得多的街道规划，可在城内或四郊各处进行买卖交易'；4. 有的城市在迅速扩大，城外商业郊区蓬勃发展；5. 出现具有重要经济职能的'大批中小市镇'。"参见成一农：《"中世纪城市革命"的再思考》，《清华大学学报》2007年第3期。

堪称城市世俗叙事之最杰出作品。

其次是商业性。城市的商业不断发展繁荣，宋代先后出现了两个特大型城市，北宋都城东京和南宋都城临安。尤其是到了南宋，临安的繁荣又超越了东京，到了公元 1200 年（宋宁宗庆元六年），临安人口超百万，成为世界上人口最多的城市。明清时期的工商业城市更是密布全国各地，至 15 世纪初，全国以工商业发达著名的大中城市就达到 30 多个，主要有南京、北京、苏州、松江、镇江、扬州、杭州、广州、开封、济南、太原等。明中叶以后随着国内外市场扩大，在主要的水陆交通线上兴起了一大批中等城市，其中较著名的有：淮安、九江、芜湖、天津、廉州、沙市、西安、东昌、保定、大同等。清代著名的工商业城市则有北京、苏州、杭州、南京、广州、佛山、汉口、成都等。① 宋元以来的许多作品就是围绕上述城市展开商业叙事。除了前文提到的宋元话本，如明代拟话本集"三言二拍"中就出现了大量典型的城市商业叙事，较有代表性的有"三言"中的《施润泽滩阙遇友》《杨八老越国奇逢》《李秀卿义结黄贞女》《刘小官雌雄兄弟》《徐老仆义愤成家》《吕大郎还金完骨肉》等，"二拍"中的《转运汉遇巧洞庭红 波斯胡指破鼍龙壳》《乌将军一饭必酬 陈大郎三人重会》《钱多处白丁横带 运退时刺史当艄》《赵五虎合计挑家衅 莫大郎立地散神奸》《程朝奉单遇无头妇 王通判双雪不明冤》《叠居奇程客得助 三救厄海神显灵》等。在这些作品中，商业活动成为城市生活的主要内容之一，这些商人或与工匠结合，制作而兼贩卖，或为坐贾，或开展长途贩运，既遵循传统商业伦理，又能"任时而知物"，以冒险精神与精明之经营手段相互协调，不断发展富有时代特色的城市商业新风尚。在商业空间中不断转换的城市叙事已成为明清城市叙事的主要内容。

还有就是地域性。在宋元明清漫长时段出现的城市叙事中，尤其是南方与北方之城市，体现出地域文化之鲜明差异，不同之城市空间就有不同的文化品性。在明清小说里，江南乃是人文渊薮、文献名邦，而其中的苏州更是极为著名的才子之乡。正如《红楼梦》文首所写："当日地陷东南，这东南有个姑苏城，城中阊门，最是红尘中一二等富贵风流之地。"在明清小说中，

---

① 参见何一民：《中国城市史》，武汉大学出版社 2012 年版，第 352、404 页。

苏州几乎成为文采风流的代名词。比如《醒世恒言》卷七："却说苏州府吴江县平望地方，有一秀士，姓钱名青，字万选。此人饱读诗书，广知今古，更兼一表人才。"①再如《型世言》第十一回："话说弘治间有一士子，姓陆名容，字仲含，本贯苏州府昆山县人。……他生得仪容俊逸，举止端详，飘飘若神仙中人，却又勤学好问，故此胸中极其该博，诸子百家，无不贯通。"苏州籍贯的才子如此，才女亦不遑多让。明末清初的小说集《女才子传》主要写了 12 位佳人，多为苏州籍贯，都是色艺双绝的才女，不仅长于诗词歌赋，亦擅琴棋书画。在这样的文化氛围中，甚至出现了如《女开科传》一类的作品，《女开科传》又名《虎丘花案逸史》，讲述的是苏州文人余丽卿与一班诗文朋友纵游青楼，与倚妆等多位颇有文采的女子相识相交，于是决定在苏州城内开设女科，招集众妓女模仿科举进行考试以定高下的故事。苏州才子才女的故事突出展示了江南地区崇文尚学的文化传统。

　　而到了北方的北京，则有不同的地域文化精神。一方面作为"礼仪之邦"的"首善之区"，许多北京人从旗人那里学到了一套更繁复的礼仪规矩；另一方面，尚武同样也是北京较有特色的一种风习。北京位于旧时燕赵之地，既多豪侠之士，同时也承袭了《燕丹子》以来的尚勇不惜身的精神。满族作家文康所著的《儿女英雄传》是一部富有京味的长篇侠义小说，在文康塑造的旗人形象中，侠女十三妹集中展示出满族骁勇尚武的精神。在小说前半部分，出身武官家庭的十三妹性格果敢，路见不平，行侠仗义，既能抱起二百余斤的石头，又凭借高强武艺在能仁寺瞬间就撂倒了十个凶徒，而且杀完后还大喝一声"杀得爽快"，这正是满族文化之尚武传统影响下的人物塑造。再如《永庆升平全传》是清代评书名家姜振明、哈辅源等所作的一部长篇短打侠义评书，在《康熙私访》《马成龙救驾》《张广泰还家》等中篇评书的基础上，结合康熙年间镇压天地会八卦教起义的事件，由贪梦道人整理而成。其中主要人物为手持大瓦刀的马成龙。单口相声中所说的"八大棍"指的就是其中的"马寿出世""宋金刚押宝""张广泰回家""康熙私访月明楼"等著名段落，此故事在清末民初之北京极为风行，小说所宣扬侠义之气，正

---

① （明）冯梦龙：《醒世恒言》，人民文学出版社 1956 年版，第 131 页。

是北京传统尚武尚勇习俗深刻影响下的产物。

　　清晚期至近代为第四阶段，以城市的现代性为中心，"感悟型空间叙事"开始确立起来。这种现代性包含几方面的内容，如工业文明下的城市景观、现代性的生活方式以及叙事内容之现代性。这一时期城市叙事最主要的代表乃是早期海派小说。高楼林立、光怪陆离的洋场背景是海派小说之发端的物质基础与精神背景，自上海设立租界以来，就伴随着西方工业文明的强势入侵，城市景观发生巨大改变，城市地标的崛起不断改造着大都市的建筑格局，四马路消费文化的兴起则标志着上海大众文化空间的形成，在衣、食、住、行等诸方面的都市物质生活不断引领新的时代风尚。这种城市生活具有鲜明的中西交融的特点，既有世俗人生的沉溺，又有商业逐利的活力，世故与精明，保守与开放等多种传统与现代属性相互交织，彼此纠结，难解难分，都生动地投射在早期的海派小说中。这批以十里洋场为主要描写对象的作品主要有《海上花列传》《海上繁华梦》《九尾龟》等，《海上花列传》显然是其中的杰出代表。面对灯红酒绿、纸醉金迷的城市生活，作者们遂有感悟和反思。这种感悟包含了两个层面的内涵：一是来自与城市属性无关的传统叙述惯性，展示风月故事之后的道德劝诫，表达对于纵欲亡身与败家的反思。这种叙述尽管超越于城市属性之上，其中却不免隐含着乡土中国背景下城乡对峙的思维方式；二是对于新型城市生活以及相应生活方式对于人的内在改造的惶惑，工业文明输入的背后是强势西方文化的侵入，城市生活从物质景观到精神内涵皆发生重大变化，中与西、传统与现代的冲突在所难免。提出"没有晚清，何来五四"的王德威曾给予《海上花列传》很高的评价，认为这部作品开始深入到城市精神的纵深处，"试图以一种真正对话方式，进行一场美德与诱惑的辩证"，它对于城市生活的反思指示着海派小说可能的发展方向，并且"预言上海行将崛起的都市风貌"。[①] 当然，由于城市自身发展程度以及作家思想观念的局限，整体而言，这些小说还只是海派小说的滥觞之作，它们更多的是关注叙事内容层面的现代性，只有到了 20 世纪 30 年代新感觉派盛行之时，思想意识和艺术技巧层面的现代意识才更为清晰地

①　王德威：《想象中国的方法：历史·小说·叙事》，生活·读书·新知三联书店 1998 年版，第 31、13 页。

展现出来，到了那时，城市叙事多个维度的现代性才算真正确立。

第四节　核心概念三辨：隐显与表里 —— 城市叙事形态本体论

若将古代城市叙事作为一种相对独立的叙事形态加以考察，我们会发现，古代城市叙事在篇幅上有多有少，在写法上或浓或淡，文本形态颇有不确定性。因为边界漫漶，其叙事的独立性不够显著，如何对其具体形态进行恰当的评判，还需要讨论。要对古代城市叙事形态有个初步判断，古与今的时间维度和中与外的空间维度可以为我们提供探索的方向。古代城市叙事自具特点，一是不同于现代城市叙事。在古典小说逐渐向现代小说过渡中，尤其是五四以来，城市文学逐渐趋于成熟，这一成熟是伴随着工业文明之进入，从而改造了城市空间，城市景观发生了巨大改变，多元的城市空间为现代城市品格奠定了基础。传统城市空间与现代城市空间之不同，也铸就了传统城市叙事与现代城市叙事的不同风貌。二是不同于西方城市叙事。这种不同就更为明显，至少表现在三个方面，其一就文明属性而言，两类城市空间之文明属性有着明显的差异，城市文明的发展进程有别，西方城市较早进入工业文明阶段，而中国城市长期处于前工业文明状态；其二就空间布局而言，西方城市空间有着与中国城市不同的文化景观，如歌剧院、酒吧、议会大厦、墓地，构成了大异其趣的城市系统；其三就空间叙事而言，西方城市叙事有较为悠久的文学传统，无论是现实主义、自然主义、还是象征主义，都比较关注空间感，对于空间描写注重细节化，相比而言，古典城市叙事对空间形态的文学表现不甚典型。

从故事情节来说，城市叙事可分为两种类型，即作为小说主要框架和作为分脉旁枝的城市叙事。前者如《长恨歌传》中的长安叙事，《卖油郎独占花魁》中的杭州叙事，《金瓶梅》中的清河叙事，《歧路灯》中的开封叙事，《风月梦》中的扬州叙事，等等。故事的发生、发展基本上以该城市为中心而辗转起伏，城市贯穿始终，始终是故事上演的舞台，世情描摹与城市空间叙事相得益彰。如《金瓶梅》对于清河县城的精细绘写已为人所熟知，再如《歧路灯》的故事背景就设置在河南开封城，主人公谭绍闻的生养、成长、堕落、觉悟都与这个城市息息相关，作者对于城市街巷、风土人情极为熟悉，几乎写出了一部18世纪开封的世俗风情志。还有《风月梦》则以19世纪扬州城市生活为描写中心，其中穿插了大量的扬州地理风物习俗，跟随着小说主人公的行走路线，场景不断转换，扬州的主要城市地标依次出现，映射出作品的地志结构。同时，小说以闲散笔法白描生活细节，铺陈种种风俗礼仪，体现出扬州特性的城市生活情调，几乎就是一部扬州生活风俗史。相比于主要框架，作为分脉旁枝的情况要复杂一些，比如《水浒传》《儒林外史》《二十年目睹之怪现状》等就涉及多个城市的叙事内容，《水浒传》写到城市繁多，主要有东京、大名府、东平府、渭州、孟州、江州、济州、蓟州、登州、华州、沧州、高唐州、沂水县、华阴县、郓城、阳谷县等，大部分城市的叙述，或构成多条故事支脉，或构成小说中的重要段落，乃是情节推衍不可或缺的重要环节。

就内容篇幅而言，关于城市的叙事是零星的、碎片化的，还是较为完整和系统的，这种划分其实与故事情节密切相关。当城市叙事成为作品的主干，它自然会显得系统和完整，反之，则会变得零碎。由此而论，最为明显的城市叙事当属于一个城市的历史风物传说，也就是说小说之主题和城市传说之主题两者是完全叠合的，不是由人物而及城市，而是由城市而及人物。就古代通俗小说而言，杭州叙事显得颇为典型，以《西湖二集》《西湖佳话》为代表的一批通俗小说集，就是因杭州而写人物，而不是因人物而写杭州，其中的《西湖佳话》就有《葛岭仙迹》《白堤政迹》《六桥才迹》《灵隐诗迹》《孤山隐迹》《西泠韵迹》《岳坟忠迹》《三台梦迹》《南屏醉迹》《虎溪笑迹》《断桥情迹》《钱塘霸迹》《三生石迹》《梅屿恨迹》《雷峰怪迹》《放生善迹》十六个情节生动、富有趣味的城市故事，人物传奇与城市传说相伴相生，所谓"西湖得人而题，人亦因西湖而传"，表现出清晰的杭州地域特色。

城市叙事的浓淡显隐是其形态的一方面，而内外里表则是另外一方面。城市叙事的由表及里，在于指示叙事与主题的关系，在这里包含了两层含义：一是由城市叙事而及文本之整体主题；二是由城市叙事而及城市文化之内在精神。换言之，既关注"叙事"，亦关注"城市"，在一些杰出作品中，两者往往彼此贯通，融为一体。

以主题角度来划分，城市叙事可分为与主题内涵有关的和作为映衬背景的。一般情况下，描写篇幅往往与叙事的重要性成正比，深入细致的刻画体现作者的良苦用心，反之，寥寥数笔，语焉不详，显然表明作者意不在此。在中国古典小说中，却往往会出现这样的反例，有时候城市叙事的意义不是以篇幅多少来论定，甚至是用潜隐的内容来表达深刻的主题。我们说，小说对城市的描写，有些是面对具体的景观物象或者是街巷间发生的故事，因而其城市描绘是明确而清晰的；而有些描写却不是从正面落笔，直接的文字描述并不多，但读者通过细心寻绎可以发现，城市乃成为文本中一种潜隐的精神意象。换言之，正如本书开头我们对于城市叙事之内涵的描述，城市叙事有时是一种情节背景的存在，有时是一种叙事结构的存在，而在特定的情形下，它会成为一种文化想象的存在。

比如《儒林外史》与《红楼梦》中都有金陵（南京）描写，如果说《儒林外史》属于明写，刻画南京风土人情、名士风流，比如第二十四回、二十五回、二十九回、三十回、三十三回、四十一回、四十八回等都有对南京风物的正面描写。比如第三十回写名士高会莫愁湖，"到晚上，点起几百盏明角灯来，高高下下，照耀如同白日。歌声飘渺，直入云霄。城里那些做衙门的、开行的、开字号店的有钱的人，听见莫愁湖大会，都来雇了湖中打鱼的船，搭了凉篷，挂了灯，都撑到湖中左右来看，看到高兴的时候，一个个齐声喝采。"第三十三回几乎全篇写泰伯祠公祭，浓墨重彩，极尽渲染；第四十一回写秦淮河的佛教盛会："转眼长夏已过又是新秋，清风戒寒，那秦淮河另是一番景致。满城的人都叫了船，请了大和尚在船上悬挂佛像，铺设经坛……把一个南京秦淮河，变做西域天竺国。到七月二十九日，清凉山地藏胜会……这一夜，南京人各家门户，都搭起两张桌子来，两枝通宵风烛，一座香斗，从大中桥到清凉山，一条街有七八里路点得像一条银龙，一夜的亮，香烟不绝，大风也吹不熄。倾城士女都出来烧香看会"[1]，可谓细笔

---

[1] （清）吴敬梓：《儒林外史》，岳麓书社 1988 年版，第 243—244 页。

描摹南京的声色繁华，足以令人感受一个城市的肌理纹路和气息脉动。

《红楼梦》则属于暗写。《红楼梦》中对于南京之描绘如同草蛇灰线，时隐时现，若即若离，表现出作者特别的艺术构思与主题意蕴。《红楼梦》中第一次出现"金陵"是在第一回中，"后因曹雪芹于悼红轩中披阅十载，增删五次，纂成目录，分出章回，则题曰《金陵十二钗》"，这具有总领的意义。第二回提到南京的密度明显加大，有四处："雨村道：'去岁我到金陵地界，因欲游览六朝遗迹，即日进了石头城，从他老宅门前经过……'"；"长子贾代善袭了官，娶的也是金陵世勋史侯家的小姐为妻"；"雨村道：'不用远说，只金陵城内，钦差金陵省体仁院总裁甄家，你可知么？'"；"雨村笑道：'去岁我在金陵，也曾有人荐我到甄府处馆。'"第四、五回提到的频次为全书之最，两回共有九处，显示了这两回不同寻常之处。比如第四回："那原告道：'无奈薛家原系金陵一霸，倚财仗势，众豪奴将我小主人竟打死了。……'"；"阿房宫，三百里，住不下金陵一个史"；"东海缺少白玉床，龙王来请金陵王"；"只见那边厨上封条上大书七字云：'金陵十二钗正册。'宝玉问道：'何为"金陵十二钗正册"？'"第五回："宝玉道：'常听人说，金陵极大，怎么只十二个女子？……'"；"凡鸟偏从末世来，都知爱慕此生才。一从二令三人木，哭向金陵事更哀"；等等。此后提到金陵的还有第六、七、十三、十六、三十三、四十六、五十六、七十四、九十三、九十七、九十九、一百零一、一百零六、一百零七、一百零八、一百一十一、一百一十四、一百一十五、一百一十六、一百一十九、一百二十回，在小说行将结束的部分，"金陵"描写的照应意味已较为分明。如第一百一十四回："门上的进来回道：'江南甄老爷到来了'。……那甄老爷即是甄宝玉之父，名叫甄应嘉，表字友忠，也是金陵人氏"；第一百一十六回："宝玉……伸手在上头取了一本，册上写着'金陵十二钗正册'。……一面叹息，一面又取那'金陵又副册'看，……"；第一百二十回："且说贾政扶贾母灵柩，贾蓉送了秦氏凤姐鸳鸯的棺木，到了金陵，先安了葬"；等等。总结小说中出现的对于金陵（南京）有意无意的种种描写，大致包含了几层含义，首先是贾府旧籍故家，其次是贾母老祖宗的娘家，再就是与贾府联姻的王薛旧籍，再就是时时作为贾府影子存在的甄家所在地，就地名指称而言还是"金陵十二钗”的归属地。在小说中，真实的南京景观显然面目模糊，但是南京作为一种独特的城市意象，却令人印象深刻，正如梅新林所指出："作为一种精神和心理氛围弥漫于整部《红楼梦》中，又似乎作为一种与现实隐然相对并可以连接过去与未来的精神象征高悬于《红楼梦》的现实时空之上。有时你虽然未见'金陵'一词，但你却同样可以在'金陵'与'金陵'的间隙中强烈而真切地感受到它的存在。"① 它就像一个不动声色，却又巍然存在的精神地标，暗嵌在《红楼梦》迷离的小说地图中，它不是主要人物行走的必经路线，却被主要人物不断地回望和凝视，甚至魂牵梦绕，成为不朽的精神寄托与归宿。

在四大名著当中，还可看到这样的个案，《三国演义》对于城市内容着墨不多，却凸显出"城"文学的主题内涵，正可谓是用潜隐的城市内容来表达较为深刻的主题。

《三国演义》几乎写及了三国时期所有重要城市，如长安、洛阳、徐州、许昌、下邳、襄阳、荆州、冀州、益州、武昌、建业等无不出现在小说中，但是小说在写到这些城市时，并不关注城市景观与民众生活，而着意于描绘城池的攻伐争夺。我们认为《三国演义》以其艺术的描绘总结性地建构了一种人城关系模式。

《三国演义》② 的核心情节都是围绕城池的争夺而展开，小说几乎就是一部城池征战史。无论是后方谋士运筹帷幄、精心布局，还是前线将士冲锋陷阵、奋勇杀敌，都以此为出发点和落脚点。汉末群雄并起，都以夺城、守城作为兵家立身之本。在小说中，几乎没有哪一回不涉及城的争夺攻伐，以前十回为例，第一回青州之战；第二回阳城之战、宛城之战、渔阳之战；第三、四、五回是各方诸侯攻洛阳，包括汜水关之战、虎牢关之战等；第六回荥阳之战；第七回冀州之争、樊城之战、襄阳之战；第八、九回王允使美人计杀董卓，李傕、郭汜攻陷长安；第十回马腾攻长安，曹操战青州。以此管中窥豹，可见书中所写，无论是武将力敌，还是谋士智取，其重点皆在于城市的攻守。即使许多战争并不是发生在城市附近，甚至远离中心城市，其最

---

① 梅新林：《〈红楼梦〉的"金陵情结"》，《红楼梦学刊》2001 年第 4 期。
② 以下所引文字出自（明）罗贯中：《三国演义》，岳麓书社 1986 年版。

终目的还是为了争夺城池。典型如第三十回官渡之战，袁绍南下与曹操会战于许昌之北、黄河之南的官渡，正是欲由河北进军河南，剑指汉献帝所在的许昌。

城与城的对抗，乃指人城合一，与城市结成利益共同体，与别城所代表的利益集团进行对抗，其内涵既包括个体对城市安全的依赖，更强调以城池为目标的利益争夺。作为最为古老的一种人城关系模式，战争时代的个体对于城市有着较为强烈的依附心理。《三国演义》第二十八回刘、关、张失散，关、张寻兄，关公劝张飞先据古城静候，"张飞便欲同至河北。关公曰：'有此一城，便是我等安身之处，未可轻弃。我还与孙乾同往袁绍处，寻见兄长，来此相会。贤弟可坚守此城。'"再如小说第八十二回："孙桓引败军逃走，问部将曰：'前去何处城坚粮广？'部将曰：'此去正北彝陵城，可以屯兵。'桓引败军急望彝陵而走。"都凸显出战乱时代"城"的意义。城与城在战争中的拉锯与相持，其最终目的无疑都是以此作为政治筹码，以实现政治利益的最大化，这在割据势力烽烟四起的三国时代尤其如此。《三国演义》中的城市描绘始终处于淡写的状态，但这并不妨碍小说对中国传统社会战争时代人城关系进行完整呈现与深刻总结。

以上对《红楼梦》与《三国演义》中相关城市叙事的分析至少可以给我们两方面的重要启示：一是叙事笔法上的浓淡并不必然对应叙事主题的显隐，二是引入城市空间与个体生存的关系主题可以为我们读解文学作品提供新的视角与路径。

当然，就整体趋势而言，我们必须承认，从汉魏到明清，中国古典城市叙事在形态上经历一个由隐而显，由表而里的过程，在此过程中，城市发育程度及其形态不断发生改变，城市认知以及由外而内的城市心理结构因此发生改变，对于城市的审美和更为丰富的文学性表达也逐渐萌发，这个过程也就是城市叙事逐步由自发走向自觉的过程，这是城市空间拓展至于巨变、叙事主体意识觉醒至于张扬的历史必然趋势。

第一章　宋前城市叙事的"都城圣咏"

作为先秦最重要的文化典籍之一，《诗经》展示了广阔的社会场景，涉及当时民众之衣、食、住、行等诸多方面。城市作为民众的聚居地，正处于初创时期，在诗人笔下，我们可以发现关于城市聚落地逐渐筑造并形成的各种描绘，从而寻觅到城市生成初期人们劳动与生活的状态，也可以倾听他们对于城市的热情歌咏。

汉魏六朝时代的城市发展至新阶段，尤其是国都或者作为郡府治所的城市，规模不断扩大，城市生活日益丰富，许多已成为具有强大辐射力的政治、经济、文化中心。与之相伴的是，城市叙事也迎来了一个繁荣的时代。在西汉后期到东汉前期散体赋中，出现了"京都赋"，这是一种以描绘歌颂都城为主的赋体城市叙事，文人怀抱推崇与颂赞之情，在对宫宇楼阁、风土人情的夸饰铺陈中充分展示城市的雄伟壮观与繁华富丽。此外，汉魏六朝时期还出现了以《西京杂记》与《洛阳伽蓝记》为代表的都城笔记，它们为早期城市叙事增添了诸多活力。

唐代的城市叙事以长安和洛阳为代表，作为唐王朝的"双都"，就政治、经济、文化的综合而言，很难有其他城市可与之比肩。此"双都叙事"涵盖了物质文化、精神文化与制度文化的各个方面，全面立体、淋漓尽致地展示双都的帝都气象。具体而言，笔记小说中的双都叙事是由许多种类别叙事交错而成。就城市空间而言，双都叙事可分为宫廷叙事、楼观叙事、坊巷叙事、山水名胜叙事；就题材内容而言，可分为爱情叙事、民俗叙事、娱乐叙事、商业叙事、国际交往叙事等；就叙述主体而言，则可分为帝王叙事、进士叙事、侠客叙事、倡优叙事等不同类型。有时候这些叙事内容相互交错渗透,很难截然分开。相比而言,长安叙事比之洛阳叙事出现的频次更高,范围亦更广。由于拙著《古代小说与城市文化研究》[①]对于相关叙事的文本内容已有较为详细的论析,这里不再单列章节赘述。

从先秦以来,尤其是由汉至唐,就都城叙事而言,尽管文体发生明显变化,从京都赋到都城笔记,再到传奇笔记小说,关注的重心也发生转移,但是弘扬与标举帝都文化的主轴基本没有动摇。这种由都城到国家、以都喻国的文化心理,正是"都""国"同构的心理图式。

第一节 "诗骚"中的城市歌咏

《诗经》关于城市的歌咏是多方面的,比如有建都吟咏、城郭恋歌、宗社祭歌、宫室燕歌、故都之思,等等,其中又以建都吟咏、城郭恋歌、故都之思和城市关系更为密切。比如《诗经》中周人的建都吟咏,共有8篇之多,它们大都在《大雅》中,如《绵》《公刘》《崧高》《烝民》《皇矣》《文王有声》《韩奕》等篇中都有关于建都或都城意象的描绘,这些诗歌或反映周代先人建造都城的情况(《绵》《公刘》);或是周王朝建立以后,赞赏文王、武王建都、迁都之功绩(《皇矣》《文王有声》);或是周王朝派其他诸侯大臣前往其他地方筑城的情况(《崧高》《烝民》《韩奕》)。再就是城郭恋歌,《诗经》中的城郭恋歌数量不少,如《静女》《桑中》《东门之墠》《子衿》《出其东门》《园有桃》《东门之枌》《东门之池》《东门之杨》等。这些爱情婚恋诗内容丰富多样、感情淳朴,反映了当时城市居民的婚恋观念。另外,还有对于故都的追怀,相关篇章则有《黍离》《权舆》《下泉》等。

除了《诗经》中的"黍离之悲"和故都之思之外,在《楚辞》的《哀郢》等作品中,我们还可以发现对于楚国郢都的追念。虽然诗歌的主要意图并不在于对郢都城市本身的描写,但它客观上还是描绘了郢都的历史样貌,通过今昔对比,以郢都往日之繁华、富足来反衬今日之衰败、颓弊,从而表达作

① 参见葛永海:《古代小说与城市文化研究》,复旦大学出版社2004年版,第23—70页。

者对于故国往日繁华的怀恋，以及如今山河沦陷、国破家亡的哀痛与无奈。

一、《诗经》中的建都吟咏

《诗经》是我国最早的一部诗歌总集，大约产生于西周初年至春秋中叶。《诗经》是古人集体智慧的结晶，其创作者应包含了社会各个阶层人士，其题材多样，涉及当时社会生活的各个方面，具有丰富的思想内容。

《诗经》中的《雅》分为《大雅》和《小雅》，是当时宫廷贵族的乐曲，主要表现的是奴隶主上层社会的生活。《诗经》中的建都吟咏（《绵》《公刘》《崧高》《烝民》《皇矣》《文王有声》《韩奕》）主要出自《大雅》。早期城市一个重要功能在于修建高大之城墙以抵挡敌人的进攻，在冷兵器时代，这就意味着生存的基础与发展的可能。所以强大城市或都城的建设，是国家或氏族强盛的重要标志。了解了相关的背景，也就能够理解《诗经》中描绘城市建造的篇章为何会反复出现，相关建都吟咏不但表现内容较多，而且其语调与风格较为一致，大多包含颂扬与骄傲之意。

《生民》《公刘》《绵》《皇矣》《大明》是周民族的史诗，它较系统记录了周民族的发展过程。《生民》《公刘》《绵》主要是描写周人的祖先带领大家走出穴居的岩洞，到平野聚居，然后选定地址，兴建都城的过程，奠下基业的周人部落逐渐发展强大，为日后取代商朝、问鼎天下奠定扎实的国力基础。

《公刘》着重记载了周代先祖之一的公刘迁豳以后开创基业的历史故事，所谓"乃相土地之宜，而立国于豳之谷焉"（朱熹《诗集传》）。诗之开头部分写公刘出发前的各种准备。作为部落之长，公刘具有很强的组织才能。他在邰地划分土地疆界，带领民众开始辛勤的农业生产，将成熟的农作物全部入库，又将粮食做成干粮加以保存，然后，带领大部队携带弓箭干戈等各种武器，踏上了前往豳地的迁徙之旅。以下各章循环复沓，写到到达豳地以后的各种举措，"逝彼百泉，瞻彼溥原，乃陟南冈，乃觏于京。京师之野，于时处处，于时庐旅，于时言言，于时语语"，公刘身先士卒，善于谋划，先是到原野上进行勘察，有时登上山顶四下眺望，值得注意的是诗中"京师之野"的说法，朱熹《诗集传》曰："京师，高丘而众居也。董氏曰：'所谓京师者，盖起于此。'其后世因以所都为京师也。"① 此说当可聊备一说。在大致选定地址之后，公刘率领众人开始了建立都城的各种准备，他时而察看泉水，时而测量土地，然后开始对建房、种植、养殖、采石等进行全面的规划。当所有的一切大体就绪，人们举行了盛大的宴会，庆祝新都城的建立，然后推选他们的领袖。诗篇将公刘筚路蓝缕、建立邦国的过程，描绘得栩栩如生，较为生动地呈现出一幅先民艰苦创业又其乐融融的生活图景。

《绵》同样较详细地记录了周人先祖从穴居到建立都城的全过程。古代民众尚未在地面上建造房屋之前，他们的居所乃是所挖的窑洞或地穴，所谓"陶复陶穴，未有家室"。为避免敌人的侵袭骚扰，周人先祖古公亶父带领族人到岐下定居，才开始在地上建立屋宇，发展农业生产。在诗中，我们可以看到周人祖先古公亶父在建立都城时，先是要察看地势，"周原膴膴，堇荼如饴"，在地址选定以后，才开始进行前期的筹建工作，"爰始爰谋，爰契我龟。曰止曰时，筑室于兹"。在经过了仔细的谋划、计算之后，古公亶父就率领族人们开始真正建造都城的过程。所谓"凡事预则立，不预则废"，在原始社会，周人祖先在建造城池时就已有预先规划的思维，开展前期的勘察地形、寻找良址等工作，实属难得。

通过对周人建都过程的书写，我们得以了解到当时古典城市的一些基本特征。首先，它与近现代以来城市一般在工商业繁荣的基础上发展起来的历程迥然有别，此类古典城市的内涵与我们当下所指的城市内涵并不相同，《绵》所描述的城市，农业是其根本。从诸如"乃慰乃止，乃左乃右，乃疆乃理，乃宣乃亩"的描写中，我们可以看到当时农业已获得一定程度的发展，先民已懂得疏导沟渠，修治田垄，来增加农业产量，而不是全然靠天吃饭。在《载芟》中也有关于城市农业的描写："有略其耜，俶载南亩，播厥百谷。实函斯活，驿驿其达。有厌其杰，厌厌其苗，绵绵其麃。载获济济，有实其积，万亿及秭。为酒为醴，烝畀祖妣，以洽百礼。有飶其香，邦家之光。"从中我们可看出周代农业经济的发展与相对的繁荣状况，在诗人笔下，

---

① （宋）朱熹集注：《诗集传》，上海古籍出版社 1980 年版，第 196 页。

五谷丰登，粮仓丰盈，祭祀中祭品芳香洋溢，其中显然不乏奴隶主贵族的溢美之词，对奴隶制王朝的粉饰，但在一定程度上我们还是可以窥见当时城市规模以及经济发展状况。其次，城市的主要功能是军事防御与充当政治中心，所谓"百堵皆兴，薨鼓弗胜"，"乃立皋门，皋门有伉。乃立应门，应门将将。乃立冢土，戎丑攸行"。"百堵皆兴，薨鼓弗胜"即"百堵高墙，一齐筑成"，"皋门"即都城的城门高大轩昂，"应门"即王宫宫门严正端庄，"冢土"指的是高大的祭土神的坛。有两个信息值得关注：一方面，高大、坚实的墙体是防御敌人的工事；另一方面，原始社会时期在"祖先崇拜""天赋王权"等思想的影响下，城中宗社祭坛成为一个部族最为神圣之所在，是最重要的政治、文化中心。

关于都城建设的描写在其他诗篇中也有反映，如《崧高》亦较为典型。《崧高》是周宣王臣子尹吉甫赠给申伯之作，申伯在王室为卿士，出为方伯封于谢，镇抚南方侯国。此作旨意即是歌颂申伯辅佐周室的功绩。其中有关于谢地都城的描写，"于邑于谢，南国是式"，"邑"即国都，周王命申伯在谢地即卫国建立都城。在此地建卫都之前，周王又命召伯去谢地勘察建都地点："王命召伯，定申伯之宅"。选定地点之后，申伯就率领谢人建立都城："因是谢人，以作尔庸"，"王命召伯，彻申伯土田。王命傅御，迁其私人"，建成之后，诗咏道："有俶其成，寝庙既成。即成藐藐，王锡申伯。"由此正可见出建造都城在分封时代的重要政治意义和军事价值。

《诗经》中关于建都的吟咏还有多处，显然这些诗作的本意并不在正面描绘都城的构造和景观，但客观上我们得以了解商周时期社会整体的发展状况以及城市建设的历史演进，从穴居、窑洞到城市聚居，从中可以看到早期城市功能的逐步发展以及城市建制上的一些特点，为我们研究中国早期的城市文化提供了重要素材。另外，在《绵》等作品描写城市建造的过程中，我们还看到早期农业的生产情况以及中国宗社祭祀的萌发状态，通过这些发生在城市中的宗社祭祀活动，我们以此观察到早期城市中民众生存较为真切的生活场景与精神状态，进而理解早期城市的文化特性。

二、《诗经》中的城郭恋歌

相比而言，城郭恋歌是一类主题性更为聚焦的文学书写。《诗经》中的城郭恋歌计有《桑中》《静女》《子衿》《东门之墠》《出其东门》《园有桃》《东门之枌》《东门之池》《东门之杨》等多首，所写多为男女约期会见时情景，地点大都是在城郭内外的宗社、楼阁、郊野、水畔、山边等。比如《诗经·鄘风·桑中》就是一首著名的情诗，诗云："爰采唐矣？沫之乡矣。云谁之思？美孟姜矣。期我乎桑中，要我乎上宫，送我乎淇之上矣。"诗歌轻快活泼，以男子口吻吟出，他在劳动的时候，回忆起曾和姑娘约会的情景，情之所至，随口吟唱此歌，表达对美好爱情的追求。[1]

《桑中》的"桑中"和"上宫"被认为与社祭有关，诗歌中所写的就是男女青年在社祭时幽会的恋歌。一般认为，社日是上古青年相恋、婚配的节期，桑林则是社日期间男女幽会的场所。青年男女在社日节可以自由交往，择偶婚配。杨伯峻《春秋左传注》云："社是曹之国社，宫乃社之围墙。"社宫就是举行社祭的场所。郭沫若《甲骨文研究》以为："桑中即桑林所在之地，上宫即祀桑之祠，士女于此合欢。"陈子展《诗经直解》引《汉书·地理志》曰："卫地有桑间濮上之阻，男女亦亟聚会，声色生焉。"鲍昌《风诗名篇新解》综合诸说，考辨最为翔实，认为原始时期存在泛灵崇拜，农业神与生殖神祭祀活动彼此贯通起来，"在许多祀奉农神的祭典中，都伴随有群婚性的男女欢会"[2]，这种风俗习惯在当时应较为普遍，故体现在民间歌咏之中。《诗经》中还有许多以桑中为舞台的爱情诗篇，像"隰桑有阿，其叶有难。既见君子，其乐如何！"（《小雅·隰桑》）、"彼汾一方，言采其桑。彼其之子，美如英。美如英，殊异乎公行。"（《魏风·汾沮洳》）所以，《左

---

① 对于《桑中》主题有不同观点，或以为暴露世族贵族男女淫奔之作，或以为青年男女的相悦之词。《毛诗序》指出："《桑中》，刺奔也。"朱熹等持前说者大多是受《毛诗》影响，并举姜、弋、庸乃当时贵族姓氏为证。此说明显有穿凿之处，仅凭姓氏难以论定主人公身份。况且，诗序本就是汉儒以"比兴"解诗的产物，其对诗旨的解释时有牵强附会之处。而持后说者往往纯从诗歌本意出发，认为全诗轻快活泼，表现了青年男女的炽烈爱情，并无讽刺之意，更谈不上是贵族男女淫乱后的无耻自白。

② 鲍昌：《风诗名篇新解》，中州书画社1982年版，第123—133页。

传·成公四年》称申公巫臣与夏姬的爱恋就是"桑中之喜"。屈原《天问》中追问"焉得彼涂山女，而通之于台桑？"古老的桑园因为有着太多的故事，以至于成为一个爱的隐语。后世便有了"桑中之约"的说法，指的就是男女约期幽会。清代蒲松龄在《聊斋志异·窦氏》中还有"桑中之约，不可长也"之语。

除了国社附近的桑中外，男女约会之所往往与城楼或城墙有关。例如《邶风·静女》一诗，就是歌唱男女青年幽期密约的民歌，描写了一对青年男女幽会时的美好情景。诗选取了青年男女爱情生活中的一个约会场景，再现了他们幽期密约的整个过程。首章写始赴约会，其地点是"城隅"，时间则可想象当是在一个有月亮的夜晚。"俟我于城隅"，约会地点是城墙拐角处，男子先到，姑娘后至。"爱而不见，搔首踟蹰"，描写小伙子不见姑娘时的焦急与期待。终于，温柔漂亮的姑娘赠给他彤管和茅芽，"匪女之为美，美人之贻"，物因人美，他把这些都视为珍宝。两人之约，不仅相见，而且富有感情地赠送礼物，约会的场景获得了生动的展示。另有一首《子衿》则写一个女子在城楼上等候她的恋人，诗云："青青子衿，悠悠我心。纵我不往，子宁不嗣音？青青子佩，悠悠我思。纵我不往，子宁不来？挑兮达兮，在城阙兮。一日不见，如三月兮。"吴闿生《诗义会通》："旧评：前二章回环入妙，缠绵婉曲。末章变调。"尤其是最后一章，"挑兮达兮，在城阙兮"，写她在城楼上因久候恋人不至而心烦意乱，来来回回地走个不停，"一日不见，如三月兮"，觉得虽然只有一日不曾相见，却好像分别了三个月那么漫长，极为真切地写出了爱情炽烈如火的内在感受。

作为反映现实生活的诗歌来说，《诗经》最早把市井风貌与市民情感融合起来，诗歌中不断出现了"城隅""东门""北门"等意象，展示了作者对于城市格局的空间站位和理解角度。古时的市场之所以多靠近城门，是出于交通与物流的方便考虑，同时也为情爱男女提供了较好的约会地点，亦可知城门作为当时的城市地标，地点的形象辨识度鲜明。在《诗经》中关于男女相约的爱情篇章不可谓少，就具体地点方位而言，《诗经》中以"东门"为题的诗歌作品就有5首之多，可谓不约而同，由此可知"东门"在男女青年心目中独特的地位。下面我们不妨一一予以简要赏析。

比如《郑风·东门之墠》：

> 东门之墠，茹藘在阪。其室则迩，其人甚远。
> 东门之栗，有践家室。岂不尔思？子不我即！

对本篇的主旨古今认识较为一致，《毛诗序》虽冠上"刺乱"的字样，但也不否认写的是"男女有不待礼而相奔"的内容，郑笺更明确说此是"女欲奔男之辞"。方玉润《诗经原始》则认为是"托男女之情以写君臣朋友之义"，但这也没有离开"男女之情"。

再如《陈风·东门之杨》：

> 东门之杨，其叶牂牂。昏以为期，明星煌煌。
> 东门之杨，其叶肺肺。昏以为期，明星皙皙。

又是在这个陈国都城的"东门"外，主人公等待久候不至的情人。入笔甚美，点出景物，守望于婆娑多姿的杨树下，耳畔吹过风吹树叶的声响，所谓"其叶牂牂"，"其叶肺肺"。由于情人迟迟未曾出现，主人公的心境逐渐发生改变，约在黄昏，此刻却是清晨，两相对比，爽约的失望与痛楚尽在其中。朱熹《诗集传》分析此诗说："此亦男女期会而有负约不至者，故因其所见以起兴也。"在《诗经》常用的赋、比、兴手法中，其实此诗所采用的并非是托物起兴之"兴"，而是细致描绘的"赋"之手法。从白杨树"牂牂"之声入手，以明星"煌煌"之景作结，展示了极具时间跨度的等待，揭示了心境的转换与改变。作者不曾正面抒发焦虑与伤感之情，而失望、悲伤之情自现。诗中的景物描摹颇具特色，伴随情感波澜起伏而被赋予特别之主观色彩，造成了似乐还哀的氛围变化的效果。

再如《郑风·出其东门》：

> 出其东门，有女如云。虽则如云。匪我思存。缟衣綦巾，聊乐我员。
> 出其闉阇，有女如荼。虽则如荼，匪我思且。缟衣茹藘，聊可与娱。

　　对于这首诗的主旨，旧说颇有争议。《毛诗序》以为是"闵乱"之作，在郑之内乱中"兵革不息，男女相弃，民人思保其室家焉"；朱熹《诗集传》则称是"人见淫奔之女而作此诗。以为此女虽美且众，而非我思之所存，不如己之室家，虽贫且陋，而聊可自乐也"。清姚际恒《诗经通论》则说："小序谓'闵乱'，诗绝无此意。按郑国春月，士女出游，士人见之，自言无所系思，而室家聊足娱乐也。"郑之春月，也确如姚际恒所说，乃是"士女出游"、谈情说爱的美妙时令。此诗所展示的是男女聚会于郑都东门外的一幕。所谓"出其东门，有女如云""出其阖阄，有女如荼"，正是一幅男女相悦的美好景象。

　　还有《陈风·东门之枌》：

> 东门之枌，宛丘之栩。子仲之子，婆娑其下。
> 榖旦于差，南方之原。不绩其麻，市也婆娑。
> 榖旦于逝，越以鬷迈。视尔如荍，贻我握椒。

　　这是一首描写男女爱情的情歌，它反映了陈国当时尚存的一种社会风俗。朱熹《诗集传》曰："此男女聚会歌舞，而赋其事以相乐也。"举行狂欢有一定的地方，这也与祭祀仪式所要求的地点相关。祭祀中有庙祭和墓祭两种。庙祭有一些相应的建筑，如宫、台、京、观、堂、庙等，《诗》中的灵台、阆宫、上宫都是与上述祭祀狂欢相关的地方。墓祭则多在郊野旷原。溱洧、汉水、淇水等河边旷野也都是与上述祭祀狂欢相关的地方。历史上，燕之祖、齐之社稷、宋之桑木、楚之云梦是远比"南方之原"更为著名的祭祀狂欢地。

　　还有《陈风·东门之池》：

> 东门之池，可以沤麻。彼美淑姬，可与晤歌。
> 东门之池，可以沤纻。彼美淑姬，可与晤语。
> 东门之池，可以沤菅。彼美淑姬，可与晤言。

诗歌描写的是一个群体劳作的场景：一群青年男女在护城河里浸麻、洗麻、漂麻。在先秦时期，种植、浸洗、梳理大麻、芝麻乃是农村主要劳动内容。这首诗借用劳动场景描写男子对美丽女子淑姬的爱慕，展示了两人之间的情投意合。诗歌的描写是从浸麻、洗麻的"东门之池"起笔，如朱熹所言，"此亦男女会遇之词，盖因其会遇之地，所见之物以起兴也"（《诗集传》）。诗歌以浸泡麻起兴，不仅写明情感发生的地点，也暗示了劳动中情感交流的不断加深，麻可泡软，正意味情意的深厚，而根本的还在于两人可以相互畅谈心曲。年年在护城河沤麻，年年有男女青年相聚劳动谈笑唱歌，《东门之池》男女相悦的欢歌笑语也会持续飘荡在护城河上。

以上这些诗作不约而同地以东门为描写背景，显然形成了一道独特的风景线。令人感兴趣的是，作者们为何会不约而同地选择以"东门"为题材创作情诗，换言之，当时的男女青年为何会将"东门"作为主要相会地点。"东门"地点的选择应该与祭祀活动密切联系。通过诗歌中透露的信息，我们知道，《诗经》中东门恋歌所歌咏的内容与当时开展祭祀祈祷活动的各种情景交织在一起。如《东门之墠》有"东门之栗，有践家室"之句，这里所说的"栗"当有其渊源，应该是指当时祭社时所用之木，根据《论语·八佾》所解释，"哀公问社于宰我，宰我对曰：'夏后氏以松，殷人以柏，周人以栗'"。再就是《东门之枌》中提及的"枌"，这应该也是各类社木中的一种，早在汉代初年就设有枌榆社，《史记·封禅书》："高祖初起，祷丰枌榆社"[1]，《汉书·郊祀志上》亦载："高祖祷丰枌榆社"，并按时祭祀。章帝章和元年（87）农历八月，遣使祠枌榆社。可见以栗木、枌木作为社木开展祭祀活动有着极为悠久的历史。在相对固定的时间比如春分戊日前后，先民会举行盛大的祭社典礼，这带有鲜明的官方属性，是周王朝从国家礼制高度确立和组织的社会活动，因此参与面非常广泛，青年男女在社庙附近参加典礼的同时，显然也获得了更多相识交流、娱乐欢会的机会，这种宽松的文化氛围为他们之间爱情的萌发提供了某种可能。[2]

由于远古以来的祭祀传统，东门之外逐渐由传统的祭祀之地变为一个

---

[1]　（汉）司马迁撰：《史记》，中华书局 1959 年版，第 1378 页。

[2]　董雪静：《〈诗经〉东门恋歌与周代礼俗》，《淮阴师范学院学报》2005 年第 5 期。

热闹的群聚之地和青年男女相亲定情的约会之所。这种独特背景也造就了东门恋歌的群体性和开放性。比如《郑风·出其东门》就描绘了城门外喧阗热闹、游人如织的场景，"出其东门，有女如云。虽则如云，匪我思存"。就当时的历史场景来看，公开性的大规模的祭祀活动刚刚结束，青年男女就在东门外相约见面，楼前树下互诉衷情。与一般描写男女恋情大多带有私密性不同，《诗经》"东门"恋歌向我们展示的男女恋情更多带有群体活动的特征，这也是《诗经》中大多数的城郭恋歌向世人所展示的重要特征。

三、黍离之悲与故都之思

《诗经》中的关于故都之思的歌咏计有《黍离》《权舆》《下泉》等多种，其中以《黍离》最为知名，影响亦最为深远。

关于《黍离》的背景，诗序曰："闵宗周也。周大夫行役至于宗周，过故宗庙宫室，尽为禾黍，闵周之颠覆，彷徨不忍去，而作是诗也。"毛传："彼，彼宗庙宫室。迈，行也。靡靡，犹迟迟也。摇摇，忧无所想。"假若此诗的创作背景正如诗序所言，我们可以大致还原当时的情境：在周平王东迁之后，某位周大夫因为行役来到了曾经的都城镐京，放眼望去，已是繁华落尽，旧日城阙几乎荡然无存，一个曾经的王朝连背影都如此迷离，只有黍苗在无休止地疯长，这些都令感受今昔变化的作者悲不自禁，伤感不已。三章间结构相同，将同一意象加以凝聚和渲染，完成时间流逝、情景转换、心绪抒发三方面的推衍，在迂回往复之间表现出主人公不胜忧郁之状。诗人在茂密成行的黍稷之间徘徊，便情不自禁忧伤起来。黍稷之苗随处而生，本无知无觉，诗人从眼前之景到心中之事，不由触发了诗人的诸多遐想与绵延愁思。伴随着黍稷的成长，从出苗到成穗再到结实，那股伤感越来越浓，从"中心摇摇"到"中心如醉"再到"中心如噎"。就这样，诗人步履蹒跚、心情沉重地行走在缺乏生机的小径上，不禁心旌摇摇，无限惆怅。这种失落与怅惘似乎还可以承受，更深的是不被理解的悲哀，"知我者谓我心忧，不知我者谓我何求"。这是众人皆醉我独醒的尴尬，这是心智高于常人者的悲哀。这种大悲哀诉诸人间是难得回应的，只能质之于天："悠悠苍天，此何人哉？"苍天自然也无回应。每一章后半部分的这两句感慨尽管在内容形式上并无二致，但是不断的重复，显然加重沉郁之气，如同痛定思痛后的长歌当哭，令人无限唏嘘。

关于《黍离》的主题，学界早有定论，所登临的城市废墟凝固了一座城市曾经繁华的背影，弥散在诗人心弦上的哀伤在历史的长廊中经久回响，早已谱成了音符而成为永恒的悲怆。后来诗人登临故地，咏怀古迹，品评过往，虽然感兴风生，观古今沧海桑田，兴废存亡，而无限感怀，却不免隔空遥想，很难有真正沉郁的伤痛。《黍离》的作者却是身心投注的历史当事人，故戴君恩说："反复重说，不是咏叹，须会无限深情。"以一个孤独的个人来哀悼沉重的历史，"不知我者，谓我何求"，与其说是以天下为己忧者的悲哀，不如说，更是"不知"者的悲哀。清代王心敬评价说："通篇不指一实事实地实人，而故国沦废之况，触目伤心之感与夫败国基祸之恨，一一于言表托出"（《诗经说》），可谓切中肯綮。关于"黍离"之悲，后世遥相呼应，吟咏不绝，如曹植《情诗》诗句："游子叹《黍离》，处者歌《式微》"；北魏杨衒之《洛阳伽蓝记》序："麦秀之感，非独殷墟；黍离之悲，信哉周室"；宋代柴望《多景楼》中诗句："昔日最多风景处，今人偏动黍离愁"，可见其深远。

在《诗经》中还有一些作品弥漫着故都之思，比如《曹风·下泉》，就与《黍离》有异曲同工之意，都表达一种故都之思。其诗云：

> 冽彼下泉，浸彼苞稂。忾我寤叹，念彼周京。
> 冽彼下泉，浸彼苞萧。忾我寤叹，念彼京周。
> 冽彼下泉，浸彼苞蓍。忾我寤叹，念彼京师。
> 芃芃黍苗，阴雨膏之。四国有王，郇伯劳之。

此诗兴中有比，开头以寒泉水冷，浸淹野草起兴，喻周室的内乱与衰微，写出了作者触景而生的历史悲情。接着以直陈其事的赋法，慨叹缅怀周京，诗中的周京指的是周朝的京都，为天子所居，与其后的"京周""京师"同义。而三章的复沓叠咏，更是把这种悲凉之感推向极致。到了末章则语调忽变，描绘周王朝鼎盛之时，万国竞相朝拜的盛况。

关于诗歌的主旨，高亨《诗经今注》云："曹国人怀念东周王朝，慨叹王朝的战乱，因作这首诗。"清方玉润《诗经原始》云："此诗之作，所以念周衰、伤晋霸也。使周而不衰，则'四国有王'，彼晋虽强，敢擅征伐？"刘沅《诗经恒解》云："周衰，大国侵陵，小国日削，王纲解而方伯无人，贤者伤之而作。"汉焦赣《易林·蛊之归妹》繇辞"下泉苞稂，十年无王；荀伯遇时，忧念周京"。

关于诗中最后一章抑而后扬的写法，评论者给予了很高的评价。清陈继揆《读诗臆补》说："感时追忆，无限伤心，妙在前路绝不说出。读末章正如唐天宝乱后，说到贞观盛时，一似天上人，令人神驰，而不觉言之津津也。"牛运震《诗志》说："末章忽说到京周盛时，正有无限怅想，笔意俯仰抑扬，甚妙。"历经缭乱之后回望当年盛况，感悟世事变迁，此种意识和笔法当对后来的《开元天宝遗事》《东京梦华录》《板桥杂记》等此类城市叙事之杰作有所启发。

正因先秦时期"城""都""国"之三位一体，使得诗中的城市意象同国家形象紧密结合了起来。而城市歌咏的出现也具有了更为深广的政治文化意涵，这时的城市诗所表达的"都国一体"无疑可以看作向后代同类诗歌作品演进的重要发端。

四、《楚辞》中的郢都哀歌

郢都是楚国的主要都城之一。在今湖北江陵城西北纪山南，故又名纪郢或纪南城。春秋前期，楚武王五十一年（前690），"伐随。武王卒师中而兵罢。子文王熊赀立，始都郢"[1]，这是楚国建都于郢的开始。公元前278年，秦将白起破郢，楚顷襄王迁都于陈，楚国都于郢前后长达400余年。

建都于郢是楚国中兴的开始，楚都自迁郢以来，经上述数代君主苦心经营，开拓疆土，使楚国成为版图最大的诸侯强国。它东至大海，西至巫夔、

---

[1]　（汉）司马迁撰：《史记》，中华书局1959年版，第1695页。

黔中,南至苍梧、五岭,北至中原。它由僻处荆山,"土不过同(方百里)"的一个蕞尔小邦,发展成一个"地方五千里"的泱泱大国。正因为如此,楚人对于郢都有着特殊的情感,这种情感在《楚辞》中的屈原诗歌里表现得最为深沉和执着,从恋郢到哀郢,这一情感主线贯穿了屈原的诸多作品。

屈原作《惜诵》诗时,已遭谗被疏,但似仍在郢都,因而痛惜地陈述自己一心为国,忠言直谏,却遭谗见疏的遭遇,抒发悲愤之情。诗中对于去留郢都颇为犹疑。诗云:"欲儃佪以干傺兮,恐重患而离尤。欲高飞而远集兮,君罔谓汝何之?欲横奔而失路兮,坚志而不忍。背膺牉以交痛兮,心郁结而纡轸。"[1]诗人低首徘徊,欲走还留,不忍离开郢都,欲继续事君报国,但又恐再次被祸与见责,明代汪瑗《楚辞集解》以为:"大抵此篇作于谗人交构,楚王造怒之际,故多危惧之词,然尚未放逐也。"

《抽思》应当是屈原被流放至汉北后所创作,诗中有言:"倡曰:有鸟自南兮,来集汉北。好姱佳丽兮,牉独处此异域。"蒋骥《山带阁注楚辞》指出:"汉北,今郧襄之地。原自郢都而迁于此,犹鸟自南而集北也。"汉北虽为楚地,但离郢都有数百里之遥,故诗人称之为"异域"。他远离郢都,独处异域,忧心忡忡,无限感怀。"望北山而流涕兮,临流水而太息。望孟夏之短夜兮,何晦明之若岁。惟郢路之辽远兮,魂一夕而九逝。曾不知路之曲直兮,南指月与列星。愿径逝而不得兮,魂识路之营营"[2]。诗人遥望郢都北山,不禁泪落沾襟,无数次怀想回归郢都之路,以至于"魂一夕而九逝",可见恋郢之深,思郢之切。

当然,在对于郢都的歌咏中,抒写最直接也最为深情的还是《九章》中的《哀郢》。楚顷襄王二十一年(前278),《史记·楚世家》:"秦将白起遂拔我郢,烧先王墓夷陵。楚襄王兵散,遂不复战,东北保于陈城。"[3]此时的屈原已经流放江南十余年,闻此消息,想起怀王客死他乡,又亲眼见到南下流离的人群,内心如焚,悲恸不已,写下《哀郢》。都之陷落如同国之沦亡,王夫之《楚辞通释》云:"哀郢,哀故都之弃捐,宗社之丘墟,人民之离散,

① (汉)刘向辑,王逸注,(宋)洪兴祖补注:《楚辞》,上海古籍出版社2015年版,第152页。
② (汉)刘向辑,王逸注,(宋)洪兴祖补注:《楚辞》,上海古籍出版社2015年版,第170页。
③ (汉)司马迁撰:《史记》,中华书局1959年版,第1735页。

顷襄之不能效死以拒秦，而亡可待也。"这种悲伤显然痛彻心扉。

《哀郢》结构上最为独特的地方，是用了倒叙法，先从九年前秦军进攻楚国之时自己被放逐，随流亡百姓一起东行的情况写起，到后面才抒写作诗时的心情。"心不怡之长久兮，忧与愁其相接。惟郢路之辽远兮，江与夏之不可涉。"这就使诗人被流放以来铭心难忘的种种悲凉情景，得以再现。

首段二十四句描绘郢都陷落，楚都东迁，人民向东逃难、流离失所的情景。诗的开头即展现出一幅巨大的哀鸿遍野图卷。"仲春"点出正当春分时节，"东迁"说明流徙方向，"江夏"指明地域所在。人流、汉水，兼道而涌；涛声哭声，上干云霄。所以诗中说诗人走出郢都城门之时腹内如绞。他上船之后仍不忍离去，举起了船桨任船飘荡着，他要多看一眼郢都！一别之后不知何时方能再见。此段概括抒写了九年前当郢都危亡之时自己被流放时的情景。

"将运舟而下浮兮"以下二十四句为第二段，写国破家亡和诗人远离郢都，长期放逐后忧国、思归的心情。如"去终古之所居兮，今逍遥而来东。羌灵魂之欲归兮，何须臾而忘反。背夏浦而西思兮，哀故都之日远"，再如"心不怡之长久兮，忧与愁其相接。惟郢路之辽远兮，江与夏之不可涉。忽若不信兮，至今九年而不复。惨郁郁而不通兮，蹇侘傺而含戚"。[①] 郢都的形象反复出现，"至今九年而不复"中"九年"乃是虚数，即多年之意。去之愈远，而思之愈切。诗人之去，可谓一桨九回头，读之可谓催人泪下。

"外承欢之汋约兮"以下十二句为第三段，对于现实提出尖锐批评，明确指出君王闭目塞听、忠奸不辨，以致朝政昏聩，小人青云直上，贤臣日益疏远，正是君臣的无能造成了郢都陷落、国破家亡、人民离散的可悲局面。至此，诗人的感情由悲痛转为激愤。

乱辞六句总结性地抒发了诗人眷恋乡国的感情。他或以鸟兽作喻，"鸟飞反故乡兮，狐死必首丘"；或发出深沉浩叹，"冀一反之何时"，写诗人虽日夜思念郢都，却因被放逐而不能报效祖国，这也成为诗人心中永远的伤痛。[②]

《哀郢》是一首发自肺腑的恋歌和哀歌，在诗中，郢都显然就是祖国的代

---

① （汉）刘向辑，王逸注，（宋）洪兴祖补注：《楚辞》，上海古籍出版社2015年版，第163页。
② 陈中杰：《屈原与郢都管见 —— 恋郢哀郢与忧国忧民》，《湖北教育学院学报》1994年第3期。

名词。屈原之伟大不仅体现在他赤胆忠心、矢志不渝的爱国情怀里，也不仅体现在他忧国忧民、伤时伤势的政治敏感中——最主要也最难能可贵的是他虽死而不改的拳拳故土之心。千载之后，于右任先生曾以楚辞之笔法，写下诗章，曰"葬我于高山之上兮，望我大陆。大陆不可见兮，只有痛哭！葬我于高山之上兮，望我故乡。故乡不可见兮，永不能忘！天苍苍，野茫茫。山之上，国有殇"！^① 屈原将故都作为故国的代名词，于右任于此与屈原情感相通，他也真正感悟了故土、故国之爱，千载之下，一如斯怀，令人无限感慨！

第二节　汉魏六朝的"京都叙写"及其文化蕴涵

一、汉魏六朝京都赋的勃兴与都城笔记的出现

随着都城的发展繁荣，汉代出现了以描绘歌颂都城为主的"京都赋"，文人总是以一种颂赞的方式对都城的宫宇楼阁、风土人情进行夸饰和铺陈，以展示和渲染都城乃至帝国的雄伟壮观与繁华富丽。

最早的京都赋是扬雄的《蜀都赋》。扬雄《蜀都赋》描绘成都的地理特色和风土人情，其中既有对成都城市格局的描绘，比如"尔乃其都门二九，四百余闾。两江珥其市，九桥带其流"，还有不少对城市生活的描写："百金之家，千金之公，乾池泄澳，观鱼于江。若其吉日嘉会，朝于送春之阴，迎夏之阳。侯罗司马，郭范垒杨。置酒乎荣川之闲宅，设坐乎华都之高堂。延帷扬幕，接帐连冈。众器雕琢，早刻将星。朱绿之画，邠盼丽光。"^② 扬雄的《蜀都赋》虽在当时影响不彰，却为京都赋的创作开辟了一条新路。

东汉初年杜笃撰有《论都赋》，引发了赋体文中关于都城的讨论，之后则有傅毅的《洛都赋》《反都赋》，班固的《两都赋》，张衡的《二京赋》《南都赋》，直至西晋左思的《三都赋》等，从而汇成京都赋创作这一潮流。其中，规模宏大、别具特色、成就突出、影响最大的，当推班固的《两都赋》，

---

① 杨中州选注：《于右任诗词选》，河南人民出版社 2007 年版，第 376 页。

② 龚克昌主编：《汉赋新选》，湖北教育出版社 2001 年版，第 143—144 页。

它开创了京都赋的范例。

东汉以来，希望迁都长安的呼声时有所闻。这似乎反映出东汉政权重建之后，在社会趋于安定的情况下人们对前汉昌盛时代的向往。故终光武、明帝之世，一直有人重提迁都之事。东汉初年杜笃的《论都赋》假主客问答以论都洛只是权宜之计，唯长安乃是"帝王渊囿，而守国之利器"，主张返都长安。甚至到章帝时，还有人希望迁都长安。在此背景下，班固撰写了《两都赋》。《文选》卷一《两都赋》题下李善注："自光武至和帝都洛阳，西京父老有怨，班固恐帝去洛阳，故上此词以谏，和帝大悦也。"《两都赋》分《西都赋》《东都赋》两篇。据其自序，自东汉建都洛阳后，"西土耆老"希仍以长安为首都，因作此赋以驳之。① 《西都赋》由假想人物西都宾叙述长安形势险要、物产富庶、宫廷华丽等情况，以暗示建都长安的优越性；《东都赋》则由另一假想人物东都主人对东汉建都洛阳后的各种政治措施进行美化和歌颂，意谓洛阳当日的盛况，已远远超过了西汉首都长安。

《两都赋》在艺术表现方面吸收了司马相如和扬雄的成功经验，如上下篇相互对比的结构，主客问答的过渡形式，划分畛域、逐次铺叙的展开过程等，当然，班固也体现出自身的特色。《两都赋》则学习了《子虚》《上林》的结构方式，合二为一，又相对独立成篇。上篇只写西都，下篇只写东都，内容划分清楚，结构较为合理。从主导思想上说，他不在规模和繁华的程度上贬西都而褒东都，而从礼法的角度，从制度上衡量此前赞美西都者所述西都的壮丽繁华实为奢淫过度，无益于天下。在《两都赋》中，作者一改传统表现方法中"劝"与"讽"篇幅相差悬殊的结构模式，其下篇《东都赋》通篇是讽喻、诱导。作者的主张、见解十分自然地融入对东都各方面事物的陈述中，表现出他的较为进步的京都观。这是他对赋的艺术表现和篇章结构关系的重大突破，也是他推动汉代文学思想发展的可贵贡献。

其后，张衡创作了《二京赋》。《二京赋》在结构谋篇方面几乎完全模仿《两都赋》。《后汉书·张衡列传》说："时天下承平日久，自王侯以下，莫不逾侈。衡乃拟班固《两都》作《二京赋》，因以讽谏。"《二京赋》以《西京

---

① 龚克昌主编：《汉赋新选》，湖北教育出版社 2001 年版，第 268 页。

赋》《东京赋》构成上下篇。就如同司马相如《子虚赋》中的人物命名,《西京赋》所借助的乃是"凭虚公子"的人物视角,表达对于长安宏伟巨丽的倾情赞美。首先描绘了长安险要的地形,充分肯定高祖在此奠定基业的远见卓识,然后细细叙述宫殿楼阁之雄奇壮美,宫室护卫之森严,后宫装饰之华贵,别殿苑囿之壮丽。其间又穿插描写了生活在长安街市的各种人物如商贾之经营、游侠之竞雄、艺人之展演,尤其是利用较长篇幅描绘了京城典型的音乐文化活动场面及艺术表现形式,比如"扛鼎""缘竿""钻圈""跳丸剑""走索""鱼龙变化""吞刀吐火""画地成川"等许多杂技、幻术活动都在赋中获得精彩的呈现。《西京赋》展现出一幅繁荣富贵、穷奢极侈的京都景象,表达出作者对于"天下承平日久,自王侯以下莫不逾侈"之社会现实的讽喻之意。《东京赋》中的安处先生针对凭虚公子所言进行否定和批判,进而对东都洛阳城市构筑、宫殿营建、祭祀礼乐的盛况进行了一番描绘,称颂东汉君主仁爱为怀,修饬礼教,奢未及侈,俭而有度的礼治成就。

　　此外还值得一提的是左思的《三都赋》,《三都赋》包括了《蜀都赋》《吴都赋》和《魏都赋》,左思以十年心力结撰而成,一时风靡,以致"洛阳纸贵"。王鸣盛说:"左思于西晋初吴、蜀始平之后,作《三都赋》,抑吴都、蜀都而申魏都,以晋承魏统耳。"《文选·三都赋》李善注引臧荣绪《晋书》云:"思作赋时,吴、蜀已平,见前贤之是非,故作斯赋,以辨众惑。"可见出作者的时代命意。就历史的承续与创新而言,左思有感于此前京都赋作品的"侈言无验,虽丽非经",在总序中表达了"贵依其本""宜本其实"的写作主张,"余既思摹二京而赋三都,其山川城邑则稽之地图,其鸟兽草木则验之方志。风谣歌舞,各附其俗;魁梧长者,莫非其旧。何则?发言为诗者,咏其所志也;升高能赋者,颂其所见也。美物者贵依其本,赞事者宜本其实。匪本匪实,览者奚信?且夫任土作贡,《虞书》所著;辩物居方,《周易》所慎"[①]。为此,左思曾访蜀事于张载,访吴事于陆机,又求为秘书郎,得以遍览方志群书,多方求证的结果使得左思在赋中基本做到有本可依、有实可考,从而创作出有别于传统的以东西二京为题材的赋作。

---

① 刘祯祥、李方晨选注:《历代辞赋选》,湖南人民出版社 1984 年版,第 211 页。

　　左思对于蜀都、吴都、魏都的描写都是先点明地理位置再进而展开名物的铺陈叙说。比如写蜀都就是以大地上的山川河流、州县郡属来点明其位置，如："廓灵关以为门，包玉垒而为宇。带二江之双流，抗峨眉之重阻。"灵关山像是蜀都的大门，玉垒山如同蜀都的边墙，岷江于南郊流淌，峨眉山重峦叠嶂，作者通过四组标志性的事物勾勒出蜀都的大体方位。其后作者又通过"于前则""于后则""于东则""于西则"四段的铺写，具体地介绍了蜀都南北东西四个方位所包含的郡县、山脉、河流，以及生活在这片土地上的民族。既有整体的宏观定位，又有具体的微观叙写，这样使得蜀都的位置极为清晰明确，读者打开地图似乎瞬间便可寻得蜀都的所在。[①]《三都赋》对于魏蜀吴三国的地理形貌、历史沿革和风土民情都进行了详细的描写，为研究这段历史的学者提供了珍贵的史料。尤其是赋中对于蜀都宫殿的描写，几乎成为研究三国时期蜀地建筑的唯一史料。有学者就指出："刘备、刘禅在成都，怎样建成一个国都的规模，史书已经完全失载了，仅仅依靠左思这篇赋才可以知道一点大概。"[②]

　　总的来看，汉魏六朝时期的京都赋成为当时一种重要的文学体裁，后来《昭明文选》就收录了不少关于"京都"的赋，包括了班固的《两都赋》、张衡的《二京赋》、左思的《三都赋》等重要作品。从其中代表性的叙写内容中大致可以窥见汉魏六朝时期的城市景观，比如班固《西都赋》写城池："建金城而万雉，呀周池而成渊。披三条之广路，立十二之通门。内则街衢洞达，闾阎且千。九市开场，货别隧分。人不得顾，车不得旋。阗城溢郭，旁流百廛，红尘四合，烟云相连。于是既庶且富，娱乐无疆。都人士女，殊异乎五方。游士拟于公侯，列肆侈于姬姜。"[③]再如张衡的《东京赋》写宫苑："启南端之特闱，立应门之将将。昭仁惠于崇贤，抗义声于金商。飞云龙于春路，屯神虎于秋方。建象魏之两观，旌六典之旧章。其内则含德、章台、天禄、宣明、温饬、迎春，寿安、永宁。飞阁神行，莫我能形。濯龙芳林，九谷八溪。芙蓉覆水，秋兰被涯。渚戏跃鱼，渊游龟蠵。永安离宫，修竹冬

①　梁雅阁：《〈三都赋〉的虚实笔法新探》，《内江师范学院学报》2018 年第 7 期。
②　瞿蜕园：《汉魏六朝赋选》，上海古籍出版社 1979 年版，第 153 页。
③　龚克昌主编：《汉赋新选》，湖北教育出版社 2001 年版，第 269 页。

青。阴池幽流，玄泉洌清。鹎鶋秋栖，鹍鸧春鸣。雎鸠丽黄，关关嘤嘤。"①
再如左思的《魏都赋》写街市："廓三市而开廛，籍平逵而九达。班列肆以
兼罗，设阛阓以襟带。济有无之常偏，距日中而毕会。抗旗亭之峣薛，侈所
眺之博大。百隧毂击，连轸万贯，凭轼捶马，袖幕纷半。壹八方而混同，极
风采之异观。质剂平而交易，刀布贸而无筭。财以工化，贿以商通。难得之
货，此则弗容。器周用而长务，物背窳而就攻。不鬻邪而豫贾，著驯风之醇
醲。白藏之藏，富有无堤。同赈大内，控引世资，赍镪积滞，琛币充牣。"②

无论是《两都赋》《二京赋》还是《三都赋》，都以颂赞为出发点，文字
形式重在铺陈，当时的都城景观大体得以呈现。这些铺张扬厉的文字所重点
描绘的主要是以下方面：一是城楼之高大坚固，二是宫苑之雄伟壮美，三是
街市之喧阗繁华。在这些文章中，除了城市建筑被突出外，如《西都赋》中
"九市开场，货别隧分"，《魏都赋》中"廓三市而开廛，籍平逵而九达"等
说法还表明，大城市中的集市在行业细化后，正在逐步走向繁荣。

在以京都、都会为题材的作品中，在宫殿的描写方面展现特色的则有王
延寿的《鲁灵光殿赋》。王延寿从小聪俊过人，文采出众，其在游历途中路
经鲁地，游览灵光殿，此殿为汉景帝子鲁恭王所建，楼阁高峻，气势非凡，
更奇异的是，在经历西汉末的大动乱之后，其他宫宇楼阁大多损毁严重，甚
至空余遗迹而已，而此殿依然傲立。此种惊诧与感慨之情感促成其精巧而细
腻之艺术构思，并且灌注于对宫殿外观、栋宇结构、殿内装饰的精细刻画和
渲染之中。尤为生动的是对于内殿精美装饰之描摹，显示出王延寿卓异的文
学才能。其文曰：

图画天地，品类群生。杂物奇怪，山神海灵。写载其状，托之丹
青。千变万化，事各缪形。随色象类，曲得其情。上纪开辟，遂古之初。
五龙比翼，人皇九头。伏羲鳞身，女娲蛇躯。鸿荒朴略，厥状睢盱。焕
炳可观，黄帝、唐、虞。轩冕以庸，衣裳有殊。下及三后，淫妃乱主。

---

① 龚克昌主编：《汉赋新选》，湖北教育出版社2001年版，第439页。
② 韩格平、沈薇薇等校注：《全魏晋赋校注》，吉林文史出版社2008年版，第358—359页。

忠臣孝子，烈士贞女。贤愚成败，靡不载叙。恶以诫世，善以示后。[1]

汉魏六朝时期还出现了多种影响很大的都城笔记，其中以《西京杂记》与《洛阳伽蓝记》为代表。《西京杂记》原为两卷，首载于《隋书·经籍志》史部旧事类，至宋人陈振孙《直斋书录解题》始著录有六卷本。现在通行的《西京杂记》亦为六卷，共一百余则，两万余言。在六卷本之后附有葛洪的一则跋文，跋文言"洪家世有刘子骏《汉书》一百卷，无首尾题目，但以甲乙丙丁纪其卷数。……故书无宗本，止杂记而已，失前后之次，无事类之辨"。由此可见，此书的原作者似为刘歆，但为葛洪家族所传，葛洪所作只是以此书为底本，重新加以整理编订，"今抄出为二卷，名曰《西京杂记》，以裨《汉书》之阙。"[2] 葛洪这一说法并未得到大家公认，或以为此乃是葛洪"依托古人以取自重耳"。也有学者认为，其实《西京杂记》即出自葛洪之手。但书中故事也并非全是葛洪杜撰，有些条目可能是他从当时所存典籍中摘取而来。对于《西京杂记》的作者，魏徵等编纂的《隋书·经籍志》不著撰人，宋人黄伯思在《东观余论》中采取折中说法，谓《西京杂记》书中事皆刘歆所说，葛洪采之。后晋刘昫等人编纂的《旧唐书·经籍志》则题名葛洪撰。

《西京杂记》此书为叙汉代杂史之书，对于长安之传闻逸事多有记载，在汉代可谓开京都赋之外的都城叙事之别体。在该书中，除了人物方面的宫掖旧闻、公卿逸事、文人掌故，还有典章礼仪、都城好尚、宫殿珍玩、苑林异物等种种时代风尚、风俗人情方面的记载，诸如汉俗五月五日生子不举、刘邦为迎太公营新丰、南越王献宝于汉朝、司马迁有怨言下狱死、昭君与宫廷画师毛延寿事等长安故事，虽然多与历史记载有出入，因为内容曲折生动，往往被后人引为故实，对后世之诗词、戏曲、小说创作都产生过较大影响。

《洛阳伽蓝记》作者杨衒之，生卒年不详，北朝时期北平（今河北满城）人。该书是记述北魏时期洛阳佛寺兴衰的历史和人物故实类笔记，就体

---

[1] 龚克昌主编：《汉赋新选》，湖北教育出版社 2001 年版，第 525 页。

[2] （汉）刘歆撰，（晋）葛洪集，向新阳等校注：《西京杂记校注》，上海古籍出版社 1991 年版，第 279 页。

例而言，一直有不同说法，《四库全书》将其列入地理古迹之属，而刘知幾在《史通·书志》则将其与当时的都城记视为同类，并加以归并，所谓"远则汉有《三辅典》，近则隋有《东都记》。于南则有宋《南徐州记》、《晋宫阙名》，于北则有《洛阳伽蓝记》、《邺都故事》"①。《洛阳伽蓝记》比一般地志或都城记更具思想性和艺术性，其写作之渊源可追溯至京都赋，但其所用散文笔法更为灵动自由，同时汲取了京都赋长于铺叙的特点，可谓是京都赋与地志两相结合的产物。

西晋永嘉之乱后，佛教在北方日炽，社会遂盛行开凿石窟、建立寺庙，仅北魏都城洛阳，城内外就建寺一千余所。其后政权更迭，洛阳陷于兵燹，繁华之地，成为废墟，都城亦迁至邺。公元547年（东魏武定五年），杨衒之因事路过洛阳，面对昔日繁华名都在现实中却是"城郭崩毁，宫室倾覆，寺观灰烬，庙塔丘墟"的凄凉景象，感慨伤怀，因作此书。《洛阳伽蓝记》书名中"伽蓝"一词，即梵语"僧伽蓝摩"之略称，意为"众园"或"僧院"，是佛寺的统称。《洛阳伽蓝记》全书共五卷，按地域分为洛阳的城内、城东、城南、城西、城北，记述佛寺七十余处。明毛晋跋曰："铺扬佛宇，而因及人文。著撰园林，歌舞鬼神，奇怪兴亡之异，以寓其褒讥，又非徒以记伽蓝已也。"②其体例是以北魏佛教的盛衰为线索，以洛阳城的几十座寺庙为纲领，以寺庙为纲维，先写立寺人、地理方位及建筑风格，再写相关人物、史事、传说、逸闻等，在对诸多佛寺形制规模的描摹和始末兴废的勾勒中，反映了广阔的政治经济背景和社会风俗人情，如皇室诸王的奢侈贪婪，南北朝间的交往，北魏全盛时期洛阳手工业、商业的繁盛，民间艺人的卓越技艺和演出盛况等。该书记载了北魏都城洛阳四十年间的政治大事、中外交通、人物传记、市井景象、民间习俗、传说逸闻，内容相当丰富。

二、多重视角下汉魏六朝"都城叙述"的文化蕴涵

无论是气势宏大的京都赋，还是笔法灵动的都城笔记，共同汇成了汉魏

---

① （唐）刘知幾撰：《史通》，上海古籍出版社2008年版，第55页。
② （明）毛晋撰，潘景郑校订：《汲古阁书跋》，古典文学出版社1958年版，第13页。

六朝抒写和吟咏都城的热潮，尽管我们将之称为"单质型空间叙事"，空间因素在强大的政治观念与历史意识中湮没不彰，但是时代的气象、士人的才情共同铸就了这个中国城市叙事史上的激情时代，在此京都叙写的潮流中表现出来的鲜明的时代意识与独特的艺术表达对中国的城市叙事产生了深远的影响。

（一）叙述形态：空间主导与时空交错

在先秦与两汉的经典叙事中，一个最大的特点即是以时间叙事为主要形态，先秦与两汉的史传成就都极为突出，而汉大赋尤其是京都大赋，则历史性地转向了以空间为特色的叙事方式。这里的空间叙事包含几方面的内容：一是寰宇中的空间秩序，二是都城的空间布局，三是时空相互交错的表现方式。[①]

从寰宇中的空间秩序到都城的空间布局，楼阁叙事之所以成为汉赋中京都叙事的重点，因为巍峨的楼阁在汉人笔下成为宇宙空间的具体象征与投射。人们对宇宙的感知是与其所处时代的物质发展水平密切相关的。按照宗白华先生的观点，早期中国人的宇宙概念应该与房屋有密切联系，所谓的"宇"就是屋宇，而所谓的"宙"就是在屋宇中能够自由出入，由此，他们就在屋舍中建构了他们的"宇宙"。"中国古代农人的农舍就是他的世界。他们从屋宇得到空间观念。从'日出而作，日落而息'（击壤歌），由宇中出入而得到时间观念。空间、时间合成他的宇宙而安顿着他的生活。"[②]这说的是自给自足的原始农业经济所给予人的空间意识与时间意识。两汉时期国力鼎盛，从开拓与征服外部世界之中逐步生成了自身的宇宙意识。在宏大壮阔的京都之中，多可见威严之宫殿，高耸之楼台，以及场域广阔的苑囿池沼，这些触目可见的城市景观也就必然成为汉人宇宙意识的具体象征物。

汉代的京都叙事中多有时空交错的表现方式：《西都赋》侧重于空间并列对峙物象的观照，《东都赋》则侧重于时间绵延呈现的物象描写。前者为"宇"（楼台殿阁），后者为"宙"（古今事件历程），空间与时间不可分割，

---

① 杨晓斌：《地图、方志的编撰与汉晋大赋的创作》，《文学评论》2013年第2期。
② 宗白华：《美学散步》，上海人民出版社1981年版，第89页。

彼此依存渗透，"宇"和"宙"融合贯通。

《西都赋》写未央宫云："徇以离宫别寝，承以崇台闲馆。焕若列宿，紫宫是环。清凉、宣温，神仙、长年，金华、玉堂，白虎、麒麟，区宇若兹，不可殚论"，重重殿阁像列宿环绕紫宫一样，以未央宫为范围，有机组合平面展开。游历于其中则可感受到"增盘崔嵬，登降照烂，殊形危制，每各异观"。这种平铺组合的殿阁序列，在人的观览漫游之中就转化为一种时间进程。所谓"乘茵步辇，惟所息宴"，说明赋家正是按时间进程展现未央宫的空间形态。描写后妃之宫同样是依平铺组合的方式，"后宫则有掖庭、椒房，后妃之室；合欢、增城，安处、常宁，茝若、椒风，披香、发越，兰林、惠草，鸳鸯、飞翔之列"。而其内部空间同样是通过时间的进程加以展示的。这里重点描写著名的昭阳殿以概括其他："昭阳特盛，隆乎孝成。屋不呈材，墙不露形；裹以藻绣，络以纶连；隋侯明月，错落其间；金缸衔璧，是为列钱，翡翠火齐，流耀含英；悬黎垂棘，夜光在焉。"[1]这些梁栋墙壁及其金玉之饰，当然是平列组合，依次呈现的。其中可居可行，可游可观，令人有置身其间平易亲切的实用之感。

相比而言，《东都赋》写到更多按时序推进的历史大事，以时间来带空间，作者热情地歌咏光武帝，并颂扬其继承人明帝，尤其赞美其重视礼仪，包括制定各种典礼、仪式、法令，祭先帝光武，改革音乐，巡游四疆，等等。其文曰："至于永平之际，重熙而累洽。盛三雍之上仪，修衮龙之法服，敷鸿藻，信景烁，扬世庙，正雅乐。人神之和允洽，群臣之序既肃。"班固在《东都赋》中特别提到明帝礼仪中的"三雍"，此仪礼之殿由"明堂""辟雍""灵台"构成，乃是光武帝于公元56年命令所建造。这三部分在洛阳南门外组成了一组礼仪建筑物，其中心即为明堂。所谓"于是荐三牺，效五牲，礼神祇，怀百灵。觐明堂，临辟雍，扬缉熙，宣皇风，登灵台，考休征，俯仰乎乾坤，参象乎圣躬。目中夏而布德，眺四裔而抗棱。西荡河源，东澹海漘，北动幽崖，南耀朱垠。殊方别区，界绝而不邻，自孝武之所不征，孝宣之所未臣，莫不陆詟水慄，奔走而来宾"[2]。对于班固及其他重礼仪

---

① 龚克昌主编：《汉赋新选》，湖北教育出版社2001年版，第271页。

② 龚克昌主编：《汉赋新选》，湖北教育出版社2001年版，第308页。

的儒者来说，这些建筑是东汉早期无可比拟的标志性空间，正是这些规模宏大的礼仪建筑，帮助国家取得了教化天下、四方来朝的重大成果。据《白虎通》卷二《辟雍》所载，如灵台一般的建筑空间，其意义即在于"所以考天人之心，察阴阳之会，揆星辰之证验，为万物获福无方之元"。

概而论之，《两都赋》《二京赋》等完整而统一地表征出两汉大帝国的宇宙思维与空间观念，尤其是地理空间意识获得了空前的彰显。时间与空间，西与东，讽与劝，否定与肯定，这种形式上的框架显然与汉代人把自然与社会一切都纳入固定不变的阴阳五行思维范式彼此呼应，保持一致。

（二）叙述内容：政治与世俗的二重变奏

我们认为，城市叙事自问世之日始即受到城市所承载之功能的深刻影响，正如笔者所提出的一个观点：就功能而言，中国的城市演进大致经历了一个"三步走"的发展历程，也就是由"城"到"都"再到"市"，城市的文学表现亦如此。[①] 具体来说，"城"的原始意义就是指以军事抵御功能为主的城堡，此后，逐步变为可以施行行政功能的政治中心，再变为开展商品贸易的经济集散中心。值得注意的是，古代文学中的城市叙事与此基本同步，展示了这种城市功能的历史演进：由先秦文学关注城池修筑攻防的内容，展示城市军事角力的历史画面，到汉魏的都城叙事和唐代都城诗，突出城市的政治文化内涵，再到宋以后由于城市形态发生重大改变，"市"的形态和功能得以强化，宋元话本和明清通俗小说开始深刻表现"市"的新面貌和新变化。

汉魏的都城叙事恰恰处于这个序列中的由"城"到"都"的阶段，因此，一方面，它还带有对城市军事功能的关注与推崇；另一方面，对于政治中心以及相关行政体制的描绘成为其重要的内容。在此阶段，发育尚不完善的"市"以及相关景观则往往被忽略或淡化。汉魏京都叙写在叙事姿态上表现为由圣而凡、由上至下的整体趋势。

班固的《两都赋》和张衡的《二京赋》是京都赋的代表作。这两篇作

---

① 较早从"城—都—市"角度谈论城市与文学关系的是李书磊的《都市的迁徙》（时代文艺出版社1993 年版），该书认为具有封建行政色彩的"都市"是从"城"到"市"的中间阶段，随着"市"的功能不断强化，"都市"从而实现承前启后的作用。这一观点颇具启发性。

品从总体上看，既有朝政官仪的展示，又有世俗民情的再现。李炳海研究发现，如果把作品的西京部分和东京部分加以对照比较，就会发现政治和世俗景观的分布情况很不均衡。就城市叙事的内容而言，在西京部分，既写朝政，又写民俗；而在东京部分，只有朝政，没有民俗。班固《两都赋》所展示的朝政事象有巡狩讲武、游览宫馆两项，都被浓墨重彩地渲染，同时，对西京民俗亦有充分的表现，如"九市开场，货别隧分。人不得顾，车不能旋。阗城溢郭，旁流百廛。红尘四合，烟云相连"，再如"乡曲豪举，游侠之雄。节慕原尝，名亚春陵。连交合众，驰骛乎其中"。这些内容皆是班固《两都赋》中的精彩片段，生动地再现了西汉盛世京都的民俗风情。其中既有城市景观的整体性概述，又有各色人等生活画面的细致描摹，景象颇为生动。然而，到了《东都赋》中，却是只写各项朝政，见不到民俗事象。

对《两都赋》中朝政和民俗的消长，李炳海曾有这样的概括：班固采取提纯朝政事象而贬抑民俗事象的做法，民俗事象处于被否定的地位。虽然民俗事象在《西都赋》中也占较多篇幅，那不过是为了突出东都文明所做的反面铺垫。把西都民俗充分展现出来，为的是最终超越它、贬低它。而班固在《东都赋》所描绘的理想画面，则拒绝民俗事象进入，出现的都是朝政官仪。班固认为西都的朝政民俗都有违于礼乐法度，而在读者看来，他笔下的东都也是一个有着明显缺失的社会空间，并非理想的生活乐土。

何以出现这样叙述的场景，可以从客观、主观两方面来分析。就客观而言，这当与汉代社会本身的经济发展状况有关，作为城市世俗生活重要载体的街市并不繁荣，城市人口以聚居的贵族世家为主；就主观而言，这显然与班固的价值取向有关，这可以从东都主人的表述中看出其倾向性："游侠逾侈，犯义侵礼，孰与同履法度，翼翼济济也"，西都游侠以战国四公子为楷模，呼朋聚众，任侠使气，乃是长安街头引人瞩目的景象。不同于司马迁的关注与认可，在班固看来，游侠以武犯禁并不可取。因此，尽管东都洛阳的游侠也不在少数，但《东都赋》未予以呈现和展示。《西都赋》的民俗书写聚焦市场繁荣景象以及士女争相娱乐之画面，《东都赋》则反其道而行之，反复强调的是朝廷抑商止奢的政策："抑工商之淫业，兴农桑之盛务。……器用陶匏，服尚素玄。耻纤靡而不服，贱奇丽而弗珍。捐金于山，沉珠于渊。"最终的价值追求就是："百姓涤瑕荡秽，而镜至清，形神寂寞，耳目弗营。嗜欲之源灭，廉耻之心生。"两相对比，写作者的命意一目了然。班固在《东都赋》中有意剔除民俗事象，是基于儒家礼乐观和道家禁欲主张相结合而形成的价值取向和审美理想，《东都赋》作为正面颂扬朝廷的作品，即主要选择朝政事象以统摄全篇。①

　　班固的《两都赋》对张衡有直接的启示作用，张衡的《二京赋》在处理朝政与民俗事象的关系时，也是按照《两都赋》的原则进行取舍，只是在具体事象的描写方面更加铺张，渲染得更为充分。张衡《东京赋》展示的也是重朝政而弃民俗的倾向。

（三）美学转向：公共叙事与私人叙事的融汇

　　都城笔记具有承上启下的重要意义，《洛阳伽蓝记》等一方面乃是京都赋之余绪；另一方面，又是城市笔记小说之先声，开启了"城市故事"演述之帷幕。某种意义上说，以《西京杂记》和《洛阳伽蓝记》为代表的城市笔记，是中国古代城市叙事的真正开始。从特定角度看来，由于文体上的差异，这些城市笔记之文学史意义并不仅仅在于归结前代，而是更多地启发了唐代传奇以及之后的城市叙事。《西京杂记》和《洛阳伽蓝记》对于汉赋以来的城市叙事，一方面是公共叙事层面的题材袭用、精神承继、手法借鉴；另一方面则是私人叙事的萌发，私人的经验情感、观点立场在京都叙写中不断展现出来。

　　先来看公共叙事层面的继承。《西京杂记》所写内容多有宏大的政治视野，比如卷一：

　　　　汉高帝七年，萧相国营未央宫，因龙首山制前殿，建北阙。未央宫周回二十二里九十五步五尺，街道周回七十里；台殿四十三：其三十二在外，其十一在后宫；池十三，山六，池一、山一亦在后宫。门闼凡九十五。

---

① 以上参见李炳海：《朝政与民俗事象的消长——古代京都赋文化指向蠡测》，《社会科学战线》2000 年第 4 期。

武帝作昆明池，欲伐昆明夷，教习水战。因而于上游戏养鱼。鱼给诸陵庙祭祀，余付长安市卖之。池周回四十里。

汉披庭有月影台、云光殿、九华殿、鸣鸾殿、开襟阁、临池观，不在簿籍，皆繁华窈窕之所栖宿焉。①

与汉魏京都赋之精神意蕴相一致的是，两书中同样怀有"都""国"同构的心理图式，都将轩阁高台视为都城以至于国家的具体象征。《西京杂记》和《洛阳伽蓝记》继承了汉赋中的楼阁叙述，并且对之加以精细化地演绎。这在后文将有专题讨论，这里不再展开。

从具体笔法来看，尽管由于文体迁变，从千篇一律的既定模式到散文笔法带来的个性化成分，为城市叙述提供了新的可能。但是《洛阳伽蓝记》在改变的同时也不断地援附传统，对于京都叙写传统的继承具体到了语言层面，它大量袭用汉赋里的词汇与成句。

一种是语言上直接的继承。杨衒之对京都赋十分熟谙，或化用词汇，加以融会贯通。如"布护阶墀"（永宁寺）当来自"声教布护"（张衡《东京赋》），"博敞弘丽"（建中寺）当来自"丰丽博敞"（王延寿《鲁灵光殿赋并序》），"高门洞开"（秦太上君寺）当来自"重门洞开"（左思《蜀都赋》），"盘纡复直"（正始寺）当来自"溪壑错缪而盘纡"（张衡《南都赋》），"繁衍相倾"（景明寺）当来自"叛衍相倾（左思《吴都赋》），"爽垲独美"（景明寺）当来自"体爽垲以闲敞"（张衡《南都赋》）。或多直引其成句，"岂直木衣绨绣，土被朱紫而已哉"（序）当来自"木衣绨绣，土被朱紫"（张衡《西京赋》）；"图以云气，画彩仙灵"（序）当来自"图以云气，画以仙灵"（左思《吴都赋》）；"吞刀吐火，腾骧一面"（长秋寺）当来自"吞刀吐火，云雾杳冥"（张衡《西京赋》）；"四门外树以青槐，亘以绿水"（永宁寺）当来自"树以青槐，亘以绿水"（左思《吴都赋》）；"并雕墙峻宇，比屋连甍"（修梵寺）当来自"比屋连甍，千庑万屋"（左思《蜀都赋》）；"芳草如积，珍木连阴"（高阳王寺）当来自"嘉木树庭，芳草如积"（张衡《西京赋》）；"林木扶疏，布叶

---

① （汉）刘歆撰，（晋）葛洪集，向新阳等校注：《西京杂记校注》，上海古籍出版社1991年版，第1、3、39—40页。

垂阴"（大统寺）当来自"吐葩飏荣，布叶垂阴"（张衡《西京赋》）；等等。

汉代之散体大赋往往连篇铺陈，文字繁缛富丽，以同部首偏旁字组合连缀显其特色，如《洛阳伽蓝记》所记多为寺庙楼观，寺内多林木葱郁，间杂奇花异果，珍奇鸟兽，文笔游走之间既有汉赋之气象万千、齐整华丽，又有散笔勾勒、跳脱灵动之致。比如写永宁寺则"栝柏松椿，扶疏拂檐，藂竹香草，布护阶墀"；写永明寺则"庭列修竹，檐拂高松，奇花异草，骈阗阶砌"；写修梵寺则"楸槐荫途，桐杨夹植"；写宝光寺则"葭菼被岸，菱荷覆水，青松翠竹，罗生其旁"；写瑶光寺则"绮疏连亘，户牖相通，珍木香草，不可胜言。牛筋狗骨之木，鸡头鸭脚之草，亦悉备焉"；写建春门则"至于鳞甲异品，羽毛殊类，濯波浮浪，如似自然也"；写法云寺则"有水晶钵、玛瑙杯、琉璃碗、赤玉卮数十枚"；等等。①

当然，在公共叙事层面，我们也能依稀看到新的变化。散文化的笔法为作者创设了更大的审美空间，汉赋中关于朝政官制、天子威仪的叙写逐渐转变为笔记小说中对于帝王、贵族逸闻逸事的记录，这一转变从而奠定了城市笔记中关于帝王叙事题材的一个重要传统。由京都赋之帝王威仪叙述渐变为帝王起居叙述，与此相匹配的是，在破除了句式的格式化之后，两书的语言节奏显得疏密有致，而不需要整齐划一，为叙事提供了增加叙述密度的可能，从而可以展开故事的细节，帝王叙述杂以奇闻逸事的细致描绘，为叙事带来更多传奇色彩。

《西京杂记》和《洛阳伽蓝记》其审美上的更大变化在于私人叙事的萌发，这多少预示着从官方的公共叙事向民间的私人叙事的转变，这表现在三个方面：

一为情感抒发。笔记中展示出个人化的情感意识，比如怀旧和感伤。《洛阳伽蓝记》序就叙述了写作的主要缘起，是因为"余因行役"，得以"重览洛阳"。历史风云和个人经历交融在一起，凸显出一个鲜明的叙述主体和抒情主体。作者所见景象令人感到无比悲伤，所谓"城郭崩毁，宫室倾覆，寺观灰烬，庙塔丘墟。墙被蒿艾，巷罗荆棘。野兽穴于荒阶，山鸟巢于庭

---

① 以上参见王柳芳：《论〈洛阳伽蓝记〉对京都赋的接受》，《殷都学刊》2010 年第 1 期。

树"。这些景观触动了作者深广的历史之思，仿佛使作者面对千年前曾经的历史现场，感受如同面对殷墟的麦秀之感，踏临周室的黍离之悲。

二为史实亲历。在对城市过往的叙述中往往掺入个人生活经历与体验，《西京杂记》中多次出现第一人称的"余"，意在表明对于历史往事的亲历与见证，比如卷三："余所知有鞠道龙，善为幻术，向余说古时事。有东海人黄公，少时为术，能制御过蛇；佩赤金刀，以绛缯束发，立兴云雾，坐成山河"，又云："余少时，闻平陵曹敝在吴章门下……"卷六："广川王去，好聚无赖少年，游猎毕弋无度，国内冢藏，一皆发掘。余所知爱猛，说其大父为广川王中尉，每谏王不听，病免归家。说王所发掘冢墓不可胜数，其奇异者百数焉。为余说十许事，今记之如左"，又云："昆明池中有戈船、楼船各数百艘。楼船上建楼橹，戈船上建戈矛，四角悉垂幡旄，旍葆麾盖，照灼涯涘。余少时犹忆见之。"

再如《洛阳伽蓝记》卷一细致描绘永宁寺："永宁寺，熙平元年灵太后胡氏所立也，在宫前阊阖门南一里御道西。"作者也以自身实践予以验证："衒之尝与河南尹胡孝世共登之，下临云雨，信哉不虚！"再如另一次作者参与的事件，据《洛阳伽蓝记》卷一记载：奈林南有石碑一所，为魏明帝所立，题云"苗茨之碑"。高祖于碑北作苗茨堂。永安中，庄帝马射于华林园，百官皆来读碑，疑苗字误。国子博士李同轨曰："魏明英才，世称三祖。公幹仲宣，为其羽翼。但未知本意如何，不得言误也。"衒之时为奉朝请，因即释曰："以蒿覆之，故言苗茨，何误之有？"众咸称善，以为得其旨归。

三为故实评说。作者参与到历史现场中，展开对历史事件的交流与讨论。《西京杂记》卷五的一段关于作者与扬雄对话的记载颇值得玩味，在两人的彼此交流中穿插了三个小故事，一个是"李广与兄弟共猎于冥山之阳见卧虎射之"的故事，"余"因此而问扬子云，子云以为"至诚则金石为开"。"余"因此又讲了两个小故事，一个是"孤洲变大鱼"，一个是"陈缟研石马而斧缺柯折"，加以反驳，认为"此二者亦至诚也，卒有沈溺缺斧之事，何金石之所感偏乎？"结果是"子云无以应余"。尽管此对话的真实性值得商榷，但是作者与扬雄皆是历史上知名人物，揆之历史情境，两人对于特异精神力量、灵异故事等的态度颇值得重视。《洛阳伽蓝记》卷四由描述宣忠寺而及城阳王元徽旧事：前洛阳令寇祖仁忘恩负义，斩杀元徽。对于此一史实，作者径直具名加以评论。其文曰："杨衒之云：'崇善之家，必有余庆；积祸之门，殃所毕集。祖仁负恩反噬，贪货杀徽，徽即托梦增金马，假手于兆，还以毙之。使祖仁备经楚挞，穷其涂炭，虽魏侯之笞田蚡，秦主之刺姚苌，以此论之，不能加也。'"

台湾学者林文月在《〈洛阳伽蓝记〉的冷笔与热笔论》中认为：杨衒之以冷笔写空间，故条理井然，以热笔写时间，故好恶分明，有别于后世修史之枯淡处，冷热交织，遂令这部奇书呈现特殊面貌，而永垂不朽。[1] 此观点很具启发性，细细思之，所谓"冷笔"，乃言其客观冷峻，也就是本书所说"公共叙事"在宏大之外的另一面相，所谓"热笔"，乃指其主观情感之投入，亦即是"私人叙事"之固有品格，由此可知，冷热交织，亦是公共叙事与私人叙事之融合。

汉魏六朝京都叙写中公共叙事与私人叙事的融合，意义深远，这是中国城市叙事逐渐摆脱京都大赋叙事体制之始，也是中国城市叙事赢得审美意识、获得独立之审美地位的重要开端。

由《西京杂记》《洛阳伽蓝记》两书可知，汉魏六朝笔记小说中的城市叙事以帝都叙事为主体，因而形成了帝都叙事的两条脉络，记帝都建制一脉和记帝王逸闻一脉。同时或稍后的城市叙事，比如《汉武故事》《汉武洞冥记》《汉武帝内传》《邺中记》等笔小说中的城市叙事，大体可以归入这两种类型，尤其是魏晋时的邺都代表了中国城市营建史上的重大转折，而《邺中记》主要记录十六国后赵时的邺都形制、典章礼仪和人物故事，颇值得关注。

第三节　"都""国"同构：宋前都城叙事的主题指向

《春秋公羊传》曰："京师者何？天子所居也。京者何？大也。师者何？

---

① 林文月：《〈洛阳伽蓝记〉的冷笔与热笔论》，《台大中文学报》创刊号，1985年11月，第105—137页。

众也。天子之居，必以众大之辞言之。"① 这一从都城到国家的文化心理，也即是"都""国"同构的心理图式，都城是国之中心，是国家权力的象征，决定着国运，这一观念也决定着都城叙事的内容与方式。以"都"喻"国"，在宋前的都城叙事中主要有两方面的表现方式：一是通过都城形制的描写和烘托，展现恢宏之国家力量与奉天承运的不凡气度；二是通过都城生活内容的细致刻画，展现国家的繁荣昌盛，塑造统领天下的国家中心形象。

殷商时期盘庚迁都的成功，佐证了都城乃为国家基业根本的观点，至汉代更是如此。一方面强调都城地理方位的重要性，比如汉代杜笃《论都赋》就特别强调长安战略地位之险要："夫雍州本帝皇所以育业，霸王所以衍功，战士角难之场也。……城池百尺，阨塞要害。关梁之险，多所衿带。一卒举碥，千夫沈滞；一人奋戟，三军沮败。地势便利，介胄剽悍，可与守近，利以攻远。士卒易保，人不肉袒。肇十有二，是为赡腴。用霸则兼并，先据则功殊；修文则财衍，行武则士要；为政则化上，篡逆则难诛；进攻则百克，退守则有余：斯固帝王之渊囿，而守国之利器也。"② 另一方面，更为重要的观点则是超越天下意识，从宇宙秩序的角度来定位都城的价值。

有研究者指出："汉大赋即代表了以京都为中心的帝国通志"③，比如汉代赋家刘歆的《甘泉宫赋》就有意识地将都城方位与宇宙秩序联系起来，其文曰："回天门而凤举，蹑黄帝之明庭。冠高山而为居，乘昆仑而为宫。按轩辕之旧处，居北辰之阃中。"（《初学记》二十四）甘泉宫北依甘泉山，南望长安，为汉武帝时期的重要政治场所，其地位极为特殊，譬如诸侯朝觐，郡国上计，王师北伐，报捷献俘，单于来降，郊祀上帝，皆与甘泉宫有关，因此有研究者甚至将它作为长安之外的另一处都城。④ 明《读史方舆纪要》引《括地志》云："甘泉山有宫，秦始皇所作林光宫，周匝十余里。汉武帝元封二年于林光宫旁更作甘泉宫。"甘泉宫中为台室，又作画天一、地一、泰一各神。据《史记·孝武本纪》载："乃作画云气车，及各以胜日驾车辟恶鬼。

---

① 王维堤等撰：《春秋公羊传译注》，上海古籍出版社1997年版，第72页。
② 费振刚等校注：《全汉赋校注》上册，广东教育出版社2005年版，第387—388页。
③ 许结：《赋体文学的文化阐释》，中华书局2005年版，第21页。
④ 姚生民：《甘泉宫志》，三秦出版社2003年版，第7页。

又作甘泉宫，中为台室，画天、地、泰一诸神，而置祭具以致天神。"①甘泉宫作为帝都的重要组成部分，在《甘泉宫赋》中它与宇宙中的北斗星遥遥相对，换言之，帝都乃成为北斗在人间的对应物。北斗由天枢、天璇、天玑、天权、玉衡、开阳、摇光（又作瑶光）七星组成，因其曲折如斗，故而得名。在传统观念中，北斗为天帝所居之所，乃代表着天帝君临天下的权力中心。《甘石星经》："北斗星谓之七政，天之诸侯，亦为帝车。"《史记·天官书》的记载说得更为具体："北斗七星，所谓'旋、玑、玉衡以齐七政'……斗为帝车，运于中央，临制四乡。分阴阳，建四时，均五行，移节度，定诸纪，皆系于斗。"②古代视北极星为上帝的象征，而北斗则是上帝出巡天下所驾的御辇，一年由春开始，依序演进。《鹖冠子》记载："斗杓东指，天下皆春；斗杓南指，天下皆夏；斗杓西指，天下皆秋；斗杓北指，天下皆冬。"刘歆在《甘泉宫赋》中把笔下的汉代都城宫殿写成与北斗星相对的中心方位，其所欲表达的内涵是显而易见的，这就是神授观念下的帝都中心论，它的目的在于突出帝都对天下四方强大的统辖力量。③

班固在描写西都的建筑缘起时有云："及至大汉受命而都之也，仰悟东井之精，俯协河图之灵，奉春建策，留侯演成。天人合应，以发皇明，乃眷西顾，寔惟作京。"④说明大汉建都于西京就是察受天命，体悟上天所降瑞应，即五星聚于井宿的结果。奉春君娄敬、留侯张良关于建都的意见正与瑞应相合。这当然是出于汉代流行的谶纬之说的附会，但是也可说明这些宫宇楼观超越人世的特点。长安城中的未央宫是西汉一代二百余年间全国政治中枢所在，它也是我国古代都城中规模最大的皇宫。⑤未央宫又称紫宫或紫微宫。我国古代分天体恒星为三垣，中垣有紫微十五星，也称紫宫。紫宫是天帝的居室，把未央宫称为紫宫，因为它乃是人间皇帝的宫城。在赋家那里，京都

① （汉）司马迁撰：《史记》，中华书局 1959 年版，第 458 页。
② （汉）司马迁撰：《史记》，中华书局 1959 年版，第 1291 页。
③ 参见李炳海：《帝都中心论的文化承载》，《齐鲁学刊》2000 年第 2 期。
④ 龚克昌主编：《汉赋新选》，湖北教育出版社 2001 年版，第 269 页。
⑤ 据统计，未央宫面积 5 平方公里；东汉洛阳城中的南宫与北宫面积之和不超过 3 平方公里；北魏洛阳城宫面积 0.924 平方公里；唐长安城宫城（太极宫）面积 4.2 平方公里；大明宫与兴庆宫面积分别为 3.2 平方公里和 1.34 平方公里；唐洛阳城宫城面积 1.98 平方公里。参见李毓芳：《汉长安城未央宫的考古发掘与研究》，《文博》1995 年第 3 期。

的空间形式是天命与人意的统一。其宫室的体制模式就是："体象乎天地，经纬乎阴阳。据坤灵之正位，仿太紫之方圆"（《西都赋》），"乃览秦制，跨周法，狭百堵之侧陋，增九筵之迫胁。正紫宫于未央，表峣阙于闾阖，疏龙首以抗殿，状巍峨以岌嶪。"（《西京赋》）以未央宫为代表的京都宫宇是天地的象征与模拟，与阴阳相参证相贯通，它是客体的大自然的人化与主体化。它仿效上帝所居的太紫之宫，宫门则以天宫之门闾阖为准。这里把天宫移至人间，京都即是天宫的人间化。帝都宫宇是苍天之高、大地之遥及其相互连接的基点与轴心，这正是大汉帝国以自我为世界中心观念的具体表现。[①]

天人合一是中国古代传统的思维模式，京都赋作品所要展示的正是天道与人道的相通、天界与世间在结构体制上的某种一致性。在经验和直观的领域加以审视，就实际方位而言，无论是北斗，还是位于北方的帝都宫殿未央宫和甘泉宫，其实都不是处于天地之中心位置，而是偏居一方。然而，这类京都赋却借助古代的浑天说，使人们超越日常生活经验，打通天界与人间的界限，通过推理和想象构制出一个独特的宇宙模型，得出有异于世俗的空间观念，然后把京都宫殿置于这个宇宙模型中加以观照，证明它的空间位置确实是处于天地的中心，京都赋也正因为这种成功的论证而成为帝都中心论的主要文本载体而流行于世。

两汉时代的人们深信帝都建筑将决定着国运。京都宫殿的营建被赋予了特别的意义，这是当时人们的内在精神思绪通过空间形式来表达对于天地万物、自然空间的某种迎合与呼应，以求得内在精神空间与外在自然空间的和谐统一。汉初开始营建宫殿时，主持者即体现出深远之思考。据班固《东都赋》所言："当此之时，攻有横而当天，讨有逆而顺民，故娄敬度势而献其说，萧公权宜而拓其制，时岂泰而安之哉？计不得以已也。"汉初建造的京都宫殿数量众多，形制宏大。据《汉书·高帝纪》记载："萧何治未央宫，立东阙、北阙、前殿、武库、太仓。"由于所建宫殿较多且规模宏大，这使得深知民间劳苦的刘邦颇为恼火，他对萧何说："天下匈匈，劳苦数岁，成败未可知。是何治宫室过度也？"但是在萧何的心中，有着更为深远的考量

---

① 参见陈复兴：《〈文选〉京都赋与汉代的空间意识》，《社会科学战线》1989 年第 3 期。

与谋划，萧何曰："天下方未定，故可因以就宫室。且夫天子以四海为家，非令壮丽无以重威，且无令后世有以加也。"这种通过空间形式来强化政治心理的方式终为刘邦所接纳，他显然认可长安城足以承载国家之千秋基业的地理意义，"上说。自栎阳徙都长安。置宗正官以序九族。"这段对话清晰地传递出当时人们的建都理念。大臣们知道高帝是注重朴素的，但天下尚未平定就增建未央宫，就是要以壮丽宏伟的空间形式施重威于当世与后代，表达天子控御诸侯、影响子孙的心理意绪。[1]

　　在汉大赋中，除了提到都城对于天下的统摄力量，还有一种倾向值得关注，那就是早在《左传》中即有的"远方图物"。《左传》宣公三年，楚子观兵周境，问鼎大小，王孙满答之曰："在德不在鼎。昔夏之方有德也，远方图物，贡金九牧，铸鼎象物，百物而为之备，使民知神奸。"[2]其中颇值得注意的是"远方图物"一词，杜预注曰："画山川奇异之物而献之"，可见图写方物也是进贡的内容与方式。"铸鼎象物，百物而为之备"言既为百物为之备而铸鼎象物，则所象之物亦应与四方之物有关。汉赋中以《上林赋》为代表的散体大赋，描写内容丰富，品类繁多，亦可谓是"远方想象""远方图物"的结果。汉武帝之开凿昆明池亦是如此。《汉书》卷六《武帝纪》："（元狩三年春）发谪吏穿昆明池。"颜师古注引臣瓒曰："《西南夷传》有越嶲、昆明国，有滇池，方三百里。汉使求身毒国，而为昆明所闭。今欲伐之，故作昆明池象之，以习水战，在长安西南，周回四十里。"正如顾彬在《中国文人的自然观》中所说："不仅通过这些实物，还通过对其所出的远方风景的复制描画，象征性地表示皇帝 —— 天之骄子对世界的占有（后来有时则是实际上的占有）。比如公元前120年汉武帝曾命人将西南滇国的昆明池复制下来，到公元前107年，他果然征服了滇国。"[3]

　　到了北魏时期，《洛阳伽蓝记》的"都国同构"在塑造国家形象方面，一方面继承了汉赋以来的创作宗旨，如班固《西都赋》所云："博我以皇道，弘我以汉京"，这也是历代帝京文学的主旨。《洛阳伽蓝记》通过记载北魏洛

① 参见陈复兴：《〈文选〉京都赋与汉代的空间意识》，《社会科学战线》1989年第3期。
② （清）洪亮吉撰：《春秋左传诂》，中华书局1987年版，第401页。
③ 〔德〕顾彬著，马树德译：《中国文人的自然观》，上海人民出版社1990年版，第55页。

阳的寺庙为纲，展开了对洛阳全方位的描写，"假佛寺之名，志帝京之事"①。
另一方面，《洛阳伽蓝记》在展示国家力量方面也有自己的演绎方式。由都
而国的心理深层次展示的则是国统及其文化。身处南北对峙时期的杨衒之具
有强烈的文化本位意识，在"景宁寺"一节模仿汉赋中的主客问答，记载了
杨元慎与陈庆之的一场争论，焦点就是南北孰为正统。陈庆之乃是南朝赫赫
战将，口放豪言以为梁朝乃正朔相承，"魏朝甚盛，犹曰五胡。正朔相承，
当在江左。秦皇玉玺，今在梁朝"，对此，杨元慎给予了激烈的回应："我
魏应箓受图，定鼎嵩洛，五山为镇，四海为家。移风易俗之典，与五帝而并
迹，礼乐宪章之盛，凌百王而独高。"②陈庆之因此自叹不如，回梁朝后大力
宣扬北魏之繁盛。杨衒之力图通过南朝人的视角表现洛阳的巨丽之美，使自
己的文字更具说服力。杨衒之又引常景《汭颂》文曰："兆唯洛食，实曰土
中。上应张柳，下据河嵩。寒暑攸叶，日月载融。帝世光宅，函夏同风"③，
进一步强调洛阳作为帝王之宅的天赋属性。在杨衒之心目中，洛阳乃承续中
华正统之地，是汉文化的中心所在，因此他大力宣扬北魏的声威，展示四夷
臣服的太平景象。在其笔下，洛阳以一种开放的姿态容纳接收四方之人才事
物，"自葱岭已西，至于大秦，百国千城，莫不欢附。商胡贩客，日奔塞下，
所谓尽天地之区已。乐中国土风，因而宅者，不可胜数。是以附化之民，万
有余家"④。洛阳俨然已成为世界的中心，其恩惠广被四方。

汉魏时期这种天人相通、都盛邦兴的理念在唐代都城叙事中体现得同
样鲜明。长安城中楼台林立，气象万千，阡陌交通，秩序井然。宇文恺在
设计隋代大兴城时，以《周易》乾卦为理论依据，"法天象地"，帝王为尊，
百僚拱侍。他既利用已有的地形，突出宫城、皇城，又努力使各个局部的
建筑达到和谐统一。《元和郡县图志》卷一《关内道》云："隋氏营都，宇
文恺以朱雀街南北有六条高坡，为乾卦之象（故以九二置宫殿以当帝王之
居，九三立百司以应君子之数），九五贵位，不欲常人居之，故置玄都观及

———————

① 吴若准：《洛阳伽蓝记集证》，《中国佛寺史志汇刊》（第一辑），台湾明文书局1980年版，第227页。
② （北魏）杨衒之撰，杨勇校笺：《洛阳伽蓝记校笺》，中华书局2006年版，第113页。
③ （北魏）杨衒之撰，杨勇校笺：《洛阳伽蓝记校笺》，中华书局2006年版，第144页。
④ （北魏）杨衒之撰，杨勇校笺：《洛阳伽蓝记校笺》，中华书局2006年版，第145页。

兴善寺以镇之。"①程大昌《雍录·龙首原六坡》亦云:"宇文恺之营隋都也,曰朱雀街南北尽郭有六条高坡,象乾卦六爻,故于九二置宫殿,以当帝王之居。九三立百司以应君子之数。九五贵位,不欲常人居之,故置玄都观及兴善寺以镇其地。"②

隋唐长安城是由宫城、皇城和外廓城所组成。从隋文帝开皇二年开始动工到唐高宗永徽五年(654)筑外廓城竣工为止,前后历经七十二年。其兴建顺序是先宫城,皇城次之,最后修外廓城。城内街道纵横交错,以朱雀大街为界,东归万年县,西归长安县,划分出110座里坊,因芙蓉园占掉一坊,实际为109坊。此外还有东市、西市等大型商业区域和多种园林建筑。城市总体规划整齐,布局严整。如白居易在《登观音台望城》所云:"百千家似围棋局,十二街如种菜畦。遥认微微入朝火,一条星宿五门西。"唐太宗时期,在地势高爽的龙首原上开始修建大明宫,高宗后的历代帝王大多以大明宫为主要宫寝。大明宫中轴线上有含元、宣政、紫宸三大殿,周围环绕以回廊,并有东西对称的东亭、西亭和郁仪楼、结邻楼,气势雄伟,其体量规模之大,远远超过了北京故宫的太和殿。这种三殿相连的建筑形式,在此前并无先例。③大明宫的崛起使李唐王朝统治者占据了长安城高亢而优越的地理位置。站在龙首原上,俯瞰全城,更显强盛帝国一统天下的气度与风范。

唐代都城叙事比之汉代大赋中的都城叙写更为细致生动,其都城生活的内涵也更为丰富,从中更可见出国家力量之恢宏阔大,经济文化之繁荣昌盛。首先来看展示国家形象的大型乐舞方面。不少都城叙事都写到了乐舞,比如《开天传信记》:"上御勤政楼大酺,纵士庶观看。百戏竞作,人物填咽。金吾卫士白棒雨下,不能制止";《杜阳杂编》卷中:"上降日,大张音乐,集天下百戏于殿前";《朝野佥载》卷三:"睿宗先天二年正月十五、十六夜,于京师安福门外作灯轮,高二十丈,衣以锦绮,饰以金玉,燃五万盏灯,簇之如花树。宫女千数,衣罗绮,曳锦绣,耀珠翠,施香粉。一花冠、一巾帔皆万钱,装束一妓女皆至三百贯。妙简长安、万年少女妇千余人,衣服、花

---

① (唐)李吉甫撰,贺次君点校:《元和郡县图志》,中华书局1983年版,第1—2页。

② (宋)程大昌撰,黄永年点校:《雍录》,中华书局2002年版,第54页。

③ 刘宝仲:《唐·长安城》,《西安冶金建筑学院学报》1984年第1期。

钗、媚子亦称是，于灯轮下踏歌三日夜，欢乐之极，未始有之。"①

根据《中华文化通志·乐舞志》的分法，盛唐时代的乐舞主要可以分为三类：一是对前代流传下来的传统乐舞，进行了继承和发展，如《九部乐》《十部乐》中的"清商乐"，《立部伎》中的《安乐》《太平乐》，风格柔媚的"软舞"类的《乌夜啼》（起于南朝宋代），气势较大、结构严谨的"歌舞大曲"中的《玉树后庭花》（起于南朝陈代），有情节的"歌舞戏"类的《踏摇娘》《兰陵王入阵曲》（二者皆起于北齐）。二是以国名、地名、族名为乐部或舞名的乐舞，据《新唐书·礼乐志》载，贞观时的"十部乐"是宴乐、清商乐、西凉乐、天竺乐、高丽乐、龟兹乐、安国乐、疏勒乐、高昌乐、康国乐。其中除了宴乐和清商乐为中原乐舞之外，西凉乐是混合了中外乐舞不同特征的产物，其他七种都是自边境少数民族或国外引入中原的，至德宗贞元年间，还传入了骠国乐。三是为唐人所新创的乐舞，如《破阵乐》《大定乐》《圣寿乐》等，包括了许多为唐人所新创的大型乐舞套曲。②以上的这几类乐舞都非常注重表演性，它们既是宫廷乐舞中的内容，也为民间舞者所喜爱。

对于长安作为"世界首都"的形象，诗人王维曾在《和贾舍人早朝大明宫之作》中有极为精要的描绘，其诗云："绛帻鸡人报晓筹，尚衣方进翠云裘。九天阊阖开宫殿，万国衣冠拜冕旒。日色才临仙掌动，香烟欲傍衮龙浮。朝罢须裁五色诏，佩声归到凤池头"，尤其是"九天阊阖开宫殿，万国衣冠拜冕旒"句凸显了都城长安海纳天下的襟怀与气度。在对外交流中，国都显然成为弘扬国家文化、展示国家力量的主要竞技场，如《旧唐书·宣宗本纪》和《杜阳杂编》里，就记载了棋待诏顾师言与来访日本王子对弈的故事："日本国王子入朝贡方物。王子善棋，帝令待诏顾师言与之对手。"这位王子棋艺高超，国内堪称第一。访问大唐后，据说宣宗遣出棋手与之对局，后者所向披靡，宣宗不得已遣棋待诏顾师言出场，历经一番苦战，顾师言使出了杀手锏，一举获胜。《杜阳杂编》所记载的后续对话颇为生动，"王子瞪目缩臂，已伏不胜"，于是询问接待的鸿胪：此位待诏在大唐可以排到第几位？鸿胪骗其说：排列第三。王子表达了想见第一国手的愿望，鸿胪的回答

① 《唐五代笔记小说大观》（全二册），上海古籍出版社2000年版，第1224—1225、1387、40页。
② 董锡玖等：《中华文化通志·乐舞志》，上海人民出版社1998年版，第46—47页。

非常有趣:"对曰:'王子胜第三方得见第二,胜第二方得见第一。今欲躁见第一,其可得乎?'王子掩局而吁曰:'小国之一不如大国之三,信矣!'"①从中颇可见出撰述者为大国扬威的心态。《资治通鉴》卷一百九十五则记载了唐初"精究术数之书"的太史令傅奕"不惧咒术"、击败西域僧人的故事。"有僧自西域来,善咒术,能令人立死,复咒之使苏。上择飞骑中壮者试之,皆如其言;以告奕,奕曰:'此邪术也。臣闻邪不干正,请使咒臣,必不能行。'上命僧咒奕,奕初无所觉,须臾,僧忽僵仆,若为物所击,遂不复苏。"②由于皇帝的参与,对这一巫术行为的应对已经上升到国家行为的层面,傅奕挺身而出,使得咒术不仅失败,而且使施咒术者自食其果。

另一个例子更为典型,《朝野佥载》卷五记载一段关于音乐方面的比试。在唐太宗时,有一位西域来的胡人乐师,善弹琵琶。太宗宫廷中音乐高手如云,其中的罗黑黑更有过耳不忘的本领,于是派她出来展示技巧。"上每不欲番人胜中国,乃置酒高会,使罗黑黑隔帷听之,一遍而得。谓胡人曰:'此曲吾宫人能之。'取大琵琶,遂于帷下令黑黑弹之,不遗一字。胡人谓是宫女也,惊叹辞去。"在这段记载的最后,作者为了彰显大国文化的辐射力和影响力,写道:"西国闻之,降者数十国。"③可见,这些记载都包含着展示和炫耀中华文治教化的成分,事实上也表明了唐王朝的文化自信和综合实力。

梳理宋前时期都城叙事的历史轨迹和演进脉络,无论是作为物理空间的都城形制,还是展示文化精神的文学叙事,唐代的长安都具有划时代的意义。就都城形制而言,隋唐的长安城具有明显的创新性和代表性,由于"在都城外围新扩建外郭城并设置大量里坊和市场等,使都城成为拥有宫城、内城和外郭城三重城圈的规模空前的新型坊市制城市"④,都城的内涵和功能性发生了巨大变化,这些变化都极大地促进了社会进步和生产力的恢复发展,尤其是以东西方为主的文化和商贸交流活动的繁荣,为后续的强盛王朝的诞生奠定了坚实的基础。就文化精神而言,长安文化涵盖了物质文化、精神文

① 《唐五代笔记小说大观》(全二册),上海古籍出版社 2000 年版,第 1392—1393 页。

② (宋)司马光编撰:《资治通鉴》,大众文艺出版社 1999 年版,第 1792 页。

③ 《唐五代笔记小说大观》,上海古籍出版社 2000 年版,第 64 页。

④ 钱国祥:《中国古代汉唐都城形制的演进 —— 由曹魏太极殿谈唐长安城形制的渊源》,《中原文物》2016 年第 4 期。

化和制度文化的各个层面，古今中外各民族文化的大交融、大吸收，逐渐熔铸出长安文化雄伟、进取、兼容、和谐的特定内涵，这使得唐代长安成为秦汉以来帝都文化的杰出代表。有研究者指出："所谓长安文化，是指公元900年以前，中华民族以长安为首都时期所表现出来的心理结构"，长安文化不仅引领着唐帝国的文化，甚至"从一定意义上说，就是公元900年以前中华民族的精神"，"要理解这一时代的民族精神，首先要了解中国的千年古都长安"①，这一观点是否恰当可以商榷，但从一个特定视角确实可见出长安文化在中国都城发展史上的独特地位。

　　总的来说，从汉魏以至于唐代，尽管关于都城的文学叙事其表现方式各有不同，但"都""国"同构的心理图式是坚韧而固执的，它是政治理念、时代精神与国家意识的必然产物。到了宋以后，文化重心开始下移，民间化与世俗化成为时代的潮流，帝都正统之意识和观念才慢慢地减弱，被城市中新兴的市民精神与意识所逐渐取代。

---

① 参见黄新亚：《长安文化与现代化》，《读书》1986年第12期。该文提出的观点颇值得关注，作者认为可以把中国传统文化分为三个时期：公元900年以前，公元900年—公元1400年，公元1400年—公元1949年，分别对应作为古今中外各民族大交融、大吸收的混合型、开放型、进取型文化的长安文化，作为内聚型、思辨型、收敛型文化的汴梁—临安文化，和作为由封闭型、保守型而不情愿地走向吸收型文化的北京文化。

第二章　宋元城市叙事的"市井俗调"

自城市产生以来，其空间形态发生过多次大的变迁，具有历史转型意义的变迁主要有两次：一是宋代的城市变革，西方学者称之为"中世纪城市革命"；另一次则发生在晚清时期，西方工业文明强势侵入，使传统城市向现代城市转型。

宋以前的古代城市基本上是属于以政治为中心的郡县城市，在经济上不存在与乡村分离的情况。当城市的商品经济开始迅猛发展时，情况必然发生改变，正如马克思所说："一切发展了的以商品交换为媒介的分工，都以城市与乡村分裂为基础。"[①]宋代作为古代城市发展的一个重要转折时期，一个重大的转变就是坊市制度的瓦解，坊市制度被更为开放的市场制所取代。此前在汉、唐以来的城市规划中，市场设置在城市的指定区域，具体事务则由官吏进行严格管辖，如《周礼·考工记》记载："匠人营国，方九里，旁三门。国中九经九纬，经涂九轨，左祖右社，面朝后市，市朝一夫"[②]，几乎所有的商业交易都必须在"市"里进行，北朝民歌《木兰辞》就写道："东市买骏马，西市买鞍鞯，南市买辔头，北市买长鞭。"但是，到了北宋时期，社会经济发展迅速，手工业生产不断扩大，商业活动中长途贩运的主要地位不断受到挑战。而家庭手工业作坊则很繁荣，一家一户为生产单位，自产自销，前店铺后作坊的格局逐渐形成，工商贾开始合为一体，工商业经济的迅猛发展推动着城市空间布局亟待发生根本性改变。经过官府与民间的反复拉锯，北宋政府顺应了这一时代趋势，沿街开设店铺被逐步允许，坊墙毁弃、

---

① 〔德〕马克思：《资本论》（第一卷），人民出版社 1975 年版，第 424 页。
② 林尹注释：《周礼今注今释》，天津古籍出版社 1988 年版，第 471 页。

市巷融合的格局逐渐形成。城市的市场不再是官家特设的管理区域，城内不再划分方形之坊，而是大街小巷纵横，店铺鳞次栉比。①

宋代的城市空间变革造就了多元化的、极具立体感的"交互型空间"，街巷空间得以凸显与放大，被推到了历史的前台，也成为市民阶层活跃的舞台。在这些多重复合、彼此交融的空间中上演了市民悲欢离合的世情故事，从而形成一种空间化的文学叙事。可以说正是在宋代，城市作为一种空间形象才真正树立起来，并逐渐变得日益立体而饱满，城市空间与居住者形成了心灵层面的交互与激荡，居住者从外在身份到个性气质逐渐拥有了标识性的城市特征。以此为起点，城市与文学才真正发生了内在的精神联系，白话小说也从此成为城市叙事中最具表现力和影响力的核心文体形式。

本章内容除了概述宋代特色化的城市空间书写，关注的一个重点在于由唐至宋的转换。当城市空间的巨大变革发生之后，相应的城市叙事将会出现怎样的变换。我们选择唐与宋最具代表性的作品来加以分析比较，比如从《开元天宝遗事》到《大宋宣和遗事》的叙事语态改变，再如从曲江叙事到西湖叙事的叙事空间转换，以期管中窥豹，见出时代大变的历史格局。

---

① 在北宋初期，东京城还基本保留前代的坊（里）市制度，市民居住的区称为"坊"，商贩贸易场所称为"市"，商业区分为东市、西市。但是随着北宋东京城贸易的急剧发展，人口不断增加，商业活动也已经突破东市、西市的限制，开始向外发展，而且三鼓以前的夜市已经合法（《宋会要辑稿·食货》六七之一）。这表明"市"不但突破了空间的限制，而且也突破了时间的限制，市制开始瓦解。太宗太平兴国五年（980），东京城重要街道之一的景阳门大街开始出现侵街现象（《续资治通鉴长编》卷21太平兴国五年七月己巳）。至道元年（995），太宗命恢复并加强坊制管理，对五代延续之内外坊八十余处重新命名，修整坊墙，并挂牌标明坊名，设冬鼓以警昏晓，设"巡捕"维持社会治安。然强制性的行政行为不能阻遏坊市制瓦解的趋势，伴随商业经济的进一步发展，真宗咸平年间（998—1003），邸舍侵街现象回潮，贵官显要们争相建邸舍于街衢，情形愈演愈烈，于是政府再次出面干预，坊制又得以恢复，这是东京最后一次恢复坊制。有资料记载仁宗初年，惠民河的河桥上，"开铺贩鬻"（《宋会要辑稿·方域》一之二一），说明东京城的邸舍侵街现象继续发生，并且已经相当严重。尽管政府一再出台政策强行抵制，但殊无成效，终于不得不在景祐年间做出让步，允许临街开设邸舍（《宋会要辑稿·舆服》四之六），这标志着坊市制度的彻底崩溃。注：清代徐松撰《宋会要辑稿》，台湾新文丰出版股份有限公司1976年版。

第一节　城市空间变迁与文学叙事

从早期城市空间变迁来看，其空间结构与形态的变化，似乎并不必然影响文学作品。比如曹魏时期，曹操亲自主持营建的邺都，城市的形制发生了很大变化，封建时代以中轴线确立城市整体布局的设计由此而来，其影响后世颇为深远，[①] 其时有众多的文学杰出之士汇聚于此，形成邺下文人集团，呈一时彬彬之盛，但由于城市形态和文学本身的发育程度，空间意义在当时的文学表达中并不彰显。但是，当城市空间演进与时代文化的大变迁相互融合，推动了社会生活的巨大改变，文学的大变革也就不可避免，文学中的空间属性也就必然被激发出来。正如研究者所说："城市空间，作为一种物质性存在，不仅会影响作家的小说写作，而且由于城市的变迁，作为不同时代的作家，在再现其城市空间以获得真实感和现场感的时候，其城市书写也就必然受制于具体的城市地理空间，从而使其书写具有特定历史时期的城市空间特征。"[②] 宋代的情况正是此类变革的典型。

一、城市格局巨变与商业空间拓展

我们讨论宋代城市空间变迁对于城市叙事的重大影响，这种空间的流动性与相互联系性主要表现在以下几方面：一是典型的城市空间被极大地拓展开来，比如街衢市场、勾栏瓦舍等成为最具时代特征的空间景观；二是传统的城市空间如宫廷、酒楼、名园、佛寺、道观等得到了持续关注，并在相

---

① 邺都的营建在我国古代都城建设史上具有划时代意义。一是首次出现中轴线和对称布局，据《水经注》《邺中记》《嘉靖彰德府志》记载，邺都南北城皆为正方形，均有中心轴线为干，中心轴线即成为王宫和城市的主脊，中心主干道将城内划成方块，各块分区分明，这对以后都城规制有很大影响；二是宫城、官署与民居截然分开，改变了过去长安、洛阳那种官城和里坊相参的布局，反映了当时封建等级意识的加强，这种格局为以后都城的设计开了先河；三是宫殿和贵戚所居都集中在北部，改变了过去"前朝后市"的传统，这种格局又为隋大兴城所继承；四是邺南城内的东西两市的对称布局也是邺都的首创，为后世所继承。参见邹逸麟：《试论邺都兴起的历史地理背景及其在古都史上的地位》，《中国历史地理论丛》1995 年第 1 期。

② 孙逊、刘方：《中国古代小说中的城市书写及现代阐释》，《中国社会科学》2007 年第 5 期。

关描写上有所增进；三是城市空间呈现多元交错的态势，商业空间、娱乐空间、政治空间等彼此交织，城市空间被赋予了多种属性。

这其中尤值得注意的是，街巷在宋代城市结构中的地位逐渐浮现出来，成为富有活力的城市空间，这正是对"交互型空间叙事"的最好注脚。"街"与"巷"虽然大小有别，其城市功能大体相同，两者相互交错，建构起城市主要交通网络，所谓"直为街，曲为巷；大者为街，小者为巷"。遍布全城、数量众多的各种街巷在各类记载中被反复提及，"街巷"显然走到了历史前台，成为城市空间变迁的象征，正如《东京梦华录》卷六《十六日》所云："万街千巷，尽皆繁盛浩闹"。有研究者统计，"街"字在《东京梦华录》中共出现 139 次，"巷"字 69 次，而"坊"字却只有 55 次。即使是这 55 次也不是官方早已明确的东京 80 多个"坊名"，与"坊"字一起被提到并形成组合的，往往是通用性质的表述，比如"坊巷""街坊""坊市"，或者就是"酒坊""茶坊""驼坊"一类商业作坊。另一种情况则是，《东京梦华录》中的街巷名开始被清晰地指称和确认，街名和巷名都超过了 30 条。这些街巷将两侧的各种建筑串联起来，从而成为标示方位的城市重要地标，这表明了北宋东京以街巷为主要骨架的建设布局理念。[1] 由此透露出一个重要信息：当坊里界标逐渐模糊，坊里作为城市地标的功能也就开始弱化，而街巷地标功能之突显也说明城市公共空间开始被重视而且已经有了独立的地位。

无论是北宋之东京，还是南宋之临安，城市空间不断获得拓展，宋代的城市布局完成了由封闭式里坊制向开放式街巷制的转变。《东京梦华录》在序言中有云："太平日久，人物繁阜。垂髫之童，但习鼓舞；班（斑）白之老，不识干戈。时节相次，各有观赏。灯宵月夕，雪际花时，乞巧登高，教池游苑。举目则青楼画阁，绣户珠帘。雕车竞驻于天街，宝马争驰于御路，金翠耀日，罗绮飘香。新声巧笑于柳陌花衢，按管调弦于茶坊酒肆。"[2] 东京的繁荣主要体现为街市的繁荣，东京城的主要街道是通向各个城门的大街，也被称为"御街"，为皇帝出入所经过，包括：从宣德门至南薰门；从宣德门外向东至土市子，再折向北经封丘门一直延伸到永泰门；从州桥向东经

①　梁建国：《北宋东京街巷的空间特性》，《北京大学学报》2014 年第 2 期。

②　（宋）孟元老：《东京梦华录》（外四种），上海古典文学出版社 1956 年版，第 1 页。

丽景门至阳门；从州桥向西经宜秋门至顺天门。曾有学者总结出了东京的九大商业街市，分别是南、西、北、东四条御街和宣德门前大街、东华门前大街、景灵宫东门大街，相国寺东门大街、沿汴河大街等。[①]

城市里形成了纵横交错的商业网络。对于主要的商业街区，《东京梦华录》卷二《东角楼街巷》条记载颇详细："自宣德东去东角楼，乃是皇城东南角也。十字街南去薑行。高头街北去，纵纱行至东华门街、晨晖门、宝箓宫，直至旧酸枣门，最是铺席要闹"[②]，再如："东华门外，市井最盛，……凡饮食、时新花果、鱼虾鳖蟹、鹌兔脯腊、金玉珍玩、衣着，无非天下之奇。其品味若数十分，客要一二十味下酒，随索目下便有之。其岁时果瓜、蔬茹新上市，并茄瓠（一种葫芦，嫩时可食）之类，新出每对可直三五十千，诸阁纷争以贵价取之。"就连御街这样号称皇帝出入的城市主干道，其两侧的御廊也曾被长期开辟为店铺，《东京梦华录》卷二《御街》："自宣德楼一直南去，约阔二百余步，两边乃御廊，旧许市人买卖于其间。"东京的界身巷在很多记载中不断被关注，《东京梦华录》卷二《东角楼街巷》："南通一巷，谓之'界身'，并是金银彩帛交易之所，屋宇雄壮，门面广阔，望之森然，每一交易，动即千万，骇人闻见。"[③]这无疑是东京城里最繁华的街市之一，商品丰富齐全，令人赞叹。这在宋元话本里也多有提及，比如《志诚张主管》："话说东京汴州开封府界身子里，一个开线铺的员外张士廉"，这张员外的"门首是胭脂绒线铺，两壁装着厨柜"[④]，生意极为兴隆。

以《清明上河图》为例，也可发现街市中包含着众多的商业网点，主要表现为饮食业、旅店业、娱乐业、运输业等的繁荣。画面中出现了多家酒店，以其中的"孙羊正店"而言，它布局宏阔，顾客盈门，最为繁华，可见是酒楼中的代表。值得注意的是，在虹桥南岸也有一酒店，名为"十千脚店"，虽然规模不甚大，同样生意兴隆，顾客众多，可见东京城来往客流之大，反映出商业贸易之繁盛。

---

① 参见田银生：《走向开放的城市——宋代东京街市研究》，生活·读书·新知三联书店 2011 年版，第 78—79 页。

② （宋）孟元老：《东京梦华录》（外四种），上海古典文学出版社 1956 年版，第 14 页。

③ （宋）孟元老：《东京梦华录》（外四种），上海古典文学出版社 1956 年版，第 14 页。

④ 《京本通俗小说》，上海古典文学出版社 1954 年版，第 44、47 页。

东京的有些街巷甚而直接以"市"为名，如《东京梦华录》卷二《潘楼东街巷》："潘楼东去十字街，谓之土市子，又谓之竹竿市。又东十字大街，曰从行裹角，茶坊每五更点灯，博易买卖衣物图画花环领抹之类，至晓即散，谓之'鬼市子'。……土市北去，乃马行街也，人烟浩闹。先至十字街，曰鹩儿市。……近北街曰杨楼街，东曰庄楼，今改作和乐楼，楼下乃卖马市也。"[1] 可见这些街巷因市而生，因市而兴。这一特色也体现在一些街巷的命名上，一些巷名就具有鲜明的行业色彩，比如绣巷、油醋巷、大小货行巷、炭场巷、草场巷、袜镜巷、浴堂巷、卸盐巷等。

另一个重要特点是商品交易时间开始延长，早市与夜市都已出现。关于早市，《东京梦华录》亦有描述："诸门桥市井已开……酒店多点灯烛沽卖，每分不过二十文，并粥饭点心。亦间或有卖洗面水、煎点、汤、茶、药者，直至天明。……更有御街州桥至南内前趁朝卖药及饮食者，吟叫百端。"夜市亦有发展，东京的夜市以两处最为繁华热闹，一是御街附近，二是马行街一带。《东京梦华录》卷三《马行街铺席》记载："夜市直至三更尽，才五更又复开张。如要闹去处，通晓不绝……冬月，虽大风雪阴雨，亦有夜市"；卷二《酒楼》："大抵诸酒肆、瓦市，不以风雨寒暑、白昼通夜，骈阗如此。"综合以上，可以发现东京商业空间呈现下述特征：一是商业空间趋带状发展；二是点面结合的商业网络体系逐渐形成；三是商业的经营时间进一步延长。

到了南宋，城市商业更为繁荣，耐得翁的《都城纪胜序》曰："圣朝祖宗开国，就都于汴，而风俗典礼，四方仰之为师。自高宗皇帝驻跸于杭，而杭山水明秀，民物康阜，视京师其过十倍矣。虽市肆与京师相侔，然中兴已百余年，列圣相承，太平日久，前后经营至矣，辐辏集矣，其与中兴时又过十数倍也。"[2] 宋代吴自牧《梦粱录》卷十三《两赤县市镇》亦云："杭为行都二（盖为一之误）百余年，户口蕃盛，商贾买卖者十倍于昔，往来辐辏，非他郡比也"[3]，《梦粱录》卷十三《团行》："大抵杭城是行都之处，万物所聚，诸市百行，自和宁门杈子外至观桥下，无一家不买卖者"，卷十三《铺席》

---

① （宋）孟元老：《东京梦华录》（外四种），上海古典文学出版社 1956 年版，第 15 页。
② （宋）孟元老：《东京梦华录》（外四种），上海古典文学出版社 1956 年版，第 89 页。
③ （宋）孟元老：《东京梦华录》（外四种），上海古典文学出版社 1956 年版，第 238 页。

亦云："自大街（御街）及诸坊巷，大小铺席，连门俱是，即无虚空之屋。"南宋定都后，随着临安城区的扩大与居民的倍增，以纵贯南北的御街为中心形成新的商业闹市区。有研究者指出："南宋杭州沿着这条长达三四千米的御街已形成了三个商业中心：一是皇宫门外、鼓楼至清河坊；二是洋溺头至官巷口；三是棚桥至众安桥。这三个从城南而至城北的商业区又由御街把它们贯穿起来，相互沟通，相互补充。新的商业布点网的形成，对满足城区各处居民的需求起了积极的作用。"① 除了城区之外，府城郊区也出现了数以十计的居民聚居、商业繁荣的集镇。"城之南、西、北各处数十里，人烟生聚，市井坊陌，数日径行不尽，各可比外路一小小州郡"（《都城纪胜》坊院条）。由于城内外贸易繁荣，每天清晨在各大城门口都聚集着等待进出的大小商贩，如话本《任孝子烈性为神》所写："城门未开。城边无数经纪行贩，挑着盐担，坐在门下等开门。也有唱曲儿的，也有说闲话的，也有做小买卖的"，可见城内外的来往极为频繁。

比之东京，临安的商品体系更趋系统，流通更广泛，城市内外的商业贸易空间显得更为宽阔。据《梦粱录》记载："经纪市井之家，往往多于店舍。"被称为"塌坊"的客栈遍布在水陆交通码头和闹市区，客旅称便，据灌圃耐得翁《都城纪胜》之"坊院"记载："城中北关水门内，有水数十里，曰白洋湖，其富家于水次起迭塌坊十数所，每所为屋千余间，小者亦数百间，以寄藏都城店铺及客旅物货，四维皆水，亦可防避风烛，又免盗贼，甚为都城富室之便。"② 此外在码头与市集附近还设有众多的简易堆货栈，称为"廊"或"堆垛场"。除了店铺四处开设外，也形成了同行业店铺的集中地，也就是所谓"行业街市"，这种行业性街市主要追求规模效应，其形式大致有两种：一是货物的集中批发交易场所，也就是中转集散之地；二是同行业零售店铺货摊集中在一起。据潜说友《咸淳临安志》卷九十一《团市》记载，行业性街市主要有炭桥的药市、冠巷的花市、大瓦的肉市、候潮门外的鲜鱼行、南猪行、青果团、便门外横河头的布行、城南的花团、后市街的柑子团等，它们各有相对固定的集中交易地点。值得注意的是，不同行业还有

---

① 林正秋：《略论南宋杭州繁荣发达的商业》，《杭州商学院学报》1981 年第 3 期。
② （宋）孟元老：《东京梦华录》（外四种），上海古典文学出版社 1956 年版，第 100 页。

其独特的服饰装扮，据《梦粱录》卷十八记载："杭城风俗……且如士农工商诸行百户衣巾装着，皆有等差。香铺人顶帽披背子。质库掌事，裹巾着皂衫角带，街市买卖人，各有服色头巾，各可辨认是何名目人"①，这些堪称当时的行业制服，可见行业规模化的程度之高。

相比而言，临安工商业体系显得更为成熟。根据《西湖老人繁胜录》的约略估计，"京都有四百十四行"，该笔记列出了丝绵市、金银市、珍珠市、川广生药市、象牙玳瑁市、生帛市等一百四十多行，主要包括手工业、商业和服务业，其中在城市商业空间中最醒目的是酒家，临安大小酒家数以百计，街巷遍布，分为官营和私营两类。据《都城纪胜》载，官营酒楼著名的有十家：太和楼（崇新门内）、西楼（三桥南惠仙桥侧）、和乐楼（清和坊）、春风楼（鹅鸭桥东）、和丰楼（睦亲坊北）、丰乐楼（涌金门外）、太平楼（清和坊内）、中和楼（众乐坊）、春融楼（湖墅左家桥北）。私营的著名酒家有：三元楼、五间楼、熙春楼、花月楼、嘉庆楼、聚景楼、风月楼、赏新楼、双凤楼、日新楼等，大都集中在御街两边的闹市区。大小酒店在宋元话本中多有描绘，《京本通俗小说》卷十二《西山一窟鬼》写吴秀才"一程走将来梅家桥下酒店里时，远远地王婆早接见了"。又，《京本通俗小说》记载净慈寺对门也开有酒店，主要面向平时寺庙的游人②；再如《错认尸》："门首交赛儿开张酒店，雇一个酒大工，叫做洪三，在家造酒。"这些都是小酒店，大的则有丰乐楼等。东京本有丰乐楼，临安在丰豫门（即涌金门）外也开设名叫丰乐楼的酒楼："曰丰豫门，外有酒楼，名丰乐，旧名耸翠楼，据西湖之会，千峰连环，一碧万顷……缙绅士人，乡饮团拜，多集于此。"③这在话本中也多有反映，如《西湖三塔记》就有描述："柳洲岸口，画舫停棹唤游人；丰乐楼前，青步高悬沽酒帘。"再如《俞仲举题诗遇上皇》写道："（俞良）当下一径走出涌金门外西湖边，见座高楼，上面一面大牌，朱红大书'丰乐楼'。只听得笙簧缭绕，鼓乐喧天。"④临安商业发达，而酒店最容易赚钱，所以时人

① （宋）孟元老：《东京梦华录》（外四种），上海古典文学出版社1956年版，第281页。
② 《京本通俗小说》，上海古典文学出版社1954年版，第35—36页。
③ （宋）孟元老：《东京梦华录》（外四种），上海古典文学出版社1956年版，第230页。
④ （明）冯梦龙：《警世通言》，人民文学出版社1956年版，第70页。

有谚："欲得官，杀人放火受招安；欲得富，赶着行在卖酒醋。"[①]

二、多元市井空间中的特色空间书写

城市史研究者认为："城市中的建筑物是一个城市的最基本构成，它是城市的标志。而这些城市构成与标志，都是由城居者所建，其中蕴涵着城居者的思想理念，价值判断，时尚追求，审美情趣，等等，同时，也是社会结构、社会关系的物化形式。它代表的是凝聚的物化文明，是一个时代人文文化的集中表现。"[②] 可以说，宋代城市出现的勾栏瓦子作为城市发展史上极具标志意义的城市娱乐空间，正是时代文化的集中表现。勾栏瓦子具体兴起于何时，没有确切资料记载，但据廖奔考证："汴京的瓦舍勾栏兴起于北宋仁宗（1023—1063）中期到神宗（1068—1085）前期的十几年间"[③]，可以确定，勾栏瓦子兴起于北宋仁宗和神宗时期。在城市经济繁荣的基础上，宋代逐步形成了独具特色的市民文化娱乐场所，也即是以"勾栏"为中心的"瓦子"，耐得翁《都城纪胜》有云："瓦者，野合易散之意也。不知起于何时，但在京师时，甚为士庶放荡不羁之所，亦为子弟流连破坏之地"，吴自牧《梦粱录》卷十九有云："瓦舍者，谓其'来时瓦合，去时瓦解'之义，易聚易散也。"城市娱乐活动发展成特色服务型行业，并且在城市中连缀成规模很大、具有集聚效应的娱乐消费空间，比如《宋四公大闹禁魂张》写泼皮赵正"去桑家瓦里，闲走一回，买酒买点心吃了，走出瓦子外面来"，《闹樊楼多情周胜仙》写官差拿贼，"当时搜捉朱真不见，却在桑家瓦里看耍"，市井民众在此地往往流连忘返。

关于瓦舍的设立，我们至少可以追溯至唐代，据康保成考证，瓦舍原指寺院、僧房，勾栏又名"构栏""栏杆"。在唐代时，寺院经常演出百戏伎艺，如唐长安的慈恩寺、荐福寺、青龙寺、安国寺等，都是最早的戏场，演

---

① （宋）庄绰：《鸡肋编》，中华书局 1983 年版，第 67 页。

② 刘凤云：《明清城市空间的文化探析》，中央民族大学出版社 2001 年版，第 1 页。

③ 廖奔：《中国古代剧场史》，中州古籍出版社 1997 年版，第 42 页。

出节目多为佛经有关的节目。① 唐代有时会在长安朱雀大街的空地上建造彩楼，进行各种曲艺活动的比试，比如《李娃传》描写了东西两市之凶肆的一场表演性比试，《乐府杂录》亦有琵琶能手之间比试的记载，但其曲艺表演场所往往不具有稳定性、连续性和规模化的特征。

据《东京梦华录》记载，东京城内的瓦子共有八座，分别是桑家瓦子、新门瓦子、朱家瓦子、里瓦、中瓦、州北瓦子、州西瓦子、保康门瓦子，这应该是不完全统计。卷二《东角楼街巷》："瓦中多有货药、卖卦、喝故衣、探博、饮食、剃剪、纸画、令曲之类。终日居此，不觉抵暮"②，著名艺人在此开设固定演出，内容极丰富，"不以风雨寒暑，诸棚看人日日如是"（卷五）。再如《东京梦华录》卷六《十六日》："诸坊巷、马行，诸香药铺席、茶坊酒肆，灯烛各出新奇。就中莲华王家香铺灯火出群，而又命僧道场打花钹、弄椎鼓，游人无不驻足。诸门皆有官中乐棚。万街千巷，尽皆繁盛浩闹。每一坊巷口，无乐棚去处，多设小影戏棚子，以防本坊游人小儿相失，以引聚之。"③ 元散曲《耍孩儿·庄家不识勾栏》有一段用来说明当时勾栏设置的记载，其文曰："要了二百钱放过咱，入得门上个木坡。见层层叠叠团圝坐座，抬头觑是个钟楼模样，往下觑却是个人旋窝"④，大体可以让人想象勾栏的内部设置，观众席设在戏台对面的叫"神楼"，设在两侧的叫"腰棚"。所谓"钟楼模样"指的应是"神楼"，"人旋窝"则是腰棚，"入得门上个木坡"指的是进入神楼或腰棚都要通过的楼梯，说明座位是按照阶梯方式设计，上下票价似乎并无差异，"要了二百钱"就可自由寻找座位。

从现存文献来看，宋代瓦舍勾栏的整体发展态势是从北向南推进，日渐繁荣。北宋时，瓦舍勾栏主要是在中原及长江以北地区出现，尤以汴京为多。随着金兵入侵，宋室南迁，这种以瓦舍勾栏为代表的商业娱乐文化也随之向南方传播，据《咸淳临安志》《都城纪胜》《西湖老人繁胜录》《梦粱录》《武林旧事》等书记载，南宋时临安城内外有瓦舍多达25处，从数量上已远

---

① 康保成：《"瓦舍"、"勾栏"新解》，《文学遗产》1999年第5期。
② （宋）孟元老：《东京梦华录》（外四种），上海古典文学出版社1956年版，第37页。
③ （宋）孟元老：《东京梦华录》（外四种），上海古典文学出版社1956年版，第14—15页。
④ 张文潜等：《元代散曲选》，福建教育出版社1985年版，第7页。

远超过汴京,它们分别是:南瓦、中瓦、大瓦、北瓦、蒲桥瓦、便门瓦、钱塘门瓦、菜市瓦、新门瓦、艮山门瓦、羊坊桥瓦、王家瓦等,其中仅北瓦之中,就包含了勾栏十三座。再就是表演形态也变得较为多样,表演空间亦有拓展之势。据《都城纪胜》中的"市井"条记载:"执政府墙下空地,诸色路歧人在此作场","其他街市如此空闲地段,多有作场之人。"所谓"路歧人",乃是沿路展开的、无固定演出场所的临时表演者。《武林旧事》卷六《瓦子勾栏》称:"路歧,不入勾栏,只在要闹宽阔之处做场,谓之'打野呵(泊)',此又艺之次者。"概括而言,瓦舍勾栏中的演出活动,以固定性的瓦舍勾栏演艺为主体,以半固定性的茶楼酒肆演艺、经常性的节庆庙会演艺、临时性的街衢闹市演艺等为必要补充,充分表明一种面向广大民众的通俗性娱乐空间在宋代正式形成。

就城市节日习俗而言,无论是北宋还是南宋,以元宵节最为时人所重,之所以如此一个重要原因是,宋代的元宵节制度比之前代显得更为宽松。宋太宗时规定,三元节取消夜禁,百姓可以通宵游观。《曲洧旧闻》卷七《上元张灯》载:"本朝太宗三元不禁夜,上元御端门,中元、下元御东华门。其后罢中元、下元二节,而上元观游之盛,冠于前代矣。"[1]《默记·燕翼诒谋录》卷三:"国朝故事,三元张灯。太祖乾德五年正月甲辰,诏曰:'上元张灯,旧止三夜,今朝廷无事,区宇乂安,方当年谷之丰登,宜纵士民之行乐,其令开封府更放十七、十八两夜灯'。后遂为例。"[2]特定时段中的城市空间得以完全开放。

皇祐四年(1052)梅尧臣曾与宋敏修等相互唱和,《元夕同次道中道平叔如晦赋诗得闲字》诗云:"金舆在闾阖,箫吹满人寰。九陌行如昼,千门夜不关。星通河汉上,珠乱里闾间。谁与联轻骑,宵长月正闲。"[3]万俟咏的《醉蓬莱》则以词的形式形象展示了东京元宵佳节的气象:"正波泛银汉,漏滴铜壶,上元佳致。绛烛银灯,若繁星连缀。明月逐人,暗尘随马,尽五陵豪贵。鬓惹乌云,裙拖湘水,谁家姝丽。金阙南边,彩山北面,接地罗绮,

---

① (宋)朱弁撰,孔凡礼点校:《曲洧旧闻》,中华书局 2002 年版,第 181 页。
② (宋)王铚等撰,朱杰人校:《默记·燕翼诒谋录》,中华书局 1981 年版,第 25 页。
③ (宋)梅尧臣著,朱东润编年校注:《梅尧臣集编年校注》,上海古籍出版社 2006 年版,第 267 页。

沸天歌吹。六曲屏开，拥三千珠翠。帝乐方深，凤炉烟喷，望舜颜瞻礼。太平无事，君臣晏乐，黎民欢醉。"①

到了宣和年间，为了充分展示太平气象，灯市在上一年的十二月就已开始，称为"预赏"。到了临安之后，更是将其提前到了前一年九月菊灯开始之时。上元的五夜灯市最为繁盛，皇帝与民同乐，主要项目就是扎鳌山、赐御酒、撒金钱等。所谓"鳌山"，也就是彩山，指的是人工搭建的灯山。《宣和遗事》前集描绘了京城大内建造鳌山的景象，"自冬至日，下手架造鳌山，高一十六丈，阔三百六十五步；中间有两条鳌柱，长二十四丈；两下用金龙缠柱，每一个龙口里点一盏灯，谓之双龙衔照。中间有一个牌，长三丈六尺，阔二丈四尺，金书八个大字，写道：宣和彩山，与民同乐"②。灯的品类极多，"每以'苏灯'为最，圈片大者径三四尺，皆五色琉璃所成，山水人物，花竹翎毛，种种奇妙，俨然着色便面也。其后福州所进，则纯用白玉，晃耀夺目，如清冰玉壶，爽彻心目。近岁新安所进益奇，虽圈骨悉皆琉璃所为，号'无骨灯'"。然后是皇帝出行，与百姓同乐。"至二鼓，上乘小辇，幸宣德门，观鳌山。擎辇者皆倒行，以便观赏。金炉脑麝如祥云，五色荧煌炫转，照耀天地。山灯凡数千百种，极其新巧，怪怪奇奇，无所不有，中以五色玉栅簇成'皇帝万岁'四大字。"(《武林旧事》卷二《元夕》)话本对此亦有相关描写，比如《戒指儿记》："不觉时值正和二年上元令节，国家有旨赏庆元宵。鳌山架起，满地华灯。笙箫社火，罗鼓喧天。禁门不闭，内外往来。"③

再就是赐御酒，"那看灯百姓，休问富贵贫贱老少尊卑，尽到端门下赐御酒一杯。有教坊使曹元宠口号一词，唤作《脱银袍》：'济楚风光，升平时世，端门支散碗，遂逐旋温来吃得过，那堪更使金器？……'"④还有就是"撒金钱"习俗，元宵之夜皇上莅临，有黄门侍者自宣德楼城门上往下撒金币，供百姓争抢，宋教坊使袁绹《撒金钱》云："频瞻礼。喜升平，又逢元宵佳致。鳌山高耸翠。对端门，珠玑交制。似嫦娥降仙宫，乍临凡世。恩露

---

① （明）陈耀文辑，龙建国、杨有山点校：《花草粹编》下册，河北大学出版社2007年版，第744页。
② 丁锡根点校：《宋元平话集》，上海古籍出版社1990年版，第332页。
③ 见《清平山堂话本》，此篇谭正璧先生以为宋元篇目。
④ 丁锡根点校：《宋元平话集》，上海古籍出版社1990年版，第332页。

匀施，凭御栏，圣颜垂视。撒金钱，乱抛坠。万姓推抢没理会。告官里：这失仪，且与免罪。"

在元宵节的独特时空中，上演了不少男欢女爱的风月故事。有多种古籍记载了东京元宵节发生的一场男女情事："崇宁间，上元极盛。太学生江致和，在宣德门观灯。会车舆上遇一妇人，姿质极美，恍然似有所失。归运毫楮，遂得小词一首。明日妄意复游故地，至晚车又来，致和以词投之。自后屡有所遇，其妇笑谓致和曰：'今日喜得到蓬官矣。'词名五福降中天。"[1]话本《张生彩鸾灯记》所写的亦是男女主人公在东京元宵夜相遇相爱的故事。

就市民游览主要空间而言，北宋东京主要是金明池，南宋临安则主要是西湖。金明池乃是东京著名的皇家园林，又名西池、教池，位于宋代东京顺天门外。据孟元老《东京梦华录》等记载，金明池原本为宋太宗检阅"神卫虎翼水军"的军事操练场，后来逐渐改为与民同乐、观赏龙舟夺标"水嬉"的娱乐场。金明池每年三月定期开放，允许百姓来参观，称为"开池"。到农历三月三上巳节，这时"水嬉"夺标开始，声势浩大的皇帝仪仗车驾莅临，当"水嬉"活动结束时金明池也将关闭，开放持续一个月左右。对面琼林苑同时开放，所有园圃都可以入内参观。每当"水嬉"开池之时，百姓倾城而出游览，行人如织，四周摆摊商贩如云，更有杂耍百戏表演并作，喧阗热闹。梅尧臣的《金明池游》极写金明池游人之多、游赏之乐，其诗曰："三月天池上，都人袨服多，水明摇碧玉，岸响集灵鼍。画舸龙延尾，长桥霓饮波，苑光花粲粲，女齿笑瑳瑳。行袂相朋接，游肩与贱摩，津楼金间采，幄殿锦文窠。挈榼车傍缀，归郎马上歌，川鱼应望幸，几日翠华过。"[2]再如柳永的《破阵乐》亦多渲染铺叙之辞，上阕云："露花倒影，烟芜蘸碧，灵沼波暖。金柳摇风树树，系彩舫龙舟遥岸。千步虹桥，参差雁齿，直趋水殿。绕金堤，曼衍鱼龙戏，簇娇春罗绮，喧天丝管。霁色荣光，望中似睹，蓬莱清浅。"[3]可见当时天下承平的京都气象。

到了南宋，西湖游赏则成为临安士庶的共同选择。宋陈造撰《江湖长

① 吴藕汀、吴小汀：《词调名辞典》，上海书店出版社 2005 年版，第 96 页。
② （宋）梅尧臣著，朱东润编年校注：《梅尧臣集编年校注》，上海古籍出版社 1980 年版，第 442 页。
③ （宋）柳永著，薛瑞生校注：《乐章集校注》，中华书局 2012 年版，第 219 页。

翁集》卷二十二《游山后记》云："杭人喜遨，盖自缓缓归曲始盛而极于今。今为帝都，则其益务侈靡相夸，佚乐自肆也。"《梦粱录》卷四《观潮》记载："临安风俗，四时奢侈，赏玩殆无虚日。西有湖光可爱，东有江潮堪观，皆绝景也。"《清平山堂话本》卷一《西湖三塔记》中写道："说不尽的西湖好处，吟有一词云：'江左昔时雄胜，钱塘自古荣华。不惟往日风光，且看西湖景物：有一千顷碧澄澄波漾琉璃，有三十里青娜娜峰峦翡翠。春风郊野，浅桃深杏如妆；夏日湖中，绿盖红蕖似画；秋光老后，篱边嫩菊堆金；腊雪消时，岭畔疏梅破玉。花坞相连酒市，旗亭萦绕渔村。柳洲岸口，画舡停棹唤游人；丰乐楼前，青布高悬沽酒帘。九里乔松青挺挺，六桥流水绿粼粼。'"①

《武林旧事》卷三《祭扫》："清明前三日为寒食节，都城人家，皆插柳满檐，虽小坊幽曲，亦青青可爱，大家则加枣锢于柳上，然多取之湖堤。……南北两山之间，车马纷然，而野祭者尤多，如大昭庆九曲等处，妇人泪妆素衣，提携儿女，酒壶肴罍。村店山家，分馂游息。至暮则花柳土宜，随车而归。"②《白娘子永镇雷峰塔》的故事就是发生在清明时节的西湖边。"正是清明时节，少不得天公应时，催花雨下，那阵雨下得绵绵不绝"，正是这场雨，然后有了许宣③与白娘子的西湖相遇，也就有了后来借伞、还伞的情节。《警世通言·乐小舍拚生觅偶》写一对男女多年未能谋面，在祭扫之后游览西湖时相见，"时值清明将近，安三老接外甥同去上坟，就便游西湖。原来临安有这个风俗，但凡湖船，任从客便，或三朋四友，或带子携妻，不择男女，各自去占个座头，饮酒观山，随意取乐"④。绵延的西湖同样提供了重要的故事场景，预伏了人生邂逅的多种可能。

由西湖周围的风物演绎出传闻传说，这是临安所独有的，也是极具城市特色的。比如西湖三塔故事，时人由此杜撰了话本《西湖三塔记》，明人田汝成《西湖游览志》卷二《孤山三堤胜迹》记曰："三塔，俱在外湖，三坻

---

① （明）洪楩著，程毅中校注：《清平山堂话本校注》，中华书局2012年版，第56页。
② （宋）孟元老等著，周峰点校：《东京梦华录》（外四种），文化艺术出版社1998年版，第354页。
③ 许宣，即许仙。
④ （明）冯梦龙：《警世通言》，中华书局2009年版，第214页。

鼎立。……相传湖中有三潭，深不可测，西湖十景所谓三潭印月者是也，故建三塔以镇之。"① 再如《喻世明言》卷三十《明悟禅师赶五戒》记载了"三生石"之来历，此故事早在唐代传奇集《甘泽谣》中就已出现，宋人就其地写其事，写圆泽与李源缘定前生，使得感受更为深沉。有诗云："处世分明一梦魂，身前身后孰能论？夕阳山下三生石，遗得荒唐迹尚存"，睹物思人，西湖的风物给了后人以无限遐想的空间。

综前所述，宋元时代城市空间得以不断拓展，文学叙事中的空间属性也被不断强化。空间与叙事的结合往往幻化为一个个鲜活的故事场景，政治的、历史的、商业的、娱乐的、情爱的场景彼此融汇交织，呈现多元交错的态势，前所未有地丰富了城市空间的维度与内涵。

第二节　从宫廷到民间：城市叙事形态的转变

从唐代到宋元，都城叙事依然是城市叙事的主流，相关叙事内容却在叙事情态口吻、细节描述、叙事篇幅、空间感等方面发生明显改变。宋前的城市叙事以唐传奇、笔记最为典型，若将叙写长安的《开元天宝遗事》②与叙写东京的《大宋宣和遗事》③作一比较，同样是"都城遗事"，却可见出转变的趋势。

一、城市叙事转向：从《开元天宝遗事》到《大宋宣和遗事》

汉魏至于唐，都城叙事的主要题材是宫廷叙事，围绕皇帝与百官的故事展开，这在《开元天宝遗事》中体现得颇为充分，《开元天宝遗事》共2卷，146条，为五代王仁裕撰，王曾为五代蜀之翰林学士，有才名。该书记载的

---

① （明）田汝成：《西湖游览志》，中华书局1958年版，第24页。
② 本节所引《开元天宝遗事》内容皆出自《唐五代笔记小说大观》（下册），上海古籍出版社2000年版。
③ 本节所引《大宋宣和遗事》内容皆出自（明）洪楩等编：《京本通俗小说·清平山堂话本·大宋宣和遗事》，岳麓书社1993年版。

大多数内容都发生在长安的宫廷里。据统计，在 146 条中，直接写唐玄宗以及诸王宫廷逸事的就有 74 条，带有较为明显的宫闱气息，篇幅皆不长，如《世说新语》笔法。

《大宋宣和遗事》则为讲史话本，宋代无名氏作，元人或有增益，是成书于元代的笔记小说辑录，结合了多个类型的笔记小说并以说书的方式连贯而成。鲁迅在《中国小说史略》中对其成书方式有评价："近讲史而非口谈，似小说而无捏合"，认为小说中既有诗词内容，亦有说话的痕迹，可见它既不是纯粹的文人创作，又不是艺人说话时的原始底本，而是编订者收集了典籍中的相关片段与诗词内容，又补充以野史传闻，加以连缀整合而成。《大宋宣和遗事》这一文本形态对于都城叙事而言有特别之意义，它正展示了宫廷叙事向民间叙事转向的一种趋势。

《开元天宝遗事》是一种都城叙事，朝堂宫廷故事是其中的重要内容，其中有写宫廷欢爱，如《随蝶所幸》："开元末，明皇每至春时旦暮，宴于宫中，使妃嫔辈争插艳花，帝亲捉粉蝶放之，随蝶所止幸之。后因杨妃专宠，遂不复此戏也。"有写忠臣逸事，如《步辇召学士》："明皇在便殿，甚思姚元崇论时务。七月十五日，苦雨不止，泥泞盈尺。上令侍御者抬步辇召学士来。时元崇为翰林学士，中外荣之。自古急贤待士，帝王如此者，未之有也。"还有《赐箸表直》："宋璟为宰相，朝野人心归美焉。时春御宴，帝以所用金箸令内臣赐璟。虽受所赐，莫知其由，未敢陈谢。帝曰：'所赐之物，非赐汝金。盖赐卿之箸，表卿之直也。'璟遂下殿拜谢。"当然，在长安叙事中，花团锦簇、名马貂裘的城市场景也不可或缺，比如《看花马》："长安侠少，每至春时结朋联党，各置矮马，饰以锦鞯金辂，并辔于花树下往来，使仆从执酒皿而随之，遇好圃时驻马而饮。"再如《裙幄》："长安士女游春野步，遇名花则设席藉草，以红裙递相插挂，以为宴幄，其奢逸如此也。"再如《风流薮泽》："长安有平康坊，妓女所居之地，京都侠少萃集于此，兼每年新进士，以红笺名纸游谒其中。时人谓此坊为风流薮泽。"以上正面写长安的虽只寥寥数则，其中街巷郊野之景观却颇具特色，也大致连缀出一幅盛世的长安行乐图。

相比而言，《大宋宣和遗事》出现了对于城市空间的较为完整而细致的描绘，尤其是"私会李师师"和"元宵与民同乐"两个大的故事段落，情节跌宕起伏，环境描绘细腻生动，引人入胜。

关于李师师事，多见记载，如《青泥莲花记》称："东京角妓李师师，住金线巷，色艺冠绝。徽宗自政和后，多微行，乘小轿子，数内臣导从往来师师家。"而《大宋宣和遗事》中的相关描写则更为具体生动，写宋徽宗"引高俅、杨戬私离禁阙，出后载门，留勘合与监门将军郭建等，向汴京城里，穿长街，蓦短槛，只是些歌台舞榭、酒市花楼，极是繁华花锦田地"，"抵暮，至一坊，名做金环巷，那风范更别：但见门安塑像，户列名花；帘儿底笑语喧呼，门儿里箫韶盈耳"，遂遇李师师，一见倾心。此后在此街巷里便有：徽宗夸口，李师师娘报官捉拿，高俅斥退巡兵，徽宗夜宿娼家，与巡警贾奕争风吃醋等一系列谐趣情节上演。

故事情节抑扬之间，对白极富俚俗色彩。旧好贾奕因被师师冷落发怒而质问师师，文中写道："师师道：'恰去的那个人，也不是制置并安抚，也不是御史与平章。那人眉势教大！'贾奕道：'止不过王公驸马。'师师道：'也不是。'贾奕道：'更大如王公，只除是当朝帝主也。他有三千粉黛，八百烟娇，肯慕一匹人？'师师道：'怕你不信！'……师师道：'我交你信。'不多时，取过那绞绡直系来，交贾奕看。贾奕觑了，认的是天子衣，一声长叹，忽然倒在地。"故事充满了市井趣味。段落的最后似乎是要给这一段市井传奇留下痕迹，文中写道："徽宗悉听诸奸簸弄，册李师师做李明妃，改金线巷唤做小御街"，一段风月故事因而在城市街巷之间立此存照了。

再如"与民同乐"段落。宣和六年，元宵之夜，张灯结彩，热闹非凡。文中写东京大内前，有五座门，"自冬至日，下手架造鳌山高灯，长一十六丈，阔二百六十五步。中间有两条鳌柱，长二十四丈，两下用金龙缠柱，每一个龙口里点一盏灯，谓之双龙衔照。中间有一个牌，长三丈六尺，阔二丈四尺，金书八个大字，写道：宣和彩山，与民同乐。"有贵官撒金钱，此后是人人赐御酒一杯。其间有故事颇具趣味，一妇人饮御酒后窃取金杯被捉，面见徽宗，作《鹧鸪天》词以自解，教坊大使曹元宠以为其词乃宿构，妇人再作《念奴娇》词，徽宗大喜，赐以金杯。此一东京元宵故事，一见升平之气象，二亦可见时代文化浸染市井之深厚。

除了城市空间展示的广度有别，两书城市叙事的情态趣味也有很大不同。《开元天宝遗事》有多则内容写宫中情事。如《眼色媚人》："念奴者，有姿色，善歌唱，未常一日离帝左右。每执板当席顾眄，帝谓妃子曰：'此女妖丽，眼色媚人。'每啭声歌喉，则声出于朝霞之上，虽钟鼓笙竽嘈杂而莫能遏。宫妓中帝之钟爱也"；《销恨花》："明皇于禁苑中，初有千叶桃盛开。帝与贵妃日逐宴于树下。帝曰：'不独萱草忘忧，此花亦能销恨'"；《助情花》："明皇正宠妃子，不视朝政。安禄山初承圣眷，因进助情花香百粒，大小如粳米而色红。每当寝处之际，则含香一粒，助情发兴，筋力不倦。帝秘之曰：'此亦汉之慎恤胶也。'"尤其是后面二则，事涉男女欢爱，语近香艳而不亵，可见文人之含蓄。

如果说《开元天宝遗事》表现的是文人之含蓄婉转，到了《大宋宣和遗事》，很多段落则表现出说话艺术之曲尽其致。"李师师故事"即充满了市民趣味，我们来看徽宗与李师师晨别一段："徽宗伴师师共寝，杨戬、高俅别一处眠睡。不觉铜壶催漏尽，画角报更残，惊觉高俅、杨戬二人，急起穿了衣服，走至师师卧房前款窗下，高俅低低的奏曰：'陛下，天色明也，若班部来朝不见，文武察知，相我王不好。'天子闻之，急起穿了衣服。师师亦起，系了衣服。天子洗漱了，吃了些汤药，辞师师欲去。师师紧留。天子见师师意坚，官家道：'卿休要烦恼。寡人今夜再来与你同欢。'师师道：'何以取信？'天子道：'恐卿不信。'遂解下了龙凤绞绡直系，与了师师道：'朕语下为敕，岂有浪舌天子脱空佛？'师师接了，收拾箱中，送天子出门。"其中的情态语调模拟天子口吻，同时充满了民间文人的风趣与谐谑。

更值得品味的是两书不同的主题倾向和文化立场。安史之乱与靖康之难，堪称唐宋二世之最大劫难，通过都城叙事正可梳理政事之失、殃祸之始，败乱之作，以为后世殷鉴。正统士人以史家自居，雍容端正，气象平和，民间文士则凸显市井立场，悲叹疾呼，嬉笑怒骂，两书风格迥然有别。

《开元天宝遗事》站在士大夫的立场歌咏贤君，微讽失政，《大宋宣和遗事》则是为市民立言，声讨无道，唾骂奸佞。两书的开篇就奠定了基调之不同。比如前书开篇的《玉有太平字》："开元元年，内中因雨过，地润微裂，至夜有光。宿卫者记其处所，晓乃奏之。上令凿其地，得宝玉一片，如拍板样，上有古篆'天下太平'字。百僚称贺，收之内库。"其后连续三则写的都是唐玄宗赏识著名贤臣姚崇、宋璟的故事，以见其知人善任。所谓开元天宝遗事，以祥和升平为其主调，即使说到乱臣祸国、奸臣误国，也不过是语带微讽而已，如《金牌断酒》："安禄山受帝眷爱，常与妃子同食，无所不至。帝恐外人以酒毒之，遂赐金牌子，系于臂上。每有王公召宴，欲沃以巨觥，禄山即以牌示之，云准敕断酒"，可见当时宠爱之甚，终取其辱当可想见。即便是已成定论的奸臣贼子如李林甫，文曰："李林甫为性狼狡，不得士心，每有所行之事，多不协群议，而面无和气。国人谓林甫精神刚戾，常如索斗鸡"（《索斗鸡》），这已是最严厉的指责了。而《枯松再生》条所写更有曲终奏雅、曲意回护之意，所谓："明皇遭禄山之乱，銮舆西幸，禁中枯松复生枝叶，葱蒨，宛若新植者。后肃宗平内难，重兴唐祚。枯松再生，祥不诬矣"，其实，安史乱后，弊政丛生，唐世之沉沦下坠已成不可逆之势。

《大宋宣和遗事》则充分展示了民间说书人的立场，开篇就是："茫茫往古，继继来今，上下三千余年，兴废百千万事，大概光风霁月之时少，阴雨晦冥之时多；衣冠文物之时少，干戈征战之时多。"话本中充满了说书人的义愤，酣畅淋漓，"今日话说的，也说一个无道的君王，信用小人，荒淫无度，把那祖宗混沌的世界坏了，父子将身投北去也。全不思量祖宗创造基业时，直不是容易也！"文中更是历数徽宗之无道，极逞说书人口舌之快，句句剑拔弩张，"哲宗崩，徽宗即位。说这个官家，才俊过人：口赓诗韵，目数群羊；善写墨君竹，能挥薛稷书；通三教之书，晓九流之法。朝欢暮乐，依稀似剑阁孟蜀王；论爱色贪杯，仿佛如金陵陈后主。遇花朝月夜，宣童贯、蔡京；值好景良辰，命高俅、杨戬。向九里十三步皇城，无日不歌欢作乐。盖宝篆诸宫，起寿山艮岳，异花奇兽，怪石珍禽，充满其间；绘栋雕梁，高楼邃阁，不可胜计。役民夫百千万，自汴梁直至苏杭，尾尾相含，人民劳苦，相枕而亡。"话本在检讨北宋灭亡原因时，指责了包括王安石在内一班臣子的所为，"话说宋朝失政，国丧家亡，祸根起于王安石引用婿蔡卞及姻党蔡京在朝，陷害忠良，奸佞变诈，欺君虐民，以致坏了宋朝天下"。检之史实，其所做判断未必准确，尤其是对王安石的评价，但这种来自民间的沉痛疾呼折射出底层民众的诉求，其情感深沉动人，其影响力亦不可小觑。也可以说，传统都城叙事系统获得了极大拓展，在庄重舒缓之外亦有来自民间的凄厉之声。

概括而言，比之《开元天宝遗事》，《大宋宣和遗事》中的都城叙事与时代的城市变革彼此呼应，叙事内容重心下移，从宫闱走向民间，在城市空间景观、市民心态、市井趣味等方面展现出自身特色。这似乎也预示着，在宋元以后，以宫廷生活为主要内容的叙事将逐渐淡出人们的视野，不再成为都城叙事的主流。

二、地方认同：南宋杭州题材话本的叙事形态及其心理机制

正如前文所论，《大宋宣和遗事》正体现了介于讲史和小说间的"说铁骑儿"话本的基本艺术特征。前集基本展示了"说话"表演的艺术气息，而后集则以编年体的叙事方式记述史事。其中虽然也穿插一些诗词，并且对所叙情节加以评论，这种写法更像是书会才人在编撰话本时从野史笔记中摘取的史事记载，作为话本用于说唱的艺术特点几乎不存。从中可见出《大宋宣和遗事》作为过渡性叙事形态的基本特征。而在南宋或元代问世的其他一些话本尤其是以杭州作为故事背景的作品中，则体现出更为明显的民间色彩和世俗特征。

南渡以来，来自汴京乃至全国各地的"说话"艺人云集临安。他们在瓦舍勾栏演出，重操旧业，并在激烈的竞争中不断完善说话艺术，细化流程，明确分工，组织起行会和编写话本的团体，各分家数，形成了一些职业化很高的"说话"艺人群体，为市井民众说唱各种类型的话本。今存明钞本《说郛》卷三之《古杭梦游录》中就有关于南宋"说话"四家的记载，其主要包括小说、说铁骑儿、说经、讲史书等四家。

南宋时期耐得翁的《都城纪胜》之《瓦舍众伎》条有云："凡傀儡敷演烟粉灵怪故事，铁骑公案之类，其话本或如杂剧，或如崖词，大抵多虚少实，如巨灵神朱姬大仙之类是也。"这些故事往往具有极强的艺术感染力。罗烨《醉翁谈录》中的《舌耕叙引》有云："说国贼怀奸从佞，遣愚夫等辈生嗔；说忠臣负屈衔冤，铁心肠也须下泪。讲鬼怪，令羽士心寒胆战；论闺怨，遣

佳人绿惨红愁。说人头厮挺，令羽士快心；言两阵对圆，使雄夫壮志。"

在以《碾玉观音》《错斩崔宁》《西山一窟鬼》《菩萨蛮》《白娘子永镇雷峰塔》等为代表的一批杭州题材话本中，南宋说书人在生动说唱故事情节的同时，也展示出独特的叙事形态及其背后的城市情怀。我们关注的是，在宋元时代极为典型的"交互型空间叙事"中，城市空间富于流动性，空间彼此的相互联系变得更为密切，复合型、立体化的城市空间布局是如何完成"地方认同"之心理机制的建构的。一方面这当被视为一种叙述策略，立足于本地的作者，为了使讲述内容更接地气，以利于实现与现场观众的互动交流。"小说家总是利用故事发生的'实际场所'作为情节展开的舞台。真实的场景与虚构的故事之间形成了一种特殊的逻辑关系，这不只是为了给人一种历史般的真实感……对于地域性极强的作品来说，这也是为了唤起受众的亲切感和现场感。"[①] 另一方面也是更重要的，说书人究竟如何表达他们关于"地方认同"的情感？

在人文地理学者看来，地方感应包括地方依恋与地方认同两个维度。随着研究的深入，研究者对地方依恋的内涵有了更深入的认识和发现，不同个体的地方依恋强度不同，有西方学者将地方依恋感从浅到深依次命名为熟悉感（familiarity）、归属感（belonging）、认同感（identity）、依赖感（dependence）与根深蒂固感（rootedness）。[②] 其中，熟悉感是最表面的，而根深蒂固感则是最深层次的。"地方认同"[③] 在不同历史时期有不同的表现形式，就城市层面的"地方认同"而言，它在中国城市叙事发展中扮演了颇为重要的角色，作为一种独特的心理机制，特定的叙事主体在城市空间中逐渐与之建立情感纽带，进而形成城市生活的认同感，这些都必须在城市空间发生实质性改变之

---

① 刘勇强：《西湖小说：城市个性和小说场景》，《文学遗产》2001 年第 5 期。

② 朱竑等：《地方感、地方依恋与地方认同等概念的辨析及研究启示》，《华南师范大学学报》2011年第 1 期。

③ 在城市哲学的研究者笔下，这种"地方认同"则被视为"城市认同"。陈忠的《空间与城市哲学研究》指出："从社会认识论看，作为一种社会共同意志、城市共同知识、社会文化心理，城市认同是城市人员对特定城市的心理依恋感、文化归属感。城市认同既表现为一种社会心理，即人们对作为一个城市市民所具有的自豪感，对自身城市发展所具有的信心；也表现为一种社会理论、城市公共理性，即为市民自觉遵守、共同维护的城市精神、城市规则、城市文化。"参见陈忠：《空间与城市哲学研究》，上海社会科学院出版社 2017 年版，第 189 页。

后才可能真正做到。宋代以来，城市空间的革命性变革促成了这种空间情感的逐步建立。

作为体现"地方认同"的代表，南宋话本中的杭州叙事至少完成了三个层面的叙事蜕变：一是民间立场，二是本土化地方立场，三是现场感悟。抽象而言，所有的南宋话本都属于民间立场，这属于这个时代这类文体的总体面貌，其中的最大特征则是"地方认同"，具体赖以完成的途径则是现场感悟。从历史的角度来看，其意义主要是两个方面，一是承前，一是启后。

话本叙事的心理状态与前代相比发生大的改变：从宋前的"国家认同"到宋代的"地方认同"，这种改变就整体而言是属于结构性的，包括与时代环境密切相关的城市空间发生改变，叙事主体改变，叙事主题改变，对象亦发生改变，而更重要的是言说的现场感及心态发生了明显改变，从仰观到平视，从远距离、旁观者的撰史意识到当下的现场解说。关于"国家认同"情况，前文已叙述甚详，这里不再赘述，我们主要来看后一方面。

在南宋说书人的表述中，所谓的帝都临安并无前代诗文笔记所记载的那种庄严肃穆，而是具有一种置身其中的亲切感与现场感。说话人所讲述的也许是一个陌生的虚构故事，但是那些场景却对观众而言是熟悉的；因为亲切，这显然唤起了听众们愉快的记忆。比如在话本里会不断出现临安的各种著名地理坐标，例如《白娘子永镇雷峰塔》中提到井亭桥、钱塘门、保叔塔寺、四圣观等；《西湖三塔记》中提到钱塘门、昭庆寺、断桥和四圣观，《西山一窟鬼》中提到万松岭和净慈寺，不一而足。尤其是话本中反复出现的"钱塘门"，这在《西山一窟鬼》中描述得颇为典型，成为贯穿情节始终的一个关键性地名，比如开头的王婆说媒："婆子道：'只道教授忘了老媳妇。如今老媳妇在钱塘门里沿城住'"；中间的吴秀才踏春："便是这时候去赶钱塘门，走到那里，也关了"；然后是酒店遇鬼："唬得两个魂不附体，急急取路到九里松曲院前讨了一只船，直到钱塘门，上了岸"；再是寻找媒婆："吴教授一径先来钱塘门城下王婆家里看时，见一把锁锁着门"；最后是寻找干娘："一程离了钱塘门，取今时景灵宫贡院前，过梅家桥，到白雁池边来"，可见作者对于钱塘门极其熟悉。杭州外城的城墙共有旱城门十三座、水城门五座。临安城城西傍西湖，西面有钱湖门、清波门、丰豫门、钱塘门。作为临安的主城门之一，钱塘门始建于南宋绍兴十八年（1148），据《武林坊巷志》引《郭西小志》曰："钱塘名门，绍兴二十八年，增作杭城西四门，曰钱塘、钱湖、清波、丰豫，此钱塘名门之始。"[1] 钱塘门外多佛寺、楼台，出昭庆寺、看经楼径通灵隐、天竺，往灵竺进香者，多由此门出入，故有"钱塘门外香篮儿"之谣。由此可见，钱塘门实为城内前往西湖的主要通道，故反复被各种话本小说提及。

南宋说话人对临安城的街巷交通基本是了然于胸，因此能够随意道来，比如《西湖三塔记》："（奚宣赞）一直径出钱塘门，过昭庆寺，往水磨头来。行过断桥，四圣观前，只见一伙人围着闹哄哄。"[2] 再如《张生彩鸾灯传》："舜美自思：'一条往钱唐（塘）门，一条路往师姑桥，一条路往褚家堂，三四条叉路，往那一路好？'"[3] 前者写蜿蜒曲折的出城路线，后者写出行路线的选择，若无对城市地理的充分把握，是不可能拥有这份自信的。胡士莹先生认为《白娘子永镇雷峰塔》基本可认定为宋元旧本，南宋话本的许多作者久居临安，对于城市地理显然颇为熟悉，由此可以解释此话本"在临安坊巷道路的描写上，更见严格而细致"。《白娘子永镇雷峰塔》写了清明节许宣的出行路线："许宣离了铺中，入寿安坊，花市街，过井亭桥，往清河街后钱塘门，行石函桥过放生碑，径到保叔塔寺。……离寺迤逦闲走，过西宁桥、孤山路、四圣观，来看林和靖坟，到六一泉闲走。……走出四圣观来寻船"，最后是在"涌金门上岸"。上述许宣清明出游的主要路线，如果"取《梦粱录》中《大河桥道》、《禁城九厢坊巷》等条相对照，其途径确然不紊"[4]。

更能体现话本浓郁之城市气息的是说话人在咳唾之间所表露出来的现场感，尤其是插入"今时"之类的提示语，不时与听说者分享共同的信息，帮助其迅速地进入故事情境，体现出很强的代入感。比如在《白娘子永镇雷峰塔》开篇处，当提到杭州晋时"西门"时，作者称"即今之涌金门"；又说"山前有一亭，今唤做冷泉亭"。《西山一窟鬼》："（吴秀才）且只得胡

---

[1]　（清）丁丙撰：《武林坊巷志》，浙江人民出版社 1990 年版，第 740、742 页。

[2]　傅惜华选注：《宋元话本集》，三联出版社 1955 年版，第 298 页。

[3]　王古鲁校注：《熊龙峰四种小说》，上海古典文学出版社 1958 年版，第 9 页。

[4]　胡士莹：《话本小说概论》，中华书局 1980 年版，第 228 页。

乱在今时州桥下开一个小小学堂度日，等待后三年春榜动，选场开，再去求取功名”①；《错认尸》：“（乔俊）就央人赁房一间，在铜钱局前，今对贡院是也。”② 这些表述不仅表现出交流的主动性和亲切感，对听说者的关注，一种城市文化共同体建构的努力，更让人感觉到了一个城市的内在气息，那种流淌在街头巷尾间的红尘冷暖。

对于杭州历史文化和风物人情的赞美在话本演述中有着充分的展示，比如时人对于吴越王钱镠的大力推崇。钱镠是杭州当地成长起来的平民帝王，他由一介平民发迹变泰，最后成为称霸一方的吴越王，安境保民，为杭州城的建设做出了卓越贡献。所以，“杭州人不拘贤人君子、贩夫小人、牧童竖子，没一个不称赞那吴越王，凡有稀奇古怪之事，都说道，当年吴越王怎么样，可见这位英雄豪杰非同小可”③。宋元以及之后的西湖叙事都热衷于取材钱镠，在《喻世明言》中就有《临安里钱婆留发迹》写钱镠的发迹史，就连描写爱情故事的《警世通言》中的《乐小舍拼生觅偶》还插入了大段关于钱镠生平事迹的文字。

再如对于西湖风物的赞美，《西湖三塔记》开篇就写道：“说不尽的西湖好处”，然后细细浓墨渲染。在这种赞美背后，更值得注意的是作者强烈情感投注的城市情怀。比如对于杭州人的赞美就多次出现在《白娘子永镇雷峰塔》中，镇江李员外一见白娘子便为之倾倒，感叹“杭州娘子生得俊俏”；而天下何其之大，才貌双全男子何其之多！白娘子何以如此迷恋生药铺的伙计许宣？我们也可以从青青之口找到答案，那是因为“娘子爱你杭州人生得好”④。也许，大多数说书人只是一群自北而来、飘零于此的异乡人，但是这个城市给他们提供了充分的精神归属与心理慰藉，于是他们为之感叹，为之赞美，为之依恋，先是感受这个城市的包容和接纳，进而归属和融合，最后落地生根，产生了情感上的强烈依恋，“地方认同”也就由此产生。

正如刘勇强所言，之所以探讨西湖小说，乃是因为“杭州独特的城市个

① 《京本通俗小说》，上海古典文学出版社1954年版，第33、36、41页。
② （明）洪楩编，石昌渝校点：《清平山堂话本》，江苏古籍出版社1990年版，第245页。
③ （明）周清原：《西湖二集》，浙江人民出版社1981年版，第3页。
④ （明）冯梦龙：《警世通言》，人民文学出版社1956年版，第436、441页。

性——这种城市个性既表现在与乡村的对比中，也表现在与其他城市的对比中，小说对它的描写还反映出作家对城市生活认识的角度和程度"①。不可否认，正因为这些早期的白话文学浸染了活泼泼的地气，转换出富有生命力的民间立场，地域文化特色也由此蓬勃而起，南宋说书人之"地方认同"意识也因之获得了足以启后的历史价值，甚至可以说，这成为后世"地方认同"的重要渊源之一。西湖小说的意义正在于建构了中国古代小说中具有相当忠诚度的地方感，对于后来的吴语小说、京味小说等都产生了深远影响。

第三节　从曲江叙事到西湖叙事：走向市井的现世体悟

　　唐传奇与宋元话本在城市叙事方面有诸多之不同，由于城市空间属性上的差别，造成了迥然有别的文化主题。如果说将《开元天宝遗事》与《大宋宣和遗事》比较，可见出宫廷与民间不同的叙事情态，而通过唐传奇之曲江叙事与宋元话本之西湖叙事的比较尤可看出异代异城之典型场域在书写上的主题差别。

　　对于唐宋城市叙事文本，本文乃设置一个比较之基面，即较真实意义上的城市生活。我们发现，对于唐代传奇笔记中的城市生活书写而言，正面描写城市平民生活的篇章较少，只有《李娃传》《北里志·张住住》《大唐奇事·昝规》等寥寥数篇。因此，即使离开了宫廷，如曲江这样的场域也并非真正意义上的民间，王公贵族优游其中，这种贵族化的色彩正是唐代城市空间的固有特色。所处时代的城市属性决定了城市叙事文本之属性，曲江叙事与西湖叙事，尽管文化底色不同，在叙事文本形态上却同样的丰盈饱满，这使得两者的比较有了历史文化意义上的纵深感，不同的城市场域，不同的写作者或说书人，不同的故事主体，通过相互映照，更能够凸显出后者在文化意蕴上的嬗递，即走向市井的现世体悟。这里有两个关键词：一是"走向市井"，指的是城市生活场域的属性，曲江城市叙事中的主体是贵族而非市民，

---

① 刘勇强：《西湖小说：城市个性和小说场景》，《文学遗产》2001 年第 5 期。

"走向市井"体现的是重心下移的努力方向；二是"现世体悟"，指的是对"饮食男女，人之大欲存焉"的现世情怀之追求，包含了对于城市生活的各种体悟。

一、从政治文化空间到市井空间

　　曲江乃是唐代长安的著名景观地，唐代康骈在《剧谈录·曲江》记载："曲江池本秦世踊洲，开元中疏凿，遂为胜境。其南有紫云楼、芙蓉苑，其西有杏园、慈恩寺。花卉环周，烟水明媚。"[1]唐人欧阳詹曾作《曲江池记》以记其盛，其文云："重楼夭矫以紫映，危榭巉岩以辉烛"，"五色结章于下地，八音成文于上空"[2]，可谓楼阁辉映，歌舞升平，它是当时士人最喜前往、最为活跃的长安胜景之一，因曲江地理方位独特，空间活动颇为丰富，不仅唐代诗人对曲江的歌咏较多，唐传奇中的曲江叙事涉及的题材内容亦不少，如山水风物、官员聚会、商贩买卖、婚姻爱情、侠客豪士等。曲江作为唐传奇的故事场景亦具有重要地位，其空间的主要内涵一直与时代之政治文化密切相关。

　　曲江最著名的是唐时新科进士之曲江会，它是曲江风流的核心所在。所谓"曲江会"，即是新科进士在曲江举行的各种游宴活动的总称。在李肇《唐国史补》卷下对其有简要记载："既捷，列书其姓名于慈恩寺塔，谓之题名会；大燕于曲江亭子，谓之曲江会。"[3]曲江会上的这些游宴活动与普通宴聚相比，除了饮酒赋诗、乐歌伎舞等之外，还有许多特殊习尚，且各有名目，《唐摭言》卷三《宴名》列出大相识、次相识、小相识、闻喜、樱桃、月灯打球、牡丹、看佛牙、关宴等十种。曲江会逐渐成为新科进士的以庆祝为重心的宴聚，且规模越来越大，以至于后来连皇帝也要参加，有云"上御紫云楼，垂帘观焉"，"曲江之宴，行市罗列，长安几于半空"[4]，它举行之时几乎

---

①　（唐）康骈：《剧谈录》，《唐五代笔记小说大观》，上海古籍出版社 2000 年版，第 1495 页。

②　（清）董诰等编：《全唐文》，中华书局 1983 年版，第 6034 页。

③　（唐）李肇：《唐国史补》，《唐五代笔记小说大观》，上海古籍出版社 2000 年版，第 193 页。

④　（五代）王定保：《唐摭言》，《唐五代笔记小说大观》，上海古籍出版社 2000 年版，第 1597、1595 页。

成为长安最热闹的时候，有诗云："及第新春选胜游，杏园初宴曲江头。紫毫粉壁题仙籍，柳色箫声拂御楼"（刘沧《及第后宴曲江》）。杏园探花、雁塔题名、曲江流饮、曲江游宴活动被誉为第一流人物的第一等风流事，成为千古美谈。

新科进士在曲江恣意游乐，产生不少有趣故事。如《太平广记》贡举五之《卢象》："崔沆及第年，为主罚录事。同年卢象俯近关宴，坚请假，往洛下拜庆。既而淹缓久之，及同年宴于曲江亭子，象以雕幰载妓，微服弹鞚，纵观于侧。"[①] 小说中的新科进士卢象不与同年欢庆，却与艳妓相亲，结果为人告发。此外，还有《剧谈录》中的《裴休》，讲述了裴休与数位名士同游曲江，遇一狂妄官员之故事，颇为有趣。当时裴休被委任为宣州观察使，"朝谢后，未离京国，时曲江荷花盛发，与省阁名士数人同游"，当众人轻衣简从，行至紫云楼下，看见有五六人正坐于曲江池边，"中有黄衣饮酒半酣，轩昂颇甚，指顾笑语轻脱"，估计此人谈笑过于唐突随意，裴休颇感不适，于是上前很有礼貌作揖询问："吾贤所任何官？"对方的回答依然轻佻："喏，即不敢，新授宣州广德县令。"反过来问裴休曰："押衙所任何职？"裴公于是很幽默地模仿他的口吻："喏，即不敢，新授宣州观察使。"正是对方的直接顶头上司，于是后者狼狈而走，同行的名士们不竟拊掌大笑。[②] 曲江之畔，名士贵官如云，言行不可不谨慎矣。

长安曲江见证了唐代文士文化的形成。士人通过科举考试在长安取得的还不仅仅是一个进士头衔，恐怕重要的还有参加及第后所举行的诸如谢恩、期集、过堂、题名、燕集等种种带有礼仪性质的活动，士人们一方面通过这些天下瞩目的盛大仪式向世人昭示了自己的荣耀，士人也依此象征性地获得了身份上的确认。更重要的另一方面在于通过这些活动，士人们拜谒权臣，疏通关节，从而为自身仕途做了充分的铺垫，这是其他方式很难替代的。由于科举制打破了门第、身份等诸多限制，使许多文士热衷于举业，期望一战成名，故曲江因其特殊的政治和地理位置而成为文人心中的神圣之地。"大君及群臣，宴乐方嘤鸣"（储光羲《同诸公秋霁曲江俯见南山》），"得陪桃李

---

① （宋）李昉等编：《太平广记》，中华书局 1961 年版，第 1359 页。
② 《唐五代笔记小说大观》下册，上海古籍出版社 2000 年版，第 1495 页。

植芳丛，别感生成太昊功"（姚合《杏园宴上谢座主》），"春光深处曲江西，八座风流信马蹄"（权德舆《酬赵尚书杏园花下醉后见寄》），曲江本身不只是一般意义的长安景点，而成为具有深厚精神内涵及强大辐射力的政治和文化符号。文人与曲江之间的关系，能折射出特定时代的精神影像。正因如此，在传奇小说中，曲江的文化意蕴也才更加彰显。在《李娃传》中，荥阳生天门街唱挽歌，被其父发现，以为奇耻大辱，"乃徒行出，至曲江西杏园东，去其衣服，以马鞭鞭之数百"。这一地理位置的选择显然别有意味，表达了荥阳公对儿子功名曾经极高的期待，以及梦想破灭后的无限失望，在这里，曲江意象可视为一种隐喻性的文化符号。

　　曲江除了作为进士、官员聚会之所，还是政府祈雨之地，有着鲜明的官方色彩。《册府元龟》就记载了政府在曲江的多次求雨仪式，尤其是乾元元年（758）持续大旱，"乾元元年二月旱，于曲江池投龙祈雨。又令道士何智通于尚书省都堂醮土神用特牲，设五十余座。右仆射裴冕及尚书侍郎官并就位如朝仪"，"乾元元年五月己亥亢旱，阴阳人李奉先自大明宫出金龙及纸钱，太常音乐迎之，送于曲江池。投龙祈雨。宰相及礼官并于池所行祭"[1]。值得注意的是，曲江池求雨的主持人并不限定于道士，也有佛教人士求雨的记载，《宣室志》中就记载了唐京兆尹萧昕请天竺僧不空三藏求雨的神异故事。"（三藏）乃命其徒，取华木皮仅尺余，缵小龙于其上，而以炉瓯香水置于前。三藏转咒，震舌呼祝。咒者食顷，即以缵龙授昕曰：'可投此于曲江中，投讫亟还，无冒风雨。'昕如言投之。旋有白龙才尺余，摇鬐振鳞自水出。俄而身长数丈，状如曳素。倏忽亘天。"曲江求雨似乎多有灵验，在三藏作法之后，暴雨即来，"昕鞭马疾驱，未及数十步，云物凝晦，暴雨骤降。比至永崇里，道中之水，已若决渠矣。"[2]再如《新唐书》卷一百六十三云："岁旱，文宗忧甚。戡躬祠曲江池，一夕大澍。"[3]

　　安史之乱后，曲江这颗帝国明珠，随着唐王朝的几经战乱而逐渐褪去光

①　（宋）王钦若等编：《册府元龟》，中华书局1960年版，第605、1752页。
②　（唐）李冗、张读撰，张永钦、侯志明点校：《独异志·宣室志》，中华书局1983年版，第188—189页。
③　（宋）欧阳修：《新唐书》，中华书局1975年版，第5013页。

彩，诗人们仍不住怀念曲江胜景。如李商隐《曲江》："望断平时翠辇过，空闻子夜鬼悲歌。金舆不返倾城色，玉殿犹分下苑波。死忆华亭闻唳鹤，老忧王室泣铜驼。天荒地变心虽折，若比伤春意未多"；如韩偓《重游曲江》："鞭梢乱拂暗伤情，踪迹难寻露草青。犹是玉轮曾辗处，一泓秋水涨浮萍"；再如杜甫《秋兴八首》其六略带有总结意味地写曲江之景："瞿唐峡口曲江头，万里风烟接素秋。花萼夹城通御气，芙蓉小苑入边愁。朱帘绣柱围黄鹤，锦缆牙樯起白鸥。回首可怜歌舞地，秦中自古帝王州。"此时诗人身在夔州，遥想长安曲江，又由曲江想到国家的风雨飘摇和自己的孤寂处境。杜甫追思大唐往日的繁华，"回首可怜歌舞地，秦中自古帝王州"，此时的曲江已成为大唐国运昔盛今衰之缩影。

如果说曲江代表的是政治文化空间，那么西湖显然是浸透了红尘欲望的市井空间。苏轼诗云："水光潋滟晴方好，山色空蒙雨亦奇"，西湖是临安人四时皆宜的去处。《武林旧事》卷三："西湖天下景，朝昏晴雨，四序总宜。杭人亦无时而不游，而春游特盛焉……日糜金钱，靡有纪极。故杭谚有'销金锅儿'之号，此语不为过也。"西湖之游览，上至帝王权贵，下至平民百姓。卷三又云："淳熙间，寿皇以天下养，每奉德寿三殿，游幸湖山，御大龙舟。宰执从官，以至大珰应奉诸司，及京府弹压等，各乘大舫，无虑数百。时承平日久，乐与民同，凡游观买卖，皆无所禁。画楫轻舫，旁午如织……"西湖就是一个偌大的游乐场，各色人等游历其中，其乐融融，甚至于醉生梦死。正如当时的太学生俞国宝题于西湖酒肆屏风上的《风入松》所写："一春长费买花钱，日日醉湖边。玉骢惯识西泠路，骄嘶过，沽酒楼前。红杏香中歌舞，绿杨影里秋千。东风十里丽人天，花压鬓云偏。画船载取春归去，余情在，湖水湖烟。明日再携残酒，来寻陌上花钿"[①]，由此足见耽于游乐之城市风习。

西湖周边空间在话本中完全是一番世俗化的景象。《西山一窟鬼》描写了吴秀才的清明出游路线。吴秀才路过万松岭，先到净慈寺对门酒店，然后和王七三官人出发看坟，"甫新路口讨一只船，直到毛家步上岸，迤逦过玉

---

① （宋）孟元老等著，周峰点校：《东京梦华录》（外四种），文化艺术出版社 1998 年版，第 351—352 页。

泉龙井。王七三官人家里坟，直在西山驰献岭下。好座高岭！下那岭去，行过一里，到了坟头。看坟的张安接见了。王七三官人即时叫张安安排些点心酒来。侧首一个小小花园内，两个人去坐地。又是自做的杜酝，吃得大醉"，天色渐晚，王七三官人的提议是"我们过驰献岭、九里松路上，妓弟人家睡一夜"。置身于城市的世俗情境中，空间不断转换，话本的描写显然更能见出这种冶游生活的质感。日间如此，夜间亦然。小说《裴秀娘夜游西湖记》就描绘了西湖的夜游之盛："这临安府城内开铺店坊之人，日间无工夫去游西湖，每遇佳节之日，未牌时分，打点酒樽、食品，俱出涌金门外，雇请画坊或小划船，呼朋唤友，携子提孙。"①

区别于唐之曲江，西湖作为市井空间，概括而言，有两个特点颇值得注意：首先是这一空间的开放性与全民色彩，即不分贵贱贫富、不分季节时令的空间共享性。尽管同样是京城所在，但是城市世俗空间不断拓展，城市空间的政治色彩逐渐褪去，游宴不再是士人的特权专属。其次是超仪式性与世俗化，曲江大会上的仪式性在此亦不复存在，曾经的政治习俗、节庆仪式已被世俗的日常生活风尚所掩盖，活跃在城市中的已是五行八作的市民人群，他们完全可以不受礼法之拘牵，在西湖山水间自由演绎着自身的喜怒哀乐和爱恨情仇。

二、从贵族趣味到现世情怀

曲江不仅作为新科进士的聚会之地，还与当时的节日风俗相关。京城贵宦士女在每年的正月晦日、三月三日、九月九日，都齐聚曲江开展各类游赏活动。届时"都人游玩盛于中和上巳之节。彩幄翠帱，迎于堤岸。鲜车健马，比肩击毂"②。尤其三月三的上巳节曲江游赏是古代祓禊风俗的演变和发展，是唐代规模最大的冶游活动，以玄宗开元、天宝时为最盛。《全唐文》卷五九七所载的欧阳詹《曲江池记》云："振振都人，遇佳辰于令月，就妙赏乎胜趣。九重绣毂，翼六龙而毕降；千门锦帐，同五侯而偕至。泛菊则

① （明）余象斗编：《万锦情林》，上海古籍出版社《古本小说集成》本，第 203—204 页。
② （唐）康骈：《剧谈录》，《唐五代笔记小说大观》，上海古籍出版社 2000 年版，第 1495 页。

因高乎断岸，被褉则就洁乎芳沚。戏舟载酒，或在中流。"① 刘驾《上巳日》："上巳曲江滨，喧于市朝路。相寻不见者，此地皆相遇。日光去此远，翠幕张如雾。何事欢娱中，易觉春城暮。物情重此节，不是爱芳树。明日花更多，何人肯回顾。"② 长安士女在游春野步的同时，还在风景佳绝之处铺设宴席，"都人士女，每正月半后，各乘车骑马，供帐于园圃，或郊野中，为探春之宴"，"遇名花则设席籍草，以红裙递相插挂，以为宴幄"，③ 届时曲江边喧阗热闹，多有探春之宴。

"争攀柳丝千千手，间插红花万万头"，就是对曲江游宴女郎的绝妙描写。唐代长安仕女春游，有一种习俗，即十分讲究在头上插上名贵的鲜花，时人称之曰"斗花"。《开元天宝遗事》卷下就有"斗花"之条："长安王士安，春时斗花，戴插以奇花多者为胜，皆用千金市名花植于庭苑中，以备春时之斗也。"④ 唐冯贽《云仙杂记·窃花》引《曲江春宴录》："霍定与友生游曲江，以千金募人窃贵侯亭榭中兰花插帽，兼自持往绮罗丛中卖之，士女争买，抛掷金钱。"⑤ 其实她们相斗的何止鲜花，从服饰、化妆乃至步态都无不讲究，唯恐逊人。她们亦可借此见到平时无缘一睹的王孙公子、风流进士等青年男子，大开眼界。在这个日子里，"公卿家率以其日拣选东床"，可知节日风俗渐被赋予了更多内涵。

长安城的侠与妓故事，总是与贵族生活相联系，同样也出现在曲江叙事中，成为长安叙事的重要组成部分。比如"长安进士郑愚、刘参、郭保衡、王冲、张道隐等十数辈，不拘礼节，旁若无人。每春时，选妖妓三五人，乘小犊车，诣名园曲沼，借草裸形，去其巾帽，叫笑喧呼，自谓之颠饮"⑥。曲江是贵族文人的游赏和进士曲江宴举办之地，也是"人物喧杂、举国胜游"的民众游览地，在热闹非凡的曲江游宴展开之时，不免发生一些不平之事。

---

① （清）董诰等编：《全唐文》，中华书局1983年版，第6034页。
② （清）曹寅等编：《全唐诗》第17册卷585，中华书局1960年版，第6775页。
③ （五代）王仁裕：《开元天宝遗事》，《唐五代笔记小说大观》，上海古籍出版社2000年版，第1742、1738页。
④ （五代）王仁裕：《开元天宝遗事》，《唐五代笔记小说大观》，上海古籍出版社2000年版，第1737—1738页。
⑤ （唐）冯贽：《云仙杂记》，中华书局1985年版，第29页。
⑥ （五代）王仁裕：《开元天宝遗事》，《唐五代笔记小说大观》，上海古籍出版社2000年版，第1727页。

也有塑造了一些豪士侠客形象的唐代小说,如《宣慈寺门子》可称代表,此故事在《太平广记》"豪侠类"亦有记载,托名段成式的《剑侠传》也收有此篇。故事讲述了唐僖宗乾符二年三月,韦昭范等新科进士于曲江亭子里举行宴会。众人正酒酣之际,一少年骑驴前来,傲慢无礼,敲桌振椅,"谑浪之词,所不能听",面对恶少恶行,在场文士都在惊愕之间不知所措。这时,宣慈寺一位守门僧,挺身而出,出手痛击恶少,众人无不叫好。此时宫门大开,有数人驰马来救,众人方知此少年是高品宦官子弟,都心生畏惧,"又一中贵驱殿甚盛,驰马来救",而守门僧人武艺高强,且胆识过人,只身迎击来救者,打得他们落荒而逃。事后,众人询问之,对曰:"某是宣慈寺门子,亦与诸郎君无素,第不平其下人无礼耳",其任侠仗义的大无畏气魄令人感佩。①

"曲江大会"引得士女观看,万人空巷,丽人如云,不少妓女亦借此出位。如《刘泰娘》记载长安北里妓女刘泰娘的故事,先前因"居非其所","彼曲素无高远者,人不知之",门前冷落,鲜有光顾者。"乱离之春,忽于慈恩寺前见曲中诸妓同赴曲江宴,至寺侧下车而行,年齿甚妙,粗有容色",其在与诸妓同赴曲江宴之后,游人争相探询,由此招揽到更多恩客。②唐时的青年士人总是在曲江附近遇见淑女佳人,唐人小说以曲江为爱情奇遇的发生地可谓开创一个传统。

从曲江到西湖,贵族趣味演变为现世情怀。就人物身份而言,参与曲江之会者大都为进士官员,节庆之时则有名媛丽人游步其中,因此所叙述的不外乎风流高会的奇闻逸事。而对于杭州西湖而言,市井民众成为主流,表达的也多是发迹变泰的平民梦想。宋灌圃耐得翁《都城纪胜·瓦舍众伎》:"说话有四家:一者小说,谓之银字儿,如烟粉、灵怪、传奇、说公案,皆是搏刀赶棒,及发迹变泰之事。"③

就节庆风俗而言,比之唐代曲江上巳节祓禊风俗,西湖叙事中多的是放生描写,展示出普通民众的宗教情怀。杭州之放生风俗约起于五代,后来大

---

① 李时人:《全唐五代小说》,陕西人民出版社 1998 年版,第 2986 页。
② 《唐五代笔记小说大观》,上海古籍出版社 2000 年版,第 1413 页。
③ (宋)耐得翁:《都城纪胜》,上海古典文学出版社 1956 年版,第 98 页。

致沿袭这一习俗，在诸种城市笔记中都提到了西湖放生会，可见是杭州民俗生活的重要内容。比如《西湖老人繁胜录》在说"佛生日"时，有云："府主在西湖上放生亭设醮祝延。圣寿作放生会，士民放生会亦在湖中"[①]；《都城纪胜》之《社会》："城中太平兴国传法寺净业会，每月十七日则集男士，十八日则集女人，入寺讽经听法。岁终则建药师会七昼夜。西湖每岁四月放生会，其余诸寺经会各有方所日分"；《武林旧事·浴佛》："四月八日为佛诞日，诸寺院各有浴佛会，僧尼辈竞以小盆贮铜像，浸以糖水，覆以花棚，饶钹交迎，遍往邸第富室，以小杓浇灌，以求施利。是日西湖作放生会，舟楫甚盛，略如春时小舟，竞买龟鱼螺蚌放生。"[②]明末西湖渔隐主人《欢喜冤家》第十三回曾提到了西湖放生池联，其文曰："茹素亦茹荤凭我山笼野味；不杀亦不放任他海阔天高"，尤其是小说中的莲池大师有一段关于放生的说辞，颇见佛理，其文曰："人人爱命，物物贪生。杀彼躯，充己口腹，心何忍焉。夫灵蠢者，性身命岂灵蠢之殊；爱憎者，性生死原爱憎之本。是以闻哀鸣而不食其肉，见觳觫则易之以羊，凡具有生，莫不均感。于是，择四月八日之会，留千鳞万羽之恩。……在天在地，咸得遂其生成；随喜随缘，畴敢资其利益。变渔猎必争之所，为飞潜不死之乡。檀越存心，咸期普（津）梁之会。家居作业，聊当远庖厨之冤"[③]，所阐述正是善人善报的佛家因果之论。

在曲江边，带有传奇色彩的往往是关于侠与妓的奇闻逸事，而在西湖边，除了红尘中市井细民，有一类形象活跃其中值得注意，那就是佛教僧人。临安城内外寺院极多，《武林旧事》卷五《湖山胜概》中所列有数百座，为话本提到的则有灵隐寺、传法寺等，如《菩萨蛮》写陈可常受屈，为郡王所责，灵隐寺的印长老"连忙入城，去传法寺，央住持槐大惠长老，同到府中，与可常讨饶"[④]。再如《喻世明言》卷三十《明悟禅师赶五戒》（谭正璧先生以为宋元旧本）中对天竺寺"三生石"来历的记载，尽管在唐人袁郊笔下《甘泽谣》已有李源与圆泽三生相会故事，而宋人之处其境言其事，更为切近。

① （宋）孟元老：《东京梦华录》（外四种），上海古典文学出版社 1956 年版，第 117 页。
② （宋）孟元老：《东京梦华录》（外四种），上海古典文学出版社 1956 年版，第 378 页。
③ （明）西湖渔隐主人撰，周有德等校点：《欢喜冤家》，春风文艺出版社 1989 年版，第 215—216 页。
④ 《京本通俗小说》，上海古典文学出版社 1954 年版，第 22 页。

在西湖寺院的僧人中，最著名当属济公。济公故事自南宋以来即在民间广泛流传。济公在不同记载中呈现出不同的面相，就历史评价而言，济公乃是一位学问渊博、行善积德的得道高僧，被列为禅宗第五十祖，杨岐派第六祖，撰有《镌峰语录》10 卷。此外，济公亦擅长诗文，其作品于《净慈寺志》《台山梵响》中多有收录。明代释大壑曾撰写《道济传略》："道济，字湖隐，天台李茂春子。母王氏，梦吞日光而生，绍兴三年十二月初八日也。年十八，就灵隐瞎堂和尚远落发。……或与群儿呼洞猿、翻筋斗，游戏而已。寺众讦之，瞎堂云：'佛门广大，岂不容一颠僧？'遂不敢摈。自是人称济颠。"[1] 明代田汝成《西湖游览志余》卷十四《方外志踪》亦记载了关于济颠的故事，称济公法号道济，人称济颠。济公本于灵隐寺出家，后来被逐出至净慈寺，为人诵经下火，"累有果证，年七十三岁，端坐而逝"[2]。而济公的世俗形象更为深入人心，他曾写诗自述："削发披缁已有年，唯同诗酒是因缘。坐看弥勒空中戏，日向毗卢顶上眠。撒手须能欺十圣，低头端不让三贤。茫茫宇宙无人识，只道颠僧绕市廛。"济公乃是一个"饮酒食肉，与市井浮沉"的酒肉和尚，他好打不平，息人之净，救人之命。他又精通医术，为百姓治愈了不少疑难杂症。他的扶危济困、除暴安良、彰善罚恶等种种美德，在民间广为传诵。在佛教徒的观念中，他们普度众生，求的是来生，关注的却是现世。济公故事所倡导的现世理念正与西湖叙事世俗化的文化品格彼此相通。

如果说曲江叙事中的故事主人公多的是士、侠、妓，那么到了西湖叙事则更多的是释、商、女。即便是相似题材的男女欢爱故事，也会有不同的演绎方式。我们不妨来比较唐传奇中温庭筠的《华州参军》和被视为宋元旧本的《白娘子永镇雷峰塔》，两段分别发生在曲江和西湖边的风月故事。

先看温庭筠《华州参军》中的相关描写，此乃发生在曲江上巳节的一次艳遇："华州柳参军，名族之子，寡欲早孤，无兄弟。罢官，于长安闲游。上巳日，于曲江见一车子，饰以金碧。从一青衣殊亦俊雅。已而翠帘徐褰，见掺手如玉，指画青衣令摘芙蕖。女之容色绝代，斜眄柳生良久。生

---

① 转引自（清）释际祥：《净慈寺志》，杭州出版社 2006 年版，第 226 页。

② （明）田汝成：《西湖游览志余》，上海古籍出版社 1958 年版，第 275 页。

鞭马从之，即见车入永崇里……"①《白娘子永镇雷峰塔》则写许宣与白娘子在清明节的西湖相遇，我们不妨一一参对比较：小说开始男主角先出场，身份迥异，前者中的柳参军是名族之子、刚卸任的官员，许宣则是生药铺的伙计；再看所用交通工具，前者所见是"饰以金碧"的车子，后者是张阿公的小船，"许宣见脚下湿，脱下了新鞋袜，走出四圣观来寻船，不见一只。正没摆布处，只见一个老儿，摇着一只船过来。许宣暗喜，认识正是张阿公"；再看相遇时的描写，前者是容色绝代，有女如玉，"从一青衣殊亦俊雅"，而许宣所见："是一个妇人，头戴孝头髻，乌云畔插着些素钗梳，穿一领白绢衫儿，下穿一条细麻布裙。这妇人肩下一个丫鬟，身上穿着青衣服，头上一双角髻，戴两条大红头须，插着两件首饰，手中捧着一个包儿要搭船"；前者是远观，而后者是近距离的晤谈，"那娘子和丫鬟舱中坐定了。娘子把秋波频转，瞧着许宣。许宣平生是个老实之人，见了此等如花似玉的美妇人，旁边又是个俊俏美女样的丫鬟，也不免动念"②。

两幅画面人物似乎形象有别，叙述语不同，氛围也是迥异，一边是贵族名士与淑女名媛一见钟情，雍容雅致，遥遥相望，非礼勿言；一边是商铺伙计与丧偶少妇同船相遇，眉目传情，俚俗有趣，略无禁忌。乍看之下，曲江叙事突出的是门第观念与贵族品位，西湖叙事则是更纯粹的世俗欲念与现世体悟，两篇作品的故事底色似有很大的不同，其实并非如此。

事实上，这两个故事有着令人惊奇的相似之处。首先，就城市叙事而言，《华州参军》以曲江叙事开篇，故事发生地主要在长安，《白娘子永镇雷峰塔》以西湖叙事开篇，故事发生地主要在临安，都属于帝都故事。关于《白娘子永镇雷峰塔》的城市空间意味，前文已有较详的论析，此处不赘。《华州参军》对于长安地理空间的展示也颇为细致，空间大致从城市东南到西北一线位移。柳生于上巳日在长安东南一隅的曲江边邂逅意中人，后"见车入永崇里"，揆之地图可知，永崇里也位于长安东南角，与曲江只隔四五个坊里。其后，"柳生访知其姓崔氏"，崔氏母有感于女儿深情，"乃命轻红于荐福寺僧道省院，达意柳生"，偷成婚约后，"柳挈妻与轻红于金城里居"，

① （宋）李昉等编：《太平广记》，中华书局 1961 年版，第 2713 页。
② （明）冯梦龙：《警世通言》，人民文学出版社 1956 年版，第 253 页。

金城里则位于长安西北方位，与永崇里相去甚遥，目的当在于避人耳目。后金吾子告于官，以聘礼在前，夺回崔氏，"移其宅于崇义里"，崇义里位于长安中心，接近皇城，亦靠近城市中轴线，由此可见出金吾子之财势地位。崔氏思念柳生，与轻红逾墙归于柳生，"柳生惊喜，又不出城，只迁群贤里"，群贤里为长安最西侧的坊里，紧靠金光门，可见做好了随时出城的准备，惜乎本夫再次追至群贤里夺回妻子，柳生也被长流江陵。将小说中的情节发展与所提供的长安地名作一比对，可见出作者对于长安城地理方位的熟稔。空间转换与情节演进相辅相成，此一小说地图，颇多可品味之处。

更令人称奇的是两个故事讲述的都是一男与一女一婢的故事，情节结构都是三合三散，也即是男女主人公三次聚合又三次分离，最终以悲剧结尾。就人物而言，《华州参军》中的女主人公生前抛弃本夫王生，投奔男主人公柳参军，死后精魂不灭，与婢女之魂再次千里投奔；《白娘子永镇雷峰塔》中的女主人公本为蛇精所化，一次次与小青寻觅许宣。两人都表现出对于感情的一往情深，矢志不渝。当然，令人印象深刻的还是唐代作品《华州参军》中所表现出来的男女深情，如此专注、如此痴迷、如此生死不渝！不仅柳生如此，崔氏如此，连金吾子王生亦如此，崔氏一再绝情出走，王生却一往情深，无怨无悔予以接纳，此前此类形象并不多见。可以说，《华州参军》无论是情节、人物，抑或思想题旨，几乎已经逸出了我们观念中唐人的精神框架和生活趣味。

也许换一个角度来看，我们可以发现，到了温庭筠所处的晚唐时期，曲江叙事尽管在整体叙述上还有政治化、贵族化的传统特征，其精神内涵已悄然发生改变。《华州参军》就是一场由女性发起的热烈的爱情追逐，成就了一段穿越生死的颇具个性解放意识的情爱叙述，这种思想意识和精神气象在此后的宋元时代得到了更为热情的回应，如程毅中所说："《华州参军》的情节结构在宋元话本《碾玉观音》里可以看到它明显的影响"[1]，这似乎表明在唐末时期，固有的社会氛围已在改变，新的带有平民化特征的审美趣味正在酝酿形成。我们认为，中国文学发展史上几个重大历史节点的出现，无不可

---

① 程毅中：《唐代小说史话》，文化艺术出版社1990年版，第238页。

见前代的重要伏笔。学者王德威以为，"没有晚清，何来五四？"其实，同样可以说，"没有晚唐，何来宋元？"就此而言，此《华州参军》对于其后之宋元话本《碾玉观音》《白娘子永镇雷峰塔》《闹樊楼多情周胜仙》等篇的启示可谓意义非凡，甚至可以说，《华州参军》以及所代表的主题观念正是唐世向宋世转变的过渡性样本。从曲江到西湖，走向市井空间的现世体悟，这预示着城市叙事之由唐到宋的必然路向。

第三章　"城镇和声"：明清城市叙事的多维拓展

　　中国古代社会城市发展出现的最后一次高潮是在明代，如果说宋元时期大城市相对集中，明清时期的工商业城市则是密布全国各地。至 15 世纪初，全国以工商业发达著名的大中城市就达到 30 多个，主要有南京、北京、苏州、松江、镇江、扬州、杭州、广州、开封、济南、太原等。明中叶以后，随着国内外市场扩大，在主要的水陆交通线上兴起了一大批中等城市，其中较著名的有：淮安、九江、芜湖、天津、廉州、沙市、西安、东昌、保定、大同等。清王朝初建之时，由于战乱等因素的影响，城市遭受较大破坏，其发展有所停滞，清政府不断调整统治政策，康乾盛世随后来临，城市发展获得持续动力，分布区域进一步扩大，清代著名的工商业城市有北京、苏州、杭州、南京、广州、佛山、汉口、成都等①，城市总数和规模获得新的发展。

　　就小说而言，明清时代是城市形态成熟进而发生变异的时期，也是城市叙事的成熟期。在这一时期，城市与文学叙事的彼此浸润与互动，其深度与广度已远非宋元时候可比。宋元时候的说书艺术被改造为供市民案头阅读的拟话本，长篇白话小说也开始流行，市井民众的阅读欲望被彻底唤醒，并热情地参与到城市文化空间的建构中来。关于城市题材的种种文学叙事在细致摹写市民百态的同时，也在不断开拓新的城市空间，展示富有特色的城市心理，进而探索和传达某种情结主旨。关于明清小说描绘典型城市的典型作品，在拙著《古代小说与城市文化研究》中皆有论及，既包括整体上分类的城市生活题材的文学作品，如明清小说中的开封、杭州、苏州、扬州故事，

---

① 参见何一民：《中国城市史》，武汉大学出版社 2012 年版，第 352、404 页。

也包括如"《歧路灯》：十八世纪理学视野中的开封生活志""码头边的城市：《金瓶梅》中的临清""《红楼梦》《儒林外史》中金陵情结之比较""《儿女英雄传》《小额》《春阿氏》与早期京味小说""《风月梦》：中国第一部城市小说的文化品格"等各种代表性作品中的具体城市描绘，该著已有详细探讨，可以参看，此处不赘。

本书关注的是，如何理解并阐释明清城市叙事的本体属性。就题材内容而言，明清城市叙事可分为：历史民俗叙事、英雄传奇叙事、市井逸乐叙事和商贸叙事。那么，除此之外，城市叙事类型的划分是否有其他可能？有鉴于明代四大奇书中的《三国演义》《水浒传》《金瓶梅》似乎对应着中国城市职能演进的"城—都—市"发展轨迹，这三部小说都带有"城"小说、"都"小说和"市"小说的特质，它们引领出各自的城市叙事类型，那就是："城市攻伐""反抗都城"与"商贾经营"小说。我们是否可以证明，这同样可作为城市叙事类型的一种划分角度？

另外，关于明清城市叙事还应有一个"双城记"的探讨维度。所谓"双城记"指的是明清小说的一些作品在对发生于某一重要城市中的故事情节展开细致描绘的同时，会有另一重要城市的空间叙事与之对应和参照，从而形成彼此关联、相互映照的"双城叙事"现象。特别值得注意的是，在明清小说中，此类"双城记"不仅出现频次较高，还构成了贯穿整体、前后接续的序列。对手"双城记"的探讨显然可以更深入地理解明清城市叙事的主要特征。

如果说对于城市叙事的题材内容进行总结归纳与分析拓展，意在展示明清城市叙事所呈现的广泛性与典型性，以见出时代的发展趋势。那么，我们还需要来分析明清城市叙事更为内在的品格，比如作者理解和思考城市的心理动机、思维方式以及所达到的深度。我们将围绕文学叙事中对于城市之再现、想象和重构，展开对于明清城市叙事的本体考察。

第一节　明清城市叙事的主要题材类型

对于明清小说的题材类型，学术界已有较为明确的四分法，即历史演义、英雄传奇、神怪幻想小说与世情小说。城市叙事基本涵盖了明清四大题材类型的作品，对于世情题材则有所偏重，我们将"城市叙事"定义为发生在城市空间中的、带有城市属性的故事情节的叙事内容或段落。大体而言，明清城市叙事可分为历史民俗叙事、英雄传奇叙事、市井逸乐叙事和商贸叙事四类。本文试——言之。

首先来看城市的历史民俗叙事。城市叙事的主要形式如小说、笔记、戏曲等皆各有特色。相比而言，小说戏曲表达更为饱满灵动，更具审美韵味；笔记记载则更为凝练集中，更具史料价值。明清著名小说戏曲中多有对于城市历史民俗的叙述，比如《红楼梦》对于北京、南京风俗之叙述，《儒林外史》对于南京、杭州等城市民俗之叙述，《桃花扇》对于南京城市民俗之叙述，皆颇具特色。而全篇皆为历史民俗叙事的典型之作则以《西湖二集》《西湖佳话》等西湖系列小说为代表。

《西湖二集》是一部白话小说集，大概刊行于明末崇祯年间。著者为周清原，别署济川子，武林人。全书共三十四篇，各篇所叙，均与西湖有关。因作者曾著《西湖一集》（已佚），故以《西湖二集》称之。《西湖二集》中的民俗描写最为集中，书中卷四写腊月除夜；卷五写七月乞巧之夕；卷十二写元宵；卷十三写冬至后的节令俗语；卷十四写清明节；卷十六写正月元旦；等等，内容颇为丰富，阿英就认为："《西湖二集》里也有不少的关于杭州风俗的记录……若细加择录编排，那是有一篇《杭州风俗志》好写的。"[1]

再如《西湖佳话》，又名《西湖佳话古今遗迹》，是一部以描写西湖景物传说为主要内容的短篇小说集，作者为清康熙年间的古吴墨浪子。他在序言中表达了对于西湖山水的热爱和推崇，以为"宇内不乏佳山水，能走天下如骛，思天下若渴者，独杭之西湖"。小说集共包括《葛岭仙迹》《白堤政迹》等十六篇，对于西湖著名风物传说加以精细刻画，笔法雅致，流布广远，为时人所推崇乐道。

与西湖叙事有关，其实还有关于济公的小说系列。济公故事自南宋以来即在民间广泛流传。明代释大壑曾撰写《道济传略》，明代田汝成《西湖

---

① 阿英：《〈西湖二集〉所反映的明代社会》，（明）周清原：《西湖二集》，浙江人民出版社 1981 年版，第 673 页。

游览志余》卷十四"方外志踪"也记载了关于济颠的故事。刻于明隆庆三年
（1569）的《钱塘渔隐济颠禅师语录》，是现存讲济公故事的最早的小说，题
"仁和沈孟柈述"，刻本上署"无竞斋赞渔隐"。小说共一卷，不分回。明末
清初"天花藏主人"编次而成的《济公传》全称为《济颠大师醉菩提全传》，
现知有乾隆、道光、同治、光绪多种刊本，其中乾隆二十四年金阊书叶堂刻
本是较早的本子。这个二十回本的《济公传》可以说是开了章回体济公小说
的先河，是各种版本的济公章回小说的雏形。至清代则有郭小亭编纂的《济
公全传》，长达二百四十回，堪称中国章回小说篇幅最巨者，是对前代相关
济公叙事的一次大总结。

　　在明清笔记或小品中，江南城市是主要的叙述对象，著名的如《陶庵
梦忆》中江南城市民俗叙事，《清嘉录》《桐桥倚棹录》中的苏州民俗叙事，
《西湖游览志》《西湖游览志余》《西湖梦寻》中的杭州民俗叙事等。

　　北方则以北京为代表。《帝京景物略》《长安客话》《北京岁华记》《帝京
岁时纪胜》《燕京岁时记》等笔记专门描写明清北京的名胜景观、地方风物
及各类风俗活动。其中以《帝京景物略》最为知名。《帝京景物略》为明刘
侗、于奕正同撰，是编详载北京景物，于奕正搜求事迹，而刘侗排纂成文。
以京师东西南北各分城内、城外，而西山及畿辅并载焉。所列目凡一百二十
有九，每篇之末，各系以诗。北京名胜景观的记录，乃为该书之重点。书中
详细介绍了当时北京各地的寺庙祠堂、山川风物、名胜古迹、园林景观，甚
至河流桥梁。此书是当时影响颇大的都城风物记。

　　再来看英雄传奇叙事，它的主要形式有小说、评书等，以《水浒传》
《永庆升平全传》以及公案小说等为代表。需要说明的是，这类叙事基于一
个前提，即所谓城市乃是官僚机构集聚的政治中心，而对于政治秩序予以维
护还是反抗，则成为英雄传奇叙事的主要内容。

　　《水浒传》作为一种与城市密切相关的英雄传奇，所演绎的种种行侠仗
义于民间、卧虎藏龙于市井的故事已为妇孺皆知，这里不加赘述。《水浒传》
之后，发生于城市空间的英雄故事在"三言二拍"中亦多有呈现，比如《醒
世恒言》卷三十"李汧公穷邸遇侠客"写到一位剑侠，他平生专抱不平，以
济困扶危、秉公除奸为己任，且武艺高超，能飞剑取人首级，又擅长轻功，

瞬间以至百里。当县令房德忘恩负义,欲杀当年救己出狱的李勉,不明真相的剑侠为其所欺骗,潜入李勉床下试图行刺,恰巧耳闻了李勉与仆人的谈话,获知真相,顿时义愤填膺,折身返回将县令及其妻子杀死。再如《初刻拍案惊奇》卷三《刘东山夸技顺城门 十八兄奇踪村酒肆》的前段就描述了明嘉靖年间发生在北京顺城门附近的侠客故事,开始出场的小说人物叫刘东山,"在北京巡捕衙门里当一个缉捕军校的头儿","二十年间,张弓追讨,矢无虚发,不曾撞个对手",堪称武艺高强,因而颇为自负,夸下海口,结果被一名少年侠客所戏弄和惩戒。再如《初刻拍案惊奇》卷四《程元玉店肆代偿钱 十一娘云岗纵谈侠》中的韦十一娘,是个精通剑术的女侠,因为商人程元玉代她偿还饭钱,她知恩图报,在程元玉马匹财物被劫之后,她凭借高超武艺出手相救,在救助程商之后,还与程纵谈侠义之道,强调侠客的社会责任,所谓"双丸虽有术,一剑本无私。贤佞能精别,恩仇不浪施。何当时假腕,划尽负心儿",写的也是一位有担当、有情怀的侠士。

著名的作品还有《永庆升平全传》,又名《康熙侠义传》,是清代评书名家哈辅源所作的一部长篇短打侠义评书,由贪梦道人整理。著名情节有"马寿出世""张广泰回家""宋金刚押宝""康熙私访月明楼"等。还有《飞跎全传》,又名《飞跎子传》。版本有嘉庆二十二年(1817)一笑轩刊本,四卷三十二回。作者为邹必显,乾嘉年间扬州评话名家,江苏兴化人,李斗《扬州画舫录》记载他"性温暾,寡言笑,偶一雅谑,举座绝倒"。内容叙述石信求取仙方,拜师学艺,学成后下山投军出战,与蛮兵斗法,最后三教和解、天下太平的故事。全书记扬州风土人情,以新奇市语,博读者一笑。"飞跎"为扬州土语,焦循《易余龠录》卷十八云:"凡人以虚语欺人者,谓之跳跎子;其巧甚虚甚者,则为飞跎。"

这里需要特别指出,在明清城市叙事的英雄传奇中,公案小说扮演了重要角色。在元代杂曲中就出现多个包公断案故事,到了明代经人整理成书的《龙图公案》是元代杂曲包公故事的汇编本,清代经过石玉昆的《三侠五义》渲染,包龙图终于成为家喻户晓的人物,"开封有个包青天"是如此之深入人心,"狸猫换太子""五鼠闹东京""大破冲霄楼"等故事更是对中国近代评书曲艺、武侠小说乃至更广泛的通俗文艺影响深远。《三侠五义》故事序列因而一延再延，其后有小五义、续小五义，一直到十六续五义。除包公故事外，明代尚有海刚峰属官公案、新民公案；清代尚有鹿洲公案、施公案、彭公案、刘公案、李公案奇闻、于公案奇闻等，余绪颇为广远。

再就是市井逸乐叙事。以《金瓶梅》《歧路灯》《品花宝鉴》以及各种扬州小说为代表。《金瓶梅》描绘了山东清河县大财主西门庆在情场、商场、官场纵横捭阖的一生，尽管商业经营、追逐物质财富是他辉煌而短暂人生的重要内容，但商贸活动只是其获得财富以支撑其奢靡生活的主要途径，酒色在很多情况下则成为其主要的生活目标，因而可以说，《金瓶梅》在整体上是一种市井逸乐叙事。《歧路灯》为清代李绿园所作的长篇白话小说，在书写人情世态方面很有特色。该书叙述河南开封人士谭绍闻，本出身于读书人家，却不听先父教诲，与同辈浮浪子弟夏鼎、张绳祖等交游，吃喝嫖赌，以至于堕落败家，后在义仆帮助下迷途知返，重振家声的故事。作品堪称18世纪真实生动的开封生活志，对当时开封社会的三教九流、景观风物、习俗风尚有着广泛细致的描绘。小说通过带有地域特征的城市叙事来表达城市反思，对开封城市的两种属性——中州理学名区与商业都会之间的文化冲突进行颇有深度的探索。蒋瑞藻《小说考证》卷八著录《歧路灯》一则，引《阙名笔记》云："吾乡前辈李绿园先生所撰《歧路灯》120回，虽纯从《红楼梦》脱胎，然描写人情，千态毕露，亦绝世奇文也。"再如清代陈森的《品花宝鉴》，它对于城市逸乐的叙述走的则是狭邪一路。鲁迅在《中国小说史略》中说道："若以狭邪中人物事故为全书主干，且组织成长篇数十回者，盖始见于《品花宝鉴》。"清乾隆以来，达官名士、王孙公子招伶人陪酒助乐之风甚盛，且角被呼为相公，又称作"花"。虽为男子，却被视为妓女般的玩物。《品花宝鉴》即以京师此种狎优生活为背景，以青年公子梅子玉和男伶杜琴言的同性恋爱为中心线索，描写了所谓"情之正者"与"情之淫者"两种人。以温情软语、风雅缠绵的情调，淋漓尽致地描绘了名公子弟纵情声色、玩弄男优的行为，表现了对伶人不幸遭遇的深切同情。

在明清小说中，秦淮风月、扬州风月蔚为大观，如果说秦淮风月还多是明之遗韵，如以《南朝金粉录》《桃花扇》为代表的秦淮旧事。那么，扬州故事则成为清代城市风月叙事的主流，正如《初刻拍案惊奇》卷十二所说：

"从来仕宦官员、王孙公子要讨美妾的，都到广陵郡来，拣择聘娶。所以填街塞巷，都是些媒婆撞来撞去。"① 在扬州的大街小巷亦到处可见寻花问柳者，一幕幕的风月故事即在这个浸透着商业气息的城市空间中上演。在扬州叙事中较有特色的是《风月梦》《广陵潮》等，故事较生动，尤其《风月梦》所写的扬州故事，得到了美国汉学家韩南的很高评价，韩南认为《风月梦》是较早体现出"新小说"基本特征的作品。从某种意义上来说，《风月梦》可被视为中国第一部城市小说。② 余下如《金兰筏》《雅观楼》《扬州梦》《野草闲花臭姻缘》之类，内容也都是风月迷途后的自省与劝诫，情节框架和叙事技巧则乏善可陈。在明清笔记中，江南城市风月亦见刊于世，如《板桥杂记》《秦淮画舫录》中的南京风月，《吴门画舫录》中的苏州风月，《扬州画舫录》中的扬州风月，不一一叙述。

最后是城市商贸叙事。正如本书的"绪论"所言，商业性是宋元至于明清城市叙事的主要特征之一。明代小说以"三言二拍"中的商贸叙事最为集中，较有代表性的有"三言"中的《施润泽滩阙遇友》《蒋兴哥重会珍珠衫》《杨八老越国奇逢》《李秀卿义结黄贞女》《卖油郎独占花魁》《刘小官雌雄兄弟》《徐老仆义愤成家》《吕大郎还金完骨肉》等，"二拍"中则有《乌将军一饭必酬 陈大郎三人重会》《钱多处白丁横带 运退时刺史当艄》《赵五虎合计挑家衅 莫大郎立地散神奸》《程朝奉单遇无头妇 王通判双雪不明冤》《叠居奇程客得助 三救厄海神显灵》等。"三言二拍"中的商贸叙事比较集中地表现了商贾生活特色，弘扬了具有时代特征的商业伦理与价值观念，展现出许多突破传统的精神特质。清代小说中的商贸叙事主要有《醉醒石》《照世杯》《豆棚闲话》《清夜钟》《鸳鸯针》《通天乐》《连城璧》《十二楼》《蜃楼志》《俗话倾谈》等，其中《蜃楼志》中的广州叙事颇值得注意。

《蜃楼志》共二十四回，题"庚岭劳人说，禺山老人编"，可知作者为庚岭劳人，有嘉庆九年（1804）刊本。书中托言明嘉靖时故事，实则描写清代中期的社会生活。小说主要以广州十三行洋商苏万魁之子苏吉士为主人公，从苏万魁被新任海关关差赫广大敲诈勒索写起，对广东海关、洋商买办乃至

---

① 凌濛初著，卜键等校注：《初刻拍案惊奇》，百花文艺出版社1993年版，第210页。
② 张宏生：《哈佛大学东亚语言与文明系韩南教授访问记》，《文学遗产》1998年第3期。

于岭南地区的商业活动多有描绘，堪称是中国古代第一部正面描写对外贸易的通俗小说，这确切表明了清代中期的广东地区得风气之先，商业贸易的视野与观念已发生很大改变。《蜃楼志》在艺术上成就亦高，其文笔细腻不俗，情节跌宕曲折，人物亦较生动，因此被认为是清中期通俗小说的代表作。

需要说明的是，对于城市叙事题材内容的判定，主要是基于整体的考虑，在小说文本或是笔记中，很多情况下包含有多种题材类型，正如前文在讨论《金瓶梅》中所说，《金瓶梅》中既有市井逸乐内容，又有商业贸易方面的叙述，但就整体而言，市井生活内容乃是其城市叙事的主体，因此将之归为市井逸乐叙事。另外，在梳理城市叙事题材时，有一个现象颇为有趣，明清小说中许多著名的人物故事往往与城市相关，比如开封之包公与杭州之济公，虽在本书中归之不同题材，却一北一南、一衙门一佛门、一庄严肃穆一逍遥疯癫、一振朝纲一匡正义，彼此相映成趣，两人甚至成为各自城市的文化形象符号，其内在之精神联系值得深长思之。

第二节　城—都—市：明清城市叙事题材分类的新视角 [①]

我们认为，明清长篇通俗小说是古代城市叙事最典型的文体样式，也是最完善的文本形态。前文说过，古代文学城市叙事的发展大致经历了一个"城—都—市"的过程，这里的"城"主要体现城墙的抵御功能，早期的城市是以军事中心的面貌出现的，而后来随着政权的建立和巩固，城市发展为政治中心的"都"，近代以来的城市特性则是强调城市的经济中心功能，也就是"市"的职能。值得惊奇的是，以城市职能演进的角度来看古代通俗小说中的城市描写，为我们开辟了全新的研究视野。明代问世的"三大奇书"恰恰与这种城市职能的演进与发展对应和暗合，并细腻地将这种演进投射到小说中，显示出文学作品作为社会观念遗存的真实魅力。如果说以《三国演义》为代表的小说，是描写早期城市互相征战的历史演义，突出了"城"的

---

① 葛永海：《以城市书写为视角的明代奇书解读》，《清华大学学报》2012 年第 1 期。

功能,继武其后多有城市征战小说问世;那么《水浒传》中的城市皆可视为与山林江湖对立的政治中心,也即是"都",大至帝国中心东京,小到郓城县衙门,无不与草莽江湖巍然相对。《水浒传》之后也引领了一批"反抗都城"小说的产生;《金瓶梅》则是典型的"市"小说,这是市井小说或曰世情小说抒写的必然,它对城市商业生活的浓墨重彩的描绘代表了明清市井小说对"城市"之"市"的历史性选择。下面试一一分析。

一、《三国演义》之"城"

一部《三国演义》①几乎也就是一部城池的攻防史。小说中的各路队伍都以城市的争夺作为军事行动的出发点和落脚点,将帅运筹帷幄、潜心谋划,士兵奋勇争先、前仆后继,都与城市攻防有关。在小说开始,志得意满者如曹操挟天子以令诸侯,破黄巾、擒吕布、灭袁术、收袁绍,深入塞北,直抵辽东,以攻城克关为能事,于是城多势众,兵马雄壮。失意如刘备,之所以惶惶然四处奔窜,依陶谦、刘表、刘璋,几未有一城可依。其之未有自家城池,即如曹操所云,如同蛟龙未逢水也。有了一城,便有了安身立命的资本,于是,第二十八回刘、关、张失散,关、张寻兄,关公劝张飞先据古城静候,"张飞便欲同至河北。关公曰:'有此一城,便是我等安身之处,未可轻弃。我还与孙乾同往袁绍处,寻见兄长,来此相会。贤弟可坚守此城'"。再如小说第八十二回:"孙桓引败军逃走,问部将曰:'前去何处城坚粮广?'部将曰:'此去正北彝陵城,可以屯兵。'桓引败军急望彝陵而走",凸显出战乱时代城的意义。

在小说中,几乎没有哪一回不涉及城的争夺攻伐,以前二十回为例,除了第二十回"曹阿瞒许田打围 董国舅内阁受诏"写许昌宫廷斗争事,其余十九回皆与攻城、守城有关。第一回青州之战;第二回阳城之战、宛城之战、渔阳之战;第三、四、五回是各方诸侯攻洛阳,包括汜水关之战、虎牢关之战等;第六回荥阳之战;第七回冀州之争、樊城之战、襄阳之战;

---

① 本节所引用文字均据(明)罗贯中:《三国演义》,岳麓书社1986年版。

第八、九回王允使美人计杀董卓，李傕、郭汜攻陷长安；第十回马腾攻长安，曹操战青州；第十一回北海之战、徐州防卫战、濮阳之战；第十二回汝南、颍川之战，兖州之战，定陶之战；第十三回李傕、郭汜乱长安；第十四回洛阳守卫战、张飞失徐州；第十五回曲阿之战、牛渚之战、秣陵之战、泾县之战、吴城之战、会稽之战、宣城之战；第十六回沛县之战；第十七回寿春之战、南阳之战；第十八回刘、关、张守卫沛县；第十九回下邳攻防战。

小说中对于"城"的争夺，方式各异，大致可分为三类，最为常见的是武力攻城，如第四回："却说孙坚分兵四面，围住襄阳攻打"；第十五回："策分兵水陆并进，围住吴城。一困三日，无人出战"；等等，在小说中俯拾皆是，较详的描写则如第十七回："曹操引兵赶至南阳城下，绣入城，闭门不出。操围城攻打，见城壕甚阔，水势又深，急难近城。乃令军士运土填壕；又用土布袋并柴薪草把相杂，于城边作梯磴；又立云梯窥望城中；操自骑马绕城观之，如此三日。"另一种是设计赚城，如第二十一回"关公赚城斩车胄"；第十四回，吕布偷袭徐州；第五十一回，周瑜统帅吴军与曹军苦战，不料却被诸葛亮用计轻取了荆州诸郡，书中评论："几郡城池无我分，一场辛苦为谁忙！"道出计取的妙用。第三种则是拱手让城，最典型如第十二回："陶恭祖三让徐州"，陶谦感于刘备的宽厚仁义，一心将徐州让于他，被刘备苦苦推辞。很多的情况下则是迫于大兵压境的出城投降或弃城逃走，如第四十回刘琮献荆州，第四十一回刘备弃樊城等。

《三国演义》中最著名的城池攻防战，当属第九十五回的"武侯弹琴退仲达"，也就是民间常说的"空城计"。当时司马懿率领大军杀到，而孔明身边并无可对阵的大将，只有一群吓得哆哆嗦嗦的文官，之前预留的五千人马，因为一半去运粮草，城中只余二千五百军。孔明马上传下命令，一方面，"将旌旗尽皆隐匿；诸军各守城铺，如有妄行出入，及高言大语者，斩之！大开四门，每一门用二十军士，扮作百姓，洒扫街道。"另一方面，"孔明乃披鹤氅，戴纶巾，引二小童携琴一张，于城上敌楼前，凭栏而坐，焚香操琴。"这是在征战激烈的战争时代很难想象的特别景象，正因为违背了基本的战争思维逻辑，这让司马懿捉摸不定，犹豫不前。"懿笑而不信，遂止住三军，自飞马远远望之。果见孔明坐于城楼之上，笑容可掬，焚香操琴。左有一童子，手捧宝剑；右有一童子，手执麈尾。城门内外，有二十余百姓，低头洒扫，傍若无人"，防守严密的城池会鼓舞士兵奋勇冲锋的勇气，而城门洞开则意味着放弃防守，与诸葛亮多次交手的司马懿最终选择了谨慎地撤退，"懿看毕大疑，便到中军，教后军作前军，前军作后军，望北山路而退"。

《三国演义》中城市之间的战争，其目的主要是争夺政治资本。三国之征战大多是出于政治利益的考虑，自不待言。一些情况下，也有出于经济利益的考虑，因为城池就意味着财富，意味着人口与粮草。我们发现，小说在描写城市攻防时多有关于"借粮"的情节。如第十一回："忽报黄巾贼党管亥部领群寇数万杀奔前来。孔融大惊，急点本部人马，出城与贼迎战。管亥出马曰：'吾知北海粮广，可借一万石，即便退兵；不然，打破城池，老幼不留！'"而夺取粮草的目的就是为了养军。如第七回："且说袁绍屯兵河内，缺少粮草。冀州牧韩馥，遣人送粮以资军用。"冀州牧的主动示好，却引发了袁绍部众的联想，谋士逢纪因此劝说袁绍曰："大丈夫纵横天下，何待人送粮为食！冀州乃钱粮广盛之地，将军何不取之？"可见在当时的战争中已经形成了一个城池—军队—粮草的利益链，相互影响、循环。战争有时则出于军事目的。值得注意的是当城市表现为单纯的抵御功能时，在很多情况下战争中出现了体现城市抵御的简约化方式 —— 关隘，这在小说中也多有描写。它突出表现了"城"的原始含义，即在险要的地势上建造坚固的城墙以防守。如小说第三至第五回各方诸侯经汜水关、虎牢关之战，直逼洛阳；第二十七回关云长过五关斩六将；第六十七回张鲁等计以阳平关阻挡曹操；第七十回张飞智取瓦口关；等等，小说中的描写往往较为精彩，从而将城市攻守功能表现得淋漓尽致。

总而论之，《三国演义》包容了城市攻伐的种种方式，成为中国古代城市战争的百科全书，在后来几乎没有何种文学作品可以在这方面超越它。可以说，它是秦汉以来以文学形式对城市军事职能的最全面的总结、突出和深化。

二、《水浒传》之"都"

《水浒传》[①]中的城市大都扮演"都"的角色，作为权力中心所在地，也就是统治阶层发号施令的政治中心，它们的每次出现几乎都是作为梁山好汉的对立面。小至华阴县、郓城县，大到一国之都东京，它们所构成的等阶分明的多级政治中心，都成为迫害和镇压江湖豪杰的强权堡垒。此关系通过下表可以清晰看出。

小说回数	各级政治中心	遭迫害、受磨难的梁山好汉
第二回	华阴县	史进
第三回	渭州	鲁智深
第七回	东京	林冲
第十二回	大名府（北京城）	杨志
第十七至十八回	济州	晁盖、吴用、公孙胜等七人
第二十一至二十二回、第三十六回	郓城县	宋江
第二十七回	阳谷县	武松
第三十一回	孟州	武松
第三十三回	清风寨	花荣
第三十九至四十回	江州	宋江、戴宗
第四十三回	沂水县	李逵
第四十四至四十六回	蓟州	杨雄、石秀
第四十九回	登州	解珍、解宝
第五十一回	郓城县	雷横
第五十一回	沧州	朱仝
第五十二回	高唐州	柴进
第五十八至五十九回	华州	史进、鲁智深
第六十二回	大名府（北京城）	卢俊义、燕青
第六十九回	东平府	史进

---

① 本节所引用文字均据（明）施耐庵、罗贯中撰，黄霖校点：《水浒传》，浙江古籍出版社1996年版。

由上表可知,《水浒传》的情节正是在一个个江湖好汉与官府的对抗中向前发展的,这个过程一直持续到第七十一回"梁山英雄排座次"。小说中除了个体与城市的对抗,还有大量的山头与城市的对抗,也即是聚啸山林与政治中心的对立。如少华山之于华阴县,桃花山、二龙山、白虎山之于青州,清风山之于清风寨,枯树山之于寇州,梁山之于东平府、东昌府、北京城,等等。当个体汇集成小山头,又由小山头整合成总山头,对抗整个政权的山野力量也就终于形成了,它与一切城市为敌。

《水浒传》在表达好汉的反抗的同时,也在不断渲染和强化城市的政治中心地位,展示其作为强权代表的形象。森然肃穆的衙门、军纪严整的军队校场、杀气凌人的刑场等共同建构了国家行政机器的庄严意象,小说中对此多有体现。小说一方面写行政长官的贪酷。上至太师,下至县令,这些政治中心的行政长官大都罪恶昭彰。皇帝身边的巨奸大恶,如高俅、蔡京、童贯等,个个贪赃枉法、鱼肉百姓。地方官员则上行下效,横行无忌,如第三十七回:"原来那江州知府姓蔡,双名得章,是当朝蔡太师蔡京的第九个儿子,因此江州人都叫他做蔡九知府。那人为官贪滥,做事骄奢。为这江州是个钱粮浩大的去处,抑且人广物盈,因此太师特地教他来做个知府。"第五十二回:"此间新任知府高廉兼管本州兵马,是东京高太尉的叔伯兄弟;倚仗他哥哥势要,在这里无所不为;带将一个妻舅殷天赐来,人尽称他做殷直阁。那厮年纪却小,又倚仗他姐夫高廉的权势,在此间横行害人。"

小说另一方面则强调了城市中国家机器的威严和恐怖,以显示政权的威慑力。如第九回林冲发配沧州牢城营:"门高墙壮,地阔池深。天王堂畔,两行垂柳绿如烟。点视厅前,一簇乔松青泼黛。来往的尽是咬钉嚼铁汉,出入的无非降龙缚虎人。埋藏聂政荆轲士,深隐专诸豫让徒";第十二回杨志身陷开封府死囚牢:"推临狱内,拥入牢门。抬头参青面使者,转面见赤发鬼王。黄须节级,麻绳准备吊绷揪;黑面押牢,木匣安排牢锁镣。杀威棒,狱卒断时腰痛;撒子角,囚人见了心惊。休言死去见阎王,只此便为真地狱";第四十回绘写江州刑场的可怖景象:"……狰狞剑子仗钢刀,丑恶押牢持法器。皂纛旗下,几多魍魉跟随;十字街头,无限强魂等候。监斩官忙施号令,仵作子准备扛尸。英雄气概霎时休,便是铁人须落泪。剑子叫起恶杀都来，将宋江和戴宗前推后拥，押到市曹十字路口，团团枪棒围住，把宋江面南背北，将戴宗面北背南。两个纳坐下，只等午时三刻监斩官到来开刀。"

到了小说第七十二回"柴进簪花入禁苑　李逵元夜闹东京"，正面描写东京，颇费了不少笔墨，先是一段对于东京城的颂赞，所谓"州名汴水，府号开封。逶迤按吴楚之邦，延亘连齐鲁之境。山河形胜，水陆要冲"云云，其后又有一段对宫城的颂赞，所谓"祥云龙凤阙，瑞霭罩龙楼。琉的瓦砌鸳鸯，龟背帘垂翡翠。正阳门径通黄道，长朝殿端拱紫垣"云云。而这回的最主要内容却是宋江、柴进、戴宗、燕青等梁山好汉大闹东京，由于李逵在李师师门前怒打杨太尉，众好汉杀出小御街，事态一发不可收拾，梁山一千马军在城外接应，吓得高太尉关了城门。而黑旋风李逵却落了单，这一回的结尾写道："只见李逵从店里取了行李，拿着双斧，大吼一声，跳出店门，独自一个，要去打这东京城池。"如果我们用系统性的眼光来审视这些内容，将大闹东京与城市颂赞结合来看，我们似乎可以看到两种力量之间的对峙与搏杀，前者是通过雄伟城池、威严禁苑等核心要素建构起来的政治强权中心，而另一种则是来自绿林草莽、足以摧枯拉朽的反政府力量。

《水浒传》之"都"与汉魏至于唐代对都城的文学表现相比，有同有异，首先《水浒传》在文本形态上将前代都城赋、都城记、都城诗的写法兼收并蓄。小说中多有赋体文[①]描绘东京的京城景观，如前面提到的第七十一回有"州名汴水，府号开封。逶迤按吴、楚之邦，延亘连齐、鲁之境"等三篇赋文歌咏东京。此外如第六回写鲁智深入东京，赋云："千门万户，纷纷朱翠交辉。三市六街，济济衣冠聚集。……景物奢华无比并，只疑阆苑与蓬莱。"尽管与前代赋相比，不免形制较短，但是文字流畅通俗，读之朗朗上口，也别具特色。就都城记而言，小说中多个故事段落可视为东京生活志，如鲁智深相国寺出家、林冲被诱白虎堂、杨志东京卖刀、李逵元夜闹东京等，写帝都的威严、街市的繁华和市民的娱乐，展示了东京城广泛的社会生活面。另外，小说中的都城诗词亦复不少。除了第七十二回《绛都春》词，还有第八十二回诗："星斗依稀玉漏残，锵锵环佩列千官。露凝仙掌金盘冷，月映

---

① 笔者将这类赋体文称为俗赋，因为它们具备了赋的基本特征，同时语言较为俚俗。可参见葛永海：《明清白话小说中的俗赋及其文学史意义》，《文学评论》2004 年青年学者专号。

瑶空贝阙寒。禁柳绿连青琐闼，宫桃红压碧栏杆。皇风清穆乾坤泰，千载君臣际会难"，皆写都城景观。

其次就人与都城的关系而言，《水浒传》几乎颠覆汉唐以颂扬和追怀为基调的人—都关系，走向人—都关系的另一极，这种嬗变带有某种必然性。它的出现至少表明两个事实：其一是审美主体身份的变更，审美主体不是中上层文人，而变为平民知识分子，所选择的是为市民喜闻乐见的通俗小说文体，更突出其民间立场；其二作为审美对象的都城，由于肌体腐朽，开始逐步地没落，这是封建社会发展的必然。但是，当以宋江为首的一大批来自城市的胥吏将领逐渐成为梁山的主导力量时，与城市斗争的不彻底性又充分暴露出来，在公开对抗了一系列的大小政治中心之后，最终与东京达成妥协，归顺于王权中心。可以说，整个《水浒传》是以一种反叛—回归的方式阐释了人—都关系。就结果而言，它对于汉唐的都城观念又是一种遥远的呼应。

三、《金瓶梅》之"市"

《金瓶梅》是一部西门庆的发迹史，也就是通过苦心经营、疯狂占有财富的历史，商品经济发达的时代环境为西门庆提供了表现野心、进取意识和才能的舞台，他从清河县一个只拥有生药铺的破落户财主，一步步不断向前迈进，谋财娶妇，放债典当，贩运经营，巧取豪夺，西门庆终于登上了人生的顶峰，成为山东一省炙手可热、权势熏天的大商人、大富豪。小说中透露出丰富的商业经济信息。

整体而言，《金瓶梅》是以运河商业城市临清为中心展开其商业网络，小说有二十余处直接写到临清，如：临清州、临清码头、临清钞关、临清闸、临清晏公庙、临清市等。第九十八回的标题即是："陈经济临清开大店　韩爱姐翠馆遇情郎"，是日在临清码头大酒楼开张，"鼓乐喧天，笙箫杂奏，招集往来客商，四方游妓……见一日也发卖三五十两银子"①，大体可以推想明代临清商品交易频繁，南北客商云集的繁华景象。这在史籍中亦有记

①　本节所引用文字均据（明）兰陵笑笑生撰，戴鸿森校点：《金瓶梅词话》，人民文学出版社1985年版。

载，《临清县志》记载："临清大码头六处，南湾子、三元阁、狮子街、广济桥、钞关码头、卸货口等。"《明实录》宣德六年二月条："御史耿定言：'临清等处官氏之家多有塌房店舍，居停商贸，宜依在京例收钞。'"[1]《明史·食货志》记载："北新诸钞关，量舟大小修广而差其额，谓之船料，不税其货。惟临清、北新则兼收货税，各差御史及户部主事监收。"[2]通过这几则材料，我们可以了解到临清等沿河商埠曾有的繁荣。再如《古今图书集成·方舆汇编·职方典》云："临清州，州绾汶、卫之交而城，齐赵间一都会也，五方商贾鸣櫂转毂，聚货物坐列贩卖其中，号为冠带衣履。天下人仰机利而食，暇则置酒征歌，连日夜不休。其子弟亦多椎理剽掠，不耻作奸。士人文藻翩翩，犹逾他郡"[3]，则是明中叶以后临清及其附近地区的真实历史写照。

关于临清，商业发达和交通便利是其两大特色。《金瓶梅》所写的临清大酒楼就位于交通极为便利的运河边，小说曾用文学性笔法对其地理方位做过描绘，所谓："正东看，隐隐青螺堆岱岳；正西看，茫茫苍雾锁皇都；正北观，层层甲第起朱楼；正南望，浩浩长淮如素练。"这大体展示了临清东依泰山、西望京城、南通淮河的区位特点，如果联系小说中出现的东京、扬州等重要城市，城市之间彼此可以形成良好的互动，小说中多次写到西门庆派人向西跨越黄河，向巍然的政治中心——东京进贡，而运河南端的扬州则意味着运河的畅通和富庶。

依仗着临清位于运河边的地理优势，西门庆在商业活动中的表现可谓视野开阔，头脑灵活。更值得注意的是，同时也表明《金瓶梅》相比前代与当时市井小说的巨大超越之处在于，《金瓶梅》第一次在通俗小说中郑重提出并极力倡导"市"之理念，这也是小说中关于"市"描写的标志性内容。西门庆通过其灵活的经营方式无形中已经产生了自己的商业理念，即所谓"省的金子放在家里，也只是闲着"，"兀那东西是好动不好静的。曾肯埋没在一处，也只是天生应人用的"，这一观念与当代资本"利在运转"的理论是完

① 《明实录·宣宗实录》卷七六，台北"中央研究院"历史语言研究所校印本《明实录》，第 1777 页。
② （清）张廷玉等撰：《明史》卷八十一《食货志·五》，中华书局 1974 年版，第 1976 页。
③ 《古今图书集成·方舆汇编·职方典》第二百五十三卷《东昌府部》，第 83 册，中华书局 1934 年影印本，第 13 页。

全相通的。

西门庆开展了形式多样的商业经营活动。首先是长途贩运，比如小说第五十一回，写他派伙计韩道国和崔本到扬州支盐，发卖后紧接着到杭州、湖州贩运丝绸；第五十八回写西门庆正在准备为自己庆寿，"这胡秀递上书帐，说道：'韩大叔在杭州置了一万两银子段绢货物，见今直抵临清钞关，缺少税钞银两，未曾装载进城。'这西门庆一面看了书帐，心中大喜……西门庆进来对吴月娘说：'如此这般，韩伙计货船到了临清，使了后生胡秀送书帐上来。如今少不的把对门房子打扫，卸到那里，寻伙计收拾，装修土库，开铺子发卖。'"第六十七回又写到派韩、崔二人往湖州买绸，差来保往松江贩布。再如第七十七回："崔本治了二千两湖州绸绢货物，腊月初旬起身，雇船装载，赶至临清马头。教后生荣海看守货物，便雇头口来家，取车税银两，到门首下头口。"再如第八十一回写韩道国拿西门庆四千两银子到扬州置买货物，货物买好并运回临清。在贩运之后，就利用地域差价，开店铺经营，小说第二十回写到"又打开门面两间，总出两千两银子来，委傅伙计、贲地传开解当铺"，随着规模扩大，商品类型也不断增加，后来开起了绒线铺，形成多种经营的格局。在经营形式上，西门庆形成了较为灵活的思路，比如合伙合资经营，第三十三回西门庆与伙计韩道国合伙开绒线铺，按力股三分、钱股七分来分配利益；小说第五十一回就写到西门庆与其亲家乔大户联合经营盐行买卖。在商业经营中，西门庆表现出重视商机，能够充分调动伙计积极性，善于利用社会关系等多种具有现代意味的经营意识。

最后，我们来看西门庆临死时的家业规模："缎子铺是五万两银子本钱"，"绒线铺本钱六千五百两"，"绸绒铺是五千两"，"缎子铺占用银二万两，生药铺五千两"，松江船上的货四千两，此外还有别人借贷所欠的本利银一千多两，也就是说不包括他家中的积蓄在内，当时西门府的资产已近十万两白银，暴发的程度相当惊人。之所以在五六年间发家如此，深刻表明了西门庆作为商品经济的弄潮儿，以冒险精神和经营的机变与商品经济社会的节奏紧密合拍，从而赚取了高额的商业利润。

《金瓶梅》作为一部公认的世情小说，将描写的对象定位于"财""色"二字。它对于商业经营的描写，是置于晚明生产关系处于巨大变革的时代背景下，揭示出世态人情的变易。作为"中国第一部白话长篇商贾小说"①，《金瓶梅》无论是对于商人形象的刻画，还是对商贸活动的描绘，都达到了前此或后此的通俗小说无法企及的广度和深度。

综前所述，本书认为，在城市描写的文本形态趋于成熟的明代，出现完整展示城市职能演进轨迹的典型文本绝非偶然，如同面对三枚承载着不同时期时代特征的化石，在几乎共时的状态下，于此中窥见历史如年轮般渐次展开的图景，昭示嬗递的历史规律。此三部小说对于前代是总结，对于后世是开启。我们可以据此认为，明清通俗小说因而获得了一种新的类型划分：即以《三国演义》为代表的"城市攻伐"小说，以《水浒传》为代表的"反抗都城"小说，以及以《金瓶梅》为代表的"商贾经营"小说。

之所以说它们发展成为类型，是因为它们之后出现了一大批追随者。《三国演义》之后，有余邵鱼《春秋列国志传》、冯梦龙《新列国志》、蔡元放《东周列国志》、熊大木《全汉志传》、甄伟《西汉通俗演义》、袁于令《隋史遗文》、褚人获《隋唐演义》等。《水浒传》之后，除了《水浒传》的一些续书如青莲室主人的《后水浒传》、陈忱的《水浒后传》、俞万春的《荡寇志》等，还有描述瓦岗寨英雄的《说唐全传》等。值得注意的是"说唐"故事系列在本书中归属在不同的类别，如《隋唐演义》偏重于政治集团之间较量，则属于"城市攻伐"，而《说唐全传》以民间英雄反叛为中心，则归入"反抗都城"类，甚如在明代纪振伦的《杨家府演义》小说最后，以世代忠勇著称的杨门之第五代杨怀玉出现，将杨府全家引上太行山落草，可见出当时文学中"反抗都城"观念流行之广。而以《金瓶梅》为代表的"商贾经营"类，继作亦绵绵不绝，即以《中国商贾小说史》所列为据，就有"三言"中的《蒋兴哥重会珍珠衫》《杨八老越国奇逢》《施润泽滩阙遇友》《徐老仆义愤成家》《吕大郎还金完骨肉》等篇，"二拍"中则有《转运汉遇巧洞庭红 波斯胡指破鼍龙壳》《乌将军一饭必酬 陈大郎三人重会》《程朝奉单遇无头妇 王通判双雪不明冤》《叠居奇程客得助 三救厄海神显灵》等，明末还有其他如《石点头》《欢喜冤家》《幻影》《醋葫芦》等白话商贾小说，晚清

---

① 邱绍雄：《中国商贾小说史》目录，北京大学出版社 2004 年版。

较为著名的则有吴趼人的《发财秘诀》、姬文的《市声》，等等，蔚为大观。

走笔至此，我们可以作一小结。人与城市的关系可以分为外在层面与内在层面。就外在层面而言，本书对古代"城—都—市"文学抒写的论述，力图再现古代以来人与城关系的三个阶段：第一，出于安全的需要或巩固已有成果的需要，人依仗城来庇佑自己，这是初级阶段，人与城是简单的被保护与保护的关系；第二，人与以城市为堡垒的政治中心的关系，或亲近，或疏离，最终却有无可逃避的依附性，这是中级阶段，人与城关系变得复杂，表现出更多的互动与交流；第三，人以商业活动为中介，融入城市生活当中，逐步向城市人发展，在这发展过程中，是城市压抑个体，还是个体反压制发出自己的呼声，这变为人与城之间的强势对抗，也使人城关系发展到高级阶段。

第三节　明清城市叙事中的"双城记"及其文化机理

明清时期迎来了我国封建时代城市发展的一大高潮，大中城市数量明显增多，城市规模不断扩张。同时，这一时期也形成了小说创作高潮，成为古代小说史上的繁荣阶段。由于城市与文学的互动日趋频繁，"城市中的文学"与"文学中的城市"都获得极大发展，城市生活因而成为明清小说重点表现的内容，其中，小说中的"双城记"尤为引人注目。所谓小说"双城记"指的是在特定历史时期，小说作品在对发生于某一重要城市中的故事情节展开细致描绘的同时，会有另一重要城市的空间叙事与之对应和参照，从而形成彼此关联、相互映照的"双城叙事"现象。明清小说中不仅有多种"双城记"，而且此类"双城记"构成了贯穿整体、前后接续的序列，这一现象业已引起学界的较大关注。[①] 由于此论题涵盖广泛，学界此前的相关研究（包

---

① 较早提出古代小说中"双城记"概念的是上海师范大学的宋莉华教授，参见其《汴州与杭州：小说中的两宋双城记》，载香港大学中文系 2001 年编辑《"宋词与宋代文化国际学术研讨会"论文集》。另外，可参见笔者与孙逊教授曾联合撰文的《中国古代小说中的"双城"意象及其文化意涵》，发表于《中国社会科学》2004 年第 6 期。

括笔者）多集中于对呈现现象的分析或某一具体双城的论证，对于这一叙事现象的本体属性尚缺少深入的学理探讨，本书拟作进一步申论，以阐明其主要意涵、表现形态、文化机理以及文学史意义。

一、"双城记"的主要意涵与表现

在明清小说史中有一条较为清晰的时间轴，呈现了从明代直至近代作品中的描绘分明、前后相续的"双城记"，如果以时间为序，主要可分为三个阶段共六组"双城"，即明代至清中期的汴梁与杭州、北京与南京、苏州与扬州，晚清的扬州与上海、上海与广州，清末民初则有北京与上海，这三个阶段六组"双城"在时间上彼此有交叉，就空间推进而言，大体上呈现为南北呼应、自北向南轮替演进的整体趋势。

明清小说中最主要的"双城"，是两组"双都"，也就是宋代的故都开封与杭州和当时的都城北京与南京。明清小说的开封和杭州与宋元时期相比，在发展演进中出现了重大的分化。如果说宋元时两个城市还是双峰并峙的话，那么到了明清，由于缺乏政治上的倚靠，开封的发展明显呈现颓势，只是维持了中等商业中心城市的地位，而清代的杭州依托江南的整体迅猛发展之势，人口持续超过百万，成为全国一流的大都市。在小说特色方面，双城的小说叙事都以世俗化和市民化为基调，但作品的规模、数量和名作比重呈现迥异的面貌。

明清小说作者对于开封（东京）的抒写主要呈现为追忆和写实两种状态。一方面，小说家仍然习惯于讲述北宋时的东京，但是，由于时代毕竟久远，他们在对故都东京景象的回望中，展现出虚化的倾向，城市景观描写逐渐隐入小说刻画的幽深之处，它作为王朝政治中心的符号意义不断凸显出来。我们从代表作品《大宋宣和遗事》—《水浒传》—《金瓶梅》中东京故事的传承讲述中，就能够清楚地窥见东京意象的演进，它是如何从一个充满烟火气息和世俗欲望的都城逐渐演变为一种政治强权的符号化象征的。另一方面，小说家重现了现实中的开封，当时出现了一些描写开封的中长篇世情小说，而写开封最充分、也最为典型的，则是河南人李绿园的《歧路灯》，此书叙述了开封书香门第子弟谭绍闻堕落败家，又在忠仆王中的帮助下迷途知返、重振家业的故事。这部作品堪称18世纪的开封风土生活志，生动展现了开封的两种城市属性——中州理学名区与中州商业都会——之间的文化冲突和矛盾，反映了小说家对历史名城风貌新的把握和塑造。相比而言，明清时期的杭州在小说中却获得了更为旺盛的生命力，小说创作变成一种文学接力活动，出现了以风物传说、世俗写真和风月言情为主要内容的一系列"西湖小说"。代表作品有明末周清原的《西湖二集》，该书共34卷，内容多敷衍与西湖相关的古今故事。又有《西湖佳话》，包括《葛岭仙迹》《白堤政迹》《六桥才迹》等内容，则是以西湖景点为中心的描写风物传说的短篇小说集。此外"西湖小说"还包括《鸳鸯配》《醋葫芦》等多个中篇，"三言二拍"中的多个短篇如《白娘子永镇雷峰塔》《金玉奴棒打薄情郎》《卖油郎独占花魁》，以及《欢喜冤家》中的多个篇章，等等。西湖小说无疑是古代小说中表现城市映像最丰富也最立体的作品系列。

再来看明清小说中的北京和南京。明末南京人顾起元在其《客座赘语》"两都"中，论述了南京作为陪都的意义，认为乃"国家之深计长虑"，"天下财赋，出于东南，而金陵为其会；戎马盛于西北，而金台为其枢。并建两京，所以宅中图治，足食足兵，据形势之要，而为四方之极者也"[1]。"双都"景象在明清小说中多有描绘。北京叙事展示出大气醇和的景象，这源于宫廷、缙绅和庶民三种文化之间的互动，具体表现为城市文化中官派气度和市井情味的融合。以《红楼梦》和《儿女英雄传》为代表，清代中后期的京味小说主要表现了北京作为京都的官派气度。《红楼梦》笔下的"神京""长安""都中"之称谓都指向了集聚了权贵豪门、簪缨世族的京城。在帝京里，这些高门大族利用家族势力建构起相互勾连而又彼此牵制，庞大无比而又高度集中的宗室内臣政治姻亲关系，显示出与外省上层社会不同的京都统治集团的特点。《儿女英雄传》作者文康，姓费莫氏，先祖为满族贵胄，至其时家道已中落，但他以理想化的笔触，着力描绘一个汉军旗人世家经历世运变迁而最终家道中兴的故事，"作一场儿女英雄公案，成一篇人情天理文章，点缀

---

[1] （明）顾起元撰，谭棣华、陈稼禾点校：《客座赘语》，中华书局1987年版，第36页。

太平盛世"（首回"缘起"）①，其中渗透着京都上层社会官员之间的失意与得意、贬谪与升迁。它和《红楼梦》旨趣迥异，但在反映和表现京都特有的官派气度上，却有着异曲同工之妙。

南京作为六朝金粉地，历代文人对之怀有特殊情感，它在明清小说中有许多表现，最典型的是在《儒林外史》和《红楼梦》两部巨作中，投射出具有时代特色和作者个性的城市映像。如果说《儒林外史》是写实的，它细致展示了以文人为中心的南京众生之相，所写的南京是个实在的、立体的、多方位的世俗城市，尤其是小说第二十四、四十一回对秦淮河等景观的精细描画，令人有身临其境之感。而在《红楼梦》中，"金陵"描写呈现的完全是不同的另一种面貌，尽管在小说第二、四、五、六、四十六、五十六回等中不断提及"金陵"，但大多数时候着墨不多，作为一种内在的意绪，弥漫在字里行间。这里的南京更像是一个涵盖了贾府故籍、贾母娘家、四大家族中的王薛故籍、处处与贾府形成对应的甄家所在地、"金陵十二钗"的所属地等各种含义的意象符号，它虽然隐藏在文字叙述的背后，每一次被提及，却都或多或少地显露出小说背后一个内涵更为丰富的地理空间，含蓄地表达出作者潜伏的思想和意趣。曹雪芹笔下的南京，"作为一种精神和心理氛围弥漫于整部《红楼梦》中"，"有时你虽然未见'金陵'一词，但你却同样可以在'金陵'与'金陵'的间隙中强烈而真切地感受到它的存在"。② 在明清小说中，南京与北京不断被描绘、并置、比较，颇为典型的一个例子就是冯梦龙在《喻世明言·沈小霞相会出师表》中对两个主要人物的结局设计。小说最后，冯主事梦见沈青霞来拜，沈说道："上帝怜某忠直，已授北京城隍之职。屈年兄为南京城隍，明日午时上任。"③ 沈青霞忠直，冯主事义气，在死后分别封为北京和南京两城城隍，生动折射了两个都城的形象与品格。

除了以上两组"双都"，明清时期还有一组"双城"值得关注，那就是苏州与扬州。这一组"双城"的不同在于，此时的"双城记"从之前的南北呼应转为南方独擅，处于江南文化区域的这一双城在地理上毗邻，于功能

---

① （清）文康：《儿女英雄传》，吉林文史出版社 2000 年版，第 6 页。
② 梅新林：《〈红楼梦〉的"金陵情结"》，《红楼梦学刊》2001 年第 4 期。
③ （明）冯梦龙：《喻世明言》，华夏出版社 2007 年版，第 472 页。

上互补。作为经济重镇，苏州与扬州在 17—18 世纪先后成为江南乃至全国的经济中心，名满天下，"自清代以来，从民间到宫廷，'苏'、'扬'大抵并称"，如杨潮观《寇莱公思亲罢宴》云："只围相爷庆寿，比前异样铺张，色色翻新换旧，差我前注苏扬。"佚名《燕京杂记》云："优童大半是苏扬小民，从粮艘至天津，老优买之，教歌舞以媚人者"，等等。时人甚至就双城同中有异的城市风习，概括为极具地方特色的两个词汇，曰"扬盘""苏意"，前者意指不精明、易受愚弄，后者意指赶时髦、喜出风头，两词甚至都成为当时流传全国的俗语。①

苏扬双城既经济富庶又风光旖旎，这在当时的小说中多有展示。《红楼梦》开篇第一回就写到了苏州，其文曰："这东南一隅有处曰姑苏，有城曰阊门者，最是红尘中一二等富贵风流之地。"②"富贵风流"这正是对苏州城市形象的历史评价。明清小说中对其城市情境的营造，乃是以城市的水乡胜景为中心，以富贵和风流为其表现的两大特色，其渔业蚕桑的繁富和得天独厚的水上交通，衍生了商业文化的繁荣，而水乡的绮丽风光和悠久人文传统，使得"三言二拍"、《型世言》以及《女开科传》《凤凰池》《人中画》《绘芳录》《女才子传》等各种才子佳人小说中充满了有关吴中才子风流、文化丰厚的真实抒写。明清时期，在历经了宋元以来的战乱衰败之后，扬州的商业开始重新振兴，明代的扬州商人在全国已有相当的知名度，李攀龙《三洲歌》云："何处估客豪？扬州估客豪。"③到了清代，扬州的商业繁华达到历史的极致，这种繁荣和扬州的盐商紧密联系在一起。盐业乃有着极高利润的行业，乾隆时就有人指出："天下第一等贸易为盐商，故谚曰：'一品官，二品商。'商者谓盐商也，谓利可坐获，无不致富。"④到清代，已经出现不少描写扬州风月繁华的小说，写纨绔子弟如何耽于逸乐，为风月所迷，可为代表的有《金兰筏》《雅观楼》《扬州梦》《野草闲花臭姻缘》等。这些小说的共同之处在于以扬州城市空间为背景，通过描绘风月迷人、逸乐败家的人物故

① 韦明铧：《扬州掌故》，苏州大学出版社 2001 年版，第 143—145 页。
② （清）曹雪芹、高鹗：《红楼梦》，岳麓书社 1987 年版，第 3 页。
③ （明）李攀龙：《李攀龙集》，齐鲁书社 1993 年版，第 3 页。
④ （清）欧阳昱：《见闻琐录》，岳麓书社 1986 年版，第 37 页。

事，表达道德劝诫的意味。

到了晚清，经济的繁荣使上海一跃成为中国最大的工商业大都市，从而引发全国性的移民入沪风潮。作为天下人、物、财汇聚交流之地，八方辐辏，上海也成为小说叙事的当然中心，扬州与上海、广州与上海构成了晚清小说中"双城"的代表。

通过描写晚清扬州与上海的小说作品，可以清楚地看到晚清中心城市转换的鲜明痕迹。在19世纪中叶之后，曾经辉煌的扬州由于盐业衰落、盐商奢靡、赋税沉重、战乱纷扰等多重影响，走向了无可挽回的衰败，当时写扬州的通俗小说有《风月梦》《广陵潮》等一批作品，其中的《广陵潮》堪称古代扬州小说的最后代表，小说开篇就是："扬州廿四桥圮废已久，渐成一小小村落"[①]，似乎开篇明义，小说讲述的就是已然步入衰落的扬州故事。小说中的才子佳人内容占了较大的比重，主人公云麟与表妹淑仪，与妓女红妹之间的爱情纠葛成为小说的主线。当扬州城在历史烟云中沉浮了数百年，最终淡出历史舞台之时，而与之相伴千年的扬州风月也余韵徐歇。与此形成对比的则是繁华中心城市的转换，洋场勃兴，写上海的作品随之云蒸霞蔚、气象万千，其中声名较著的有《海上花列传》《九尾龟》《海上繁华梦》等。通过叙述上海的各色人物故事，写出了东方魔都的光怪陆离和纸醉金迷。到了1905年之后，随着《绣像小说》《月月小说》《小说林》等海上著名小说刊物的大繁荣，也迎来了晚清小说的繁盛期，这一时期的作品大都以上海作为背景，写扬州的小说几乎绝迹。从扬州到上海这一都市繁华梦的变迁代表着从传统农业文明向现代商业文明的转型。这一时期两座城市的代表作表明，上海已开始逐步呈现出一种工业文明所有的强大的同化力量，它强烈物质化，充满野性，将人生而有的欲望，猛烈地激发出来，以一种张扬人性甚至糜烂的生活方式来突破和冲击内敛、保守的传统文化规范。[②]

晚清时期，位于南海之滨的广州受西风之浸染，商贸获得大发展。在往来贸易中，当时的粤民大多选择乘轮船经海道北上，奔涉上海，形成一股强劲的"走沪"风潮，反映在晚清小说中，则成为一道独特的文学风景。晚清

---

① 李涵秋：《广陵潮》，北岳文艺出版社1995年版，第1页。
② 葛永海：《扬州—上海：晚清小说中都市繁华梦的变迁》，《江苏社会科学》2004年第2期。

小说中的关于广州与上海之间往来的描写颇多，主要代表作有吴趼人的《发财秘诀》《恨海》《二十年目睹之怪现状》，李伯元的《文明小史》，黄小配的《廿载繁华梦》，碧荷馆主人的《黄金世界》，张春帆的《宦海》，彭养鸥的《黑籍冤魂》等。晚清小说中的粤民往返沪粤两地的程度相当频繁。以黄小配《廿载繁华梦》为例，其主人公广东南海县人氏周庸祐曾五到上海；而吴趼人《恨海》中的广东香山人张鹤亭"每过一两年，便要到上海去一次"，他们中的许多人都是经省城广州到上海。晚清小说中的粤民如此频繁地移步上海，从广州到上海几乎成为一条通行无碍的文化走廊，已经具备了相当商业经验的粤民在上海滩终于寻获了可以完全施展和释放才能的巨大舞台。而广东买办堪称"中国近代买办之父"，他们出自广东，后大举进入上海，导致上海洋行买办，"半皆粤人为之"[①]，"其黠者，且以通洋语，悉洋情，猝致富贵，趋利若鹜，举国若狂"[②]，在吴趼人《发财秘诀》等作品中就有典型反映，如其中的陶庆云因为擅长见风使舵，乃是"同乡到上海"得意的最快的人物，很快成为"台口洋行的副买办"[③]。以买办为代表的粤人商务群体成为从广州向上海完成时代性地域迁徙的历史见证。

时间转至近代，经济因素和政治因素共同影响了小说中的描写重点，上海的地位依然举足轻重，近代小说开始多以"京沪"并称，再度形成南北对峙的"双城记"。正如梁启超在《新中国未来记》第五回中借人物李去病之口写道："我从前听见谭浏阳说的，中国有两个大炉子，一个是北京，一个便是上海，凭你什么英雄好汉，到这里来，都要被他融化了去。今日看来，这话真是一点不错。要办实事的人，总要离开这两个地方才好。"[④]事实上，由于这两个世情之大炼炉过于重要，近代小说的描写要完全离开两城几乎不可能。事实上，小说家不仅频繁地写到京沪，而且由于上海的小说中心地位已成，北京的小说家追步仿写的姿态颇为明显。就小说描写的题材而言，如都市繁华生活题材，写上海的有《海上繁华梦》，写北京的则有《北京繁华

---

① （清）王韬：《瀛壖杂志》，上海古籍出版社 1989 年版，第 8 页。
② （清）左宗棠著，岑生平点校：《左宗棠全集》，岳麓书社 1987 年版，第 125 页。
③ （清）吴趼人：《发财秘诀》，天津古籍出版社 1986 年版，第 43 页。
④ 陆士谔：《新中国》附录，九州出版社 2010 年版，第 186 页。

梦》；妓院生活题材，写上海的有《海上花列传》《九尾龟》，写北京的则有《京华艳史》；揭露城市黑幕，写上海的有《最近上海秘密史》《上海秘幕》《上海之秘密》等，写北京的则有《北京之秘密》《北京黑幕大观》《新华秘记》等；揭露都市社会弊端，写上海的有《歇浦潮》，写北京的则有《如此京华》，等等。到了20世纪二三十年代，这种上海、北京叙事彼此映照的现象还在继续，如写上海的有《人间地狱》《人海潮》《上海春秋》，写北京的则有《十丈京尘》《春明外史》《故都秘录》等，双城对照的作品依然十分引人注目。①

近代之后的现代文学时期，小说中的"双城记"不但并未消歇，反而愈加交相辉映，主要有北京与上海，上海与重庆，上海与香港等，但这已不属于本书的范围，这里不再赘述。

二、"双城记"隐含的文化机理

以上我们对于明清小说中的"双城记"做了历时性的整体梳理，那么，作为文学作品中的一种特殊叙事现象，它又是如何形成的？

中国古代小说自问世之日起，就有着深刻的城市烙印，与城市有着千丝万缕的联系，中国最早的白话小说就源自于宋代独特的城市生活状态，市民阶层的崛起以及他们的精神生活需求直接推动了通俗小说的产生，因而甚至可以说，没有城市就没有古代通俗小说。城市中的小说与小说中的城市既互为表里，也互为因果。

明清小说中"双城记"繁荣的一个重要前提是明清时期的城市获得了极大发展。中国古代社会城市发展出现的最后一次高潮即始于明代，如果说宋元时期大城市相对集中，明清时期的工商业城市则密布全国各地。正如本章的开头所说，至15世纪初，全国以工商业发达著名的大中城市就达30多个，主要有南京、北京、苏州、松江、镇江、扬州、杭州、广州等。明中叶以后，在主要水陆交通线上又兴起了一大批中等城市。清王朝初建之时，城市

---

① 纪兰香：《明清与清末民初小说中的"双城"转移》，《嘉兴学院学报》2016年第4期。

遭受较大破坏,其发展有所停滞。政府开始调整统治政策,康乾盛世随后来临,城市发展获得持续动力,分布区域进一步扩大,清代著名的工商业城市有北京、苏州、杭州、南京、广州、佛山、汉口、成都等[①],城市总数和规模获得新的发展。明清时期北方与南方都出现了大批城市,甚至连接成具有相当规模的城市群。这些都是小说中"双城记"这一文学现象得以繁荣的物质基础与客观条件。

在小说对于城市的表现中,"双城"之所以成为有意无意的选择,有其独特的心理动因。正如陈平原在《另一种"双城记"》中所说,"不同历史时期,诸多形态各异的城市之酝酿、崛起与衰落,乃构成中华文明史的重要章节。城市不仅聚敛权力与财富,还积聚文学与文化",而"说到城市间的对峙与对话,最容易想到的是'双城记'","喜欢讲述'双城记'故事的,既有政府官员,也有普通民众,更有专家学者。在'双城记'的叙述阐释框架中,你可以谈论城市的历史文脉,也可以辨析城市的现实图景"。[②] 由此产生的一个问题是,是不是所有的"双城"组合都可以成为小说中的"双城记"?换言之,小说中的"双城记"何以可能,何以成立?我们认为,若综合考察,形成"双城记"至少应具有以下三方面的特征:一是在历史判断层面,此"双城"往往已形成历史上的并称,这说明城市地位和影响力层面的对等关系,已为城市史家所认可;二是小说作品的数量与质量也要对等,这属于文学层面的判定,没有相应的小说作品,城市哪怕影响再大,比如晚清小说中的天津,尽管城市地位很重要,但是直接描写的作品不多,因而无法与北京构成"双城记";三是尽管有不少作品描绘了两座城市,但内在的精神联系和文化映照不明显,未能形成彼此之间的交集和映发,也不能说是真正的"双城记"。前文所列的六组"双城记"正是共同符合了以上的这些特征。

如果对前文所列的六组"双城"作一个形态分析,从划分方式来看,可以表现为多种模式。就地理方位来划分,一种是南北模式,一种是毗邻模式。南北模式的代表有北京和南京、开封与杭州、上海与北京,位于大江之南北,遥遥呼应,所代表的与其说是两个中心城市,毋宁说彰显了南北文化

---

① 何一民:《中国城市史》,武汉大学出版社 2012 年版,第 352、404 页。
② 陈平原:《另一种"双城记"》,《读书》2011 年第 1 期。

的差别；毗邻模式则有苏州与扬州，扬州与上海，地域相近，风物相若，甚至唇齿相依。还有就是书写姿态方面的划分：一种是对峙模式，一种是互补模式。所谓对峙，并非是指所写城市生活彼此对立，不相往来，而是因小说表现了城市的不同特质，两者彼此相对，进而成为符号化代言，比如京沪之并称，前者重在官场政治，后者重在商业竞争，名为城市之比较，其实背后又是以缙绅为主体的政治文化与以市民为主体的商业文化之争。再如小说中北京叙事之雅正与南京叙事之清丽形成对峙，其中暗含着地域风格与城市形象的南北之别。城市之间的所谓互补，包含城市之形象、气质、功能等多方面，比如苏州与扬州，都是地处江南区域的历史名城，风景秀丽，人文鼎盛，但各有所长，清人刘大观就说："杭州以湖山胜，苏州以市肆胜，扬州以园亭胜，三者鼎峙，不可轩轾。"① 诸城都有湖山、园亭、市肆，但相较之下，商业行铺是苏州的城市文化特色，而扬州的园亭风物则名满天下，此双城同中求异，在大同小异中形成相互补充的城市关系。

就整体而言，明清小说中的"双城记"展示了文学中的双城互动，就其发生机制而言，至少有三个层面的含义可以细绎探讨：

其一，"双城记"呈现为一种归类视角，展示了城市文学形象乃至城市美学的类别属性。

就城市的文学表现方面而言，这些小说叙事表现的典型意义即在于它们与各自城市文化的互融性，它们表现城市文化，同时又成为城市文化的一部分。在对于明清小说中的城市叙事的探讨中，"双城"成为一种视角，通过文学描写加以观照，强化了城市的某一主要属性，可以发现，在多种小说作品对两个不同城市的表现，尤其是高频次的描绘中，一种相近的城市特质被凸显出来，并形成呼应。

比如从城市功能角度观之，可作代表的有商埠类别（商业中心）和都城类别（政治中心）。前一类的商埠模式可以广州与上海为代表，晚清以来，此双城都是商业中心，尤其是在对外贸易中都扮演了举足轻重的角色。后一类典型的如北京与南京，两城在明代分别是首都与陪都，相比而言，明清时

① （清）李斗撰，周春东注：《扬州画舫录·城北录》，山东友谊出版社 2001 年版，第 175 页。

代的北京作为政治中心的地位首屈一指,而南京则在历史上多次作为都城。需要说明的是,这里乃就城市之主要属性进行探讨,事实上,小说作品对于城市功能的展示皆为多侧面、多维度,比如北京城市叙事亦有商业景观和风土人情之描写,相比而言,政治生活的内容更为突出,更具标识性。

需要说明的是,这种归类是动态的,同一城市可能在不同时代表现出新的特质,比如宋元时代的汴梁与临安是偏重于都城角色的政治生活叙事,而到了明清时代,同样的双城,开封与杭州的城市故事则偏重于地方风物叙事,比如李绿园的《歧路灯》写的就是清代开封的风物志,周清原的《西湖二集》描绘的则是与西湖相关的风土传说。"双城记"所隐含的归类意识,表现为时间、空间与城市形象三者之间的联动,展示城市在历史中不断演进的时代面相,从而建构起城市多维立体的文化形象。有西方学者就指出:"城市和关于城市的文学有着相同的文本性(textuality),也就是说,我们阅读文学文本的方法与城市历史学家们阅读城市的方法相类似","阅读文本已经成为阅读城市的方式之一"。[①] 可以说,"双城记"正是通过一系列的比较、归类、建构,不断强化了诸多独标一格的城市美学形象。

其二,"双城记"揭示了多条"文学走廊",展示了从双城互动到双城文学互动的生态建构过程。

城市化进程是城市发展演进的持续动力,城市之间的流动,正是城市化的必然结果。城市生态的改变必然带来文学生态的改变,宋元以来,小说作品描绘城市生活蔚为大观,逐渐形成潮流。城市生活变化带来城市文学生态的重塑。正如有研究者所言:"城市人复杂而细腻的内心活动也成为小说进行心理描绘的丰富资源。小说家作为城市人也受到了城居生活深刻而微妙的影响,这种影响既体现为评价生活的心态也体现为表现生活的形式。"[②]

双城之间的互动尤为明显,明清时期就形成了多条具有哑铃结构的"文学走廊",较为典型的如前文曾提及的扬州—上海。19世纪30年代,就已有各种人士开始从扬州向上海迁移,标志着商贸、通俗文化中心的转移。检

---

① 〔美〕理查德·利罕撰,吴子枫译:《文学中的城市:知识与文化的历史》,上海人民出版社 2009 年版,第 9 页。

② 李书磊:《都市的迁徙》,时代文艺出版社 1993 年版,第 9 页。

视晚清小说所写城市的变化，可以看出从扬州到上海——一种都市繁华梦的变迁。比如《风月梦》第二十五回所描写的内容就透露出这样的信息，扬州的妓女已开始打算迁往上海，"凤林道：'前日有人向我说，是上海地方有人在扬州弄伙计，情愿出四十块洋钱代当。"① 在 1848 年前后问世的《风月梦》之后，写扬州的小说明显减少，写上海的小说日渐增多，从扬州到上海，这意味着通俗文化中心的转移。清末民初小说中，北京和上海之间同样构成一条文学走廊，作为现实中作家往来京沪情形的投射，不少小说中的主人公也都来往于这两个城市之间，或从北京沿途到上海，如吴趼人的《恨海》、符霖的《禽海石》等；或从上海沿途至北京，如吕侠人的《惨女界》，亚东一郎的《小学生旅行记》、张春帆的《九尾龟》；或漫游至这两个城市，如蘧园的《负曝闲谈》，吴趼人的《二十年目睹之怪现状》等。如李定夷的《美人福》小说中的一对新婚夫妇蜜月旅行路线，也是以沪为起点，其间从南至北先后游历苏、宁、汉、津等地，最后以都门北京为终点。②

可见，"文学走廊"通过完成了两个重点城市之间的连接，展示了城市之间文化乃至文学的发展方向和事实路径。"双城记"的视角不仅使我们关注城市自身的成长以及相应的文学表达，更帮助我们关注两个城市节点之间过程性文学生态的建构。

其三，"双城记"隐含着一种演进机制，揭橥了古代文学版图"自北而南"的发展大势。

文化地理学家陈正祥在《中国文化地理》中考察中国文化中心的迁移时曾说，有三次大的波澜迫使汉文化中心南迁：一是"永嘉之乱"后的晋室南渡；二是唐代"安史之乱"；三是金人南侵引起的"靖康之变"，南宋以来，南方的文化中心地位获得确立。③ 通过对"双城记"序列多个重要城市的分析，可以清晰地见出"自北而南"的历史大势，有三方面的信息值得关注：一是此前历史上南北之间文化拉锯的历史情态依然存在。杨义曾将这种中国文化的整体态势称为"太极推移"，他指出："由于天堑难以飞渡，在游牧民

---

① （清）邗上蒙人：《风月梦 听月楼》，中国戏剧出版社 1985 年版，第 181 页。
② 纪兰香：《明清与清末民初小说中的"双城"转移》，《嘉兴学院学报》2016 年第 4 期。
③ 陈正祥：《中国文化地理》，生活·读书·新知三联书店 1983 年版，第 5 页。

族进入中原,难以跨过长江的岁月,许多汉族的大家族迁移到长江以南,把长江流域开发得比黄河流域还要发达","而长江文明在南方发展起来之后,又反过来实行了更高程度的南北融合,这就形成种族和文化上的一种'太极推移'奇观。"① 明清时期的长江流域文化与黄河流域文化仍处于进退消长的状态,"双城记"中所显示的从北京到南京,从开封到杭州,从上海到北京,都是跨越南北的交流互动。

二是在中国文学的空间推进逻辑中,"自北而南"趋势日益明显,"双城记"更是明确了明清时期所处的历史方位。值得注意的是,从北京、开封这些黄河流域中心城市,到南京、上海等长江流域中心城市,再到广州为代表的珠江流域中心城市,明清时期自北而南中的"南",不仅仅是"江南"之"南",还是"岭南"之"南"。有研究者曾将中国文学自古而今的空间演变描述为一个自北而南,又自南而北的"折返跑"。伴随三次文化中心的南迁,江南文学中心得以确立,晚清时期,则从江南移到了岭南,"晚清至民国初年珠江流域的康有为、梁启超、黄遵宪、苏曼殊等,吹响了中国小说、诗歌、文学理论变革的号角",此后由"岭南"到"江南",完成"折返","到'五四'前后陈独秀、胡适、鲁迅、茅盾等长三角作家异军突起,成为引领中国现代文学理论革命与文学创作的风向标,可谓独领风骚","直至今日,从'陕军东征'到'文学豫军'、'文学鲁军',陕西、河南、山东作家全面突起,历史完成了一个惊人的轮回",也就是说,到了现代与当代,则一路向北,文学中心重新从长江流域回到黄河流域。② 可以发现,明清时期"双城记"所标注的正是中国文学中心加速南下时的冲刺与折返这一阶段。可见,"双城记"之形成乃是我国的黄河、长江和珠江三大流域的城市文化之间的深度交流互动的结果。

三是地处江南的文学中心地位已完全凸显,从南京到杭州,再转至苏州,再转至扬州,再转至上海,江南中心城市的依次轮替形成序列,进而形成了一个以上海为引领的城市"雁阵"模式。这一城市群带来了巨大的规模效应,江南亦从六朝时期的"江南之江南"到唐宋元明清的"中国之江南",

---

① 杨义:《文学地理学的三条研究思路》,《杭州师范大学学报》2012 年第 4 期。
② 周保欣:《历史地理学视野中的"中国文学"》,《文艺研究》2014 年第 5 期。

终发展为近代以来的"世界之江南"。^①

<h2 style="text-align:center">三、"双城记"的文学史意义</h2>

就"双城记"如何形成的话题，我们在前面探讨了其背后所隐含的文化机理，就文学本体层面而言，亦有较为突出的文学史意义。

首先在于文学史之演进。"双城记"进一步揭示了中国文学发展演进中的"名城效应"，城市中的文学与文学中的城市进行良性互动，展示了中心城市在文学传播中扮演的重要角色。就其文学史地位而言，明清小说中的"双城"，是对于中国汉魏以来汉赋中的"双城"，唐诗中的"双城"，宋词中的"双城"的继承与发展，是古代文学中"双城"序列中的重要一环，同时也是最后一环，担负着中国文学之城市叙事承前启后、古今转型的关键角色。

其次在于明清小说地图之建构。明清小说的城市叙事尤其是"双城记"具有重要的文学地理学意义，城市叙事虽然属于小说中的"文本空间"，却同样可以验证和发明梅新林教授提出的"三原说"，即通过小说叙事局部的"场景还原"，走向宏观视野的"版图复原"，最终指向"精神探原"。^②笔者曾以唐代的都城与主要州城为对象，完成了一项旨在探索唐人精神地图的研究。唐诗中有大量关于州城的描写，若以郑州大学《全唐诗库》的网络检索系统计算，仅题目中包含"州"的诗歌约有2600首，若算上内容中包含州或州所辖区域的诗歌作品，数量更为繁多。该研究的基本思路是：首先通过数据检索选取相关的城市，筛选出在诗歌中出现较多的城市，再结合关于唐代城市的整体认知、城市方位、类型、特色等因素，最后筛选出"双都八州"为研究对象。不同的城市具有不同的文化底蕴和精神气质，通过城市类型的综合分析，由此探讨诗人的城市情结，进而推演唐代诗人的精神地图。

与上述同理，本书所讨论的六组"双城"共有八个城市，代表了明清小说的文本空间中最具代表性的中心城市，将这些"双城"加以合并研究，就"三原说"而言，即通过小说叙事分析，完成各类城市叙事、局部层面的

① 武廷海：《中国城市文化发展史上的"江南现象"》，《华中建筑》2000年第3期。
② 梅新林、葛永海：《文学地理学原理》（上卷），中国社会科学出版社2017年版，第306—349页。

"场景还原"，再到组缀形成的、全时代、全空间层面的"版图复原"，呈现不同的精神板块，譬如北京富贵场之官派气度，上海繁华梦之中西驳杂，扬州风月地之欲望沉溺，金陵帝王州之名利幻灭，等等，其研究之主旨即归于"精神探原"，由此同样可以建构起展示明清小说家不同精神取向、层次分明又思绪幽深的"精神地图"。

再次在于古今文学之嬗变。很多情况下，地域文化尤其是城市文化对于小说作品的深刻影响贯穿了古今。如果说，明清时期的北京城市发展造就了《红楼梦》《儿女英雄传》以及清末民初时期旗人小说家蔡友梅、文实权、王咏湘等人的作品，开启了京味文学的广泛影响，延及现代老舍的系列作品，以至于当代的林斤澜、邓友梅、刘心武、王朔等人的京味小说；那么，苏州与扬州、扬州与上海等"双城记"，尤其是上海显然深刻影响了现代文学中的鸳鸯蝴蝶派和新感觉派的诸多作品，包天笑、周瘦鹃、徐枕亚、李涵秋等鸳鸯蝴蝶派主力作家就都是在上海发展的"苏扬人"。在 20 世纪初，上海文学主要是沿着两条主干线索发展演变：一是言情文学，一是时议文学。如果说言情显示出城市叙事的感性化和欲望化，时议则代表着城市理性。言情与时议的交织发展贯穿着上海文学的现代历程。[①]

更重要的是，清末"京沪"这一双城互动模式开启了现代文学史上影响深远的京海派文学之争。京派作家主要是活跃在京津一带，以及北方其他大城市的作家，京派小说文风淳朴自然，关注底层，在现实主义的创作中融入了具有浪漫色彩、展示个性的多种艺术手法。主要代表作家有沈从文、废名、芦焚等，也包括以老舍为代表的老北京写实作家。海派小说则是聚集于上海的小说流派，注重刻画都市生活内容，强调小说艺术形式层面的创新，高扬新文学的世俗化和商业化属性。早期代表是张资平、叶灵凤等人的性爱小说，后期则是"新感觉派"小说。"京沪"文学之影响甚至一直延及当代文学。关于城市叙事之古今嬗变的话题，是本书的一大重点，在后文还将有更系统、更细致的探讨。

另外，值得注意的是，在古今这个维度上，小说中"双城记"的内涵

---

① 葛永海：《论城市文学视域中的 20 世纪初上海文学图景》，《上海师范大学学报》2011 年第 1 期。

也在悄然发生变化，空间意义上的"双城"，在特定背景下，开始转变为时间意义上的"双城"。也就是说，在古今转型之时，本是从扬州到上海，从广州到上海等的空间迁移，却一变为上海的新旧"双城"，广州的新旧"双城"，天津的新旧"双城"之间的并置与转换，外在的"双城记"最终被内在的"双城记"所取代，这个以现代性与工业文明为尺度的观察视角验证了"双城记"内涵的古今嬗变。①

　　我们阅读文学是为了深入理解城市，我们阅读城市则有助于深入理解文学。在城市的文学表现中，"双城记"不只是通道，也不只是视角，更像是一种被广泛接受的叙事框架和审美姿态，超越时间和地域，既贯通古今，又联通中外。可以发现，在文学波澜壮阔的演进历史中，城市与城市之间总有亲切的对谈与交流时刻，绚丽而深沉的城市历史与文化图景因而交集融通，相互敞亮并彼此成就。由此，我们应和着城市的生动脉搏，抵达了城市的心灵深处，得以品察与感悟天人相合、传承不息的城市文学精神。

第四节　再现、想象与重构：明清城市叙事的本体性思辨

　　明清小说与笔记的作者对于城市的叙述正是阅读城市后的心得体会，他们创作的文本正是阅读思考后的反映。如果说，本章的前面内容对于城市叙事的题材内容进行总结归纳，并从"双城记"的角度予以特别审视，意在展示明清城市叙事所能达到的广泛性，及在各类叙事文本中所呈现的典型性，以见出时代的发展趋势。那么，现在我们需要来探索明清作者理解和思考城市的角度、动机、方式以及所达到的深度，那是明清城市叙事自身更为内在的品格。

　　本节文字的探讨基于一个思考，明清城市叙事不仅在于题材类型之多样，描写之细腻，更在于城市叙事之思维形态方面的丰富性超越了前代，我们将"再现、想象、重构"作为城市叙事的主要思维形式，是在历史递进的

---

① 相关研究可参见李永东：《上海模式的中国乌托邦叙事》（《文学评论》2014 年第 2 期）《"两个天津"与天津想象的叙事选择》（《文学评论》2016 年第 4 期）等论文。

意义层面对城市叙事内涵展开本体性思考。

本节主要讨论三个问题，即如何再现？谁之想象！重构之后。

一、如何再现

城市是什么？这个问题看似简单，却很难有准确而全面的答案。法国地理学家菲利普·潘什梅尔将之视为外在景观与内在气质的统一体，所以他说："城市既是一种景观、一片经济空间、一种人口密度；也是一种生活中心和活动中心"，但是，这只是一方面而已，"更具体一点说，也可能是一种气氛、一种特征、或者一个灵魂"。① 美国芝加哥学派的学者同样关注城市构成中超越了自然属性的部分，指出"城市，它是一种心理状态，是各种礼俗和传统构成的整体"②。这些观点都试图在探讨城市的本质内涵，将之视为综合的文化共同体。而所谓城市叙事只不过是理解和把握城市的一种文本路径。与明清时代城市生活的主要特征相适应，明清城市叙事呈现出日常化、碎片化和商业化的基本特征。那么，对于这些城市生活景观，如何通过叙事来加以再现？

我们发现，再现总是与文化记忆紧密联系在一起，历史画面的再次呈现大多通过记忆来获取，或是集体记忆，或是个人记忆。德国文艺理论家本雅明在《柏林纪事》中曾谈到了记忆的意义和方法，他将记忆的过程比喻成铁锹掘土，"必须不惮于一遍又一遍地回到同一件事情上。将它揉碎就像揉碎土块；将它掀起，就像掀起土壤"，为了"检视土壤里埋藏的真正的宝贝"，探寻历史记忆的本来面目，多层次、多维度、多声部的文献搜索显得极为重要，"要将铁锹伸向每一个新地方；在旧的地方则向纵深层挖掘"，"记忆一定不能以叙述的方式进行，更不能以报道的方式进行；而应以最严格意义上的史诗和狂想曲的方式进行"。③ 记忆是一种检视，是一种挖掘，尤其是关于

---

① 法国地理学家潘什梅尔语，转引自梅新林、赵光育主编：《现代文化学》，内蒙古人民出版社 1995 年版，第 199 页。

② 转引自陈继会：《关于城市文学的文化前考察》，《艺术广角》1991 年第 6 期。

③ 〔德〕瓦尔特·本雅明著，潘小松译：《莫斯科日记·柏林纪事》，东方出版社 2001 年版，第 221—222 页。

历史的、文化的城市记忆更是一种朝向纵深的挖掘，既可能是宏大的历史叙事，也可能是个人化的生活记忆。

那么，明清城市叙事再现的是怎样的文化记忆？毫无疑问，城市的历史是国家历史之浓缩的观念在渐趋淡化。在宋以前，这种观念曾经是城市叙事的主流，"长安叙事"几乎代表了汉唐时代的国家叙事，恢宏阔大之长安城也就是汉唐王朝强大国力之象征。宋元以来，尤其是在明清小说中，叙事的重心已全面下移，关注普通民众的城市生活，成为城市叙事的主要内容。

用鲜活的细节去再现城市的历史，成为明清城市叙事的一大追求。再现城市的鲜活细节的真实，尽管有时候这种真实与史实并不直接相关。比如张岱的《西湖七月半》描写七月十五在西湖看月的五类人，刻画细腻，用词精确，写出了一种城市习俗之魂。其核心要义在于探讨月亮的"看"与"不看"，城市文化共同体中的"人"与"我"的关系。一类是"楼船箫鼓，峨冠盛筵，灯火优傒，声光相乱，名为看月而实不见月者"，名为看月实不看，有意自炫，附庸风雅，其意不在月；一类是"亦船亦楼，名娃闺秀，携及童娈，笑啼杂之，环坐露台，左右盼望，身在月下而实不看月者"，此辈本不欲看月，乘机玩乐而已，也不必作看月之势；一类是"亦船亦声歌，名妓闲僧，浅斟低唱，弱管轻丝，竹肉相发，亦在月下，亦看月而欲人看其看月者"，意在看月，更欲人看其看月，以显示其风雅；一类是"不舟不车，不衫不帻，酒醉饭饱，呼群三五，跻入人丛，昭庆、断桥，嘄呼嘈杂，装假醉，唱无腔曲，月亦看，看月者亦看，不看月者亦看，而实无一看者"，市井好事之徒，无论雅俗，唯求热闹而已；而最后一类方是清雅之士，"小船轻幌，净几暖炉，茶铛旋煮，素瓷静递，好友佳人，邀月同坐，或匿影树下，或逃嚣里湖，看月而人不见其看月之态，亦不作意看月者"，于清净处从容看月，看月纯是兴之所至，自然而然，并无做作。①

由上可见，那种来自城市文化空间的浮华气息迎面而来，不可阻遏。在作者笔下复活的是关于一个城市心灵的历史，这种鲜活细节所表现出来的真实无法在历史记载中感受，只能复活在作家用灵动笔法营造的城市情境中。

---

① （明）张岱著，马兴荣点校：《陶庵梦忆·西湖梦寻》，中华书局 2007 年版，第 84 页。

正如台湾学者李孝悌在研究明清城市文化所指出的那样，由于"习惯了从思想史、学术史或政治史的角度，来探讨有重要影响的历史人物后，我们似乎忽略了这些人生活中的细枝末节"，那些来自于生活空间的带有质感的内容往往对于一种时代文化共同体的塑造具有重要的作用，"缺少了城市、园林、山水，缺少了狂乱的宗教想象和诗酒流连，我们对明清士大夫文化的建构，势必丧失了原有的血脉精髓和声音色彩"[①]，只有进行有温度、有气息的细节描绘，才可能破解历史记载中的肃穆与冰冷，还原真实生动的历史空间。

另一方面，明清城市叙事更多用城市的经典意象去再现或者代表城市的整体历史情境。换言之，努力用局部的特色建筑物或标志性景观去再现城市的整体，因为城市的整体是永远无法得到真正的呈现，我们借助特定的视角所看到的永远都是局部。比如清代城市叙事写北京，琉璃厂几乎成为最具特色的文化景点，这里几乎已经成为考察北京文化的一个重要窗口。

琉璃厂的得名，始于元代建大都城时。据张涵锐《琉璃厂沿革考》："元代建都北京，名大都城，设窑四座。琉璃厂窑为其中之一。分厂在三家店，派工到西山采取制琉璃瓦器之原料，由水路运至海王村之琉璃窑以备烧制。"[②] 孙殿起编辑的《琉璃厂小志》依据清乾隆时内府所制京师地图绘制的一幅琉璃厂示意图。该图的说明说到琉璃厂的四至为："北至西河沿，南到庄家桥及孙公园；东至延寿寺街及桶子胡同，西到南、北柳巷"。该书记叙了琉璃厂的兴起，"清乾隆后，渐成喧市，特商贾所经营者，以书铺为最多，古玩、字画、文具、笺纸等次之，他类商品则甚少。……盖所谓琉璃厂者，已隐然为文化之中心，其地不特著闻于首都，亦且驰誉于全国也。"[③]《都门杂咏》中有竹枝词唱咏："新开厂甸值新春，玩好图书百货陈。裘马翩翩贵公子，往来都是读书人。"

琉璃厂中的古玩文具品种极多，据潘荣陛《帝京岁时纪胜·琉璃厂店》记载："灯屏琉璃，万盏棚悬；玉轴牙签，千门联络，图书充栋，宝玩填

---

① 李孝悌编：《中国的城市生活》序言，新星出版社 2006 年版，第 5 页。
② 孙殿起辑：《琉璃厂小志》，北京古籍出版社 2000 年版，第 2 页。
③ 孙殿起辑：《琉璃厂小志》，北京古籍出版社 2000 年版，第 1 页。

街。"① 而其中比较多的是书店，据清人李文藻的《琉璃厂书肆记》统计，在琉璃厂，仅书铺就有三十多处。这在小说中也有不少反映，《负曝闲谈》第八回就描绘清代北京琉璃厂景象，"这番光景竟不同了，只见一家一家都是铺子，不是卖字画的，就是卖古董的，还有卖珠宝玉器的。有一家门上贴着'代办泰西学堂图书仪器'。劲斋进去一看，见玻璃盒内摆着石板、铅笔、墨水壶之类，向掌柜的要一本泰西的图书看看。"② 在清代后期，琉璃厂的书店里已有西方书籍仪器，可见其引领之作用。

琉璃厂的存在对于北京文化氛围之营造极有助益，正如瞿蜕园《北游录话》中所说，琉璃厂文化街在当时便是一个偌大的系列图书馆与博物馆，"这些书肆门面虽然不宽，里面曲折纵横，几层书架，三五间明牕净几的小屋子是必有的"，人们徜徉于其间，或寻书访帖，或彼此论书谈心，"书店伙计和颜悦色，奉承恐后，绝没有慢客的举动"，"虽是买卖中人，而其品格风度确是高人一筹。无形之中便养成许多爱读书的人，无形之中也就养成了北平的学术空气。所谓民到于今受其赐者，琉璃厂之书肆是矣"③。近人夏仁虎在其所著《旧京琐记》中，记载清光绪戊戌（1898）以后的琉璃厂时说："琉璃厂为书画、古玩商铺萃集之所。其掌各铺者，目录之学与鉴别之精往往过于士夫，余卜居其间，恒谓此中市佣亦带数分书卷气，盖皆能识字，亦彬彬有礼衷。"④

当回顾鲜活的城市生活场景与典型的城市意象时，我们会深深地感悟到，如前文所说，城市其实就是"一种气氛、一种特征、或者一个灵魂"。

二、谁之想象

想象作为一种特殊的思维形式，是人在头脑里对已储存的表象进行加工改造形成新形象的心理过程。明清城市叙事在对于城市景观的描绘中充满

① （清）潘荣陛：《帝京岁时纪胜》，北京古籍出版社 1981 年版，第 9 页。

② （清）蘧园：《负曝闲谈》，吉林文史出版社 1987 年版，第 45—46 页。

③ 铢庵（瞿蜕园）：《北游录话》（三）"琉璃厂面面观"，《宇宙风》1936 年第 27 期。

④ （清）夏仁虎：《旧京遗事·旧京琐记·燕京杂记》之《旧京琐记》卷九"市肆"，北京古籍出版社 1986 年版，第 98 页。

了想象，我们这里的探讨不着眼于想象的边界是何等广阔，题材内容何等丰富，类型的跨度多大，关键在于这种想象由谁来主导，展示了怎样的文化立场。明清城市叙事展现出城市想象本身的多元性与丰富性。

为了更好地解释城市之想象，我们不妨引入"互文性"的概念。显然，明清城市叙事构成文本，而存在于历史中的城市也构成了一个文本，明清城市叙事文本与相应历史时期的城市存在着互文性。比之历史上其他时代如汉魏六朝，或者隋唐宋元，明清小说与城市的互文性更为丰富、更为典型。法国符号学家朱丽娅·克里斯蒂娃首先提出了"互文性"（Intertextuality）这一概念，她认为："任何作品的本文都像许多行文的镶嵌品那样构成的，任何本文都是其它本文的吸收和转化。"① 我们可以这样来解释其核心要义：一个确定的文本和与之改编意义的诸多文本之间存在互文关系，它们彼此映照，形成一个丰富的关联系统，因此一个文本是在文本系统中确定其自身特性。互文性理论以"影响"为其核心要素，将众多的影响文学创作的因子纳入其关注的领域，从而也使自己超越了单纯的形式研究的层面，而进入到多重对话的层面。这种对话表现为：文本的对话、主体的对话和文化的对话，而主体间的对话往往与文化的对话融合在一起。

明清城市叙事正是通过多文本之间的彼此对话，来激发和实现城市的想象。《水窗春呓》中的"秦淮粉黛"条像是一个客观的历史文本，文云："秦淮河面不宽，南北皆有水榭，寇乱前，珠廉画舫，比户皆青楼中人。红板桥低，紫金山远，时时见双桨掠波而来，必有名姝绝艳徙倚其右。端节竞渡时，游人尤甚。"② 相比而言，余怀在《板桥杂记》中所写的秦淮灯船，则有了细节的描绘和场景的渲染，其文曰："秦淮灯船之盛，天下所无。两岸河房，雕栏画槛，绮窗丝障，十里珠帘。主称既醉，客曰未晞。游揖往来，指目曰：某名姬在某河房，以得魁首者为胜。薄暮须臾，灯船毕集，火龙蜿蜒，光耀天地，扬槌击鼓，蹴顿波心。自聚宝门水关至通济门水关，喧阗达

① 〔法〕朱丽娅·克里斯蒂娃：《符号学：意义分析研究》，转引自朱立元：《现代西方美学史》，上海文艺出版社1993年版，第947页。
② （清）欧阳兆熊、金安清：《水窗春呓》卷下，中华书局1984年版，第47页。

旦。桃叶渡口，争渡者喧声不绝。"①

　　最后来看《儒林外史》第二十四回对于秦淮月色佳人的细笔点染，颇有层次，首先是月色歌船的描画，"那秦淮到了有月色的时候，越是夜色已深，更有那细吹细唱的船来，凄清委婉，动人心魄。"然后写到守望的河房女郎，"两边河房里住家的女郎，穿了轻纱衣服，头上簪了茉莉花，一齐卷起湘帘，凭栏静听。"最后是彼此应和，声色交融，月色、佳人、灯船、鼓声、香雾完全融汇在一起，"所以，灯船鼓声一响，两边帘卷窗开，河房里焚的龙涎、沉、速，香雾一齐喷出来，和河里的月色烟光合成一片，望着如阆苑仙人，瑶宫仙女"②。这一叙述显然是展示出高超艺术技巧的小说家言，其精妙之处在于对城市意境的点染与营造。

　　不同文本之间的映照与激发，小说与笔记构成了文本之间的对话，余怀、吴敬梓、写《水窗春呓》的金安清皆非南京本地人士，为史学家或小说家，为久居或客寓者，乃有主体身份之不同，金安清重在风俗纪事，余怀重在怀旧记游，吴敬梓作为小说家则重在世道人心，因而构成了不同主体之间的对话。值得注意的是这种对话又是跨越时空的文化对话，余怀为明末，吴敬梓为清中期，金安清为晚清，不同时代乃有不同之风尚，各种主体的视角与声音彼此交错叠加，造就了明清城市想象的多样性和丰富性。

　　明清城市叙事中这种主体的相互对话在北京叙事中体现得更为充分，比如《品花宝鉴》对于北京风俗描写甚详，作者对于京城的掌故知之甚多，但作者陈森乃江苏常州人，虽客寓北京久矣，然其南方人的本位意识可谓根深蒂固，不可能轻易改之。小说第四十九回写主人公田春航计划纳一小妾来服侍太夫人，"又以北人生硬，总乏娇柔"，无奈之下暂不考虑，先在老仆人中寻找合适者，"那知道京里这些老婆子，是一万个里头拣不出一个好的来"③。有趣的是，在京味小说《儿女英雄传》中，常州话则是被北京人戏谑的对象，小说第三十七回刻意模仿程师爷的常州乡谈，安老爷对于程师爷精心教导安公子表达谢意，操着一口浓重常州口音的程师爷则客气地说："底样卧，

---

① （清）余怀著，李金堂校注：《板桥杂记》（外一种），上海古籍出版社2000年版，第10页。

② （清）吴敬梓：《儒林外史》，岳麓书社1988年版，第146页。

③ （清）陈森：《品花宝鉴》，齐鲁书社1993年版，第401页。

底样卧（什么话，什么话）"，并对安公子说："四雍，恭喜恭喜，武哈你袜涅呢，叫咋'日呐恩攻虐'，今涅直头叫咋'亲测于蓝'哉，阿拉？（世兄，恭喜恭喜，我合你往日呢，叫作'石能攻玉'，今日正是叫作'青出于蓝'哉，是吗？）"，程师爷一番话"除了安老爷，满屋里竟没有第二个人懂"[1]，这展示了作者幽默的写作心态。另一方面可见北京人对语言表达的敏感性，这些描写多少也体现了北京人语言的自豪感。北京人对于语言极为敏感，蠡园的《负曝闲谈》为晚清谴责小说，作者并非京人，其对北京生活虽然较熟悉，毕竟有客寓者的局限，徐一士在《负曝闲谈评考》就指出多处语言上的不地道之处：比如第八回的"你们老爷别只管喝彩"中的"喝彩"，应改为京人习用的"叫好"；再如第二十五回多次提到"春大少爷"之称谓，都应改为北京人口头中的"大爷"。[2] 这都是长期浸润于北京文化者才能感觉出来的差别，亦属北京之文化特点。

在北京作者的笔下，往往洋溢着对于京城风物的自豪感。如《永庆升平后传》第一回借外来人士之口充分表达对于京城的热爱，一位说："我这一入都，要把燕都八景、各处古迹、五坛八庙、居楼戏馆、山场庙宇，各处有名胜迹全都逛到，方称心怀。"另一位则说："我久有此心。天下有名之地，惟京都属第一，我未到过。这一到都中，……要逛逛京内胜景。"[3] 这才是北京人写北京时的真正心态。

可以说正是城市叙事中这种彼此差异，甚至相互冲突的主体对话，使得包括北京想象在内的明清城市想象更富有层次，也更具内涵。

三、重构之后

英国文化学者迈克·克朗在《文化地理学》中说："长久以来，城市多是小说故事的发生地。因而，小说可能包含了对城市更深刻的理解。我们不能仅把它当作描述城市生活的资料而忽略它的启发性，城市不仅是故事发生

① （清）文康：《儿女英雄传》，上海古籍出版社 2001 年版，第 614、613 页。
② （清）蠡园：《负曝闲谈》，吉林文史出版社 1987 年版，第 50、162 页。
③ （清）郭光瑞、贪梦道人：《永庆升平全传》，上海古籍出版社 1993 年版，第 420 页。

的场地，对城市地理景观的描述同样表达了对社会和生活的认识。"① 以再现与想象为主要的手段和途径，明清时期的城市叙事重构了城市，这种重构包含两个层面的含义，其一是城市形象的重构，其二是人与城关系的重构。

首先来看城市形象的重构，指的就是历代累积的城市叙事不断被演绎和传播，逐渐为城市文化共同体所吸纳，从而不断形塑着城市形象的历史面貌。城市叙事与城市文化具有互融性，它们表现城市文化，同时又成为城市文化的一部分。正如宇文所安在讨论"金陵怀古"的话题时所说："较之对真正的金陵或是它那丰富的文学历史的关切，我们的兴趣更多地在于这座城市的一种情绪和一种诗的意象的构成，一种构成这座城市被看方式的地点、意象和言辞的表层之物。"② 循此而论，城市叙事就是城市文化之所以生成的组成部分，它是这种城市文化在演进过程中特质被确立时的重要环节，那些为人所口口传诵的城市叙事无疑都进入了城市的历史，塑造着各自城市独特的文化形象。我们几乎可以说，没有对于北京、南京、杭州、苏州、扬州这些时空交错的文学表现，没有这些城市叙事文本的存在，这些城市的文化也就徒有其表。③

就叙事的内容和指向来看，城市叙事的内容又可以划分为：认识型叙事、伦理型叙事和审美型叙事。如果说认识型叙事主要在于通过相对客观的记录，来还原真实的城市事件与场景，指向历史的真；那么，伦理型叙事主要叙述与咏叹在城市中上演的家国兴衰，个体的爱恨情仇，指向的是道德伦理层面的善；审美型叙事叙述的是城市中的山水情趣与风花雪月，指向的是艺术情感层面的美。

城市往往通过不同类型的叙事塑造一种特殊的城市文化，重构一种富有特色的主体形象。在城市叙事中，文学性的城市叙写与史地特征明显的城市志在很多情况下彼此交错糅合，具体而言，以纪实为主要特征的城市笔记，

---

① 〔英〕迈克·克朗著，杨淑华等译：《文化地理学》，南京大学出版社 2003 年版，第 63 页。

② 〔美〕宇文所安：《地：金陵怀古》，乐黛云等编选：《北美中国古典文学研究名家十年文选》，江苏人民出版社 1996 年版，第 138 页。

③ 相关论述还可参见葛永海的《历史追忆与现世沉迷：唐诗中的金陵与广陵 —— 以江南城市文化圈为研究视阈》(《浙江社会科学》2009 年第 2 期) 和《金陵守望与长安放歌：唐代都城诗的审美歧异》(《上海师范大学学报》2009 年第 4 期)。

往往都是认识型叙事，比如《东京梦华录》《武林旧事》《都城纪胜》《西湖游览志》等都是以贡献史料著称，它们努力还原了当时真实的历史场景，再现同时也是重构了东京与杭州极富世俗性的历史形象。伦理型叙事则是带有更多道德意味的城市叙事，如西方研究者所言，"城市把人性中过度的善与恶都展示出来"①，伦理型叙事希望借此来评判乃至矫正城市中的世道人心，比如包公系列小说中的东京叙事、济公系列小说中的杭州叙事、《歧路灯》中的开封叙事、《永庆升平传》中的北京叙事等，都有明显的道德教化、宗教惩戒色彩，由此凸显出北宋东京的清官标志、南宋杭州的宗教形象、明代开封的理学色彩、清代北京的侠义文化，可见一城自有一城之时代文化形象，并且往往通过具体的故事文本深入人心。审美型叙事从大处而言，有南北地域不同风格的呈现，如以"双城"为例，就有北京与南京、北京与上海、开封与杭州之间美学风格的明显分野。就典型区域而言，则以明清江南之苏州、扬州、杭州等城市叙事相互牵连，文化同调，往往是才子佳人诗词唱和，一往情深，生生死死，演绎富有江南水乡特色的风花雪月，悲欢离合，赋予了这些江南城市以浪漫柔美的文化品格。需要说明的是，以上三种类型的划分，着眼于某一城市叙事的主要特征而非全体。例如，并非是说杭州叙事只具有审美格调，而是说，明清时期经过历史文化的积淀，审美化的杭州成为其形象塑造之主体，而更具个性与辨识度。

再就是人与城关系的重构。前面将宋代以来的空间叙事都归为"交互型空间叙事"，晚清之后的称为"感悟型空间叙事"，这显然是一个较为笼统的提法。明清城市叙事正处于这两种空间叙事的转折期，从"交互"到"感悟"，已经开始在城市感悟的轨道上行进了。城市叙事所表达的人对城市的认识，具体则可分为三个层次，即城市观览、城市体验和城市反思。明清城市叙事重构人城关系，重构的核心乃在于城市反思。

城市观览出于人与城关系的初级阶段，人对城市只是一种观感，往往停留于城市表面，认识凭直觉，偏感性，并不充分。相比而言，城市体验对于古典形态的城市有着极为丰富的认知和判断，它既强化个体品性，又注重类

---

① 〔美〕R. E. 帕克、E. N. 伯吉斯、R. D. 麦肯齐著，宋俊岭等译：《城市社会学》，华夏出版社 1987 年版，第 47 页。

型状态；它既具历史意识，又结合时代观念；它既表现为个人经验，也包含着集体意识。正如西方的文化地理学者所判断的那样："描写地区体验的文学意义以及写地区意义的文学体验均是文化生成和消亡过程中的一部分。它们并不因作者的意图开始或停止，不寄居在文章中，不局限于作品的创作和推广，也不因读者的类型和特性而开始或结束，它们是所有这一切或更多综合作用的结果。"城市体验作为地区体验的重要内容，深化了个体在特定社会空间中的生命体验，同时为城市的历史文化注入了厚重的精神内涵。人与城市的对视正是"历史发展过程中空间被赋予意义的时刻"①。

　　城市体验在汉唐、宋元，以及明清的大部分文学作品中有着充分的体现。在宋明笔记作家笔下，往往表达相似的城市体验与感悟，吴自牧自序："矧时异事殊，城池苑囿之富，风俗人物之盛，焉保其常如畴昔哉！缅怀往事，殆犹梦也，名曰《梦粱录》云。"②周密自序："及时移物换，忧患飘零，追想昔游，殆如梦寐，而感慨系之矣。"③追思前朝，感悟繁华如梦。明末《板桥杂记》作者余怀的感悟亦如是，序云："鼎革以来，时移物换，十年旧梦，依约扬州，一片欢场，鞠为茂草"，"此即一代之兴衰、千秋之感慨所系也！"④

　　城市反思则属于高级阶段，值得注意的是在明清城市叙事中已现城市反思的端倪，作者开始反思城市生活，反思城市存在的意义，体现出一些超越时代特征的思想质素，以《金瓶梅》《风月梦》等较为典型。

　　《金瓶梅》如同一个大账簿，细致甚至琐碎地描写了西门庆的生活状态，这种日常生活的精细描绘最终表现为城市对人的操控。西门庆的人生轨迹明显地表现为一个占有与自毁的逆向互动过程，在拜金主义的驱动下，西门庆疲于奔命地行走，这期间充满了人生的挑战，使西门庆把握机遇不断进取，不断扩大其商业网络；但又造成了精力的无尽虚耗，生命沉沦。财色欲望如同一把双刃的利剑，它使西门庆在占有世界的同时丧失了自我。在这里，城

---

① 〔英〕迈克·克朗著，杨淑华等译：《文化地理学》，南京大学出版社 2003 年版，第 58 页。
② 〔宋〕吴自牧：《梦粱录》序，浙江人民出版社 1980 年版，第 1 页。
③ 〔宋〕周密撰，李小龙、赵锐评注：《武林旧事》，中华书局 2007 年版，第 1 页。
④ 〔清〕余怀著，李金堂校注：《板桥杂记》（外一种），上海古籍出版社 2000 年版，第 3 页。

市成为欲望的代名词，我们可以发现，城市商业活动以及由此衍生出的思想观念逐渐形成了城市对小说主人公的核心控制，西门庆那段臭名昭著的言论很能体现其心声："咱闻那佛祖西天，也止不过要黄金铺地；阴司十殿，也要些楮镪营求"，这构成了西门庆基本的世界认知。所以，他在拜金的旗帜下，觉得商业准则可以通行天下，因而无所顾忌，"咱只消尽这家私广为善事，就是强奸了常娥，和奸了织女，拐了许飞琼，盗了西王母的女儿，也不减我泼天富贵"（第五十七回），这是非常典型的物质生活对于个体的"异化"，物质对人的操控无以复加，人性完全被物欲追求所扭曲。西门庆的结局也就可以预料了。

《风月梦》则渲染了种种趋利而忘义的新市民心态，这些典型的描写已经体现出新的城市文化的倾向，其所具有的反传统乡村文化的性质比较明显，它所表现的是"一种以自我生存为前提，以利益为最根本目的理性化的生存方式"，它所宣扬的是"功利主义、商品主义和理智主义类型的城市文化"[1]。在乡土化的中国，作者找不到城市生活的新观念时，就自觉不自觉地把目光朝向乡村，将那种小国寡民、知足常乐的生活作为理想的人生范式，在这里，城市和乡村既是对比，也是相互包容和互为补充。《风月梦》的主题内涵正是通过表达对农耕时代的向往和留恋，来展示对城市生活的反思与质疑。

明清城市叙事正是通过《金瓶梅》《风月梦》，以及之后的《海上花列传》（《海上花列传》作为转型的重要作品，在下文还将详细讨论）大步从"城市的文学"向"城市文学"迈进。对于明清城市叙事中出现的本体反思意识，物化程度的研究视角颇具有启发性，有研究者认为："在真正的城市文学中，必须包含物和商品的理念，人的命运和他们彼此的冲突、压迫，不论表面上看起来是不是采取了人格化形式，必须在其背后抽取出和归结到物、商品的属性。"[2]城市人必然在物的包围和裹挟中寻求反思、突破乃至反抗。城市人将他的反思诉诸表达，文学创作直接与被颠覆式改变的市民生活方式和观念发生联系，才会最终演变为一种真正意义上的"城市化写作"。

---

① 徐剑艺：《城市与人》，云南人民出版社 1989 年版，第 7 页。
② 李洁非：《城市文学之崛起：社会和文学背景》，《当代作家评论》1998 年第 3 期。

第四章　传统城市叙事的美学意蕴与文化指向

英国人文地理学家克朗在《文化地理学》中认为："地理景观的含义是无法用数据来表达的。由数据描绘出的地理缺少了由人亲身感受的丰富内涵"，因此，他致力于"通过与地理有关的重要作家来探索和揭示人与地理之间充满感染力和激情的关系"。具体到城市叙事而言，他指出："文学作品的'主观性'不是一种缺陷，事实上正是它的'主观性'言及了地点与空间的社会意义"，在大量阅读并分析有着城市描写内容的文学作品之后，克朗觉得能够把握"这些形式各异的作品就城市生活的本质告诉了我们些什么"[①]。

城市叙事正展示了人与城市地理之间的富有感染力的关系，通过对城市叙事的考察能够揭示城市生活的本质。在前面的章节对先秦至于明清的城市叙事进行不同角度的审视之后，我们需要一种贯通性的思考，如果说城市叙事文体有别，叙事技巧各有不同，主题思想关乎不同时代精神，那么大体可以合并而论的似乎也就是审美与文化。我们在本章中分别从审美维度、经典叙事空间、空间的文化象征以及城市悲情等角度，对古代城市叙事的美学意蕴与文化内涵进行系统总结，以求取最大公约数的方式来探索和阐释城市叙事中超越时代的本体性内涵。

---

① 参见〔英〕迈克·克朗著，杨淑华等译：《文化地理学》，南京大学出版社2005年版，第55—56页。

第一节　历史・文本・地域：城市叙事审美的多维考察

一般而言，光怪陆离都市空间的急速闪回和拼接，带来了审美视野的种种晕眩惶惑，那是现代空间给予我们的大体印象。那么传统形态的"空间审美"的结果又当如何？这显然是一个具有活力的话题。就文学的审美意义而言，中国古典时期的城市叙事不仅展示了时代的变迁和城市生活的本质，关于城市叙事的审美研究，至少有四个维度的考察路径：一是历史之维，二是题材之维，三是文体之维，四是地域之维。

一、历史之维

首先从历史的纵向来看，将城市叙事作一个纵向考察，总体而言，城市叙事经历了一个审美风格的变迁，从汉魏之庄重阔大、堪称壮美，到唐代之雍容典雅、深情绵邈，再到宋元以来，走向俚俗、生动活泼的城市叙事。这其中既有时代的因素，也有文体的因素，比如赋、笔记、文言小说与通俗小说作为城市叙事主要文体，就展现出叙述路径、叙述笔法之不同。

一代有一代之气象，一代亦有一代之文学。汉魏的时代气象与精神格局决定了《子虚赋》《上林赋》《两都赋》《二京赋》《鲁灵光殿赋》等的不凡气度。尽管如《洛阳伽蓝记》以今视昔，检视城市的衰败，但是都城与王朝曾经的豪迈与自信，恢宏与强大，却从字里行间放射出来，可视为此一时代气象之余绪。到了唐代，唐人撰史意识较为浓厚，多撰城市故事以补正史之阙，尽管如《隋唐嘉话》《开元天宝遗事》《教坊记》等以帝王为中心的都城笔记中，尚有政治意识与国家力量之投射，在更多的传奇篇章中则"作意好奇"，以从容雅致、深情婉曲的笔法，叙写颇具虚构性的都城往事，如《李娃传》《霍小玉传》《李章武传》《华州参军》，等等。宋元以来，城市格局发生巨变，市民阶层全面崛起，通俗小说成为城市叙事的主体，比如《白娘子永镇雷峰塔》《卖油郎独占花魁》《金玉女棒打薄情郎》《赵司户千里遗音　苏小娟一诗正果》等短篇小说，《醋葫芦》《鸳鸯针》《雅观楼》等中篇小说，《金瓶梅》《歧路灯》《儒林外史》《蜃楼志》《风月梦》等长篇小说，凡此种种，尽管题材类型不同，地域特色有别，但以俚俗生动的语言笔法，反映市民阶层之人生悲喜，为市民所喜闻乐见，则是其共同特征。

概括而言，可以说汉魏之城市叙事以政治气象胜，唐代以文人情感胜，宋元以来，尤其是明清时期则以世俗气息胜，春花秋月，各擅其场，映照出鲜明的城市风貌与时代特质。

二、题材之维

再从题材类型的维度来看，同一时代的不同题材类型，宋前的宫廷叙事、贵族叙事，宋元的民俗叙事、市井风月叙事，明清以来的历史民俗叙事、市井逸乐叙事、英雄传奇叙事、商贸叙事，都呈现出不同的审美风格。

我们在面对明清小说的阅读与阐释时，倡导一种相互映照的"对读法"，比如从"石头记"的角度可对《红楼梦》与《西游记》进行比较阐释，从家庭叙事的角度可对《红楼梦》与《金瓶梅》进行比较，从英雄传奇的正反叙事可对《水浒传》与《荡寇志》进行比较，从"金陵情结"的角度可对《红楼梦》与《儒林外史》进行比较，等等。

就城市叙事而言，若对明清小说中的不同题材类型进行比较反思，也可发现《水浒传》和《儒林外史》这一对颇值对读的典型案例，若将《水浒传》中的城市叙事归为英雄传奇叙事，《儒林外史》的则属于历史民俗叙事，就内容而言，前者是武者麇聚，后者是文人高会。此两种城市叙事内容相异，风格有别。

《水浒传》中的好汉在城市中出没主要是两种情形，或相聚结义，或结伙行事，城市恰好为各路好汉提供了萍水相逢的公共空间。比如第七回，鲁智深与林冲在东京大相国寺相遇，鲁智深说他"年幼时也曾到过东京，认得令尊林提辖"，林冲大喜，当即与智深结义为兄弟。第五十四回，李逵认汤隆为弟，汤隆道："我又无家人伴当，同哥哥去市镇上吃三杯淡酒，表结拜之意。"更多的梁山好汉一旦在城市空间里聚集，则意味着有激烈的群体行动。较为典型的如第三回，写史进来到渭州，"史进便入城来看时，依然有六街三市。只见一个小小茶坊，正在路口。"在茶坊里史进首先遇见了经略府的鲁达，两人一见意气相投，出门找酒楼，在路上遇见卖艺的打虎将李忠，相约吃酒，"三人上到潘家酒楼上，拣个济楚阁儿里坐下"，遂遇见了受镇关西欺凌的金翠莲，于是开启了一场"鲁提辖拳打镇关西"的惊天大戏。

第四十回"梁山泊好汉劫法场 白龙庙英雄小聚义"，浔阳楼宋江吟反诗，被江州蔡九知府下到死囚牢中，戴宗上梁山泊，假造蔡京回书。无为军通判黄文炳道破假回书上的破绽，戴宗被打成招，下进死牢。法场斩首之日，李逵等一众梁山好汉来救，二十九条好汉在白龙庙聚义。第六十六回"时迁火烧翠云楼 吴用智取大名府"，为了救陷身北京城的卢俊义、石秀，梁山泊宋江守寨，吴用引八路人马进驻城下。时迁在北京翠云楼放火，城中大乱，梁中书从南门夺路而走。城内柴进救出卢俊义、石秀，捉了李固、贾氏。第七十二回"柴进簪花入禁苑 李逵元夜闹东京"，李逵痛打杨太尉，放火烧房，好汉们杀出小御街，大闹东京，梁山的五虎将、一千马军在城外接应。

与之形成鲜明对比的是《儒林外史》中的城市文人雅集。每一次的文人聚会几乎都是一群名士或伪名士的诗酒高会，第十二回是以娄家公子为首的湖州莺脰湖集会，众人各显神通，各有特色，有人作诗吟诵，有人哄笑打闹，娄家公子的气度俊雅，杨执中与权勿用的偏执古怪，蘧公孙的少年潇洒，牛布衣的自命风流，张铁臂的侠士风骨，陈和甫的滑稽任诞，都体现得颇为充分。第十八回是杭州西湖斗方诗人集会。参加者包括赵雪斋、景兰江、浦墨卿、支剑锋、胡三公子，以及后加入的匡超人，分韵作诗，极诗酒风流之事。第三十回是南京莫愁湖湖亭集会，参加的人包括杜慎卿、季苇萧等十三人，外加上梨园子弟才艺大比拼，评出前三甲，一时轰动，文曰："自此，传遍了水西门，闹动了淮清桥，这位杜十七老爷，名震江南。"第三十七回南京大祭泰伯祠则是全书最隆重的一次文人活动。此次祭祀囊括了大部分出现在小说里的文人，杜少卿、迟衡山、庄绍光、虞博士四人则是吴敬梓极力推崇的儒家典范人物。

《水浒传》是一部关于江湖好汉的小说，《儒林外史》则是一部关于儒林文士的小说。相同的是，无论是武人，抑或文人，他们都在城市聚集，城市成为展示其行为举止、个性气质、精神风貌的公共场域。无论是站在对立面，还是附和面，他们都与城市共生共荣。他们影响了城市文化，城市亦塑造了他们。不同的则是两部小说在气质品格上有着巨大差异：《水浒传》中的城市充满了市井气息，江湖好汉在底层的边缘空间中流动，不时以狂放乖张的形式挑战现有的社会秩序，从中获得一抒压抑、快意恩仇的情绪释放，城市成为他们的隐身地、享乐地和角斗场；而《儒林外史》中的城市则是名士抒发性情、伪名士夸饰表演的绝佳舞台，这里有热情的观众以及一呼百应的传播效应，他们的种种红尘欲望，一直被冠以高雅之名，哪怕是诗酒放浪也被视为城市礼乐秩序的维护者和高雅文化的示范者。可以说，这两部小说标举了城市叙事美学迥然有别的两个方面，前者俚俗乖张而后者雅致超迈，此两种截然有别的叙事风格显然具有文化标本的意义，它们表明不同的题材类型，也带来极不相同的美学视野和文化景观。

三、文体之维

再从文体比较的维度来看，将城市叙事与抒写城市的诗词作一比较，可以发现，总体而言，优秀诗歌在表现城市景观尤其是主题内涵方面，与优秀的城市叙事一样颇具深度。但是两者的不同也是明显的，城市叙事与抒情诗在城市书写的视角、笔法乃至空间把握等方面存在诸多不同，这些方面的不同也决定了两者在美学上的不同倾向。

城市抒情诗的特点在于其收放自如的时空跳跃，以及观察视角之冷峻犀利。城市空间叙事可分为现实空间叙事、历史空间叙事与虚拟空间叙事三种形态，在一篇作品中三种叙事形态可能同时并置，也可能取其一，或取其二，究竟如何往往与作品的凝练度有关，与叙事文学作品相比，偏重于抒情的诗词更能体现自身的特点来。与叙事文学中的城市空间叙事形成对照的是，诗词中的城市描绘的时空跳跃颇为自由，我们不妨以姜夔的《扬州慢》为例加以解析。这是一首关于扬州城市的典型词作，如果从城市空间叙事的角度切入加以考察，会发现多重空间的交错与并置。"淮左名都，竹西佳处"，开篇是对扬州历史空间的追溯，也是对扬州历史地位的认定。其后切换到作者的现实观感，"解鞍少驻初程。过春风十里，尽荠麦青青"。这是一种现实空间的叙述，也是对"名都""佳处"的初步感知。其后是一个历史空间的闪回，"自胡马窥江去后，废池乔木，犹厌言兵"。再回归现实，"渐黄昏、清角吹寒，都在空城"，城市场景惊心动魄，一代名城劫后余生。下阕主要是以历史空间的解构为特色的虚拟空间叙事，"杜郎俊赏，算而今重到须惊。纵豆蔻词工，青楼梦好，难赋深情。二十四桥仍在，波心荡，冷月无声。"作者运用了穿越时空的虚拟手法，曲折含蓄地表达出曾经的城市已被兵火破坏殆尽，美好的历史空间不复存在的无尽悲凉。

与小说戏剧中分散的城市场景相比，诗词往往聚合大跨度、多类型时空，体现出用语精练、大开大合，收放自如的特点来。除此以外，城市抒情诗的独到之处更在于其观察视角之冷峻犀利。

郑板桥是清代著名画家，亦是诗人，在雍正十年（1732）考中举人之前，郑板桥在巨商云集的江南重镇扬州卖画十年，过着"落魄江湖载酒行"的贫寒生活，在考中举人、进士之后，他先后担任过两地县令，生活有所改善。致仕后，他再次返回扬州，终老于此。在他的诗歌中，扬州城市生活呈现出别样的格调。一方面，他赞美扬州的春景，《扬州》诗云："画舫乘春破晓烟，满城丝管拂榆钱。千家养女先教曲，十里栽花算种田。雨过隋堤原不湿，风吹红袖欲登仙。词人久已伤头白，酒暖香温倍悄然"，郑板桥写出扬州的特色风俗与绮丽风光。但他似乎更着意于古城的沧桑，在另一首《扬州》中写道："江上澄鲜秋水新，邗沟几日雪迷津。千年战伐百余次，一岁变更何限人。尽把黄金通显要，惟余白眼到清贫。可怜道上饥寒子，昨日华堂卧锦茵。"他也曾身处异地回首扬州生活，感慨良深，《沁园春·西湖夜月有怀扬州旧游》下片词云："十年梦破江都，奈梦里繁华费扫除。更红楼夜宴，千条绛蜡；彩船春泛，四座名姝。醉后高歌，狂来痛哭，我辈多情有是夫。今宵月，问江南江北，风景何如？"①

李孝悌对郑板桥扬州诗的评价可谓切中肯綮："18 世纪的扬州留给后人最强烈的印象，当然是歌舞升平的太平盛世景象。板桥的一些诗作，也明确无误地反映出他所身处的这个城市的光影温热。但更多时候，他是用一种落

---

① 王庆德注：《郑板桥诗文集注》，文化艺术出版社 2014 年版，第 29、169 页。

魄的、文人的眼光．冷冷地看待这些不属于他的尘世的繁华。像是一个疏离的旁观者一样，郑板桥让我们在商人营造的迷离幻境外，看到不第文人的困顿和文化历史的伤感。不论是对困厄生活的写实性描述，或对城市景物的历史想象，郑板桥的文人观点，都让我们在李斗全景式的生活图像和盐商炫人耳目的消费文化之外，找到另外一种想象城市的方式。加在一起，这些不同的视角呈现出更繁盛和诱人的城市风貌。"①

　　对于抒情诗描写城市生活的特点，我们不妨用德国文艺理论家瓦尔特·本雅明的观点来加以总结，他的《发达资本主义时代的抒情诗人》是一部论波德莱尔的专著，从波德莱尔这个被资本主义商品世界异化了的抒情诗人的目光出发，本雅明希望能重新阅读处于资本主义工业革命初期的巴黎。他认为"在波德莱尔那里，巴黎第一次成为抒情诗的题材"。这显然是波德莱尔的杰出贡献，但是"他的诗不是地方民谣"，波德莱尔对19世纪中期巴黎的现代性体验的考察极为深刻，他的天才属于隐喻式的天才，"这位寓言诗人以异化了的人的目光凝视着巴黎城。这是游手好闲者的凝视"②。本雅明更关注的乃是诗人观察城市的方式，这种游览的"闲逛者"的特异之处正在于其流动不居的视点，他生活在城市中，又能够跳脱其外，更能发现城市的整体特征，城市的那些狭仄阴暗也因此无所遁形。本雅明与波德莱尔一起对第二帝国时期的巴黎发出挽歌式的哀叹。

　　如果说，以上说的是城市抒情诗的优点，那么，城市叙事的优点同样较为明显，这种特点也正是抒情诗与叙事文学的区别所在。如果将城市叙事视作一个完整的系统，以明清市井风月叙事为例，我们将发现这个叙述系统在审美趣味上的完整性与模式化。在《卖油郎独占花魁》《金玉奴棒打薄情郎》《赵司户千里遗音　苏小娟一诗正果》等西湖风月故事中，就叙述内容而言，碎屑真实的现世主义与超越世俗的浪漫主义并行不悖，共同构成了城市叙事的主体美学风格。就故事情节而言，拍案惊奇的曲折与大团圆的结局又构成了市井民众普泛的审美趣味与文化追求。

---

① 李孝悌编：《中国的城市生活》，新星出版社2006年版，第192页。
② 〔德〕瓦尔特·本雅明著，张旭东等译：《发达资本主义时代的抒情诗人》，生活·读书·新知三联书店1989年版，第189页。

可见城市叙事的美学特点即在于笔法细腻，叙述注重空间的维度，内容更具整体感，同时注重过程的演述，关注细节，更具生活的质感。这些都是抒情诗无法做到的。

四、地域之维

最后，更值得注意的是，城市叙事的美学意义有时与这个城市的美学性格有关，城市的人格化形象左右了城市叙事的审美维度。杭州叙事成为此方面的典范作品，古今真幻的彼此交织构成了城市叙事极具立体感的审美维度。杭州叙事是以地域性为其特色的，虽然在中国小说史上并不是独一无二的，但是比之宋元写东京和明清写扬州、苏州等城市的小说，却显示出特异之处，这种特异即表现为独特的审美维度与格调。

宋元时，杭州出现了江南最具特色的市民文化，它不仅成为杭州城市的耀眼标记，也成为那个时代的繁华缩影。杭州市民文化的最大特征即是雅俗共体。在杭州城内外，勾栏瓦舍之中，杂剧、杂技、讲史、说书、说诨话、皮影、傀儡、散乐、诸宫调等，百戏荟萃，异彩纷呈。杭州的大雅同样有目共睹。唐宋以来，文人雅士在杭州留下无法计数的诗、词、书、画、篆刻等文学艺术作品，许多成为千古绝唱。文人才士都将西湖视作人间至境，无论是唐之白居易，还是宋之林逋、苏东坡、杨万里，元之杨维桢等，都将自己视为西湖知己，都曾流连忘返。比如，北宋初年的林和靖秉性孤高，为人恬淡，甘于贫困。40余岁后隐居杭州西湖，结庐孤山，每逢客至，叫门童子纵鹤放飞，遇见鹤必棹舟归来，由此为西湖留下了一段关于"梅妻鹤子"的隐逸传奇。

概括而言，杭州雅俗文化是有山头的。杭州俗文化以西湖东南的吴山为代表。吴山是民俗荟萃的大舞台。吴山庙会是为纪念春秋战国时吴国大夫伍子胥，自建造第一座伍公庙以来，两千多年间寺庙庵观，日益增多。历史形成的吴山庙会、风味饮食等是杭州俗文化的集中反映。杭州雅文化显然以西湖北面的孤山为代表。白居易诗云："孤山寺北贾亭西，水面初平云脚低。"今日之孤山既是风景胜地，又是文物荟萃之处，南麓有文澜阁，山顶西部有西泠印社，东北坡有纪念林和靖的放鹤亭等。放鹤亭外广植梅花，为西湖赏梅胜地。孤山较多地集中了雅文化的精品。

杭州雅文化与俗文化相融无间，有大量的文艺作品介于雅俗之间，两者兼具。一方面是俗话雅韵，宋元以后杭州兴起的通俗小说，如《卖油郎独占花魁》《金玉奴棒打薄情郎》等西湖小说，充满了文人的情感和趣味；另一方面是雅诗俗趣，如杨维桢首倡《西湖竹枝词》九首，引得天下人竞相唱和，其二云："家住西湖新妇矶，劝郎不唱金缕衣。琵琶本是韩冯木，弹得鸳鸯一处飞。"民俗意味的竹枝词以文人的口吻出之，这本身就是雅俗相融的典型方式。

若说杭州叙事的最大特点是雅与俗的互化，那么从城市文化品格之不同维度出发，可以对之有不同之阐释。就历史文化之维度而言，它是古与今的统一。杭州文化从古到今，在雅与俗的文化空间中自由穿梭，从对历史人物丰伟功业、飘逸气度的追怀，到对现世红尘碌碌人生的记录。杭州的许多景观都见证着历史，述说着历史。就艺术格调之维而言，是真与幻的和谐。杭州的真实和幻美，或者说杭州的现实与浪漫，也那么和谐地体现在历史文化中，形成了对杭州之雅与俗的某种呼应，那些历史意象有时亲切可感，有时又遥不可及。

就精神特质之维度而言，杭州叙事则是温与刚的融合。杭州文化是对江南文化传统的典型继承与发扬。梅新林教授认为江南文化精神具有"剑与箫"的双重特质，表现为南"剑"北"箫"、内"剑"外"箫"等形态。所谓南"剑"北"箫"，是指南面的越国重"剑"，北面的吴国重"箫"。介于绍兴与苏州之间的杭州，正是两者融合的形态，表现为典型的内"剑"外"箫"。[①]

杭州叙事的文化底色是婉约温润的，比如"何处结同心，西泠松柏下"的苏小小，"永镇雷峰塔"的白娘子，"人间亦有痴于我，岂独伤心是小青"的冯小青，等等，所反映的缠绵柔美就是西湖的底色，那也是西湖水的性格。雄豪刚健则是杭州文化精神的另一面，这种品格同样与许多著名人物及

---

① 梅新林：《剑与箫：江南文化精神的二重演绎》，《中国社会科学报》2011 年 7 月 12 日。

事迹联系在一起，比如钱镠、岳飞、周新、于谦等。吴越王钱镠从一个卖私盐的街头浪子，到独占东南近百年的一方诸侯，钱镠的雄武有力为世瞩目，尤其是"钱王射潮"一直传为美谈。杭州城隍周新亦是传奇人物，《武林坊巷志·丰下坊四》引《康熙仁和志》："城隍庙，在府城内宝月山……相传神姓周，名新，广东南海人。明永乐中举于乡，为御史，弹劾敢言，不避权贵，京师称为'冷面寒铁'。……后敕封为杭郡城隍。"当然，最著名的当属岳飞之墓。如清代小说集《西湖佳话》之《岳坟忠迹》曰："西湖乃山水花柳，游赏之地，为何载千古不磨的忠勇大英雄于上？只因他生虽在相州汤阴地方，住却住在杭州按察司内，死却死在大理狱、风波亭上，葬却葬在此山栖霞岭下，故借他增西湖之雄。"

若要总结杭州叙事的精神特质究竟为何，其可谓——杭城如玉：温润其形，刚健其心。杭州兼有阴柔飘逸和雄健沉着，晚明士人将之称为"红粉心"与"节侠气"，陈仁锡的《题春湖词》："尝笑红粉心长，节侠气短，西湖不然。节侠气即红粉心，拜岳先生，齿牙尽裂；才过第一桥，浑眼娇粉，以此二障牵惹，湖光消去一半。"[①]

概括而言，城市叙事的本质是一种空间叙事，而空间叙事之美的本质就是"空间审美"。美国著名城市规划理论家、历史学家刘易斯·芒福德曾有名言："城市是文化的容器"。传统城市叙事中的空间乃是一个丰富的多维度综合体，它们将多维聚于一体，这种空间之美，与宏观意义上的历史之美、文化之美并不截然可分，而是相互熔铸，具体而言，则含蕴着时代之美、文本之美、地域之美等，其中文本又包含了题材和文体方面的共同作用。客观来说，空间审美必然与特定地域、具体时空相联系，这是审美的物质基础；就主观而言，城市叙事中的空间是时代、城市、文体和题材综合作用下的产物，其中又以文本的影响最为核心，它最终体现了审美的视角、形式、路径以及所达成的结果与效应。这些文本与时代精神相呼应，与城市文化彼此激发、映照，成为建构城市历史形象的持续动力与主要资源。就此而言，我们也许可以将城市审美研究与城市空间叙事的审美研究合并称为"城市诗学"，

---

① 以上可参见葛永海：《多维透视杭州文化及其精神特质》，《中国社会科学报》2015年8月3日。

就此展开深入研究，那将会为我们的空间研究打开全新的视野。

第二节　城市空间与经典叙事场景

在探讨城市空间之前，需要简要介绍 20 世纪以来文化研究中的"空间转向"，在此理论思潮中出现了米歇尔·福柯、亨利·列斐伏尔、爱德华·索亚等空间理论的代表人物，他们的主要观点直接影响了文学研究，推动了文学批评的"空间转向"。1967 年 3 月，米歇尔·福柯应邀出席建筑师们在巴黎举行的研讨会，他在会上发表了关于"不同空间"的演讲，福柯在演讲中指出："19 世纪最重要的着魔，一如我们所知，乃是历史。……而当今的时代或许应是空间的纪元。"[①] 他认为我们处在一个开始强调"空间"的共时性时代，对历史决定论进行反思和颠覆。在福柯的空间理论中，权力系统成为最主要的考察点，他在题为《空间、知识、权利》的访谈文章中指出："空间是任何公共生活形式的基础。空间是任何权利运作的基础。"[②]

和福柯一样，亨利·列斐伏尔同样被视为前瞻性地指出 20 世纪人文社会科学正在发生由时间性向空间性转向的思想家，也是对空间理论做出真正意义上系统阐述的理论家。在其代表性著作《空间的生产》中，他批判了传统的视空间为先天直观存在的"虚空"只是一个准备着被"内容"填充的"容器"的观点。亨利·列斐伏尔认为，资本主义现代性的发生发展是"社会空间的社会生产"的结果。大而言之，社会空间与社会生产之间具有与生俱来的相互依存性，社会空间由社会所生产，同时，社会空间又生产出与之相适应的社会模式、社会形态。

如果说，福柯等学者更多从社会学、政治学的角度来关注城市空间，那么，萨义德在其名著《东方学》里指出空间意识被认为比事实存在更具有诗

---

① 〔法〕米歇尔·福柯著，陈志梧译：《不同空间的正文与上下文》，包亚明主编：《后现代性与地理学的政治》，上海教育出版社 2001 年版，第 18 页。

② 〔法〕米歇尔·福柯等著，陈志梧译：《空间、知识、权利 —— 福柯访谈录》，包亚明主编：《后现代性与地理学的政治》，上海教育出版社 2001 年版，第 13、14 页。

学价值。他站在文学的立场上，对此展开阐释，"事实的存在远没有在诗学意义上被赋予的空间重要"，后者显然超越了客观事实，内涵要丰富得多，具有"一种我们能够说得出来、感觉得到的具有想象或具有虚构价值的品质"，情感色彩在文学空间建构中扮演了重要角色，"空间通过一种诗学的过程获得了情感甚至理智，这样，本来中性的或空白的空间就对我们产生了意义"①。

这些关于空间的论述的意义在于，它们在改变了人文社会科学研究范式的同时，也促使了文艺理论与文化研究的理论模式发生重大转换，形成并建立起空间化的理论思考方式。也许这些以西方大都市的发展为社会背景的空间理论，并不完全适合于中国传统社会的城市空间分析，但是以空间的维度来思考文学，将空间体验与空间意识理解为生命体验和生存意识的内在构成，进而致力于探讨生存空间对于生命存在的价值与意义，以及由此而生发的审美空间经验之传达，则具有开拓学术新视野的意义。

一、作为叙事场景的城市空间之构成

首先，第一个问题是：在宏观上，作为叙事场景的城市空间是如何构成的？致力于研究城市史的著作对于传统的城市空间是这样描述的："在古代中国，它是由城墙、城池圈筑起城市的周边，其形态以矩形最为普遍，城墙四边有门、门上有城楼；城内棋盘式的街道纵横交错；由官衙、贡院、书院等组合而成的建筑群是城市中最主要的建筑；庭院式的民居坐落于大街小巷；遍布主要街道的是为满足城市消费需求而设置的市廛，以及自然发展起来的街市；官衙或街市都有钟鼓楼设置；街头与市廛中都夹杂着诸多休闲娱乐场所，如茶馆、茶园、戏园等。此外还有以孔庙、佛寺、道观为主体的众多祠庙寺观群和带有山野情趣的园林建筑。这就是传统的中国城市的空间模式。"②就建筑形态而言，城市空间包括了建筑外空间与建筑空间，而就围绕城市空间中的建筑物而言，在感知系统中，又可分为外空间和内空间，所谓外空间指的是城市之中，由建筑物与周边景物所构成的空间，内空

---

① 〔美〕萨义德著，王宇根译：《东方学》，生活·读书·新知三联书店1999年版，第68页。
② 刘凤云：《明清城市空间的文化探析》，中央民族大学出版社2001年版，第5页。

间则是建筑物内部的空间，其地理属性可能并不显著，但在很多情况下却成为文学表现的主要空间背景。

就城市叙事而言，宋前与宋后的城市空间描绘大体有两方面的不同。

其一，空间序列不同，这就意味着空间之间的转换与渗透不同。在汉魏六朝隋唐时期，城市叙事多为帝都叙事，因此其城市空间主要由宫廷空间、寺观空间、坊巷空间、山水名胜空间等组合而成，并以宫廷空间为主体。我们来看唐代传奇《东城老父传》，其中就有较大篇幅写到宫廷习俗："昭成皇后之在相王府，诞圣于八月五日，中兴之后，制为千秋节。赐天下民牛酒乐三日，命之曰酺，以为常也，大合乐于宫中。岁或酺于洛，元会与清明节，率皆在骊山。每至是日，万乐具举，六宫毕从"，以及贾昌在宫廷中受到玄宗的宠幸，"护鸡坊中谒者王承恩言于玄宗。召试殿庭，皆中玄宗意。即日为五百小儿长。加之以忠厚谨密，天子甚爱幸之。金帛之赐，日至其家"。

在宫廷之外，长安的坊巷寺观亦有描绘，写坊巷空间则有："帝出游，见昌弄木鸡于云龙门道旁，召入，为鸡坊小儿，衣食右龙武军。""明日，复出长安南门道，见妻儿于招国里，菜色黯焉。儿荷薪，妻负故絮。"写山水空间则有："开元十三年，笼鸡三百，从封东岳"，"十四年三月，衣斗鸡服，会玄宗于温泉。"

贾昌人生的最后落脚地是长安的佛寺，"息长安佛寺，学大师佛旨。大历元年，依资圣寺大德僧运平住东市海池，立陀罗尼石幢。书能纪姓名，读释氏经，亦能了其深义至道。以善心化市井人。建僧房佛舍，植美草甘木。昼把土拥根，汲水灌竹，夜正观于禅室。建中三年，僧运平人寿尽。服礼毕，奉舍利塔于长安东门外镇国寺东偏，手植松柏百株，构小舍，居于塔下。朝夕焚香洒扫，事师如生"[①]。

我们由此看到了这个颇为典型的长安叙事，男主人公从宫廷空间出发，中经城市坊巷空间、山水空间，最后栖身于寺观空间。从空间属性来说，乃是起于政治空间，中经世俗空间，最后以宗教空间作结。贾昌随着帝都沉浮，因帝而兴，又因帝而败，根本无法自主自己的命运，他的长安往事带着

---

① （唐）陈鸿：《东城老父传》，李时人编校：《全唐五代小说》第二册卷二十四，中华书局 2014 年版，第 836—838 页。

那个时代的深刻烙印。

　　宋后城市生活的内容更为丰富，其空间序列乃是以市井空间为中心，其中包含了庭园空间、山水空间、寺观空间等多空间的转换与融合。除了主体空间的不同，其细腻的、极富生活质感的笔法，也是与宋前城市空间书写迥然有别的，可谓"琐碎中有无限烟霞"。

　　前面提到宋元话本中的空间描写对此就有体现，比如《西湖三塔记》："（奚宣赞）一直径出钱塘门，过昭庆寺，往水磨头来。行过断桥，四圣观前，只见一伙人围着闹哄哄。"[1]再如《白娘子永镇雷峰塔》写了清明节许宣的上坟路线，它更为细致，"许宣离了铺中，入寿安坊，花市街，过井亭桥，往清河街后钱塘门，行石函桥，过放生碑，径到保叔塔寺。……吃斋罢，别了和尚，离寺迤逦闲走，过西宁桥、孤山路、四圣观，来看林和靖坟，到六一泉闲走。……走出四圣观来寻船"，最后是在"涌金门上岸"。[2]

　　相比而言，清代小说《风月梦》似乎更为典型。故事所依托的城市空间及场景主要是扬州城里的教场、瘦西湖风景区及两个风月场所，涵盖了市井空间、庭园空间、山水空间、寺观空间等多种类型。小说起始，袁猷等五人陆续在城市空间的中心——教场方来茶馆登场。作为小说作者空间意识的体现，小说在描述人物的空间游走时往往列出街巷名，明显增强小说的现场感，比如吴珍头一回邀众人去妓院，请大家吃相公饭，作者描述其行走路线：出茶馆后门，走贤良街，转弯向北柳巷，然后再到天寿庵南山尖，下坡走到河边，过了摆渡，走倒城，到了九巷一个人家。在小说中多有这种横跨街区、走弄穿巷的叙写。作者作为扬州人，熟稔扬州风土人情，因此在描绘结盟、进香、端午观龙船等情节中，不断穿插、充分展示扬州的标志性景观。在第五回，小说的主要人物前往小金山义结金兰走的就是最具代表性的游览路线，即从妓院进玉楼出来，众人在小东门外码头解缆上船，行经下买卖街，过了北门吊桥，经慧因寺，至于城北，其中的贾铭感叹："想起当年，这一带地方有斗姥宫、汪园、小虹园、夕阳红半楼、拳石洞、天西园、曲水虹桥，修禊许多景致……"，这里点出扬州城北的主要历史名胜。大船又出

①　傅惜华选注：《宋元话本集》，四联出版社 1955 年版，第 298 页。
②　（明）冯梦龙：《警世通言》，辽宁古籍出版社 1955 年版，第 262 页。

了虹桥，众人于小金山码头上岸，进关帝庙盟誓。然后他们看过芍药，登上长春岭，"远远一望，见三汊河、宝塔湾两处的宝塔，皆在目前"。后众人返回船上，开到虹桥东岸停泊，入德兴居酒馆吃饭，饭毕，"将船开到桃花庵、法海寺、平山堂、尺五楼各处游玩"[①]，至傍晚时分，返回天凝门码头。

从陆上街巷到水面码头，从自然风物到人文名胜，《风月梦》作者邗上蒙人如数家珍式的描述为读者营构了一个充满真实感、时代感及现场感的扬州城市空间，了然于胸的大街小巷几乎合丝密缝地镶嵌在小说叙事的脉络与流程中，织就了城市独特的时空纹理，也造就了作者与读者共同的扬州想象，使读者顿生亲历其境之感。

其二，空间的构成要素亦不同。排除空间组合而成的空间序列之外，若只将相对独立的空间之构成要素加以分解分析，两相比较，也会发现这两类空间系统之不同。比如在长安为代表的帝都空间中，以《东城老父传》为例，构成空间画面的要素包括了威严之帝王，气势宏大的车马仪仗，喧闹的长安民众，斗鸡人贾昌，一群矫健的斗鸡，背景是高耸的宫殿，广阔的长安街衢，空间感的形成在于空间各要素之间的彼此呼应与相互融合，在各要素共同作用之下，一种帝都的气象自然从空间中氤氲而起。

若将《风月梦》中的世俗空间构成加以分析，亦可看到城市世俗空间的主要场景。小说主人公陆书本是浪荡子弟，每日的主要生活内容就是城市闲逛，比如第二回"袁友英茶坊逢旧友　吴耕雨教场说新闻"就写道："（陆书）今日午后无事，带着跟来的小厮小喜子到教场闲顽。看了几处戏法、洋画、西洋景，又听了一段淮书，又听了那些男扮女装花戳扭扭捏捏唱了几个小曲。此刻口渴腹饥，正走进方来茶馆……"在此描述中，主人公游玩的"教场"即是扬州有名的城市游乐区。清初扬州的教场，本是驻扎在教场东西两部驻军偶尔操练之处，后逐步演变为市民游乐之所，三教九流，五行八作，茶肆书场、曲艺杂耍、小吃美食，在此云集。时人将扬州教场比之北京天桥、上海城隍庙、南京夫子庙，它乃是扬州市井最为繁华之处。扬州人讲究"早上皮包水，晚上水包皮"，教场多有制造特色糕点的茶楼和休闲消遣的澡堂，还有商品丰富几与上海大世界相对应的"扬州小世界"。尤其是教

---

① （清）邗上蒙人：《风月梦听月楼》，中国戏剧出版社 1985 年版，第 31—33 页。

场书场密集，乃是曲艺艺人的大本营，有凌云阁、同乐、天盛（永乐）、鹿鸣、竹如轩、醒民、同兴（柳村）等多家书场。著名扬州评话艺人王少堂的《水浒》、戴善章的《西游记》、康又华的《三国》、仲松岩的《清风闸》、郎兆星的《绿牡丹》等，同时在各书场开讲，盛况空前。还有就是茶馆空间的集聚。扬州的茶馆、茶肆天下知名，如李斗在《扬州画舫录》所说："吾乡茶肆，甲于天下，多有以此为业者，出金建造花园，或鬻故家大宅废园为之，楼台亭舍，花木竹石，杯盘匙箸无不精美。辕门桥有二梅轩、蕙芳轩、集芳轩。教场有腕腋生香、文兰天香，埂子上有丰乐园，小东门有品陆轩，广储门有雨莲，琼花观巷有文杏园，万家园有四宜轩，花园巷有小方壶，皆城中荤茶肆之盛者。天宁门之天福居，西门之绿天居，又素茶肆之最盛者。"① 扬州茶肆极盛，品类多样，还有荤茶肆和素茶肆之别。扬州真可谓是市井俗人的一大乐园。

《风月梦》城市叙事的独特意义在于它以建构一个完整的城市生活空间为主要追求，因此城市娱乐内容丰富，表现形式亦较为细致，这在明清小说中实为罕见。当我们观察陆书出场时的行走路线时，发现教场这类的世俗空间正构成了他的生活中心，先是看戏法、西洋景，然后是听人说书、唱曲，再就是喝茶、吃饭，这几乎构成了陆书那样的城市闲人主要的生活内容。作者笔下，主人公所处的城市空间宛如一个偌大的娱乐空间，两类空间要素彼此呼应，构成场景的茶馆、酒楼、澡堂、妓馆鳞次栉比，交错其中，如变戏法、说书、唱曲、口技、跌博等娱乐形式则为这些场景填充内涵，主人公行走其间，世俗风情缓缓铺展，融汇出一种气氛、一种格调、一种文化。

由此可见，由于不同时代城市空间构成要素以及要素组合方式之不同，其作为叙事场景的形态、风格与内涵也会有明显的不同。正如有研究者所总结的那样，"作为情节背景，城市既呈现出一种客观的空间地理位置，一种各具特色的文化场域，又揭示了一种主观的生存欲望氛围。作为书写方式，城市则更表现为一种意识形态，一种控制主体社会认知和言说的话语模式"②。

①　（清）李斗撰，汪北平、涂雨公点校：《扬州画舫录》，中华书局 1960 年版，第 26—27 页。
②　施晔：《晚清小说城市书写的现代新变——以〈风月梦〉、〈海上花列传〉为中心》，《文艺研究》2009 年第 4 期。

二、城市空间与经典叙事场景

具体而言，小说或笔记中有不少经典叙事场景与城市空间关系密切。我们可以从三方面来加以探讨：一是城市广场与狂欢叙事，二是山水空间与才子佳人叙事，三是城市的节气时令叙事。本文试分别言之。

苏联文艺理论家巴赫金在其《拉伯雷研究》和《陀思妥耶夫斯基诗学诸问题》等著作中对于"狂欢节"这一民俗活动予以探讨，认为这一早已存在的文化习俗已成为一种文化模式，强烈地影响着大众生活。而以广场和街道为代表的公共空间是承载这些狂欢活动的重要场所。我们认为，唐传奇中的长安街衢有时就成为民众狂欢的公共空间。《朝野佥载》卷三记载的是唐玄宗先天二年（713）的元宵盛会，当时在长安的安福门外树起了高达二十丈的灯轮，装饰以金玉绫罗，万灯齐放，花团锦簇，极为壮观。歌舞表演队伍规模惊人，除了数以千计的披罗绮、着珠翠的宫女外，"妙简长安、万年少女妇千余人，衣服、花钗、媚子亦称是，于灯轮下踏歌三日夜，欢乐之极，未始有之。"这次由政府组织、花费巨大、民众广泛参与的群舞活动，就带有广场狂欢的特征，如巴赫金所描述："在拉伯雷的时代，无论是在各种形式的广场娱乐中，还是在文学中，这个民间节日形象体系都具有丰满的、最有意义的生命力"，以至于人们可能因这种狂欢节的世界感受，从而解去了种种束缚，异化消失，乌托邦的理想与现实暂时融为一体，从而验证了任何节庆是人类文化极其重要的第一性形式。[①]

《李娃传》则记载了长安街挽歌大比试，可谓盛况空前，"士女大和会，聚至数万。于是里胥告于贼曹，贼曹闻于京尹。四方之士，尽赴趋焉，巷无居人……东肆长于北隅上设连榻，有乌巾少年，左右五六人，秉翣而至，即生也。整衣服，俯仰甚徐，申喉发调，容若不胜。乃歌《薤露》之章，举声清越，响振林木"[②]。这一类的比赛在长安并不少见，再如《乐府杂录·琵

---

① 〔苏联〕巴赫金著，李兆林等译：《拉伯雷研究》，河北教育出版社 1998 年版，第 226 页。
② （唐）白行简：《李娃传》，李时人编校：《全唐五代小说》第二册卷二十三，中华书局 2014 年版，第 776 页。

琶》："贞元中有康昆仑第一手。始遇长安大旱，诏移南市祈雨。及至天门街，市人广较胜负，及斗声乐，即街东有康昆仑琵琶最上，必谓街西无以敌也……"① 总结以上发生在城市公共空间中的狂欢活动，可以发现："客观存在的公共空间物质实体在中西方文化中都曾是举行各种祭祀仪式的场所，其空间本身也具有仪式性。不同类型的空间通过尺度、风格、造型、意境的变化给予身处其中的使用者差异性的体验。从宏伟的纪念性广场到中国传统古镇的街巷，空间体验者的自我认知以及身份认同感也随空间的转换而变化。"②

此外，城市的狂欢还表现为城市中的声色空间。几乎所有的大城市中都有妓女的聚集区域，那是声色欲望放纵的自由空间，都城尤甚。如《开元天宝遗事》卷上《风流薮泽》："长安有平康坊，妓女所居之地，京都侠少萃集于此，兼每年新进士，以红笺名纸游谒其中。时人谓此坊为风流薮泽"③；再如同卷《颠饮》："长安进士郑愚、刘参、郭保衡、王冲、张道隐等十数辈，不拘礼节，旁若无人。每春时，选妖妓三五人，乘小犊车，指名园曲沼，借草裸形，去其巾帽，叫笑喧呼，自谓之颠饮。"④ 在长安特定的区域里，进士、侠少、名妓混杂交错，渲染出一个放浪形骸、声色犬马的欲望空间。

刘勇强在《西湖小说：城市个性与小说场景》中曾指出，应"强调场景不同于场所"，认为"场景绝不仅仅是一种形式上的或结构上的要素，它是地域文化在小说叙述中的一个凝结"⑤。古代小说在城市中留下了无数的经典场景，比如爱情风月场景、诗酒风流场景、市井娱乐场景、英雄传奇场景、商业贸易场景、宗教活动场景、城市家庭空间场景。其中以爱情风月场景最为动人。古代小说显然形成了一个关于空间场景的传统，从长安的曲江，绵延而下，到开封的金明池、杭州的西湖、苏州的虎丘，等等，千年风月，几乎不绝如缕。

---

① （唐）段安节撰：《乐府杂录·琵琶》，中华书局 1985 年版，第 22—23 页。
② 车韵、魏皓严：《从巴赫金狂欢理论视角看城市公共空间的本质内涵——以重庆磁器口为例》，《西部人居环境学刊》2014 年第 1 期。
③ 《唐五代笔记小说大观》，上海古籍出版社 2000 年版，第 1725 页。
④ 《唐五代笔记小说大观》，上海古籍出版社 2000 年版，第 1727 页。
⑤ 刘勇强：《西湖小说：城市个性与小说场景》，《文学遗产》2001 年第 5 期。

才子佳人故事与城市山水场景似乎有着某种内在的精神联系，两者之间大都彼此映衬，共同营造出关于美人与美景交融的诗性空间。关于长安的曲江和开封的金明池，前文已有探讨，此处不再赘述。"上有天堂，下有苏杭"，杭州与苏州显然是江南文化最出色的代表，因此，西湖或是虎丘遇艳的场景也总是诗意盎然，婉转动人。

我们不妨将两者合并起来讨论。先看《西湖佳话》中的《断桥情迹》，主人公文世高因为久闻西湖山水佳美，来到杭州游玩。有一日，他信步闲走，"偶然步至断桥左侧，见翠竹林中，屹立一门，门额上有一匾，曰：'乔木世家'。世高缓步而入，觉绿槐修竹，清阴欲滴；池内莲花馥郁，分外可人。世高缘景致佳甚，盘桓良久，忽闻有人娇语道：'美哉少年！'世高闻之，因而四顾，忽见池塘之上、台榭之东，绿阴中，小楼内，有一小娇娥，倾城国色，在那里遮遮掩掩的偷看"①。与西湖之于杭州相似，虎丘亦是苏州第一名胜。在清人所刊话本集《人中画》（题风月主人书）卷一"唐秀才持己端正   元公子自败家声"开篇写到苏州秀才唐季龙去虎丘游赏。这一日，正是虎丘菊花开放之时，唐秀才约了好友同往虎丘。"二人因天气晴明，遂不雇船，便缓步而行。将到半塘，只见一带疏竹高梧，围绕着一个院子，院子内分花间柳，隐隐的透出一座高楼，楼中一个老妇人同着一个少年女子伏着阁窗，……唐辰看了，不觉称赞道：'好美女子！'"②在这两段描写中，有两点颇值得注意：一是男女相遇的场景，都是山水名胜中的幽静院落，充满诗情画意；二是男女相互爱慕，一见倾心。爱情与风月就这样交融在一起。

叙事场景之经典往往与城市空间的时间维度有关，特殊的节气时令是空间感得以凸显的重要前提。节气时令的维度不仅对于才子佳人小说之城市叙事意义重大，对于市井逸乐等叙事亦有突出意义。

正如前文论及，古代小说笔记中不少爱情故事都与上元节有关，比如杨湜《古今词话》记载的书生江致和东京元宵节遇艳故事；话本《张生彩鸾灯传》中的张生因元宵到乾明寺看灯，拾得红帕生出一段情缘；话本《戒指儿记》中的陈玉兰于元宵灯夜听到阮华吹奏之箫声，因此"春心摇动"；《志诚

---

① （清）墨浪子辑：《西湖佳话》，中华书局 1958 年版，第 195 页。
② 侯忠义等主编：《中国古代珍稀本小说》（第 9 辑），春风文艺出版社 1997 年版，第 1—2 页。

张主管》写张胜与小夫人于元宵灯夜扑朔迷离的神奇遇合；等等。

在市井逸乐叙事中，元宵灯夜亦是典型场景。《金瓶梅》写到元宵节共有四次，首次是在第十五回，当时的西门庆李瓶儿开始交好，正是情热之际，李瓶儿借生日之名邀请西门庆全家前来狮子街看灯，元宵灯市里流光溢彩，品类众多，尤其值得注意的是，所列灯的名号似乎含有深意，比如金莲灯、玉楼灯、荷花灯、秀才灯、媳妇灯等，显然作者有意为之，有映射之意。西门府众妻妾戏谑放浪，金莲和玉楼伏在楼窗观赏街市，金莲如愿以偿嫁入西门府，正在兴头上，甚至随意将瓜壳乱吐，溅落在过往行人身上。这一回对于元宵的描写，一方面较为详细地刻画灯夜风俗，另一方面也表明了李瓶儿欲向西门府妻妾示好的诚意，当时瓶儿亡夫花子虚尸骨未寒，其急不可待，就西门庆夜间赴约时专门商量嫁娶之事。到了小说的第二十四回，西门府中已是妻妾成群，又加入了小说的重要人物陈经济，这个元宵灯夜成为这个浪荡公子的舞台，他展示出继承西门庆衣钵的诸多潜质，当西门府团团围桌共同饮酒取乐之时，经济与金莲眉目传情，勾搭成奸。小说对于元宵习俗的细致绘写似乎也别有意味，陈经济领着西门府的众妻妾上街"走百病"，为街道民众所侧目。其间又穿插宋惠莲与潘金莲的争宠斗艳，争风吃醋，宋惠莲既与经济调笑，又夸耀其比潘金莲更小的小脚，潘金莲由此怀恨在心。第四十二回的题目是"豪客拦门玩烟火 贵家高楼醉赏灯"，西门庆迎来了人生的高峰期，财富剧增，生子得官，已成为执掌一方生杀大权的理刑副千户。女主人吴月娘举办了大规模的宴席，西门庆志得意满、意气高扬，令仆人在街心大放烟火，光焰熏天，煞是好看，围观者不计其数。当此时，作者的笔调却颇为冷静，题了一首诗："玉漏铜壶且莫催，星桥火树彻明开，万般傀儡皆成妄，使得游人一笑回"，可谓意味深长。

第七十九回的元宵夜，是西门庆最后的元宵节，当时官哥已死，李瓶儿亦是故人。月娘率领西门府众人到吴大妗子家赴会，西门庆前往狮子街灯市去。"一己精神有限，天下色欲无穷"，西门庆加快了自我毁灭的步伐，与王六儿淫乐，却又想着如何勾搭何千户娘子，西门庆对于身体的虚耗毫不在意。又是一次三更骑马回家，户外寒气逼人，西门庆为旋风黑影所惊，倦怠归家，不料回家又被潘金莲一夕三丸，以至于精尽血出，最终步上了黄泉之不归路。小说中对于元宵节故事的诸种设计显然自有用意，作为一种城市狂欢叙事，元宵节日叙事与西门庆荒唐的人生起落形成了深刻的彼此呼应。元宵灯夜成为西门府众人尤其是西门庆如烟火般明灭的生命舞台，这个独特的时空见证了西门庆从发迹到死亡的人生历程，每一次华丽的铺展都烙刻下尘世浪子由高亢而至放纵，由放纵而至毁灭的生命印记。①

第三节　城市空间的文化象征

　　城市是研究时代文化的一个独特视角，王国维就曾说："都邑者，政治与文化之标征也"②，因为在关于城市空间的叙述中往往包含了对于时代与社会的文化象征。英国文化学者迈克·克朗在《文化地理学》中认为，雨果的《悲惨世界》有意识描绘了两种不同属性的城市空间，一类是穷人居住的晦暗狭窄的空间，这些窄街小巷构成了一种黑暗的想象性空间；另一类则是国家层面的、代表着官方的空间，比如巴黎那些引以为豪的通衢大道，大道通向迷宫般的窄街小巷，成为军队和警察镇压穷人的通衢。整体而言，《悲惨世界》的视角尽管是全景式，却未能完全理解城市，城市依然显得晦暗阴森。迈克·克朗的结论是：小说可以被读作利用空间描写来寓示一种知识地理学，揭示国家怎样应对潜在的市民暴动。所以，它也是一种国家权力的地理学。③

　　克朗所讨论的雨果作品《悲惨世界》属于十九世纪浪漫主义的杰作，《悲惨世界》所描写的巴黎并非商业繁盛、物欲横流的现代都市，而是带有很鲜明的前现代的痕迹，因此克朗的评论对于中国城市叙事当有更为切实的借鉴意义。当然，与西方城市空间相比，中国传统城市叙事在文化层面上的象征与隐喻显然有自身的特点。

　　南北朝时期的《洛阳伽蓝记》是一种别具特色的洛阳叙事。它对于特定

---

① 葛永海：《明清小说之季节叙事及其文化意蕴》，《上海师范大学学报》2013 年第 4 期。

② 王国维：《观堂集林》，中华书局 1959 年版，第 451 页。

③ 参见〔英〕迈克·克朗著，杨淑华等译：《文化地理学》，南京大学出版社 2005 年版，第 45—46 页。

城市寺庙园林的记载正反映了一种行将遗落的集体记忆，带有文化象征的意味。正如台湾学者刘苑如所言，在经历世事巨变之后，"唯有借着重建洛阳全体士民对伽蓝的集体记忆，循着所构成的王城地图，搜索每一个里坊巷道中的景象……在诸多人为的创造物：塔寺、园林、佛像的回顾中，重回灵应乃在、人神同欢的神圣时刻；撷拾起所有政治、经济、人物、风俗、地理与掌故传闻的相关印象，重新拼贴出'人间世'的历史图像"，就佛寺园林空间而言，其魅力"不仅在建筑、雕塑、园林之盛，实更有赖于发生在这些空间中已说和未完全说出的生命故事，交织成多元并置的异质空间"，验证"自然生命落实在人间的身体表现"，验证人间道场的"断除无明，随缘任运"。①

　　唐代小说笔记总是以热忱的心态展示帝都曾经的辉煌，长安叙事在很多情况下都是那么激动人心，其中既包含了整体的城市认知，也着力突出了令人印象深刻的一些城市意象。前者比如对长安城的整体认知，长安具有典型的经纬交错的坊市格局，街道、大路横平竖直、异常整饬。《长安志》谓"棋布栉比，街衢绳直，自古帝京未之有也"。登高而眺，长安如棋局，一目了然。白居易《登观音台望城》诗云："百千家似围棋局，十二街如种菜畦。"如果说《长安志》等史地志书中"棋布栉比"的比喻，不过是对城建格局的形象描绘，而当诗人将长安比作棋局时，则不仅仅是地理空间上的比喻，甚至有超越地理空间的特别意涵。结合白居易的《放言五首》其二："不信君看弈棋者，输赢终待局尽头"，作为对其官宦生涯、政治经历的反思和总结，正有事如弈棋之感。其实，早在白居易之前，杜甫《秋兴八首》其四就有相似的感慨："闻道长安似弈棋，百年世事不胜悲。"唐代诗人们"将浓缩百年政治变迁图景的长安比成棋局，长安不仅只是地理空间的概念，更是历史时间、社会现实以及思想与心灵的概念。对于长安的文学叙事，无疑以此为聚焦"②。

①　刘苑如：《朝向生活世界的文学诠释——六朝宗教叙述的身体实践与空间书写》，台湾新文丰出版公司2010年版，第338、342—343页。

②　李翰：《长安叙事：史与诗》，董乃斌主编：《古代城市生活与文学叙事》，上海大学出版社2015年版，第39页。

　　唐代笔记与小说中许多独特的城市意象与城市空间叠合在一起，也充当了具有象征意义的文化符号。如文人笔下屡屡出现的"勤政楼"，它一直与唐玄宗以及他所开创的开元盛世彼此联系，关于"勤政楼"的记忆是开元盛世之长安叙事中最为丰盈饱满的部分，唐人的追怀既有对于辉煌旧事的自豪展示，也包含了盛世不再、好景不长的无限感伤。

　　勤政楼本名"勤政务本楼"，但是勤政楼留给世人的印象，除了如《开元天宝遗事》卷上所记："明皇于勤政楼，以七宝装成山座，高七尺，召诸学士讲议经旨及时务，胜者得升焉"等有限几篇与务本有关，大部分内容反映的则是娱乐生活。《明皇杂录》就多次写到唐玄宗在勤政楼下举行盛大的歌舞表演，卷上："玄宗御勤政楼，大张乐，罗列百妓"；卷下："每赐宴设酺会，则上御勤政楼。金吾及四军兵士未明陈仗，盛列旗帜，皆帔黄金甲，衣短后绣袍……每正月望夜，又御勤政楼，观作乐。贵臣戚里官设看楼，夜阑，即遣宫女于楼前歌舞以娱之"，等等。因为玄宗往往与民同乐，这使得长安民众成为这些历史场景的见证者。有两则记载可以让人感受那种万民沸腾的盛况，一则是《开天传信记》："上御勤政楼大酺，纵士庶观看。百戏竞作，人物填咽。金吾卫士白棒雨下，不能制止"[1]，当时的场面几乎完全失控了。另一则是段安节《乐府杂录·歌》中的记载，文字精练，情节却颇有波澜，韵味悠远。其文曰"又一日，赐大酺于勤政楼，观者数千万，众喧哗聚语，莫得闻鱼龙百戏之音，上怒，欲罢宴"。相似的乱局出现了，但是高力士扮演了调度者的重要角色，他采用的干预方式带有一个音乐王朝的显著特征，"中官高力士奏请命永新出楼歌一曲，必可止喧，上从之。永新乃撩鬓举袂，直奏曼声，至是广场寂寂，若无一人"[2]，堪称宫廷歌手第一人的许永新恬然出场，气场惊人，歌声更是动人心魄，永新的歌声显然会成为许多长安民众一生的记忆。

　　除了歌舞表演，勤政楼前的各种曲艺、杂技表演亦极为精彩。《明皇杂录》卷上："时教坊有王大娘者，善戴百尺竿，竿上施木山，状瀛洲、方丈，令小儿持绛节出入于其间，歌舞不辍"；再如王邕的《勤政楼花竿赋》写女

---

① 《唐五代笔记小说大观》（全二册），上海古籍出版社 2000 年版，第 1717、956、962、1224—1225 页。

② （唐）段安节撰：《乐府杂录》，中华书局 1985 年版，第 16—17 页。

伎表演，飘忽若仙："玉颜直上，金管相催；顾影而忽升河汉，低首而下指楼台。整花钿以容与，转罗袖而徘徊……八方劳观，亿计如堵。载之者强项超群，登之者纤腰回舞"（《文苑英华》八一），堪称技艺绝伦。

对于勤政楼前的盛况，长安的诗人从来都是不吝啬笔墨的。贾至《勤政楼观乐》诗云："银河帝女下三清，紫禁笙歌出九城。为报延州来听乐，须知天下欲升平。"王维《三月三日勤政楼侍宴应制》诗云："彩仗连宵合，琼楼拂曙通。年光三月里，宫殿百花中。不数秦王日，谁将洛水同。酒筵嫌落絮，舞袖怯春风。天保无为德，人欢不战功。仍临九衢宴，更达四门聪。"王涯《九月九日勤政楼下观百僚献寿》诗云："御气黄花节，临轩紫陌头。早阳生彩仗，霁色入仙楼。献寿皆鹓鹭，瞻天尽冕旒。菊樽过九日，凤历肇千秋。乐奏薰风起，杯酣瑞影收。年年歌舞度，此地庆皇休。"名家的清词丽句写尽了长安城勤政楼的喧闹与繁盛。

然而，所谓"世间好物不坚牢，彩云易散琉璃碎"，好花不常开，好景不常在。公元755年，"安史之乱"乍起，玄宗逃蜀，长安一片狼藉，勤政楼霎间零落。多年之后，回归的玄宗再次登上勤政楼，已是沧海桑田、物是人非。《本事诗》事感第二："天宝末，玄宗尝乘月登勤政楼，命梨园弟子歌数阕"，当时有人唱李峤诗：富贵荣华能几时，山川满目泪沾衣。玄宗为之凄然泣下。勤政楼的繁荣与颓败到底标示着什么？如何看待一个盛世王朝的兴衰？晚唐的杜牧在经过勤政楼时发出了深长的感叹："千秋佳节名空在，承露丝囊世已无。唯有紫苔偏称意，年年因雨上金铺。"（《过勤政楼》）宋代李清照的《浯溪中兴颂诗和张文潜二首》对此也有深刻的反思："胡兵忽自天上来，逆胡亦是奸雄才。勤政楼前走胡马，珠翠踏尽香尘埃。何为出战辄披靡，传置荔枝多马死。"勤政楼的兴衰就是长安城兴衰的缩影，而长安城的兴衰荣辱也几乎代表了大唐帝国的兴衰荣辱。

美国城市学家芒福德指出："城市……不单是权力的集中，更是文化的归极。"[①] 在明清城市叙事中，有时候整个城市被视为一种象征，一种不断嬗变着的文化符号。从宋元话本的《大宋宣和遗事》，到元末明初的《水浒

---

① 〔美〕刘易斯·芒福德著，宋俊岭、倪文彦译：《城市发展史：起源、演变和前景》，中国建筑工业出版社2005年版，第91页。

传》，再到明晚期的《金瓶梅词话》，其中的东京故事一直在上演，文化亦在传承。如果细细品读，我们会发现，东京的文学形象在悄然之中已发生一些改变，从一个市井享乐为主色调的都城逐步演变为一种政治强权的符号。

《宣和遗事》中的东京故事基本就是君臣逸乐的编年史，前文有关章节已有不少论述，此处不赘。需要指出的是，这些故事都是正面的实写。《水浒传》中东京故事很多取材于《宣和遗事》，某种意义上说《宣和遗事》乃是《水浒传》的蓝本。但是《水浒传》面对东京似乎选择了不同的书写方式，比如鲁智深相国寺倒拔垂杨柳、林冲身陷白虎堂、杨志东京卖刀等，东京的背景显得不甚清晰。到了小说第七十二回"柴进簪花入禁苑　李逵元夜闹东京"，作者描写东京的热情开始燃烧起来，先是一段对于东京城的颂赞，所谓"州名汴水，府号开封。逶迤按吴楚之邦，延亘连齐鲁之境"云云，其后又有一段对宫城的颂赞，所谓"祥云龙凤阙，瑞霭罩龙楼。琉的瓦砌鸳鸯，龟背帘垂翡翠。正阳门径通黄道，长朝殿端拱紫垣"云云，然后又有《绛都春》词歌咏东京元宵盛况："融和初报，乍瑞霭霁色，皇都春早。翠竞飞，玉勒争驰，都闻道鳌山彩结蓬莱岛，向晚色双龙衔照"云云，令人不免目不暇接。而这回的最主要内容却是宋江、柴进、戴宗、燕青等梁山好汉大闹东京，由于李逵在李师师门前怒打杨太尉，众好汉杀出小御街，情况一发不可收拾，梁山一千马军在城外接应，吓得高太尉关了城门。而黑旋风李逵却落了单，这一回的结尾写道："只见李逵从店里取了行李，拿着双斧，大吼一声，跳出店门，独自一个，要去打这东京城池。"如果我们用系统性的眼光来审视这些内容，将大闹东京与城市颂赞结合起来看，我们似乎可以看到两种力量之间的对峙与搏杀，前者是通过雄伟城池、威严禁苑等核心要素建构起来的政治强权中心，而另一种则是来自绿林草莽、足以摧枯拉朽的反政府力量。

从《宣和遗事》到《水浒传》再到《金瓶梅词话》，构成了一种有趣的文学景观，这是一个依次衍生的序列，从《宣和遗事》脱化出《水浒传》，又从《水浒传》中敷衍出《金瓶梅词话》，关于东京故事的演述似乎也大致遵从这个衍生的逻辑。《金瓶梅词话》一定程度上强化了东京作为政治强权中心的符号性表达。《金瓶梅词话》正面描写东京有三回，第十八回写蔡京、杨戬等人遭到官员弹劾，杨戬门人陈洪乃是西门庆亲家，亦遭牵连，急送儿子、儿媳至西门府避难，西门庆惊慌失色，忙派家人来保等"星夜上东京打听消息"。来保到了东京，通过关系向当朝右相李邦彦行贿五百两金银，李邦彦即将参本名单上的"西门庆"改为"贾庆"，便查无此人，西门庆由此逢凶化吉。到了第三十回，正值太师蔡京寿辰，来保受西门庆派遣前往东京送生辰担，"有日到了东京万寿门外，寻客店安下"，蔡京接受重礼之后，"我安你主人在你那山东提刑所做个理刑副千户"，即将西门庆的名字题写在空名告身劄付上。于是转眼之间，西门庆由商而官，而且是手握生杀大权的理刑官。东京位于小说人物主要活动的清河县数百里之外，小说着墨不可谓多，但作为强势的政治中心，却总是在关键之时对西门庆乃至西门府施加重大的影响。第五十五回"西门庆东京庆寿旦"是最后一次正面写东京的文字，西门庆备足重礼亲往东京庆祝蔡京的寿旦，且拜蔡京为干爹，此时西门庆意气风发，官场、商场与情场均甚得意，无疑爬上了人生的最高峰。此后，随着东京意象逐渐淡出西门府，西门庆人生亦开始转折，第五十五回后的西门府灾难不断，官哥与李瓶儿相继病死，西门庆在财色的驱动下偏执地进行着浪漫而颓败的人生之旅，直至在七十九回走上不归之途，精尽人亡。

其实，《红楼梦》中的神京也是如此。小说中多次提到神京、长安都中等地名，具体位置不免云遮雾绕，比如小说第三回写林黛玉进贾府，用的是抛父入京的说法。在第五十六回，甄宝玉说道："长安都中也有个宝玉，和我一样的性情"，长安都中似乎指向的是北京。但是，小说中又频繁出现金陵这一地名，小说第二回说到贾雨村的记叙，"去岁我到了金陵地界，因欲游览六朝遗迹，那日进了石头城，从他老宅门前经过。街东是宁国府，街西是荣国府，二宅相连，竟将大半条街占了"。比照黛玉进贾府之情节，贾府似乎又位于南京。其实，这只是作者的障眼法，正如开篇所云，作者"因曾历过一番梦幻之后，故将真事隐去"，"朝代年纪、地舆邦国，却反失落无考"。如《红楼梦》第一回卷首脂批所点明的："书中凡写'长安'，在文人笔墨之间，则从古之称；凡愚夫妇儿女子家常口角，则曰'中京'，是不欲着迹于方向也。盖天子之邦，亦当以中京为尊，特避其'东''南''西''北'

四字样也。"① 可见，小说作者并不希望明示京城所在，它只是被设定为一个权势巍然的存在。小说不断地凸显作为政治权力中心的京城所具有的强大影响力，小到贾雨村的复职和王熙凤的弄权，大到包括贾府在内的四大家族的兴衰荣辱，京城力量贯穿始终，无处不在。小说以笼统的神京掩盖真实的京城地名，更赋予了京城以象征符号的意义。

　　高门大宅是城市空间的重要部分，而后花园叙事也是城市叙事富有特色的内容，后花园空间具有独特性。福柯对于空间的意义有着极为深刻的理解，他指出："我们不是生活在一个同质的、空的空间中。正相反，我们生活在一个布满各种性质，一个可能同样被幻觉所萦绕着的空间中"，"我们不是生活在流光溢彩的真空内部，我们生活在一个关系集合的内部，这些关系确定了一些相互间不能缩减并且绝对不可迭合的位置"。福柯通过大家熟悉的"乌托邦"引出了"异托邦"的概念，他说，所谓的"乌托邦"究其根本而言，乃是没有真实场所的地方。而这些则是与社会的真实空间有着非常密切的关系，这种关系可能是直接，也可能是颠倒的。"这种场所在所有场所以外，即使实际上有可能指出它们的位置。因为这些场所与它们所反映的，所谈论的所有场所完全不同，所以与乌托邦对比，我称它们为异托邦。"②

　　通过福柯对于异托邦的定义以及相关的解释说明，我们能够了解异托邦的基本内涵：乌托邦是没有真实场所的，而异托邦则有；异托邦可能是实现了的乌托邦；异托邦是一种与社会真实空间存在着争议、被颠倒了的场所，它是某种社会场所的反面；异托邦独立、超然于现实，同时又与现实场所共存于同一种文化。福柯在《另类空间》中还谈到："这种异托邦最古老的例子也许就是花园。……花园作为距今已有千年历史的非凡创作，在东方有着极其深刻且可以说是多重的含义。"③ 福柯关于"异托邦"的论述，为我们探讨后花园的文化内涵提供重要的理论启示，有助于我们在明清小说乃至于中国文学的格局中思考后花园空间的独特性与丰富性：中国文学作品中的花园既是一个现实场所，又是一个逃避现实、超越现实的梦幻所在；它是家族规

---

① 曹雪芹著，脂砚斋评：《脂砚斋甲戌抄阅再评石头记》，上海古籍出版社 1985 年版，第 2 页。
② 〔法〕米歇尔·福柯著，王喆译：《另类空间》，《世界哲学》2006 年第 6 期。
③ 〔法〕米歇尔·福柯著，王喆译：《另类空间》，《世界哲学》2006 年第 6 期。

约的，又是山野开放的；它是世俗的，又是浪漫的；它是自然的，又是人伦的；它是公共的，又是私密的。花园的独特性即在于其兼容性、多义性和复杂性，"异托邦"的视角提示了这一空间生成的结构方式与具体途径，后花园空间之典型性由此得以凸显。

明清小说中的后花园往往隐藏着不为外人所知的秘密，这秘密有时与死亡相关。《金瓶梅》第十回"妻妾玩赏芙蓉亭"一节，在交代李瓶儿的身世时（她曾为梁中书的小妾），插入这样一句："梁中书乃东京蔡太师女婿，夫人性甚嫉妒，婢妾打死者多埋在后花园中。"如"三言二拍"中《赫大卿遗恨鸳鸯绦》和《夺风情村妇捐躯 假天语幕僚断狱》中的赫大卿和杜氏，一个纵欲身亡，被偷偷埋入"非空庵"后园大柏树旁边；一个因"夺风情"被害，死后埋入太平禅寺后园中。

不少小说在花园中刻意营造鬼影幢幢、妖祟出没的恐怖氛围，如《红楼梦》第一百零一回"大观园月夜感幽魂"，凤姐在大观园中遇秦可卿鬼魂；《林兰香》中燕梦卿所居的东一所九畹轩，在梦卿失宠后，阴森冷寂，一度被认为有鬼狐作祟。在神魔小说《西游记》第三十八回中，乌鸡国王被妖道（狮子精）推入御花园井中杀害，后来国王魂灵托梦给唐僧，孙悟空等潜入御花园打捞国王尸体时，其中有对花园景象的描写："彩画雕栏狼狈，宝妆亭阁敧歪。莎汀蓼岸尽尘埋，芍药荼䕷俱败。……丹桂碧桃枝损，海榴棠棣根歪。桥头曲径有苍苔，冷落花园境界。"[1]自国王死后，紧闭的御花园呈现一派破败荒芜景象。这里的御花园隐藏着杀机和不可告人的秘密，而随着秘密的揭开，情节也随之发生突转。

后花园叙事与死亡秘密的扭结是由花园的社会属性和自然属性决定的。相比于其他的社会空间，后花园因其在宅院中的特殊方位而显得更为神秘，从外界的眼光来看，由高高的围墙筑起的花园，墙头可见，而墙内情形不可知，属于私人消遣的隐秘之处，从而易引发遐想。此外，人们构建花园往往追求"曲径通幽"的空间格局，喜欢设计复杂地形，采取各种手法来组织安排空间，使园中建筑景物"大中见小，小中见大，虚中有实，实中有虚，或

---

[1] （明）吴承恩：《西游记》，人民文学出版社 1955 年版，第 470 页。

藏或露，或浅或深，不仅在周回曲折四字也"①。再加上后花园中植物繁多茂盛，绿荫成阵，甚少有人踏足，故多幽暗冷寂处。这种冷寂阴森的氛围与死亡的气氛暗合，二者结合在一起相得益彰。当这种结合反映在小说中时，后花园的象征意味便被凸显出来，成为埋藏死亡的隐秘空间。

城市空间成为文化象征乃是一个被建构的过程，文学中的某些城市空间不再仅仅是物质空间，通过不同文本的演绎，其中包含了人们对之的情感体验和意义建构，从而使其成为有意义价值的文化空间，成为符号与象征。按照列斐伏尔的说法，也就是表征的空间，是一种充满了象征的符号化空间，同时也充满着政治与意识形态，充满着相互纠结着真实与想象的内容。② 在中国城市叙事中，无论是前文提到的都城整体，还是具体的单元空间，抑或家庭中的宅院空间，都带有中国传统形态城市的固有特征，由于城市生活相对封闭，节奏较为缓慢，情感体验深度有限，这些都一定程度上影响了特定城市空间的意义建构，影响了文化空间的情感厚度和价值深度。

第四节　怀旧与伤逝：穿越时空的城市悲情

在中国古代文学关于城市的书写当中，城市作为对象物，不断地被叙述、议论和感慨，不断地被赋予文化价值。正如宇文所安在《地：金陵怀古》所言："价值 —— 欣赏的叹息、敬畏的战栗、回忆的泪水 —— 是我们赋予一个地点的某种东西。"③ 他举了《列子》中"燕人返国"的例子对其加以说明：有一人出生于燕，却成长于楚，至老时欲回归本国。在经过晋国时，与其同行之人就欺骗他，指着晋国之城对他说："这就是你们燕国之城"，此燕国人面部表情马上改变了。同行人又指着祭祀之社说："这就是你们家乡的祭祀之社"，燕国人发出了深长的感慨。同行人显然希望把这个恶作剧进

---

① 宗白华：《美学散步》，上海人民出版社 1981 年版，第 67 页。

② 参见谢纳：《空间生产与文化表征》，中国人民大学出版社 2010 年版，第 79—80 页。

③ 〔美〕宇文所安：《地：金陵怀古》，乐黛云等编选：《北美中国古典文学研究名家十年文选》，江苏人民出版社 1996 年版，第 140 页。

行到底，又指着屋舍说："这就是你们家祖先们的坟墓"，燕国人悲不自禁，泪如雨下。终于同行者哑然大笑，说："这些都是骗你的，这其实是晋国。"值得注意的是后面的记载，"及至燕，真见燕国城社，真见先人之庐冢，悲心更微"。

通过此故事可见出一个事实，城市的情感意义并非本身所固有，而是被赋予的。宇文所安在对古代文学史之金陵怀古诗进行梳理分析时，进而总结了诗人对于金陵的三种不同的感知方式："第一种是与这个地方'单纯'的遭遇，把它看作有着奇异外形而在更仔细地考察中却是废墟的一处自然风景：在这种版本中，金陵基本上是无名的，同时与任何别的被毁灭了的城市相比也没有什么不同。第二种感知方式是凭借导游或旅游指南的帮助：在这种情况下，所遇到的每一个地方都是被命名了的，并且有着自己的故事。第三种感知这座城市的方式与众不同：在这种情况下，金陵的游者已与关于这座城市的诗歌和故事一起生活了多年；他总是以已牢固确立在他的想象中的金陵来量度来自自然地点的经验。"①

这三种情况正说明诗人咏金陵的不同状态：第一种是诗人与城市偶遇，以写实为特征，可称为"现实本位"；第二种是诗人了解城市的过往以及相关的历史典故，诗人的书写更多从传统出发，可称为"历史本位"；第三种是诗人与城市相处多年，从而有着丰富的个人经验和感悟，可称为"作者本位"。本书之所以对这三种感知方式不厌其烦地加以征引说明，乃欲说明在中国古代文学的城市书写中，这三种类型很具代表性，涵盖了城市书写的多种文体。我们发现，城市诗与城市叙事确实存在文体上的差别。如果说诗歌以抒情为主要方式，"现实本位"与"历史本位"的抒写彼此交织，相互激发；那么在城市叙事中，"作者本位"显得更为突出，会兼顾城市的现实，但不是寥寥数笔的浮光掠影，会追怀历史，但不用历史来掩抑现实，而往往从个人的经验出发，所见所听，所思所悟，还原城市场景，重塑城市形象，展示出作者所理解之城市的广度与深度。

城市叙事中所表达的城市悲情正是由作者本位出发之个人经验和感知

---

① 〔美〕宇文所安：《地：金陵怀古》，乐黛云等编选：《北美中国古典文学研究名家十年文选》，江苏人民出版社 1996 年版，第 154 页。

的产物。我们知道，在中国城市叙事中，交织着多种复杂的情绪，或歌咏赞颂，或讽喻劝谏，或眷恋怀旧，或伤时悲鸣。而怀旧与伤逝几乎是城市情感的主线，千载以下，感念不止，传达个人经验和个人体悟成为最为突出的主体姿态，哪怕是上升到国家层面的集体记忆，也带有代言人的鲜明印记。

城市悲情在不同时代有不同之演绎，亦有不同之内涵。其最早之源头，应当是《诗经》《楚辞》中的篇章，它们可视为第一时段。"彼黍离离，彼稷之苗。行迈靡靡，中心摇摇。知我者谓我心忧，不知我者谓我何求。悠悠苍天，此何人哉。"《黍离》选自《诗经·王风》，采于民间，是周代吟咏社会生活的歌谣。关于它的缘起，毛诗序称："《黍离》，闵宗周也。周大夫行役至于宗周，过故宗庙宫室，尽为禾黍。闵周室之颠覆，彷徨不忍去，而作是诗也。"[①] 这种解说在后代得到普遍接受，"黍离之悲"也成为重要典故，用以指亡国之痛。

其后则有屈原的《哀郢》，抒发被迫离开郢都的悲伤，"发郢都而去闾兮，荒忽其焉极"，"过夏首而西浮兮，顾龙门而不见"，"背夏浦而西思兮，哀故都之日远。登大坟以远望兮，聊以舒吾忧心"，最后是作者的悲凉感慨："曼余目以流观兮，冀壹反之何时？鸟飞反故乡兮，狐死必首丘。信非吾罪而弃逐兮，何日夜而忘之？"[②] 将故都意象与故乡意象叠加在一起，表达内心的伤痛。

第二个重要的时间节点出现在汉魏六朝，都城笔记所蕴涵的遗民情怀即典型表现于北魏杨衒之的《洛阳伽蓝记》。此时北魏的都城洛阳已成为了故都，经过战乱而变得遍体鳞伤。此时面前的情景与作者之前经历过的洛阳城形成了鲜明的对比，于是麦秀之悲油然而生。对此前文已有详论，不再赘述。

在唐代，感叹盛世、悲怀君王总是与城市空间意象联系在一起。如前面提到的长安勤政楼意象。开元天宝年间，玄宗屡屡登勤政楼与民同乐，百伎献演，民众聚观，盛况空前。"安史之乱"乍起，唐玄宗仓皇西走，勤政楼的旧物霎时间落得四散飘零，流落民间。乱平之后，当玄宗又多次登上勤政楼时，不断悲叹，吟咏"富贵荣华能几时，山川满目泪沾衣。不见只今汾水

① （宋）朱熹集注：《诗集传》，上海古籍出版社 1980 年版，第 42 页。
② （汉）刘向辑，王逸注，（宋）洪兴祖补注：《楚辞》，上海古籍出版社 2015 年版，第 161—166 页。

上，惟有年年秋雁飞"之句，又歌："庭前琪树已堪攀，塞外征夫久未还"，
寻访梨园子弟，命歌贵妃所制之《凉州词》，亲御玉笛倚曲，后《凉州》传
于人间者，益加怨切焉。

第三个重要时间节点是在宋代，特别是在北宋、南宋易代之时，遗民之
叹成为时代之潮流。当然，其中也有对前代故都的历史感慨，比如宋代邵雍
的《洛阳怀古赋》，作者作赋本意在于总结历史经验，"我所以作赋者，阅古
今变易之时，述兴亡异同之迹。追既失之君王，存后来之国家也。"邵雍感
叹洛阳的衰落："宫殿森列，鞠而为茂草；园囿棋布，荒而为平野。銮舆曾
不到者三十余年。使人依然而叹曰，虚有都之名也。"[①] 在历述自古及今的王
朝兴废之后，作者归结为推崇德治的六点治乱经验。这种城市悲叹带有强烈
的历史反思色彩，凸显出理学家的城市情怀与历史意识。

南宋以后，遗民之叹成为城市悲情中最为浓重、最为炽烈的内容。宋
代孟元老的《东京梦华录》是颇具代表性的都城叙事，作品专门描写了北宋
都城东京开封府的城市风貌，既有宫内事迹的叙述，又有都城风俗活动、市
井生活的描写等。作者给我们展示了一个繁华、富庶的北宋都城图，然而这
一切正如作者在序言中所道："靖康丙午之明年，出京南来，避地江左。情
绪牢落，渐入桑榆。"[②] 一切随着靖康之难的来临都已不在，避地江左的作者
在逐渐步入桑榆之年时，对于自己的故都愈加思念，"暗想当年，节物风流，
人情和美"[③]。然而这一切在孟元老心里除了记忆之外，唯有惋惜。作者说：
"古人有梦游华胥之国，其乐无涯者。仆今追念，回首怅然，岂非华胥之梦
觉哉"[④]，因此"目之曰《梦华录》"。后人评价说："南渡君臣，其犹有故都之
思，如元老者乎。"[⑤] 此笔记对后世之遗民影响极大。

还有其他笔记的记载，周辉记载："绍兴初，故老闲坐，必谈京师风物，

① （宋）邵雍：《洛阳怀古赋》，黄灵庚、陶诚华编：《重修金华丛书》，上海古籍出版社 2014 年版，
　　第 96 页。
② （宋）孟元老撰，邓之诚注：《东京梦华录注》，中华书局 1982 年版，第 4 页。
③ （宋）孟元老撰，邓之诚注：《东京梦华录注》，中华书局 1982 年版，第 4 页。
④ （宋）孟元老撰，邓之诚注：《东京梦华录注》，中华书局 1982 年版，第 4 页。
⑤ （清）钱曾：《读书敏求记》，书目文献出版社 1984 年版，第 57 页。

且喜歌曹元宠《甚时得归京里去》一小阕，听之感慨，有流涕者。"① 曹元宠者，徽宗时为教坊大使，善作小曲。袁褧《枫窗小牍》卷上："汴京故宫，蹑云蔽日，常在梦寐，稍能记忆，条载于此。"② 故园一花一草，俱牵动人心。《枫窗小牍》卷下："鸡冠花，汴中谓之洗手花，中元节则儿童唱卖，以供祖先。今来山中，此花满庭，有高及丈余者，每遥念坟墓，涕泪潸然，乃知杜少陵感时花溅泪，非虚语也。"③

话本对于这种遗民情感的演绎更为细腻婉转、哀怨动人。《喻世明言》第二十四卷《杨思温燕山逢故人》全篇笼罩着家园已失的无限感伤和对于故都东京的不尽追怀。靖康金人南侵后，本为肃王府使臣的东京人杨思温流落到北地的燕山，"从来只在东京看元宵，谁知时移事变，流寓在燕山看元宵"，杨思温元宵出门，所遇多是流落北地的东京人，入昊天寺遇一僧人，其乃东京口音，原是大相国寺河沙院行者，后有见一"好似东京人"的妇人，其服饰"未改宣和装束，犹存帝里风流"。后他来到燕市秦楼，"秦楼最广大，便似东京白樊楼一般，楼上有六十个阁儿，下面散铺七八十副卓（桌）凳"，而秦楼的一个伙计也正是原"东京白樊楼过卖陈三儿"被掳掠到此地。话本中不断传达着感念故都故园的情怀，比如抒发了北地元宵感受的《浪淘沙》词："尽日倚危栏，触目凄然，乘高望处是居延。忍听楼头吹画角，雪满长川。荏苒又经年，暗想南园，与民同乐午门前。僧院犹存宣政字，不见鳌山"；再如话本中反复出现的《好事近》词："往事与谁论？无语暗弹泪血。何处最堪怜？肠断黄昏时节。倚门凝望又徘徊，谁解此情切？何计可同归？雁趁江南春色"，抒写的正是乱世流离人深长的故园之思。④

其实南宋遗民的感情又是复杂的，除了对于国破家亡的悲叹外，亦有对时局之愤激与不满，如林升的《题临安邸》所云："山外青山楼外楼，西湖歌舞几时休。暖风熏得游人醉，直把杭州作汴州。"宋理宗宝祐元年（1253）文及翁考中进士后与同年相约游览西湖，有感于临安沉迷享乐，作《贺新

---

① （宋）周煇：《清波别志》，中华书局 1985 年版，第 135 页。

② （宋）袁褧：《枫窗小牍》，中华书局 1985 年版，第 10 页。

③ （宋）袁褧：《枫窗小牍》，中华书局 1985 年版，第 22 页。

④ 参见孙逊、葛永海：《中国古代小说中的"东京故事"》，《文学评论》2004 年第 4 期。

郎·游西湖有感》抒怀，词上阕曰："一勺西湖水，渡江来，百年歌舞，百年酣醉。回首洛阳花石尽，烟渺《黍离》之地。更不复、新亭堕泪！簇乐红妆摇画艇，问中流击楫何人是？千古恨，几时洗？"明人宋廷佐在《武林旧事》的《跋》里也写道："宋高宗南播，乐其湖山之秀，物产之美，遂建都焉，传五帝，享国百二十有余年，虽曰偏安，其制度礼文，犹足以仿佛东京之盛。可恨者当时之君臣，忘君父之仇，而沉酣于湖山之乐，竟使中原不复，九庙为墟。"①

第四个重要时间节点则是在清初，对于旧都南京的种种描绘，寄托了人们对于亡明的追忆和反思。《板桥杂记》序言："金陵古称佳丽之地，衣冠文物，盛于江南，文采风流，甲于海内"，然而，清军入关，异族欺凌，秦淮旧梦，风流云散，所谓"鼎革以来，时移物换，十年旧梦，依约扬州，一片欢场，鞠为茂草"，"此即一代之兴衰、千秋之感慨所系也！"②其间落差之大，最能表现世事的变化，也即秦淮佳丽曾极盛一时，明末繁华荡尽，呈现在作者面前的是蒿藜满眼、楼馆劫灰，秦淮佳丽已不知所往，作者感慨盛衰无常，莫过于此。

《板桥杂记》叙述的是秦淮旧院名妓的盛衰命运，作者主要透过书写她们，展示了自己心目中感伤的故都印象。如叙李十娘事，李十娘"性嗜洁，能鼓琴清歌"，庭园中种老梅、梧桐、巨竹，极为雅致。经历了时势巨变后，泰州刺史陈澹仙再遇十娘，她已从良嫁人，问其家，曰："已废为菜圃。"复问："老梅与梧、竹无恙乎？"曰："已摧为薪矣。"又问："阿母尚存乎？"曰："死矣。"③仔细品味这段描写，不难体会出"木犹如此，人何以堪"的浓重感伤。类似的叙述在文中很多，如描写葛嫩，后归桐城孙克咸，"甲申之变，移家云间。间道入闽，授监中丞杨文骢军事。兵败被执，并缚嫩。主将欲犯之。嫩大骂，嚼舌碎，含血喷其面。将手刃之。"④作者往往通过对比鼎革前后的变化，书写旧院名妓的悲惨命运，感伤之情溢于言表。

① （宋）孟元老等：《东京梦华录 都城纪胜 西湖老人繁胜录 梦粱录 武林旧事》，中国商业出版社1982年版，第194页。
② （清）余怀著，李金堂校注：《板桥杂记》（外一种），上海古籍出版社2000年版，第3页。
③ （清）余怀著，李金堂校注：《板桥杂记》（外一种），上海古籍出版社2000年版，第23—24页。
④ （清）余怀著，李金堂校注：《板桥杂记》（外一种），上海古籍出版社2000年版，第26页。

　　清初孔尚任的《桃花扇》是古典戏曲中有关金陵叙事的最著名的作品，续四十出《余韵》是全剧的总收场，苏昆生以弋阳腔演唱的《哀江南》套曲抒发了强烈的亡国之痛，是全剧的主题所在，写尽了南京的千古悲愁。《哀江南》共有七支曲子，最后一支最为知名，"［离亭宴带歇指煞］俺曾见金陵玉殿莺啼晓，秦淮水榭花开早，谁知道容易冰消。眼看他起朱楼，眼看他宴宾客，眼看他楼塌了。这青苔碧瓦堆，俺曾睡风流觉，将五十年兴亡看饱。那乌衣巷不姓王，莫愁湖鬼夜哭，凤凰台栖枭鸟。残山梦最真，旧境丢难掉，不信这舆图换稿。诌一套《哀江南》，放悲声唱到老"①。

　　由都而国的心理模式，使得人们面对都城时，必然引发亡国之痛。附带一提的是，在这一心理模式之外，还有一种情绪，是关于乡土意义上的归属感，换言之，这是一种更为纯粹的情系城市的地理虔诚。

　　这种情绪在宋元话本中较为典型，我们在前面曾分析了南宋说话人中富有特色的"杭州情结"，这在明清小说中亦多有体现，我们可以"金陵情结"为例加以分析。在明清时期的小说中，"金陵"是一个多为人称引的地名，这当然和金陵的地位有关。如《醉醒石》第一回开篇就称曰："南京古称金陵，又号秣陵，龙蟠虎踞，帝王一大都会……其壮丽繁华，为东南之冠……，真是说不尽的繁华，享不穷的快乐。"②"金陵人氏"也成为一种值得自豪的标榜，比如《玉娇梨》中的男主人公自称"金陵苏友白"；《品花宝鉴》："这人姓梅，名士燮，号铁庵，江南金陵人氏，是个阀阅世家"；《合浦珠》："明朝天启中，有一钱生者……原籍金陵人氏"；等等。这种意识在《鼓掌绝尘》月集故事中被反复渲染，小说第三十七回写金陵人张秀流落到袁州府九龙县，干了一个吏员当差，遭到陈府判的训斥，文中写道："张秀听得他是金陵声音，即便把金陵官话回答了几句。陈府判见张秀讲的也是金陵说话，把他仔细看了两眼，心中暗想道：'看他果然象我金陵人物……'"。这陈府判处理完了县事，回到府衙，即唤张秀过来问道："我适才听你讲话，好似我金陵声音"，两人叙起原有通家之谊。陈府判请张秀为其子寻找童蒙之师，张秀道："这近府城大树村中，陈小二客店里，有一个秀才，姓王名

①　（清）孔尚任著，欧阳光点校：《桃花扇》，岳麓书社 2002 年版，第 232 页。
②　（清）东鲁古狂生编：《醉醒石》，上海古籍出版社 1956 年版，第 3 页。

瑞,是我金陵人,原是笔下大来得的……"陈府判道:"若又是我金陵人,正是乡人遇乡人,非亲也是亲了。"这里一再提到的"金陵说话""金陵人物",既有对乡土意识的强调渲染,也有对金陵风物的由衷赞赏。[①] 之所以如此,显然和明清小说的作者籍贯、生活经历,或者小说的印刻传播有关,南京是明清时期南方最重要的文学创作与文化传播中心之一。

城市叙事中对于一座曾经是居住地的古老城市的追忆和怀念,它里面不仅包含着"意境地图"的轮廓,更重要的是它生动地注释了美国人本主义地理学家段义孚提出的一个著名概念"Topophilia"。Topophilia 是由希腊语词汇 topo 与 philia 合成,前者指地,后者指偏好,译为"恋地情结"。这种对于家乡的依恋和尊重,指的就是城市社会地理学中的"地方感",它成为连接人与地方的强有力纽带,"整合了意象性的各个方面、地方的象征意义以及'恋地情结'",这种情结表现为对身处环境的情感依附,即一个人在精神、情绪和认知上维系于某地的纽带。段义孚认为恋地情结不是最强烈的但却是广泛存在的、深厚的人类情感之一。当一个场所或环境令人感动时,它就成为负载情感的事件的载体或被想象为一个象征物。恋地情结作为一个潜在建构的抽象心理学概念,如同"态度"或"智力",我们只能从它施加于外物后可度量的回应里间接地测知其强度。前面所提到的黍离之悲、遗民之叹、家园之念都属于这一种情结的具体表现。从文学地理学的角度来看,恋地的本质是恋自我,当地方场所被赋予人的情感、价值后,人便与地"合一"。"合一"不是合在自然属性,而是合在人性。海德格尔所说"地方"构成"人的一种存在方式,是人存在的外部限定和其自由与现实的深度"[②],也许包含的正是这个意思。所以,恋地的本质是留恋生命,场所、地方或地域特征则是生命的载体和象征,为生命的留恋提供了空间,为易变的时间提供了不变的空间,为不可留的时间提供了可留的空间替代。

---

① （明）金木散人:《鼓掌绝尘》,春风文艺出版社 1985 年版,第 396—397、398、410 页。
② 唐晓峰:《人文地理随笔》,生活·读书·新知三联书店 2005 年版,第 240 页。

第五章 "都市变奏"上阕：社会转型与城市叙事的近代变革

在中国城市发展史上，近代是一个翻天覆地的时代。1840 年，鸦片战争的炮声震破了天朝上国不可战胜的神话，以坚船利炮为后盾的西方工业文明强行植入，对中国传统的农业社会进行全面冲击，持续百年的社会转型就此拉开沉重的帷幕。

如果说，在西方语境中，"现代性"首先是一个时间性问题，那是因为西方经历了一个历史演进的过程。从产业革命以来，现代性社会的建构对他们而言是一个逐渐发生的过程。那么，对于长期处于封闭保守状态的古老中国而言，当它与所谓的"现代性"正面相遇时，它更像是一个空间性问题，原来固有的空间概念完全被摧毁，如李鸿章所言，三千年未有之变局发生了，时人所尊奉的煌煌中华，天下为中的观念瞬间崩溃，从"天圆地方"走向"天崩地裂"。中国社会需要重新去建构自身的空间定位，并且产生新的空间认知，这也鲜明而生动地体现在城市叙事上。如果说，此前城市叙事是雍容典雅的"都城圣咏"、俚俗活泼的"市井俗调"、世情百态的"城镇和声"，在这一阶段因应和着天外霹雳巨响而别开一种空间，城市叙事则上演了中西混杂、正乐异声交相和鸣的"都市变奏"。

社会转型引发了城市空间的巨大变迁，就文学而言，文学在近代的变化也可谓是全方位和整体性的，若将文学活动视为一个综合性系统，包含了作家、文本、语言、传播方式、读者等各种要素，可以说，这些要素在此时都发生了质的改变。作者主体由古代恪守传统的士大夫文人一变而为近代睁眼看世界之知识分子，写作的出发点与落脚点都发生了大的改变，"他们第一次感到中国的精神参照框架与现代趋向似乎有些不合适、不和谐。与对过去精神权威信仰的减弱相随而来的是对掌握西方物质强大的科学精神的渴望"[①]。各类文学体裁皆经受了社会大潮之淘洗而有所变化,除了日渐没落的词赋外,诗文的中心地位也已不复存在,通俗小说完全占据阅读市场,并大行其道。作品的商品特性决定了传播的文本形式,文学中的白话迅速取代了文言,文学传播方式纳入大工业生产的流程,市场成为阅读传播的主导。诗云"春江水暖鸭先知",在此背景下,城市叙事最早呼应都市生活的各种物性体验,展示和表达都市空间的细微变化,在描写内容、模式系统和媒介形式等方面都显示出新变的趋势,本章将围绕在古今变革的近代之际,依照从社会转型到城市空间转型,再到城市叙事转型的演进逻辑展开论述。

第一节 近代社会转型与城市空间的变革

由近代西方工业文明的撞击而引发的中国近代社会变迁,本质上就是完成从传统农业社会向现代工业社会的过渡或转型。中国近代社会转型表现为一个新旧社会结构的更替过程:一方面是传统农业社会旧结构开始松动、萎缩、解体;另一方面则是工业文明新社会结构潜滋暗长、调整改变,逐步排挤、取代传统农业社会结构。于是,社会呈现出转型期所特有的二元社会结构特征:在这一时期,传统封建主义关系在经济上和政治上已经出现极大的危机并不断衰落,但封建法权关系却未根本废除;资本主义关系虽已获得发展,在社会生活中所起的作用越来越大,但市场经济的原则却未在法律上得到确认。这两种根本冲突的价值观便同时出现在同一社会时空中,呈现出混杂性和歧异性。

乐正在其出版于1991年的著作《近代上海人社会心态(1860—1910)》中提出"时间递进"与"空间传动"这对概念,认为两者的演变是近代社会转型的重要标志,他说:"出于一种常识性的认识,我们已习惯把历史放进时

---

① 〔美〕郭颖颐著,雷颐译:《中国现代思想中的唯科学主义(1900—1950)》,江苏人民出版社1998年版,第3页。

间的维度中去加以考察。有一句老生常谈的话说：'人们每天都在续写着自己的历史。'这种把光阴流逝与历史演进的概念重叠起来的观念是很普遍的，它使我们对历史的考察形成一种思维定势，即按照时间发展的先后顺序这种固定的思路去看待历史现象。毫无疑问，时间之于历史的意义是十分重要的，这是对历史问题的一个最基本的思维向度。"但是，当我们开始认真地梳理并总结人类发展的历史时，会不由地探寻社会发展的动力来源，推动历史演进的向度并不是单一的，尤其是产业革命以来的西方社会发展已经体现出这一点。构成历史推动力量的既有纵向的运动，也有横向的运动；既有时间的因素，也有空间的因素。所以"仅从时间维度来认识历史进展的动因显然是很不够的，我们有必要再增加一个思维向度，即从时间和空间这两个不同的向度去展现社会历史的运动特征。从这个意义上理解，我认为人类漫长的社会发展进程经历过两种不同的运动形态，一种是时间递进型的历史运动，一种是空间传动型的历史运动。前者是古代农业社会发展的一般特征，而后者则主要是揭示了近代资本主义兴起、发展的历史轨迹。从'时间递进'到'空间传动'的演变，标志着人类社会发展的动力基因已有了重大改变，它从社会动力学的角度为我们认识近代化运动的一般特征提供了新的思路"[1]。

近代中国社会在从"时间递进"到"空间传动"的演变中，上海扮演了极为重要的历史角色。随着明清上海经济的繁荣，上海人似乎已经打开了繁荣和富裕之门，奠下了丰厚的物质基础；但是，时间递进的历史运动并没有顺利地持续下去，在产业革命中崛起的英帝国对其施加了强大的外来动力。如同许多非资本主义国家在步入近代化时所面临的共同问题一样，空间传动型的历史运动很快介入了时间递进的运动中，两者发生的剧烈碰撞，使近代上海处于时空两种历史运动的交叉点上并完全改变了原有之发展方向。从《南京条约》签订到上海顺利开埠，再到上海租界之建立，当时的上海人根本不会意识到，这些将会对上海的命运产生多么重大的影响。新建的租界不是旧上海县城的简单拓展，也不是时间递进历史运动的必然产物，而是空间传动型的历史运动的结果。

---

[1]　乐正：《近代上海人社会心态（1860—1910）》，上海人民出版社1991年版，第8页。

检讨历史就会发现，英国第一任驻沪领事巴富尔与他的继任者更像是一个历史的"扳道夫"，他们把上海引向了一条与传统迥异的发展轨道。1842年8月29日，清政府在英国武力的强迫下签订了《南京条约》，鸦片战争结束。《南京条约》与后来的《虎门条约》宣布中国沿海的广州、厦门、福州、宁波、上海为对外开放的通商口岸，英国政府有权派驻领事官员，英国侨民可以在这五个口岸租地建房、经商、居住，后来这些权力又被美国、法国等国加以"均沾"。由于这些不平等条约的签订，中国出现了一个所谓"条约口岸体系"，作为这个体系的一部分，上海从此开始受到外国资本主义的影响。1843年11月8日，英国军人巴富尔以英国第一任驻沪领事的身份来到上海。同年11月17日，他宣布上海正式开埠。巴富尔开始是将上海县城内租借的几间民宅作为领事馆和公寓，但出于安全的考虑，担心遭到当地居民的攻击，决定搬离县城，在城北沿江地区单独开辟一个英国人的居住区。在巴富尔的不断要挟下，1845年11月29日，上海道台宫慕久以告示形式公布了所谓《上海土地章程》，这是英国殖民者在近代中国取得的第一块居留地，成为"中国各地及上海外人租界之基础"，西方殖民者在中国建立的政治、经济上的独立王国就此开始。1848年，美国人在虹口地区建立起美租界。1849年法国又把县城北门外，洋泾浜以南地区划为法国租界。上海租界的历史从此开始。

租界设立之后，英、美殖民主义者多次胁迫清政府扩充公共租界的面积，他们采取"越界筑路"的手段扩展其地盘，即在租界境外收买土地，修筑道路，不断将租界的界限向外推展。在租界的面积逐渐扩大的背景下，租界当局在管理上引进了西方近代城市发展模式，市政建设和公用事业迅速启动先行，上海的对外交通更加便捷，这些客观上促进了近代上海工商业的发展。

道路是城市的动脉，是城市基础设施的重要组成部分。尽管开埠前上海城内已有道路多条，但大部分是泥土路，少数是砖石路，且大多较为狭窄。租界开辟以后，工部局和公董局都以西方城市的标准在租界内外筑路，使街道一改上海旧城乡局促狭窄的格式，而彼此贯通。至1865年时，租界内已有通衢大道13条，以中华省会和大镇的名称命名，"街路甚宽广，可容三四马车并驰，地上用碎石铺平，虽久雨无泥淖之患"。市内道路的建设，直接引发了城市景观的变化。以外滩为例，从前泥泞小路甚至江边芦苇丛生的沼泽地上建起了宽敞的大道，车马俱可自由奔驰，于是西方商人竞相建造楼房，1857年英租界外滩沿路有著名大洋行12家，1870年前后达到22家，到19世纪末20世纪初，曾经少有人烟的外滩及其周边区域已经成为上海著名的金融区。随着近代上海新城逐渐成型，其面貌已迥异于南面的旧城区。①

在公用事业方面，1865年，远东的第一家煤气公司——上海自来火公司在租界正式营业，它不仅向外侨私人供气，而且普遍用于城市公共道路的夜间照明。1881年，英商上海自来水公司宣告成立，1883年上海的最早自来水供水网建成，当时地位显赫的两江总督李鸿章被邀请出席了供水仪式，并亲自打开了对外供水的水闸门。上海电话业始于1881年，由大北电报公司兼营电话服务，初时规模很小，后有所发展。1900年又成立了华洋德律风公司，经工部局特许，成为专门经营上海市内电话事业的企业。

1882年，英商又在上海创设上海电光公司，电灯开始出现在上海租界。三年以后，发电厂开始向上海的街道路灯供电。1892年，工部局建设发电厂，发电能力获得迅速增长，街灯成为上海市政中一项重要的建设项目。20世纪以后，大规模发展起来的电力能源工业，为上海近代工商业的发展提供了良好的条件。据1928年的一个统计，美商上海电力公司出售电力的88%被用作工厂生产，这就为当时上海众多的轻纺、面粉等工业企业提供了动力保障。据同一个统计，当时上海工业企业使用的原动力以电力为最普遍，占84%，使用蒸汽动力的仅占13%，使用柴油机动力的仅占3%。当时上海工业企业就使用电力的总量而言，同欧美等各大都市还有一定距离，但就其动力中使用电力的比例来说，则比当时英德等城市还要高些，可见市政和公用事业的先行给上海经济的近代化创造了极为优越的条件。②

城市地标的出现是新型城市空间形成的重要标志。在1860年之前，上海租界主要由三部分构成，即英租界、美租界和法租界。尽管租界面积不断增加，范围明显扩大，其核心区域却相对稳定，也就是位于英租界的外滩南京路西南一带。在这里开始兴建了上海最早的一批城市公共设施，诸如领事

---

① 相关内容参考张林：《上海的租界》，天津教育出版社2009年版，第1—20页。
② 张仲礼主编：《东南沿海城市与中国近代化》，上海人民出版社1996年版，第50页。

馆、图书馆、教堂、俱乐部等第一批西式建筑在这里耸立起来，并随之实行最早的城市管理制度，所以说这里堪称是上海近代城市生活的发祥地。租界内部的连接也不断优化，值得一提的是在 1856 年外洋泾浜桥和苏州河桥先后修筑完成，英租界、美租界和法租界由此实现贯通。①

总的来说，在 1860 年代初期的上海，作为城市地标的高层建筑还属罕见。《上海新报》曾载商家因有高楼而别开财路，悦生号（广货店）因在跑马场有高楼一所，特在报端刊出广告："该楼观看跑马极其真切，并男女位分清，又绿衣巡捕看守以得安静，庶免喧嘈之患"，"士商欲观看者，祈预早来本号取票以便临期观看可也"。② 这里的高楼即外来建筑的洋楼，在当时作为新鲜事物被看待。1900 年之前，由于英国建筑师在晚清上海建筑行业拥有优势地位，配有红砖或灰砖清水墙，镀锌铁皮屋顶，带有拱券外廊的典型英国殖民地建筑物一度在上海遍地开花。

此后，随着外滩上多国建筑的逐步崛起，旧的空间局面被打破。1898 年，德国建筑师海因里希·贝克到达上海，他和他的同行采用了具有德国特色的建筑风格，于 1903 年 11 月完成了德国总会的建筑设计。德国总会康库迪亚（Club Concordia）于 1907 年落成，主体高 48 米，比周围建筑物高出 2 倍，成为当时外滩最高的建筑，这一记录一直保持到 20 世纪 20 年代。1903 年，德国记者蔡博面对外滩上修建的诸多宫殿般大楼的上海，就已经有些惊异，在他的视野中，"从桥上下来，沿着吴淞河岸，即是上海的主要大道 —— 外滩，……所有汇集到这个城市的智慧和财富，都集中在这条富丽堂皇的滨江大道旁，或者围绕在它的周围"，这其中包括英国法院、好多家领事馆和共济会大楼。③ 而德国总会的落成更是赋予外滩建筑群新的定位，进一步改变了外滩空间的天际线，标志着外滩建筑物多国争雄的开始。

19 世纪末到 20 世纪初，上海出现了一批为帝国主义商业资本输出服务的建筑物，如银行、交易所、码头、海关、车站等明显增多。同时，由于资本的积累，技术力量的提升，建筑的规模和体量比开埠初期有了明显的扩

---

① 罗苏文：《晚清上海租界公共娱乐区的兴起（1860—1872）》，《史林》2006 年第 5 期。
② 转引自罗苏文：《路、里、楼 —— 近代上海商业空间的拓展》，《史林》1997 年第 2 期。
③ 参见孙逊、杨剑龙主编：《都市、帝国与先知》，上海三联书店 2006 年版，第 339 页。

大。开始出现了 5 层以上、7 层以下的钢结构或钢筋混凝土结构建筑。在艺术风格上，这些建筑大多为欧洲古典主义形式，有的呈现出较浓重的古典巴洛克风格，有的是运用多种西方古典建筑元素集合而成的，较具有代表性的有 1913 年建造的亚细亚火油公司大楼，进门有古典爱奥尼克式双柱，立面曲线装饰较多，是现存典型的巴洛克风格建筑。1922 年建造的怡和洋行，入口有古希腊科林斯柱式的门廊。这一时期所建外形为西方古典式的五六层大楼还有英国总会、理查饭店、华俄道胜银行、法国总会、先施公司、永安公司、工部局新厦、卡内门公司，以及在世界建筑史上占有一席地位的建于 1925 年的新汇丰银行大厦。

在 20 世纪二三十年代，作为上海标志性建筑物的主要有金融业、商业和娱乐业建筑。英国汇丰银行大楼建于 1921—1923 年，是英国在华势力中最大的一家银行。它位于上海外滩，四面临街，正对黄浦江，是外滩的代表性建筑，总占地 14 亩，高 8 层，平面接近正方形，建筑面积 32000 平方米。汇丰银行的外观模仿砖石结构，实际为钢筋混凝土结构，属于典型的古典风格。建筑中部为高耸的带有古罗马风格的圆弯顶，强调建筑物的主轴线。建筑内部的处理也采用了古典手法，极力追求富丽堂皇的装饰效果。爱奥尼克柱式的柱廊与藻井式的天花板的运用，是典型的文艺复兴时代希腊式风格。汇丰银行由英商公和洋行设计，建筑耗费 1000 余万元。当时英国人自诩它是"从苏伊士运河到远东白令海峡的一座最豪华的建筑"。

建于 1926—1928 年的上海沙逊大厦（Sassoon House），位于外滩与南京东路路口，它以房顶形似金字塔的墨绿色四角尖锥顶而引人瞩目，总高 77 米。这座大厦由两座不同建筑风格的大楼组成。南楼仿照 15—17 世纪文艺复兴时期的公寓建筑形式，采用古典庄重的设计手法来建造。南楼各层窗户的排列如同工整的凹凸图案，显露出这种建筑风格工整而又不乏装饰味的特色。沙逊大厦的北楼则运用美国现代建筑的芝加哥学派的设计手法来建造。外观以花岗石贴面，处理成简洁的直线条。大厦的平面呈三角周边形。建筑为钢结构的 10 层大楼。楼顶 19 米高的方锥体屋顶是没有实用意义的庞大的装饰物，在建筑上表现出从折中主义向现代式过渡阶段的特点。它是沪上外资饭店早期的代表作。

此外，大世界游乐场的建筑也属于近代上海的代表性建筑，坐落于繁华的爱多亚路（今延安东路）与西藏路的交叉口，是中国近代最早开设的综合性娱乐场所。它始建于 1917 年 7 月，创办人为黄楚九。"大世界"是一座中西风格结合的塔楼式建筑，楼高 5 层，笔直高耸的塔形屋顶突出而醒目，是"大世界"的标志。"大世界"里设有许多小型戏台，轮番表演各种戏曲、曲艺、歌舞和游艺杂耍等，中间有露天的空中环游飞船，还设有电影院、商场、小吃摊和中西餐馆等，游人可终日在内娱乐消闲。大世界游乐中心由"游乐世界""博览世界""竞技世界""美食世界"四部分组成，推出了八大系列的游乐项目，特别是"竞技世界"中的"大世界擂台"及吉尼斯纪录擂台赛引来了全国各地绝技高人纷纷前来献艺，可谓盛极一时。

租界之于上海的巨大影响，突出地体现为以经济、文化资本为手段的殖民扩张对城市空间的生产与重构。上海近代文化便在此富于殖民色彩的都市化背景中形成并日渐成熟。作为雅俗与新旧文化并存的中心，以及中西方文化交汇的中心，上海文化呈现出一种多方面、多层次、彼此交错而又整体互动的立体建构。在以租界为特色的政治、经济、文化环境中，特别是在殖民色彩的资本主义文化机制的影响和制约之下，种种力量的交汇使得上海成为文化的"飞地"，而又"五方杂处"，充满文化交融性与杂糅性。可以说，租界的存在具有特殊性，其特殊性在于以一种由外而内的方式，将西方资本主义和殖民主义的强力作用，转化为这座城市特有的变化基因，这种新旧同体的变化使近代上海获得了其他城市难以比拟的巨大可能性。[①]

租界的存在对于中国社会生活而言，意义重大，它不仅改变了中国的城市格局，为城市注入了近代内涵，而且开始为中国都市生活提供了一种前所未有的范本，城市居民在感受新的生活内容的同时，逐渐告别了传统生活方式。作为现代都市的第一代学者，德国的西美尔（Georg Simmel）在其名文《大都会与精神生活》中谈到，都会中纵横交错的街道，经济、职业和社会生活发展的速度与多样性，使得城市在精神生活的感性基础上与城镇和乡村生活有着深刻的差异，城市与乡村的分野变得如此清晰："城市要求人们

---

① 本节内容多参考陈伯海主编：《上海文化通史》，上海文艺出版社 2001 年版，第 42—52 页。

在敏锐的生活中应当具有多种多样的不同意识"，城市生活中"神经刺激的强化"，"变幻莫测的图像迅速堆积，目光所到之处视象急剧变换，各种不期然的印象纷至沓来"。而"在乡村，生活的节奏与感性的精神形象更缓慢地、更惯常地、更平坦地流溢而出"，相比较而言，都会生活更是"以都市人口增长的直觉与观察以及理智优势为基础"。从人类精神意识史来看，都市可谓是"重大的历史构成物之一"，"呈现了一种全新的等级序列"，而在这个序列中，都市所代表的"生活力量"已经生长到它的极致。① 而这一切正在近代上海这个史无前例的城市中充分地展现出来。

这种城市空间的变革，在广州、天津等早期租界城市中也随之出现。广州对外通商的历史悠久，早在唐代就设立市舶司，在租界确立之前，也是在广州出现了最早的中外租地合约，1843 年 11 月 25 日，英国驻广州领事李太郭（George Trandescant Lay 又名李春）在清朝官员的帮助下，与 6 个行商签订了租地合约。租借获得东至西濠口，西到新豆栏，北到十三行街，南到珠江口的大片土地，租期 25 年。1858 年在第二次鸦片战争之后订立了中英《天津条约》，其后，广州的英、法租界即被开辟。1859 年 5 月 31 日，英国驻华公使卜鲁斯便做出由英国政府向清政府租借沙面的决定。7 月广州英租界便被确定了界址，并成了第一个由外国政府向中国政府租借界内全部土地的租界。在鸦片战争后十多年中（1840—1853），广州港的对外贸易和十三行地区仍保持其重要地位和繁荣景象。尽管以后西方资本主义国家对中国经济侵略的重点向上海、香港转移，但这有一个逐步取而代之的过程。

1860 年 10 月，清政府被迫与英、法两国分别订立《北京条约》。在这一城下之盟中，天津也被列为增辟的对外通商口岸。经过查勘，英人选中天津城东南二三里许、海河西岸紫竹林一带的 400 多亩土地。不久，天津英租界的四至即被划定。② 该租界位于海河西岸，自紫竹林至下园，面积约 460 亩。至 20 世纪 20 年代，在法租界内的杜总领事路与福煦将军路十字路口逐渐形成了天津最繁盛的商业中心，这里高楼鳞次栉比，除了渤海大楼、浙江兴业银行等众多整齐美观的西式建筑外，天津劝业场、天祥商场、泰康商场等商

---

① 〔德〕齐奥尔格·西美尔著，费勇等译：《时尚的哲学》，文化艺术出版社 2001 年版，第 186—199 页。
② 参见费成康：《中国租界史》，上海社会科学院出版社 1992 年版，第 23—24 页。

业设施也开始投入使用，引来了大量的人员流动。天津英租界今五大道区域是天津社会名流住宅集中的区域，而他们的商业消费或者文化娱乐活动则安排在劝业场一带。

从 1843 年以来的近 60 年间，英、法、美、德、俄、日、比、意、奥 9 国先后在上海、厦门、广州、天津、镇江、汉口、九江、苏州、杭州、重庆 10 个通商口岸开辟了 25 个专管租界。[①] 尽管各个租界的城市建设存在很大差别，比如在所有专管租界中，英租界是贸易最发达、经济最繁荣的租界。在全国首屈一指的上海公共租界中，其精华部分即是英租界。在汉口，英租界的繁盛程度远超其他租界。从历史发展的辩证角度来看，城市中租界的设立一方面是西方资本主义制度强势入侵的产物，经济上的掠夺是其根本目的，另一方面在客观上也带来了城市工商业的发展与繁荣，引发城市空间的巨大变革。

第二节　都市生活的物性体验与城市叙事内容的新变

都市空间的改变带来的文化效应是系列的和联动的，美国学者丹尼尔·贝尔在分析现代主义的结构与形式时指出："随着城市数目的增加和密度的增大，人与人之间的相互影响增强了。这是经验的融合，它提供了一条通向新生活方式的捷径，造成前所未有的社会流动性。在艺术家的画布上，描绘对象不再是往昔的神话人物，或大自然的静物，而是野外兜风，海滨漫步，城市生活的喧嚣，以及经过电灯照明改变了的都市风貌的绚烂夜生活"[②]，都市生活带来了几乎区别于以往的全新物性体验，也充分激发了人们的创作灵感，艺术创作如此，文学创作亦如此。美国学者理查德·利罕进而指出："随着历史和文化发生变化，包括与城市发展密切相关的从商业、工业到后工业时期的变化，文学要素也被重新概念化。这样，当文学给予城市

---

①　参见费成康：《中国租界史》，上海社会科学院出版社 1992 年版，第 53 页。
②　〔美〕丹尼尔·贝尔著，赵一凡等译：《资本主义文化矛盾》，生活·读书·新知三联书店 1989 年版，第 94—95 页。

以想象性的现实的同时，城市的变化反过来也促进文学文本的转变。"① 就中国社会的近代转型而言，随着城市都市空间的转变，城市叙事内容也发生了巨大改变。

上海大众文化空间的形成是以四马路消费文化的兴起为标志的。前文提到，1845 年，第一任英国驻沪领事巴富尔逼迫清政府在上海划出洋泾浜（今延安路）以北，李家庄（今北京路）以南，东至外滩的一块地皮，作为租界专供英国人居住。此后，英殖民主义者在外滩一线构屋筑路的范围扩展至西面的界路（今河南中路）。自 1851 年起，大马路（南京路）、二马路（九江路）、三马路（汉口路）、四马路（福州路）、五马路（广东路）相继建成。随着各条马路的建成，以近代交通干道为纬的城市大众文化消费空间，也被逐步构筑起来。

从洋泾浜上岸进入租界，被称为夷场"华人街"的宝善街（五马路东段）就在眼前了，这一街道与传统城市的繁华地带并无不同，在街的两侧布满了戏园、茶楼、酒肆、妓院和赌场。但是消费中心很快从五马路向四马路转移，五马路上传统口味的休闲方式，逐步被四马路上亦新亦旧的休闲方式所替代。19 世纪 50 年代初，外滩至界路（今河南中路）一段，筑成泥砂石子马路，因附近设有基督教伦敦会传教机构，故称布道路，又称教会路。清咸丰六年（1856）向西延伸至第二跑马场（今湖北路）。清同治三年（1864）筑完全程抵泥城浜（今西藏中路），从同治年间以后，四马路就成了上海最为繁华热闹的街道，被视为十里洋场时尚的风向标。

在四马路新旧相间的文化消费中，最能代表城市文化特征的，还是四马路边错落有致的茶楼，其中大多是声名赫赫的沪上名楼，比如四海升平楼、凤来阁、引凤楼、三元同庆楼、百花楼、沪江第一楼、青莲阁、风月楼、长春楼、得意楼、五层楼、鹏飞白云楼、玉壶春、一洞天、碧露春、乐也楼、龙泉楼等。面对这些沪上著名茶馆，于是有"观乐词人"集诸名楼牌号雅合的《鹧鸪天》词一阕："四海升平引凤来，三元同庆百花开。沪江第一青莲阁，风月长春得意回。金凤阙，玉龙台，五层楼峙白云隈。玉壶春向洞天

---

① 〔美〕理查德·利罕著，吴子枫译：《文学中的城市——知识与文化的历史》，上海人民出版社 2009 年版，"前言和致谢"第 3 页。

买，碧露龙泉乐也该。"①

同传统茶馆相比，这些茶楼无论在规模和功能上都有所不同。如其中号称沪上第一的青莲阁，上下共三层，除设茶座外，还兼营书场、戏院、烟间、弹子房，并兼售西点、花卉、虫鸟，光顾者可随意听唱、游艺、购物、唤妓或临街观景，正如包天笑在回忆录中写道："……我们又到四马路去游玩，那个地方是吃喝游玩之区，宜于夜而不宜于昼的。有一个很大的茶肆，叫做青莲阁，是个三层。二层楼上，前楼卖茶，后楼卖烟（鸦片烟，那时候吸鸦片烟是公开的），一张张的红木烟榻，并列在那里。还有女堂倌（现在称之为女侍应生）；还有专给人家装鸦片的烟馆伙计，还有川流不息的卖小吃和零食的，热闹非凡。"② 社会各阶层人员的汇集使茶楼成为一个消费类型多样、功能齐全的综合性大游乐场。伴随着规模的变化，西餐的引入使餐饮的内容也发生了变化，一品香番菜馆是其中最早开张也是规模最大的一家，一品香本为著名旅馆，番菜馆附设在旅馆底层。徐珂的《清稗类钞·西餐》就记载："我国之设肆售西餐者。始于上海福州路之一品香。"③ 除一品香外，当时四马路上的"番菜馆"还有海天春、四海春、吉祥春、江南村、万年春、锦谷春、金谷春、一家春八家。这些餐馆供应的大多是中西调和型的西菜，餐馆按照当时流行的西式风格来设计整体格局和装修环境，但是在以西式配制菜式菜品以及烹调口味方面之外也充分考虑了中国传统的口味，体现出明显的"中西合璧"的特色。

在四马路的各种娱乐行业中，妓院的地位颇为引人关注。1861 年，太平军占领江南一带，实行禁娼，南京、扬州、苏州等地的妓女纷纷外逃，避居上海租界谋生。于是四马路的红粉业异军突起，活跃在前面提到的各类茶楼里。四马路上的妓女不止于流连茶楼等娱乐场所，更形成大规模的聚居区，会乐里、久安里、清和里、尚仁里、日新里、同庆里、西安坊、普庆里、东西荟芳里等聚纳着各地各色妓女，《沪江商业市景词》有专写四马路的内容，"四马路中人最多，两旁书寓野鸡窝，戏园茶馆兼番菜，游客忘归半入魔。

---

① 参见陈无我：《老上海三十年见闻录》，上海书店出版社 1997 年版，第 2 页。
② 包天笑：《钏影楼回忆录》，山西古籍出版社 1999 年版，第 39 页。
③ 徐珂：《清稗类钞》第 47 册《饮食上·西餐》，商务印书馆 1928 年版，第 51 页。

邀朋闲步去看花，一路行来让马车，最是动人留盼处，龟肩高坐小娇娃"，妓女招蜂引蝶，令沪上一班新老买春客乐而忘返。这样就使四马路东西向呈现出较为奇异的文化景观，东段"福州路文化街"为文化制造业，西段"四马路长三书寓"为消费性娱乐业。两者的比邻而居构成了处于近代化过程中的上海独特鲜活、又不免有些暧昧尴尬的城市文化消费空间。

由四马路出发，经泥城桥到静安寺，其间可到著名的张园。张园位于南京西路以南、石门一路以西的泰兴路南端，其地本为农田，1878 年由英国商人格龙营造为园。1882 年，中国商人张叔和从和记洋行手中购得此园，张氏将园林命名为"张氏味莼园"，取晋代张翰因"见秋风起，乃思吴中菰菜、莼羹、鲈鱼脍"，不恋官位、退隐山林之典故，简称张园。1885 年开始，张园向游人开放，初免费，不久因园内游人太多，每人收费一角，后又免费。此后，张叔和又对该园屡加增修，至 1894 年，全园面积达 61.52 亩，为上海私家园林之最。园中建有当时上海最高建筑"安垲第"（Arcadia Hall），一时登高安垲第，即可鸟瞰上海全景，曾有游客记载："味莼园有登高处，南见龙华，东望海关，每重九日，游人攀而上者极夥，而似塔非塔，在跳舞堂东北隅，如角楼然。"[1] 园区作为典型的中西合璧的大型综合性文化消费场所，兼具了花园、茶馆、饭店、书场、戏院、舞厅、照相馆、游乐场等多种功能。新出现的张园，成为当时西方物质文明和科技文明登陆上海的桥头堡和展示窗口。许多尚未推广的新鲜器具或事物，如：电灯、照相、电影、热气球等，各种体育竞赛、赏花大会、展销大会、戏剧表演（包括中国最早的话剧表演），均先在张园出现。1886 年 10 月 6 日，张园试燃电灯，游客争相围睹，咸以为奇观。

张园作为独特文化空间的真正内涵，不但因率先展示了众多新颖玩意而成为当时的时尚之源，而且还一度成为上海各界集会、演讲、展览最重要的公共场所，承载了特殊的社会、政治、文化功能。与当时专为西人辟设的外滩公园、虹口公园、复兴公园、兆丰公园，以及当时只对少数文人开放的徐园等所谓的"公园"相比，张园的大众性特征和公共性程度无疑分外突出，

---

[1] 孙宝瑄：《忘山庐日记》，上海古籍出版社 1983 年版，第 583 页。

它是近代上海真正意义上的面向普通民众的公园。三教九流的各色人等均可出入其间，政客志士在此纵论天下，商人买办在此集会交易，雅士墨客在此以文会友，普通游客在此赏花观景、游艺娱乐，青楼女子在此卖弄风情，小报记者在此窥艳猎奇。作为向全体市民免费开放的大型公共花园，张园是当时上海的唯一，在张园出现以前，上海还没有过这样一种不分区域、行业、阶级、性别的大型公共活动空间，因此，张园被誉为"近代中国第一公共空间"。①

上海大都市空间的形成对于江南的城市具有强大的辐射力和影响力，扬州、苏州、无锡、宁波等地民众不断向上海迁移，尤其是鸦片战争之后从扬州到上海的民众的迁移，则意味着通俗文化中心的转移。这一时期出现了大量写扬州和上海的通俗小说，写扬州的有《风月梦》《扬州梦》《雅观楼》《广陵潮》等，写上海的就蔚为大观了，其中声名较著的有《海上花列传》《九尾龟》《海上繁华梦》②等，通过叙述城市中的人物故事，它们展示了较为广阔的社会背景，真实反映出 19 世纪后期到 20 世纪初这一历史阶段两座城市的社会生活变迁。通过扬州与上海对于城市物质生活的不同体验与描绘，可以清晰地看出城市叙事内容的新变。

从扬州到上海，城市场景出现了从自然景点到人工景观的变化。在晚清的扬州小说里，所描写的城市场景是与历史悠久的古建筑、古景点联系在一起的。如果说扬州小说中那些追逐声色者的主要活动区域不外乎是茶馆、酒楼或者平山堂、小金山等景点，他们或在城市街区里穿行、喝茶、听小曲、看戏法、跌博，或坐船"到桃花庵、法海寺、平山堂、尺五楼各处游玩"，而到了上海，情况就大大不同了。

在写上海的小说里，如《海上繁华梦》有时也写到了龙华寺、高昌庙，也写城隍庙的传统集会，值得注意的是这种繁华中心从传统建筑、景点向洋场马路迁移的趋势先在上海内部悄然进行，初集第十九回就有一段颇能

---

① 本节前述内容多参考王文英、叶中强：《城市语境与大众文化——上海都市文化空间分析》，上海人民出版社 2004 年版，第 1—4 页。

② 以下所据版本：《海上花列传》为上海书店出版社 1993 年版；《九尾龟》为荆楚书社 1989 年版；《海上繁华梦》为上海古籍出版社 1991 年版。

说明问题的叙述："这里也是园原算是城中一个名胜之所，听得老辈中人说起，从前上海没有租界的时候，那些秦楼楚馆，都开在城里头县桥左近，怎么三多堂、五福堂的，很是热闹。每到荷花开放，就有许多狎客带着他们到这里来顽，仿佛目下张家花园一般。自从红巾扰乱之后，有了洋场，这些堂子慢慢的都搬到洋场上去，城里头遂没有了顽的地方，这也是园也就没人到了。"①也使园的兴衰带着象征的意味，当洋场兴起后，也使园遂沦为文化意义上的乡村。

那么十里洋场的景象究竟怎样呢？在《海上花列传》里渲染的是与扬州大异的另一种城市景象，第六回：

> 仲英与雪香、小妹姐踅进洋行门口，一眼望去，但觉陆离光怪，目眩神惊。看了这样，再看那样，大都不能指名，又不暇去细细根究，只大略一览而已。那洋行内伙计们将出许多顽意儿，拨动机关，任人赏鉴。有各色假鸟，能鼓翼而鸣的；有各色假兽，能按节而舞的；还有四五个列坐的铜铸洋人，能吹喇叭，能弹琵琶，能撞击金石革木诸响器，合成一套大曲的；其余会行会动的舟车狗马，不可以更仆数。②

这正是当时大都市所特有的、令人目迷五色的商品。城市生活的主要内容就是吃大餐、逛洋行、购时装，《海上花列传》第三十回："……忽听栈门首一片笑声，随见秀英拎着一个衣包，二宝捧着一卷纸裹，都吃得两颊绯红，唏唏哈哈进房。洪氏先问晚饭。秀英道：'吃过哉，来浪吃大菜呀。'……二宝复打开衣包，将一件湖色茜纱单衫与朴斋估看。朴斋见花边云滚，正系时兴，吐舌道：'常恐要十块洋钱哚！'"③《九尾龟》第二回这样概括上海妓女的生活内容："这班倌人、马夫、戏子是妍惯了，身体是散淡惯了，性情是放荡惯了。坐马车，游张园，吃大菜，看夜戏，天天如此，也

① （清）海上漱石生：《海上繁华梦》，上海古籍出版社 1991 年版，第 190 页。
② （清）韩邦庆：《海上花列传》，上海书店出版社 1993 年版，第 40 页。
③ （清）韩邦庆：《海上花列传》，上海书店出版社 1993 年版，第 215 页。

觉得视为固然，行所无事。"①《海上繁华梦》初集第二十二回还描写了当时时兴的拍照："阿珍说：'宝记的照片果然拍得甚好，我听得人说致真楼有好几套古装衣服，拍下来很是好看，前天见有个姊妹们拍了一张天女散花图，真是异样出色。今天我想拍一张《白水滩》中的十一郎，或是《八蜡庙》中的黄天霸……'"②这是扬州妓女所不可想象的城市生活。

通过对以上物质生活内容的描写，可以发现早期海派城市叙事中的西式色彩，明显的对比即是，当《风月梦》还将自鸣钟作为罕见之物，来自扬州乡下的穆竺完全不知其为何物之时，《海上繁华梦》中郑志和等人新房里所陈设的基本都是舶来品，鲜见国货。其文曰：

> ……套房里一张外国铁床，四把外国交椅，一只大餐台子，台上铺的是白绒线台毯，摆些大餐台上应用之物。两壁厢钉了两个外国多宝橱，橱中供的都是小自鸣钟、小洋花瓶、刻牙人物等外国玩物，价颇不赀。地上边正房里是广漆地板，套房里铺的东洋地席，收拾得真是十分精洁。③

《海上繁华梦》初集第二十三回中蔡少霞为相好阿珍置办的家具，也都是清一色的洋货，所写的都是英文的中译名，什么"四泼玲跑托姆沙发一张，又沙发一张，叠来新退勃而一只，狄玲退勃而一只，华头鲁勃一只"④云云。

扬州和上海的小说都描写了大量的曲艺娱乐活动。"扬州歌吹"自古有名，杜牧就有"谁知竹西路，歌吹是扬州"的名句，"扬州歌""扬州调"都是扬州传统的曲艺形式，在《风月梦》里，不仅记录了许多扬州歌的歌词，还具体记载了嘉庆、道光间扬州歌的演唱情况，如十六回写："贾铭着人将弦子、笛子、笙、鼓、板、琵琶、提琴取来，放在云山阁桌上，十番孩子

① （清）漱六山房：《九尾龟》，荆楚书社1989年版，第13页。
② （清）海上漱石生：《海上繁华梦》，上海古籍出版社1991年版，第228页。
③ （清）海上漱石生：《海上繁华梦》，上海古籍出版社1991年版，第398页。
④ （清）海上漱石生：《海上繁华梦》，上海古籍出版社1991年版，第241页。

唱了两套大曲。凤林豪兴，叫十番孩子做家伙，他唱了一套《想当初庆皇唐》，声音洪亮，口齿铿锵，宛似男子声音。月香等凤林唱毕，他唱了一套《只为你如花美眷》，声音柔脆，细腻可人……"，小说第五回、第七回还唱了以《红楼梦》故事为内容的歌曲。到了上海，除了传统的曲艺外，市民的文化欣赏方式已发生了较大的变化，从单一的"听觉艺术"逐步转为"视觉艺术"那样可听、可视且诉诸感官刺激的综合性艺术，比如新出现的电影。《海上繁华梦》二集第二十五回写道："秀夫说：'因虹口到了一班车利尼外国马戏，听说甚是好看，故到长发栈，想约锦衣、少牧等一同往观。岂知栈里头一人不见，只有守愚在彼，想寻少甫到张家花园看电光活动影戏，又想到徐家花园看焰火去。'"这里的"电光活动影戏"就是当时人对电影的称呼，也称"西洋影戏"，它引起了人们的广泛兴趣，有人评说："现在上海的那班影戏，一共有五十套照片，都是些外洋风景，最好的是'救火'、'洗浴'。那'救火'好象真是火烧一般，先有黑烟冒出，后见红光。'洗浴'乃在大海里头，那海水奔腾之势，与这些人从岸上跳到水里边去，真如身历其境。"[①]据相关史料，中国放映的第一部外国电影是在1896年8月上海徐园里放映的《又一村》，徐园曾在8月2日《申报》广告版刊登告白："本园廿三日夜八点钟熄灯，仍设文虎、侯教、童串、戏法、西洋影戏、惠泉茗茶，聊以敬客不另取资，又换新式烟火，十一点钟燃放，游资每位两角，特白。"并于8月10日、11日又刊登告白："初三夜仍设文虎、侯教、西洋影戏、童串戏法，定造新样奇巧电光烟火……游资每位两角。"在8月14—15日接着刊登告白："七夕仍设文虎、侯教，初七日乞巧会，爰蒙同好诸君在园内陈设古玩、异果、奇花，兼叙清曲，是夜准放奇巧烟火，又一村并演西洋影戏，惟处八九两日因诸君余兴方浓，故再陈设古玩，雨天以供众览，特白。"这几条告白可以见出当时民众对于此种新兴娱乐形式的热情。从此，电影作为新型的文化形式，进入了中国市场。[②]

上海城市景观的现代性特色是与殖民地文化联系在一起的，如《海上花列传》第十一回写外国巡捕组织人员救火，"带领多人整理皮带，通长衔接

① （清）海上漱石生：《海上繁华梦》，上海古籍出版社1991年版，第604—606页。
② 程季华主编：《中国电影发展史》（第一卷），中国电影出版社1963年版，第8页。

做一条,横放在地上,开了自来水管,将皮带一端套上龙头,并没有一些水声,却不知不觉皮带早涨胖起来,绷得紧紧的","不多时,只听得一路车轮碾动,气管中呜呜作放气声,乃是水龙打灭了火回去的"①,再如火灾后保险局的理赔事宜。传统中国人以新奇的眼光看着这一切,这些都是他们无法理解的新鲜事物。在上海的租界,中西共管、文化杂陈成为新的城市特色,如跑马场、招商局、申报馆、工部局、巡捕房、礼拜堂等成为城市场馆的组成部分。比如上海滩跑马场每到春秋两季,最为热闹,《海上繁华梦》初集第八回回目就是"看跑马大开眼界"。城市中有了更多西化的娱乐和生活内容,典型的除了在《海上繁华梦》中描写的电影放映,德律风(电话)也在书的结尾处出现了,在宴饮集会之地,到处有林立的大菜馆,人们开始采用刀叉分食的就餐方式,等等,正是这些内容塑造出一个与传统迥然有别的大都市形象。

第三节 文学转型与城市叙事系统的新变

中国文学从传统向现代转型历经较长的时期,这是一个新旧质素彼此斗争、相互缠绕消长的过程。本书所探讨的城市叙事之现代转型,自 1840 年左右开始发端,至 20 世纪 30 年代才基本完成。本节内容主要讨论在文学转型的时代大背景中,城市叙事的新旧更替是如何发生的。

一、文学古今转型与城市叙事的四种新变

关于中国文学现代转型问题的讨论由来已久,近年逐步取得一些共识,我们认为其中有两点共识尤为重要:一是"中国文学整体论",二是"近代是中国文学古今演变的临界时段"。本书题为"中国城市叙事的古典传统及其现代变革",其隐含的一个核心命题就是将中国文学视为一个整体,将中

---

① (清)韩邦庆:《海上花列传》,上海书店出版社 1993 年版,第 75—76 页。

国城市叙事视为一个整体，通过古今贯通来加以综合考察。

　　"中国文学整体观"在当下已逐渐成为学界同仁的共识。黄子平、陈平原、钱理群三人在20世纪80年代就提出"20世纪中国文学"的概念①；陈思和在2001年上海文艺出版社出版的《中国新文学整体观》中更是提出"中国新文学的整体观"，强调中国现代文学的整体性，强调通常所说的"现代文学""当代文学"乃至"晚清文学"的一体性。事实上，整个中国文学都是一个整体，即"中国文学"，只是此"整体"不是就文学的某种固定品性而言，而是就历史发展的过程而言。此一方面已经越来越受到文学史家们的重视，近年来，文学史研究中出现了把中国古代文学向现代延伸或者把中国现代文学向古代追溯的趋势，人们试图打通古代文学与现代文学在学科上的分隔，并从历史的层面上把古代文学和现代文学衔接起来。②

　　另一个问题就是文学古今演变的临界问题。现代文学研究专家严家炎先生非常关注"现代文学的起点"问题，他认为：19世纪80年代以来的许多文学史实证明，如果说1890年前后中国现代文学已经开始萌发，有了起点，那么，后来的五四文学革命实际上是个高潮，其间经过了30年的酝酿和发展。③笔者在讨论文学古今演变临界点问题时，也认为文学转型经历了一个时段：

　　　　王德威提出"没有晚清，何来五四？"就本质而言，五四新文学是一个文学的大收获结局，而五四新文学的建构过程则起始于五四之前的近代，这种建构包括文学观念的建构、文体建构、现代思想体系的建构、语言建构以及更为深层的整个文化类型的建构。所以，从历史的角度看，五四不过一个结果，而近代则表现为一种过程。我们是否可以这样理解，"文学演变"是一个过程，而"文学革命"的发生则是结果，当无数演变的能量都积聚到一个节点上，于是革命爆发。与重要的结果

---

① 黄子平、陈平原、钱理群：《论"20世纪中国文学"》，《文学评论》1985年第5期。
② 高玉、梅新林：《过渡、衔接与转型——重新定位中国近代文学》，《社会科学辑刊》2003年第2期。
③ 严家炎：《中国现代文学的"起点"问题》，《文学评论》2014年第2期。

相比，过程有时更为重要。①

在文学转型过程中，整个文学系统都发生了变化。艾布拉姆斯在《镜与灯》里提出文学的四要素：世界、作者、作品、读者。世界是指文学活动所反映的客观世界、主观世界；作者是文学生产的主体；作品作为显示世界的"镜"和表现主观世界的"灯"；读者是文学接受的主体。文学转型意味着这些要素的改变。对应这些要素，我们可以做出一些判断，近代以来，发生了时代文学观念、作家生存条件、叙事模式、传播环境、接受观念等诸多方面的改变。

具体到城市叙事系统所发生的新变，择其要者，有以下方面：一是传统的故事场景与人物之新变，传统名物与山水场景向现代城市空间的变迁，从自然山水到咖啡馆、跑马厅等都市场景；二是传统的城市故事主题之新变，风月言情为主的道德劝诫故事变为城市生活的现代性反思；三是城市故事的传统写法之新变，书写城市的表现形式也就是文学描写的路数，从现实主义或浪漫主义的笔法逐渐向现代主义过渡；四是传统的城市情感之新变，由城市认知和感悟融汇而成的感情基调发生大的改变，这种改变最为核心的部分就是主体改变，由传统形态的多类主体（帝王将相、王侯贵族、士子淑女、市井众生等）的多重情感，变为单类主体（市民主体）的多重情感，情感的类型虽然也包括了眷恋怀念、崇拜颂赞、揭露谴责、颓废沉溺等，但是其内涵已经悄然改变。

二、开风气之先的广东城市叙事：以舶来品书写为中心

就城市叙事的内容变革而言，若以时代先后为视角，则广东地区的城市叙事颇有开风气之先的意味。广东地处中国南海要冲，首当其冲地成为中西文化交流的前沿区域。正如小说中所描述的那样，"只说我们中国南洋一带，广东是个最紧要的口岸，最富庶的地方，百姓也甚是开通，市面也十分兴

---

① 葛永海：《文学古今演变的临界点之辨》，《河北学刊》2009 年第 2 期。

旺"①；"通商初定，虬髯碧眼，来者日多。买一瓶酒，几个水果，都用整块的金圆、银圆"②。显而易见，与19世纪40年代之后开放的中国其他口岸城市相比，粤民更早地感受"西风拂面"，对西方物质文化、精神文明的理解也更为深入，广东城市叙事将西式生活作为素材内容引入作品，渲染描摹，翘然为时代之引领者，其所描绘的广度和丰富性在同时代作品中极具代表性。

以海上贸易起家的广州城，在明代就已形成了其城市自身的经商风格。所谓"广城人家大小俱有生意，人柔和，物价平，不但土产如铜锡俱去自外江，制为器，若吴中非倍利不鬻者，广城人得一二分息成市矣。以故商贾骤集，兼有夷市，货物堆积，行人肩相击，虽小巷亦暄填，固不灭吴阊门、杭清河坊一带也"③。到了清中期，诗人罗天尺所写的《冬夜珠江舟中观火烧洋货十三行因成长歌》就这样描述当时的广州城新景："广州城郭天下雄，岛夷鳞次居其中。香珠银钱堆满市，火布羽缎哆哪绒。碧眼蕃官占楼住，红毛鬼子经年寓。濠畔街连西角楼，洋货如山纷杂处。"④我们从字里行间就可以体味到广东富有特色的时代景观。显而易见，西方文明最早为时人瞩目的，乃是明以后大量进入的西洋器物以及以洋货交易为名目的商业资本。尤其是到了清代，广东"香珠犀象如山，花鸟如海，番夷辐辏，日费数千万金，饮食之盛，歌舞之多，过于秦淮数倍"⑤，至于晚清，洋货充斥广东社会生活，已达到无孔不入的状态。晚清广东城市叙事最显著的特点就是小说对于洋货的描述，体现了晚清粤民对于西方生活方式从被动接受到主动追求的渐进过程。

刊行于19世纪初期的庾岭劳人《蜃楼志》和写于1905年的黄小配《廿载繁华梦》都是主要以粤民家庭生活为题材的小说力作。它们的问世年代虽间隔百年，但书中描述的社会生活都充满了西化风味。我们试从小说对洋货的描述入手，对这两部作品进行比较阅读，从而揭示粤民认知、接受西方物质文明的心路历程。

《蜃楼志》中出现的洋货仍被视为"奇技淫巧"，所以理所当然地成了

---

①　（清）张春帆：《宦海》，林健毓编：《近代小说大系》，台湾广雅出版有限公司1984年版，第3页。

②　（清）碧荷馆主人：《黄金世界》，中州古籍出版社1988年版，第143页。

③　（明）叶权撰，凌毅点校：《贤博编·粤剑编·原李耳载》，中华书局1987年版，第43—44页。

④　（清）印光任、张汝霖：《澳门记略》，广东高等教育出版社1988年版，第43页。

⑤　（清）屈大均：《广东新语》，中华书局1985年版，第475页。

粤民猎奇把玩的对象。如第十五回写苏吉士等人席间饮酒作乐，拿出了一位侑酒的"西洋美人"："约有七寸多长，手中捧着大杯，斟满了酒。光郎不知把手怎样一动，那美人已站在吉士面前。吉士欣然饮了，又斟了酒。说也作怪，别人动他，他都朝着吉士；吉士动他，他再也不动一步。"[1] 洋货成了猎奇赏玩的对象，且都是手工精美的佳制，"绝顶的富翁"、洋行商总苏万魁，身边时刻挂着一块"洋表"："形如鹅卵，中分十二干支；外罩玻璃，配就四时节气。白玉边细巧镶成，黄金链玲珑穿就。果是西洋佳制，管教小伙垂涎。"[2]

因为洋货的新潮性质，使得小说中的富民家庭中也纷纷摆设各种西洋器具，洋货数量的多寡和质量的优劣，成为区别家庭富裕程度的标志。如书中写到的温盐商，家里的摆设可谓中西结合："原来老温人品虽然村俗，园亭却还雅驯。这折桂轩三间，正中放着一张紫檀雕几、一张六角小桌、六把六角靠椅、六把六角马杌，两边靠椅各安着一张花梨木的榻床，洋锐炕单，洋藤炕席，龙须草的炕垫、炕枕，槟榔木炕几。一边放着一口翠玉小磬，一边放着一口自鸣钟。东边上首挂着'望洋惊叹'的横披，西边上首挂着吴刚斫桂的单条。三面都是长窗，正面是嵌玻璃的，两旁是雨过天青蝉翼纱糊就的。"[3] 从小说中我们可以读出，在19世纪初期的广东社会，只有官宦、富户才购得起洋货，一般粤民只能视之为奢侈品。并且，从上述引用的文字中，我们明显可以看出，此时的粤民追求洋货，与其说是着眼于洋货的实用巧便，不如说更多是出于猎奇攀富的心理。

至19世纪后期，洋货在广东普通粤民家庭已开始普及，甚至已成为粤民家庭不可或缺的组成部分。如《廿载繁华梦》的故事主人公周庸祐，靠不正当手段谋取母舅的广东关部衙门库书职位，开始与洋务打上了交道，从此家里的一应使费都与"洋"字相关：家里摆设的是"洋式大镜子""洋式台椅""洋瓷古窑大花瓶""花旗自鸣钟"，家中老小晚上睡的是"洋式床子""西式铁床""西装弹弓床子""西式藤床"，家里照明用的是"洋灯

---

[1] （清）庾岭劳人：《蜃楼志》，时代文艺出版社2001年版，第181—182页。

[2] （清）庾岭劳人：《蜃楼志》，时代文艺出版社2001年版，第4页。

[3] （清）庾岭劳人：《蜃楼志》，时代文艺出版社2001年版，第28页。

子""电灯"，吸食"洋膏子"时用的是"洋烟管""洋烟灯儿"，看戏用的是"望远镜"，手中使费用的是"洋银"，女儿出嫁时的嫁妆有"两张美国办来的上等鹤绒被子""大小时钟表""荷兰缎子的灰鼠花绉箭耳"，等等，无不与"洋"字挂钩。

晚清小说中的粤民家庭，不仅以洋货为常事，甚至还仿制西洋风格筑起了"洋楼"："从斜角穿过，即是一座大大的花园，园内正中新建一座洋楼，四面自上盖至墙脚，都粉作白色；四边墙角，俱作圆形。共分两层，上下皆开窗门，中垂白纱，碎花莲幕。里面摆设的自然是洋式台椅。……至如洋楼里面，又另有一种陈设，摆设的如餐台、波台、弹弓床子、花晒床子、花旗国各式藤椅及夏天用的电气风扇，自然色色齐备。或是款待宾客，洋楼上便是金银刀叉，单是一副金色茶具，已费去三千金有余。"①这与《蜃楼志》中温盐商的家居特色形成有趣的对比，真实反映了19世纪前后期广东社会生活方式西化程度的明显变化。

考察晚清广东诸多城市叙事，它们几乎都有涉及洋货的相关描述。但追本溯源，最早的叙述当属《蜃楼志》，而后来叙事中描写洋货的艺术成就皆未有超越《廿载繁华梦》之上者。事实证明，当西方物质文明渗透到粤民生活方方面面时，区别于传统封建城市的消费文化也已悄然在广东城市产生，也必将引发一场影响深远的城市消费革命。因为引入和呈现了这些富有特色的新潮内容，晚清城市叙事的整体面貌才发生了重大改变，由内容而观念、由内容而主题才有了发展之可能。②

三、从扬州到上海：城市叙事古今演变的样本

以古今演变的时间而论，广东之城市叙事可谓最早，以典型而论，则无有超过上海叙事者。这种新变若通过不同城市叙事之间的比较，可以更为清

---

① （清）黄小配：《廿载繁华梦》，林健毓编：《近代小说大系》，台湾广雅出版有限公司1984年版，第189—190页。

② 关于广东之城市叙事还可参见葛永海、王丹的《清代中晚期小说的"粤民走海"叙述及其文化意义》（《文艺研究》2010年第1期）和《晚清广东题材小说的文学新变及文化反思》（《明清小说研究》2013年第2期）。

晰地呈现出来。下面不妨以近代扬州叙事与上海叙事为例。在近代城市叙事中，两座城市相同的是休闲和糜烂，在时代风习的裹挟下都开始褪去传统的文人名士气，相比而言，上海的蜕变更加彻底，有着更浓重的商业气，更强烈的实利意识和消费意识，人情被充分物化，世风浇薄。有研究者就特别指出《海上花列传》中城市意识的强化，认为："城市作为一种不可抗拒的社会实体在中国小说中打下深深的烙印，也许还是到了晚清才开始。当韩邦庆的《海上花列传》极为鲜明地把乡下人到上海'闯世界'作为具有象征意义的事件来描写时，城市就不只是一个喧嚣的场景了，它确确实实是一种新的文化。所以，传统的道德批判在韩邦庆那里，渐次让位于'个人感受'——一种在城市社会环境中形成的特殊心理与价值观念。"①

正是这种"在城市社会环境中形成的特殊心理与价值观念"，又跨越了小说《风月梦》所代表的城市叙事的阶段。与妓院生活相联系的，无论是扬州，还是上海，都是纸醉金迷，灯红酒绿，只不过在嫖客眼里，上海的都市繁华更为眩目，更为刺激。《海上花列传》第四十回写妓女嫖客一起欣赏春宫画，"（赵二宝）径去开了衣橱，寻出一件东西，手招史天然前来观看，乃是几本春宫册页。天然接来，授与尹痴鸳。"② 于是大家开始评赏，有说好的，有说不好的，有说画小说故事的，小说描写了文人的种种戏谑调笑。更能说明这种趣味的是第五十一回大家品赏以描写性交为主要内容的《秽史外编》，"尹痴鸳鼓掌大笑，取出怀中誊真底稿，授与齐韵叟。众人争先快睹，侧立旁观。只见首行标题乃是'秽史外编'四字……韵叟连说：'好！好！'更无他词。惟史天然、华铁眉两人爱不释手，葛仲英、朱蔼人、陶云甫三人赞不绝口，连朱淑人、陶玉甫亦自佩服之至。异口同声，皆道：'洵不愧为绝世奇文矣！'"③ 这里，那种传统名士的糜烂作风真实入骨地呈现出来。

实利意识是清末上海最典型的城市心理，"实利意识是海派文化中极为明显的特征，是商品经济的价值规律和等价交换原则在上海人日常生活中的衍化。这种实利意识往往无孔不入地渗入上海社会生活动作的各个角落。这

① 刘勇强：《西湖小说：城市个性和小说场景》，《文学遗产》2001 年第 5 期。
② （清）韩邦庆：《海上花列传》，上海书店出版社 1993 年版，第 293 页。
③ （清）韩邦庆：《海上花列传》，上海书店出版社 1993 年版，第 369—371 页。

是一种在商品化社会中形成的高度算计的心理和行为。"① 比之扬州，上海有着更加赤裸的商业化的城市风习。在上海做生意的意识被空前地强化，这在上海滩就是安身立命的基础，《海上花列传》第十四回写李鹤汀初一遇见赵朴斋，就向人打听他做什么生意，听说没有生意可做，大家都露出了不屑的表情。而与赵同时来上海的张小村则为能进入"十六铺朝南大生米行"而沾沾自喜。

整个大上海仿佛就像《海上繁华梦》中描写的彩票店，店门口的名号招牌极为诱人，"多是必得、必中、必定中、必得财、必得彩、同发财、鸿福来、鸿运通、鸿运来、同得利、大有利、万倍利等字样"②，引诱你不顾一切地去冒险。小说描写了洋场中的种种尔虞我诈，一切以逐利为目的。《海上繁华梦》中的夏逢辰就是一个为了贪图利益可以不择手段的恶棍，他不断地安排别人进入他的圈套，榨取钱财。甚至在朋友落难时，托他去质当器物，他都要克扣大半。在他的人生词典里，利益高于一切。另外在上海滩与夏某相似的还有一帮专门以行骗敲诈为职业的游民，如《海上繁华梦》初集第六回中的"拆梢党"，就是将外地人骗至偏僻处，诬称索债，进行敲诈。再如第十一回赌徒冒充极有身份的阔家子弟，将人诱入赌场，然后合伙作弊，串通"摆弄"人。二集第五回竟然写到专门教授骗技的人，其人对赌徒周策六面授机宜，说："我看你的品貌，很能充得个钱庄老板，往后竟说在常州、无锡、苏州一带开着几处钱庄。并须添制几套时式新衣，天天在茶楼、酒肆、妓院、烟间、戏馆、书场走动……"③ 以便伺机行骗。

洋场是个奇异的地方，是以消费为生活特征的地方。"不论是什么一钱如命、半文不舍的宝贝，到了上海，他也要好好的玩耍一下，用几个钱，见识见识这个上海的繁华世界。凭你在别处地方，啬斥得一个大钱都不肯用，到了堂子里头，就忽然舍得挥霍起来，吃起花酒来，一台不休，两台不歇，好象和银钱有什么冤家的一般。"④ 浪荡公子哥在欢场上一掷千金，疯

---

① 高惠珠：《海派：源流与特征》，《上海师范大学学报》1995 年第 2 期。
② （清）海上漱石生：《海上繁华梦》，上海古籍出版社 1991 年版，第 339 页。
③ （清）海上漱石生：《海上繁华梦》，上海古籍出版社 1991 年版，第 738 页。
④ （清）漱六山房：《九尾龟》，荆楚书社 1989 年版，第 1001 页。

狂地高消费，"菜是要聚丰园白壳碗的，酒是要言茂源的，碰和水果要装四盆，饭菜要到雅叙园，鸦片烟是广诚信的，纸烟要锡包老牌，吕宋烟要美女牌……"①在上海，"你有钱，你可买小姐的青睐，若是没有钱，烧饼店的芝麻也莫想吃一粒，一切是钱说话"②。从物化的程度来判断早期海派小说的城市格调是有启发性的，有研究者认为："在真正的城市文学中，必须包含物和商品的理念，人的命运和他们彼此的冲突、压迫，不论表面上看起来是不是采取了人格化形式，必须在其背后抽取出和归结到物、商品的属性。"③

当物的属性被突出的时候，人的属性就被遮蔽了。在浓烈的商业气氛中，人被充分地物化，变得世情浇薄，《海上花列传》第三十回，写赵朴斋的乡亲吴小大到上海找在洋行账房里当差的儿子，按吴小大的自述，听说儿子发了财，"我来张张俚，也算体面体面"。不料儿子吴松桥面对没有任何经济价值的父亲，将之视为累赘，吴小大连去三次，也拒不相见，第四趟让账房给了四百个铜钱，赶他父亲回家。吴小大"一面诉说，一面号啕痛哭起来"。小说写朴斋极力劝慰宽譬，且为吴松桥委曲解释。良久，吴小大收泪道："我也自家勿好，教俚上海做生意！上海夷场浪勿是个好场花！"④这一段描写了人伦亲情在上海的真实遭遇，洋场面目可憎，亲情已完全被物欲遮蔽，传统的家庭伦理几乎已荡然无存。

近代城市本身的发展正处于新旧转变时期，小说中的城市叙事，即深刻地展示了这种变异。从扬州到上海，标志着都会文化的中心从一个有着乡村文化浓重痕迹的中等城市转到了中国城市文化的发祥地，这种变迁从某种意义上说，乃是从农业文明迈向商业文明，从乡土文化逐步走向城市文明。

对于近代城市叙事而言，如《海上花列传》《海上繁华梦》《新上海》这些作品虽然还只是处于城市叙事之现代转型的开始阶段，却代表了新都市意识的萌发。中国近代社会乃是天翻地覆，或曰"天崩地裂"的时代，空间认知被完全颠覆了，新的认知到底从何开始？有学者就曾指出："从空间知觉

---

①　（清）海上漱石生：《海上繁华梦》，上海古籍出版社 1991 年版，第 359 页。

②　高植：《在上海》，马逢洋编：《上海：记忆与想象》，文汇出版社 1996 年版，第 80 页。

③　李洁非：《城市文学之崛起：社会和文学背景》，《当代作家评论》1998 年第 3 期。

④　（清）韩邦庆：《海上花列传》，上海书店出版社 1993 年版，第 218—219 页。

的边沿性特征入手，这是我们探究曲曲折折、重重叠叠的中国近现代思想史的一个比较好的位置。"① 从《海上花列传》的有关描写中我们可以读解出一些信息来，从农村赶来的赵二宝找到赵朴斋，后者在上海街头拉车，赵二宝说："我说俚定归是舍勿得上海，拉仔个东洋车，东望望，西望望，开心得来！"② 个人感受在韩邦庆的笔下不断被放大，那是一种生活在城市中间的乡村人之感受。此后的情节发展也证明，面对光怪陆离的十里洋场，乡下人已不再惶恐，而是表现出参与的主动性，希望由"非主体"变为"主体"而不断尝试和努力。如《想像中国的方法》一书所说，《海上花列传》"试图以一种真正的对话方式，进行一场美德与诱惑的辨证"，同时它"预言上海行将崛起的都市风貌"。③ 它们开始呼唤一种都市空间意识的全面来临。

迈克·克朗在《文化地理学》中探讨了一系列现代派的经典作家，比如普鲁斯特、乔伊斯和伍尔夫，认为他们作品中的"这些形式打破了现实描写的时间顺序，对表现城市生活的手法提出问题。文学作品中表现城市生活手法的危机在电报、电话和电力被应用并改变人际交往和城市空间时出现了。史蒂芬·克恩（Stephen Kerns，1983）认为，技术革新加快了生活的节奏，由此打破了描写城市的一些稳定的，占优势的观念：这一点既体现在文学上，亦体现在艺术上，例如透视法模式的衰落，立体派在文学艺术上受到青睐。现代生活节奏的加快，给人们带来了理解世界和进行写作的困难"④。西方社会城市空间的变革引发了文学艺术领域的观念革命，中国社会同样如此。就城市叙事而言，对于新的城市空间的现代性表达要到 20 世纪 20 年代末才会真正明晰起来。

---

① 郑家建：《中国文学现代性的起源语境》，上海三联书店 2002 年版，第 20 页。
② （清）韩邦庆：《海上花列传》，上海书店出版社 1993 年版，第 209 页。
③ 王德威：《想像中国的方法：历史·小说·叙事》，生活·读书·新知三联书店 1998 年版，第 31、13 页。
④ 〔英〕迈克·克朗著，杨淑华等译：《文化地理学》，南京大学出版社 2005 年版，第 51 页。

第六章　"都市变奏"下阕：文化嬗变与城市叙事的近代变革

如果说，从社会转型到城市空间的巨大变革是城市叙事之"都市变奏"的宏大背景，那么，晚清以来迅疾发展的城市文化成为这场恢宏激荡的"都市变奏"的主要声部之一。

自19世纪下半叶以来，开埠以后的上海利用口岸优势逐渐成为中国出版的重镇，并在20世纪初最终确定了自己的中心地位。在长达数十年的时间里，报刊与出版社如雨后春笋，上海成为出版传播业汇聚最为集中之地，其因出版社数目之多，出版图书报刊品种之多，成为国内出版的执牛耳者。近代上海出版业通过商业化模式的运作，培养了市民读者的趣味，这些由都市蘖生并成长起来的市民社会，成为近代出版业的最初的和最基本的社会基础。正如有研究者所指出："在上海这个大都市里，一方面，阅读成为一种现代文明的生活方式，不论是从求知还是从消闲的角度，都市市民都接受了阅读与出版这种现代文明方式，并成为他们日常生活的一部分。另一方面，市民接受出版文化的潜移默化的影响，出版成为构建近代上海的文化母体之一。"[1] 近代上海出版业参与了上海城市文化的塑造，通过建构了颇具现代色彩的文学市场，推动了作家们的商品化、"城市化"写作，极大地促进了近代城市叙事特色的形成。

本章从城市文化嬗变的角度来审视城市叙事的近代变革，分别讨论文学报刊的近代变革、市民文化视角下的江南城市叙事的文化传统演变，最后，

---

[1]　王建辉：《上海何以成为近代中国出版的中心》，《中华读书报》2002年3月28日。

为了更好地理解近代城市叙事的优点与缺失，我们拓展视野并进行中西对比，尝试将近代陆士谔的上海叙事与巴尔扎克的巴黎叙事作一比较。

第一节　新媒介传播：文学报刊的古典传统及其近代变革

晚清以来，文学传播形式的改变对于城市叙事有着重要的影响。如果说宋元时期的小说叙事完成了从文言向白话的转变，口头形式的文学传播成为时代的最大特色。明清以来，书籍刊刻业的发展极大地推动了通俗文学的广泛传播。到了晚清，在上海等大城市出现了通俗文学的新型载体——文学报刊，这些时代新媒体的兴起，不仅催生了带有深刻城市烙印的创作者和阅读者，而且塑造了城市文学的品味和格调。

一、文学报刊的古典传统

明嘉靖之后，印刷业迅速发展，刻书业的局面终于为之一变。刻书的重心由官府转入书坊及私家，传统的刻书中心也逐渐转移至新的地区，尤其是吴、越、闽等地区成为印刷业中心，为通俗小说的广泛传播提供了可能。谢肇淛《五杂组》云："宋时刻本以杭州为上，蜀本次之，福建最下。今杭刻不足称矣，金陵、新安、吴兴三地剞劂之精者不下宋板。"①胡应麟的《少室山房笔丛·经籍会通四》谈及万历以前的刻书时也说："凡刻之地有三：吴也、越也、闽也。蜀本宋最称善，近世甚希。燕、粤、秦、楚今皆有刻，类自可观，而不若三方之盛。其精，吴为最，其多，闽为最，越皆次之。""余所见当今刻本，苏、常为上，金陵次之，杭又次之。近湖刻、歙刻骤精，遂与苏、常争价。"②明以来逐渐形成了以藏书刻书为荣，以贩书售书谋利的风气。同时，随着印刷技术的进步，图书生产的数量与时俱增，图书市场日渐繁荣。

---

① （明）谢肇淛：《五杂组》，上海书店出版社 2009 年版，第 266 页。
② （明）胡应麟：《少室山房笔丛》，上海书店出版社 2001 年版，第 43—44 页。

《三国志演义》和《水浒传》在明嘉靖刊行后，为继续维护书坊主的新财源，福建建阳忠正堂书坊主熊大木，便模仿《三国志演义》写出了第一部由书坊主编撰的长篇通俗小说《大宋演义中兴英烈传》，开创了由书坊主直接干预创作的"熊大木现象"。从此通俗文学，特别是通俗小说得到了广泛流传，作品的商业化、市场化得到了进一步发展。书坊主虽然具有一定的文化基础，但缺乏必要的艺术修养，创作能力毕竟有限，仅靠"模仿式"创作显然无法持久。为了提高通俗小说的质量，书坊主开始向下层文人约稿，小说编撰者一开始往往是接受书商的请托或雇佣。如清代烟水散人编次《桃花影》，其卷四云："今岁仲夏，友人有以魏生事嘱予作传。予亦在贫苦无聊之极，遂尔坐□水钓矶，雨窗十日而草创编就其事。……友人必欲授之梨枣。"① 明代绿天馆主人《古今小说叙》也提到该书的编刊具有明确的商业目的："茂苑野史氏，家藏古今通俗小说甚富，因贾人之请，抽其可以嘉惠里耳者，凡四十种，畀为一刻。"② 明代即空观主人在《二刻拍案惊奇小引》中称，其《初刻拍案惊奇》"为书贾所侦，因以梓传请。遂为钞撮成编，得四十种"，结果极为畅销。"贾人一试之而效，谋再试之"③，而作者也是欣然领命作书。

在明清时期，逐渐出现了一批以小说编撰为职业的文人。他们直接受雇于书坊，为其编撰、校订小说，其中最为典型当属江西文人邓志谟（1559—1625）。据同治《安仁县志》卷三《隐逸》有邓志谟小传，以为"其人弱不胜衣，而胸藏万卷，众称'两脚书柜'。临川汤显祖尝以异才称之"④ 云云。邓志谟大约从万历二十二年（1594）起，长期在福建建阳余氏书坊担任塾师，同时受雇于书坊从事编辑工作，长达二十余年。他是一个多产的作家，好作通俗小说，今知者有《许旌阳得道擒蛟铁树记》二卷十五回，《唐代吕纯阳得道飞剑记》二卷十三回，《五代萨真人得道咒枣记》二卷十四回。此外还作"争奇七种"：《山水争奇》《风月争奇》《梅雪争奇》《花鸟争奇》《童

① 刘叶秋、朱一玄编：《中国古典小说大辞典》，河北人民出版社1998年版，第722页。
② 曾祖荫等选注：《中国历代小说序跋选注》，长江文艺出版社1982年版，第92页。
③ 曾祖荫等选注：《中国历代小说序跋选注》，长江文艺出版社1982年版，第112页。
④ 吴圣昔：《邓志谟乡里、字号、生年探考》，《明清小说研究》1992年第2期。

婉争奇》《蔬果争奇》《茶酒争奇》，其体裁均为前所未见，乃为寓言小说与诗词合集。有研究者认为："邓志谟著述的编与刊，从命意、类型、文体、内容、形式、编辑安排、版刻艺术到生产模式、广告策略等，都是明代中晚期商业出版的典型体现。"①

还有一位就是明隆庆、万历时人朱鼎臣，为江西临川人，生平不详，所知其为庠生，长期活跃于福建建阳书林，专门以编辑通俗读物如小说、戏曲等为生。目前所见其编撰的作品有小说《全像唐僧出身西游记传》《全像观音出身南游记传》《音释旁训评林演义三国志史传》，戏曲《鼎镌徽池雅调南北官腔乐府点板曲响大明春》，医书《海上仙方徐氏铜人针灸全书》《新锲鳌头复明眼方外科神验全书》以及《新锲阁老台山叶先生订释龙头切韵海篇星镜》等，可以算作完全的职业作家。朱鼎臣编纂小说为书坊谋利的目的明显，其手法经常是大量删节文字，用各种版本进行拼凑，又增加故事，使得故事更为花哨，吸引读者，透露着强烈的商业意识。例如，朱鼎臣编辑的《三国志史传》在大量删节原本文字的同时，在正文中又加入摘自余象斗评林本的旁注，制造出"音释评林"的模样，又插入关索从军征云南的故事，制造成标准的"文简事繁"的版本。朱鼎臣在编辑《全像唐僧出身西游记传》时，也是删节繁本、补配简本，同时又草创了唐僧出身故事插入书中，吸引读者，以达到畅销的目的。②

可以说，以邓志谟、朱鼎臣等为代表的下层文人的出现，标志着中国古代小说创作史上最早的专业作家队伍的形成。职业作家的出现有力地促进了文学作品的市场化进程，使通俗文学的市场化、商业化进入了成熟期。

当然，这些受命于书坊的文人与后来现代意义上的职业文人还是有较大的区别，一是该群体总体人数不多，二是也没有较为规范的稿费制度。值得注意的是，在明清所刊刻的书籍中，尤其是明末时期的不少作品其内容与趣味已与近代以来的报纸杂志相近，可视为现代杂志之雏形。孙楷第在《日本东京所见中国小说书目》中曾评论明代《国色天香》等作品，认为它们乃

① 赵益：《明代通俗文学的商业化编刊与世俗宗教生活——以邓志谟"神魔小说"为中心的探讨》，《安徽大学学报》2012年第5期。
② 李阳阳：《朱鼎臣编纂小说研究》，暨南大学2011年硕士学位论文。

是"通俗类书"，他说："此等读物，在明时盖极普通。诸体小说之外，间以书函，诗话，琐记，笑林，用意在雅俗共赏。"① 简要概括出此类读物的选材及性质特点。郑振铎在《西谛书话》中也指出，在明代万历年间，许多所谓"通俗书籍"在民间很是流行，这些书籍的一个特点就是其中除了汇集大量的"诗、词、小说或剧本、唱词、笑谈"之外，还有一些实用的地理知识。郑振铎认为因为有很强的文学趣味，所以它们不是《居家必备》《诸书法海》《事文类聚》《翰墨大全》之类的家庭实用百科全书，"他（它）们乃是纯文学的产物，一点也不具有实际上应用的需要的。他们的编纂，完全是为了要适应一般民众的文学上与心灵上的需求与慰安，决不带有任何实际应用的目的。"②

就发凡起例角度而言，这类风靡晚明社会的读物来自金陵书坊，现知最早的杂志型读物是吴敬所编辑、金陵书坊万卷楼刊刻的《国色天香》，初刻于万历十五年（1587）。此书之前的九紫山人谢友可的《序》称："今夫辞写幽思，寄离情，毋论江湖散逸，需之笑谈，即缙绅家辄借为悦耳目。具（剞）劂氏揭其本，悬诸五都之市，日不给应。用是作者鲜（咸）臻云集，雕本可屈指计哉！"③ 正是因为这些书籍销路顺畅，日不给应，才推动作者云集、雕本纷出。

在孙楷第所见书目中，除了《京台新锲公余胜览国色天香十卷》，还有《新刻云窗汇爽万锦情林六卷》、《重刻增补燕居笔记十卷》（前有何大抡所撰《引》）、《增补批点图像燕居笔记》（署明叟冯梦龙增编）等四书。此外，明末清初出版的此类读物还有起北斋辑《绣谷春容》十二卷、林近阳增编《新刻增补全相燕居笔记》十卷两种。后人言及此类书籍，多沿袭孙氏的称谓。鉴于此类读物选材旨趣及编纂体例，似将其称为娱乐性杂志更为恰当。

这类杂志通俗书的编辑工作与现代杂志颇有相通之处，但往往因为兼收并蓄而显得有些杂乱。在《国色天香》的上栏中，既收了《加徐达右承相兼太子少傅诰》这样的历史文献，又收了色情趣味的《风流乐趣》；在另一处，

---

① 孙楷第：《日本东京所见中国小说书目》，上杂出版社 1953 年版，第 171 页。

② 郑振铎：《西谛书话》，生活·读书·新知三联书店 1983 年版，第 146—147 页。

③ （明）吴敬所编辑：《国色天香》，《古本小说集成》第 1 辑，上海古籍出版社 2016 年版，第 1 页。

既收了时文《贺正德皇帝南巡回銮帐间》这样的雅正文字，又收了《金莲供状》和《赵氏谋杀亲夫供状》一类的坊间俗谈。在丛杂并收的要求下，也偶有可取之资。明代万历四十四年，安徽徽州府婺源人江旭奇出版了类期刊的《朱翼》，目录版本学家王重民先生将此书定性为"期刊之先河"。该书凡分六部：曰管窥、曰曝愚、曰调烛、曰完瓯、曰委质、曰志林。每部之中又各分子目，可见内容极为丰富。其中甚至介绍了利玛窦的新学说，此乃当时社会的最新思想。①

有研究者指出："杂志需具备两个条件：一是内容多样，二是定期出版。用这两个条件来衡量明末出版的这些书，第一个条件是具备的，但第二个条件还没有成熟。"② 比如《朱翼》，由于4篇序言都不复存在，尽管《朱翼》各册的编号用的是地支，正好十二。作者江旭奇在子册中也有"愚按正月寅、二月卯、三月辰、四月巳、五月午、六月未、七月申、八月酉、九月戌、十月亥、十一月子、十二月丑 "的说法，但同时成书的可能性也较大，似乎并不能就此判断是有规划的、连续出版的期刊。③ 再如《燕居笔记》，此书版本众多，有"何（何大抢）本""林（林近阳）本""冯（冯梦龙）本"等。各种版本均标明"重刻""新刻""增编"等字样，各种版本的作者、校阅者都不一样，内容丰富而杂乱，在急切求利心理的推动下，编辑显得草率而缺乏规范，没有哪位编者真正考虑有步骤、分阶段推出作品，定期出版始终未能实现，因此它们与现代意义上的杂志仍然存在一定的距离。

二、传播新动力：文学报刊的近代转型及南北格局

阿英指出，印刷业之迅猛发展是晚清文学得以繁荣的首要原因，"由于印刷事业的发达，没有前此那样刻书的困难；由于新闻事业的发达，在应用

---

① 宫为之：《世界最早期刊当属我国明代〈朱翼〉》，《编辑之友》2000 年第 3 期。

② 缪咏禾：《中国出版通史》（明代卷），中国书籍出版社 2008 年版，第 142 页。

③ 宫为之在《世界最早期刊当属我国明代〈朱翼〉》一文中推断《朱翼》"可能是连续出版物"，由于相关资料缺失，笔者认为理由并不充分，就作者江旭奇的整体设计而论，似乎共时性整体著述的可能性更大。

上需要多量产生。"①可见，报刊文学的现代转型建基于西方近代印刷技术的传入并普及，其中石印术对中国近代图书出版业影响尤大，是决定通俗小说传播的关键性技术因素。

所谓"石印术"，指的就是以石板为版材，将图文直接用脂肪性物质书写、描绘在石板之上，或通过照相石印、转写纸、转写墨等方法，将图文间接转印于石板之上进行印刷的工艺技术。这是对雕版印刷的巨大超越，在铅印技术通行之前，石印成为印刷业的主流。1874 年，上海徐家汇天主教堂附设的土山湾印书馆始设石印印刷部，开始印制教会宣传品，这被认为是上海石印印刷的开始。而真正对上海的新闻传播业产生巨大影响的则是 1876 年创设申报馆的英国人 E. 美查在上海开设了点石斋石印局，开始石印图书和期刊，出版了《考正字汇》《康熙字典》《佩文韵府》《点石斋画报》《飞影阁画报》等书籍。光绪十三年（1887）正月十三日的《申报》报道说："石印书籍肇自泰西、自英商美查就沪上开点石斋，见者悉惊奇赞叹。既而宁、粤各商仿效其法，争相开设"，这一重要变革影响巨大，引发了国内出版业的激烈竞争，"新印各书无不勾心斗角，各炫所长，大都字迹虽细若蚕丝，无不明同犀理。其装潢之古雅，校对之精良，更不待言。诚书城之奇观，文林之盛事也"。由于石印省去烦琐费时的雕版程序，印刷周期短，用人少，成本相对较低，并且版面还能根据需要随意缩小放大，差错率低，且字迹清晰美观。石印业迅速崛起，取代雕版印刷的主导地位，独步一时。

在梳理近代民办报纸的创办情况时，戈公振在《中国报学史》中写道："我国民报之产生，当以同治十二年在汉口出版之《昭文新报》为最早。次为同治十三年在上海出版之《汇报》，在香港出版之《循环日报》（编者注，此报实于同治十二年十一月十七日创刊），光绪二年在上海出版之《新报》，及光绪十二年在广州出版之《广报》"②，此后，国内各种民办报纸风起云涌，蔚为热潮。近代报刊数量众多且多载小说。1872 年 5 月《申报》创刊三周时就开始刊载小说，首先刊登的是《格列佛游记》的节选，题为《谈瀛小录》，后是欧文的《一睡七十年》，以及马里亚特小说的编译《乃苏国把沙官

① 阿英：《晚清小说史》，人民文学出版社 1980 年版，第 1 页。
② 戈公振：《中国报学史》，中国和平出版社 2014 年版，第 115 页。

奇闻》。报纸连载小说"以助兴味而资所闻",成为当时的社会风尚。据《中国近代期刊篇目汇录》记载,于1872—1911年创办的文艺期刊有218种,其中有将近120种也就是超过半数的期刊曾登载过小说。更值得注意的是,1902年《新小说》创刊意味着专门小说杂志的问世,到1910年,就出现了19种小说杂志,主要集中在上海地区。[①]最著名的就是号称"晚清四大小说杂志"的《新小说》《绣像小说》《月月小说》和《小说林》。《新小说》主编是梁启超,该刊1902年创于日本横滨,次年改在上海刊行,1906年元月停刊,共出24期,连载过《二十年目睹之怪现状》《痛史》等名作;《绣像小说》为半月刊,李伯元主编,1903年5月创刊于上海,1906年4月停办,共出72期,其所刊作品之重要者如《老残游记》《文明小史》等;《月月小说》为月刊,1906年9月创刊于上海,初由汪维父编辑,第4期由吴沃尧、周桂笙继任笔政,至1909年1月停刊,共出24期,以刊登短篇小说为主,开了鸳鸯蝴蝶派的先河;《小说林》,由黄摩西任主编,1907年2月创刊于上海,1908年10月停刊,共出12期,特点是以刊载翻译小说和小说评论为主,因而它对晚清文学理论所做的贡献,为其他刊物所不及。

　　自1872年《申报》创刊的第一份文艺期刊《瀛寰琐记》始,到1911年的《谐译报》,上海地区创办的文艺报刊达75种之多,其中18种以"小说"命名,35种以重要篇幅刊载小说。这些期刊中有许多是全国性的,如《外交报》等本应在京师出版,也于上海出版。有些纯粹是地域性的,如《湖州白话报》《安徽白话报》等,理应在浙江、安徽出版,也于上海出版。比如传教士本在宁波办《中外新报》,结果影响不大,后来发现要造成声势,还是要将刊物办在上海。自有华商印刷业起,至1927年全国共成立印刷厂63家,其中32家都在上海,占总数的百分之五十以上。无论是报刊的种类、质量、订数,上海都雄居全国之冠,远远超过其他城市。这些都说明上海在全国担当了文化中心的角色。[②]正如姚公鹤指出:"全国报纸以上海为最先发达,故即在今日,亦以上海报纸为最有声光","凡事非经上海报纸登载者,不得

[①]　上海图书馆编:《中国近代期刊篇目汇录》,上海人民出版社1980—1982年版。
[②]　张仲礼主编:《东南沿海城市与中国近代化》,上海人民出版社1996年版,第21页。

作为证实，此上海报纸足以自负者也。"① 可见上海的报纸当时在全国的影响之大。当时上海出版的报刊不仅数量多，而且质量高，商务印书馆和中华书局是当时全国最大的出版社，《申报》《新闻报》更是当时全国销量最大、影响亦最大的报纸，覆盖面很广，据包天笑回忆，"我对于报纸的知识，为时极早，八九岁的时候，已经对它有兴趣。其时我们家里，已经定（订）了一份上海的《申报》"，可见在19世纪80年代的苏州，就已有居民订阅《申报》。② 如此发达的新闻出版业，为文化传播的发展提供了重要的条件。

报纸杂志的流行展示了城市文化消费的一个重要现象，那就是渲染消费主义的意识形态。在20世纪20年代广播电台兴起之前，报纸杂志等出版物对推动近代上海城市文化格调的塑造成型起了决定性作用，尤其是上海的报纸出版物凭借受西方浸染、先行一步的强势地位，表达弘扬消费主义的坚定姿态，持久渲染商业意识笼罩下的文化格调，构筑了一种城市文化的共同体。正如有研究者所论："城市政治、经济、文化的发展在社会物化层面的诸般体现，通过人们有关城市的种种话语建构，也在不知不觉中改变着人们的精神向度和感觉结构。在这个意义上，以报刊、书籍、广播、唱片为标志的新传媒手段的迅速发展和普及，正是以其特有的巨大辐射性，强有力地推进了城市话语的建构，并由此使人对空间和时间的感知发生了微妙的变化。它们提供了一个穿越时间的稳定而坚实的同时性，从而使得那种漂浮在同质的、空洞的时间之中的想象的共同体成为可能。"③

近代写上海的报刊文学，都面向城市民众来描写城市生活，描写中鲜明的城市意识和商业观念在此前是少有的。从接受学的角度来说，这种写作起初就把城市民众作为了潜在的阅读者，其内容满足了读者的种种阅读期待，所以我们可以将它称为"城市化写作"。有研究者指出："海派文学以上海文化为依托，并依赖于广大市民读者的消费，这是问题的一个方面，为我们关注的是海派文学培养了市民读者的趣味，参与建构了颇具现代色彩的文学

① 姚公鹤：《上海闲话》，上海古籍出版社1989年版，第128页。
② 包天笑：《钏影楼回忆录》，山西古籍出版社1999年版，第131页。
③ 参见王文英、叶中强主编：《城市语境与大众文化——上海都市文化空间分析》，上海人民出版社2004年版，第62页。

市场。"① 早期海派小说的代表作品如《海上花列传》《九尾龟》《海上繁华梦》等的出版发行情况就很能说明这一事实。《九尾龟》和《海上繁华梦》这两本书被胡适认为是"刚刚够得上'嫖界指南'的资格，而没有文学的价值，都没有深沉的见解与深刻的描写"，"都只是供一般读者消遣的书"，② 然而它们却风行一时，显然它们极大地迎合了广大市民追求新奇刺激的阅读需要，而相比而言，侧重于平实一路的《海上花列传》却没有得到欢迎。研究者因而得出这样的结论："海派文学从一开始就躬行对广大市民读者的尊重，市民不排斥文学的教化，但他们由上海空间长期涵养的实惠性追求也需要借文学助消闲。海派文学对教化功能的稀释而对消闲功能的发扬，以最大的可能满足了市民读者由经验、需要、情绪、价值取向等锻铸的知觉定势。"③《海上繁华梦》等对城市生活的写实，其影响是很广泛的，直到 20 世纪初的上海，还有人说道："《海上繁华梦》虽然现在不销行了，但是上海人对于烟、赌、娼的趣味，还不出乎繁华梦的范围。"④

　　20 世纪二三十年代"鸳鸯蝴蝶派""新感觉派"在上海之崛起，此外还有侦探小说、黑幕小说、武侠小说等的盛行，也与市民的阅读选择有重要的关系，作者则不断地迎合读者，赚取稿费。正是在近代如《九尾龟》《海上繁华梦》等小说的成功的鼓舞下，小说作者们更强化了小说作品的商品意识，将创作过程商品化，以取悦读者为目的的小说、文学刊物风靡一时。

　　这里特别值得一提的是文学报刊的稿费制度。学界基本把《申报》在1878 年 3 月 7 日的一则购书启事视为近代稿费制度的起源。《申报》"搜书启事"写道："启者，本馆以刷印各种书籍发售为常。如远近诸君子，有已成未刊之著作，拟将问世，本馆愿出价购稿，代为排印。抑或俟装订好后，送书数十或数百部，以申酬谢之意，亦无不可，总视书之易售与否而斟酌焉。"⑤ 文中所谓的"视书之易售与否而斟酌焉"，意即付酬的多少，将根据市场购买率的高低来决定。关于小说的稿费，据包天笑的《钏影楼回忆录》

<hr>

① 许道明：《海派文学的现代性》，《复旦学报》1997 年第 3 期。
② 胡适：《海上花列传·序》，《胡适古典文学研究论集》，上海古籍出版社 1988 年版，第 1228 页。
③ 许道明：《海派文学的现代性》，《复旦学报》1997 年第 3 期。
④ 周乐山：《上海之春》，马逢洋编：《上海：记忆与想象》，文汇出版社 1996 年版，第 75—76 页。
⑤ 转引自叶中强：《稿费、版税制度的建立与近现代文人的生成》，《上海大学学报》2006 年第 5 期。

称，在 1906 年以后，他在上海《时报》每月写论说 6 篇，另外再写点小说，得 80 元，包同时在《小说林》兼职，每月 40 元。当时论说以篇计每篇 5 元，小说论字每千字 2 元，也有 1 元，甚至 0.5 元。由于知名度不高，平江不肖生的《留东外史》便是每千字 0.5 元。民初商务印书馆各杂志的稿酬最低 2 元，最高 5 元，鲁迅在《小说月报》上发表其第一篇小说《怀旧》，稿费是大洋 5 元，林琴南的翻译小说商务印书馆付给千字 5 元，后来增加到 6 元，属于稿酬偏高者。从清末到民国，上海报刊图书市场已逐渐形成一个通用的稿费标准，大都为每千字 2 元至 4 元，5、6 元较少，小书坊则出于成本计甚至收每千字 5 角至 1 元的书稿。① 正是渐成规制的稿酬制度，吸引了众多富有文学才华、迫于生计的文人先后投身于文学创作之路，他们可以通过写作，获取稿酬，以此来养家活口，进而催生了一大批近代职业作家的出现。有人曾将当时的上海职业文人划分为四等，第四等的作家稿费为千字一至二元，每月得写十万字，除卖不掉及稿费收不回，每月有八十元收入，可以勉强维持生活；而第一等的作家住独栋房子，生活开支每月 200 元，若稿费四至五元，也得写十万字以上的稿子。② 总的来说，近代稿酬制度的形成是作家作品高度商品化、社会化的表现，是当时文人群体开展城市化写作的重要制度保障。

就城市文化的传播而言，作为强势媒体，最先在上海出现的报纸杂志，必然对全国的其他城市产生深刻的影响。在 19 世纪后期，在上海的引领和辐射下，文学报刊的创办迅速遍及全国大都市，大江南北都有大量的文学报刊编辑出版。据戈公振《中国报学史》所胪列，创办民报"比较知名者"就有上海、北京、天津、广州、潮州、苏州、无锡、镇江、扬州、芜湖、安庆、南昌、九江、赣州、汉口、武昌、长沙、重庆、成都、济南、烟台、青岛、太原、奉天、吉林、长春、营口、哈尔滨、伊犁、杭州、宁波、厦门、福州、汕头、贵州、桂林、梧州、香港、澳门 39 座城市，其中拥有 10 家报刊

---

① 张敏：《从稿费制度的实行看晚清上海文化市场的发育》，《史林》2001 年第 2 期。
② 魏京伯：《海派与京派产生的背景》，马逢洋编：《上海：记忆与想象》，文汇出版社 1996 年版，第 58—59 页。

以上的城市就有上海、北京、天津、广州、香港、汉口、长沙、杭州8座。[①]
在北方，逐渐出现了以北京为中心的报刊传播格局，"京沪"分庭抗礼之势
逐渐成型。

北京的报纸业起步不可谓早。中国民办报纸虽然最早于同治十二年
（1873）出版于汉口，而北京的第一家民办报纸《京话日报》则在1904年
才问世。这一方面是因为北京作为"首善之区"受到当局者较为严密的政治
控制，另一方面也与北京普通民众文化素质不高有关。清末北京各类学校不
多，市民整体较为贫困，无力接受教育，普通市民中文盲与半文盲比例较
大。这种情况在民国后渐有改观，随着鼓吹改良变革的思潮勃兴，民办报纸
逐渐增多，"惜国人尚不知阅报为何事，未为社会所见重耳。迨光绪二十一
年，时适中日战后，国人敌忾之心颇盛，强学会之《中外纪闻》与《强学
报》，先后刊行于京沪，执笔者皆魁儒硕士，声光炳然。我国人民之发表政
论，盖自此始。后此《时务报》与《时务日报》等接踵而起，一时报纸，兴
也勃焉。"清末沪报多于京报，进入民国时期后北京报纸则反多于沪。对此，
戈公振敏锐地指出："……北京为政治中心，故独占五分之一，可谓盛矣。"
进入民国时期后北京报纸数量多于沪报，《国华报》《群强报》就是其中声名
显著者。[②]概括而言，清末民初的文化中心其实是游移于上海与北京之间。

有研究者对清末民初（1900—1920）的北京报纸开展过不完全统计，计
得《北京公报》《大同报》《万国公报》《京话报》《白话学报》《顺天时报》
《启蒙画报》《京话日报》《中华报》《公益报》《京师公报》《官话政报》《北
京女报》等39种。比如《公益报》，社长文实权，编辑有蔡友梅、白云衹、
文子龙、王冷佛；《京师公报》，社长文实权，编辑有文子龙、杨曼青、黄佛
舞、赵静宜等，该报的体裁为白话文，每日出版一张，乃为旗族人士之言论
机关；《进化报》，社长蔡友梅，编辑有杨曼青、乐缓卿、李问山，该报也为
白话文，其言论新闻关注百姓生计；《燕都报》，社长文实权，编辑有文子
龙、白云衹、陈重光，发行为唐冷生、曹裕民，该白话报以小说著称，如西
太后小说、《梅福结婚记》皆为文实权所编；《国华报》，社长乌泽声，编辑

---

① 戈公振：《中国报学史》，中国和平出版社2014年版，第115—119页。
② 戈公振：《中国报学史》，中国和平出版社2014年版，第115页。

有穆儒丐、完绳世、王藻轩；《群强报》，初为端方子继康侯所办，后归于陆慎斋，其经理是戴正一，编辑有王丹忱、杨曼青、勋荩臣，该报以提倡戏剧为其基本；《国强报》，经理一度为李茂亭，总理蔡友梅；《爱国白话报》，社长马太朴，编辑有王冷佛、权益斋。[①] 这里之所以做细致的列举，一方面见出报人群体的规模之众，另一方面也可见文实权、蔡友梅、王冷佛、杨曼青等一批报人乃成为活跃于报界的一支骨干力量。

当时北京的民办报纸于其时乘势而起，本地近代文学由此获得生发的动力和空间。清末民初这批京味小说家几乎都是报人出身，而且很多是北京近代的报业先驱。梁启超提倡小说革命，以为"欲改良群治，必自小说界革命始；欲新民，必自新小说始"。《进化报》主办者也说："势日蹙而风俗日偷，国愈危而人心愈坏，将何以与列强相颉颃？报社以辅助政府为天职，开通民智为宗旨……欲引人心之趋向，启教育之萌芽，破迷信之根株，跻进化之方域。"[②] 早期的报刊小说因其语言通俗，扮演匡扶世风、启迪民智的角色，正如《燕都报》所谓"与汪浊社会为敌，与困苦人民为友"，"一维持道德；二改良社会；三提倡实业"。亦如剑胆在《京话日报》上发表的《文字狱》时所说："报上的小说，本是一件附属品，原为引人入胜，好请那不爱看报的主儿，借着看小说，叫他知道些国家大事，社会情形。"

当时一批报人小说家在报纸上开辟文艺专栏，发起连载小说的则是《公益报》，文实权为破除迷信而作的《米虎》首开《公益报》连载个人长篇小说的记录。蔡友梅所撰报纸小说数量惊人。《进化报》作为蔡友梅创办的唯一一份报纸，其名作《小额》即最早连载于《进化报》的小说栏。而堪称华北第一大报的《顺天时报》影响力极大，民国五六年间日发行量最高达到12000 份。1913 年至 1919 年间，蔡友梅以"损公"等笔名在《顺天时报》连载了《梦中赴会》《二十世纪新现象》《新侦探》《孝子寻亲记》《感应篇》等小说。此外，蔡友梅还在《京话日报》《益世报》《国强报》等刊登小说。王冷佛的作品则主要刊于《爱国白话报》。

---

① 刘大先：《清末民初北京报纸与京旗小说的格局》，《满族研究》2008 年第 2 期。
② 见松（蔡）友梅《小额》书前之序。中山大学中文系编《中国近代文学研究》第一辑时，附录《小额》，由广东人民出版社 1983 年 11 月出版。

　　这些早期京味小说家的创作发端于为报纸提供连载故事，因为了解北京读者群体的情况，小说创作贴近现实生活，具有鲜明的平民性和现实性，重视语言形式的通俗化和本地化特色，因此引起了很大的社会反响。

　　北京、上海作为近代一北一南最重要的大都市，一个是国家政治权力中心的京城、一个是全国最繁华的商业大都市，在某种程度上，京沪代表了权威、繁华，也代表了奢靡、富庶。姚公鹤《上海闲话》有言："上海与北京，一为社会中心点，一为政治中心点，各有其挟持之具，恒处对峙地位。"① 小说《新中国未来记》借人物李去病之口也说："我从前听见谭浏阳说的，中国有两个大炉子，一个是北京，一个便是上海，凭你什么英雄好汉，到这里来，都要被他融化了去。"② 这两大都市在近代媒体的发展中都扮演了极为重要的角色，塑造了南北的整体传媒格局，形成了文学报刊传播中的"京沪"现象。

第二节　江南城市叙事的两种文化传统及其近代变革

　　前文论述在古今变革的近代之际，从社会转型到城市空间转型，再到城市叙事转型的发生逻辑。下面我们将江南城市叙事作为独立的研究对象来看待，正如前文所论，如果说文学报刊的创办是城市叙事兴起的外部推动力，那么，城市叙事是否有内生性的文化传统？回答是肯定的。对于宽泛意义上的上海城市叙事以及其所依托的江南城市叙事而言，它们本就有着深厚的文化传统，那么这一自古而来的传统如何与城市叙事发生关联、进而影响城市叙事的古今转型？本节即从文化传统的继承与发展之角度，讨论江南城市叙事之近代变革。

　　江南为人文渊薮，归有光云："吴为人才渊薮，文字之盛，甲于天下。其人耻为他业，自髫龀以上皆能诵习，举子应主司之试，居庠校中，有白首

---

① 姚公鹤编著：《上海闲话》卷上，上海商务印书馆 1917 年版，第 85 页。
② 陆士谔：《新中国》附录，九州出版社 2010 年版，第 186 页。

不自已者，江以南，其俗尽然。"①江南城市叙事之所以繁荣，就外部因素而言，主要是因为有繁荣的文学创作、传播、消费活动作为基础和保障。明清时期的江南已成为全国的文学中心，具体而言，乃是通俗文学的印刷中心、创作中心与消费中心。前文曾对近代上海与北京的情况做了分析，这里我们概述明清江南的整体情况，上海部分不再赘述。据相关资料统计，明清刻印通俗小说者金陵约计 34 家，刻印小说 91 部，去其重复，刻印通俗小说约 50 余种；苏州约 73 家，刻印通俗小说作品 226 部，去其重复，约 160 余种；杭州约计 34 家，刻印作品 71 部，去其重复，约 60 种。尤为重要的是，明清时期与城市叙事有关的小说创作和评点大家及其作品，大多与江南存在有千丝万缕的关系。以小说作者及评点者而论，明清两代，大体能够判定江南作者（或在江南创作编写小说者）约 210 位，其中明代约 43 位，清代约 167 位；小说评点家（或在江南评点小说者）约 62 位，其中明代 20 位，清代 42 位，呈现出群星璀璨之繁盛局面。②谓江南为通俗小说的生产中心，绝非虚誉。

江南文化底蕴深厚，其内生传统则构成了城市叙事的核心支撑。约而言之，其文化传统的内核乃是"诗性审美"与"实用理性"。③一方面，诗性审美之风月言情是江南的固有传统④，张瀚《松窗梦语》有云："民间风俗，大都江南侈于江北，而江南之侈尤莫过于三吴。自昔吴俗习奢华、乐奇异，人情皆观赴焉。"⑤言情传统在江南根基深厚，言情小说柔媚缠绵的格调，才子佳人的哀怨故事，较为切合"杏花春雨江南"的地域品格，因而言情小说在江南地区拥有广泛的读者群，影响很大。综观近代上海的言情文学，从韩邦庆满纸苏州方言的《海上花列传》，再到以江浙人唱绝对主角在洋场上风光无限的"鸳鸯蝴蝶派"，言情文学每一步重要发展几乎都与江南城市血脉相连，声息相通。就作者而论，"鸳鸯蝴蝶派"主要成员的籍贯大都是江浙沪地区，如孙玉声、秦瘦鸥是上海人；包天笑、程小青是江苏吴县（今苏州）人；徐枕亚、吴双热是常熟人；李涵秋是扬州人；许啸天是浙江上虞人。可

---

① （明）归有光：《震川先生集》，上海古籍出版社 2007 年版，第 192 页。
② 参见冯保善：《明清江南小说文化论》，《明清小说研究》2013 年第 4 期。
③ 参见葛永海：《江南文化传统的本体之辨》，《史学月刊》2013 年第 2 期。
④ 参见葛永海：《六朝江南都市歌诗的生成机制及其历史流变》，《上海师范大学学报》2012 年第 3 期。
⑤ （明）张瀚著，盛冬铃点校：《松窗梦语》，中华书局 1985 年版，第 79 页。

以说，近代上海的言情文学大多以江南为精神之源、文化之本，又对江南城市文学的发展起了重要的推动作用。

上海立足于明清以来以苏、杭、扬为中心的江南市民文化传统，同时吸纳和接受更多具有西方特色的文化娱乐形式，营造出中西合璧的商业文化氛围。尤其是借助现代传媒，通过各类新闻报章、文学期刊采写和编织悲欢离合的婚恋故事，以投合广大市民对于风月言情故事的天然爱好，在展示江南区域文化感性婉约的精神内涵的同时，也凸显出城市消费文化的本质属性。

实用理性则是另一种文化气度，上海自古就为吴越之地，具有厚实的历史传统。自明清以来的文化思潮，大半都是自江浙发端。浙江的王阳明创"心学"，主张"知行合一"，以反对程朱学说，其后的王艮创"泰州学派"，将其理论作了进一步的发挥，提出"率性所行，纯任自然"。清初学者黄宗羲思想更为激进，创"浙东史派"，倡导反封建专制的民主主义思想。明清以来江浙地区市民文学兴盛，如徐渭、冯梦龙、金圣叹等市民作家主张个性解放，引领时代风气。那种发抒真情、狂狷傲世的个性风骨，逐步沉淀为一种区域的文化精神。概言之，"实用理性"上承明清启蒙文化的思想传统，突出城市作为舆论中心的功能和意义，展示了江南文化中集名士气度与公民意识于一体，融会贯通、推陈出新的批判品格，将江南文化精神中的敢为人先、经世致用、兴亡有责等思想质素和精神因子淋漓尽致地加以挥洒，它所树立的思想标杆则成为后来之海派文化生生不息、绵绵不绝的精神动力。[1]

在近代江南的城市背景中，尽管两种文化传统各自并行，又并非截然分开，由于植根于同一片文化土壤，在具体文化现象中，又表现为相互交织，难分彼此，时或形成二重变奏。总的来说，这两重文化主题的发展演进，形象地诠释了上海城市文化在新的历史时期的内涵重构。[2]

近代新变可以从两个维度来考察：一是时间维度，从古典形态向近代形态转变，包括了言情与时议两方面的传统；二是空间维度，从江南各城市向

---

[1]　参见梅新林、葛永海：《从"原欲"到"情本"：晚明至清中叶江南文学的一个研究视角》，《浙江师范大学学报》2007年第4期；葛永海：《"言情以启蒙"的主题标举与文化超越——明清江南文学精神的一个考察维度》，《上海师范大学学报》2014年第3期。

[2]　参见葛永海：《略论江南文化的现代转型及内涵重构——以上海为中心》，《井冈山大学学报》2012年第2期。

上海大都市集聚，形成具有集纳效应的上海大都市叙事。

如果我们将目光投向明清江南城市叙事的发展进程，会发现城市叙事的发生发展，正是江南固有的"诗性审美"与"实用理性"两大文化传统作用的结果，主要顺着两条主干线索发展演变：一是言情叙事，一是时议叙事。前者主要在城市世俗趣味的导引下，迎合普通市民对于世俗爱情故事的天然爱好，编织和铺排出欢喜冤家、啼笑因缘等缠绵悱恻的婚恋故事，以求得商业利益；而后者的出发点或依然有商业文化的因素，但多少继承了江南文化固有的批判传统，以暴露谴责甚至是黑幕揭示的方式来展示城市之阴暗面和固有弊端，有的作品则包含了普罗文学的核心要素，它们的共同点则是从不同角度来表达对于城市生活的反思。上述两条线索时而各自分行，时而彼此交织，衍生出与此两者密切相关的其他多种文学情态。尤其是上海言情与时议文学得到进一步强化，进而在对江南文化的继承和超越中完成了现代转型。

就"言情"主题而言，从《风月梦》到《广陵潮》、《海上花列传》、鸳鸯蝴蝶派小说，江南城市叙事的"言情"内涵在近代发生较大改变。

《风月梦》所代表的是古典的扬州风月故事的消歇。如果说扬州小说至《风月梦》时，扬州已逐渐进入衰落期。小说所描写的繁华如梦，风月成空，不仅是一种人生情绪，也是时代的写真，扬州已经失去了清代乾嘉时期的繁华都会地位，日见衰败。到了清末民初之《广陵潮》问世，小说中的风月一脉更属余绪，屡弱异常。我们认为，从《风月梦》到《广陵潮》，至少意味着两层含义：一是从城市发展的角度，扬州风月繁华已凋落殆尽；二是从小说叙述的角度，扬州的风月故事已难以为继。《广陵潮》可以说是古代扬州小说最后的代表作品，它最初于 1909 年连载于汉口《公论报》《趣报》，原名为《过渡镜》。但直到 1919 年，作者才写成一百回，不久，上海震业书局有其单行本问世。这部小说以晚清至民初扬州生活为背景，内容涉及鸦片战争、百日维新、武昌起义、洪宪帝制、张勋复辟等一系列重大历史事件对扬州等城镇的影响和冲击，扬州已是繁华落尽。

"扬州廿四桥圮废已久，渐成一小小村落"是《广陵潮》开篇的第一句，这预示着《广陵潮》似乎是扬州才士最后的风月故事。宁远在《〈广陵潮〉提要》一文就指出："才子佳人一类小说对作者的影响也相当深，因而对当时官场和社会上的种种黑暗面的暴露，只成了陪笔，书中主要是写才子佳人的相恋和一些家庭琐事。"①此说虽然过于绝对，作者一向自将小说视为"社会小说"，对社会世情的描摹亦极见功力，社会画面也极宏大，但是小说中才子佳人的内容确实也占了较大的比重，包括主人公云麟与表妹淑仪，与妓女红姝之间的爱情纠葛事实上成为小说的主线。小说看起来像一个包含着丰富社会内容的风月故事，只是作者尽管笔如神来，依然跳不出才子佳人悲喜故事的套路。

其后则有著名的《海上花列传》，韩邦庆曾长期旅居上海，常为《申报》撰稿，并创办个人性文艺期刊《海上奇书》，平时喜行走于花街柳巷，故对青楼生活颇为熟悉。《海上花列传》树立了一种新的言情传统，既不遵照"才子佳人"的模式，也没有用浪漫笔调把妓院写成孕育爱情的温床，同时也没有揭露妓女罪恶的刻意。它所展示的是嫖客以妓女为玩物、而妓女以谋取钱财为目的的冷酷事实，琐细的描绘，充满了生活气息。鲁迅就很称许《海上花列传》，认为其"平淡而近自然"（《中国小说史略》）。这种不事矫揉造作和耸人听闻，崇尚平实言情的写法，对晚清以来言情小说固有的情节崇拜是一种挑战。

在海上"狭邪小说"之后，言情一路由于"小说界革命"而受到一定的制约和影响，文人以及市民读者皆专注于抨击政府和发泄怨愤，以至于"两性私生活描写的小说，在此时期不为社会所重，甚至出版商人，也不肯印行"②。此后，随着政治热情的逐渐消退，也由于受到以《巴黎茶花女遗事》为代表的域外言情小说的影响③，市民读者对言情小说的兴趣重新回升，这以 1906 年吴趼人小说《恨海》出版为标志。1906 年，广智书局出版吴趼人《恨海》十回单行本，卷末有作者题词《西江月》："精卫不填恨海，女娲未补情天。好姻缘是恶姻缘，说甚牵来一线。底事无情公子，不逢薄幸婵娟。安排颠倒遇颠连，到此真情乃见。"④《恨海》以庚子事变为历史背景，描写乱

① 李涵秋：《广陵潮》，百花文艺出版社 1986 年版，第 1421 页。
② 阿英：《晚清小说史》，人民文学出版社 1980 年版，第 5 页。
③ 由林纾、王寿昌合译的《巴黎茶花女遗事》于 1899 年由福州畏庐刊出，其后上海文明书局于 1903 年和 1906 年一版而再版。
④ （清）我佛山人著，王俊年校点：《恨海》，花城出版社 1988 年版，第 91 页。

世儿女的颠沛离合，将言情表述为人间真情、乱世悲情，具有感人的力量。此书一出，好评如潮，有评论者以为："区区十回，独能压倒一切情书，允推杰构。……是笔是墨，是泪是血，凝成一片。灯下读此，真觉悲风四起，鬼语啾啾。"[①] 在吴趼人《恨海》之后，言情类作品纷纷问世，其中包括李涵秋的《瑶瑟夫人》，符霖的《禽海石》（1906），李涵秋的《双花记》（1907），吴趼人的《劫余灰》，小白的《鸳鸯碑》（1908），虚我生的《可怜虫》，佚名的《女豪杰》（1909），息观的《鸳鸯剑》，吴趼人的《情变》（1910），等等。这些都表明言情小说再起高潮，消闲文学重新抬头。

1909 年，晚清四大小说刊物已相继停刊，新问世的《小说时报》《小说月报》不复有往昔的政治热情，娱乐的意味被进一步强化。小说的价值也被重新定位，辛亥革命前夕，已有小说家称："小说虽号开智觉民之利器，终为茶余酒后之助谈"[②]，民初则尤甚，徐枕亚说："原夫小说者，俳优下技，难言经世文章；茶酒余闲，只供清谈资料。"[③] 言情小说的发展持续升温，发展至 1912 年，随着徐枕亚《玉梨魂》和苏曼殊《断鸿零雁记》的出版，"鸳鸯蝴蝶派"正式登上文学舞台。

作为"鸳蝶派"言情的发起者，《玉梨魂》和《断鸿零雁记》之成就显然高出后起者多矣，二书分别以"和尚恋爱"和"寡妇恋爱"的独特主题，与以往的青楼风月划分界线，延续了《恨海》所追求的叙述人间真情的路子，并作了进一步发挥。但是两书在主观上都缺乏揭露封建礼教的自觉意识，大体是在恪守礼教规范的前提下，表达包办婚姻带来的苦闷和忧伤。两者文体形式也不同，一旧一新，又形成了鲜明对比。徐枕亚小说的旧式特征一目了然，为满足阅读群体中士大夫的趣味，他采用骈体文写作，竟然也受到了欢迎。《断鸿零雁记》则带有明显的现代性特征，它明显借鉴西方抒情文学的表现技巧，在叙事话语上突出个人化色彩，有着"内倾性"叙述的特点。这种自叙传的写法对其后的五四文学影响极为明显，所以钱玄同在给陈

---

① （清）我佛山人著，王俊年校点：《恨海》，花城出版社 1988 年版，第 4 页。
② 陆士谔：《新上海自序》，陈平原、夏晓虹编：《二十世纪中国小说理论资料》（第一卷），北京大学出版社 1989 年版，第 360 页。
③ 徐枕亚：《小说丛报》发刊词，《小说丛报》1914 年第 1 期。

独秀的信中说："曼殊上人思想高洁，所为小说，描写人生真处，足为新文学之始基。"① 苏曼殊对于时代悲情故事的描述，将言情传统提升到一个很高的美学境界。

吴福辉在《都市漩流中的海派小说》中指出："两性主题，是海派小说最具特色的主题，也是它经常受到鄙视与攻击的部位。如果借用传统的观念，绝大多数的海派小说都可称为'言情体'。实际上，所谓海派言情小说的一部分已经属于性爱小说的类型。仅仅举此一端，你便能感悟到它的与前不同的现代性质了。"②

近代之后，言情传统的变异体现在诸多方面，最大的变体在于新感觉派与张爱玲的小说已经散发出明显的现代都市气息。前者描绘在光怪陆离的大都市背景下，男女关系通过性爱来加以支配，彼此视对方为消遣品，展示两性关系在现代的异化；后者突出现代都市中女性的独特视角，在现代生活与古典情境的交融中抒写男女情爱，以丰富细腻的心理刻画见长。其他城市叙事或是追随五四新文化倡导的个性解放，描写男女主人公追求婚姻自主的两性故事，如张资平的《梅岭之春》，叶灵凤的《女娲氏之遗孽》等小说；或是着墨于普通市民的日常婚姻情爱生活，往往写得兴意盎然，富有生活气息，心理活动描摹得尤为细腻。章衣萍的《小娇娘》刻画了有妇之夫与人偷情后那种负疚的矛盾心理，颇为微妙生动；或是展示男女情爱的微妙感受，表现现代都市男女的迷茫和哀伤，比如穆时英的《公墓》，男主人公在墓地上恋上了一位宛如戴望舒《雨巷》诗中的丁香般的姑娘，后来她因病离世，使有情人空余无限惆怅。这些都是城市叙事之"言情"传统的现代延续。

再来看"时议"主题。这一传统投射于小说，与此前传统相比，近代涌现的政治小说、谴责小说、黑幕小说等作品也发生了较大改变。鲁迅在回顾19世纪初的小说发展时说："光绪庚子（1900）后，谴责小说之出特盛。盖嘉庆以来，虽屡平内乱（白莲教，太平天国，捻，回），亦屡挫于外敌（英，法，日本），细民暗昧，尚啜茗听平逆武功，有识者则已翻然思改革，凭敌忾之心，呼维新与爱国，而于'富强'尤致意焉。戊戌变政既不成，越二年

① 钱玄同致陈独秀，《新青年》第 3 卷第 1 号，1917 年 3 月。
② 吴福辉：《都市漩流中的海派小说》，复旦大学出版社 2009 年版，第 129 页。

即庚子岁而有义和团之变，群乃知政府不足与图治，顿有掊击之意矣。其在小说，则揭发伏藏，显其弊恶，而于时政，严加纠弹，或更扩充，并及风俗。"① 正是在 20 世纪初那样的背景下，文人中的有识之士承担起城市叙事的时议传统，而最能体现文学的革新意识和批判意识的则首推谴责小说。

开谴责小说之先河的是 1903 年 4 月李伯元在《繁华报》上连载的《官场现形记》。同年 9 月《绣像小说》第九期开始连载刘鹗的《老残游记》，10 月，吴趼人《二十年目睹之怪现状》在《新小说》上开始连载。1904 年曾朴写成的《孽海花》20 回，1905 年由日本翔鸾社分两集出版发行。四大谴责小说就此登上历史舞台，影响巨大。其中又以出版最早的《官场现形记》反响最剧。在《官场现形记》问世之后，仿效其故事结构形式，按照其讽刺加谩骂的手法进行创作的小说纷纷问世，仅仅以"官场"为书名的在上海就出版了十多种：《官世界》（1905）、《官场维新记》（1906？）、《新官场风流案》（1906）、《新官场现形记》（1907）、《后官场现形记》（1908）、《官场风流案》（1908）、《官场风流案二集》（1908）、《官场笑话》（1909），等等。可以说，这一蜂拥而起的"官场"小说的出现，反映了当时社会浓烈之猎奇心理，文人对于商业利润的倾力追求，也表明社会似乎迫切需求一种谩骂式的发泄渠道。

官场的黑暗和官僚的腐败堕落是谴责小说的主要描绘内容。《官场现形记》的作者毫无顾忌地站在专制政府的对立立场进行讽刺和攻击，甚至将矛头指向了最高统治者；而吴趼人在笔下已表现出对"立宪"的推崇，体现出反专制意识；《老残游记》痛斥官吏暴虐的同时也表现出对"言论自由"的向往，而《孽海花》更有对资产阶级革命的认可和关注，这些都表明不少谴责小说家在一定程度上都具备了资产阶级民主意识。王德威在评价这些小说时曾说："……小说借其俚俗多变的取材及叙事模式，于此时已俨然凌驾其他文类，成为最能激发对话，且有政治挑衅力的文化媒介。日后文学革命的起源之一应溯及至此，当不为过。"②

这一时期政治小说和谴责小说对清政府的暴露与抨击，具有明显的反封

---

① 鲁迅：《中国小说史略》，人民文学出版社 1973 年版，第 252 页。
② 王德威：《想象中国的方法：历史·小说·叙事》，生活·读书·新知三联书店 1998 年版，第 330 页。

建色彩。当然，我们也应该看到，这种意识又是非常有限的，这些小说又带有不可避免的思想和艺术上的局限。小说家所秉承的还只是改良的、属于封建体系的价值观，所以从道德角度进行鞭挞的居多，而不可能上升到人性解放和制度反思的层次。另外，被不断质疑的还有这些小说的表现形式，它们只是顺应了时代的风气，满足报刊快速传播的需要，而缺少艺术上的探求。以至于鲁迅在《中国小说史略》中认为应将谴责小说与《儒林外史》那样的讽刺小说相区别，"其在小说，则揭发伏藏，显其弊恶，而于时政，严加纠弹，或更扩充，并及风俗。虽命意在于匡世，似与讽刺小说同伦，而辞气浮露，笔无藏锋，甚且过甚其辞，以合时人嗜好，则其度量技术之相去亦远矣，故别谓之谴责小说"，确是不刊之论。①

江南城市叙事中的"时议"在近代之后并未消歇，现代期的茅盾带有更浓厚的理性色彩和更清晰的阶级意识，其创作的《子夜》作为现实主义的典范，自觉建立起以阶级分析为基础的反映论模式。阶级理性成为其分析社会的"解剖刀"，而"革命"则成为主要的活性激素。在茅盾的创作中，隐藏着强烈的物质意识，资产者因物质富有而放浪颓废，无产者因物质匮乏而贫苦不堪。社会也在物质力量的作用下形成了不同的外在环境，即作为"天堂"的都市上层和作为"地狱"的工厂厂房和贫民窟。②茅盾对都市一方面歌颂"机械本身这东西是力强的，创造的，美的"③；另一方面以反讽的语调鞭挞现代文明对中国乡土社会的灾难性冲击。"都市和乡镇现在正起了交流作用，乡镇的金钱流到都市，而都市的'现代'风气的装饰和娱乐流到乡镇。"④总体而言，其对于都市的批判大于认同，具有深刻的理性色彩。

就空间维度而言，江南城市文化的特色与优势开始向上海集聚，上海叙事从江南城市叙事资源中汲取了丰富的养分，完成了从承袭江南，到熔铸江南，再到引领江南的三部曲历程。综观近代上海的言情与时议叙事，几乎每一步重要发展都与江南城市血脉相连，声息相通。可以说，近代上海的城市

---

① 以上参见葛永海：《论城市文学视域中的 20 世纪初上海文学图景》，《上海师范大学学报》2011 年第 1 期。

② 以上参见李俊国：《中国现代都市小说研究》，中国社会科学出版社 2004 年版，第 155 页。

③ 茅盾：《机械的颂赞》，《茅盾全集》第 19 卷，人民文学出版社 1986 年版，第 402 页。

④ 茅盾：《"现代化"的话》，《茅盾全集》第 11 卷，人民文学出版社 1986 年版，第 166 页。

大多以江南为精神之源、文化之本，又对江南城市叙事的发展起了重要的推动作用。

第三节 见证近代城市之恶的游荡叙事——陆士谔《新上海》与巴尔扎克《不自知的喜剧演员》之比较分析

在比较文学的视角下，中国的城市叙事与西方相比，既有相同点，亦有不同点。一方面，研究者大都认可中西方城市叙事在崛起阶段的相似性。捷克汉学家普实克于 1974 年发表的论文《都市中心——通俗小说的摇篮》就认为："约略在公元 13 世纪，位于欧亚大陆两端的中国和西欧竟然几乎同时实现了文学的城市化。这就使得以新方法写人、以新眼光观察人的本质存在成为可能。中国宋元时职业说书人的作品话本和意大利 14 世纪作家薄伽丘的《十日谈》均系环境类似、大致同代的产物，均系试图如实反映人生的同一体裁（都市小说）的代表。"① 国内学者谢桃坊也有类似观点，但在时间段的判定上略有不同，他认为："公元 11 世纪之初，在中国北宋和欧洲的西部诸国，几乎同时诞生了市民阶层并出现了市民文学，或称城市文学"，"我国都市通俗文学的兴起与发展在主要方面与欧洲市民文学所走过的道路大体是相似的。这样便可将东方和西方两种同时的、性质相近的文学进行比较研究"。②

另一方面，由于文化传统的巨大差异，中西方城市叙事的内涵与表现形态存在明显的不同。在中国文学史上，或作为政治中心的象征，或作为怀古感怀的意象，或作为渲染欲望的公共空间，城市的文化内涵虽不单调，但城市文化形象的维度相对较为单一。与西方相比，中国古代关于城市的文化想象较为贫弱，不像西方城市的意象从《圣经》开始就集中了各种强烈而矛盾的情感，并保有了贯穿西方历史文化的隐喻力量，比如巴比伦之象征腐败，罗马城之隐喻权力，特洛伊、迦太基作为毁灭的寓言，耶路撒冷乃是获得拯救的神话，这些城市意象贯穿着文化的历史，都凝聚着古老而永恒的暗示，

---

① 江原：《捷克学者普实克谈话本小说与〈十日谈〉》，《古典文学知识》1986 年第 3 期。
② 谢桃坊：《中国市民文学史》，四川人民出版社 2015 年版，第 21、23 页。

反映着人类内心深处根深蒂固的焦虑。

在城市化进程加速，尤其是西方发生工业革命之后，中西的差异已不可以道里计。李欧梵曾在中外文学的背景中讨论近现代时期之城市与乡村对于文学的不同意义。西方的城市与文学关系密切，前者为后者提供了主要的精神滋养，比如"城市为西方现代诗歌和小说提供了主要艺术源泉和背景（例如波多雷和乔依斯）"，这在中国却不可能实现，因为"中国现代小说所描写的中心却是农村"，这个是问题之果，而不是问题之因，原因是中国城市自身的发育程度存在缺失。虽然在上海这样的沿海大都市，中国现代文学得到了一定程度的培育和发展，但是这显然是阶段性，同时也是有限的。"城市从来没有为中国现代作家提供像陀斯妥耶夫斯基在彼德堡或乔依斯在都柏林所找到的哲学体系。从来没有像支配西方现代派那样支配中国文学的想像力"①，这段话虽然说得过于绝对，却揭示了中国现代城市叙事的基本状况，中国的城市发展程度似乎不足以支撑构成完善思想体系的城市文学作品。

吴福辉的观点与李欧梵大体一致，就具体的城市叙事而言，他将狄更斯的伦敦叙事与上海叙事加以比较，"狄更斯的社会意识也极为强烈"，伦敦这个城市中的外在与内在、物质与精神，包括"都市的贫富差别，债务拘留所、孤儿院、下等酒馆、车站、马戏场"等，都"作为他永久的童年印象进入其作品"，正因为如此，"他窥到伦敦的灵魂，包括伦敦的黑暗和光荣，无一不在他的视野之内"，他完全融入到这个城市当中，所以实至名归，以至于"他被称作伦敦城市诗的伟大咏者"。吴福辉的结论非常明确："中国迄今还没有谁能像狄更斯面对伦敦，乔依斯面对都柏林那样地面对上海。"②

文论家伯顿·派克（Burton Pike）在《现代文学中的都市形象》一文中指出："都市文学有三种存在形式：与乡村文学相对立的广义的都市文学；描绘都市并批判都市罪恶的都市文学；描绘都市深层文化心理和潜意识的都市文学。"③这三种文学存在形式在我国近代小说的城市书写中均能找到对应

---

① 李欧梵：《论中国现代小说》，《中国现代文学研究丛刊》1985 年第 3 期。
② 吴福辉：《都市漩流中的海派小说》，复旦大学出版社 2009 年版，第 116 页。
③ Burton Pike, *The Image of the City in Modern Literature*, Princeton University Press, Princeton, N. J., 1981, p. 32.

的文本,尤以第二种为多。比如《海上花列传》、陆士谔小说均属于此类。就近代文学城市叙事的典型之作而言,《海上花列传》显然是首选。但就表现城市生活的广度而言,陆士谔小说则又体现出自身的特色。由于《海上花列传》的相关论述已颇为翔实,研讨的空间有限,那么将陆士谔小说作为研究对象也是个不错的选择,尤其在中西比较的视野下,其小说与西方近代城市叙事在城市全景展示方面似乎更具可比性。若按照"将东方和西方两种同时的、性质相近的文学进行比较研究"的要求选择,对于西方作品而言,巴尔扎克描写巴黎的小说显然是相近时期中的典范。下面我们不妨将陆士谔《新上海》与巴尔扎克《人间喜剧》第15卷《不自知的喜剧演员》进行比较,分析探讨上海叙事与巴黎叙事以及背后文化心理之异同。

陆士谔《新上海》(1909)属于暴露谴责小说,作者自序"刻画魑魅,形容罔两,穷幽极怪,披露殆尽",李友琴之序亦有言:"故此编于上海之社会,上海之风俗,上海之新事业,上海之新人物,以及大人先生之种种举动,虽竭力描写,淋漓尽致,而曾无片词只语褒贬其间,俾读者自于言外得悟其意。"[1]可知这是一部试图以写实化手法揭橥社会黑暗的小说。小说借助李梅伯和沈一帆这两个乡愚人物,在偌大上海滩不断行走,历叙其所见所闻,意在揭露新上海种种令人瞠目结舌的腐败堕落的"野蛮事情"。正如作者在第三十回"拍马屁挡手煎药 送仙丹小妇多情"里所说,梅伯、一帆,"久居乡下惯的,一到上海,眼光里望出来,便色色都奇,事事皆怪,没一事、没一言,不足供在下的笔墨资料"。就整体而言,小说不免有材料堆砌之嫌。然而小说给我们描绘了近代上海芸芸众生态,展示了各个阶层人物的日常生活体验。细细读来,众多猥琐贪鄙、阴险狡诈的人物,稀奇古怪、荒唐无理的事情,一波接一波随主人公视听所及循序渐进地呈现在读者的眼前。比如骗吃骗喝的报刊主笔贾敏士、吊膀子老手刁邦之、纵火赚火险的客栈老板、担任药房告白的钱梦花、设圈套的翻戏党、姘戏子的妓女、本性邪恶的拆梢党、奸拐骗盗的上海佛店等。作者有意把上海种种怪现状撕破给读者看,详细地揭秘每一种怪事怪人的深层本质,真可谓鞭辟入里。

---

① 陆士谔:《新上海》李友琴序,上海古籍出版社1997年版,第1页。

　　巴尔扎克所处的则是欧洲社会从近代向现代转型的时代，他本人则被称为"现代法国小说之父"。作为城市的观察者和书写者，他的《人间喜剧》中很大一部分作品以巴黎为中心，为世人提供了法国大革命之后至 1848 年间的巴黎全景画。《不自知的喜剧演员》①属于"风俗研究"中的"巴黎生活场景"。这部小说于 1844 年 6 月开始写作，起初以"在巴黎免费看到的喜剧"为题叙述了四段故事，不久发展到七段，最后写成十二段，于 1846 年 4 月在《法兰西邮报》上连载，分为二十九个章节。小说中外省人加佐纳勒为了一场官司从外省来到巴黎，作为名画家的表弟带领他游览巴黎。小说就是对这次游历的全面记录，从某林荫道上的"巴黎咖啡馆"始到圣乔治街交际花的住处终，淋漓尽致地向读者展示了巴黎极富层次感的城市空间。小说篇幅不算长，视角却几乎覆盖了巴黎的主要街区，可谓是一幅巴黎风貌速写，我们不妨来简要了解一下故事人物的行踪。

　　画家首先带领着外省表哥去了巴黎歌剧院，之后，他们穿街走巷拜访了野心勃勃、殚思竭虑的报纸发行人，每年有 4 万利息收入的帽店老板向他们大谈帽子生易经，猛烈攻击法国民族在帽子上的保守。之后来到了旧货店，丑陋不堪的女老板向他们诉说了自己收购旧货的经历，通过纪念物收购，她窥知了主顾们的许多秘密。接着来到了意大利人街高利贷者家中，这是个冷漠无情而唯利是图的人，他的住处华丽无比，有着琳琅满目的小玩意儿，充分代表了巴黎市民的趣味。在另一条街上的理发室，他们拜访了理发店老板，他曾经是得过勋章的国民自卫军上尉，他用自己的名字创立了一个理发学派，他谈起关于理发的哲学，指出优秀理发师应该有魔鬼般的想象力，能够把握顾客的个性乃至灵魂。他有自备马车和随身小厮，他赢得了批发零售头发的垄断权，同时出售假药，一年的利息收入是 3 万法郎。出来后他们遇见了一位身材矮小、脸色苍白、眼睛忧郁、野心勃勃的画家，在巴黎，艺术家为了更快成名需要借助外部势力，这位画家也是某个体系的拥护者。接着，他们找到老神庙街算命太太阴暗怪异的巢穴，这个巫婆般的丑老太神机妙算，将这个外省人的性格特点、婚姻状况、家乡籍贯、所惹官司等准确地

---

① 本书中《不自知的喜剧演员》的引文皆来自巴尔扎克著，何友齐译：《巴尔扎克全集》第十五卷《人间喜剧》，人民文学出版社 1989 年版，第 5—83 页。后文不再一一出注。

说出，令他感觉不可思议。

之后他们又到了政府议会大厦，艺术家们认为议会大厦是剧院的补充而已，议员们也只不过是些喜剧演员，他们的所谓公务也只是为了赚钱而演出。在这里他们见到了在《高老头》中出场的拉斯蒂涅，他如今已被皇帝封为伯爵，通过他，他们了解了党派斗争和投票的内幕。黄昏时分，他们决定回柏林街画家的住处，路上遇见一位十年里翻来覆去只写一部长篇小说、眼高手低的作家，画家又介绍了巴黎作家的状况。在画家的住所，贵重家具和梳妆打扮用的成百上千个无用的物件让外省人惊喜不已。不一会儿修脚师来访，他把自己的行当称为"形体学"，他一边修脚，一边与画家大谈政治，他认为在法国天才人物的待遇太优厚，他理想的国家是没有宗教，公民一律平等，消灭最高和最低社会阶层，因此他的事业就是除掉伟人，教育别人做个普通公民。作者似乎借此强调自己阶级平等的立场。晚上六点，他们到胜利街女演员的住所，这是歌剧院的第一女主角，与上层人士有密切的交往，与那个公诉人关系也很好。他们想通过她寻找关系，女演员听说这位外省人家财万贯，便向他卖弄风情。晚上十一点半，他们来到了圣乔治街另一交际花的住所，那里也是巴黎名流寻欢作乐的地方，她能量惊人，可以使外省省长下台，她是决定外省人案件的关键所在。三天之后，画家告诉外省表哥，他的案件已经胜诉，但是这位完全被巴黎的魔力所震慑的外省表哥已经无可救药地爱上了女演员，甚至把自己的全部家产都送给了她，结果连律师费也无法支付，他终于真正理解了巴黎。[①]

通过对比我们可以发现，尽管两部作品出自不同国家的不同作者之手，却有不少相同或相通之处，巴尔扎克写的是巴黎，陆士谔写的却是"东方的巴黎"——上海，作为大都市的城市属性有相似之处，同时两座城市也正经历旧制度向新制度的转型期。如果说近代的上海在设立租界之后，城市景观和人口规模都发生了巨大变化，那么在19世纪中期，巴黎的改变也与此相似。随着工业化进程，巴黎的人口开始剧增，1800年左右，巴黎人口为75万，到了1840年，人口增加了两倍，仅1841—1846年间，就增加了12万

① 参见陈晓兰：《19世纪"现实主义者"的巴黎——以巴尔扎克为例》，《西南民族大学学报》2011年第9期。

人。[1] 同时城市空间也不断被改造，当时政府拆毁市区 25000 座旧房，建造 75000 座新楼，新辟了 95 公里长的街道，9 座新桥横跨塞纳河两岸，并修建了宽阔的林荫大道、大型广场、纪念性建筑、拱廊街以及豪华住宅，巴黎的城市景观趋于现代化。[2]

尽管建筑景观与氛围格调方面，巴黎的城市空间与上海的城市空间有着中西文化上的不同，但就两部作品的叙述视角、情节结构、写作立场而论，二者又颇为相似，都是以中心人物在城市空间中的不断游览来结构全篇，以游历者的视角观照城市空间，表达揭示城市腐朽与黑暗的小说主旨。

故事主角都属于都市中典型的"闲逛者"，都在城市漫游，同时也是观察者和评论者。小说采用边走边叙的方式展开叙事，故事的敷衍展开一方面是通过固定人物之口，加以叙述与评论，他们游走于城市的每个角落，耳闻目睹社会各界的奇形丑状，用拼盘式的小说文本，"刻画魑魅，形容罔两，穷幽极怪，披露殆尽"[3]；另一方面则是不断穿插新人物新事件，人物与故事都是召之即来，挥之即去，除了几个作为观察者的中心人物，几乎没有贯穿全文的人物。

两部作品都试图反映两座城市隐蔽的精神世界。对于金钱和情欲的追逐是城市叙事的主线，揭露与批判是主要写作姿态。通过不断排比和连缀奇闻、丑闻，揭示城市的前世今生（比如巴黎的重大历史事件），检讨世道人心。两书中都有对于政治时局的议论。对于上海的观感，陆士谔在《新上海》中进行了犀利的评判，首先他说"上海一埠是中国第一个开通地方，排场则踵事增华，风气则日新月异"，这是一个客观的评价，上海的开通与包容正是其海派品格的体现。但是，上海却有着自相矛盾的双重面相，一方面是文明与开化，"说他文明，便是文明；人做不出的，上海人都能做的出。上海的文明，比了文明的还要文明"，这也正是上海经济、文化引领全国之处；另一方面则是刁钻与势利，"说他野蛮，便是野蛮；人做不到的，上海

① 参见菲利普·李·拉尔夫等：《世界文明史》（下），商务印书馆 1999 年版，第 267 页。

② 参见郭华榕：《法兰西文化的魅力：十九世纪中叶法国社会寻踪》，生活·读书·新知三联书店 1992 年版，第 282 页。

③ 陆士谔：《新上海自序》，陈平原、夏晓虹编：《二十世纪中国小说理论资料》（第一卷），北京大学出版社 1989 年版，第 360 页。

人都会做的到。上海的野蛮，比了野蛮的还要野蛮。"①他生动揭示了一个大都市性格中彼此矛盾的两极。

对于巴黎，小说人物的议论同样尖刻，"这个南方人在这里享受不到故乡充足的阳光，他恨透了巴黎，把它称做风湿病制造厂"。或者通过人物之口说："在巴黎，无论好事坏事、正当不正当，什么都能办到。这里什么都能办成，什么都能办坏，什么都能重来。"当然最尖刻的是对巴黎道德堕落的批评甚至于咒骂，"可怜的外省再渺小总还是个诚实的姑娘，而巴黎是个娼妓，贪得无厌，谎话连篇，象个演喜剧的戏子。"

两部作品都喜欢对时政发表看法。晚清官场的黑暗是陆士谔重点揭批的对象，"做官的人，那里知道国家不国家，他只记得一句'千里为官只为财'罢了。"②《新上海》中的某外务部左丞如此表达其为官赚钱之道："横竖外国人只要实利，不要虚名的，我就把实利给了外国人，虚名儿依旧留在中国，人家自然不好说我了。"③书中多有相关的犀利议论："现在的官有甚界限。有龟而官者，有盗而官者，有贼而官者，有骗而官者⋯⋯并且他们做了官，依旧不肯弃掉旧业。乌龟官依旧暗纵妻女倚门卖俏。龟可官，官仍可龟。"④

《不自知的喜剧演员》则往往对政府或者资本主义制度直接加以抨击，"你刚才见识了政府的心脏，现在得让你看看政府的寄生蠕虫、钩虫、绦虫，直呼其名的话，就是共和派"。议会里的官员有时也站出来自我揭发："为了让立宪政府取信于天下，我们不得不以难以想象的镇定编造弥天大谎"，"这会儿内阁首脑正被反对派逼着交代外交上的秘密⋯⋯他正在讲台上糊弄人呢。"小说有时甚至提出犀利的政治主张，外省人问那个慷慨激昂的修脚师，"你们究竟想为法国的幸福谋求什么呢？"对方的回答是："公民一律平等，一切食品价格低廉⋯⋯我们要让法国再也没有一无所有的人，百万富翁，吸血鬼和受害者！"

西方观察者曾这样评价近代上海："上海，世界大都市，令人惊异的悖

---

① 陆士谔：《新上海》，上海古籍出版社1997年版，第1页。
② 陆士谔：《新上海》，上海古籍出版社1997年版，第78页。
③ 陆士谔：《新上海》，上海古籍出版社1997年版，第79页。
④ 陆士谔：《新上海》，上海古籍出版社1997年版，第77页。

论，难以置信的反差。漂亮、卑污、奢华；生活方式如此迥异，伦理道德那么不同；一幅光彩夺目的巨形环状全景壁画，一切东方与西方、最好与最坏的东西毕现其中。"① 除了东方文化的缺失之外，这样的评价似乎同样适用于巴黎。作为灯红酒绿、光怪陆离的大都市，上海和巴黎都是冒险家的乐园，机会主义者的天堂。《新上海》中的四马路奸商云集，简直没有做正经生意的店铺，奸商们玩弄滑头拍卖、卖野人头等把戏，以次充好，欺骗市民。如《新上海》第七回中，"新传记"经租账房的总帐魏赞营靠租房时"小租挖费"等卑劣手段，瞒着房东每年能捞到上万银子的进款，为了中饱私囊，他毫不顾及租房者的利害得失："我们只要有钱用，管甚人家死呢活呢。"② 某客栈曾保过五千银火险，客栈老板为侵吞客人寄存的三千洋钱，便偷偷转移财物，半夜一把火烧了栈房，烧死了五个寓客。小说中著名的珊家园女总会的后台老板居然是道台太太，因赌帜高张，风声太大，引来巡捕，因有内线接引，未被抄没。事后道台还煞有介事地在上海城内外公布禁赌告示，纯粹是贼喊捉贼。十七回中某报馆笔政钱梦花改行担任三家药房的告白主笔，专替药房编造虚假鸣谢函，为其出售的假药摇唇鼓舌；凡此种种，淋漓尽致地刻画出城市逐利者的丑陋心态。

在《不自知的喜剧演员》中，同样有着追逐名利的形形色色的人群。"这个倒卖旧货的女人谈得兴起，活生生勾画出自己的形象。她没有说出任何名字、任何秘密，就向两位艺术家证明了，在巴黎，几乎没有任何人的幸福不是建立在债台高筑的摇摇欲坠的基础之上的"，在巴黎到处是各种各样的交易，所奉行的是拜金主义。"在巴黎是没有什么小买卖的，在这里什么都变大了，从卖破布的直到卖火柴的。那个胳膊上搭着手巾，看着您走进去的冷饮店老板，一年可能有五万法郎入息，一个饭店侍者也可以是个有被选举权的选举人。某某打街上走过，你把他当作穷光蛋，可是他背心口袋里放着值十万法郎的钻石，要送去镶配，而不是把它盗走。"因此，人们将巴黎视为追求财富的乐园，"拉弗努耶的故事是这样的。他说……'我和别人完全一样，也是有野心的，我不发财决不回家乡。因为巴黎是天堂的前

<hr />

① 转引自熊月之：《历史上的上海形象散论》，《史林》1996 年第 3 期。
② 陆士谔：《新上海》，上海古籍出版社 1997 年版，第 31 页。

厅……"，"您对巴黎毫无所知，……但如果干的不是正事，人们却可以不要身家性命地干。对体系或事物来说全是如此。十五年来，荒诞不经的报纸在这里吞噬了几百万法郎"。如同盖棺论定一般，人们对巴黎城市生活给出了结论，"在那里，您也将象在别处一样辨认出巴黎的语言，这种语言永远只有两种节拍：利害或者虚荣"。

与所有的大都市一样，这两座城市有着内容相似，表现却各有特色的风月场所，在上海，是在明在暗的各种妓女，在巴黎则有影响力很大的交际花。《新上海》中的"陈公馆"是一个特别的去处，这是一个较为私密的情色场所，与长三幺二等妓女有着"照会"的公开营业不同，在这里出没的皆非职业妓女，而是临时召集的年轻女性，一般都有正常的社会地位，由于受到外部势力的威胁或要挟不得已来此出卖色相。小说将这类场所称为"小房子"，并说这是男女"不便公然出入，乃另租一所房子为幽期密约之所……从前虽也有男女租屋欢会的，然而不曾定立专名"（第二十回），"小房子"并不专指私娼之居所，它的含义更广泛一些，民国郁慕侠在《上海鳞爪》就列有"借小房子"条目："男女恋爱到成熟时期，双方感觉着开房间的不经济和不便当，于是去租借一间房子，为实行同居之爱。不过双方是偷偷暗暗的，是不公开的，故名'借小房子'。"① 《新上海》称："'小房子'的名目，自杨月楼始发现"（第二十回），杨月楼是清末京剧名角，供奉内廷，曾为慈禧太后演出，其人体魄魁梧，扮相仪表堂堂，有"天官"之誉，深受女观众喜爱，曾与上海滩名妓沈月春、张秀卿等妍居于"小房子"。后"小房子"便逐渐成为上海滩红男绿女密约欢会之所的代名词。

相似的是，巴黎交际花的寓所也成为上层社会举办沙龙的地方，杜·蒂耶和卡拉比讷是巴黎著名的交际花。"不管杜·蒂耶或者卡拉比讷在不在家，那里每天总是摆着十个人的丰盛的宴席。艺术家、文学家、记者，都常来这里吃饭。大家晚上在这里作乐。上院、下院不止一个议员来到这里，寻求在巴黎要用重金购买的东西 —— 欢乐。有些生性古怪的女人（她们是巴黎天穹上的流星，很难将她们归入哪一类）也打扮得珠光宝气地上这儿来。这里人

---

① 郁慕侠：《上海鳞爪》，上海书店出版社 1998 年版，第 9 页。

人都才智横溢，因为这里什么都可以说，于是大家也就无所不谈。"

　　由于城市文化形态、发展阶段等方面的差异，两座城市书写的侧重点毕竟有所不同，如果说，陆士谔的上海叙事只在于城市的丑陋面，那么巴黎叙事要丰富得多，其表现的领域也要广泛得多。巴黎叙事中不同职业者成为透视这个城市的各种窗口，有关舞蹈、歌剧、绘画等场景的不断转换体现了巴黎作为艺术之都的基本特征，凸显城市卓尔不凡的文化品位。

　　文学艺术的繁荣成为巴黎的显著标志。"为了使您了解巴黎的道德、政治、文学的广袤的程度，我们此刻就象罗马的西塞罗一样行事。西塞罗让人看圣彼得大教堂雕像的拇指，人们原以为那拇指只有普通大小，结果却发现它有一只脚那么大。您还没量完巴黎的一节脚趾呢！……"面对巴黎的深邃和丰富，小说里的外省人说："巴黎开始使我茫然了。"风景画家向他来自外省的表哥充分展示巴黎的艺术个性："巴黎是个应当学会演奏的乐器"，"你将看到所有大大小小的天才，初出茅庐的或炉火纯青的艺术家，一个个地走过这里，他们为法国的荣光树起了这个称之为歌剧院的日夜长存的丰碑，那里聚集着只有在巴黎才能找到的力量、意志和天才……"，"要知道，巴黎这个舞蹈的大学校向全世界提供男舞蹈演员和女舞蹈演员。"小说对于巴黎艺术场景的细致描绘与语言渲染，让人充分感受到巴黎作为艺术之都的独特魅力。

　　两部作品在思想主题上方向一致，但在表现力度上，则有较大的不同。陆士谔旨在揭露与批判，而巴尔扎克显然有着更深刻的思想主旨，因此两部作品塑造的主体形象有所不同。陆士谔笔下描绘的是中西交错、新旧杂陈的商业都会，鉴于传统文化价值的式微与西方物质文明的崛起，陆士谔对物质化、"非中国"的上海都市产生了极度的道德厌恶，"都市者，文明之渊而罪恶之薮也。觇一国之文化者，必于都市。而种种穷奇梼杌变幻魑魅之事，亦惟潜伏横行于都市。"① 悠久农耕文明培育出的道德标准及人格理想面对繁华都市竟显得如此不合时宜，对现实世界的逃避和拒斥使他们逐渐退缩到书斋和内心，从而成为城市的漫游者、旁观者和批判者。

　　巴尔扎克所描绘的时代也是新旧交替的时期，他致力于展示一个时代的

---

① 包天笑：《上海春秋·赘言》，漓江出版社 1987 年版，第 1 页。

城市史诗，因此他深入到城市的街头巷尾，深入到这个城市的灵魂之中，有研究者指出："巴尔扎克再现巴黎全景的使命和他体验巴黎的方式，决定了他小说的叙述方式，也影响了他的表述话语。他的巴黎小说结合兴盛于 19 世纪的都市探秘、旅行指南形式，揭开巴黎的秘密、控诉巴黎的罪恶，同时采用全知全能的叙述和一种先知式的权威话语，界定巴黎的本质。"① 他不仅是城市生活的记录者，更是城市本质的界定者。

陆士谔与巴尔扎克相比，在文学成就与影响上当然不可同日而语。本书讨论的两部小说的属性也略有差别，陆士谔的小说属于暴露谴责小说的范畴，巴尔扎克的小说则是批判现实主义的。在各自文学史中，陆士谔的《新上海》与巴尔扎克的《不自知的喜剧演员》都算不上一流作品，但毫无疑问都属于典型的城市叙事文本，在两部小说中，无论是城市形态展示，还是城市生活反思，都展示了城市叙事从古典走向现代的典型特征，因此，它们的意义首先属于城市叙事的历史，是城市叙事转换期的代表；其次，城市是社会的主要窗口，从中可以窥见中外社会的重大转型和时代观念的巨大变革，因而又具有见证近代城市文化变迁的重要认识价值。

---

① 陈晓兰：《19 世纪"现实主义者"的巴黎 —— 以巴尔扎克为例》，《西南民族大学学报》2011 年第 9 期。

第七章　近现代城市叙事主题的分流变异

正如前文所说，近代文学转型之发生，其影响力是全面的，城市叙事亦是如此，本书关注的是在转型发生以后，从19世纪末期到20世纪30年代间，城市叙事的题材、模式和心理又是如何变化演进的。我们首先来看题材内容方面，其大致可分为四种类型，分别是偏重于历史民俗、日常体验、工商贸易、都市情调的城市叙事。就类型而言，前三种是旧中带新，传承中有改变，而第四种则属于城市空间现代性变革后的新产物。通过梳理和总结，可以较清晰地展示城市叙事主题演进的印迹。

第一节　传承与拓展：偏重于历史民俗的城市叙事

在20世纪80年代开始的大规模的"寻根文学"之前，处于19世纪后期20世纪初期的中国近现代文学时期的"城市寻根叙事"就从未停止过。

历史民俗的传承与变迁从来都是与一定区域内的具体的人群连接在一起，同时又与时代社会背景紧密联系。城市作为一种市民群体构成的多重性文化空间，它必然融汇着特定区域内历史民俗的过去、现在与将来。历史民俗包括语言习俗、节令风俗、娱乐风俗、宗教风俗等，它们充分展示了一个城市的文化韵味。小说对于历史民俗的描写大致有两种情形：一是作为故事情节的主要内容，小说围绕某种民俗展开故事；二是作为故事情节的背景存在，从而营造独特的城市文化氛围。

正如前文所论述，中国古代城市叙事中多有历史民俗的叙写，比如《水浒传》《金瓶梅》中的山东民俗，西湖小说中的杭州民俗，才子佳人小说中的江南民俗，《红楼梦》中的北京民俗，《儒林外史》中的南京民俗，等等，民俗叙事在明清时代蔚为大观。值得注意的是，在 19 世纪后期至 20 世纪初叶，城市民俗叙事得到历史性集聚与凝练，发展出了近现代小说中独树一帜的京味城市叙事，成为城市叙事中个性最为鲜明的重要类别，尤其到了 20 世纪 20 年代后期，老舍更是以他充满北京地域生活风貌的风俗画般的作品，开创了京味小说这一独特的文学品类。参照当代学者对于京味小说的相关界定，如吕智敏对京味小说的解释："这一类作品多诞生于北京作家之手，又多以北京人的生活为反映对象，显示出一种具有独特的北京文化氛围绝顶契合的审美品位，因之便被人们称作'京味小说'。"[1] 我们可以发现在清代小说如《红楼梦》《儿女英雄传》《永庆升平传》之后，涌现了诸如《小额》《春阿氏》《北京》等重要作品，它们正是京味小说的源头，可称为早期京味小说，下面主要梳理论述早期京味小说家和老舍二三十年代的城市民俗叙事。

老舍之前的早期京味小说家大都为满族，蔡友梅、王冷佛、穆儒丐、文实权等乃是其中之优秀者。就整个文学史来说，对清末北京平民生活真实而生动地描写，对北京文化进行总结、审视乃至反思，特别是对中下层市民社会的集中书写与关注，是从他们开始的，这是此前的小说作者未能做到的。

以成熟的京味的标准判断，蔡友梅是其中出现最早、风格较为成熟、京味特征最显著的一位。蔡友梅，友梅为其别号，本名蔡松龄。汉军正白旗人，乃是长期在报界工作的小说家。据长白山人管翼贤的《北京报纸小史》，蔡友梅与文实权、杨曼青等皆为旗人，故于报刊所撰文章，特别关注八旗生计。据刘云、王金花考证，1872 年 8 月蔡出生于北城炮局胡同的"敬畏堂蔡家"。其父为满族官吏，根据小说《赵三黑》（1919）中的作者自述，三十年前左右，时为少年的他随父亲在山东任上。蔡友梅病死于 1921 年 11 月，享年五十岁。1921 年 11 月 6 日《益世报》曾刊出《哭蔡友梅》悼文。[2] 他的代表作品颇多，有《小额》、"新鲜滋味"系列小说（包括《非慈论》《曹二更》《搜救孤》《小蝎子》《库缎眼》《董新心》《忠孝全》《铁王三》等）。

① 吕智敏：《论京味文学的源流与发展》，《中国文化研究》1997 年冬之卷。
② 刘云、王金花：《清末民初京味儿小说家蔡友梅生平及著作考述》，《北京社会科学》2011 年第 4 期。

　　王冷佛，又名王咏湘，生卒年不详，为旗籍报人小说家。清末王冷佛曾担任北京《公益报》编辑，据《北京报纸小史》记载："《公益报》，设于崇文门内方巾巷，社长文实权，编辑蔡友梅（损公）、白云社（睡公）、文子龙（懒儒）、王咏湘（冷佛）"，民国初期转为《爱国白话报》编辑。他的代表作《春阿氏》（又名《春阿氏谋夫案》）关注社会热点，在当时影响极大。另著有长篇小说《半生缘》，《爱国白话报》出过单行本。1911 年京师公报馆铅印过其十回小说《未了缘》。此外，还有《续水浒传》等作品。20 世纪 20 年代，王冷佛去沈阳《大北新报》工作，又推出了《珍珠楼》等长篇小说。①

　　穆儒丐，原名穆都哩，号辰公，字六田，笔名儒丐、丐。1880 年（光绪六年）生于北京香山健锐营。1903 年（光绪二十九年）在北京城内八旗学堂就读。1905 年考中为大清国留学生，赴日本东京早稻田大学留学。当穆儒丐取得毕业证书归国的 1911 年（宣统三年）初，正值辛亥革命前夕，他只得了一个法政科举人的虚名，未能入仕，清朝即灭亡。当时北京旗族人士办的各种小报十分流行，穆儒丐随即加入了乌泽声为社长的《国华报》并担任编辑，社址在琉璃厂万源夹道，自此开始了他终身为记者兼小说家的创作生涯。五年后，穆儒丐离开北京到沈阳，1916 年春在日系报纸《盛京时报》上执笔。1918 年 1 月 15 日任《盛京时报》文艺栏《神皋杂俎》主编，从事文学创作、翻译、文艺评论、时事评论工作。1944 年《盛京时报》统合"华字新闻"时，穆儒丐任康德新闻社理事，直至 1945 年 8 月伪满洲国覆亡。新中国成立后他被聘为北京文史馆馆员，于 1961 年逝世。穆儒丐的代表作有《同命鸳鸯》《徐生自传》《北京》，其中以 1923 年的长篇小说《北京》较为著名。②

　　文实权，笔名市隐，又名燕市酒徒，曾为崇文门内方巾巷崇实中学校长。辛亥革命后担任《公益报》《京师公报》《燕都报》社长，自《公益报》始载小说《米虎》，还在《爱国白话报》《燕都报》载有《西太后外传》《梅

---

① 关纪新：《"欲引人心之趋向"——关于清末民初满族报人小说家蔡友梅与王冷佛》，《满语研究》2011 年第 2 期。
② 参见张菊玲：《香山健锐营与京城八大胡同——穆儒丐笔下清代初年北京旗人的悲情》，陈平原、王德威编：《北京：都市想象与文化记忆》，北京大学出版社 2005 年版，第 170 页；关纪新：《风雨如晦书旗族——也谈儒丐小说〈北京〉》，《满族研究》2007 年第 2 期。

福结婚记》《武圣传》《闺中宝》等。他为王冷佛所著的名作《春阿氏》提供
了主要材料。

京味小说发展至老舍，显然形成了一个高峰，老舍毫无疑问是京味小说
最为杰出的代表。老舍（1899—1966），原名舒庆春，北京满族正红旗人，
是新中国第一位获得"人民艺术家"称号的作家。在 20 世纪二三十年代发表
的代表作有《老张的哲学》《离婚》《月牙儿》《骆驼祥子》等。正如研究者所
指出："现代文学以来，可能没有任何一个作家比老舍更熟悉北京、更热爱北
京文化，更能够代表北京普通市民的道德情感结构与观察世界的眼光与态度。
作为一个出生于北京并且深受北京文化影响的北京旗人后裔，老舍尽管在后
来几度出游海外，漂泊川鲁，但是最终还是回到了故乡。北京无论作为文学
作品中的叙事背景、环境乃至叙事主角，还是就现实意义而言的文化中心、
文学市场乃至意识形态想象的根源，无疑都是他创作的起点和归宿。"①

无论是早期京味小说，还是老舍的小说，写得最生动的往往都是北京普
通民众的生活。早期京味小说主要关注的是旗人的生活，写他们的没落，写
他们对于生活的感叹。小说《小额》开篇就以老北京人的口吻大发议论，痛
斥社会黑暗："庚子以前，北京城的现象，除了黑暗，就是顽固；除了腐败，
就是野蛮。"社会成为一个法纪松弛、弱肉强食的大染缸，"千奇百怪，称得
起什么德行都有。老实角儿，是甘受其苦。能抓钱的道儿，反正没有光明正
大的事情"。文中写一个老者对于旗人没落的议论，更是具有总结的意味：
"说咱们旗人是结啦，关这个豆儿大的钱粮，简直的不够喝凉水的。人家左
翼倒多关点儿呀，咱们算丧透啦，一少比人家少一二钱。他们老爷们，也太
饿啦，耗一个月关这点儿银子，还不痛痛快快儿的给你，又过平啦，过八几
的。这横又是月事没说好，弄这个假招子冤谁呢？旗人到了这步天地，他们
真忍心哪。唉，唉。"②在《春阿氏》第十一回中，三蝶儿的母亲德氏就曾喊嚷
道："好可恶的奸商，每月领银子，银子落价，买点荤油猪肉，连肉也涨钱。
这是什么年月！""你说这个年头，可怎么好！一斤杂合面全部要四五百钱，

① 刘大先：《老舍的"北京情结"》，《人民周刊》2019 年第 5 期。
② 松（蔡）友梅：《小额》，中山大学中文系编：《中国近代文学研究》（第一辑）附录，广东人民出
版社 1983 年版，第 275 页。

我长怎（这）么大真没经过！"①

　　穆儒丐则关注的是自己的出生地，同时也是旗人的聚居地——香山健锐营。在他笔下，健锐营更是一种象征，它见证过大清王朝的辉煌，也正遭受着亡国后的悲惨。在穆儒丐看来，西山脚下这片宁静的八旗营地，原本是满目田园风光，"差不多是人间仙府"了。可是，民国之后，"营子里拆毁的不像了，一条巷没有几间房子存着，其余的都成了一片荒丘"。穆儒丐的小说《同命鸳鸯》写的就是年轻八旗子弟的悲情故事，寄托着民族的哀情。他在书中说过："那愁惨的景象，真是不可言喻，仿佛老天故意安排这老大一幕惨剧，作乱世末叶的一个点缀。"②

　　老舍对于旗人命运的描绘和思考显然更具深度与广度。《四世同堂》里"有关小文夫妇的篇幅并不算多的描写，是一种思考的极深沉有力的开端。在此之前，他将对于旗人的文化探索包藏在北京文化追究中"。由小文夫妇，他第一次写到旗人境遇的特异性。"在满清的末几十年，旗人的生活好像除了吃汉人所供给的米，与花汉人供献的银子而外，整天整年的都消磨在生活艺术中"，这造成了旗人阶层上上下下特有的生活态度，唱着各种小曲，侍弄着各式各样的鸟兽虫鱼，精细地雕刻着生活的主要内容，追求着生活的精致与雅致。但是主要的问题在于，他们除了这些，几乎别的都不会。"他们为什么生在那用金子堆起来的家庭，是个谜；他们为什么忽然变成连一块瓦都没有了的人，是个梦。"老舍"以遥望故园的沉痛写粗暴蹂躏下这花一般娇弱的文化，他渲染出的是一片凄凉的美感"③，由小文夫妇的遭遇进而开始寻绎旗人的文化性格与历史命运。

　　老舍正面描写旗人生活的作品《正红旗下》要迟至 20 世纪 60 年代才问世。这部小说对旗人的家庭组织、家庭关系，以至于某些风俗细节，都有极精确的表现，更重要的是它揭示了旗人没落的寓言式文化现象，展现了特权对于一个阶层群体集体性改造后的最终历史结局。

---

① 王冷佛：《春阿氏》，吉林文史出版社 1987 年版，第 184 页。
② 参见张菊玲：《香山健锐营与京城八大胡同——穆儒丐笔下清代初年北京旗人的悲情》，陈平原、王德威编：《北京：都市想象与文化记忆》，北京大学出版社 2005 年版，第 175 页。
③ 赵园：《北京：城与人》，上海人民出版社 1991 年版，第 209—210 页。

京味小说中有着丰富的民俗描写，许多小说堪称北京民俗的教科书。早期的京味小说，由于将视角深入到社会的下层，能够以老北京的心态对之感同身受，因而展示出市井民俗的丰富多彩。在京味作家笔下，我们看到"四行八作"和"三教九流"的生活状态在北京市井空间中真实地活跃起来。如研究者所论："北京人的生活艺术最为京味小说注重的，是其世俗品味。较之同时代别的作者，更尊重市井里巷生活的凡庸性质，更能与凡庸小民的人生态度、价值感情认同。"①

京味小说家对老北京的风俗，尤其旗人的生活习惯，进行了比较详细、自觉的描绘。比如日常生活中的多礼，在各种场合下不厌其烦地寒暄，酒桌茶馆里无尽无休地礼让；红白喜事的办法。北京人在生活中的风习实际上形成了一种共同的美学观。

在生活习俗中首屈一指的是幽默的语言艺术。蔡友梅在小说《库缎眼》中对使用京味语言曾有说明，认为本报设在北京，又是面对大众的白话小说，"就短不了用北京土语"，"可是白话小说上，往往有用句俗语，比文话透俏皮。小说这宗玩艺儿，虽然说以惩恶劝善为宗旨，也得兴趣淋漓才好"。事实证明运用俗语的艺术效果甚好。蔡友梅《瞎松子》中痞子小鬼德子潦倒无比且习性不好，看上邻家女儿，希望街坊兴老太太帮他做媒，这位兴老太太竟然哈哈大笑，语言极为俏皮幽默，她先把小鬼德子猛损了一顿，说："大相公，你真是要疯，就说鬼迷住你，也不该说这话。你没有镜子，撒泡尿照照，长了一个华洋合璧的脑袋，气死山魈不让魔鬼。你这真是拉洋车的要得巡阅使，妄想拔高吗？"然后又开始夸奖邻居家女儿，为了突出对比，不吝赞美之词："你瞧瞧人家大姑娘，真是冰雪为魂玉为骨，芙蓉如面柳如眉，多少世家宦族前来求亲，他两叔叔跟他哥都不给。人家是四品官的小姐，等着选秀女呢！就是人家一千一万也给不到您这块儿呀！据我说出血管打盹儿，歇了心罢！"可谓声情毕肖，活泼风趣。这一段话让人很确切地感受到，北京方言是极端依赖"腔调"的语言艺术，书中称之为"大握大盖，连拍带咬"，正是由说话的声调口吻所显示的效应，它足以充分调动读者的

---

① 赵园：《北京：城与人》，上海人民出版社 1991 年版，第 124 页。

听觉器官，给人以逼真的现场感。

老舍炉火纯青的语言艺术已为世所公认。老舍小说对于京味语言的运用纯熟，本源于作者对于京语的热爱。京味小说家的语言表达是与其作品的审美意识密切联系在一起的，他们通过对富有北京特色之语言的挖掘，来充分展示他们的审美心态与审美习惯，语言不仅是一个窗口，而且还是一面镜子。赵园认为："京味小说中的佳作使你感到，作者不止于关心表达方式，而且沉醉于'表达'这一行为本身。他们追求语言运用、文字驱遣中的充分快感，语言创造欲的充分满足"①，"在当时，老舍的努力易于被承认的，在丰富现代白话的表现力方面。较之30年代流行的'新文艺腔'，老舍使用的，是更依赖语境、特定语言场的语言。其依语境而有的省略、倒装等等，以脱出严格文体规范的灵活性，引进了生动的生活力量。这种非规范的极灵活的语言运用，往往把情节与环境同时说出，造成了丰富的空间印象，使人惊讶于口语的形象塑造力。"②

就北京的城市习俗而言，许多京味小说写实的特色十分鲜明，蔡友梅的《小额》和穆儒丐的《北京》都被称为"社会小说"，王冷佛的《春阿氏》乃是"实事小说"。比如《春阿氏》写旗人生活习俗颇具代表性，"作者的笔触还深入到旗人家庭生活里去，因此有很多旗人日常生活、风俗习惯、婚丧嫁娶规矩礼行种种描述"（《春阿氏》之《后记》），比如婚俗中的大致流程：合八字帖、放小定、放大定、通信过礼、回门、住对月，等等。第十三回写道："只见一抬一抬的往院里抬彩礼，……两位放定的女眷自外走来。这里亲友女眷按着雁行排列，由街门直至上房，左右分为两翼，按次接见新亲，从着满洲旧风，皆以握手为礼。"第十四回写："这里德大舅母、丽格等临别哭了一回，又商议单九、双九、十二天亲友瞧看的事情。"松颐在该小说《后记》中写道："这对于我们研究清末的社会生活，深入了解民俗风情，无疑也是一部绝好的材料。"③再来说北京人衣食住行上的讲究，先看服饰方面，明清以来就是如此，比如《永庆升平前传》第一回就写道："东上房走出一

---

① 赵园：《北京：城与人》，上海人民出版社1991年版，第42页。
② 赵园：《北京：城与人》，上海人民出版社1991年版，第156页。
③ 冷佛：《春阿氏》，吉林文史出版社1987年版，第324、212、228页。

人，年约二十有余，身穿白鸡皮绔小褂，青洋绉中衣，紫花布袜子，青缎子双脸鞋；腰系青洋绉褡包，上绣团鹤斗蜜蜂儿"；《小额》中伊老者出门前的装束："伊老者穿一件青洋绉大衫儿，套一件蓝袷纱坎肩儿，青洋绉套裤，青缎子双脸儿鞋，拿一把黑面金字的扇子。"服饰佩戴皆有修饰的意味。无怪乎时人感叹："不知京里风俗，只爱新，不惜钱。比如冬天做就一身崭新绸绫衣服，到夏天典了，又去做纱罗的。到冬不去取赎，又做新的，故此常是一身新。"[①] 出门上下车也有讲究，蔡友梅在一篇叫《鬼吹灯》的小说中赞叹："您别小瞧这个上下车，这是北京人的专门学，上车讲究飘洒，下车讲究利落。"

尚武同样也是北京较有特色的一种风习，也有悠久的历史传统。北京位于旧时燕赵之地，既多豪侠之士，同时也承袭了燕丹子以来的尚勇不惜身的精神。如《永庆升平全传》作为一部武侠小说，由兴顺镖局的亮镖引起纠纷开头，其后是随处开打，动辄群殴，京城几乎成为比试武艺的演练场，这固然由小说的性质所决定，但小说所宣扬的这种武侠之气，正是北京传统尚武尚勇习俗深刻影响的结果。许多人物都是自幼习武，如书中介绍马梦太，"自幼家中学练艺业。达摩肃王府中比过武，摔过大牤牛，踢过二牤牛，前门外头打过四霸天；后来在地坛跟老山海学过艺，练过弹腿、地蹚拳、十八滚、十八翻，横推八匹马，倒拽九牛回，油锤贯顶，两太阳砸砖，有恨地无环之力。"[②] 可以说是许多市井英雄中颇具代表性和传奇性的一位。

这一习俗同时表现为北京民众好急喜斗的性格。比如在《小额》中："（楞祥子）一瞧青皮连这分儿不说理，真气急啦，说：'小连，咱们俩外头说去。'青皮连说：'外头也不含糊哇。'"然后两人就动起手来了。《负曝闲谈》第九回也刻意描写了京城孙六公子的恃强斗狠。他仅仅为了与人争路，于是与一喇嘛僧相打，两个俱会拳术，结果是一场好斗，最后这位孙公子指挥家奴把僧人打进泥塘了。有时候这种争斗变得极为残酷，《清稗类钞》"农商类"记有清代北京商人之竞争，令人触目惊心。"争烧锅"条：烧锅者，北方之酒坊也。京郊有争烧锅者，相约曰："请聚两家幼儿于一处，置巨石

①　陆人龙：《型世言》，齐鲁书社 1995 年版，第 42 页。
②　（清）郭光瑞、贪梦道人：《永庆升平全传》，上海古籍出版社 1993 年版，第 5 页。

焉。甲家令儿卧于石，则乙砍之。乙家令儿卧于石，甲砍之。如是相循环，有先停手不敢令儿卧者为负。"皆如约，所杀凡五小儿。乙家乃不忍复令儿卧，甲遂得直。再如"京人争牙行"条：京师有甲乙二人，以争牙行之利，讼数年不得决，最后彼此遣人相谓："请置一锅于室，满贮沸油，两家及其亲族分立左右，敢以幼儿投锅者，得永占其利。"甲之幼子方五龄，即举手投入，遂得胜。于是甲得占牙行之利，而供子尸于神龛。后有举争者，辄指子腊曰："吾家以是乃得此，果欲得者，须仿此为之。"见者莫不惨然而退。①由此颇能见出民众逞强斗勇的地域文化性格。

　　曲艺活动是北京的世俗民众最为喜欢的，也最具市民性，主要的曲艺形式一是说书，二是唱戏。小说中关于这方面的记载也较多。如《小额》写道："第二天是四月初七，河沿儿上通河轩，是初七初八两天的随缘乐。小额吃完了早饭儿，带着一个童儿，得意扬扬的，够奔十刹海而来。""来到通河轩门口儿……那天书坐儿，上的还是真不少，天才一点多钟，人已经快满啦。可是生人很少，反正是那把子书腻子占多数，内中废员也有，现任职官也有，汉财主也有，长安路的也有，内府的老爷们也有。"②至于主要的娱乐活动，"两边柱子上都挂着一个牌子，上头贴着黄纸的报子，是：'本轩四月初七八日两天，特约子弟随缘乐、消遣、风流焰口、五圣朝天、别调咤曲、别田乱箭。'随缘乐是一种曲艺活动。小说有一些介绍："双子早上了场啦（双子是给随缘乐引场的，外带弹弦子），唱了一个咤曲儿，又说了一个笑话儿，这当儿随缘乐可就上了场啦。"③《小额》中还介绍了当时的说书名家。"那个老者说：'啊，这两天我倒是见天来，昨儿个是哈辅元的末天吗（哈辅元是个说评书的，能说《济公传》跟《永庆升平》）。过了这两天随缘乐，还是双谭坪过来，要讲说评书里头，真得数的着人家。'"④

---

① 徐珂：《清稗类钞》第 17 册《农商类》，商务印书馆 1928 年版，第 62 页。
② 松（蔡）友梅：《小额》，中山大学中文系编：《中国近代文学研究》（第一辑）附录，广东人民出版社 1983 年版，第 297—298 页。
③ 松（蔡）友梅：《小额》，中山大学中文系编：《中国近代文学研究》（第一辑）附录，广东人民出版社 1983 年版，第 300 页。
④ 松（蔡）友梅：《小额》，中山大学中文系编：《中国近代文学研究》（第一辑）附录，广东人民出版社 1983 年版，第 298 页。

　　更值得注意的，则是京味小说家们对于城市民俗乃至于时代文化的反思。以京味城市叙事为其特色的早期旗人小说家在其文化身份上体现得微妙而特别，就其血统而言他们是满清的后裔，随着最后一个王朝的覆灭，"咱们旗人是结啦"，在他们的笔下不断展示旗人的艰苦生活面貌，抒发家国破亡的悲哀，"旗人到了这步天地，他们真忍心哪！"所折射的家国观念总是和民族意识联系在一起。因为反对革命，赞同君主立宪，他们动辄会被人贴上前朝遗老遗少的标签，其作品也被视为"遗民文学"。其实，他们的城市感悟与反思中包含了对于自身文化的反思。他们反对甚至极其蔑视袁世凯的复辟闹剧，随着时过境迁，共和的观念已经深入人心，他们明显意识到帝制的不合时宜，不值得挽回。他们并不属于顽固反对革命的激进派，相比于政治态度，他们在道德与文化上的立场似乎更值得关注。

　　从已有资料来看，穆儒丐清末时的政治立场是主张君主立宪的，他在留日期间曾宣传其政治改良主张。他的代表作《北京》颇为深刻地塑造了宁伯雍这一形象，并带有自况的意味。伯雍本旗人，世居北京西山，乃是大清国的东洋留学生。归国后国内刚刚爆发辛亥革命，这给其带来强烈的思想冲击与精神激荡。这可以说是清末民初旗人知识分子的典型形象。作者通过伯雍来夫子自道，指出伯雍所主张的社会改革乃是和平稳健的，而不是激烈冒进的，"他视改革人心、增长国民道德，比胡乱革命要紧的多"，小说借二奶奶之口讽刺时局：你们管捣乱叫自由，管阴谋叫自由，管包办选举叫自由，管挑拨政潮叫自由，管贪赃受贿叫自由，管花天酒地、纵情恶煞叫自由，管自行己是叫自由。除了你们自己的私欲，你们还懂得什么叫自由！当革命爆发之后，伯雍显得很是悲观，"以为今后的政局不但没个好结果，人的行为心术，从此更加堕落了"，这番话其实代表了更多旗人知识分子的两难心态，一方面，深深知道清王朝积弊重重，腐朽不堪，历史前行的车轮势不可挡；另一方面，民族身份令他无比痛苦，民国甫一建立，就给旗人生活带来了深重的灾难，作者感同身受，却无法跳脱出文化身份的局限性。《北京》这部作品正是在民国这样的政治背景下展开，小说写街上一个光棍大骂旗人："今天有钱则罢了，如若没钱，我碎了你这老王八蛋造的！你当是还在前清呢，大钱粮大米吃着，如今你们旗人不行了，还敢抬眼皮吗！你看你这赖样子，骂着都不出一口气！"穆儒丐努力想要展示这个黑暗社会对旗族贫民的冷漠与残酷，总体而言，其写法还是克制的，他没有去攻击民国的政治体制，而是深刻地揭示了革命的不彻底性，揭示那些假革命之名谋取私利的政治投机家和财富暴发户。①

　　除了政治文化层面，京味小说家对于民俗文化层面的揭示也是如此。蔡友梅对老北京的反映也不仅限于对风俗的展示和总结，他对传统社会欣赏和批判共存的态度反映了清末民初知识分子特有的矛盾心情。从历史渊源来看，京味城市叙事自有其传统，比如前面提到的《儿女英雄传》《永庆升平传》一类，如果说彼时主要是对自己文化现状的赞赏与推崇，到此时更多的是批评反思。在这些风俗的背后显然含蕴着文化传统，报人的工作状态令蔡友梅能够更深刻和自如地去剖析社会。作家清醒地意识到，当一个王朝寿终正寝之时，它所包容的文化里一定有着腐败溃烂的东西，必须加以清算。比如烦琐的家庭礼节对于人性的束缚与奴役，蔡友梅在《双料义务》里就批评："旧日世家旗人，家庭那分黑暗，一言难尽。作媳妇儿的，简直就是活受罪"；《理学周》："常见好礼节人家儿，整天如同唱戏一个样（旗人做官之家尤甚），表面规矩挺大，心里谁跟谁都是仇敌。"蔡友梅与穆儒丐等人的主张较为相近，他们赞成改良，所谓改良就是既保留旧日生活之美，又能容纳西方所长。通过启迪民智，教化人心，维持原有社会的道德理想不变，以纲常名教维持世道人心。在具体操作上，以循序渐进之势，自下而上逐渐改变现状。②

　　老舍则执着于北京市民日常生活全景式的描绘和都市生态的精细摹写，注重从新与旧、中与西、新生与保守等维度呈现北京文化的内在品格，更深刻地凸显出"文化改造"的主题倾向。一方面，老舍的京味小说展示了他对于北京文化的深刻认同，老舍早年生活的北京虽然已有现代的气息，但整体上还是属于传统社会的范畴；而老舍又是旗人的后裔，对于民族文化的怀旧与眷恋，贵族文化优雅精致的审美趣味，也影响了其北京叙事的独特心态，对于北京的种种，老舍总是用饱含深切情感的语言去记录、去歌咏，作者笔

---

① 参见关纪新：《风雨如晦书旗族——也谈儒丐小说〈北京〉》，《满族研究》2007 年第 2 期。
② 雷晓彤：《近代北京的满族小说家蔡友梅》，《满族研究》2005 年第 4 期。

下有着浓烈的文化情结。另一方面，对于北京的文化生态，老舍又进行了严峻沉痛的文化审视和理性分析。老舍对北京人的这一份优雅向来心情复杂。感慨于燕赵遗风的日见稀薄，缺少了刚健清新的气息，他称这文化为"象田园诗歌一样安静老实的文化"（《四世同堂》）。老舍对于北京文化的批判主要聚焦于两类人物，一是老派市民，比如《二马》中保守散漫的老马，《离婚》中封闭庸俗的张大哥；另一类是所谓新潮人物，他们一味追求西化，丧失了文化人格，比如《四世同堂》中的祁瑞丰甚至堕落为日伪帮凶。他借人物之口说："应当先责备那个甚至于把屈膝忍辱叫做喜爱和平的文化。那个文化产生了静穆雍容的天安门，也产生了在天安门前面对着敌人而不敢流血的青年！"（《四世同堂》）他尤其嫌恶形似散淡的无聊。他以为那"什么有用的事都可以不作，而什么白费时间的事都必须作的文化"造成了"无聊的天才"。① 对于老派和新潮的双重失落感交织在老舍的文化批判之中。

第二节　沉潜与反思：偏重于日常体验的城市叙事

日常生活叙事显然是文学叙事的重要组成部分。从本质上说，偏重于生活体验的城市叙事，强调在日常生活中发现意义和价值，特别是通过日常生活状态探究活跃在城市空间中的人物心理以及深潜之人性。正如有研究者所指出："一座城市，仅仅有建筑，只是一个地理空间与物质空间；……城市日常生活的真实内容是由市民书写的，他们才是城市的主角和最稳定的阶层。正是他们的梦想、传奇与渴望，才构成了城市日常生活最实在的内容，也构成了城市的鲜活灵魂与丰满血肉。"② 从晚清至20世纪30年代（30年代之后不作为本书讨论的重点），不同时期的城市日常生活叙事有不同的侧重点，其中蕴涵的叙事意义与文化意蕴也有所不同。以《海上花列传》为代表的表现城市风月生活的狭邪艳情小说，以揭示社会阴暗面为主的暴露谴责小说，以展示市民婚姻生活为主的新市民小说等构成了日常生活体验之城市叙事系列。

---

① 赵园：《北京：城与人》，上海人民出版社1991年版，第200页。

② 孙逊、刘方：《中国古代小说中的城市书写及现代阐释》，《中国社会科学》2007年第5期。

一、狭邪艳情小说的日常生活叙事

上海自 1843 年开埠之后，日渐成为华洋共处、文化繁荣的国际大都市。新兴的西方事物开始在殖民主义者圈置的近五万亩的土地上纷繁出现，改变人们的生活思维方式，呈现出与传统城市迥然不同的城市文化景观。以十里洋场为背景的狭邪艳情小说，往往以平实化笔法向读者展现妓女和恩客之间的日常生活状态，从中我们可以感受到人性、欲望与伦理之间的交错与冲突。在这些小说中，青楼女子的生活本身就是一种艺术，她们细心地在迎来送往中饰演自己，却不得不时时提防爱的陷阱。

关于《海上花列传》，尽管前文已多次引用论及，这里主要从城市日常体验的角度再予申论。《海上花列传》是一部艺术性很强、文化意蕴丰富的小说。需要指出的是，《海上花列传》与《九尾龟》以及其后的妓女题材小说有所不同，小说围绕着日常生活展开叙事，作者在作品里不动声色却又真真切切地写了妓女与恩客之间的爱情体验。

小说以苏州土白演说"沪上青楼情事"，其穿插藏闪的叙述结构，口吻毕肖的人物塑造艺术，戛然而止的开放式结局，屡屡为文学史家所称道。学者王德威在《被压抑的现代性 —— 晚清小说新论》① 中认为《海上花列传》为晚清读者引介了一种特别的"欲望"类型学，或者说是有"现代"意义的现实主义修辞学。我们不妨来看这种特别的"欲望"类型学的日常生活叙事。《海上花列传》中的三个"大老母"：李漱芳、周双玉、赵二宝乃是小说的主要人物，她们都以妓女的身份和自己的恩客（陶玉甫、朱淑人、史天然）演绎着生死离别的浪漫爱情。勾栏生涯天然规定了她们逢场作戏的职业态度，但在韩邦庆的笔下，这几个奇异的女子却试图超越洋场中始终洋溢的轻浮浪荡习气，超越所属的卑微身份，她们渴望以爱情之名成为名正言顺的正妻。在一个情性仍遭受传统婚姻规范压制的时代环境里，韩邦庆让青楼成为替代性的伊甸园，堂子里的社交更接近通常的恋爱过程，在那里，自由恋爱的禁果可以被少数闯入者所采食。

---

① 王德威：《被压抑的现代性 —— 晚清小说新论》，北京大学出版社 2005 年版。

　　陶玉甫和李漱芳的故事是小说的重要部分。陶玉甫本人的日常生活叙事即主要围绕他对李漱芳的劝慰和照顾展开，直至李漱芳弃世，他便逐渐淡出作品描写。罗子富在黄翠凤家摆酒请客，李漱芳还未正式出场便以病体未愈的面貌给读者留下了深刻印象，同时从陶玉甫之兄陶云甫的话中我们能感受到陶玉甫和妓女李漱芳之间的一段"冤孽"。从第七回小说点出陶玉甫和李漱芳，第十八回"添夹袄厚谊即深情　补双台阜财能解愠"才正面写这两个人物。陶玉甫匆忙赶至东兴里李漱芳家，与赵善卿迎面撞上，赵善卿给他叫了一辆东洋车。陶玉甫来到李漱芳住所，漱芳嗔怪他昨晚不来看她，然后向玉甫诉说她昨晚之梦，并深情款款地希望玉甫再陪她三年，等她死了再去娶别人，玉甫安慰她说，等她兄弟成亲当家之后就把她接回自己家里，永久与她相伴。第二十回"提心事对镜出谵言　动情魔同衾惊噩梦"又写李漱芳和陶玉甫。李漱芳抱病静养中被黑猫所吓，陶玉甫劝她请医诊治。夜里漱芳又被梦魇惊醒，玉甫尽心慰藉。小说第三十五回陶玉甫见李漱芳病体粗安，携她出游园林，不料漱芳突感寒热，病体再次交恶。第三十六回陶玉甫投帖托钱子刚请高亚白为漱芳治病，高出诊但回天无力。第四十二回"拆鸳交李漱芳弃世　急鸰难陶云甫临丧"和第四十三回"入其室人亡悲物在　信斯言死别冀生还"，李漱芳病逝，陶玉甫悲恸欲绝，神迷心失，小说把漱芳死后玉甫的伤痛渲染到了极致，让读者深切地感受两人之间无与伦比的至爱。

　　赵二宝随母亲从乡下到上海，目的是寻哥哥赵朴斋回去。不料她也迷恋上洋场的繁华喧闹。赵朴斋宁愿当人力车夫也要留在上海，他妹妹不愿回去索性贴仔条子做起生意来，在上海声名鹊起。她后来被史三公子看上，轰轰烈烈地要嫁给他。在第五十五回"订婚约即席意彷徨　掩私情同房颜忸怩"，史天然答应回家料理二房亲事，不出一个月光景，十月里定回上海迎娶二宝过门。二宝涕泪交颐，发誓今生非史天然不嫁。她渴望通过这次解脱换得做人的尊严。她毅然拒绝收取史三公子上一节的局账（这是妓女的主要收入来源），一心一意地把自身交给了他。她为自己准备好了嫁妆，她在银楼、绸缎楼、洋货店里赊账，为自己一件件置办了结婚用的金银首饰、新衣红裙。却不料史三公子在扬州已然成亲，这个消息对于赵二宝来说无疑是五雷轰顶，她的内心极度崩溃。

　　如第十九回"错会深心两情浃洽"所写，朱淑人与周双玉的相遇是在一场台酒上，在杭州人黎篆鸿的调侃下两人情意暗生。第三十二回"周双玉定情遗手帕"，淑人趁台面上闹喧之际，欲夺取双玉袖中的玄色熟罗手帕，不料被双玉发觉，忙将手帕缩进袖中。随后双玉袖中另换了一块湖色熟罗手帕，为淑人所得揣在怀里，成为两人的定情之物。他们两人七月里在一笠园发夫妇生死之誓，但是淑人后来由哥哥朱蔼人做主，聘定黎篆鸿女儿。当双玉最后得知这个消息时，她假装镇定，却无比痛苦，抱定了殉情之志，在酒中放入大量的生鸦片烟，两人最后都被救起。因爱生恨，周双玉坚决不肯做小，最后两人的感情沦落到用钱来买和。

　　这种特别的"欲望"类型学的日常生活叙事与以往青楼文学单纯的欲望化叙事有所不同，没有严厉的道德评判，只有日常生活的娓娓道来，都市欲望生活的质感就这样逐渐展示出来。人们宣扬唯利是图、金钱至上，友情与亲情几乎不值一提。老鸨黄二姐伙同妓女黄翠凤明目张胆地扣押罗子富装有公私重要文件的拜盒，并敲诈罗子富五千大洋。从乡下来的张小村在米行找到了生意，就瞧不起同来上海淘金的赵朴斋。在《海上花列传》里，这种特别的"欲望"类型学的日常生活叙事总是以不动声色的方式细细写来，卑劣与高尚交错、纯洁与污浊杂陈成为现实生活的本来面目。

　　张爱玲对于《海上花列传》评价甚高，认为这部小说超越了一个时代，拥有世界性品质，"作者最自负的结构，倒是与西方小说共同的"，在具体写法上却是"琐碎中有无数烟霞"，"特点极度经济，读着像剧本，只有对白与少量动作。暗写、白描，又都轻描淡写不落痕迹，织成一般人的生活质地，粗疏、灰扑扑"，堪称"是旧小说发展到极端，最典型的一部"①。张爱玲对于《海上花列传》的喜爱也体现在她自己的文学创作中，张爱玲同样善于捕捉生活细节，而这些细节往往处于日常生活的边缘，然后以此作为主要因素来象征与隐喻整个城市生活的迅捷演变。

　　再来看另一部狭邪小说作品《海上繁华梦》。孙家振《海上繁华梦》中人物形象众多，主要人物虽不乏复杂性和典型性，如古皖拜颠生的序认为小

---

① 张爱玲：《忆胡适之》，《张爱玲典藏全集》，哈尔滨出版社 2003 年版，第 57 页。

说"虽属寓言八九，其实当世皆有其人，何尝不皆有其事，读之即可见世事一斑。至于颜如玉之笼络、巫楚云之聪明、桂天香之沉静、阿素之谄客、阿珍之惑人，与夫花媚香之媚、花艳香之艳、杜素娟之淫荡、卫莺俦之圆融、花彩蟾之可怜，则花花叶叶，纸上跃然"[①]。但是整体而言，人物性格缺乏发展性，包括小说两个最重要的主人公杜少牧和钱守愚，他们也仅仅是道德观念上的醒悟，其性格内涵始终缺乏变化。这些人物性格的典型特征都是在类似生活之流的描写中自然而然呈现出来。下面不妨以时间流来看关于杜少牧、钱守愚的日常生活叙事。

小说开篇写杜少牧升平楼惊逢冶妓。杜少牧在天乐窝书场遇到上海有名的巫楚云，情魔一动，无法释怀。第一次叫巫楚云的局，两人宛如旧识一般，咬着耳朵说了好些的话，夜深难眠，直至两点多钟方才合眼。第二天吃酒又叫巫楚云的局，杜少牧怀着忐忑不安的心情第一次写请客票，安慰自己说是逢场作戏。吃酒期间却不料被计万全、刘梦潘、刁深渊等拆梢党设计敲诈勒索钱财，后熊聘飞为杜少牧成功解围。杜少牧一心挂在巫楚云身上，巫楚云也使出浑身解数牢笼此佳客。谢幼安写临崖勒马诗劝杜少牧回头是岸，不可沉迷。杜少牧以看三月初跑马为名，又在上海流连数日。后来还遇到白湘吟等翻戏党，几乎资产荡尽，幸好被凤鸣岐等识破机关，把他救出了火海。可惜杜少牧依然心迷绮障，眷念巫楚云，叫局玩乐不知悔改。只因端午那日杜少牧在久安里颜如玉处，得知巫楚云背着他与潘少安交好，不由心怀醋意，观颜如玉风姿娇艳，态度温存，动了移花接木之心，决心将爱巫楚云的心思移到颜如玉的身上。此后杜少牧足迹不履青楼，稍稍安定了心性。后来志和、冶之在观盛里迎娶花媚香姐妹，杜少牧又重新与巫楚云交好。其后杜少牧终于有所醒悟，决计"挥慧剑不作狭邪游"。之后小说换了一个人物——钱守愚上场，五十多岁的钱守愚老兴勃发，定然要去上海走一遭，住的是最便宜的满庭芳街旅安小客栈，饮食节约，一旦迷恋烟花场，便甘心挥霍钱财。钱守愚在洋龙会上艳遇野鸡王月仙，不幸遭遇其所设计的仙人跳，不免破费四百元消灾，后又被拉进了虹口赌台里输了个精光，恰逢巡捕房捉

---

① （清）孙家振撰：《海上繁华梦》，百花洲文艺出版社 1988 年版，第 2 页。

赌，后又被人抢了衣服，凄苦无奈之中欲投水自尽，幸被人救起。后来他迷恋上风烟间妓女蓉仙，定然要娶回家去，几乎害得几十年的夫妻离散，妻子严氏以死相劝，感动得钱守愚斩断邪心，小说最后完结繁华梦。

　　小说中的妓女都践行着一种逢场作戏的职业态度，巫楚云、颜如玉等人从没有被杜少牧的痴情真心打动过，她们贪图的只是经济利益；花艳香、花媚香以嫁给志和、冶之为名，背地里做的却是暗娼戏子、席卷钱财的勾当；雏妓花小桃明明已有身孕，却故意嫁给温生甫。温生甫知道真相后不仅没有怪罪她，反而不辞臜腌悉心地呵护刚刚打胎后的她，不可谓不厚诚，然而她却丝毫没存感激，与老相好潘少安依然暗地来往，最后落了个暴病身亡的下场。不仅仅是妓女，书寓里的老鸨、姨娘、小大姐也无不是势利眼，人情冷淡，把妓女只是当作挣钱的工具。城市的特殊环境还孕育了像贾逢辰这样左右逢源、两面讨好的中间人物，这类人善于处理人际纠纷，通过挑起是非以从中斡旋取利。本书之所以不厌其烦地细细描述这些故事情节，也正是为了展示这些狭邪艳情小说是如何用平实化笔法向读者展现妓女和恩客之间的日常生活状态的，小说在细致入微的描述中展示生活化叙事之本质，此即此类小说特色之所在。

二、暴露谴责小说的日常生活叙事 —— 以陆士谔社会小说、徐卓呆市民小说为例

　　社会小说是近代小说的一大类型，"此种小说，以描写社会上腐败情形为主，使人读之而知警戒，于趣味之中兼具教训之目的"[①]。也就是说，它以揭露社会的阴暗面为主旨，突出了城市作为舆论中心的功能和意义，强调小说的政治性和批判性。在揭露时弊的过程中，社会小说不可避免地涉及各个阶层的日常生活，从中表达出作者褒贬分明的立场与态度。

　　陆士谔著述甚丰，其社会小说以《新上海》《最近社会秘密史》等为代表。关于《新上海》，这在前文已有专题论及。李友琴在其序言中说："此编

---

① 成之：《小说丛话》，黄霖、韩同文选注：《中国历代小说论著选》（下），江西人民出版社 1985 年版，第 369 页。

于上海之社会，上海之风俗，上海之新事业，上海之新人物，以及大人先生之种种举动，虽竭力描写，淋漓尽致，而曾无片词只语褒贬其间，俾读者自于言外得悟其意"①，可知这部小说运用写实化手法，走的是谴责暴露的写作路线。小说借助李梅伯和沈一帆这两个初来上海的乡愚人物，描述其所见所闻，意在揭露十里洋场令人瞠目结舌的各种腐败堕落的"野蛮事情"。小说整体上有材料堆砌之嫌，同时也为我们刻画了上海的芸芸众生态，展示了各个阶层人物的日常生活体验。

陆士谔的另一部小说《最近社会秘密史》同样以暴露谴责为主题，由若干个小故事组成，其中多为发生在上海一带的奇闻怪事，揭露了晚清时期官府的黑暗、腐败以及社会风气的堕落、败坏。情节之求奇求异与作者的其他作品一脉相通，值得注意的同样是作者追求的"当下性"和"纪实性"，陆士谔讲求"实事足以警人"，其小说创作强调对当下现实的关注，试图揭示时代之各种现场。比如小说开篇就写道："呵呵，在下陆士谔，侨寓上海，屈指算来已有十多个年头，稀奇古怪事情，耳朵里听也听够了，眼睛里瞧也瞧饱了，敢夸句大话，凭你精灵鬼怪，要瞒我陆士谔是万万不能。哪知近几年来，上海各社会种种举动，士谔见了也很惊奇骇怪。士谔的朋友见士谔这个样子，便都前来驳问，驳得士谔口哑无言。内中要算沈一帆，嘲笑得最为利害。沈一帆，名鳖，一帆乃是他的别号。士谔撰《新上海》时，曾借重他做过书里头主人，现在他既然格外嘲笑我，少不得硬拉他进来，充做本书的线索。"② 在小说中，他总是将自己和朋友写入小说，以增加小说的真实感，这种对当下日常生活"真实"的追求成为其小说创作叙事自觉的重要表征。上述这些小说刻画了上海十里洋场种种光怪陆离的丑恶现象，其"刻画魑魅，形容罔两，穷幽极怪，披露殆尽"，虽或"言中带讽"，辞气浮露，但"主文谲谏，旨在醒迷"，意义在于"开智觉民"。③

就市民生活而言，以徐卓呆为代表的一批鸳蝴派文人，更是截取都市

---

① 陆士谔：《新上海》李友琴序，上海古籍出版社 1997 年版，第 1 页。
② 陆士谔：《最近社会秘密史》，花山文艺出版社 1996 年版，第 1 页。
③ 陆士谔：《新上海自序》，陈平原、夏晓虹编：《二十世纪中国小说理论资料》（第一卷），北京大学出版社 1989 年版，第 360 页。

生活的各个"断片"，从多个角度为读者展示了活色生香的市民社会浮世绘，并深刻揭示了市民固有或新生的种种劣习。徐卓呆笔下的新市民形象极为丰富，囊括了三教九流，士、农、工、商、倡等尽在其中，在这些形象中作者的笔墨最具色彩的有三类：中下层文人、良家妇女及城市游民群体。文人是徐卓呆接触最多，也是最为熟悉的群体，在小说中的共同特征就是生活困窘，家庭不和谐，夫妻矛盾不断。如《良人难》中的戴兰宾是一位职业作家，经日笔耕不辍，依然生活窘迫，妻子茉姑并不体谅人情，结果两人终日之间为琐事争执，戴兰宾的创作几乎无法持续，内心痛苦不堪。再就是城市女性，徐卓呆更关注活跃在城市各个角落、不同层次的家庭妇女、女职员、女学生、女工及女仆，细致描述她们五味杂陈的冷暖人生，以独特视角体察她们逐渐觉醒的自我价值观，进而揭示她们隐秘的情感世界。《抱牌位做亲的离婚广告》写出了启蒙思潮对于女性的深刻影响。出身官宦家庭的吕韵琴被许配给门第相当的祝友三，结果后者不幸死于火灾，一直接受传统教育的韵琴默默接受了命运的安排，依然抱着牌位过门侍奉婆婆。在过门十年后时代风气发生巨大改变，韵琴终于鼓起勇气与这种文化愚昧诀别，在《新文化日报》上刊登与亡夫的离婚广告，并在自己的贞节牌坊上搭凉棚，与大学生范仲英举行婚礼。

　　还有就是城市游民群体，近代以来随着城市化进程加速，大量游民怀揣发财的迷梦涌入城市去寻找机会，城市空间里鱼龙混杂，变得更为波诡云谲。如《金表》写的是"我"的一次遭遇。一名窃贼因为觊觎"我"的金表，对"我"一路尾随，见"我"防备甚严，最后向"我"坦白，希望用四十元买下金表，以便向其窃贼师傅交代，"我"答应了他的请求，收下了四十元。当"我"准备去商场另买新表的时候，却发现四十元早已不知去向。再如《李阿毛外传》是一个短篇系列，其中所塑造的李阿毛形象颇为特别，他其实不是单一的个体形象，而是有着多重面相：有时候是不择手段的骗子，以富孀之名登征婚广告，骗取钱财（《征求终身伴侣》）；有时候他是见义勇为者，为失业朋友寻找谋生路径（《请走后门出去》）；有时候又是恶作剧的高手，用有孔枣核捉弄房东（《有孔枣子核》），可见在李阿毛身上善恶杂陈，乃是游民形象的综合体。在对于上海形形色色新市民的刻画中，徐卓呆将手中的笔化为一柄犀利的手术刀，剖开麻木的死皮，挖出人性中的种种疮痍曝光于天日之下。有研究者在讨论徐卓呆的新市民小说时，指出徐卓呆将新市民品格的劣根性概括为：虚荣、贪小、自私、势利、不忠五个方面①，可以说这些劣根性在国人性格中长久存在，但徐卓呆小说的贡献就在于通过复原一个个真实生活的横截面，将这些人性黑暗面展现在世人面前，纤毫毕现，振聋发聩。

三、现代海派小说的日常生活叙事——以予且的新市民小说为例

现代以来，尤其在 20 世纪 20 年代至 40 年代，海派作家中出现了多位以描写城市生活感受见长的新市民小说家，如予且、苏青、谭惟翰、施济美、潘柳黛、周楞伽等。就主要活跃在 30 年代，且多聚焦于市民生活体验的作家群体而言，予且是其中的重要代表。如吴福辉所论："予且的价值就在'海派'和'通俗'这个层面上。当然，予且可论，上海沦陷期间与他一般活跃的，创作风貌较相近，且围绕着《万象》、《风雨谈》、《杂志》、《天地》这类刊物的作者如丁谛（吴调公）、周楞伽、谭惟翰一群皆可论。但这里要说的还是予且"②，可见出予且的典型性和代表性。

予且（1902—1990），安徽泾县人，原名潘序祖，字子端，笔名有潘予且、水绕花堤馆主等。予且为其三十年代开始发表长篇小说时所使用的主要笔名。作为新市民小说的代表性作家，予且颇有"礼拜六派"的趣味，关注上海弄堂之间的人生百态，往往聚焦于家庭生活，在生活琐事之中刻画已婚男女的心理状态。除了散见于报刊的作品如《劝学记》《移情记》《别居记》《追无记》《窥月记》等之外，结集的短篇小说集有《予且短篇小说集》《七女书》等，长篇小说有《女校长》《金凤影》等。

予且对描写普通人投注了深厚的感情，他在其成名作《小菊》的开篇即表达其创作原则："我要讲的是几个平凡的人，和几件平凡的事。平凡的人，是不值得说的，平凡的事也是不值得记载的。但是社会上平凡的人太多了，

① 施晔：《近代小说的城市书写与社会变革》，广西师范大学出版社 2013 年版，第 68—73 页。
② 吴福辉：《予且小说论》，《中国现代文学研究丛刊》1993 年第 1 期。

我们舍去他们，倒反而无话可说，若单为几个所谓伟大的人物，称功颂德，这是那些瘟臭的史家所做的事，我不愿做！"①予且的确做到了这一点，他的创作始终显示出他愿做的是本着一颗"博施济众心"，"勤勤恳恳指示着帮助着大众之人，进入光明的人生大道"，像算命者那样做一个"常人的生活顾问"，他借小说人物之口声称："我只替朋友解决事实，不解决理想。"

予且叙事风格平和，现实感很强，所写石库门市民的悲欢都是在不稳定中求稳定，《别居记》《重圆记》《守法记》认为，短暂的爱慕是抵不得十几年的夫妻和儿女成群的稳固家庭。予且努力去解释爱情与婚姻，用一连串道地的上海市民故事试图告诉读者，当婚姻已成为生存手段的时候，爱的性质、方式、结局都发生相应的变化。生活趣味的企求才是两性在爱情追求中真正向往的目的。他一再通过笔下的人物说明，维持夫妻间的爱情，"就是要各自努力把家庭弄的格外兴旺"，这是男女双方共同的责任，他强调了一个"男主外女主内"的模式，妻子维护家庭，照顾子女，照料丈夫起居；丈夫挣钱家用，教育子女，而且一定要洁身自好。

予且的小说往往会发表一些关于婚恋的高论。比如在连载于《小说》1934年第1期至第14期的《凤》②中，作者关于男女关系的几段议论堪称妙语，比如"男女讲恋爱的时期，男子应处主动地位"，因女子往往还没看清一切时，男子就已将她诱入彀中，而结婚后，女子眼睛豁然明亮，"男子便应该处于被动的地位，以免冲突了"；再如"怕老婆的人是值得赞美的。他保持了家庭社会的和平，极有益于女子和儿童。……同时他的女子心理是极透彻的。他的人生哲学是极透彻，他的艺术极其高明，伦理观念极其伟大"。在予且的小说中总是能看到他具体的生活指南，甚至经常会罗列一些用于实施的手段，并且标明前后次序，比如在《乳娘曲》中，顾修眉教男人与太太讲和成功，要具备三方面的条件，首先是"自己要看得清，听得清，想得到"；其次是一定"要耐得住"；再次，要想成功，"要有帮忙的人"。具体方法分为七种，分别是解释、骂、动手摆布、痛哭流涕、假自杀、软语温存、小丑逗笑，可见极具有操作性，同时也说明作者是一个很讲究生

① 予且：《小菊》（上册），中华书局1931年版，第1页。
② 另可见予且所著《如意珠》，附有长篇小说《凤》的全文，华东师范大学出版社1993年版。

活趣味的人。予且的小说趣味颇能代表许多海派作家的趣味，就像研究者所指出的那样，"海派文学大众化的一面，有世俗美。世俗美自然不存多少庄重性、严整性，却透着日常生活才有的那份消闲的、有情有趣的习气。它像一道南方的甜点心，食久必有点发腻，又甜丝丝的受用，一种粗俗的新鲜的喜悦"①。

综合前文所述，如果说《海上花列传》属于城市体验，是对于大都市之崛起的懵懂感知；《新上海》则属于以批判为特征的城市反思，是对于新旧交织城市陋习的检视和批评；到了现代之后，在展示眩人耳目的都市景观之外，更多作家开始关注城市生活日常形态之精细呈现，包括予且在内的一批海派小说家乃成为其代表。值得注意的是，这种写法进而成为引领时代的一种潮流。20 世纪 40 年代之后，上海叙事中的日常生活体验变得更为突出，其标志就是张爱玲开始登上文坛，那属于后话。当我们梳理上海背景中日常生活叙事之发展演变的基本轨迹时，我们得以在时间链中更深刻地理解日常生活叙事的内涵和趋势。

为城市民众写作，满足他们的娱乐需求，所以，世俗日常生活走进文学世界几乎成为一种必然，这就是张爱玲等人精心打造的"普通人的传奇"，在平凡的人生里找故事，故事背后有趣味、有世俗人生哲学、有往返于传统与现代之间的人生体悟。张爱玲的意义在于它将普通人带入到一种日常生活叙事中，这种叙事至少有三方面的特征：首先它是处于文化转型当中，因此表现为文化形态的游移和变动不居；其次它是指向现代性的，这是一个重要的向度，这种生活状态与物质文明、社会发展密切相关；再次它带有反崇高或者反理性的倾向，与一个时代的"主义"话语、启蒙功利等主流价值目标保持一定的距离，它"着重表现普通人在时代巨变中的种种琐碎的、片断的、平面化的、被称之为'现代性碎片'的感受和体验"②。

如果说新感觉派的穆时英和刘呐鸥写的只是都市男子的所见所思，所见的社会景观显然是不完整的，那么张爱玲则进入到大部分市民家庭的内部。有研究者认为，只有到了张爱玲，海派文学的对象人群才真正丰满起来，在

---

① 吴福辉：《新市民传奇：海派小说文体与大众文化姿态》，《东方论坛》1994 年第 4 期。

② 黄曼君：《世纪相伴话沧桑》，《厦门大学学报》2008 年第 1 期。

新感觉派所辐射的那部分人群之外开始拓展，无论是工作在大厦写字间等西式建筑中的有素养的市民，还是生活在石库门、亭子间中的普通市民，都笼罩在海派文学的光芒之中。张爱玲笔下的上海首先是传统中国的一分子，然后才是添加的"现代质"，如她所说："上海人是传统的中国人加上近代高压生活的磨练。新旧文化种种畸形产物的交流，结果也许是不甚健康的，但是这里有一种奇异的智慧"①，这是切中肯綮的说法。张爱玲笔下的都市贴近了上海的真实面目，张爱玲告诉人们："都市生活不仅仅是舞厅酒吧夜生活的浮光掠影，它是每日每时发生在琐细平凡、有质有感的家庭这个都市细胞的内面，是日常人生，是浮世的悲欢。于是，一切即俗。"②20 世纪 40 年代以后，张爱玲所展示的城市叙事也正是中国作家日常生活叙事的主要方向。

第三节　利益角逐：偏重于工商贸易的城市叙事

1840 年鸦片战争揭开了中国近代社会的序幕，此前持续千年的中国自然经济结构逐渐解体，五口通商后，西方资本的涌入加快了这一过程，近代商品经济关系已经出现。在鸦片战争打开了中国闭关自守的大门之后，外国资本家纷纷到中国倾销商品，掠夺廉价原料，控制中国进出口贸易和国内市场。外国洋行为了加紧对中国的贸易掠夺培植和豢养了一批买办人员，中国商业资本由此发生分化：一部分成为买办商业资本，另一部分则形成民族商业资本。面对西方资本主义的冲击和挑战，国内的一批有识之士倡导实业救国，开始大力兴办实业，在内外力量的牵引和推动下，我国大城市的工商业发展迅速，涌现出一批民族工商业的经营者，在沿海沿江的城市里，也出现了一些规模较大的近代资本主义工商业企业，中国城市的工商业活动进入到一个全新的阶段。

就古代小说而言，有关商业贸易的叙事一直前后相继、代不绝书。对于

①　许道明、冯金牛选编：《张爱玲集：到底是上海人》，汉语大词典出版社 1995 年版，第 2 页。
②　吴福辉：《都市漩流中的海派小说》，复旦大学出版社 2009 年版，第 115 页。

这一论题，邱绍雄的《中国商贾小说史》①曾有系统梳理，从萌芽状态的唐代商贾题材小说，到宋元时代这一类型的逐渐成形，至明清则迎来了商贾题材小说的繁荣期，《金瓶梅》、"三言二拍"、《连城璧》、《蜃楼志》等皆是其中的名篇。这一叙事传统到了近代，由于工商业的突飞猛进，已然发生巨大的时代变革，工商业发展中渐增的现代属性使得叙事的内涵也发生深刻改变。综观近代小说，真正够得上"商业小说"标准的作品不多，而其中以姬文的《市声》最具代表性，如吴趼人的《发财秘诀》、陆士谔的《六路财神》、作者署名为"新中国之废物"的《商界鬼蜮记》或可归入，大乔式羽的《胡雪岩外传》及云间天赘生的《商界现形记》则更多是对私人生活和妓院艳遇的描述。根据近代小说叙事的实际，本书所讨论的工商贸易叙事还将包括部分涉及商界、实业界描写的谴责或狭邪小说，如《新上海》《二十年目睹之怪现状》《官场现形记》《海上繁华梦》《痴人说梦记》等。无论是商业小说还是小说中的涉商书写，都离不开同一个文化场域——城市，近代工商业城市孵化、催生了商贸小说，而小说亦以其生动翔实的笔触书写、展示着城市丰富多彩的商业活动、商人生活，且看以下涉商小说列表②：

小说篇名	作者	涉及城市	涉商内容	初版年代
《痴人说梦记》	旅生	上海、广州	以海岛珍宝换购新式机器；理想世界中各国通商，开展自由贸易，揭示上海繁华景象及买办的西化生活状态	1904 年《绣像小说》第十九期至五十四期
《二十年目睹之怪现状》	我佛山人	上海、苏州、杭州、天津、北京、广州、香港等	上海商界怪现状，广州之货币、猪崽交易	1903 年《新小说》第八号至次年二十四号
《发财秘诀》	吴趼人	香港、广州、上海	香港、广州、上海各地的商贸往来及猪崽交易	1907 年《月月小说》第十一号至十四号
《官场现形记》	南亭亭长	上海	外商银行、书局、善局赚钱法门，官采办机器，买办报虚账得大利	1903 年上海《世界繁华报》排印

① 邱绍雄：《中国商贾小说史》，北京大学出版社 2004 年版。
② 此表格主要参考施晔：《近代小说的城市书写与社会变革》，广西师范大学出版社 2013 年版，第 31—33 页。

小说篇名	作者	涉及城市	涉商内容	初版年代
《海上风流梦》	醉馀	上海	商人炒卖地皮、贩卖猪崽	1910 年醉经堂书局
《黑籍冤魂》	长洲彭养鸥	上海	广州鸦片贸易及消费，上海商业兴隆及民营纱厂的开办	1909 年改良小说社
《胡雪岩外传》	大乔式羽	杭州	大商人胡雪岩的家庭生活及其败落	1903 年日本东京爱美社
《湖海飘零记》	蒋景缄	杭州	杭州商人石长厚因战祸而家庭失散、漂泊海外，回杭后于当铺管账，寻回家人	1915 年上海进步书局
《劫余灰》	我佛山人	广州、香港	广州、香港的猪崽交易	1907—1908 年《月月小说》第十号至二十四号
《九命奇冤》	岭南将叟	广州	广州各类商铺经营活动	1904 年《新小说》连载
《九尾龟》	漱六山房	上海	商人与妓女交往	1906—1910 年上海点石斋陆续刊印
《苦社会》	不题撰者	苏州、广州	广州贩卖猪崽	1905 年上海图书集成局
《六路财神》	陆士谔	香海（上海）	揭示商社、银行、彩票、钱庄黑幕	1911 年改良小说社
《廿载繁华梦》	黄小配	广州	广州海关官员生活及各种商业活动	1905 年香港《时事画报》连载
《孽报缘》	西湖情侠	上海	上海市面商业活动，娱乐业兴盛	1908 年《小说丛刊》第一集
《孽海镜》	漱玉	上海、汉口	豪商陶某连年亏本，应其友上海某洋行总理李某之邀前往汉口任分行经理，事业发达	1914 年《游戏杂志》第七期
《凄风苦雨录》	废物	广州、香港	广州、香港猪崽交易	1907 年商务印书馆
《七载繁华梦》	梁纪佩	广州	洋行买手与投机商行、赌业公司勾结获利	1911 年羊城刊本
《商界鬼域记》	新中国之废物	香海（上海）	庸医售假药，绅董借公益发财，股票亏损等	1907 年新小说社
《商界现形记》	云间天赘生	上海	关于商业骗术和商人的妓院生活	1911 年上海商业会社
《市声》	姬文	上海	上海商人群体及商界丝茶、煤油、土地等交易，政府军装采购黑幕，实业起步，工商救国	1905 年《绣像小说》第四十三号至七十二号

小说篇名	作者	涉及城市	涉商内容	初版年代
《苏州繁华梦》	天梦	苏州	钱庄挡手肆意挥霍、卷钱出逃	1911 年改良小说社
《剃头二借妻》	不题撰人	广州	盐商的家庭生活，剃发行业联合罢市	1910 年羊城觉群小说社
《文明小史》	南亭亭长	上海、永顺、南京等	湖南永顺府商民罢市，花清抱做买办于上海商业起家	1903 年 5 月于《绣像小说》第一期至五十六期连载
《新七侠五义》	治逸著，浊物润词	广州、香港	广州、香港猪崽交易	1909 年改良小说社
《新上海》	陆士谔	上海	上海的商业、金融活动及各种陷阱	1910 年改良小说社
《最近社会秘密史》	陆士谔	上海	上海的商业活动中的各类骗局	1910 年新新小说社

注：按篇名拼音排序。

由上表可见，27 种小说所描写的工商业、金融活动多集中于上海、广州及其周边城市，这正与 1842 年中英《南京条约》规定五口通商以后，上海、广州在多达 104 个口岸城市中的特殊地位相一致。

除了描写传统的商人故事，传统的官商相互结交的关系，还出现新的时代质素，尤其是新型工商业活动与商人开始出现，同时商业竞争变得更为激烈。下面我们主要从商业活动新质与商业竞争两个方面，来介绍近代以来偏重于商业活动的城市叙事的基本情况。

近代以来，城市的一些工商业活动开始带有明显的现代性特征。以《二十年目睹之怪现状》[①]为例，就写到合股经营作为一种商业经营方式在当时已经开始流行。吴继之在小说中是由官转商的典型，他在上海设总店，北京、天津、汉口、九江等处遍设分店，收购各地土产，贩到天津、牛庄、广州等地发卖，生意一度颇为兴隆。他与"九死一生"的合股经营比较成功，他把"九死一生"存在他家的二千两银子入了股，"九死一生"由此成了东家，各店均用"九死一生"的名义，使"九死一生"对之极为感激，成了他忠实的

---

① （清）吴趼人：《二十年目睹之怪现状》，海风编：《吴趼人全集》（第一卷），北京文艺出版社 1998 年版，本节文字中的引文皆出自此版本，不再一一出注。

代理人。所以他说："前几天他们寄来一笔帐，我想我不能分身，所以请你去对一对帐。……这字号里面，你也是个东家，所以我不烦别人，要烦你去。"（第二十八回）这种合股经营、开设分店的商业运行方式在近代小说相关叙事中颇具普遍性。还有商人合伙购买彩票的描写，《二十年目睹之怪现状》第六回写到商人包道守到上海买回一张吕宋彩票，这个新奇的事物引起了店里的伙计们的兴趣，大家争着要求分摊一部分。当时的彩票是可以剪裁的，他本人留了半张，其余半张由掌柜和伙计分割。结果包道守的时运来了，居然中了头奖。他兴高采烈到上海取回六万块洋钱，众人按比例分配了。

　　还有关于商标侵权的商业诉讼。沈经武"从小就在一家当铺学生意"。后来他自己慢慢当起了小老板，"在胡家宅租了一间小小的门面，买了些茶叶，搀上些紫苏、防风之类，贴起一张纸，写的是'出卖药茶'。两个人终日在店面坐着，每天只怕也有百十来个钱的生意"（第二十八回）。为了把自己的生意做大，"那经武便搬到大马路去，是个一楼一底房子，胡乱弄了几种丸药，挂上一个京都同仁堂的招牌，又在报上登了京都同仁堂的告白。谁知这告白一登，却被京里的真正同仁堂看见了，以为这是假冒招牌，即刻打发人到上海来告他"（第二十八回）。险些惹下一场官司，"京都大栅栏的同仁堂，本来是几百年的老铺，从来没有人敢影射他招牌的。""那时候，他铺子里只有门外一个横招牌，还是写在纸上，糊在板上的；其余竖招牌，一个没有。他把人家灌醉之后，便连夜把那招牌取下来，连涂带改的，把当中一个'仁'字另外改了一个别的字"（第二十九回），这样才化险为夷。

　　当时出现了官商、洋商、买办等新型商人，其中的买办尤值得注意。广东买办出现最早，影响亦极大，具有突出的时代意义，我们试以广东买办题材的代表作——吴趼人的《发财秘诀》为主要例子，结合彭养鸥《黑籍冤魂》、吴趼人《二十年目睹之怪现状》、李伯元《文明小史》等其他作品，探讨广东买办形象的发展演变、性格特征以及文学史意义。

　　买办形象进入小说家视野从而成为故事主人公的作品，首推刊行于19世纪初期的《蜃楼志》。《蜃楼志》是目前所知中国小说史上首部以近代海关为题材的小说，其中所写的广州十三行商人群像就是近代买办形象的第一批典型代表，可谓"近代买办形象之父"。小说开篇就写到粤海关监督郝广大欲治十三行商人欺骗洋人、中饱私囊之罪，下谕："照得海关贸易，内商涌集，外舶纷来，原以上筹国课，下济民生也。讵有商人苏万魁等，蠹国肥家，瞒官舞弊。欺鬼子之言语不通，货物则混行评价；度内商之客居不久，买卖则任意刁难。而且纳税则以多报少，用银则纹贱番昂，一切羡余都归私橐……"① 由此可知，早期的广东买办对待洋人并非卑躬屈膝，相反却是"欺鬼子之言语不通，货物则混行评价"，从而达到"一切羡余都归私橐"的目的。一般情况下，朝廷要员对于华人洋商都会较为礼貌，"这洋商都是有体面人，向来见督、抚、司、道，不过打千请安，垂手侍立，着紧处大人们还要畜茶赏饭，府、厅、州、县看花边钱面上，都十分礼貌。"② 总体而言，十三行时代的广州在对外贸易上的优越条件，造就了小说中的洋商形象所具有的时代特点：一方面，十三行工作的特殊性质给他们贴上了买办的标签，垄断的对外贸易使他们具有先天的优越感。他们大都表现出对西方物质文化的兴趣，尽可能多获取被称为"奇技淫巧"的海外舶来品以显示自身品位之与众不同。另一方面，他们中的大多数又都保持着中国传统商人重利轻义的性格特点，在思想意识上偏于保守，有着明显的士大夫情结。以洋行商总苏万魁为例，靠洋行出身"成了绝顶的富翁"，便思"急流勇退"，捐纳五品"盐提举职衔"，反映出在早期买办阶层中"官本商末"的观念依然十分流行。

对外贸易的发展，加上"绝大利益"的诱惑，造成"广东地方上人，吃洋行里饭的人最多"③，广东买办无疑成了晚清中国买办群体的领军者。随着国门的进一步打开，中西商人地位发生颠覆性变化。与早期买办不同的是，此时的广东买办已完全褪去当年趾高气扬的心态，崇洋观念逐步浓重起来。时人就曾指出，崇洋媚外的风气"以广东人最厉害"。④

事实证明，小说中充当中西文化交流重要媒介的广东买办，他们主观上

---

① （清）庚岭劳人：《蜃楼志》，时代文艺出版社 2001 年版，第 1 页。
② （清）庚岭劳人：《蜃楼志》，时代文艺出版社 2001 年版，第 2 页。
③ （清）吴趼人：《糊涂世界》，海风编：《吴趼人全集》（第三卷），北京文艺出版社 1998 年版，第 225 页。
④ （清）吴趼人：《二十年目睹之怪现状》，海风编：《吴趼人全集》（第一卷），北京文艺出版社 1998 年版，第 184 页。

虽尽力全盘西化，却在客观上无法摆脱中国传统文化的影响，因此往往处于一种似新又旧、不西不中的尴尬境地。买办陶庆云这样说道："不是我说句什么话，那中国书读了有什么用处？你看我们的两广总督叶名琛，听说他是翰林出身，已经拜了相，可见得一定是读饱中国书的了，为什么去年外国人一来，便把他捉了去？他就低头、服礼，屁也不敢放一个。读了中国书若是中用的，何至于如此呢？"而正是这样一位觉得读中国书无用、"不独中国文字没有一毫用处，便连中国话也可以无须说得"的买办，却在自己的床头赫然摆放着《粉妆楼》《五虎平西》之类的中国古典书籍。[①]《上海秘幕》对于洋行买办曾有评论云："买办者，西语称之为'康友度'，我人鄙之曰'扛勿动'，又名'江摆渡'。良以洋行买办泰半不识之无而未受教育者。其所懂之英语不过'也是'、'噢来'几句洋泾浜而已。其职务则将外人之货物意图兜售于华人，从中取几百佣金而已。贪蝇头之微利致使中国金钱千千万万流入外国。即有是辈走狗，欲国家之不贫，其可得乎？非特此，也因其毫无教育，故其所作所为，非谄媚外人，即贻辱华人，令人见之心痛，闻之发指。"[②]

　　买办的洋奴性质在近代小说中被淋漓尽致地放大渲染，吴趼人在《发财秘诀》中借人物之口指出，要想成为洋人身边的"红人"，需具备三种能力，所谓"第一要会揣摩他的脾气，第二要诚实，第三也轮到说话了"。如陶庆云、陶秀干、魏又园、蔡以善、陶俛臣等，俱是随主入沪办理各种洋行事务的广东买办，而陶庆云又是"同乡到上海的"得意最快的人物。小说用夸张手法写出陶庆云以"巴结"为能事的发家史，而他自己总结"成功"经验时，也不无得意："倘使说话不能精通，懂了以上两层，也是无用的。我此刻虽算是东家赏脸，然而，也要自己会干，会说话才有今日啊。"作者更是用极其辛辣的笔调痛斥洋奴买办的走狗心理："我家叔时常教我情愿饥死了，也不要就中国人的事，这句话真是一点也不错。依我看起来，还是情愿做外国人的狗，还不愿做中国的人呢。"[③]在小说家笔下，广东买办的奴才嘴脸被

①　（清）吴趼人：《发财秘诀》，海风编：《吴趼人全集》（第三卷），北京文艺出版社 1998 年版，第 24、26 页。

②　白沙黄花奴：《上海秘幕》第二册，上海一社出版部 1917 年版，第 66 页。

③　（清）吴趼人：《发财秘诀》，海风编：《吴趼人全集》（第三卷），北京文艺出版社 1998 年版，第 39—43 页。

暴露得一览无遗。

　　这些极具典型性的买办形象在此前的文学作品中从未有过，因而具有不可替代的文学史意义。这些形象的正面意义在于，他们是近现代社会受西方文化冲击影响下的特殊产物，正因最先与西方文化接轨，广东买办才成为近代较早"开眼看世界"的人物群体，也成为推动社会大众接受西方文明的重要力量。从反面的影响来看，广东买办乃成为负面职业形象的始作俑者，买办阶层最先在广东产生，陋习既成，再将阵地转移至上海，导致上海洋行买办，"半皆粤人为之"①，最终引发全国奴性文化的爆发，"其黠者，且以通洋语，悉洋情，猝致富贵，趋利若鹜，举国若狂"②。通过小说的精彩摹写，近代广东买办已经上升为具有时代象征意味的文化符号，成为缺乏气节、崇媚西方文明之洋奴文化的代言与标志。

　　下面再来看商业竞争方面，在近现代城市工商业叙事中，姬文《市声》和茅盾的《子夜》都是典型之作，也都是民族资本家力图振兴民族资本，与西方资本主义及其买办阶级进行抗争的悲壮篇章。

　　小说《市声》以清末半殖民地半封建的上海为背景，集中表现工商业者的生活和心态。小说起始就是商界豪杰浙江宁波人华兴，本有大志，但在上海办公司折了近百万银子，回乡不敢再涉商界，预示着"华兴"之途的曲折艰难。另一扬州巨商李伯正自恃资本雄厚，为振兴民族工商业，以一己之力高价收购蚕茧、开办丝织厂与洋人展开商战，希望为中国小商家张目扬眉。李伯正又创办机器织绸南北二厂，建玻璃厂、造纸厂、制糖公司，终因政府腐败，洋货倾销，连年折本，几乎山穷水尽，到了关门歇业的地步。领班钱伯廉买卖棉花、煤油，投机得手，再与申张洋行买办周仲和、华发铁厂老板范慕蠡、茶栈老板张老四合股，收购蚕茧。因洋货入侵，丝价行情为洋商操纵，难与竞争，濒于破产。钱伯廉经营茶叶，亦因印度等地茶产量猛增，机器精制，中国手工制茶难与竞争，出口锐减。广东三巨贾力主挽回茶叶利权，建立公司，实行"园户商家联合"，也没有取得成功。工程师刘浩三留学归国，自制织机，著《汽机述略》，呼吁改手工为机器，上书湖广总督樊

<hr />

① （清）王韬：《瀛壖杂志》，上海古籍出版社 1989 年版，第 8 页。
② （清）左宗棠著，岑生平点校：《左宗棠全集·奏稿一》，岳麓书社 1987 年版，第 125 页。

云泉。然而总督生成一种奴隶属性，唯擅长专制手段，称刘浩三为"无业游民"，不予置理。刘浩三穷且益坚，变卖家乡祖屋，到上海拜访范慕蠡、李伯正，为李伯正改造织绸厂，要做出好工艺，和欧洲强国开展商业竞争。国货工艺落后，难与洋货抗衡，所以刘浩三筹办工艺学堂，造就技工；又办尚工学堂，做工、学艺，自产自销。范慕蠡、伍有功等发起组织"负贩团"，联合厂、商两界，订立"负贩团章程"，商界的生货专供厂家，厂家的产品供商界销售，以防银钱流入外洋。上海农民余知化致力于发明，自造割稻车、舂米机。中国工商两界通过联手对外，使外国来货几至滞销。小说中描绘了诸多工商业有识之士热心创办实业，力图振兴民族工业，抵制洋货，引发社会关注，但最终都财力耗尽，事业无成。

何以如此？小说对此亦有反思，其根本原因仍在于政府多病商、困商、剥商之虐政，少护商、惠商、恤商之良方。中国民族资本起步较晚，技术与资金皆无法与外国资本抗衡，难以做大做强。再加上外商在中国享受"子口半税"的优惠政策，而华商则逢关交税，遇卡抽厘，承受着来自方方面面的盘剥。"外国人天然占了优胜的地位，中国人虽说商务精明，只能赚取巧的钱，实业上竞争不过人家，终归失败。"[1] 再者由于当政者的无知无能，贪婪专制，"只那做官的生成一种奴隶性质，融合着专制手段，所以把事都弄坏了。"[2] 在多重压力之下，民族工商业的发展不得不面临抗争落败的结局。

茅盾《子夜》更是一部带有现代商战性质的小说。《子夜》的故事发生在 20 世纪 30 年代的上海，小说主人公是裕华丝厂总经理吴荪甫。小说开头吴荪甫去接从乡下跑到上海避难的父亲吴老太爷，后者面对灯红酒绿的十里洋场，深受刺激，很快一命呜呼。在吴老太爷出殡之日，以外国资本做靠山的买办金融家赵伯韬找到吴荪甫的二姐夫杜竹斋商议，约他和吴荪甫做"多头"的公债投机生意。孙吉人、王和甫等企业家则邀请吴荪甫牵头组成益中信托公司，以帮助企业的金融流通。赵伯韬则狼子野心企图以金融资本支配

① 姬文：《市声》，章培恒、王继权等编：《中国近代小说大系》，百花洲文艺出版社 1993 年版，第 335 页。

② 姬文：《市声》，章培恒、王继权等编：《中国近代小说大系》，百花洲文艺出版社 1993 年版，第 185 页。

和吞并工业资本，所炮制的"公债多头公司"其实是个陷阱。他不断操纵公债市场，使票价一再上涨。尽管困扰于丝厂工人罢工以及家乡农民运动，吴荪甫所代表的民族资本家仍决心与赵伯韬对决，他甚至把自己的丝厂和公馆都抵押作公债，以背水一战。最终由于赵伯韬有外资撑腰，实力雄厚，加上吴荪甫阵营中的杜竹斋阵前倒戈，吴荪甫遭遇全线崩溃。

《子夜》聚焦于 20 世纪 30 年代的上海，其笔触覆盖了这座现代都市的各个阶层。尽管也有客厅中诗人学者的高谈阔论、太太小姐们的情爱缠绵，但主要刻画的还是资本市场的风云变幻，工厂里错综复杂的阶级斗争。作者通过精心布局，突出中心，围绕金融市场展开一场看不见的战争，演绎出一段跌宕起伏、惊心动魄的城市商业叙事。小说中的吴荪甫形象既展示了优秀民族资本家所具有的过人的商业才能和竞争意识，也揭示其明显的阶级局限性，商战的失利使得吴荪甫成为一个悲剧英雄，也预示着半殖民地背景下先天不足的民族资产阶级的举步维艰。

第四节　拥抱现代：偏重于都市情调的城市叙事

1840 年以来至于 20 世纪 30 年代，海派小说是偏重于现代都市情调城市叙事的主要代表。海派小说是在消费文化和商业文化环境中形成的文学样式，承续了鸳鸯蝴蝶派文学的商业价值传统，但又超越了鸳鸯蝴蝶派单纯媚俗的为文态度，在文学形式和审美观念上更加符合现代市民欣赏的需要和现代文学发展的趋势。海派作家更为注重对"恶之花"般城市生活的精细描画，揭示都市对传统文化的冲击以及现代都市中人性的变态和堕落。

为迎合市民大众的消费需要，海派主要作家集中描写现代都市生活尤其是两性关系，展现出独具情调的都市风貌。本书所探讨的主要是 20 世纪二三十年代的相关作家作品，参考学界的有关看法 [①]，可将其大致分为两类：

第一类的代表作家有张资平、叶灵凤、章克标、曾今可、曾虚白、林徽

---

① 吴福辉：《老中国土地上的新兴神话》，《文学评论》1994 年第 1 期。

音等，大多带有唯美主义或颓废主义的倾向。张资平的都市性爱叙事成为当时流行一时的文学读本，为餍足都市中红尘男女的情感欲求，炮制出一系列的带有特征的性爱小说。他同义反复地书写的三角与多角恋爱纠葛成为文坛上模式雷同者的典型。鲁迅在《张资平氏的"小说学"》中曾指出："现在我将《张资平全集》和'小说学'的精华，提炼在下面，遥献这些崇拜家，算是'望梅止渴'云。那就是——△。"① 因为这一犀利的评价，"△"几乎成了张资平的醒目标签。张资平的代表作品有《最后的幸福》《长途》《上帝的儿女们》《爱之涡流》等，张资平的两性关系描写大胆直露，他描写恋爱中的青年男女，十分注重描摹人物的体态，写女性，特别突出如乳房、臀部、大腿等具有性特征的部位；写男性，则强调其身躯强壮及所散发的诱人气息。此类男欢女爱情节为当时少男少女们所喜爱，因而其作品热销一时。

　　就文化心理而言，张资平小说也有值得称道之处。张资平的城市欲望叙事很多时候表现为一种"反知识分子立场"，有其较独特的时代蕴涵。张资平往往将其笔下的人物纳入现代性的日常生活流程当中，对身体与欲望作出"互文式"的隐喻表达，他常常用大段的文字来捕捉人物的心灵颤动，叙写人物的思想活动，剖析人物的内心矛盾，在细致冗杂的日常生活中去探索人物性格发展以及最终的命运。他习惯于对市民化的情爱进行发挥和考验，将之表现为一种精神写照和寄托，从而张扬颇具市民立场的生活理想主义。对于五四文坛，张资平的欲望叙事恰逢其时，有其时代意义，其小说创作对于后来之海派文学影响很大，其执着于主体世界之探索、两性心理之描摹也成为海派小说欲望书写的滥觞。

　　叶灵凤深受张资平的影响。叶灵凤都市叙事的主题模式也与张资平颇为雷同。在社会、人生、个性等诸多繁复问题中，他似乎只是关心爱情婚姻领域中的人心和人性的种种反应和活动，并以此作为持之以恒的艺术创作母题。叶灵凤笔下的人物大都渴求着一种情感沟通与性感吸引相联系的"灵与肉统一"的爱情，并都把这种性爱视为自己的人生追求或终极目标。换言之，就是把体现在爱情和婚姻中的性爱，作为生命力的外化、人性的合理表

---

① 鲁迅：《二心集》，人民文学出版社 1976 年版，第 45 页。

现形式，来予以肯定和追求。

叶灵凤笔下的青年男女并没有把爱情等同于性本能肉欲的满足，而是视爱情高于名誉和生命。他们总是更看重心灵的沟通，精神的契合，如《浪淘沙》中西琼爱上淑华是因为她"较一般女子能好学，有识见"，常对国事和文艺发表精到见解，而且个性柔和，为人温厚。《菊子夫人》中的"我"则公开称："爱原是超越了一切束缚和规约的。有了丈夫的女子的爱情，与处女是一样的可贵。爱与贞操是无关的。"《内疚》《肺病初期患者》《鸠绿媚》《伊莎贝拉》《女娲氏的遗孽》等小说中都是如此。叶灵凤笔下的主人公们是把爱视作生命的唯一真谛，爱是引出一切欢乐和幸福的源泉。但是，他们忽略了个人性爱的追求与社会发展、人性完善的内在联系，而把性爱欢乐的追求重心，完全放在了个人、此岸和现在，这就多少带着一种性爱享乐主义的色彩。当叶灵凤以肯定和赞美的态度描写刻画这一切时，固然有通过追求性爱欢乐挑战封建传统道德规范的意味，但其局限性也是明显的。①

章克标曾求学于日本东京师范高等专科学校，1925 年他与留日归来的滕固、方光焘等人在上海创办《狮吼》杂志，打着"纯艺术"的旗帜，拒绝刊物的商业化，力图将欧洲 19 世纪末流行的颓废主义文艺思潮介绍到中国。章克标所宣扬的颓废主义带有了强烈的中国色彩。比如《银蛇》借用了西方"蛇"的意象，却没有写出西方"蛇"的诱人之处，相反，它表现男性对女体发狂似的沉迷，呈现的是在情欲支配下男性的动物性特征，有妇之夫的邵逸人不顾一切去追求伍昭雪，只不过是把她当作刺激自己写作的玩物，已婚的卞元寿、胜图等人表面上为张岂杰介绍女朋友，实际上是想千方百计地接近伍昭雪，其中的胜图更是带有强烈的性妄想特征。章克标的颓废主义其实带着所谓传统名士的庸俗趣味，往往成为堕落的掩饰和借口。

章克标在上海生活近十年，游弋于十里洋场，沉迷于声色犬马中，他在杂文集《风凉话》中就将吃、喝、嫖、赌作为"人生四乐"，在晚年回忆中，他也毫不讳言自己曾是"洋场恶少"。男女情爱同样也是章克标小说的聚焦点，除了长篇小说《银蛇》，其中篇小说《一个人的结婚》、短篇小说集《恋

---

① 李夜平：《论叶灵凤的小说创作》，《中国现代文学研究丛刊》1990 年第 4 期。

爱四象》都用大量的篇幅讨论恋爱婚姻，在一定程度上反映了章克标的恋爱婚姻观。在短篇小说《恋爱四象》中，章克标用书信的形式描绘了恋爱的几种现象，这些恋爱都是以自由恋爱为前提，自由恋爱的泛滥造成了道德失衡，使现代人陷入了迷茫、虚空的状态之中，于是产生了各种畸形的恋爱。章克标对自由恋爱缺乏安全感，并不感到羡慕。短篇小说《文明结合的牺牲者》充分地表现了章克标的怀疑态度，小说中的程甫心是自由恋爱的牺牲者，他的恋人因受不了两地分离，于是与程甫心断绝关系而嫁为教授夫人，程甫心最后却因失去恋人发狂而成为行尸走肉。短篇小说《结婚的当夜》就充分地展示出灵肉冲突带来的尴尬，男主人公在万般无奈的情况下被送入了洞房，虽然理智告诉他没有恋爱基础不能成为夫妻，但他却无法克制肉体上的欲望，在封建婚姻面前，青年们明知没有爱情的婚姻存在种种不合理，但当真正走进了婚姻殿堂，灵肉之间的冲突又困扰着、折磨着他们。在都市文明和传统文化之间，章克标实现不了完美的爱情理想，对恋爱和婚姻都颇有微词，最后终于接受灵与肉彻底分离的现实。①

　　另一类就是现代派作家，主要是以刘呐鸥、穆时英、施蛰存等为代表的新感觉派。新感觉派受到横光利一、片冈铁兵等日本新感觉派和法国都市主义文学创作的影响，因此又被称为"都会主义小说"。1928 年刘呐鸥创办《无轨列车》，标志着新感觉派小说的萌芽，1930—1932 年是其发展期，1932 年施蛰存主编的文学期刊《现代》创刊，标志着新感觉派作为一个小说流派的形成。他们没有共同的理论主张、明确的组织形式，运用西方现代主义艺术技巧表现现代都市人的生存状态，则是其主要的共同特征。新感觉派小说主要关注和表现人的本能欲望，尤其是性爱与文明的冲突；以及西方文化与传统文化的强烈反差所造成的人格分裂的痛苦。

　　就文学实绩而言，刘呐鸥的作品数量不可谓丰，1930 年 4 月出版的《都市风景线》收入他所创作的《礼仪与卫生》《两个时间的不感症者》等八篇作品，但是意义重大，这不仅是新感觉派最早推出的小说集，也是中国最早出现的反映现代都市生活的小说集。与前述的海派作家最大的不同在于，刘

---

① 参见杨青云：《在现代文化与传统文化的"夹缝"中沉沦》，《西南农业大学学报》2012 年第 1 期。

呐鸥着意于都市情调与色彩，通过描绘情感剥离的、快餐式、消费性的两性关系来凸显现代都市情调与色彩，展示现代都市的享乐性与实利性。

穆时英在现代文学史上被誉为"中国新感觉派圣手"，将新感觉派小说推向成熟，同时亦为中国现代"都市文学"的先驱者、海派文学的代表作家。他的作品大都描绘二三十年代上海都市文明昙花一现、畸形发展时的社会生活，但穆时英的早期作品却有着为下层百姓代言的鲜明特征，通过描写底层民众的悲欢，揭示了社会上贫富对立的不平等现象，如《南北极》《咱们的世界》等，艺术表现手法悖反都市文学的高雅，充满了下层人民强悍、粗犷的生活语言，一度被誉为"普罗文学之白眉"。1930年10月2日，穆时英的新作——中篇小说《被当作消遣品的男子》作为"一角丛书"之第5种出版，轰动一时。这篇小说以穆时英本人大学期间恋爱经历为原型，具有明显的意识流风格，与其此前发表的底层题材小说风格迥异。

1933年，穆时英出版了第二本小说集《公墓》，在这部小说中，他充分展示了其艺术转向的努力，开始聚焦于光影迷乱的大都市中沉醉于声色的都市人。在写作形式上，他开始有意识地采用西方的现代派技巧和手法，尤其是日本的新感觉派和弗洛伊德的精神分析对其影响很大，这个时期的小说已完全脱离了《南北极》的思想轨迹。穆时英此后在这条创作道路上不断前进，又推出了《白金的女体塑像》《圣处女的感情》《夜总会里的五个人》《上海的狐步舞》等重要作品。在这些作品中，穆时英已经非常娴熟地运用意识流、印象主义等西方技巧，聚焦于大上海灯红酒绿的声色场所，沉浸到都市摩登男女的感官世界中，揭示都市生活微妙纤细的心理感受，展现都市的喧嚣与灵魂的骚动。

同为新感觉派代表作家的施蛰存，"一生为读书界敞开四扇大窗"，在文学创作、东方文学文化研究、西方文学翻译和研究等方面皆取得丰硕成果。[①] 1937年之前是其编辑文学刊物、小说创作的繁荣期。施蛰存1926年入震旦大学法文特别班，与同学戴望舒、刘呐鸥等创办《璎珞》旬刊；1928年后任上海第一线书店和水沫书店编辑，与戴望舒等合编《文学工场》《无轨

---

① 刘凌：《一生为读书界敞开四扇大窗——记文坛前辈施蛰存先生》，《中国图书评论》2000年第1期。

列车》；1932 年主编大型文学月刊《现代》，发表《创刊宣言》。施蛰存在对外国文艺的译介中慢慢潜入了西方现代主义文学的内部，选择以弗洛伊德精神分析学说为指针，以修辞绵密瑰丽的语言演绎情节开阖有致的故事，终于成为弗氏思想在中国文坛上的"双影人"。1929 年，施蛰存在中国第一次运用心理分析创作小说《鸠摩罗什》《将军底头》等，从而掀起了中国文艺界现代主义运动的第一波浪潮。

施蛰存的都市叙事自有其独特的意义，他的小说在 30 年代前后伴着其他新感觉派小说登上文坛，由此成为光影迷乱的都市合奏中一个重要的声部。施蛰存小说的意义在于他将精神分析的手法有效地运用于中国现代的都市人群中，揭示他们的内心世界。他首先表现出一种强烈的都市立场，无论是上海通衢大道上普通市民琐碎的生活面相，还是城乡接合部或是乡村小镇等新旧杂陈的生存空间，在他笔下都显示出生活本来的质感；其次是心理透视，作者心理分析的对象极为广泛，哪怕"活跃在远古时代的人物，作者并不计较他们原先的年轮，举凡高僧、英雄、义士，通通被作者推入了世俗的潮流之中，现代生活，尤其现代都市生活的光环在他们头顶闪烁着灼人的光芒"①，也就是说是以现代都市的视角来窥探和解剖他们微妙的心理世界。

杨义曾比较施蛰存与穆时英、刘呐鸥之间的不同，概括来看，在三人中，以施蛰存的传统文化修养最深，这从其后来成为卓有成就的古典文学教授亦可窥见。他从历史积淀深厚的江南城镇走向十里洋场，这为他赢得了一个"站在现代大都会的边缘，窥探着分裂的人格"的旁观者身份，又因为融汇了中西方文化的特质，其撰述心态"怪诞中不失安详"。刘呐鸥文化身份则较为多元，本籍台湾，而台湾受日本文化影响殊深，这使他更多也更深地感受到现代派文化，相比而言，在都市的漩流中他沉陷最深，"躁动中充满疯狂"，因而他总是"以一种超前的运动，牵引这个流派向外倾斜"。被誉为"新感觉派圣手"的穆时英则处于前两者之间的状态，他由普罗文学的有力倡扬者转型而出，徘徊和跳跃在刘呐鸥、施蛰存之间，聚思凝神，"去捕捉大都会光怪陆离的奇艳之风"，然而"放纵之处时见苦恼"，在光影沉醉之时

① 许道明：《海派文学论》，复旦大学出版社 1999 年版，第 204—205 页。

又不掩其颓废与悲哀。①

　　无论是第一类，还是第二类作家，文学史家往往都将之纳入海派作家的范畴予以考察，可见他们的生活空间相通，生活底色相近。尽管作家们的个性特征和思想主张不同，对于城市空间的理解角度和方式亦有不同，但欲望化叙事、迎合市场、西方叙事手法的自觉和现代大都市情调则都是两类作家共同的文化标签，他们创作的重心都在于对城市日常体验进行深入的沉潜与反思。

第五节　传统与现代的交织：城市叙事主题的承继与演进

　　从中国历史的全局来看，诚如李鸿章所说，近代"实为数千年未有之变局"。从中国文学的全局来看，文学古今演变之曲折波澜，亦前此千年所未见，文学之变亦是全方位的。就城市叙事而言，正如前一章内容所说，近代以来社会发生重大转型，城市空间发生重大变革，一方面，都市生活的物性体验促成了城市叙事内容的新变；另一方面，文学领域的转型使得城市叙事的整体形态也发生变异。若将城市叙事的构成视为作家、文本、语言、传播方式、读者等诸种要素的综合，那么，这些要素在近代几乎都转换出新的面貌，相比而言，文学语言、艺术技巧等显性的文学要素变化得更为明显，文学主题、作者观念等隐性要素则似乎有着更多的继承性。

　　前文我们梳理了近代以来城市叙事题材内容的发展流变，大致将城市叙事分解为历史民俗、日常生活体验、商业贸易、都市情调等四个方面，通过比照古代的题材内容，我们可以得到一些启示，总体而言，现代城市叙事对于传统既有发展，又有承继。发展与创新在四种类型的论述中处处可见，在后面两章关于现代城市叙事模式与叙事心理中也会反复论及。就创新来说，主要是两个核心点：一是在鸦片战争之后的 1848 年出现了《风月梦》这样的在国内可称为最早的"城市小说"的作品，二是在 20 世纪 30 年代新感觉

---

① 杨义：《中国现代小说史》（第二卷），人民文学出版社 1988 年版，第 664—665 页。

派使得城市叙事跃入到现代意义上的"城市文学"阶段，城市叙事完成现代转型。这两个观点会在有关章节反复提到，这里不再展开。

正如美国学者柯文所云："在现代中国人中，传统并不仅是一种简单的一组概括。在瞬息万变的19—20世纪中国史中，它是一种感情冲动的对象，是某种为人信仰、辩护或者反对的东西。"① 本节内容主要讨论传统主题的现代演绎，关键点不在如何演绎，而在于哪些传统主题得以继承，哪些主题获得现代性改造发展，这些主题选择的背后究竟蕴涵着怎样的文化心理。

一、传统城市叙事主题的承继

就宏观而言，古今时代对于城市空间的书写，其所表达的关于人城（地）关系的哲学性反思是一以贯之的，也是有脉络可寻的。正如前文所论的美国学者段义孚等提出的人文主义地理学观点颇具参考价值。人文主义地理学的哲学基础是存在主义和现象学，其社会批判立足点是伦理与道德，强调人们对自然、对世界的感悟能力。段义孚关于人地关系的一个核心观点就是主张"地方的感受价值"，认为地理学关注不同地方的差异，地方之间的差异体现在各个地方特点的差异上。人们可以通过感官感受到地方，各种感受的综合形成了地方感。人与地方的关系是如此，人与城市的关系也是如此。

回顾中国自古而今的城市叙事，题材内容会有不同的变化，就思想主题而言，最后的落脚点往往是城市反思。通过城市怀古的题材，对于历史性的城市空间进行时代的、历史文化的反思，比如《西湖佳话》《西湖二集》等；通过市井生活的题材，对于商品性的城市空间进行人的商品性、经济性反思，比如"三言二拍"、《金瓶梅》等；通过区域性特色生活的题材，对于地域性的城市空间进行文化地域性反思，比如《歧路灯》《儿女英雄传》等。而到了近代，则是通过现代城市生活题材对于充满现代情调的城市空间进行现代性反思，比如新感觉派小说。可见千百年来城市反思是一贯的，但是反

---

① 〔美〕柯文著，雷颐、罗检秋译：《在传统与现代性之间 —— 王韬与晚清变革》，江苏人民出版社2003年版，第57页。

思的内涵不断在演进中，不断被赋予新的时代质素。

就城市反思的具体内容来说，有一些思想因素似乎恒定不变。比如城市本恶的文化形象不但没有太大改变，反而有走向严酷的趋势。宋元以来，对于城市的控诉就不绝如缕，北宋诗人张俞的《蚕妇》诗："昨日入城市，归来泪满襟。遍身罗绮者，不是养蚕人"，可谓字字含泪。《水浒传》中的城市作为威权中心的堡垒象征，对平民形成威压之势；《金瓶梅》中城市生活对人的异化；《儿女英雄传》中乡村的村野朴质与城市的附庸风雅之间的冲突；《风月梦》《海上花列传》中城市安逸享乐的生活终于使人堕落。晚清以来的城市焦虑比以往任何时候都来得强烈和浓重，"情欲、利欲及名欲引起的焦虑显然是低层次的，尚没有上升到审美焦虑的范畴，但是有别于传统小说仍以农业文明的文化视角去审视城市文明，把城市写成披着城市华服的村庄，《风月梦》与《海上花》则已在扬州与上海的额头刻上了深深的城市烙印，那就是城市人顽强生命力的勃发和旺盛欲望的吁求，以及由此产生的无尽的情感困惑及精神焦虑"①。我们几乎可以得出这样一个结论，自古而今，人们对于城市的认知总是惊人的一致，"从古典'市井'到今代'都会'，城市历来的'恶'的文化性格，并无大的变化，它仍然是人世间一切罪孽的通逃薮。"②

吴福辉认为，应该"把海派小说就定义为世态小说。它们与《莺莺传》、《碾玉观音》、'三言二拍'有割不断的渊源关系。中国古代本有历史传奇、英雄传奇，后来才生发出市民传奇。海派故事便是新的市民传奇"，"在'悲欢离合'的大名目之下，大体显出几种故事模式"：首先是"贫富沉沦"，这是市民对社会现象的浮面观照，同时深具普遍价值；其次是"有恶善因"，"关于善、恶及其轮回报应，是中国通俗小说历来的伦理文化，是弱者的哲学。这样来描写人情变故，现实的图景和生活道理不免大大地简化，但黑白清清楚楚，容易为人所接受"；最后则是"情义两难"，"这是载量最大的故

---

① 施晔：《晚清小说城市书写的现代新变——以〈风月梦〉、〈海上花列传〉为中心》，《文艺研究》2009 年第 4 期。

② 吴福辉：《都市漩流中的海派小说》，复旦大学出版社 2009 年版，第 112 页。

事模式，直通一切通俗言情文学体"。①这一总结较为系统地概括海派小说自古而今演进而来的主要叙事题材，揭示这些叙事主题的渊源所自。下面就其中的代表性主题观念做一些举例探讨。

如城市叙事中的忠孝节义、因果报应一类思想，一直深入人心。千百年来，城市叙事接受者的文化趣味并没有真正改变，20世纪20年代的文学研究会是当时著名的左翼文学团体，他们对于民众的看法较为清醒，他们指出，只要和普通的农工商普通民众稍作接触，就会发现传统思想的支配其实根深蒂固，普通民众依然深受《水浒》等传统小说的深刻影响，因此，"要想从根本上把中国改造，似乎非先把这一班读通俗小说的最大多数的人的脑筋先改造过不可"②。文学研究会为此付出了很多的努力，收效不可谓大。从传统的家庭小说到现代的家庭小说，现代城市叙事中依然有传统家文化的深刻印痕。施蛰存的小说《嫡裔》蕴涵有中国人的家族思想，所讲述就是一个令人啼笑皆非的故事。周相公一直想有个儿子，妻子却始终没有怀孕，无奈之下，妻子向裁缝去借种，丈夫与丫鬟私通，结果双双怀孕，丫鬟被许配给裁缝。孰料临盆，妻子所生为女，丫鬟所得为子。这种倒错显然属于黑色幽默，小说的设计凸显了儿子在家族繁衍中的重要性。

"亲上加亲"是传统小说中极为常见的故事内容，比如《红楼梦》的核心情节即是如此。现代启蒙以来，人们了解了科学的生育知识，显然知道其危害性，它与科学观念是格格不入的。但是不少海派小说习惯于继承和发挥传统小说的"亲上加亲"主题，以叶灵凤为例，他在他的多部小说中大肆渲染表姐弟或表兄妹"不伦"之爱恋和情欲关系。《红的天使》描写了一对表兄妹恋爱后结婚的故事，表兄键鹤娶了表妹淑清，却又情感摇摆，对另一表妹宛清也有感情上的表示；《浴》描写了表兄秋帆与表妹露莎在肉体上的相互吸引；《神迹》描写的是表妹宁娜有革命思想，为其表兄所爱慕，表兄是个飞行员，她在表兄的帮助下驾驶飞机在空中撒革命传单；在《浪淘沙》中，表弟西琼勇敢地与表姐淑华自由恋爱，但是遭遇了家庭的粗暴干预。在这些小说中当然有新的、进步的时代思想，但是在婚恋关系上的认识则是传

---

① 吴福辉：《新市民传奇：海派小说文体与大众文化姿态》，《东方论坛》1994年第4期。
② 西谛：《民众文学的讨论》，《文学旬刊》1922年第26期，第1页。

统的。有研究者指出:"海派作家创作了大量的家族或家庭小说、传记,他们通常没有对家文化展开猛烈的批判,而是在一定程度上认同了中国家文化。这表明作为市民文学的海派文学,在精神上受到儒学家文化的制约",概括而言,"海派文学的家在传统与现代之间游移"。①

海派小说绝对地排斥政治小说、英雄小说,就是因为它只面向俗世,文学的"载道"功能,传授知识的功能,在这里都被弱化,只突出了世俗性和大众趣味。②海派小说家喜爱的另一个重要题材是佛教因缘,有研究者对之进行了总结归纳:"海派文学的佛教文化题材主要有三种类型:一是中国人的因缘心理,二是佛理与人欲的冲突,三是皈依佛门或忏情度己或弘扬佛法。"③如施蛰存在《黄心大师》《塔的灵应》,徐訏在《花神》《痴心井》《鸟语》等中也以因缘来演绎故事,在小说里,因缘是人物命运转向的内在因素,以鸳鸯蝴蝶派为代表的旧海派小说喜欢以因缘来敷衍情节展开故事,这种类型的消闲文学对于荣衰丕泰之人生际遇的解释显然与普通市民所信奉的因缘宿命极为契合,读者因此而欢笑悲慨。新海派基本上延续旧海派为市民的文学理念,其佛教题材小说是高度市民化的文学。这决定了海派文学因缘内涵的传统性。

二、传统城市叙事主题的现代性改造

从传统到现代,许多题材类型被赋予了时代特征,被予以现代性改造,比如传统的鬼神色彩浓厚的公案小说一变而为带有西方推理意味的侦探小说;描写普通市民悲欢离合的城市生活叙事,从"三言二拍"中的市民故事,到民国时期的徐卓呆小说,又发展到海派作家予且等人的家庭婚姻小说;从关注人物悲欢,强调商人品性的传统商业题材一变为突出激烈商业竞争的现代商战题材。此外,在更广泛的城市叙事中,城乡之间对峙与冲突的

---

① 陈绪石:《在传统与现代之间游移的家——论海派文学的中国传统家文化主题》,《贵州社会科学》2010年第6期。
② 吴福辉:《新市民传奇:海派小说文体与大众文化姿态》,《东方论坛》1994年第4期。
③ 陈绪石:《海派文学与传统文化》,浙江大学出版社2012年版,第65页。

故事还在延续，所不同的是它们往往以带着现代性特征的方式展开。

就具体的题材类型而言，都市鬼故事是对传统城市叙事的一种继承。自从《华州参军》《碾玉观音》《白娘子永镇雷峰塔》一路以来，将城市叙事与鬼怪叙事合体的市井谈鬼成为别开生面的一种类型，比之村鄙荒野的怪谈更多几分空间遇合的神秘感，到了现代，遂有徐訏的《鬼恋》《离魂》、叶灵凤的《落雁》等鬼故事，进而酝酿成为现代文学中一股谈鬼写鬼的不小浪潮。

20 世纪 30 年代，邵洵美在主编《论语》时不断地寻找投合大众的题材，后来终于确定以鬼故事为内容，编辑了第 91、92 期"鬼故事"专号。在介绍编者想法时，邵洵美强调了通俗小说捕捉读者大众兴趣点的重要性，他甚至认为，具有"刺激"或"麻醉"的功能乃是通俗小说的第一要义，而从这个标准出发，鬼故事显然极为典型，所以，他认定"'鬼故事'是通俗小说题材的法宝之一种，利用这法宝我们可以达到种种的目的"①。邵洵美的论调明显过于功利与世俗，但不得不承认，"鬼故事"确实是一种可以穿越古今的话题资源。

在现代文学中，关于离魂、阴阳相通的传统鬼故事题材一直在延续，人鬼恋情成为主要内容。徐訏小说的不少内容都与鬼故事有关，其中，《鬼恋》在当时影响最大。小说中的女主人公自称为鬼，其实是人，她把自己设计为鬼并按鬼的样子生活，她孤傲脱俗的冷艳使徐先生为之倾倒沉迷。事实上，她也爱他，但她仍然愿意独自做"鬼"，不想回到人类社会的正常生活轨道上来，所以，她竭力逃避这段"人鬼之恋"。这个特别的"鬼"为何不愿为人？原来事出有因，她曾是一个经历非凡的革命者，杀人入狱、爱过人、又流亡国外，当她回国时，爱人已死，现实让她失望，告密的、卖友求荣的都得到升迁，真正骨头硬的都死了，这使得她宁可做鬼。评论者以为："《鬼恋》是一个融浪漫人鬼恋情、现实批判、人生哲思于一体的通俗小说，从这个角度看，推它为现代鬼小说的杰作当不过分。"②徐訏的另一篇《离魂》也很有鬼气。徐先生的妻子死于抗战之前，战后，徐先生回到上海。他遭遇车祸失去知觉后，他遇上妻子，对他的到来她很高兴，并为他准备了房子。故

---

① 邵洵美：《编辑随笔》，《论语》1936 年第 91、92 期。
② 陈绪石：《海派文学与传统文化》，浙江大学出版社 2012 年版，第 85 页。

事颇具灵异色彩。

叶灵凤的小说《落雁》则叙述了一次诡异的都市邂逅。冯先生在上海电影院遇见一个名叫落雁的女子，后者因为喜欢《茶花女》所以坐着马车来电影院看同名电影，马车很精致。冯先生和她聊得很是投缘，电影结束后他被邀请去她家做客，落雁的父亲与他谈论古代诗词，并要留他过夜，这让落雁非常恐慌，她努力帮助冯先生逃出了家。冯先生终于来到了人烟稠密的徐汇区，叫上一辆人力车回住所，当他准备兑换零钱付车钱时，伙计叫了起来"冯先生，为什么半夜三更的还要开玩笑？你这是什么钱！纸洋钱也好用么？"他才发现手里拿的是落雁给的一块钱冥币。故事的设计颇具戏剧性的张力。

当然，也有小说探讨了现代人的心理状态。施蛰存的《魔道》讲述了一个关于"心魔"的故事，赋予了鬼故事以现代的内涵。男主人公在火车上遇见一个黑衣老妇人，老妇人看起来如同魔鬼，她的脸上有"邪气的皱纹"，五官里充满了凶险，她看人的眼光颇为阴险。此后，老妇人的形象不断闪现在男主人公所在的场合，小说的最后厄运降临，他三岁的女儿不幸死亡。

总的来说，以上这些鬼故事在现代时期发表问世显然别有意味。从现代眼光来看，这些故事作者未免缺乏基本科学意识，与文明社会现代意识格格不入。就其艺术特点而言，这些故事承继传统而又有所创新，充满传奇色彩，尤其将情节设置于大都市背景之中，形成了冷艳诡异的美学效应，丰富了文学趣味，拓展了审美空间，成为都市故事中继承与创新融合较好的一种题材类型。

最后，我们不妨反思现代城市叙事面对传统时的立场、态度与方式。以下大致可作为现代城市叙事承继传统之意义的简略概括，"既出走、也回家，既张扬个性、也崇尚传统家庭价值观；既批判传统家庭的严苛、也务实地包容儒学家庭伦理；身在都市、却神往血缘的乡土，这就是海派文学对家的书写"①，这种精神上的摇摆和思想上的两难是千百年乡土中国的必然产物，看似缺失，亦是优点。"海派一心一意在大众读者市场的制约下，做着趋从大众

---

① 陈绪石：《在传统与现代之间游移的家 —— 论海派文学的中国传统家文化主题》，《贵州社会科学》2010 年第 6 期。

又提高大众的文体操作。张爱玲是一种方向，她既是新的市民的，也是传统的，也是现代的；是俗的，也是雅的，是雅俗对流的"①，这种彼此的相辅相成，正是中国现代城市叙事的特质与特色所在。另外，也是本书一直予以强调的，中国的城市叙事并非一夕成就，它历经了漫长的演进发展，进而形成了充盈而丰沛的历史谱系，丝丝缕缕，血脉相连。尤其是在古今演变的关键阶段，要想真正探察转型的发生、发展与完成，只有进入具体的历史现场，还原场景，才能清晰地梳理环环相扣的历史链条，从而形成完整的城市叙事观。不关注现当代城市叙事，难以了解城市叙事的流向，不研究传统之城市叙事则根本无法明了其渊源。作为一个前后贯通的研究整体，两者任一不可偏废。

---

① 吴福辉：《新市民传奇：海派小说文体与大众文化姿态》，《东方论坛》1994 年第 4 期。

第八章　空间幻化的都市迷梦：城市叙事模式的现代变革

　　本章主要讨论从近代至现代这一历史阶段城市叙事模式之如何转变。最重要的关键词有两个，一个是"都市迷梦"，当系列的风月迷人、颓败毁身的言情故事形成相似的故事模式时，其中都蕴涵着繁华成梦、迷途知返的道德隐喻；另一个是"空间幻化"，这既指的是现代大都市中光怪陆离的空间景象，更包括建基于之上的纷乱的空间感知：新知与传统融汇、理性与欲望交织，多种文化特色的光影斑驳铸造了上海杂糅性与共生性的空间特色，而这种空间感知是通过诉诸空间的表现手段来实现的，比如叙述视角的腾移转变，表现手法上的感觉化、意识流，以及影像描绘上的闪回跳跃。新感觉派的三员大将刘呐鸥、穆时英和施蛰存是空间幻化之都市迷梦的主要制造者，而在施蛰存身上，更能够看清叙事方式的现代性变革的演进痕迹。在近现代，江南城市的典型性和代表性前所未有地凸显出来，江南城市叙事可以帮助我们从特定区域的视角来理解这种从传统到现代的叙事演变的强度和深度。我们的一个主要结论是：新感觉派小说登上历史舞台意味着城市文学模态的建立，也标志着城市叙事现代转型的基本完成。

第一节　从城市景观的移植到城市文学模态的建立

　　在讨论城市叙事向现代意义的城市文学转变时，我们不妨借用 20 世纪 90 年代兴起于西方学界的"模态"概念。"模态（mode/modality）"一词有两层基本含义：一是强调符号接受者的"感觉（sense）"甚至"多感觉（senses）"；二是强调符号本身的物质性。"模态"本质上是一种"感知过程"，包括视、听、嗅、味、触等感官经验，不同模态在感知活动中常常相互作用。在特定语境中，这一概念体现了文学与图像、声音、媒介、表演等之间的跨界互动关系。[①] 我们正是在文学多维度感知的意义上引入城市文学模态这一概念。城市叙事的成熟标志即是城市文学模态的建立，城市文学模态表现为城市叙事投射于主题、人物、情节、技巧等方面的综合形态，其中的核心要素则是城市空间的现代属性，以及观照城市空间的角度与方法。

现代大都市的文化空间发生了很大改变。按照美国学者约翰·劳维和艾尔德·彼得逊在《社会行为地理——综合人文地理学》提出的城市空间三分法：神圣空间、世俗空间和亵渎空间，他们认为"神圣空间是社会中具有巨大象征性价值的地方，因为它们或者是与一些神圣的现象有关，或者是同有重大意义的事件有联系"。它们在城市中主要是指宗教场所和准宗教建筑物。世俗空间则显得范围宽广，容易辨认，指的是娱乐和游览区域。而"亵渎空间所使用的地方是隐蔽的"，所经营的往往是如赌博、卖淫等"声名狼藉和违法乱纪的活动"。[②] 这一三分法是基于成熟的都市文化空间而言的，它展示了较为理想的城市格局以及相应的功能区分，以此观照正处于蜕变时期的近代上海的文化空间，却能让我们从新的角度深化对近代上海都市文化内涵的理解。依然以四马路为例，我们可以清楚地看出三种空间的存在表现为杂糅性与共生性。

四马路得名本与宗教有关，它原名"布道街"，乃是工部局董事、传教士麦杜斯基督教讲经布道的场所，可见，这里最初是作为一个"神圣空间"。1843 年，麦杜斯在山东中路一带圈了地，此处被称为麦家圈，麦杜斯在此创办了中国第一个出版机构：墨海书馆，并雇佣了一批落拓文人，传播西学，这批文人被称为"秉华笔士"。这批秉华笔士又继续在四马路以及附近的望平街（今山东中路）上创办起了无数最早的报馆，各类书馆、印刷所

---

① 张昊臣：《多模态：文学意义研究的新维度》，《中南大学学报》2019 年第 5 期。
② 〔美〕约翰·劳维、艾尔德·彼得逊著，赫维人译：《社会行为地理——综合人文地理学》，四川科学技术出版社 1989 年版，第 176、187 页。

也相继成立，其中甚至包括了上海最著名的三大书局：中华书局、商务印书馆、世界书局。此外还有四大报纸，即《申报》《新闻报》《时报》《神州日报》。到 19 世纪末，四马路作为传播新知的都市文化空间已基本形成。随着书店与报社的集聚带来文人的大量集聚，四马路的各类服务性行当也应运而生，人气旺盛。餐馆、茶楼、酒肆自不待言，戏院、书场、烟馆、澡堂更是比比皆是。四马路作为"世俗空间"的一面完全被开辟出来，而更令人惊奇的是，在此前后，它迅速发展成为大上海最大的卖淫场所，"四马路的女人"成为失身女子的代名词。四马路以传道、启蒙始，以娱乐、消费为终，以作为"神圣空间"始，以沦为"亵渎空间"终，这其中有着费解又易解的发展逻辑：文化空间在中西文化碰撞与新旧观念交汇中变迁，某种意义上说，四马路的蜕变也浓缩了海派风格文化空间的发展轨迹。

　　都市空间的匀态分布是判断都市文化成熟与否的一个重要维度，四马路的文化特征表现为新知与传统的交错悖乱，各色文化景观的斑驳铺展再次证明近代上海在都市文化意义指向上的模糊性与不确定性。近代以来，城市空间悄然改变，观照城市空间的角度与方法也发生明显改变。概括而言，城市叙事形态的新变中最为重要的部分是叙事对象之空间属性的改变，它包括：一、从时间为主到空间为主的转变；二、从传统山水庭院空间到现代城市空间的转变；三、从外在物质空间到内在心理空间的转变；四、从完整、闭合、有序的空间到零碎、开放、无序空间的转变。

　　现代性的写作技巧对于城市文学写作具有突出的意义。正如前文提到，城市文学之所以称为城市文学，除了城市景观的现代化之外，还在于现代性的写作技巧。英国文化学者迈克·克朗在《文化地理学》中指出："文学作品对空间和时间的处理出现了一个重要的转变，城市的地理空间开始碎片化，随着城市生活的节奏加快，时间似乎也在加速，人们感到了 20 世纪的来临。在 19 世纪，主要的小说文体是叙述性的描写，但在 20 世纪出现了新的形式。"[①] 迈克·克朗从地理学角度来思考文学的态度显然是审慎的，他认为，文学作品显然与一般意义上的地理数据和地理文本并不一样，不能简单视

---

① 〔英〕迈克·克朗著，杨淑华等译：《文化地理学》，南京大学出版社 2005 年版，第 50—51 页。

之，更应该关注文学中城市空间的构建路径与方式。克朗认为雨果小说以及侦探小说可以帮助大家去理解小说如何去塑造城市空间，"'现代性'不仅体现在小说的描写中，而且也成了一种刻画城市的方法"。他还专门提到了波德莱尔笔下城市的流浪者，"波德莱尔的作品不仅是对城市的描写，小说本身似乎也是一种'流浪者'式的写作。在作者笔下，城市生活变成了一些遭遇，'在相同的词语间蹒跚而行'（鲁宾逊，1988 年，193 页）。孤独的'流浪者'在陌生人群中行走着和观看着，经历着各种遭遇但永远不能理解整个城市，城市碎片化的生活使人无法获得这样一个观察角度"[①]。

鸦片战争以来，随着中国社会的现代转型，城市叙事也发生现代变革，历经转型的发生、发展与深化，逐渐发展为真正意义上的城市小说。城市小说产生的过程也就是现代城市叙事的三要素逐渐确立的过程，所谓三要素是指：对象城市的现代性、描写的空间化和城市反思。

"对象城市的现代性"包括城市发展的现代性与城市描写的现代性，"描写的空间化"则包括了传统的线性的空间转换和空间交错并置两种类型，"城市反思"具有颇为丰富的内涵，乃是包含了城市颂赞、崇拜、沉溺、体悟、批判等多种情感的综合体，由于情感指向不同，程度有别，在反思力度上也有强弱之差异。若将三要素与题材内容列成矩阵，将三要素的内容对应表现于城市商业贸易、日常生活、民生民俗、现代格调等不同的主题内容中，可形成下列的表格，四种主题对应的三要素或强，或弱，或强弱兼而有之。三要素皆显著者唯有新感觉派小说，它意味着城市文学模态的建立，成为典型之城市小说。

代表作品	主题类别	三要素		
		对象城市的现代性	描写的空间化	城市反思
《发财秘诀》《市声》《子夜》等	城市商业贸易	有强有弱	强	强
《海上花列传》、徐卓呆小说等	城市日常生活	强	弱	强
《骆驼祥子》等	城市民生民俗	弱	强	强
新感觉派小说	城市现代格调	强	强	强

---

① 〔英〕迈克·克朗著，杨淑华等译：《文化地理学》，南京大学出版社 2005 年版，第 50 页。

　　现代城市叙事如何发展，在哪些地方有所深化，需要探讨其与传统、西方之间的关系。当系统梳理现代城市叙事的本土资源与外来资源时，我们会发现在城市商业贸易、日常生活、民生民俗、现代格调等不同主题内容的城市叙事中，都可以感受到本土资源与外来资源的彼此纠结，只不过在表现形式上，有强有弱。比如城市民俗类对于传统继承较多，新感觉派貌似对于传统继承不多，其实穆时英早期作品的现实主义笔法与施蛰存的传统情调都较为显著，只不过易被遮蔽而不彰显。

　　现代变革的发生，意味着城市与叙事的关系也应当重新审视。新城市＋旧叙事正是变革发生、发展的转型期的基本特征，只有新城市＋新叙事才意味着现代变革的基本完成，这其中显然经过了一个发展演进的较长过程。城市与叙事的新旧当然无法定量分析，但我们以标签式的新旧定性却似乎能够大致说明特定时期的历史情境。《风月梦》中的城市半新不旧，城市体验开始凸显，叙事手法接近现实主义，用的是旧手法；《海上花列传》中的城市半新不旧，城市体验极为充分，叙事手法是较为严谨的现实主义，依然是以旧为主的手法；《市声》《发财秘诀》等中出现新的城市商业观念，叙事手法则属于旧的现实主义。到了"新感觉派"小说中的城市则是新多旧少，城市体验和反思都较为充分，都是全新的，叙事手法已是颇具现代意识的意识流、精神分析等手法，属于新的现代主义文学范畴，新与新的叠加与相遇，也意味着城市叙事现代转型的基本完成。

　　苏雪林在评《新感觉派穆时英的作风》时给新感觉派的创作予以定位，也较深入地讨论了都市作家应有的素养，他认为，要想成长为一名都市小说家，"第一要培养一个都市的灵魂"，感觉系统应当极其敏锐细腻，对都市之声色繁华的感受细致入微；其次是要具有高超的语言技巧，应当言语新锐，字法典丽，句式多变，"以前住在上海一样的大都市，而能作其生活之描写者，仅有茅盾一人，他的《子夜》写上海一切，算带着现代都市味。及穆时英等出来，而都市文学才正式成立。"[1] 杜衡在《关于穆时英的创作》的文章中也谈到，"中国是有都市而没有描写都市的文学，或是描写了都市而没有

---

① 苏雪林：《新感觉派穆时英的作风》，《苏雪林文集》第3卷，安徽文艺出版社1996年版，第355页。

采取了适合这种描写的手法。在这方面，刘呐鸥算是开了一个端，但是他没有好好地继续下去，而且他的作品还有着'非中国的'即'非现实的'缺点。能够避免这缺点而继续努力的是时英"①。

新感觉派小说家们用以观照城市空间的角度与方法成为中国之城市文学确立的评价要素。新感觉派城市叙事所汲取的文学资源是多方面的，最为典型的当来自于日本新感觉派的叙事技巧与法国以保尔·穆杭（今译为保罗·莫朗）为代表的都市文学格调。保尔·穆杭的作品以《天女玉丽》为代表，由戴望舒翻译，其中含有由刘呐鸥翻译的《保尔·穆杭论》。刘呐鸥在致戴望舒的信函中，曾提醒戴注意现代生活为诗歌艺术所提供的新的空间和角度，他说："因航空思想的普及，也产生许多关于飞行的诗，我很想你能对于这新的领域注意，新的空间及新的角度都能给我们以新的幻想意识情感。"②在这段话里，关于"新的空间""新的角度""新的幻想意识情感"的表述都值得注意，这似乎说明，新感觉派作家已开始学着用"新的话术"和"新的风格"来表现现代都市的最新景观，同时抒发"新的幻想意识情感"。

除了表现城市的形式，新感觉派城市反思的观念亦具现代性。新感觉派小说意在表达都市对于人的压迫与异化，物质主义对于人际关系的异化，以及由此造成的都市人的焦虑感与分裂感。在荣格的概念中，"现代人"有着独特的内涵，他们是一群"对此时此刻有着清醒意识的人"，因为清醒，所以孤独，于是"自觉意识到现在的人是命中注定的孤独者"。③我们可以看到这种意识在新感觉派作家笔下的自然流露，穆时英在《公墓·自序》中说，我就是"在我的小说里的社会中活着的人"，这种归属既确定了作者自身的属性，也定义了小说的现代属性。在现代都市中，个体彼此隔离，感受不到温情，只有物质主义的压迫。人们总是感觉自己是现代荒原上的蹒跚独行者，四顾茫然，无所归依。尽管对于传统文化的理解与把握，刘呐鸥无法与穆时英、施蛰存相提并论，但在都市焦虑的感知方面，他在新感觉派三位干将中显得最为深入，"其创作在他所抛锚的现代都市里吸水较深，在塑造都

---

① 杜衡：《关于穆时英的创作》，《现代出版界》1930年第9期。
② 刘呐鸥：《致戴望舒函二通》，孔另境编：《现代作家书简》，花城出版社1982年版，第186页。
③ 〔瑞士〕荣格：《荣格文集》，改革出版社1997年版，第98页。

市繁华风流背后的荒原感上比施蛰存、穆时英更进一步。他的作品表达的是对这个世界的彻底绝望，没有光亮。"①

严家炎曾给予新感觉派小说以较高评价，认为"中国新感觉派创作的一个显著特色，是在快速的节奏中表现现代大都市的生活，尤其表现半殖民地都市社会的畸形和病态方面。可以说，新感觉派是中国现代都市文学开拓者中的重要一支"②。我们则认为意义不仅于此，新感觉派小说的城市叙事对于中国城市叙事而言应该是里程碑式的，"他们小说的真正贡献在于揭示了现代都市人的精神共感。情节的真实与否是不重要的，重要的是那种感觉。离开了特定的都市氛围，任何人物定性分析都是空洞的。而这种现代情绪老舍、沈从文根本没感觉到，茅盾刚开了个头又因为理论家的理智又赶快将舌头打住"③。所以，新感觉派代表了城市叙事的一个全新时代的来临，以此为起点，中国的城市叙事开始汇入了世界的现代主义潮流中，并由此占据了一席之地。

第二节　叙事策略：感觉、影像与空间叙事

小说是叙事的艺术。时间与空间作为人类与世界发生联系的基本途径，既是人类存在的基本方式，也是小说叙述最基础的维度，对小说叙事具有本体论的意义。时空体验的不同决定并控制着小说叙事的文化逻辑，由此不但改变了小说的言说内容，更为重要的是导致小说叙事策略的转变与创新。传统小说叙事存在注重时间维度而轻视空间维度的倾向，人们更多地关注文本中的情节结构、性格发展、叙事因果逻辑等历时性因素，空间往往只是作为时间性事件情节展开的背景和舞台。随着都市日常生活、空间经验、景观感觉进入小说创作的视阈，叙事的空间化成为现代主义小说文本建构的重要策略。

---

① 黄献文：《论新感觉派》，武汉出版社 2000 年版，第 164 页。
② 严家炎：《中国现代小说流派史》，人民文学出版社 1989 年版，第 141 页。
③ 黄献文：《论新感觉派》，武汉出版社 2000 年版，第 83 页。

一、空间化的叙事策略

所谓空间化叙事，指的是对于城市空间独特的感知与表达，也是前述城市文学模态的重要表征，具体表现为感觉化、影像化写作以及叙事视角的不断转化。

日本新感觉派的代表作家横光利一认为："所谓新感觉派的表征，就是剥去自然的表象，跃入物体自身主观的直感的触发"，即将人的主观感受、主观印象打进客体中去，创造出有着强烈主观色彩的新现实。表面上看这纯是写作手法的运用，实则包含深意。对于新感觉派的写作方式，日本的千叶龟雄曾进行探讨，他将新感觉派的艺术聚焦及其表达方式比喻为"小小的洞穴"，认为这些作家之所以如此表达，"是他们受到极端的刺激、产生刹那间感觉时的'点发'"，这种感受以及感受的传达都是如此之强烈，结果是作家们"从这种艺术表现中感受到特殊的喜悦"，"他们的心理机能，他们的心情、情调、神经和情绪都具有强烈的感受性，而这种感受性最具有理所当然的把他们的文学艺术引向这一特征的内部生命"。[①]

在现代文学研究者张英进看来，"新感觉派"的这种感觉化表达是借助于一种"漫游者"的视角来实现的，这是一种"作家表达都市新经验的奇特的方法"。"他们像漫游者一样步行上海街头、穿越异国情调十足的都市风景，寻找新的感觉（惊讶、过度刺激）、新的空间（经验方面的与文本方面的）、新的风格（写作上的与生活上的）"。这类"漫游者"并不是我们在《新上海》之类的暴露小说中经常看到的那类人物，在大上海不停游历，叙述所见所闻，串连故事情节，对社会黑暗进行一一揭示。这种独特的"漫游性"赋予了作家新的视野，"因此为这些作家提供与现实主义迥然不同的另类的空间实践，探索与都市中高深莫测、不可预计的事物的偶然相遇等类似经验的短暂性"，另一方面的意义在于"也为他们允诺一个独立自足的文本空间，其中可以炫耀他们对中外文化的知识，试用新的图案或印刷式的视觉性去捕捉都市风景、声色和感觉"。[②]他们对于都市空间的感知和表达方式都是新异的。

---

① 伊藤整等编：《日本现代文学全集》第 67 卷，日本讲谈社 1980 年版，第 392 页。
② 〔美〕张英进：《理论、历史、都市：中西比较文学的跨学科视野》，复旦大学出版社 2015 年版，第 227 页。

　　在表达这种复杂多变的感觉时，新感觉派作家往往追求宁可奇僻也不落俗套的艺术技巧。采取奇特的结构，错乱的时空，怪异的意象，颠覆语法习惯的语言形式，来描写都市魔幻倏忽的感官反应，以特殊的视网膜和色谱仪，把都市分解得七零八落，五光十色。比如刘呐鸥《游戏》中充满了感官化的叙述。行人徜徉在都会情不自禁地勾起种种幻觉："那街上的喧嚣的杂音，都变做吹着绿林的微风的细语，轨道上的辘辘的车声，我以为是骆驼队的小铃响。最奇怪的，就是我忽然间看见一只老虎跳将出来。我猛吃了一惊，急忙张开眼睛定神看时，原来是伏在那劈面走来的一位姑娘的肩膀上的一只山猫的毛皮。"而在奏着乐曲的"探戈宫"里，则充斥着"男女的肢体、五彩的灯光和光亮的酒杯，红绿的液体以及纤细的指头，石榴色的嘴唇、发焰的眼光。中央一片光滑的地板反映着四周的椅桌和人们的错杂的光景，使人觉得，好像入了魔宫一样，心神都在一种魔力的势力下"[①]。

　　再如穆时英的《夜总会的五个人》："卖报的小孩子张着蓝嘴，嘴里有蓝的牙齿和蓝的舌尖儿，他对面的那只蓝年红（霓虹）灯的高跟儿鞋尖正冲着他的嘴。'《太晚夜报》！'忽然他又有了红嘴，从嘴里伸出舌尖儿来，对面的那只大酒瓶里倒出了葡萄酒来了。红的街，绿的街，蓝的街，紫的街……强烈的色调化装着的都市啊！年红（霓虹）灯跳跃着——五色的光潮，变化着的光潮，没有色的光潮——泛滥着光潮的天空，天空中有了酒，有了烟，有了高跟儿鞋，也有了钟……"[②]夜晚都市的街头被切割成一个个零散的碎片，光影斑驳，凸显并强化了都市扭曲怪诞的感觉。

　　施蛰存对于都市"新感觉"的把握则有所不同。其《上元灯》集中的诸篇内容对往事的回忆似乎与刘呐鸥、穆时英的都市新感觉颇有距离，但它们在寻觅生命中那份失落已久的感觉上是一致的。它们正是站在"饱经甘苦""老练""贪鄙""可烦恼"的中年对"过去一时代虹光和星光作低徊的回忆"[③]。这些在当时"并不起什么感动"，而现在通过直觉的回忆，又在"每

①　刘呐鸥：《都市风景线》，上海书店出版社 2015 年版，第 3—5 页。
②　穆时英：《公墓》，百花文艺出版社 2005 年版，第 72—73 页。
③　沈从文：《沈从文文集》第十一卷《论施蛰存与罗黑芷》，花城出版社、生活·读书·新知三联书店香港分店 1984 年版，第 109 页。

日的追念中涌上深宏的波涛"（《周夫人》）。在这儿，回忆已不是心理学上"那种把过去牢牢持抱在表象中的能力"，而是一种内在的、超验的向"在"的回返。回忆即诗，正是通过这种直觉式的回忆，施蛰存将这万事不如意、可烦恼的中年和造成这烦恼的喧嚣冷漠的都市世界暂时遗忘、移开，让心又与过去打成一片。[①]

再就是影像化写作。刘呐鸥、穆时英、施蛰存都对电影艺术抱有强烈的兴趣，观看电影一度成为他们日常生活的主要内容之一，尤其刘呐鸥、穆时英都积极地参与了三十年代著名的"硬性电影"与"软性电影"之争，与关注电影之教育功能与文化使命的左翼影评人对垒，成为主张电影之娱乐性与艺术性的"软性电影论"的代表人物。

刘呐鸥对电影颇有研究，在经营书店失败之后，这甚至成为他后期投身的主要领域。1932 年他发表电影评论《影片艺术论》，并成立影业公司；1933 年他与黄嘉谟联合主办《现代电影》杂志，并发表了《E-Cranesque》的文章，认为"最能够性格地描写着机械文明底社会的环境的，就是电影"。他参与发动了中国电影史上著名的"软硬之争"。在论争中刘呐鸥写有《电影节奏简论》《开麦拉机构——位置角度机能论》等多篇理论文章，强调电影的艺术特性和表现技巧。尽管他的小说创作在前，电影拍摄在后，刘呐鸥的电影观念显然产生很早，以至于我们很难判断是小说影响了电影，还是电影影响了小说，小说成为作者电影观念与意识的第一试验场。在其作品中，由于作者对于蒙太奇、景深等电影拍摄手法的熟练运用，使得小说作品有着分镜头剧本甚至是脚本的特征。在作者笔下，镜头感很强，镜头不断地在推拉游移，舞场迷离的灯光，喧闹的声响，光影斑驳的人群，人体各部位特写，由远而近，逐步聚焦在男女之间的言谈表情上。作为经受过西方现代思潮浇漓的新锐作家和导演，刘呐鸥对蒙太奇手法的快速切换带来的眩晕感极为着迷，这种快速节奏几乎完全缩略了时间，将多个空间并置在一起，一方面客观展示都市快速转换的生活节奏，另一方面由形式到内涵都渲染了一种混沌糜烂的大都会气息。

---

① 参见黄献文：《论新感觉派》，武汉出版社 2000 年版，第 54 页。

穆时英同样对电影有浓厚的兴趣。穆时英卷入"软硬之争"后，发表有《电影批评底基础问题》《电影艺术防御战——斥掮着"社会主义的现实主义"的招牌者》等理论文章。同刘呐鸥一样，穆时英对于蒙太奇手法也是情有独钟，并进行了深入的研究，1937 年穆时英发表《MONTAGE 论》，这篇论文本来计划写与蒙太奇有关的八个部分，内容包括时间与空间的集中、画面、Camera 的位置与角度、画面与画面之编织、节奏、音响与画面的对位法等方面，后来未能完成全部计划。尽管如此，可见穆时英对包括蒙太奇在内的各种电影技法是深有心得，这种意识鲜明地体现在其小说作品中。穆时英的《上海的狐步舞》，是被《现代》杂志的编者赞誉为"就论技巧，论语法，也已经是一篇很可看看"的作品。小说以电影蒙太奇的手法剪辑场面，时空转换灵活多变，展示了作者深厚的电影素养。作品不断地以一些相似或相反的小镜头作为过渡，使场面瞬息置换，使遍存上海各处的别墅、舞厅、街角、赌场、旅馆不断交错闪现，通过画面的强烈对比，映衬出上海社会的天堂和地狱的双重属性。这是一支造在地狱上的都市之夜的多声部奏鸣曲。整个小说的节奏都是跳动的、震荡的。由树荫下的凶杀地点到豪华而隔膜的阔人家庭，到喧闹而荒唐的夜总会舞场，再到街旁的建筑工地，赌博声中的华东饭店，阴暗的小胡同中靠拉客过日子的贫贱人家，华懋饭店雪白的被褥，寂静的街头奔跑着的黄包车夫。最后又回到夜总会舞场。在这种颠三倒四的多声部奏响中，读者仿佛是在观看电影的分镜头表演，场面奇特又驳杂，人物众多又复杂，使人目不暇接，眼花缭乱，完全是电影蒙太奇手法的小说化。①

传统的叙述视角一般是第三人称，作者往往是全知全能的，采用的是一种俯视的姿态，这是说书传统的遗存，其优点在于因为是外在视角，即使线索众多，叙述时收放的空间也很大。而新感觉派作家的城市叙事率先打破了这一传统，大家较普遍采用第一人称叙事，也就是说"我"如何如何，所取就是一个内在视角，其目的即在于可以自如地展示内心世界，也即是新感觉派主张的宗旨所在。当然，作家们有时也会采用第三人称，但并不纯粹，比如

---

① 相关研究可参见李今的《从"硬性电影"和"软性电影"之争看新感觉派的文艺观》（《中国现代文学研究丛刊》1998 年第 3 期）、杨迎年的《论穆时英小说的电影化想象》（《文艺研究》2015 年第 3 期）等。

刘呐鸥的《礼仪与卫生》、施蛰存的《春阳》等，看起来更像是有所限制的主体视角，通过不停息的联想和遐思来展示内心活动，以此来推进情节的延展。

有些作品在叙述形式上的探索走得更远一些。穆时英的《本埠新闻栏编辑室里一札废稿上的故事》写舞女林八妹受流氓侮辱，反被关进警所的故事，叙述的实验性很强。校对员"我"是统领性的叙述人，不参与叙述，但穿针引线，目的是呈现客观事实。"记者"没有参与故事，只是站在职业立场客观叙述事件过程，他对林八妹表示同情，又很无奈；"舞场侍者"从在场者的角度叙述，对于类似事件已经见怪不怪，事实上成为事件同谋者；"警所所长"也没有参与故事，在他那里，没有是非观念，只有利益，于是他不分青红皂白下令关押林八妹；林八妹是事件主角，她描述了事件发生的经过，表达了一个弱者受辱的心理状态，其中是主客观的综合性表达。作者这种多视角叙述，使得故事富有层次感，对于社会众生相的揭示也更为深刻。施蛰存的《凶宅》也是这类立体叙述的典型作品，作品三次从不同视角，对发生在上海戈登路 309 号别墅的主妇三次上吊自缢事件进行描述，在不同叙述人不同视角的交叉描述之下，这个凶宅里的故事显得愈加扑朔迷离，使得都市空间中人性的复杂性与多变性得到了很好的揭示，小说构思精巧，艺术特色鲜明。

二、传统城市空间的现代演绎：施蛰存的同题异构

一方面，施蛰存是新感觉派作家中对于旧小说怀有特殊情感的小说家，某种程度上说，施蛰存的《石秀》和《李师师》都是向宋元时期的城市叙事致敬的作品，《石秀》取自于《水浒传》，《李师师》的故事则肇源于《大宋宣和遗事》。另一方面，于主观而言，施蛰存对于小说新形式的探索也同样坚定，他就曾指出："新文学运动兴起以后，我国的小说，正如诗与散文一样可以说是与旧的传统完全脱离，而去过继给西洋的传统了。在小说一方面，西洋的形式被认为文学上的正格"[1]，可见，他自觉地将"西洋的形式"视为时代主流。《石秀》和《李师师》的素材来源都是以传统市井街巷为主

---

[1]　施蛰存：《小说中的对话》，《宇宙风》1937 年第 39 期。

要背景的城市传奇，在施蛰存的笔下，被赋予了浓重的现代色彩。同一题材内容尤其是同一城市叙事题材的不同演绎，成为有意味的叙事现象，通过对读式的比较，具有现代意识的叙事理念与手法较为清晰地浮现出来。

将《水浒传》与《石秀》加以比较，我们会发现两者叙事的最大差别即表现在叙述视角上，《水浒传》是全知视角，《石秀》用的是第三人称，却是典型的内在视角，由此形成了不同的叙事形态。《水浒传》中常规的线性叙事在《石秀》中被颠覆和改造，出现了不连贯的多重空间并置，尤其是从外在空间趋向内在空间，强大的内在空间开始掌控外在空间，内外空间的彼此穿插形成了独特的叙事节奏。

传统叙事有着连贯的空间转换。在《水浒传》中，石秀故事开场是在蓟州的街头，"当时杨雄在中间走着，背后一个小牢子擎着鬼头靶法刀。原来才去市心里决刑了回来，众相识与他挂红贺喜，送回家去，正从戴宗、杨林面前迎将过来，一簇人在路口拦住了把盏。只见侧首小路里又撞出七八个军汉来，为头的一个叫做踢杀羊张保"。此后，石秀路见不平，挺身而出，将张保等打跑，戴宗、杨林邀石秀至酒肆相聚，随后杨雄赶来道谢；杨雄请石秀住到家中，潘巧云相见；石秀与杨雄丈人潘公开设屠宰作坊，在街头卖肉；潘巧云在家中为前夫做法事，至报恩寺与和尚海阇黎通奸；石秀发现后，至州桥寻杨雄说话；杨雄为潘巧云挑拨，与石秀反目；石秀找客店住下，夜杀海阇黎；杨雄获知真相，与石秀设计将潘巧云骗至城东门外翠屏山杀死。小说中的空间场景发生在城内与城郊，不断依据情节变换而转换。这一故事段落由戴宗、杨林引出，最后以杨雄、石秀投奔梁山收束，首尾形成呼应。

在《石秀》中，石秀的心理空间成为叙事的主导，小说完全从石秀的视角出发，写他的所见所思，其心理活动甚至掌控了小说的叙事节奏。小说开篇就是石秀甫入杨雄宅中，追想白天发生的所有事情，开始回味与潘巧云的初次见面，这让石秀怦然心动。客观的世俗空间在小说中也不断出现，比如第二天早起在院子里与潘巧云亲切交谈，石秀和潘公一起开屠宰铺，外在空间基本服务于石秀游移的心理状态。

正因为心理空间的放大和扩张效应，《石秀》中所描绘的城市世俗空间比之平铺直叙的《水浒传》，其空间感更为饱满。小说写道："这一天，因为收市早了些，况且又听见了些新鲜的关于潘巧云的话，独自用过了午饭，杨雄又没有回来，潘公是照例地拖了他的厚底靴子到茶坊酒肆中和他相与的几个闲汉厮混去了，石秀这才悠然地重新整理起忘却了许久的对于潘巧云的憧憬。这是刚才来买了半斤五花肉的那个住在巷口的卖馄饨的妻子告诉他的，说潘巧云嫁给杨雄是二婚了，在先她是嫁给一个本府的王押司，两年前王押司患病死了，才改嫁给杨雄的，便是迎儿也是从王押司家里带来的。想着新近听到的这样的话，又想起曾经有过一天，偶然地听得人说潘巧云是勾栏里出身的，石秀不觉对于潘巧云的出身有些怀疑起来了。莫不是真的她家里开过勾栏，然后嫁给了王押司的吗？"①

　　值得注意的是，"勾栏"这一独特城市空间的引入，对叙事有特别的意义，"为一个热情的石秀自己，却是正因为晓得了潘巧云曾经是勾栏里的人物而有所喜悦着"，它由此开掘了小说人物极为隐秘的性心理。可以说，因为外在空间的引入，而使内在空间得以拓展和深化。在后面的情节中，石秀顺理成章地去了"本处出名的一家大勾栏"，遇见了一个美丽的娼女，"她的美丽的妖娇，又被石秀认为是很与潘巧云有相似之处"，这一情节是《水浒传》所没有的，属于作者完全的创造，这一形象成为石秀情感寄托对象的替代，情节也成为石秀性心理发展的重要铺垫。在那女子手指被刀所割之后，"在那白皙，细腻，而又光洁的皮肤上，这样娇艳而美丽地流出了一缕朱红的血"，② 这似乎引发了石秀变态的性快感，这里对血腥暴力之美的修饰，也多少预示了最后在翠屏山，由爱生恨的石秀将要对潘巧云进行的虐杀。

　　《李师师》所采用同样是第三人称的叙事视角，无论是主要人物，还是次要人物，都具有明显的"内倾性"特点，带有向西方现代派借鉴的痕迹。③值得注意的是，小说采用的这种市井视角杂糅了多个方面，首先是一种超市

---

① 施蛰存：《施蛰存精选集》，北京燕山出版社 2006 年版，第 50 页。
② 施蛰存：《施蛰存精选集》，北京燕山出版社 2006 年版，第 55—56 页。
③ 小说中的叙事视角颇有特点，叙述者有时跳脱出来发表议论，比如作者用"幻想的视觉"来形容李师师对于赵乙的感受时，发了一番议论，"这里，著者用了'幻想的视觉'这个名词，并不是意在指示这宋朝名妓李师师真有着一种通灵的魔法。所以，如果让我们说得质直一些，那么我们可以说李师师是完全凭着她以前的丰富的经验而毫发不爽地想象出来的"，展示出作者在叙事上创新的尝试。

井的视角，作者笔下的李师师红颜薄命，虽身处贱业，却自视甚高。在《大宋宣和遗事》中，宋徽宗是诗画风流的才子皇帝，那是说书人习用的历史标准形象。而在李师师的视角中，这个巨商赵乙，形象却极为丑陋猥琐，"即使那样地豪富，即使随时都小心着，一个市侩总无论如何是个市侩"，"李师师对于每一个来到她家的商人的观念是这样的。所以这赵乙给予她的印象也并不是例外"，"看着他这样痴呆地沉睡着，打着雷震般的鼾声，嘴角边淌着好色的涎沫，又想起了昨宵他那种不惜挥斥值数万金的缠头，以求一亲芳泽的情形，实在觉得铜臭熏人欲呕了"。在她看来，这就是一个暴发户式的市侩商人，令人厌恶。这个极为私人化的视角，自然可以见出作者刻意要与历史叙事拉开距离的姿态，宋徽宗小说形象上的巨大落差令人莞尔，而作者因此高扬其市井叙事中的理想主义，"她不禁想起近来常在自己家里走动的那个开封府盐税官周邦彦来。毕竟是知书识字的官儿，走近身来，自然而然地有一等不惹人憎厌的神气。说话又知趣，又会得自己谱个小曲儿唱唱。真是个温柔旖旎的人物"，原来小说是要以赵乙的丑陋庸俗来反衬周邦彦的知书达礼、善解人意。

　　另一种则是较为纯粹的市井角度，比如李姥姥的述说就非常符合说话者身份："这是千真万确的事。昨夜御前侍卫在巷口站守了整夜，东边那个磨豆腐的王二，天亮起身赶早市的时候还看见的，直到那个姓赵的客人走出了巷，才远远地跟了去，对面茶坊周秀也说昨夜看见我们屋子上红光冲天，起先道是火起，后来看看没有动静，才放心去睡觉。"[①] 大凡非常之人常有非常之行，附以灵异之说，这是中国传统小说的通常笔法。这一段叙述充满了世俗色彩。其实，这种意识在李师师心中也会偶尔闪现，"哦，也许是为了恐怕给旁人看出破绽来，故意这样地乔装做着的。咳，真是圣天子百事聪明，扮哪等人就像哪等人物。对了，现在回想起来，倒看出来了，平常人哪有他那样长大的耳朵，耳长过鼻，这是主九五之尊的，相书不是这样写着的吗？"在李师师心中，毕竟藏着一个伏卧红尘、叩拜圣君的市井小我。

　　再就是市井叙事与宫廷叙事之间的交错转换，这种转换在《大宋宣和遗

---

① 施蛰存：《施蛰存精选集》，北京燕山出版社 2006 年版，第 136—138 页。

事》中也有，但那是多条叙事线索的不同叙述或者转接叙事。《大宋宣和遗事》记载，宋徽宗耐不住皇宫寂寞，在杨戬的怂恿下，乔装改扮出了皇宫，遇见李师师极为倾倒。宋徽宗到"周秀茶坊"打听李师师的情况，周秀得了钱，说明京城角妓李师师的身份。然后宋徽宗带着杨戬、高俅会见李师师，饮酒说话。而在《李师师》中，如同《石秀》一样，是以强大的内在空间操控外在空间，不同空间在李师师的意识流当中实现自由切换，使叙事产生出奇异的色彩。在李姥姥探听到赵乙可能是当朝皇上之后，李师师不免喜忧参半，忧的是自己未能热情接待，喜的是毕竟侍奉过了皇帝，"曾经侍候过皇帝，这不是已经做了皇后，或至少也是个妃子了吗？操着这样的行业，而居然能被皇帝所垂青了，并且实实在在的曾经做了一夜的后妃，这不是很难得的幸福吗？这是多少光荣的事情啊。皇帝也曾经到过这里，哦，他所坐过的椅子，他所玩弄的东西，从今以后，应当好好儿的用绣着团龙花的幛子给遮起来了"，沉吟之间，李师师的思绪已经完全飘到了宫廷里，"啊，去做皇帝的妃子是多少幸福呢？多少有味呢？皇帝一定是个顶有风情的人物。从前唐明皇和杨贵妃的故事不是很美丽的吗？春天赏牡丹哩，秋天在长生殿里看牵牛织女星哩"。借助想象空间，我们看到了传统都城叙事，尤其是迭闪出宫廷叙事的主要画面，而这种叙述口吻我们在以往的长安、洛阳、汴京故事中从未见到。相似的都城故事，借助不同的手法，却呈现出大异其趣的艺术风貌。也许，作家施蛰存在以这样的方式对传统的城市叙事予以解构的同时，其实也有遥相致敬的意思吧！

　　吴福辉在评论海派作家"虚实结合"的策略时曾说："人们的感知，绝大部分通过视觉进行，形象化的可见可闻，是反映直接现实的。潜意识、隐意识所发现的现实就比较的虚，如果是通过'感觉'来外化，让情绪、联想注入物象，虚中也便有了实了。这综合各种感觉而再创造的现实，虚实结合，能满足有文化的都市市民的阅读需要"①，通过对施蛰存这两部作品中市井内容的分析，可以更深入理解新感觉派小说家在处理城市叙事时所采用的空间化叙事的艺术技巧，意识流与精神分析等现代主义手法使得古老的题材内容

① 吴福辉：《新市民传奇：海派小说文体与大众文化姿态》，《东方论坛》1994年第4期。

获得新生，从而展示出融通古今、富有个性的审美品格。

第三节　光怪陆离的都市幻梦：故事模式与文化隐喻

在古今转型的城市叙事中，"都市梦"最为炫目，也最为光怪陆离。站在近现代之交的历史节点回望，从古而今，不同时代自有其不同的城市幻梦，我们想要追问的是，新旧城市幻梦的区别何在，各自有着怎样的故事模式，又凸显了哪些值得关注的文化主题。

一、传统叙事之城市幻梦的文化主题

尘世如梦的论题始于先秦，其实可分为两种类型：一为怡然自得之梦，如华胥之梦，《列子·黄帝》："（黄帝）昼寝而梦，游于华胥氏之国。华胥氏之国在弇州之西，台州之北，不知斯齐国几千万里。盖非舟车足力之所及，神游而已。其国无帅长，自然而已；其民无嗜欲，自然而已……黄帝既寤，怡然自得"[1]；一为黯然神伤的幻灭之梦，如庄周之梦，相比之下更为著名。"庄周梦蝶"见于《庄子·齐物论》："昔者庄周梦为胡蝶，栩栩然胡蝶也，自喻适志与！不知周也。俄然觉，则蘧蘧然周也。不知周之梦为胡蝶与，胡蝶之梦为周与？周与胡蝶，则必有分矣。此之谓物化。"[2]生命如蝶，人生如梦，由此成为中国文学中的恒久主题，生命如蝶般绚烂，如蝶般短暂寂寞。人生的空幻感若与城市空间相连，则其表现尤甚。

本书的第四章第四节"怀旧与伤逝：穿越时空的城市悲情"曾对于城市悲情有专门讨论，这里所讨论的"城市幻梦"与之有联系，亦有一定的差别，相同的是都叙述发生于城市中的悲伤故事，怀旧与伤逝是总体的情感基调，传统的"城市幻梦"更强调好梦成空后的破灭感，大致可分为两种情况：

一种是都城梦乃至家国梦的幻灭，由都而国，以都喻国，具有明显的政

---

① 杨伯峻：《列子集释》，中华书局1979年版，第41—42页。
② （晋）郭象注，（唐）成玄英疏：《庄子注疏》，中华书局2011年版，第61页。

治色彩，大多是一个文化群体的集体记忆。其中既有从汉魏的《西京杂记》到唐五代的《明皇杂录》《开元天宝遗事》中的汉唐长安梦，也有北朝《洛阳伽蓝记》中的洛阳繁华梦，还有宋元以来的东京梦华、西湖梦寻、金陵残梦等，这些幻灭的都城繁华梦都有共通的文化内涵，所展示皆为怀念前朝的遗民情怀。宋代《东京梦华录》是其中承前启后的典范之作，直如明末毛晋所评："若幽兰居士华胥一梦，直以当'麦秀'、'黍离'之歌，正未可同玩。况昔人所云木衣绨绣，土被朱紫，一时艳丽惊人风景，悉从瓦砾中描画幻相。即令虎头提笔，亦在阿堵间矣。庶几与《洛阳伽蓝记》并传，元老无遗憾云。"再如宋元之际的《武林旧事》，《四库全书总目提要》曾评论其中所记载的"逸闻逸事"，以为"湖山歌舞，靡丽纷华，著其盛"，可存录其文，"以备考稽"。且作者当有深意在焉，笔记写其盛，又"著其所以衰，遗老故臣，恻恻兴亡之隐，实曲寄于言外，不仅作风俗记、都邑簿也"。[1]

明清之际的幻梦感怀大体与前相似。张岱的《陶庵梦忆》"载方言巷咏、嘻笑琐屑之事，然略经点染，便成至文。读者如历山川，如睹风俗，如瞻宫阙宗庙之丽，殆与《采薇》《麦秀》同其感慨，而出之以诙谐者欤？""昔孟元老撰《梦华录》，吴自牧撰《梦粱录》，均于地老天荒、沧桑而后，不胜身世之感，兹编实与之同"[2]，至于他的《西湖梦寻》更是如此，《四库全书总目》曰："是编乃于杭州兵燹之后，追记旧游。"同时期的余怀在《板桥杂记》序言中对于这种情绪的表达更为细腻具体，它采用了答问的方式，其文曰："或问余曰：'《板桥杂记》何为而作也？'余应之曰：'有为而作也。'或者又曰：'一代之兴衰，千秋之感慨，其可歌可录者何限，而子唯狭邪之是述，艳冶之是传，不已荒乎？'余乃听然而笑曰：'此即一代之兴衰，千秋之感慨所系也，而非徒狭邪之是述，艳冶之是传也……'"[3]正如文中所述，作者关注的乃是一个时代的兴亡感叹，其主旨与《东京梦华录》《武林旧事》等相通，追古忆今，令人唏嘘！

另一种类型则是现世繁华梦的幻灭，强调世俗性和沉溺性，更突出个体

① （宋）孟元老等著，周峰点校：《东京梦华录》（外四种），文化艺术出版社1998年版，第70、466页。

② （明）张岱著，弥松颐校注：《陶庵梦忆》，西湖书社1982年版，第116、120页。

③ （清）余怀著，李金堂校注：《板桥杂记》（外一种），上海古籍出版社2000年版，第3页。

的人生感悟。"十年一觉扬州梦，赢得青楼薄幸名"，唐代的扬州富贵繁华，乃是当时的第一大都市，"扬州，胜地也。每重城向夕，娼楼之上，常有绛灯万数，辉罗耀列空中。九里三十步街中，珠翠填咽，邈若仙境"，无数文人墨客游历其间，演绎出诸多扬州风月故事，唐代于邺的《扬州梦记》是其中较早的一部典型之作，写的就是杜牧的扬州风月经历。大和六年，牛僧孺出镇扬州节度使，杜牧追随任节度掌书记也来到扬州，于氏小说主要围绕杜牧幕职时在扬州狎妓，赴宴李愿宅索求紫云，寻芳湖州时十年相约等几桩逸事展开，小说侧重敷写文人浪漫风流的特质，情节较为疏散，但影响极大，杜牧的文学声名为扬州赢得了天下人的普遍关注。

以"扬州梦"为名或作为主题的作品历代层出不穷。此后出现了多种以杜牧为题材的历史剧，如元代乔吉《杜牧之诗酒扬州梦》杂剧，明代黄家舒《城南寺》杂剧、嵇永仁《扬州梦》传奇，清代黄兆森《梦扬州》杂剧以及陈栋《维扬梦》杂剧等。而在清代后期出现的几种《扬州梦》，依然关注扬州风月繁华，人物却与杜牧无关。例如焦东周生所作笔记《扬州梦》，共计四卷，分别是第一卷《梦中人》，是为扬州青楼中诸妓的传略；第二卷《梦中语》，乃作者及其友人所作的关于扬州花界的诗词；第三卷《梦中事》，除了写作者自己在扬州花丛中所过的生活以外，又详细记载了扬州的风俗民情；第四卷《梦中情》，所记主要是作者在扬州耳闻目睹的一些风月情事。再如无名氏所作章回小说《扬州梦》，书凡十六回。第一回以郑板桥"我梦扬州，便想到扬州梦我"一词开场；末回写诸文士饮酒行令，而以赵耘崧之"夜长枕上扬州梦"结束。此书以扬州八怪之一的郑板桥（作陈晚桥）为中心人物，将乾隆年间扬州的繁华掌故如盐商之豪华、文人之放诞、名园之构造、社会之琐闻，穿插连缀成书。[1] 凡此种种，"扬州梦"由此成为古代文人书写集聚度最高、传承时间最长、影响最大的城市繁华梦。

在这类个体感悟中，除了对繁华成空、风月如梦的感慨，还有一种更为彻底通透的人生感悟，唐代的《南柯太守传》正是此类现世繁华梦幻灭的代表。《南柯太守传》讲述的是一个富贵迷梦破灭的故事，南柯太守一梦而醒，

---

[1] 余大庆：《扬州梦：先民的城市梦求》，孙逊、陈恒：《都市文化研究》（第 11 辑），上海三联书店 2014 年版，第 172—173 页。

标志着他从汲汲于世俗富贵的羁绊中解脱出来，了悟了人生的真意。值得注意的是此故事的扬州印记，主人公淳于梦"家住广陵郡东十里"，小说中提到的"禅智寺"，则是广陵名刹。更令人吃惊的是，历史上的淳于梦似乎与扬州也有着不解之缘，这位在"大槐安国"的"南柯太守"，他的墓地似乎也在扬州，清代《重修扬州府志》卷二十七《冢墓》则称："唐淳于梦墓，相传在蜀冈之北，俗呼为'南柯太守墓'。"也许，这可以视为"扬州梦"关于人生觉悟的另一种版本。

在晚清小说中，关于繁华梦空的主题同样成为一时之潮流，在这些幻梦主题的作品中，《风月梦》《海上花列传》以其笔法之卓异显得极为突出，两书之异同也为研究者所瞩目。两书所描写的题材内容较为相似，都是风月迷梦的故事，也都表达了绮梦成空后的道德劝诫，但是两书相比之下，更多则是同梦异构。在人物故事上，《风月梦》写扬州欢场，还能见出妓女之真情，到了十里洋场，则多是妓家的狡黠与无情，相比而言，在《海上花列传》中的都市迷梦中，有了更多繁华与靡烂共存的都市文化色彩。《风月梦》所停留的回归教化的故事结局在不动声色间就被《海上花列传》所跨越，后者以一种极富有生活质感的描绘，写出同时代都市人虽有所感，却未能清晰表述的都市生活状态。所以，《海上花列传》之梦比之《风月梦》更为绮丽，也有着更浓重的幻灭悲凉感。吴福辉在《都市漩流中的海派小说》中就说："现世的享乐主义是市民阶层的信仰，也是生活目标。……中国小说中的城市体作品基本上不描写商业活动。'三言二拍'里的义商、奸商，都只有粗略的经济面影，清末大量的狎邪小说写的是商贾们在风月场上的沉醉状，虽然那大把大把的银钱都是在惊涛骇浪般市场上赚来的。经由生活情味十足的社会消费场面来表现都市，让消费的喧哗压倒工商金融的喧哗，是我们的文学传统。"[①]

二、现代都市幻梦故事的关键词

现代都市叙事中的都市幻梦继承了这一自古而今的叙事传统，但是在城

---

① 吴福辉：《都市漩流中的海派小说》，复旦大学出版社 2009 年版，第 118 页。

市空间已发生现代性变革的背景下，"都市梦"的演绎还是有着明显的不同，其故事模式的主要关键词是物质膜拜、女性迷恋、情爱游戏和精神幻灭，往往在经历了物质膜拜、女性迷恋、情爱游戏之后，精神幻灭成为各类都市幻梦的最后结局和最终归宿。

（一）物质膜拜

至 20 世纪 30 年代，上海的工业化进程和商业化水平已达到了相当高的程度，当时就有外籍人士记载了上海滩商业繁荣、物品丰富的盛况："大城市应该永远有世界大同之心，上海自然也不例外"，"但令新来者吃惊的是，他们会看到最新款式的劳斯莱斯驶过南京路，停在堪与牛津大道、第五大街、巴黎大道上的百货公司媲美的商店门前！游客一上埠，就会发现他们家乡的所有商品上海的百货大楼里都有广告有销售……上海百货公司里的这种世界格局足以在中外商店前夸口它是'环球供货商'。"① 可见，在时人的笔下，当时的上海已经成为傲立东方、足以媲美世界都会的现代化大都市。

四处高悬的广告是现代都市的标志性景观，也是理解现代都市的关键。美国学者丹尼尔·贝尔转引戴维·M. 波特的评论说："不懂广告术就别指望理解现代通俗作家，这就好比不懂骑士崇拜就无法理解中世纪游吟诗人，或者像不懂基督教就无法理解十九世纪的宗教复兴一样。"② 在现代都市，广告不仅制造着欲望和生活需求，也有意渲染商品缺失的遗憾，塑造你对生活的理解。如《公墓》中郊外的田野中矗立着高大的香烟广告，"广告牌上的绅士是不会说话，只会抽烟的"，而"结着愁怨的玲子姑娘"则被比喻为"蒙着梅雨的面网的电气广告"。这里，广告呈现为都市日常生活的景观。在《一个小人物的命运》中，汽车广告词是："能助君省却不少麻烦，能助君提高伉俪爱情，能助君增加家庭乐趣。"汽车广告刻意将所推销商品的实用价值与美好人生直接挂钩，演示一种自然延伸的生活逻辑，拥有一辆小奥斯汀＝出行便捷＝增加伉俪爱情＝增加家庭乐趣，而成功的人就应按照广告所

① 转引自李欧梵著，毛尖译：《上海摩登》，北京大学出版社 2001 年版，第 18 页。
② 〔美〕丹尼尔·贝尔著，赵一凡等译：《资本主义文化矛盾》，生活·读书·新知三联书店 1989 年版，第 115 页。

指示的生活方式去生活，中产阶级的美好人生似乎触手可及，广告的文化隐喻在于将对物的占有与人的生存价值联系在一起，以物质占有形式来实现人的意义的世俗性读解，以物欲满足来构造整个世界的精神状况，这正是现代广告所具有的商业属性。

在现代都市叙事中，各种欲望被凸显出来，人的感受也充分物质化了。由穆时英小说《黑牡丹》中的人物自白可以看出都市男女的物质崇拜情结："譬如我。我是在奢侈里生活着，脱离了爵士乐，狐步舞，混合酒，春季的流行色，八气缸的跑车，埃及烟……我便成了没有灵魂的人。"刘呐鸥的《游戏》展示了男主人公步青复杂的都市体验。当步青漫步在上海街头时，喧闹的街道对他而言死寂一片，轰鸣的电车、穿梭的行人、招摇的广告，如同不存在一般，他内心涌动的是寂寞。一旦他与情人置身于夜总会，步青的生命便焕然一变："在这'探戈宫'里的一切都在一种旋律的动摇中 —— 男女的肢体，五彩的灯光，和光亮的酒杯，红绿的液体以及纤细的指头，石榴色的嘴唇，发焰的眼光……经过了一阵的喧哗，他已经把刚才的忧郁抛到云外去了。"

在都市生活中，如没有一定的物质，也就无暇顾及精神。这正是海派作家予且在《过彩贞》《夏丹华》等小说中想要表达的主题：既然社会只用金钱来做有无力量的标志，那么，女人掌握了金钱，也便掌握了力量，"只要有钱，什么都能做"。他在有关的创作谈里，明确提出物质与灵魂的关系问题，说："受了生活重压的人，求生的急切当然是无庸讳言的事实。在求生急切的情境中，不抱着'得过且过'的意思，即不能一日活。"[1] 他进而声称："有时因为物质上的需要，我们无暇顾及我们的灵魂了。而灵魂却又忘不了我们。他轻轻地向我们说：'就堕落一点吧！'"这堕落的另一面，他丝毫没有忽略说："魔鬼虽然能引导我们去看那满眼的繁华，但不能保证我们在繁华的当中能享受着快乐。所以在堕落一点点的当儿，是会感得到痛苦的。这种苦痛每使我们感到是无边无际。"[2] 都市人往往辗转于现代消费所带来的情感生活的两极夹缠中，无法自拔。

---

[1]　予且：《我之恋爱观》，《天地》1943 年第 3 期。
[2]　予且：《我怎样写七女书》，《风雨谈》1945 年第 19 期。

（二）女性迷恋

在西方现代文学语境中，塑造了"恶之花"意象的波德莱尔对于女人的观点颇值得注意，他描写了一种令人迷恋的女性形象，"这种人，对大多数男子来说，是最强烈、甚至（我们说出来让哲学的快感感到羞耻吧）最持久的快乐的源泉"；因为她的冷艳和高傲，又令人凛然生畏，"这种人……是一头美丽的野兽，……她身上产生出最刺激神经的快乐和最深刻的痛苦；更确切地说，那是一种神明，一颗星辰，支配着男性头脑的一切观念"；同时她又是优美的，令人感到惬意和舒服的，"是大自然凝聚在一个人身上的一切优美的一面镜子；是生活的图景能够向观照者提供的欣赏对象和最强烈的好奇的对象"；她是偶像，足以照亮在她面前所有的异性。①

在中国现代都市叙事中，对于女性的迷恋和厌恶交织在一起，构成了内涵较为特别的都市女性形象。新感觉派作家喜欢描写女性的曲线之美，在刘呐鸥的小说《风景》中，我们追随男主人公的目光欣赏同车都市少妇"经过教养的优美的举动"，其实更让他着迷的是"都会的女人特有的对于异性的强烈的、末梢的刺激美感"，在作者欲望化的视角下，男主人公看到的是，不仅是红红的吊袜带、极薄的纱肉衣、高价的丝袜高跟鞋，更有直接刺激肉欲的"雪白的大腿""素绢一样光滑的肌肤""像鸽子一样地可爱的""奢华的小足"。新感觉派作家尤其喜欢描绘都市女性的鼻子，他们总是不约而同地将之比拟为"希腊式"的挺直鼻子。刘呐鸥在《杀人未遂》中写的是"长形的面貌，隆直的希腊式的鼻子和两画劲健的眉毛"，在《游戏》中则是"这个瘦小而隆直的鼻子"；施蛰存《花梦》中女性鼻子也大体相似，"嵌着晶光的珠的耳朵和耳环，希腊式的一个白玉的润泽的鼻子"，希腊式的鼻子显然与黄种人的面相有一定距离，这代表了作者的文化趣味，也许唯有这种欧化的长相，才能与这种欧化的生活方式相匹配。

但是新感觉派作家的女性嫌恶又是明显的，刘呐鸥的《礼仪和卫生》借那位仰慕东方女性的法国人普吕业之口发表了一番议论："从事实说，她们实是近似动物。眼圈是要画得像洞穴，唇是要滴着血液，衣服是要袒露肉体，

---

① 〔法〕波德莱尔著，郭宏安译：《波德莱尔美学论文选》，人民文学出版社 1987 年版，第 503 页。

强调曲线用的。她们动不动便要拿雌的螳螂的本性来把异性当作食用。美丽简直用不着的，她们只是欲的对象。"穆时英笔下那些最具新感觉的女性更接近前面波德莱尔所说的"一头美丽的野兽"，美丽和攻击性是同时并存的混合意象。当那个"被当作消遣品的男子"第一次瞧见蓉子就觉得"'可真是危险的动物哪！'她有蛇的身子，猫的脑袋，温柔和危险的混合物"。

戴斯德拉在研究女性动物神话时所做的分析，可以帮助我们理解在新感觉派男性小说家笔下，女性为何会被塑造成为恶的神话。在他看来，那些陷身于波澜不惊，甚至平淡乏味的世界中的男人，总是经受着理性和欲望之间的相互撕扯，"因为是一个理性的人，他们不能承认自己的色情幻想，但又因为无趣，他们的色情的幻想是丰富无比的。于是近在眼前的女人首先就提供给他们想入非非"，男人为了捍卫所谓的理性文明，他们会将幻想对象妖魔化，从而让可能被称为"尤物"的女性"为他们承担了罪责"。①

（三）情爱游戏

在现代都市中，可以消费一切，性爱也不例外，这因循了现代都市的生活逻辑：商业化、随机性，强调快捷与方便。刘呐鸥就说，"这都市一切都是暂时和方便"。时间不断地被转换的空间所消解，青年男女在迷乱的空间中做着大同小异的情爱游戏。刘呐鸥和穆时英不约而同地选择了将男子作为消遣品的作品主题，《两个时间的不感症者》和《被当作消遣品的男子》可谓异曲同工，在大都会空间中，女性的妖艳被尽情释放，她们开始掌握这个时空里的主导权，也许只是为了打发从赛马场出来后的一点空闲，两位男士同时成为"她"的消遣对象，召之而来，挥之即去，传统的男权在此彻底失语，女性掌握了性爱游戏的主动权。

出于对都市经济规则的深刻理解，施蛰存用讽刺与戏谑的笔法写男女约会的故事。《花梦》中公司职员桢韦总是渴望着爱情，有一日艳遇不期而至，卿卿我我之间两人发生了关系。早上醒来，女子早已飘然而去，桢韦口袋里的钱包也不翼而飞。这就是爱情吗？桢韦用指甲蘸着咖啡在桌上记

---

① 转引自李今：《海派小说与现代都市文化》，安徽教育出版社 2002 年版，第 109 页。

下了昨晚开销，他算了一笔账：晚餐 6 元，礼物 20 元，爱情 70 元，爱情变成了售卖品，96 元钱买到的只是一场爱情游戏。《圣诞艳遇》讲的也是同样的故事，主人公黄逢年自以为爱情高手，情场阅女无数，一日遇一女子，两人一夜欢爱后，黄的一张三百多元的签好支票不知去向，当都市社会中的尔虞我诈与唯利是图席卷了一切之时，男女之间的交往也就变成了情感游戏。

在情爱游戏中，功利主义席卷了一切，金钱使人间一切真情都贬值或者变质，有时正是物质意义上的匮乏造成了无可奈何的情爱游戏。沈从文说：在大都市中，"一切皆转成为商品形式"，"便是人类的恋爱，没有恋爱时那分观念，有了恋爱时那分打算，也正在商人手中转着，千篇一律，毫不出奇"。[①] 刘呐鸥小说《残留》从都市平民的生存状态出发，描写物质社会对于都市男女的无情压迫。丈夫少豪不幸病逝，作为妻子的霞玲便产生了寻找情人的念头，积在她身上，让她几乎难以呼吸视听的正是无法缓解的经济压力：已经"欠了两个月的房租"，很快就会被扫地出门，明天的日用开销到底在哪里？金钱成为这都市生存的唯一通行证，一旦失去，霞玲只有用身体做交易。道德与人性之间的摇摆犹疑，时时被生存现实所逼迫，"他以为我不道德吗？疑心我是个淫妇吗？不道德也不要紧，淫妇也不要紧，我总要活着的呵！纵使人生的路是充满荆棘的"。于是主人公心底里迸出了如此惨痛的嘶叫与怀疑："恋爱！恋爱！恋爱！并不是可吃的哪！"《热情之骨》中的女主人公感慨残酷的生活现实，她奚落一直对爱情怀着梦想的比也尔："你每开口就像诗人一样地作诗，但是你所要求的那种诗，在这个时代是什么地方都找不到的。诗的内容已经变换了。即使有诗在你的眼前，恐怕你也看不出吧"，"你说我太金钱的吗？但是在这一切抽象的东西，如正义、道德的价值都可以用金钱买的经济时代，你叫我不要拿贞操的人换点紧急要用的钱来用吗？"五四作家曾经一度宣扬的爱情自由与人格独立，在十里洋场的物质功利主义冲击下显得如此脆弱不堪、苍白无力。

---

① 徐沉泗、叶忘忧编选：《沈从文选集》，中央书店 1947 年版，第 62 页。

（四）精神幻灭

现代都市中的人们在经历了物质膜拜、女性迷恋、情爱游戏等心路历程之后，最终走向的是无可挽回的精神幻灭。都市快速转换的节奏和功利主义的商品交换原则对于传统社会秩序产生了巨大冲击，伴随着都市文明对于人们精神空间的挤压愈加明显，精神失序后人们的幻灭感也油然而生。城市学家刘易斯·芒福德曾说："大都市，在它发展的最后阶段，变成了一个集体的诡计……但实际上他们的生命一直处在危险之中，他们的财富是庸俗而短暂的，他们的闲暇是非常单调而乏味的，他们可怜的幸福带有一种色彩，经常预感到暴力和死亡会突然降临。"[①] 穆时英在上海现代书局 1934 年版《白金的女体塑像·自序》中的一段话也很有代表性："二十三年来的精神上的储蓄猛然地崩坠了下来，失去了一切概念，一切信仰；一切标准、规律、价值全模糊了起来……"[②] 这种精神危机的产生乃是物质主义、消费主义主导下的必然产物。

穆时英在《夜总会里的五个人》中，写的就是一群与生活抗争最终落败的人，他们都是都市中的失意者。曾经的金子大王胡均益面对时局变幻突然倾家荡产，只得自寻绝路。踌躇满志的郑萍失去了他最亲近的恋人。风流一时的黄黛茜转眼之间青春不再、徐娘半老。书呆子季洁一直在思考关于人生的终极意义，却始终没有答案。市政府公务员缪宗旦莫名其妙就丢了工作，不知如何面对明天。总之，在变幻莫测的都市中，一个无常的世界缓缓展示其狰狞的面目，诡异而冷酷，凶多而吉少。

穆时英的《PIERROT》带有更明显的自叙传色彩，主人公潘鹤龄之人生观的底色总体而言是黯淡无光的。潘鹤龄迎着时代的潮流，奋勇直前，不断地追求人生的价值，但从爱情到事业，从社会到家庭，他四处碰壁，最后陷入绝境。他的爱情偶像琉璃子屈服于金钱，背叛了他。他乡下的父母只把他当作摇钱树。他参加工人运动，又遭战友出卖；跛了腿后出狱，岂料革命者怀疑他叛变投降，群众对他也是不理不睬。总之，到处是欺骗、虚伪和隔膜。最后，他像"一个白痴似的，嘻嘻地笑了起来"，潘彻底陷入了孤独和绝望

① 〔美〕刘易斯·芒福德著，宋俊岭等译：《城市发展史》，中国建筑工业出版社 2005 年版，第 559 页。
② 穆时英：《白金的女体塑像》自序，百花文艺出版社 2006 年版，第 1—2 页。

之中。他最终意识到，人生的一切都不可靠，"同样的东西，在每个人眼里便变成了一千种，一万种全不相同的东西"，人与人之间注定"是精神地互相隔离了的，寂寞地生活着的"。在这里，作家表现出对理性主义、对人生价值的怀疑和否定，表现为看不见希望的人生末路。在异化的社会中，人与他人，与社会群体的疏离已成事实，幻灭与孤独便成为现代人的必然命运。[①]

三、现代都市幻梦叙事的文化隐喻

有研究者指出："城市仍然是一个巨大的他者，而且是一个越来越让人陌生的他者。用不着人为地妖魔化，他的存在本身就是一个不可理喻的怪物。整个西方近代的哲学美学与文学，基本的意向都是对于现代文明的批判，所有意义的归纳都指向繁华的大都市。"[②] 在现代都市叙事中，关于都市幻梦的叙述，核心皆是都市与人之间的冲突性叙述，其意涵主要有两种指向，一种是都市不断压制和塑造人物、使都市成为物质化的文化隐喻。都市逐渐已成为近代科技和工业文明产物的化身、表征和符号，在小说叙事中形成了一个内容丰富的象征系统。通过《子夜》中对于吴老太爷进入上海的刻画，我们能够理解都市如何成为中国几千年传统乡土社会的异己力量。吴老太爷本在乡下过着足不出户的恬静生活，二十年来潜心诵读《太上感应篇》，因避"兵匪之乱"，被家人接到上海。吴老太爷从乡下乘船来到上海，坐在小汽车里，对他而言，时空蓦然发生巨变，十里洋场光怪陆离，"机械的骚音，汽车的臭屁，和女人身上的香气，霓虹电管的赤光，——一切梦魇似的都市的精怪，无怜悯地压到吴老太爷朽弱的心灵上，直到他只有目眩，只有耳鸣，只有头晕！直到他的刺激过度的神经像要爆裂似的发痛，直到他的狂跳不歇的心脏不能再跳动！"最让吴老太爷大受刺激的，是一位身穿高开叉旗袍、连肌肤都能看得分明的时髦少妇。那少妇高坐在一辆黄包车上，翘起了赤裸裸的一双白腿，简直好像没有穿裤子。这情形，不禁让吴老太爷全身发抖。都市生活中这一切的看来怪异的意象开始叠加在脑海里，尤其是他所

---

① 汪洁：《穆时英小说中"pierrot"形象解读》，《贵州师范大学学报》2004年第4期。

② 季红真：《小说：城市的文体》，《文艺争鸣》2006年第1期。

见的女子个个都是曲线毕露，"这一切颤动着的飞舞着的乳房像乱箭一般射到他胸前，堆积起来，堆积起来"，终于，吴老太爷大叫一声，晕眩猝死，轰然倒地。此后，在准备后事的吴府中，小说安排了一位熟悉西洋文明的帮闲诗人范博文发了一番高论，指出蛰居在乡下多年的老太爷对于这个世界早已日渐隔膜，如同僵尸朽木一般，"既到了现代大都市的上海，自然立刻就要'风化'"①，所论虽然不甚厚道，确是切中要害。

刘呐鸥的小说曾多次把拥挤在都市中的人群写成"一簇蚂蚁似的生物"；把都市看作是吃人的妖怪，"从船窗望去，蒙雾里的大建筑物的黑影恰像是都会的妖怪。大门口那两盏大头灯就是一对吓人的眼睛"②，人如小动物，都市如妖怪，这类倒错比拟的意象经常出现在新感觉派的作品中。李今认为，"这一对比性意象包含了作者对于人和他的创造物——都市之间关系的认识"，"这也正是现代都市在现代主义文学中所以不再仅仅是一个地点或场所，而成为激发现代作家情感、思虑和发问的触媒，成为'一种隐喻'的起因，也是作为城市艺术的现代主义文学所关注的中心主题"。③

在都市文化系统中，对于都市病症的描绘尤其具有隐喻的意味。在西方现代主义作品中，疾病往往被作为修辞手法和隐喻加以采用，美国苏珊·桑塔格在20世纪90年代曾出版有《疾病的隐喻》一书，考察如结核病、麻风病、梅毒、艾滋病等疾病如何被一步步隐喻化的过程，身体疾病如何被转换成为道德评判与政治态度。这种隐喻式的文学描写在中国文学中并不多见，而新感觉派小说家可谓是最早开始对之探索的一个作家群体。

刘呐鸥在《杀人未遂》中描绘公司的女职员，"女职员并不怎么样美丽"，值得注意的是她的面色，"白皙的脸貌显得她是高层建筑物的栖息病患者"，因为久闭在室内，阳光的照射显然较为缺乏，脸色白皙。小说还写了她的一些行为特征，这位女职员总是不声不响，"这并不能怪她，因为干那种事根本用不着讲什么话"。所以在"我"的印象中，她几乎"是一尊飘渺的无名塑像，没有温的血，没有神经中枢，没有触角，只有机械般无情

① 茅盾：《茅盾选集》第一卷《子夜》，四川人民出版社 1982 年版，第 28 页。
② 刘呐鸥：《都市风景线》，上海书店出版社 1988 年版，第 80 页。
③ 李今：《海派小说与现代都市文化》，安徽教育出版社 2000 年版，第 22 页。

的躯壳而已"。在刘呐鸥的笔下，现代公司的女职员全无自由意志和鲜明个性，完全沦为机械般的工具。无独有偶，穆时英《白金的女体塑像》中的妇人也是如此，由于肺病和过度亢进的性欲导致这位女性患者"不单脸上没有血色，每一块肌肤也全是那么白金似的"，当她脱去衣服，谢医生看到，面前"站着一个白金的人体塑像，一个没有羞惭，没有道德观念，也没有人类的欲望似的，无机的人体塑像"，这个躯体是"金属性的，流线感的"，这个目光迷离、神情淡漠的白金女体形象带有鲜明的工业文明特征，暗示着都市女性在男权社会的压制和掌控之下变得异常温顺，这种压制几乎完全侵蚀了她的情感世界，使她成为一个灵魂麻木、任由别人观看的女体"塑像"。以上这些形象都是对现代女性都市病的隐喻和象征。

　　另一种故事的文化隐喻则表现为各类都市人物主动或被动与都市保持一定距离，开展着破除物质化象征的努力。在新感觉派小说中，尤其是在刘呐鸥小说中，都市女郎与现代都市相互缠绕地产生了某种隐喻的关系。刘呐鸥在小说《游戏》中描写一个男子观察一个摩登女子，"他直挺起身子玩看着她，这一对很容易受惊的明眸，这个理智的前额，和在它上面随风飘动的短发，这个瘦小而隆直的希腊式的鼻子，这一个圆形的嘴形和它上下若离若合的丰腻的嘴唇，这不是近代的产物是什么？"再如《风景》中的女性定位亦与此相似，"看了那男孩式的断发和那欧化的痕迹显明的短裾的衣衫，谁也知道她是近代都市的所产"。都市的意象与都市女性形象往往交错叠合在一起，作家通过都市女子对男主人公的背弃暗示着男性始终与现代都市生活保持距离。融入都市的不如意与遭遇女性的抛弃形成了一种奇妙的呼应。

　　更有作品表达出对于都市束缚的呐喊与反抗。刘呐鸥的《风景》写的是一位要去县城与丈夫共度周末的女子，与在火车上遇见的陌生男子疯狂野合的故事。小说一反传统的道德观，表现出都市男女极为开放的性爱心态，其中更是包含了都市人渴望逃离机械化的都市物质生活，重返天地之间的愿望。当小说中的男女一起来到大自然中，女人"把身上的衣服脱得精光"，并建议男子也"把那机械般的衣服脱下来"时，作者借用男主人公的身份开始大发议论："不但这衣服是机械似的，就是我们住的家屋也变成机械了。直线和角度构成的一切的建筑和器具，装电线，通水管，暖气管，瓦斯管，屋上又要方棚，人们不是住在机械的中央吗？"为了向现代都市建筑创造的机械环境挑战，"脱离了机械的束缚"，这对都市男女最终不仅让思想，而且让身体"无拘无束伸展出来了"，正像飘荡在天空中的"那片红云一样，自由自在，无拘无束"。①

在现代都市中，工业文明的力量造成了人的物质化和人性的异化。都市对人性的控制和人对于都市的反叛总是彼此纠缠、相伴相生。就如丹尼尔·贝尔在论述资本主义社会危机时所说："现代主义的真正问题是信仰问题。用不时兴的语言来说，它就是一种精神危机，因为这种新生的稳定意识本身充满了空幻，而旧的信念又不复存在了。如此局势将我们带回到虚无。由于既无过去又无将来，我们正面临着一片空白"②，这正是现代性都市幻梦产生的精神根源所在。

---

① 刘呐鸥：《都市风景线》，上海书店出版社 1988 年版，第 21—33 页。
② 〔美〕丹尼尔·贝尔著，赵一凡等译：《资本主义文化矛盾》，生活·读书·新知三联书店 1989 年版，第 74 页。

第九章　从"乡土情结"到"都市意识"：城市叙事心理的现代变革

前文分别讨论了题材类型和叙事模式，最后我们来看叙事心理。在这一章里我们尽可能回应对于叙事心理的一系列追问。都市感觉结构被认为不同于传统的空间叙事，它是先在的、开放的、建构性的，是一种个体与城市诸因素交汇融合而成的综合性心理结构，那么，在现代作家笔下，这种心理结构有着怎样的特征？不同类型作家又有着怎样不同的表达？城乡之间的差别与冲突是中国乃至世界文学中的永恒话题，现代城市叙事对此也有着不同的演绎，现代作家如何通过城市叙事表达他们的"精神还乡"？在城市被象征和隐喻的同时，其实叙事中的乡村也在被妖魔化。中国的城市叙事一直被认为不够典型，其实，一个重要的事实是乡土叙事同样不够典型，而真正典型的是我们所说的小城镇叙事，就区位而言它介于城市与乡村之间，在叙事心理上它也与上述两方彼此依靠，相互牵连，那么，是否可以说，其实在很长的历史时期，它才是中国城市叙事的主要代表？本章将依次探讨上述问题。

第一节　空间新意象：现代城市叙事的心理分析

当现代城市空间逐步形成之后，空间感呈现为城市叙事中最为重要的感知形态，我们可以从两个维度来分析比较，以探讨现代城市叙事之心理特征：一是纵向维度，与传统空间叙事比较，现代城市空间的感知如何体现其不同；二是横向维度，现代城市叙事在不同类型的作家笔下，在叙事心理方面呈现出怎样的新特征。

一、传统城市空间感及其向现代的过渡

本书在第四章第二节曾讨论"城市空间与经典叙事场景",认为"就建筑形态而言,城市空间包括了建筑外空间与建筑空间,围绕城市空间中的建筑物,在感知系统中,又可分为外空间和内空间,所谓外空间指的是城市之中,建筑物与周边景物构成的空间,内空间则是建筑物内部的空间",由于该章节重点分析叙事场景,关于空间感知的问题并未展开。下面我们主要讨论两个问题:一是传统城市空间的感知问题,分别讨论外空间与内空间;二是在传统向现代的转型中城市空间感的演变问题。

美国城市学家凯文·林奇曾说:"城市如同建筑,是一种空间的结构,只是尺度更巨大,需要用更长的时间过程去感知。"[1]从宋元以来直至明清,在不少通俗小说中,市井构成叙事的基本空间,各色人物常常游走于市井之间,从酒楼到茶坊,从茶坊到客店,从客店到庙宇,等等。市井中的各种公共文化空间,诸如街衢、路桥、客店、酒楼、茶坊、庙宇、名胜等成为小说人物活动的主要空间,它们构成小说叙事进程的重要节点和情节发展演进的起落标志。比如《警世通言·白娘子永镇雷峰塔》描写许宣前往保叔塔的行走路线,"许宣离了铺中,入寿安坊,花市街,过井亭桥,往清河街后钱塘门,行石函桥过放生碑,径到保叔塔寺。……离寺迤逦闲走,过西宁桥、孤山路、四圣观,来看林和靖坟,到六一泉闲走。……走出四圣观来寻船",最后在"涌金门上岸"。地名皆为当时实有,路线真实准确。《风月梦》第三回写男主人公的出行也极为细致:"陆书行过常镇道衙门,转湾到了埂子大街……遂过了太平马头,到了小东门外四岔路口……一直向北,进了大儒坊,过了南柳巷,到了北柳巷,问到袁猷家门首。"作者之所以不避冗繁,将人物所经地点一一写出,见出作者对于城市布局的熟稔,意在传递一种真实的城市空间体验。

---

[1] 〔美〕凯文·林奇著,方益萍、何晓军译:《城市意象》,华夏出版社 2001 年版,第 1 页。

若以清代苏州小说为例，会发现玄妙观是当时的城市中心，也是城市最为知名的传统地标。曾朴《孽海花》的开篇场景就定格于苏州"一城的中心点"玄妙观之雅聚园茶坊；苏州文人俞达的《青楼梦》大力渲染虎丘和玄妙观的节庆盛况；《苏州繁华梦》写的则是正月初九天生日这天"格外闹热"的玄妙观；《扫迷帚》第四回写两位江南书生观看的也是中元节玄妙观的盂兰盆会；《苏空头》直接以苏州的地标性地名为章节题目，用整整一回描写清明节玄妙观的盛况。① 围绕一个城市著名地标的故事叙述，就可以发现古代城市叙事的几乎所有关键词，即传统建筑、民俗、庙会、节庆等，都会依次出现，这基本构成了传统城市空间感知的主要意象，一个重要的城市地标同时也代表了这座城市的意象系统和世俗特征。

值得一提的还有城市的"桥""门"等交通节点，也往往作为传统城市的有特色的外空间地标建筑出现。比如宋元小说就多描写城市中的"桥"，《一窟鬼癞道人除怪》就将两座桥设定为主要故事发生的背景，吴洪赶考落第，陷入困境，只得在杭州"州桥下开一个小小学堂度日"，后得王婆做媒，在梅家桥下酒店里与女子李乐娘相亲，就此演绎出一段人鬼情缘。其中的"州桥"和"梅家桥"皆位于交通要道，自然也是来往人流密集之所。《张生彩鸾灯传》中的落第秀才张舜美于正月十五之夜观灯巧遇刘素香，一路追随，后却在众安桥失其踪迹。再如《张古老种瓜娶文女》中韦义方寻访的扬州开明桥，非同凡响，此桥可以用来沟通仙界与人间。《错认尸》中的新桥则是情节发展的转折点，也是"错认尸"这出闹剧得以实现的叙事空间。② "桥"作为城市意象在话本小说中如此频繁地出现，以至于有研究者指出："如果唐代小说是'无坊不传奇'的话，宋代小说可谓'无桥不成书'！"③ 还有"城门"，如《新桥市韩五卖春情》中的金奴被赶走之后，就央八老前去求吴山过来。话本中反复提到了艮山门和武林门，比如："当时八老去，就出艮山门到灰桥市上丝铺里见主管。……八老提了盒子，怀中揣

---

① 张袁月：《近代小说中的文学"地图"与城市文化》，《文学评论》2014 年第 3 期。
② 夏明宇：《行走的景观：宋元话本小说的空间意象》，《暨南学报》2013 年第 3 期。
③ 朱玉麒：《唐宋都城小说的地理空间变迁》，荣新江、邓小南主编：《唐研究》（第十一卷），北京大学出版社 2005 年版，第 534 页。

着简帖，出门径往大街，走出武林门，直到新桥市上。"《任孝子烈性为神》中为人忠厚的任珪在听闻妻子红杏出墙的传言后，内心痛苦却又无法查实，碰巧某天因夜深城门关闭，任珪无法赶回候潮门外的家，而留宿于岳父家，却意外撞见妻子通奸，终于开始复仇。作为关键记忆节点的"城门"在城市叙事中都表现为重要的功能性空间。

另一方面，我们来看内空间，在城市传统空间中，宅院庭园是着墨最多的内空间场景之一，同时也成为古代小说中空间感知的最重要方式之一。宅院庭园作为一个空间性概念，它在一定程度上消解了故事情节的线性发展，展示和转换出多个颇具生活质感的横断面。实际上，在以宅院叙事为主体的作品中，作者往往精心布置庭园空间，人物就在这个空间内居住生活，他们行走穿梭于这一相对封闭的空间中，借此推动故事情节的发展，就此而言，这也可以理解为一个城市交互故事的内置化版本。由于这一空间与通常意义上的城市空间序列并无太多的交集，这里不展开深论。

综合而言，无论是外空间还是内空间，都不脱传统的窠臼。城市的空间感主要表现为对于城市街衢、地标建筑、道路节点等的认知和把握，叙述往往聚焦于名胜、庙会、节庆、民俗等传统文化景观。就其城市功能和叙事特征而言，它们都属于古典式的。这些传统意味的城市意象及其感知系统在近代都遭遇了工业文明的强力挑战。

在近代小说绘出的文学地图上，出现了过去小说没有出现过的"马路"景观，这应属于与"现代性"关系最密切的地图注记。如西方研究者所指出："道路是都市中既普遍、同时又极独特的面向"，"若从街道来观看城市，也就是说，那些可以从街景看到的物质文化、社会阶层差异、经济活动及文化生活，往往让观察者对整个都市社会形成先入为主的印象"，"更重要的是，自 19 世纪晚期以降，街道在中国都市空间中占有主要的论述及社会位置。事实上，街道作为具体的地点，以及社会与论述的焦点，可能较诸任何其他城市设施，对于清末民初城市之空间、社会及思想结构产生更大的影响。"[1] 从小说地图上可以直观地看到，尽管上海与苏州在租界都修建了

---

[1] 〔美〕柯必德：《"荒凉景象"——晚清苏州现代街道的出现与西式都市计划的挪用》，李孝悌编：《中国的城市生活》，新星出版社 2006 年版，第 443 页。

马路，但其所呈现的空间形态却截然不同。在苏州地图上，苏州城内基本上看不到马路，城外有一条细长的马路从盘门贯穿到阊门，如同一条丝带点缀于旁。上海则是纵横贯穿、宽窄不一的马路交织成网格，"网"住了租界区。据研究者统计，在晚清上海的城市叙事中马路景观迅速扩张。1898 年连载的《海上繁华梦》（初集）比 1892 年的《海上花列传》多出了一条"新马路"；1899 年的《海天鸿雪记》提及 2 次"新马路"；而在 1903 年左右写成的《海上繁华梦》二集中，"新马路"则出现多达 14 次，且次数甚至多于四马路（7次）与大马路（9 次），成为推动故事发展的重要场景之一；《海上繁华梦》后集中，"新马路"出现次数是 19 次，亦为各马路出现频次之首。[①]

更多的是，前所未见的都市新地标在不断涌现。19 世纪末高楼逐渐在上海耸立，而 1903 年 11 月德国总会的建成，给上海城市建筑追随世界潮流带来新的契机，上海也为世界建筑界的高手新秀去尝试世界建筑界新材料、新技术、新设计提供施展才华的舞台。据统计，在 1919—1924 年，上海的高楼不断出现：如四层的工部局大楼，八层的大来大楼，九层的字林大楼，七层的大北电报大楼，五层的花旗总会，八层的新普益地产公司，五层的银行公会，六层的金城银行大楼，五层的庆丰大楼，五层的上海邮局，六层的前新新公司等。高楼不仅是上海商业建筑的一大类别，也由此成为上海地名的代称。随着传统的街、巷、弄慢慢淡出居民的日常生活，它们在城市地图上也开始被其他地名悄然替代，至 20 世纪上半叶，以路、里、楼命名的建筑开始大行其道，逐渐成为近代上海商业空间的标志。[②]此后上海的城市天际线不断被刷新，这些景观不断形塑着都市独有的感知系统。

有研究者曾将近代的苏州小说地图与上海小说地图做一比较，"我们已能体会到同样是城市之心，一颗传统，一颗现代；同样是游乐场所，一个山水清嘉，一个众声喧哗"，就两城的城市景观而言，"就会发现'苏州地图'布满名胜古迹，且集中分布在玄妙观一带和阊门外，苏州城内的四角与苏州城外的东部地带几乎都为空白；'上海地图'的地域景观则多为消费娱乐场

① 张袁月：《从晚清小说中的道路看现代性转型——以上海和苏州为例》，《内江师范学院学报》2017 年第 11 期。
② 罗苏文：《路、里、楼——近代上海商业空间的拓展》，《史林》1997 年第 2 期。

所，基本分布在马路沿线。上海小说中出现的马路和里弄数量众多，而里弄又集中在四马路、宝善街之间，二马路、三马路附近比较空白。可见，苏州的繁华源于城市中心的向心力，展现的是充满古韵又有些市井气息的传统城市图景；上海的繁华则来自马路发展的推动力，它表现出的是充满洋味且带着消费特色的新兴都市风貌"①。

古典形态的城市叙事主要表现为空间元素基本是处于半隐性的存在，对于叙事心理的干预并不十分强烈。随着城市物理空间的现代变革，叙事中的空间感也发生改变，从情节崇拜、地随事走，到因地设事，触景演情，隐现于故事叙述中的空间因素逐渐凸显出来，进而介入叙事、塑造叙事。空间特征从不明显、不典型，到城市现代属性被高扬。更值得注意的是，在特定的城市叙事文体中，城市空间感知从局部感知演变为整体性感知。传统的城市叙事往往注重特定场景和具体视角，带有片段化的特点，空间属性随视角改变而改变；而在现代城市空间叙事中，空间感几乎是无处不在，是系统化的，典型如《海上花列传》、新感觉派小说等，贯穿整体的叙事心理开始生成并有意识地统摄全篇。

有研究者指出："从空间现代性的角度看，古典空间意识的破碎与现代空间意识的重组，构成了近现代以来中国现代性体验发生的重要内容，是中国现代性震荡激变、痛苦挣扎的表征。"② 在现代都市生活的物性体验中，最为重要的就是"都市感觉结构"的改变的发生，这与所有的传统空间感知有着巨大的不同，这种感觉结构影响了城市叙事心理。

雷蒙·威廉斯在《漫长的革命》（*The Long Revolution*）中提出了"感觉结构"这一概念，所谓"感觉结构"，简要来说，是依据个人经验而确立的带有某种系统性的感知方式，一般来说，它不是抽象的，而往往和特定的历史时空相互联系。由此来看"都市感觉结构"，一方面，它不是简单地指都市中生活的个人某种隐秘独特的心理过程，换言之，它不是一个个体独立完成的感知过程，而更多地强调它所处城市空间的立体化与体系性。另一方

---

① 张袁月：《近代小说中的文学"地图"与城市文化》，《文学评论》2014 年第 3 期。
② 谢纳：《空间生产与文化表征 ——空间转向视阈中的文学》，中国人民大学出版社 2010 年版，第 113 页。

面，这个感觉结构是先在的，是作为历史经验存在的，当处于空间中的人希望捕捉、体味甚至揭示这种自身空间感受时，他需要调用已经完成的感觉结构、意象系统以确定合适的分析框架。还有就是，这种感觉结构是开放性的，也许始终处于完成过程之中，随着个人的社会实践而不断推进"人与城市"的想象性关系。由此可见，"都市感觉结构"不再是私人性的心理空间，而是个人与城市诸因素交汇、沟通、冲突和融合的综合性心理结构。①

二、现代城市叙事中的典型性空间感知

美国社会学家丹尼尔·贝尔在《资本主义文化矛盾》中指出，随着城市数量增加、规模扩大，人际交往客观上得到强化，空间不断拓展。在此背景下，绘画艺术表现形式也发生巨大改变，神话人物等开始退场，城市动感空间尤其是光影斑斓的都市景观占据了主导地位，"这种对于运动、空间和变化的反应，促成了艺术的新结构和传统形式的错位"。就人们对于都市的感觉系统而言，都市的"技术文明不仅是一场生产（含通讯联络）革命，而且是一场感觉的革命"。现代通信革命和运输革命，给都市空间带来"运动、速度、光和声音的新变化，这些变化又导致了人们在空间感和时间感方面的错乱"。② 正是这种感觉的新奇性和感官的刺激性决定着现代都市文学"感觉化"的经验表达方式。

近代以来，当人们逐渐接受了那些光怪陆离的城市景观，小说家开始需要去思考如何理解与把握这个迥异于传统的都市景观，但是由于面对现代都市的类型差异，或者面对同一现代都市的视角不同，所产生的感觉系统与把握方式也有不同。新感觉派作家、茅盾、老舍笔下的城市叙事，观照城市的角度各自不同。

新感觉派作家的感知方式可称为**"意识流型"**。他们面对的是一个最具有现代气质的大都市，洋行、舞厅、照相馆、咖啡馆、跑马场、公园等构成

---

① 罗岗：《想象城市的方式》，江苏人民出版社 2006 年版，第 94 页。
② 〔美〕丹尼尔·贝尔：《资本主义文化矛盾》，生活·读书·新知三联书店 1989 年版，第 95、135、94 页。

了一个城市意象系统。这一感觉系统是与世界的现代主义潮流相呼应的。一本当时的《巴黎图示指南》这样写道:"拱廊街是近年来工业奢侈品的产物;它用玻璃为屋顶,大理石为壁面的走廊切过整个房子的区域,而这些廊道中的商业行为正与这样的空间模式相合。在走廊的每一侧,光线从上边流曳进来,并活跃在最精致的商店间,以至于此类的廊道就像是一座城市。的确,它就是一个世界的缩影。"①

都市的观察视角和叙述心理发生改变,形成新的感觉系统,传统的空间感发生了明显的变异。上海滩林立的高楼大厦使得新感觉派的小说家获得了观察都市的全新视角,这也许不是俯瞰都市的实有位置,却折射出小说家的叙述心态:"游倦了的白云两大片,流着光闪闪的汗珠,停留在对面高层建筑物造成的连山的头上。远远地眺望着这些都市的墙围,而在眼下俯瞰着一片旷大的青草原的一座高架台,这会早已被赌心热狂了的人们滚成蚁巢了。"②俯视的角度使刘呐鸥把赛马场描写成了"蚁巢",他曾经多次使用相似的意象,把拥挤在都市中的人群写成"一簇蚂蚁似的生物"。作者所平视的都市形象也变得有些狰狞,"从船窗望去,蒙雾里的大建筑物的黑影恰像是都会的妖怪"③。

对于都市生活的沉溺,同时也是因为都市对于自然之美的改造,刘呐鸥的一段话流传甚广,他说:"⋯⋯我要做梦,可是不能了。电车太噪闹了,本来是苍青色的天空,被工厂的炭烟布得灰朦朦了,云雀的声音也听不见了。缪赛们,拿着断弦的琴,不知道飞到那儿去了。那么现代的生活里没有美的吗?那里,有的,不过形式换了罢。我们没有 Romance,没有古代城里吹着号角的声音,可是我们却有 thrill, carnal intoxication⋯⋯就是战栗和肉的沉醉。"④

新感觉派作家的都市感觉系统是极为个人化与主观化的,他们似要强调,人类创造了都市,都市则开始控制和吞噬人类。"街上接连着从戏院和

①　转引自罗岗:《想象城市的方式》,江苏人民出版社 2006 年版,第 98 页。

②　刘呐鸥:《都市风景线》,上海书店出版社 1988 年版,第 91 页。

③　刘呐鸥:《都市风景线》,上海书店出版社 1988 年版,第 80 页。

④　刘呐鸥:《致戴望舒函二通》,孔另境编:《现代作家书简》,花城出版社 1982 年版,第 185 页。

舞场里面回来的，哈士蟆似的车辆，在那条两座面对着勃灵登大厦和刘易士公寓造成的狭巷似的街上爬行着。街上稀落的行人，全像倒竖在地上的，没有人性的傀儡似地，古怪地移动着；在一百多尺下面的地上的店铺和橱窗里陈列着的货物，全瞧着很精巧细致的，分外地可爱起来了。"[①]

　　都市的空间是不断被塑造的，一些空间意象被赋予了人格化的内涵。"跑马厅屋顶上，风针上的金马向着红月亮撒开了四蹄。在那片大草地的四周泛滥着光的海，罪恶的海浪，慕尔堂浸在黑暗里，跪着，在替这些下地狱的男女祈祷，大世界的塔尖拒绝了忏悔，骄傲地瞧着这位迂牧师，放射着一圈圈的灯光。"[②]慕尔堂是当时上海滩的著名教堂，为美国流行的学院式哥特建筑，其高度显然不低，但在小说叙述中，与跑马厅、大世界形成对峙的慕尔堂，却被认为是多么的不合时宜，它只能"浸在黑暗里"，"跪着，在替这些下地狱的男女祈祷"，而跑马厅屋顶上是"撒开了四蹄"的风针金马，大世界的塔尖骄傲地"放射着一圈圈的灯光"，世俗世界的光彩完全压倒了神圣天国的光环。颇为吊诡的是，现代都市所激发的是原始意识和本能力量，这种原始图景成为都市的一种特殊面相。"我觉得这个都市的一切都死掉了。塞满街路上的汽车，轨道上的电车，从我的身边，摩着肩，走过前面去的人们，广告的招牌，玻璃，乱七八糟的店头装饰，都从我的眼界消失了。我的眼前有的只是一片大沙漠，像太古一样地沉默"[③]。

　　刘呐鸥笔下的舞厅"会使人觉得好像入了魔宫一样，心神都在一种魔力的势力下"，"忽然空气动摇，一阵乐声，警醒地鸣起来。正中乐队里一个乐手，把一支 Jazz 的妖精一样的 Saxophone 朝着人们乱吹。继而锣，鼓，琴，弦发抖地乱叫起来。这是阿弗利加黑人的回想，是出猎前的祭祀，是血脉的跃动，是原始性的发现"[④]。

　　城市中的放浪隐含着对于现有秩序的抗议与颠覆。现代象征主义鼻祖波德莱尔曾经说："一个浪荡子绝不是一个粗俗的人。如果他犯了罪，他也许

---

① 穆时英：《圣处女的感情》，上海书店出版社 1988 年版，第 236、237 页。
② 穆时英：《南北极 公墓》，人民文学出版社 1987 年版，第 293 页。
③ 刘呐鸥：《都市风景线》，上海书店出版社 1988 年版，第 4 页。
④ 刘呐鸥：《都市风景线》，上海书店出版社 1988 年版，第 6 页。

不会堕落……请读者不要对轻浮的这种危险性感到愤慨，请记住在任何疯狂中都有一种崇高，在任何极端中都有一种力量"，"浪荡作风是英雄主义在颓废之中的最后一次闪光……浪荡作风是一轮落日，有如沉落的星辰，壮丽辉煌，没有热力，充满了忧郁"。① 对于波德莱尔的这段表达，我们不能仅就字面意思来看，而是需要结合西方现代主义特定的语境，波德莱尔所说的"浪荡"包含着对抗传统观念与势力的野性力量，这显然是一把双刃剑。这确实可以帮助我们换一个角度来理解新感觉派的意义，我们会发现他们的对于机械文明的反思往往寄寓于宣泄式的表达之中。

作为左翼作家的茅盾对于上海都市景观的理解亦有其独到之处，为我们提供了一个更具理性的视角，我们可将这种感知方式称为"**社会分析型**"。茅盾的《子夜》可谓是社会分析小说的杰作，主要从政治、经济的角度出发，展示出鲜明的时代属性。小说将背景设置于三十年代初期的上海，作家并没有截取某条小巷或某个街区，而是从居高俯视的视角，整体展示这座现代都市的各种场景，进行大规模的全面描写。作者秉承一种近乎写史的态度创作小说，《子夜》的故事情节被镶嵌在 1930 年 5 月到 7 月这一真实的历史时空里，小说中描写的一些情景，如公债交易、蒋冯阎大战等，都是有据可查的历史事件。同时小说又通过一些细节，侧面点染了农村的情景和正发生的农村革命，更加扩大了作品的生活容量。概而言之，小说之"社会分析"的深刻性和现实启示性正在于，一方面作品所展示的城市生活彰显出工业文明高歌猛进的时代力量，另一方面这种城市特质与时代力量在中国社会现代化进程中却不得不面临着重重阻力与种种危机。

茅盾热情地颂扬了现代工业文明所表现出的"速度"与"力"之美，而十里洋场正是他所展示的坚实平台，可以说，在这一点上，甚至比"新感觉派"的都市描绘更显功力。我们来看《子夜》的开头："暮霭挟着薄雾笼罩了外白渡桥的高耸的钢架，电车驶过时，这钢架下横空架挂的电车线时时爆发出几朵碧绿的火花。从桥上向东望，可以看见浦东的洋栈像巨大的怪兽，蹲在暝色中，闪着千百只小眼睛的灯火。向西望，叫人猛一惊的，是高高地装

---

① 〔法〕波德莱尔著，郭宏安译：《波德莱尔美学论文选》，人民文学出版社 1987 年版，第 500、501、502 页。

在一所洋房顶上而且异常庞大的霓虹电管广告，射出火一样的赤光和青燐似的绿焰：Light，Heat，Power！"①其至小说中写到"一辆一九三〇年式的雪铁龙汽车"，也以"每分钟半英里"的速度创造了"一九三〇年式的新纪录"。

小说中的主要人物也充满力感与速度。如吴荪甫这位"二十世纪机械工业时代的英雄骑士和'王子'"，思路清晰，做事专注，敢作敢为。为了实现自己建立工业王国的梦想，在其他小工厂都因帝国主义经济侵略而不能支撑的情况下，他一气兼并了八个小工厂，扩大了自己的工厂，获得了很大的成功，成为企业界的领袖。尽管在最后，他面临对手的围攻，终因在公债市场上和赵伯韬的竞争失败而破产，但他的进取心和意志力却充分地展示出来。这种力量和品格不仅是积贫积弱的半殖民地半封建社会所缺乏的，也是中国刚刚开启的工业时代所缺乏的。茅盾对工业时代的礼赞不仅体现在吴荪甫的企业家雄心，并不止于他对待外在物质层面的工厂和机器的态度，他敏于感受的还有一种力与运动的美，即轰轰烈烈的社会革命。《子夜》作为"五四"以来无产阶级革命文学运动中最早出现的杰出代表，小说还正面描写了风起云涌的革命浪潮，写到了觉醒起来的工人为了反抗资本家的盘剥和压榨，同仇敌忾，联合起来，掀起罢工热潮，以及双桥镇农民在共产党领导下已成燎原之势的武装起义。虽然作家对这两方面的材料掌握得并不充分，开掘有限，但在审美效果上却拓展了城市美感，也极大丰富了人们多样化的城市感觉。②

与新感觉派和茅盾小说形成鲜明对比，却同样体现中国现代都市的重要感觉方式的是老舍的作品，其可称为**"文化品味型"**。老舍对于北京的城市习俗显然极为熟稔，人生礼仪如诞生礼、洗三、生日、婚礼、丧礼，婚姻习俗如离婚、寡妇再嫁、妍居，信仰习俗如各类迷信、禁忌，此外还有节日习俗、家庭关系、人际交往、致贺还礼等社会生活诸多方面的习俗，老舍都对其做了忠实的记录，在老舍作品中，一幅生动、朴实、极具生活气息的老北京生活画面跃然纸上。

老舍对于北京的老建筑都有着由衷的喜爱，无论是作为城市地标层面的楼阁庙宇等人文名胜，还是市民生活层面的胡同四合院、商业店铺。在老舍

---

① 茅盾：《子夜》，中国青年出版社 2013 年版，第 1 页。

② 以上参见李俊国：《中国现代都市小说研究》，中国社会科学出版社 2004 年版，第 158—160 页。

的作品中，北京叙事就是各类真实的再现。除了文化习俗，老舍更关注的则是老北京在悠久的岁月中逐渐积淀而成的气派与风度、趣味与情调。北京由于长期处于皇城根儿下，作为"首善之区"，官派文化、缙绅文化乃至市井中的平民文化，彼此交织浸染，形成了独特的文化心理：一方面讲求风度、仪态谦雅；另一方面则慵懒而散漫。这种风度影响着城市里的市井人群，"连走卒小贩全另有风度"，如《四世同堂》中的祁老太爷，战火已然烧到了家门口，还在想如何过一个体面的大寿，叫嚷着"别管天下怎么乱，咱们北京人绝不能忘了礼节"①。一个"咱"字，喊出了北京人在皇城底下的自豪感。这种北京风度在小说人物祁瑞宣身上体现得更为充分，台儿庄大捷后，他倍感振奋，小说中却做了这样的描述："即使有机会，他也不会去高呼狂喊，他是北平人。他的声音似乎专为吟咏用的。北平的庄严肃静不允许狂喊乱闹，所以他的声音必须温柔和善，好去配合北平的静穆与雍容。"②

八百年古都的历史沉淀，使得北京处于"文化熟到稀烂"，好处在于气度雍容、滋味醇厚，坏处则是节奏舒缓，过分关注日常生活的琐碎与庸常，正如《四世同堂》借人物之口表达作者的思考："……当一个文化熟到了稀烂的时候，人们会麻木不仁地把惊魂夺魄的事情与刺激放在一旁，而专注到吃喝拉撒中的小节目上去"③，这样一种都城文化的积淀固然深厚，却因为惰性而迟滞，表现为讲礼节、守规矩、忍让、苟且、驯服、顽固，善良而懦弱，迂腐而麻木，缺乏应有的活力，与"文化过熟"相生相伴的是沉重和保守，这样的市民社会缺乏一种独立自治的结构意识，市民更缺乏参与国家政治经济的自主意识，这也正是老舍感悟与体察北京的主要切入点。在老舍笔下，文化场景的集合体，山水、名胜、胡同、店铺基本上用真名，大都经得起实地核对和验证。我们很容易找到北京的典型建筑，或是建筑特色，比如四合院、胡同，既有几户人家合住在一起的大杂院，也有几代人合住在一起的大院子。还有热闹的商业街、老字号，卖北京小吃、四季食品。这里见证着城市历史，又往往与民众生活密切相关，能够唤起老百姓记忆的城市"老

① 老舍：《四世同堂》（上），人民文学出版社1998年版，第64页。
② 老舍：《四世同堂》（上），人民文学出版社1998年版，第441页。
③ 老舍：《四世同堂》（上），人民文学出版社1998年版，第295页。

字号"显得尤为突出，它们往往成为城市商业与民俗的主要载体，老舍在其《老字号》中便写道：三合祥的金匾有种尊严！这种由"老字号"传递出的古旧情调和悠闲气氛，乃是都市风情的重要组成部分。老字号在长期发展中形成的行业精神和经营准则，更是城市商业文化的核心内容。老舍也长于写旧式商人，如祁天佑、牛老者等。他们的经营往往重义轻利、恪守商业道德，在个人形象上也带着点儿飘逸和儒雅。①

　　老舍与北京的精神联系，不仅在于地理经验，也在于深入历史文化的纵深处，正因如此，"老舍不厌其烦地将北京文化作为中国文化的个案进行微观解剖，一贯延续了他的文化启蒙的主题。他之所以孜孜不倦地对北京及北京文化作深度的剖析，是为了寻求一个文化现代的北京，这种文化现代性中包含了多元、调和与温情，及至今日，依然具有不可替代的价值"②。

　　以上我们梳理了中国现代都市叙事最具代表性的三种感知方式，意识流的、社会分析的和文化品味的，它们既代表了叙事心理，也塑造出极具特色的叙事形态。

　　其实，若放眼世界都市文学，我们可以发现这些城市感知和叙述具有一定的普遍性。德国评论家克劳斯·谢尔普（Klaus Scherpe）就曾将城市叙事按照发展阶段分为四类模式：第一种模式是表现"乡村乌托邦"和"城市梦魇"的直接对立；第二种表现城市中的阶级斗争以及个人和群体的对立；第三种模式见于现代派作品，其中"巴黎浪荡子的沉思姿态"表明"城市经验的潜在的想象力"；第四种模式则是让城市成为自己的代理人，在文本中自由地展开自我叙述。关注都市文学研究的美国学者张英进对此曾有深入的剖析，他认为上述的第三和第四种模式区分并不明显，第四种并不典型，有代表性的其实是前三种类型。因此，这一划分很好地展示了18世纪以来西方文学中的城市叙事所经历的一种线性演进，即"从田园牧歌式（如城乡对立）到现实主义（如阶级斗争）再到现代主义（如审美沉思）的历史发展"。值得注意的是，这三种类型正与我们前述的中国现代城市叙事形成对应。但是，尽管类型相近，中西方的发展形态有着明显的区别，"在中国现代文学

---

① 参见李俊国：《中国现代都市小说研究》，中国社会科学出版社 2004 年版，第 118—121 页。

② 刘大先：《老舍的"北京情结"》，《人民周刊》2019 年第 5 期。

中，我们找不到任何城市叙述的线性发展。相反，在 20 世纪初期，田园牧歌、现实主义和现代主义模式并列存在，相互竞争"，一直到 30 年代，"中国文学创作所塑造的城市形象数量丰富而又种类繁多，没有清楚的迹象证明究竟哪一种城市叙述模式在文学创作中占主导地位"。[①] 换言之，中国现代城市叙事将西方的前后相继的历时发展神奇地转换为并置铺展的共时发展，这就是中国城市叙事在完成自身现代转型与建构时的真实历史场景，具有丰富指向的城市叙事充分展示了都市作者斑斓多彩的主体世界，更为现代文学留下了光影流转却又形象各异的多元化的城市空间。

第二节　城市叙事中的城乡差别及其文化内涵

回顾城市的起源历程，人类从最初的居无定所到早期村落的形成，这可以视为雏形城市诞生的标志。因为这是"城市—乡村"的最初复合体，所以"城市—乡村"的同源关系以及二元结构即已孕育于早期"村落"之中，并在远古神话空间中留下了深深的烙印。自此以后，人类同时经历了城市发展及对城市发展思考的漫长历程，但在传统与现代的不同阶段呈现为不同的面貌以及不同的思考向度。然而不管是城市发展本身还是由此引发的对城市发展的思考，都始终离不开与之相反相成的"乡村"维度，因而也就必然呈现为"城市—乡村"的二元结构与内在冲突及其在文学地理空间的反映与变迁。[②]

在对于城市叙事心理的探讨中，城乡差别之反思是较为突出的方面。从历史角度来看，随着不同时期城市空间格局不断改变的推进，城乡差别会有不同的表现形态，也会有差异化的文学表现形式。历代以来，相关的文学表现颇为多见。概括而言，无外乎两种情形，一种是"在乡慕城"，另一种则是"在城慕乡"。前者如曹植的《名都篇》对洛阳城的夸饰："名都多妖女，

① 〔美〕张英进著，冯洁音译：《都市的线条：三十年代中国现代派笔下的上海》，《中国现代文学研究丛刊》1997 年第 3 期。

② 梅新林、葛永海：《文学地理学原理》（上卷），中国社会科学出版社 2017 年版，第 478 页。

京洛出少年。宝剑值千金,被服丽且鲜";骆宾王的《帝京篇》写长安:"山河千里国,城阙九重门。不睹皇居壮,安知天子尊";王建的《夜看扬州市》对市井繁华的歌咏:"夜市千灯照碧云,高楼红袖客纷纷。如今不似时平日,犹自笙歌彻晓闻。"在唐代就已出现了不少农民弃农经商的现象,如姚合的《庄居野行》云:"客行野田中,比屋皆闭户。借问屋中人,尽去做商贾。"张籍《贾客乐》亦云:"年年逐利西复东,姓名不在县籍中。农夫税多长辛苦,弃业长为贩宝客。"商业繁华、充满机遇的城市招引着人们不断前来,麇集于此,追求名利。但在更多的传统诗文中,文人们表达的却是对于城市的疏离乃至于厌弃,从而表现为"在城慕乡"。东汉张衡在其《归田赋》中云:"游都邑以永久,无明略以佐时。……超埃尘以遐逝,与世事乎长辞。"东晋陶渊明《归园田居》(其一)云:"少无适俗韵,性本爱丘山。误落尘网中,一去三十年。羁鸟恋旧林,池鱼思故渊。开荒南野际,守拙归园田。"宋代陆游《鹊桥仙》有云:"一竿风月,一蓑烟雨,家在钓台西住。卖鱼生怕近城门,况肯到红尘深处。"诗人甚至觉得城门附近也都是值得警惕的红尘深处。

城市往往产生相同的意识与观念,从而形成文化共同体。按照西方经济史家的观点:"无论城市的实在起源怎样,就它的生存讲,它必须看作一个整体,而它所由成立的社员和家庭必然依赖这个整体。城市挟着它的语言、习惯及信仰,和挟着它的土地、建筑物和财宝一样,它是一个硬性的东西,虽有许多世代的嬗变,这东西仍然长久存在,并且半由它自身,半由它的市民家庭遗传与教育,总是产生大致相同的特质和思想方法。"[1]但是这种城市文化共同体在中国的发展轨迹有其独特性,晚清以来,租界的存在对于中国社会生活而言,意义重大,它不仅改变了中国的城市格局,为城市注入了近代内涵,而且开始为中国都市生活提供了一种前所未有的范本,城市居民在感受新的生活内容的同时,逐渐告别了传统生活方式。

作为研究现代都市的第一代学者,德国的西美尔(Georg Simmel)在其名文《大都会与精神生活》中谈到,都会中纵横交错的街道,经济、职业和社会生活发展的速度与多样性,使得城市在精神生活的感性基础上与城镇和

---

[1] 转引自〔德〕伟·桑巴特:《现代资本主义》第一卷,商务印书馆1962年版,第112页。

乡村生活有着深刻的差异，城市与乡村的分野变得如此清晰："城市要求人们作为敏锐的生活应当具有多种多样的不同意识"，城市生活中"神经刺激的强化"，"变幻莫测的图像迅速堆积，目光所到之处视象急剧变换，各种不期然的印象纷至沓来"。而"在乡村，生活的节奏与感性的精神形象更缓慢地、更惯常地、更平坦地流溢而出"，相比较而言，都会生活更是"以都市人口增长的直觉与观察以及理智优势为基础"。从人类精神意识史来看，都市可谓是"重大的历史构成物之一"，"呈现了一种全新的等级序列"，而在这个序列中，都市所代表的"生活力量"已经生长到它的极致。[①] 然而事实上，在中国的城市近代发展中，城乡之间的差别并不像西方那么鲜明，中国城市依然打着深刻的"乡土"烙印。比如现代时期，就在大都市上海的周边，乡村景观触目可见，"水稻田和村庄，可以从市区的任何一座高楼大厦上瞧得清清楚楚，这是世界上最轮廓鲜明，最富于戏剧性的世界之一。传统的中国绵亘不断，差不多伸展到外国租界的边缘为止。在乡村，人们看不到上海的任何痕迹。"[②]

这种城乡对峙的历史场景在近现代很长的时期内依然存在，可以说时至今日，乡村的城镇化依然是社会改革发展的主要方向。我们在回顾城乡差别的文学表现时会发现，古代城市叙事中的城乡差别与冲突至晚清达到了一个高点。城乡冲突的主题不断在晚清至现代文学作品中出现，其表现形式与精神内涵也发生着嬗变。

从晚清至现代，如果以上海叙事为代表，文学中城乡关系的历史变迁至少可分为三个阶段，其中来自乡村的各色人等，性别、角色身份、知识素养等方面的不同造成了乡土视角上的较大差异。

第一阶段，晚清以《风月梦》《海上花列传》等为代表，这种城乡冲突主要投射在两性关系上，女性成为叙事表现的主体。

比如《风月梦》所讲述的就是一群浪荡的城市子弟迷恋于风月，最终颓败没落的故事，其中包含了明显的道德警示。值得注意的是，小说对于这一

---

① 〔德〕齐奥尔格·西美尔著，费勇等译：《时尚的哲学》，文化艺术出版社2001年版，第186—199页。
② 〔美〕罗兹·墨菲著，上海社会科学院历史研究所编译：《上海——现代中国的钥匙》，上海人民出版社1986年版，第14页。

主题的演绎是在传统乡土文化的参照对比下，通过对城市生活价值的反复质疑来完成的。

城市与乡村的对立关系其实在小说《风月梦》之开篇即已埋下了伏笔，第六、七回写袁猷的表弟穆竺到扬州城里购物，小说从穆竺的视角写他的城市见闻，这些都是他所无法理解的现实，如吸鸦片烟，"穆竺坐在房里，看见他们爬起睡倒，在那小盒内挑的仿佛膏药肉，在灯头烧了吃，不知吃的什么烟"，如洋钟，"看见方桌上摆了一张矮红漆几子，上面摆了一件物事，又不像个木头盒子，又不像个小亭子。……又听得那里头滴滴落落，好像是打骡柜声音。"当然，穆竺更不能理解的是妓女们的调情。显然这个被人们嘲笑的穆竺形象并非作者的无意之笔，作者的用意到后来清晰地呈现出来，小说结尾人物纷纷凋零，陆书离扬州返家，患了一身毒疮，生死未卜；袁猷与妻反目，一病而亡；吴珍因鸦片案被发配充军，流放他乡；等等，而在结尾的第三十二回，在家务农的穆竺，又至扬州，他的生活境况与众人形成鲜明的对比，"再说袁猷的表弟穆竺，住居霍家桥南首穆家庄，在家务农，娶了妻子，如今又生了儿子。正欲上城到新胜街首饰店兑换银锁、银镯与儿子带。……穆竺欢欢喜喜，更换新帽、新衣、新鞋、新袜，直奔扬州。"在乡土化的中国，作者找不到城市生活的新观念时，就自觉不自觉地把目光朝向乡村，将那种小国寡民、知足常乐的生活作为人生的理想范式。

第二阶段，民国以乡愚游沪小说为代表，乡土心理与城市情境的错位成为叙事表达的重点，小说作者往往是由旧趋新的文人，其叙事视角与口吻往往带有居高临下的优越感。

晚清以来，上海的城市规模不断扩大，其城市空间中浓烈的工业文明色彩对于国人产生了巨大的吸引力，四方人士云集洋场。作为处于传统与现代对峙时期的一种文本载体，乡下人游城尤其是游上海，成为当时时兴的题材内容。比如大家较为熟悉的《海上花列传》《海上繁华梦》《九尾龟》《新上海》《人海潮》《歇浦潮》等多种社会小说都描写了相关内容，另外，还出现了专题性的乡愚游沪小说，主要有赵仲熊《乡愚游沪趣史》、贡少芹《傻儿游沪记》、孙季康《温生游沪记》等。作者的笔法往往极尽戏谑调侃之能事，对于这些初入大都会的乡俚俗人所表现出来的无知和惊诧加以渲染和夸大，对于他们运用浅陋的乡村经验对新奇事物做出解释的努力进行了调侃和嘲弄。

比如《海上繁华梦》中吝啬成性的钱守愚，选择拥挤不堪的满庭芳街旅安小客栈入住。而满庭芳街的地理位置颇为独特，它紧靠洋泾浜，毗邻四马路，与宝善街相交，被尚仁弄、百花弄、久安里、兆贵里、兆富里等闻名遐迩的北里妓街包围。故钱守愚与范桐入住当晚，便急着上街游览。乍入光怪陆离之城，两人完全目迷五色："见那车马络绎，人烟稠密，声音热闹，店铺繁华，果然与苏州大不相同，胜过十倍。其时天色将晚，电灯灿烂，照得如白昼一般。那洋货店内五光十色的货物，映着灯光分外发出奇采来……到了英大马路，见街道宽阔异常，两旁店铺规模宏敞，令人心目为之一爽。那大马路一面通外滩，一面通泥城桥。二人正走到五云日升楼前，该处四通八达，轨道纵横，往来的电车如梭织一般，还有汽车、马车、黄包车、塌车闪电也似的来来去去，声音不绝。"[1]街景尽管新鲜，实难与在乡间早就耳熟能详的游乐场媲美，上海"不独有新世界，还有新新世界，更有大世界小世界。让他旧世界混沌，我们在这几个新造的世界中又有吃又有看，不是极好么？"[2]第二天，钱守愚们便在朋友陪伴下直奔大马路泥城桥新世界，"来到得门口下车，抬头一望，果然规模宏大，气象辉煌"[3]，由此拉开乡愚初游新世界的滑稽剧幕。

就情节密度和情感强度而言，晚清的乡愚游沪叙事是"乡下人进城"叙事中的集成性文本。可以从两方面来审视其意义与价值，一方面，这些故事的读者借助于乡下人的视角重新审视了大上海灯红酒绿的面貌，既强化了上海的繁华洋场属性，也不断刷新了读者置身于现代都会的存在感与本土感，这种本土感使得读者似乎可以居高临下地戏谑与调侃乡下人的丑陋和浅薄，获得某种心理上的满足；另一方面，讽刺与被讽刺、调侃与被调侃其实一直如影随形，乡下人只是十里洋场的匆匆过客，他们在体味和享受大都会的声色犬马之后，就将转身离开。最终他们大多意识到，都市的繁华只是表象，

---

① 赵仲熊：《乡愚游沪趣史》卷二，上海文明书局 1922 年版，第 101—102 页。
② 赵仲熊：《乡愚游沪趣史》卷三，上海文明书局 1922 年版，第 23 页。
③ 赵仲熊：《乡愚游沪趣史》卷三，上海文明书局 1922 年版，第 30 页。

内在并不如外表那么光鲜，尤其是亲身经历种种诈骗及情色陷阱后，很多人不愿停留而选择回归乡里。对比就此产生：乡人的无知与憨直凸显出市民的虚伪与奸诈，城市的喧嚣与危机四伏反衬了乡村的宁静平和。①

第三阶段，以20世纪二三十年代新感觉派小说家的作品为代表。这一时期，接受过西方教育，对于现代城市文明有着深刻体验的知识分子成为写作的主体，他们站在一个较高的时代基点进行思考与创作，因此有着更前卫通达的创作理念。在他们的作品中，由于作者立场的微妙变化，这种城乡冲突表现得丰富而多元。有时候，作者站在乡土的立场，反思城市文明，表现两者的内在冲突，比如施蛰存的《渔人何长庆》《牛奶》《汽车路》，杜衡的《怀乡病》等都是极为典型的作品，这在下一节关于现代城市叙事的"精神还乡"中还将重点论述，此处不再展开。有时候，作者又站在了城市的立场，以都市人为本位，叙述着城市与乡村的分离、乡村的失效以及都市对乡村无可挽回的侵蚀，乡村成为异己化、妖魔化的对象，这种奇特的城乡关系正是都市空间经验的扭曲式投射。"竹林里的落日，山顶的朝阳，雨天峰峦间迷漫着的烟云，水边的乌桕子和芦花，镇上清晨的鱼市，薄暮时空山里的樵人互相呼唤的声音，月下的清溪白石，黑夜里远山的野烧"②，这是施蛰存小说《夜叉》中的乡村景观，而这种本有的诗情画意却被抹上了一层鬼魅的色彩，无法疗治都市人"吃药也无法预防的"精神痼疾，因为心魔已生，被都市空间经验控制着的都市人从根本上丧失了享受自然的能力，已不能以纯粹本真的状态接触自然、融入自然，只能停留在对乡村的疏离与恐惧之中。施蛰存的不少小说如《魔道》《旅社》等都表达了这一主题，如同《夜叉》中的卞士明、《旅社》中的丁先生，《魔道》中的"我"最终都带着无尽的失望和莫名的恐惧逃回都市。可见，乡村空间如故，景观的魔幻化、鬼怪化、巫魅化、异己化乃是都市人冷漠孤独、多疑厌世心理的投射。

需要补充的是，在这一时期有关城乡冲突的城市叙事中，茅盾的《子夜》主要是基于阶级斗争的视角，展示了城乡冲突的新型关系，比如吴荪甫的家乡双桥镇发生农民暴动，吴老太爷躲避逃到上海；冯云卿本是乡间地

① 参见施晔：《近代乡愚游沪小说中的城乡隔膜与对峙》，《上海师范大学学报》2013年第4期。
② 施蛰存：《夜叉》，《中国现代文学百家——施蛰存代表作》，华夏出版社1998年版，第184页。

主，在土地革命风暴下逃亡上海，他把农民的血汗拿来换取大都会里的"寓公"生活，等等。由于这些不是小说表现的重点，这里不再具体展开。

在中国并不典型的都市比如北京，其城市叙事对于城乡关系的理解、所表达的城乡冲突也有所不同。一方面，即使是在北京叙事中，城乡冲突的文学表达也一直都存在。老舍的《骆驼祥子》就是体现都市文明批判的代表作。这部作品写的故事"主要是一个来自农村的纯朴的农民与现代都市文明相对立所产生的道德堕落与心灵腐蚀的故事"。[①]祥子这个"老中国的儿女"，从农村来到城市谋生，原本朴实热情，充满活力，但残酷现实与不幸遭遇却让他一步步走向堕落的深渊，最终被都市所吞噬。

另一方面，老舍的北京叙事构建了一种新型的城乡关系。赵园在《北京：城与人》中曾提到了北京市民的"平等感"，"出于礼仪文明，自尊大度，写在京味小说中的古城市民确又更富于朴素平易的平等感。"她认为，在北京，文化趣味之间的冲突有时候超越了城乡之间的冲突，"有礼仪文化传统和上述平等感的北京市民，在京味小说中，有一种与农民间别致的关系。张大哥视不通世故的知识分子老李为'乡下人'，小羊圈祁家人对于本来意义上的乡下人，京郊农民常二爷，却很有些亲昵。北平人的教养是使人远离乡野的，这山野之人却像是唤醒了他们渺渺茫茫的记忆，其一言一动都令他们欣喜。虽有城内城外之别，既与常二爷同属于乡土中国，深刻的精神联系，仍使北京市民较之上海弄堂中人更贴近土地些。'久住在都市里，他们已经忘了大地的真正颜色与功用；……及至他们看到常二爷 —— 满身黄土而拿着新小米或高粱的常二爷 —— 他们才觉出人与大地的关系，而感到亲切与兴奋。'欣赏那稚拙、朴野的，既出于文化优越感，又出于对丧失了的'本真'的文化怀念。能欣赏这山野般的清新，欣赏这野趣中的童趣的，又从来是传统社会里更有教养的那一部分人"，这正属于京味小说的独特韵味所在，"祁家人因'文化过熟'，才看常二爷如看儿童；老舍写常二爷亦用了相似的态度。不一定最朴素却极亲切，与大观园中人看刘姥姥的眼神不同，也与近代商业都会中人看乡下人的着眼处不同"[②]，正是这种眼光和意识超越

① 钱理群、温儒敏、吴福辉：《中国现代文学三十年》，北京大学出版社1998年版，第249页。
② 赵园：《北京：城与人》，上海人民出版社1991年版，第180—181页。

了一般意义上所说的城乡之别，于是，城是特别的城，乡也是特别的乡了。

第三节　小城镇叙事：徘徊在乡土与都市之间

城市叙事与乡土叙事的关系问题是中国文学研究中无法回避的重要课题。所谓乡土叙事，指的是乡土文学叙事，简言之，故事发生的场域乃在乡土，故事内容具有乡土情调。在当下学界，关于现代城市叙事与乡土叙事的研究较多，成果亦著，但是对两者关联的研究则并不多见。我们认为，在一般意义的城市叙事和乡土叙事之间，其实存在着一种小城镇叙事，它兼有以上两者的一些特征，并且自有渊源。

中国社会是一个传统的乡土社会，但是在古代通俗小说的范畴中却明显缺乏乡土叙事，可作的解释中，一方面固然是因为小说乃是城市生活的产物，与城市相联系当属必然，因而与乡土场域有着一定的距离；另一方面，则与乡土叙事的界定有关，在古代小说中有不少故事发生于乡土场域，虽有乡土叙事的背景，却无其内涵，因此很难将其认定为乡土叙事。"乡土叙事"的产生，有着特定的时代背景，城市未立，何谓乡土？只有城市转型逐渐获得现代品格，将城市叙事与乡土叙事逐渐剥离开来之后，乡土叙事的独特内涵才能得以呈现。换言之，只有当城市叙事完成现代转型，获得城市形态与叙事品格的双重身份识别码之后，城市与乡土就文学叙事层面才真正形成文化上的对峙。而在此前，城市叙事也只是"乡土"的一部分而已。也只有在现代转型的背景下，处于都市与乡土中间地带的小城镇，才成为一个独立的对象范畴，体现和展示小说家复杂微妙的叙述心态。

所谓小城镇，费孝通对此曾有过解释："我早年在农村调查时就感觉到了有一种比农村社区高一层次的社会实体的存在，这种社会实体是以一批并不从事农业生产劳动的人口为主体组成的社区。无论从地域、人口、经济、环境等因素看，它们都既具有与农村社区相异的特点，又都与周围的农村保持着不能缺少的联系。我们把这样的社会实体用一个普通的名字加以概括，称之为'小城镇'。"① 此类小城镇在宋元以来一般也称之为市镇。在古代小说尤其是在明清小说中,也有不少关于小城镇或市镇的描写,但是,就实际情况而言,小说作品中的乡村叙事与市镇叙事很多时候是缠绕在一起的,并不能完全区分。

一、渊源追溯:明清小说中的村镇叙事

在明清小说中,市镇与乡土的叙事很难截然分开,严格意义上的乡村叙事并不多见。我们在一些小说中,可以看见以村镇为背景的文学叙事,所描写的内容主要包括村镇的自然风光、民生疾苦、人物习俗以及商业活动和文化活动。

如《警世通言》第十九卷《崔衙内白鹞招妖》,主人公崔衙内爱好狩猎,故事由此发生,其中有一段描绘城外乡间风景:"出得城外,穿桃溪,过梅坞,登绿杨林,涉芳草渡,杏花村高悬酒望,茅檐畔低亚青帘。正是:不暖不寒天气,半村半郭人家。"② 再如《喻世明言》里的《张古老种瓜娶文女》中有一段对庄户人家田舍风光的描写:"牧童引路,到一所庄院。怎见得?有《临江仙》为证:快活无过庄家好,竹篱茅舍清幽。春耕夏种及秋收。冬间观瑞雪,醉倒被蒙头。门外多栽榆柳树,杨花落满溪头。绝无闲闷与闲愁。笑他名利客,役役市廛游。"③ 其实这些都是文人视角下的乡村景观,或出于传统,或出于想象。作为一部文人化的作品,《儒林外史》对于村镇的描绘则似乎有着更风雅的文人情调。小说写娄府两位公子三度造访杨执中家,杨宅位于离小镇约六七里的一个"不过四五家人家"的小村子里。"几间茅屋,屋后有两颗大枫树,枫叶通红","前门,门前一条涧沟,上面小小板桥",屋里,一间客座,两边放着六张旧竹椅子,中间一张书案。另有"一间草屋","是杨执中修葺的一个小小的书屋,面着一方小天井,有几树梅花,这几日天暖,开了两三枝。书房内满壁诗画,中间一副笺纸联上写

---

① 费孝通:《小城镇四记》,新华出版社 1985 年版,第 10 页。
② (明)冯梦龙:《警世通言》,中华书局 2009 年版,第 169 页。
③ (明)冯梦龙:《喻世明言》,中华书局 2009 年版,第 317 页。

道：'嗅窗前寒梅数点，且任我俯仰以嬉；攀月中仙桂一枝，久让人婆娑而舞。'两公子看了，不胜叹息，此身飘飘如游仙境……谈到起更时候，一庭月色，照满书窗，梅花一枝枝如画在上面相似，两公子留连不忍相别"，最后，杨执中"执手踏看月影，把两公子同蓬公孙送到船上"。①这样的村镇场景毕竟过于理想化以至于虚幻化。

当然，亦有不少明清小说关注乡村生活的现实，写出民众之疾苦。《喻世明言》第二十六卷《沈小官一鸟害七命》反映了乡村贫苦农民不幸的生存状态。"且说南高峰脚下有一个极贫老儿，姓黄，浑名叫做黄老狗，一生为人鲁拙，抬轿营生。父子三人，正是衣不遮身，食不充口，巴巴急急，口食不敷。""我今左右老了，又无用处，又不看见，又没趁钱。做我着，教你两个发迹快活，你两个今夜将我的头割了，埋在西湖水边，过了数日，待没了认色，却将去本府告赏，共得一千五百贯钱，却强似今日在此受苦。此计大妙，不宜迟，倘被别人先做了，空折了性命"②，这样为财自尽以留福利与子孙的行为，如不是因为生存过于艰难，怎会行之？《喻世明言》第二十二卷《木绵庵郑虎臣报冤》中的农妇胡氏则因为家贫被丈夫卖给大户人家做侧室，妇人不肯答应，"那妇人道：'丈夫也曾几番要卖妾身，是妾不肯。既尊官有意见怜，待丈夫归时，尊官自与他说，妾不敢擅许'"③。农村家庭夫妻几无法度日，可见当时贫苦农民的遭遇极为悲苦。

当然，农户的形象也是多样化的。《红楼梦》中的乡土人物最著名的莫过于刘姥姥，刘姥姥本是一个"久经世故的老寡妇"，她"膝下又无子息，只靠两亩薄田度日"，按她自己说法："咱们村庄人家儿，哪一个不是老老实实守着多大的碗吃多大的饭。"她独特的乡村视角给相关段落带来了俚俗活泼的气息，她前后三进贾府，成为见证贾府兴衰的人物。再就是乌进孝，小说第五十三回写宁府黑山村庄头的乌进孝，在岁末赶了一个多月路程进京交租，向贾珍诉苦说："年成实在不好。"贾珍看了乌进孝送上了的租单，不满

---

① （清）吴敬梓：《儒林外史》，中华书局 2009 年版，第 65、78、79 页。
② （明）冯梦龙：《喻世明言》，中华书局 2009 年版，第 250—251 页。
③ （明）冯梦龙：《喻世明言》，中华书局 2009 年版，第 208 页。

地说："真真是又教别过年了""不和你们要,找谁去!"①乌进孝的遭遇颇具代表性,是《红楼梦》中被盘剥庄户的典型。

值得注意的是,明清小说中的乡村描绘在更多情况下都是与市镇联系在一起的,商业活动成为描写的重点。比如《儒林外史》中的许多故事都发生在村镇之间,比如在"范进中举"故事中,范进的岳父胡屠户正是在集市上卖猪肉,中举之时,范进从家里抱着鸡到集市上卖。再如乐清大柳庄的匡超人兄弟两人都做些小本生意,匡超人是杀猪卖豆腐,其兄则挑个货郎担在集镇上售卖。明钱塘散人安遇时编纂的《百家公案》中的第三十六回为"孙宽谋杀董顺妇",其文曰:"话说东京城三十里,有一庄家姓董,乃大族之家。董长者生一子名董顺,以耕田为业,每日辛勤耕布,朝夕无暇。长者因思田家辛苦,一日,与儿董顺道:'为农之苦,何如为商之乐?'遂将本钱吩咐与顺,出外经商。董顺依父之言,将钱典买货物,前往河南地方贩卖。只数年间,大有所得,因此致富"②,还有《警世通言》第三十四卷《王娇鸾百年长恨》的前话:"话说江西饶州府余干县长乐村,有一小民叫做张乙,因贩些杂货到于县中,夜深投宿城外一邸店。店房已满,不能相容",写的都是农户经商致富的例子。

相比而言,明清江南地区的乡镇商业活动颇为活跃,"草市向商业集镇演变。随着草市的进一步发展和大量兴起,使一些大的农村集市成为附近地区的集散中心和城乡交流的联结点,从而演变为市镇"③,进而出现了许多远近闻名的商业市镇。如《醒世恒言》卷十八《施润泽滩阙遇友》就为我们描绘了吴江盛泽镇的商业盛况,文曰:"说这苏州府吴江县离城七十里,有个乡镇,地名盛泽,镇上居民稠广,土俗淳朴,俱以蚕桑为业。男女勤谨,络绎机杼之声,通宵彻夜。那市上两岸绸丝牙行,约有千百余家,远近村坊织成绸匹,俱到此上市。四方商贾来收买的,蜂攒蚁集,挨挤不开,路途无伫足之隙;乃出产锦绣之乡,积聚绫罗之地。江南养蚕所在甚多,惟此镇处最

①　(清)曹雪芹、高鹗:《红楼梦》,岳麓书社1987年版,第405页。
②　邱绍雄编:《中国古代白话商贾小说精选》(上册),广东人民出版社2000年版,第48页。
③　顾朝林:《中国城镇体系——历史·现状·展望》,商务印书馆1992年版,第83页。

盛。"① 再如《喻世明言》卷三《新桥市韩五卖春情》："说这宋朝临安府，去城十里，地名湖墅；出城五里，地名新桥。那市上有个富户吴防御，妈妈潘氏，止生一子，名唤吴山，娶妻余氏，生得四岁一个孩儿。防御门首开个丝绵铺，家中放债积谷。果然是金银满箧，米谷成仓！去新桥五里，地名灰桥市上，新造一所房屋，令子吴山，再拨主管帮扶，也好开一个铺。家中收下的丝绵，发到铺中卖与在城机户。"② 以上小说里提到的盛泽、新桥、灰桥等都是当时典型的市镇，是从农村的贸易中心逐渐发展成的商业集镇。还有作品具体写到市镇的商业活动，《型世言》第三回写的苏州商人周于伦就是做服装的加工和贩卖生意，一方面，将在城里批发的衣服，送到集镇去零售，获利不少；另一方面，在贩卖中为了扩大销售的数量，需要适当的加工以满足买者的特别要求，如他所说："如今我在这行中，也会拆拽……其余裙袄，乡间最喜的大红大绿，如今把浅色的染木红官绿，染来就是簇新，就得价钱。况且我又拿了去闯村坊，这些村姑见了，无不欢天喜地，拿住不放，死命要爹娘或是老公添，怕不趁钱"③，对于这些市镇商业活动的文学叙述也成为明清小说题材内容的一大亮点。

此外，明清时期的文化名镇极多，尤其是在江浙一带，市镇又成为展示文采风流的重要空间，甚至成为时人瞩目的文学中心，比如浙江的梅里（梅会里）、南浔、西塘、乌镇、塘栖等，江苏的周庄、同里、枫桥、甪直、平望等，都是天下知名的人文重镇。李详《浔溪诗征斋》云："浙西二郡嘉湖并称，嘉兴之有梅里，乌程之有南浔镇，一县之人材荟萃于此，英俊之兴，文采之选，霸举其姓氏几与名都会相埒，僻左之行省且莫逮焉。"④ 这在小说叙事中也多有反映，如《醒世恒言》卷七："却说苏州府吴江县平望地方，有一秀士，姓钱名青，字万选。此人饱读诗书，广知今古，更兼一表人才。"⑤《负曝闲谈》第一回云："却说苏州城外，有一所地方，叫作甪直，古

① （明）冯梦龙：《醒世恒言》，人民文学出版社 1956 年版，第 359 页。
② （明）冯梦龙：《喻世明言》，中华书局 2009 年版，第 40 页。
③ （明）陆人龙：《型世言》，齐鲁书社 1995 年版，第 23—25 页。
④ 余霖纂：《梅里备志》，《中国地方志集成·乡镇志专辑19》，上海书店出版社 1992 年影印阆沧楼藏本，第 343 页。
⑤ （明）冯梦龙：《醒世恒言》，人民文学出版社 1956 年版，第 131 页。

时候叫作甫里。……这角直姓陆的人居其大半，据他们自己说，一个个俱是陆龟蒙先生的后裔。明哲之后，代有达人，也有两个发过榜、做过官的，也有两个中过举、进过学的。列公不信，只要到三高祠门口，看那报条贴得密密层层，有两张新鲜的，有两张被风吹雨打得旧的，都写着贵祠裔孙某某大人、某某老爷、某某相公，攀了指头也算不了"①，可见当地文化积淀之丰厚、科名之鼎盛。

综合以上，在明清时代的文人笔下，村镇总是带有风土化、文人化、商业化的特征。由于作者皆为文人，对于底层农民的生活疾苦虽有所了解，但总体体会不深，习惯于从文人的立场和角度以想象和夸饰的方式来描绘乡村景观，有时不免过于理想。而在描绘村镇的经济活动时，作者往往顺应着时代的重商主义潮流，通过一个个村镇商贩的鲜活故事，折射出市镇日益繁荣的商业景象。另外，尤其在江南地区，因为文化积蕴深厚，许多著名市镇更成为望族汇聚、文采风流的渊薮。这些构成了明清小说关于村镇叙事的整体风貌。

二、近现代文学转型中的小城镇叙事

进入近代以来，当大都市叙事的身影日渐凸显之时，小城镇叙事也获得相对独立的地位，它开始继承和发展传统的村镇故事，如同传唱古老的民谣，它对于传统故事从内容主题到叙事结构、叙述笔法都进行了具有现代意味的改造。尽管如此，我们要强调的是，近现代文学转型中的小城镇叙事更多地表现为叙述心态上的重要转换，在大多数情况下，小城镇叙事是从乡土到城市的过渡环节，但它不是城市叙事尤其不是大都市叙事的先声，而是其后续，它处于"后都市叙事"的状态，是阅尽了都市繁华后的回归和守望。小城镇叙事作为城市叙事的重要部分，它与大都市叙事形成复杂的互动关系，它既是对大都市叙事的反动，又是不可或缺的重要补充。

与明清时代的小说叙事不同，由于叙事场景决定了人物的行为方式甚至命运结局，因而近现代的小城镇叙事赢得了更为独立的题材类型地位。无

---

① （清）蘧园：《负曝闲谈》，吉林文史出版社 1987 年版，第 1 页。

独有偶,英国以城市文学空间研究知名的学者雷蒙德·威廉斯就曾在"乡村""城市"之外富有创意地提出了"边界"这一概念,认为在英国现代社会的变迁中,存在着一个城乡交错的"边界"(border)空间。它既是乡村向城市过渡的地理空间,也是传统生活方式向现代生活方式过渡的文化空间。威廉斯对英国现代文学中"边界"空间的研究主要集中在一般所谓的"地方小说"(regional novel)中,对这类小说,威廉斯赋予了一个更形象的名字——"边界乡村小说"(border country novel)。[①] 在我们看来,这一小说类型也就是小城镇叙事。

就文化心理而言,小城镇叙事所表现的并不是我们强调的一般意义上的"精神还乡",它对于城与乡的态度都颇为微妙,对于大都市,既要逃避其喧嚣,又无法真正割舍其作为物质与文明高地的价值;对于乡村,既疏离又守望,既眷恋又批判,彼此交织,构成了城市游历者对于乡村的复杂心态。"正像小城镇位于城市和乡村间的中介形态,这种复杂性于小城镇也来得更为明显更为集中。那么,这些情况反映在文学作品上,则是审美判断与文化判断中的矛盾冲突;反映在创作主体上,则是情感与理性的两难选择。归结在一起,便是对城市或乡土的批判与眷恋。"[②]

在现代文学的城市叙事中,不少作家的创作几乎都涉及城市、乡村和小城镇,其中比较有代表性的如茅盾、鲁迅、沈从文、施蛰存、萧红、师陀、废名、沙汀等,于此都有所涉及,但各自的侧重点有些不同。"对于大多数作家而言,在城市与乡村这两种文化体系的对立中,城市就是他们现在生活的地方,虽然有那么多的厌恶与不满,这却是他们曾经追求和选择的地方,是代表着进步的现代文明的生息地,也是他们所不会放弃的";而乡村则代表着另一种生活空间,"不管它是古老的城镇还是贫穷的农村,它们都代表着过去代表着停滞、落后,是他们主动离开再也'回不去'也不会回去的地方"[③]。

现代小说在故事类型上多有继承亦多有发展,明清小说中的歌咏村镇

---

① 赵国新:《西方文论关键词:雷蒙·威廉斯》,《外国文学》2011年第3期。
② 赵冬梅:《小城故事:中国现代文学中的小城小说》,人民文学出版社2006年版,第25页。
③ 赵冬梅:《小城故事:中国现代文学中的小城小说》,人民文学出版社2006年版,第26页。

风物，表现文人情趣，展示村镇习俗等题材内容，都得到现代作家的热情呼应。在现代作家笔下，一方面，市镇是诗意的乐土，使人充满眷恋。沈从文所塑造的"边城"形象已经深入人心，毋庸赘述。沈从文的"边城"是乡土的一部分，几乎与城市文明无关。沈从文从不掩饰自己的"乡下人"立场和对城市的厌恶与嘲讽。他说："在都市住上十年，我还是乡下人。第一件事，我就永远不习惯城里人所习惯的道德的愉快，伦理的愉快"①，"都市中人是全为一个都市教育与都市趣味所同化"，"一切女子的灵魂，皆从一个模子里印就；一切男子的灵魂，又皆从另一个模子里印出；个性与特性是不易存在，领袖标准是在共通所理解的榜样中产生的。一切皆显得又庸俗又平凡，一切皆转成为商品形式"。② 有论者将他对城市的嘲讽归因为他早期城市生活中的受挫，而早期的湘西作品于他而言则是一种逃避式的自我保护，以此来对抗城市生活的苦闷和自卑。还有论者认为他是用湘西世界的"异域情调"来投合城市人的阅读心理，而与城市和城市人的对立又使他得以保持拒绝同流合污的形象。现代文学研究者凌宇对于沈从文的小说曾经提出一个"城乡对立互参模式"，用乡下人的尺子去丈量所居的现代都市，沈从文的一些小说正是典型的小城镇小说。沈从文更多的是"以乡衡城"，这代表了不少作家的基本立场和看法。③

与沈从文同时期的施蛰存对其"乡下"概念曾有评论："不是语文修养的产物，而是他早年生活经验的录音。……是他的湘西土货。"④ 如果说，沈从文的是"湘西土货"，反观施蛰存的笔下，他的小城镇叙事总是浸润在江南的烟雨中。施蛰存的《渔人何长庆》具有唯美的气息，这种唯美既表现在故事场景上，也表现在情节内容上。"钱塘江水和缓地从富阳桐庐流下来，经过了这个小镇，然后又和缓地流入大海去"，故事就发生在一个靠近江边的江南乡镇，渔歌互答，民风淳朴，正是在这样一种诗意的氛围中，作者展

---

① 沈从文：《沈从文文集》第十一卷《〈篱下集〉题记》，花城出版社、生活·读书·新知三联书店香港分店 1984 年版，第 33 页。

② 徐沉泗、叶忘忧编选：《沈从文选集》，中央书店 1947 年版，第 62 页。

③ 参见李俊国：《城乡互参模式与都市文明批判——论沈从文都市小说》，《湖北大学成人教育学院学报》2003 年第 4 期；凌宇：《二三十年代乡土小说中的乡土意识》，《文学评论》2000 年第 4 期等。

④ 施蛰存：《滇云浦雨话从文》，孙冰编：《沈从文印象》，学林出版社 1997 年版，第 29 页。

开了一个善良纯情的爱情故事。何长庆自幼丧父，与母度日，养成了勤苦耐劳的品格。他对云大伯的女儿菊贞一片痴情，可碍于云大伯与母亲的暧昧关系的流言，对此只能暗藏于心。都市文明之风吹进了小渔村，菊贞为上海的声色所迷，出走到了洋场，进而沦为娼妓。善良的何长庆不顾村民的辱骂把菊贞从都市接回家中，最后他成了拥有一个贤内助的最大渔户，过着幸福的生活。故事中有逃离，也有回归；有沉沦，亦有救赎，在风物之美外，更多的是人情之美，人性之美。小说凸显出一个主题：都市把天真的少女变成了娼妓，而乡土文化却把娼妓变回了贤慧之妇人。作者对于小镇的赞美是发自内心的，"每天上午，你从闸口镇的头上慢慢地走，向左方看，向右方看，一直走到南星桥市梢，你可以看见各种的新鲜的鱼，……腥味直送进你的鼻官，但不会使你如在都会的小菜场里那样的反胃欲呕，你只要回过头去向码头外面一望汤汤的江水，便会十分喜悦着这些美味的鲜活得可爱"，集市与码头的繁荣与喧闹"都在这明亮的清晨杂然并作"。①

　　有研究者指出："作者是用写诗的方法写着小说，或者说是用古代既成的诗歌意象来点化他的小说"，"施蛰存虽形似写实地向人们诉说着小城故事，底里是在诉说他对于现代都市与传统城镇两种文明冲突的思考，而在方法上基本与文学现实主义无甚关联。他凭借敏锐的审美感觉，结构扑朔迷离的情节，使用精致的语言来表达丰富的情感和细腻的内心体验"。②更有研究者由此感慨："施蛰存的都市始终有一个松江、苏州的乡镇作为总体的陪衬"，并包含着一个"寻找"的精神结构：到江南乡镇里巷去寻觅那不可复得的时光。③

　　当以小城镇小说这一相对独立的题材类型作为研究对象时，我们发现，在具体作品中，作家们依违之间的心态要更复杂一些。另一方面，作者们对于村镇社会的愚昧、保守与落后，以及乡民被功利意识所裹挟的自私自利意识，又多有批判。丁谛的《变》将两个十年后相遇的大学生做对比，小城的穷酸教师发现昔日能力才干都不如己的同学已成为今日的上海银行经理，办

---

① 刘凌、刘效礼编：《施蛰存全集》，华东师范大学出版社 2011 年版，第 33 页。
② 许道明：《海派文学论》，复旦大学出版社 1999 年版，第 195 页。
③ 吴福辉：《都市漩流中的海派小说》，复旦大学出版社 2009 年版，第 125 页。

事、讲演、喝酒，几乎没一样能力不在自己之上，甚至连身材之胖瘦都逆转了。都市锻造了人的才干，而小城"永远是悠闲，寒伧，庸碌的……没有竞争的，容许一个人躲藏的世界"①。在 20 世纪二三十年代，小城是简陋的，而村镇则有些荒凉。

1919 年冬，鲁迅回到了故乡绍兴，"我冒着严寒，回到相隔二千余里，别了二十余年的故乡去"。这次回乡的经历和感受以艺术化的方式呈现在小说《故乡》当中，作者远远眺望，所见的只是"苍黄的天底下，远近横着几个萧索的荒村"，内心感到无比的凄凉，"这不是我二十年来时时记得的故乡？"现实与想象的差距往往如此，记忆中的故乡早已不复存在。人事的变迁使得故乡改变了旧日模样，特别是作者幼时同伴，那个月光下用钢叉刺猹的健硕少年闰土完全不复从前的样子，"身材增加了一倍；先前的紫色的圆脸，已经变作灰黄，而且加上了很深的皱纹"，困苦的生活磨平了他的棱角，委顿的心灵开始变得世故而麻木，当他嗫嚅着叫出"老爷"来时，"我就知道，我们之间已经隔了一层可悲的厚障壁了"。作者在文末发出了深长的感叹："故乡的山水也都渐渐远离了我，但我却并不感到怎样的留恋。我只觉得我四面有看不见的高墙，将我隔成孤身，使我非常气闷。"②

沈从文似乎也有同样的感受。他在 1934 年冬天写下了回乡时的所见所思，这种感受与鲁迅有相似之处，"去乡已经十八年，一入辰河流域，什么都不同了"，这种不同不仅是外在，更多是内在的悄然变化。乡间事物的进步看似非常明显，而社会的进步，物质层面的提升，并没能掩盖人心的丧失，最让作者感到痛心的是，"农村社会所保有那点正直朴素人情美，几乎快要消失无余，代替而来的却是近二十年实际社会培养成功的一种唯实唯利庸俗人生观"③。

杜衡的《怀乡病》所感叹的是曾经淳朴恬然的水乡生活逐渐褪去了色彩。水乡边住着许多的船家，而长发就是其中之一，他家世代以摇船为生，

---

① 丁谛：《变》，《大众》1944 年第 12 月号。
② 鲁迅：《鲁迅选集》（一），人民文学出版社 2004 年版，第 58、63、64、67 页。
③ 沈从文：《沈从文文集》第七卷，花城出版社、生活·读书·新知三联书店香港分店 1983 年版，第 2 页。

在宁静的村镇时光里日复一日地守望着平静的生活。但是随着公路通行，汽车开始驶进了乡村，宁静祥和的时光似乎被打破了，更可怕的是人心也在悄然改变。长发最终决定去劫持汽车的冒险之举，似乎具有隐喻的意味，既可视为乡村文明对于机械文明汹涌来袭的强烈反抗，也可理解为时代落伍者的不知所措和歇斯底里。与此篇之立意与情节都颇相似的是施蛰存的《汽车路》，汽车路开始在乡镇间铺设，乡民关林和他的同伴们开始时充满着抵触与抗拒，汽车来了，"他们望见有一个蓝黑色的东西在他们底荒地上的汽车路上缓缓地爬行着，不停地发着波波的吼声"，不久，不满情绪就被求利心理所取代，由于路基松乱造成了汽车的侧翻，这却给关林带来了意想不到的收益，他帮助推车，由此获得了一笔小费，"在镇上又逗留了一刻，当他从原路回家去的时候，他看见有工人在那出事处修筑松陷的路身了。他揣着那六角小洋的意外之财，不觉有一种企望，倘若再有这么一注生意啊！"关林开始一次次去刨松路基，在两个星期中，"他从他底诡计上赚了六块钱"，追逐私欲而忘记为人底线，关林最终把自己送进了牢房，这充分展示了传统乡土社会中乡人的短视与愚昧。

概括而言，小城镇中的地理空间展现在空间感的与众不同上，时时与隐藏在文本中作为象征的大都市构成一种呼应，表达对于乡土传统的守望，使得小城镇叙事具有很鲜明的"文化性"；因为具有城市的基本特征，街市使得乡土社会散淡的人际交往得到一个集聚的平台，情节的发展因此获得了动力性的元素，它因此变得具有"故事性"；而依托乡村，与大都市的喧闹和繁华保持距离，营造诗性空间，因而又带有更强的"抒情性"。总的来说，对小城镇这一地理空间的选择，既是一代作家的文化选择，也是他们共同的审美选择。

第四节　现代城市叙事与"精神还乡"

丹麦文学史家勃兰兑斯曾说："文学史，就其最深刻的意义来说，是一种心理学，研究人的灵魂，是灵魂的历史。"① 现代城市叙事所体现的最鲜明的精神特征就是"精神还乡"，那么与此有关的追问就是：为何精神还乡，如何精神还乡，以及对于精神还乡的不同演绎。

为何精神还乡？一方面在于城市自身的形象，这在前文多处内容中都曾讨论过，城市作为现代机械文明的象征，对于人性的压制与异化无处不在。吴福辉在《都市漩流中的海派小说》中说："从古典'市井'到今代'都会'，城市历来的'恶'的文化性格，并无大的变化，它仍然是人世间一切罪孽的逋逃薮。"② 另一方面则在于其"家乡"的象征意义。克朗的《文化地理学》说："创造家或故乡的感觉是写作中一个纯地理的构建，这样一个'基地'对于认识帝国时代和当代世界的地理是很重要的。一篇文章中标准的地理，就像游记一样，是家的创建，不论是失去的家还是回归的家。许多文学作品中的故事验证了游记的这一规律。主人公离开了家，被剥夺了一切，有了一番作为，接着以成功者的身份回家。"③

"家园意识"或者"乡土意识"是一个很特别的概念，它有时更多是心理上的归属感或者是与特定地域的情感联系，它并不必然朝向与"城市"相提并论的那个"乡村"的概念所指。赵园在《北京：城与人》中指出："乡土关系也如人类在其行程中缔结过的许多其他关系，是对于人的抚慰又是束缚。乡土感情是由乡土社会培养并在其中发展到极致的，也将随着乡土社会的历史终结而被改造。它将日益成为诗的、纯粹艺术的感情。"④

现代都市作家在喧嚣躁动的都市律动背后，潜藏着常常以各种形式隐现于作品中的乡土情结。五四之后的文坛，启蒙与救亡日益成为创作的主流，五四作家将传统大家庭视为牢笼与枷锁，如鲁迅所说的，有着进步思想的青年"走异路，逃异地，去寻求别样的人们"；巴金创作了包括《家》《春》《秋》的"激流三部曲"，更是将"逃离家园"文学主题发挥到某种极致。但是，逃离之后便又如何？不羁的浪子在经历了叛逆的尘世游历之后，又将如

---

① 〔丹麦〕勃兰兑斯著，张道真等译：《十九世纪文学主流》，人民文学出版社 1980 年版，第一分册引言。

② 吴福辉：《都市漩流中的海派小说》，复旦大学出版社 2009 年版，第 112 页。

③ 〔英〕迈克·克朗著，杨淑华等译：《文化地理学》，南京大学出版社 2003 年版，第 60 页。

④ 赵园：《北京：城与人》，上海人民出版社 1991 年版，第 13 页。

何安放其心灵。可以比照的是，新感觉派小说中的人物往往在沉溺于大都市的灯红酒绿、声色犬马之时，内心深处却时时涌动着拔离现状的强烈渴望，渴望回归传统家园、回归赤子之心。由此，逃离与回归，恰恰构成了现代都市人生存的两难处境，也是都市人的宿命，既享受着离经叛道，挑战传统的快感，感受脱离地面的晕眩和刺激，又希望回归大地，从传统中寻求精神慰藉；既沉迷于都市的风花雪月，又对家园故旧思念不已。可以说，这几乎就是现代都市作家难以走出的一座心灵围城。①

在新感觉派小说家中，对"回归自然与家园"这一主题关注最多、开掘最深的是施蛰存。作为一位都市小说家，施蛰存具有根深蒂固的城乡二元性格。他是由乡入城作家群体的代表，他在江南乡镇长大，直到十八岁才到上海求学，因而他观察都市的视角自然与刘呐鸥、穆时英等人有所不同。有研究者将他的这些小说定义为"内含一个'寻找'的结构"，当"人类度过他的纯情时代，初恋不在，童年不再"②，他所寻找的就是精神的乡土家园。他更多地看到了现代都市文明对乡土风俗文化的浸染，他对那种静谧安宁而又古朴简雅的淳厚乡风的日益瓦解与淡化，不时流露出一种不堪回首的惋惜之情。可以说，乡土情结贯穿了施蛰存的整个文学历程。

"精神还乡"的原因是都市社会对人的异化，施蛰存的《鸥》是一篇较为典型的城市怀乡之作，故事叙述正是从都市对人的精神挤压开始的。《鸥》中的小陆是一名银行职员，他所工作的城市是当时中国最具有现代色彩的国际大都市。小陆刚由实习生而成为银行初级职员。因为来自一个临海的小村庄，能到大都市的银行工作，这让小陆感到满足，但是单调而机械的工作内容开始慢慢地改变着他的心境，"挺厚的账簿写完了一本，又送来一本，好像永远是不会写完的，而他还是这样机械地每天从早上七点钟坐到下午四点钟……"。马尔库塞在著作《单向度的人》中讨论工业社会对人的压制和奴役，对西方的工具理性给予了犀利的批判，"发达工业文明的奴隶，是地位提高了的奴隶。但仍然是奴隶，因为决定奴役的'既不是顺从，也不是艰苦劳动，而是处于纯粹工具的地位，人退化的境地'。作为工具，作为物而存

---

①　周明鹃：《乡土情结：现代都会主义小说走不出的围城》，《人文杂志》1999 年第 5 期。
②　吴福辉：《新市民传奇：海派小说文体与大众文化姿态》，《东方论坛》1994 年第 4 期。

在，这就是纯粹的奴役形式"①。银行就是一个工具理性至高无上的数学王国，小陆"在账簿上画着各种数字的组合。洁白的纸，红的线格，蓝黑色的数字和符号不断地从笔尖上吐出来：0123456789，数字，数字，数字，无穷无尽的数字，无穷无尽的 $$$$$ 啊！"小陆被彻底贬低成为数字和符号所奴役的工具。"阴郁的数字写在阴郁的纸上，那是连心也会阴郁起来"，窗外四五个一队的修女白帽子引起了小陆对鸥鸟的想象，"是的，这就是小陆所感觉的，一群白色的鸥鸟从一望无涯的海面上飞过"。"小陆已经有两年没回家了。那个村庄，那个村前的海，那个与他一同站在夕暮的海边看白鸥展翅的女孩子，一时都呈显在他眼前了。银行职员的小陆就这样地伏在他的大账簿上害着沉重的怀乡病"。鸥鸟就此成为这个银行职员故乡怀想的载体，他开始在想象中寻找精神的超脱和自由。"他不经意地翻开账簿的坚硬的封面，在那蓝色的衬面上随意地画下了他所想象着的鸥鸟。……他计算着，并且自己欣赏着这些具有各种不同的姿态的鸥鸟，一共是四十只"，"四十只，为什么是四十只呢？小陆曾经一瞥眼看到那座右的日历：31，光泽的黑字跃然于纸上，这是今天，这是月底，这是发薪水的日子！四十元。是的，今天是轮到他第三次领取月薪四十元的时候"，因为一瞥眼看到日历上的 31，这是发薪水的日期，他无意间画下了代表四十元薪水的四十只鸥鸟。②

在施蛰存的《闵行秋日纪事》中，他描画了美丽的自然，当时秋高气爽，天色垂暮，大树与土堆静静地矗立，五彩之天色为之勾勒出金色的轮廓，老年乡民在田间掘芋，牧羊人在野地上斗草，炊烟四起，犬吠人呼，面对这久违的自然景观，作者发出了由衷的感叹："对着这样的景色，憬然地冥想着我身如在米莱（Millet）的画幅中。我是这样久远地离绝了乡村了！"③

前面提到的施蛰存的《渔人何长庆》，通篇弥漫着江南小镇的气息，文中不乏对乡村自然风景的描绘："这个小镇魅惑人的地方，还不仅是这些小山的故事，它又有一种满带着鱼腥的江村的景色，足以使人慨然想起了我们

① 〔德〕马尔库塞：《单向度的人——发达工业社会意识形态研究》，重庆出版社 1990 年版，第 29—30 页。
② 吴欢章主编：《海派小说精品》，复旦大学出版社 1996 年版，第 321—324 页。
③ 施蛰存：《施蛰存精选集》，北京燕山出版社 2006 年版，第 96 页。

的富饶。"就是在这种如梦如烟的氛围中，作者展开了对这个优美而凄凉的爱情故事的叙述，民风淳厚的江南小镇吹拂着温馨的江风，渔人何长庆对于爱情的守望令人感动。小说中的乡镇风俗民情、自然景观始终遥遥地与大都会形象形成参照，大到作为"善恶"势力的隐喻，小到不同的市井气息的呈现，当小说写道："村市也能给人一个美好的印象"，我们觉得其中大有隐喻的意味。①

对于《渔人何长庆》，如果换一个"回家"角度进行阐释，同样能够抵达作品的精神深处。作品讲述的是一种特殊类型的归家。菊贞不满于她爹把她许配给长庆，更对乡村的生活不满，她向往大上海。她以为出走可以实现个人的梦想，但她遇人不淑，在上海掉入地狱。后来，长庆把她领回家，过着男主外、女主内的幸福家庭生活。如果说"出走"解构儒学家庭主义，那么，海派文学中的"回家"则是对家文化的体认，它彰显了儒学家庭价值观，"回家"一方面消解个人主义，另一方面则将个体融入家，凸显家的重要地位。

穆时英的《街景》将"回归家园"这一主题演绎得更加哀怨而迷离。老乞丐在年轻的时候辞别亲人，满怀着发财的希望来到上海，在给家人的信里，曾经充满喜悦和无限的憧憬，"我已经到了上海，住在金二哥家里，叫他们安心。上海真好玩，有马车，有自来火灯……你就说上海比天堂还好看，我发了财接他们来玩。上海满地是元宝，我要好好儿地发财，发了财再告诉他们。也许明天就会发财的。"结果，事与愿违，时局动荡，手头仅有的财物被人劫掠，身体日益羸弱，小说中叙述意识的散漫流动，"真想回家去呢！死也要死在家里的，家啊！家啊！"②让"真想回家"的主题如同潮水一般浸润全篇，最后，象征都市文明的火车无情地碾碎了他的病弱的身躯，老乞丐最终陈尸街头。残酷的结局在让人领教都市的冷漠无情的同时，又使人感到莫名的恐惧与绝望。《街景》仿佛是一曲回归家园的哀歌。

黑婴的《五月的支那》所描写的也是相近的主题，一个水手辗转于天涯海角之间，因为长期飘零异乡，总为"怀乡病"所困扰，感到精神疲惫、内心痛楚，思念着母亲和家园，渴望回归。穆时英的《夜》写了一个在各港口

---

① 周明鹃：《乡土情结：现代都会主义小说走不出的围城》，《人文杂志》1999 年第 5 期。

② 穆时英：《白金的女体塑像》，百花文艺出版社 2006 年版，第 129、131 页。

之间漂泊的水手，他饱尝了孤独与寂寞的况味，"家在哪儿啊？家啊！"他跑到上海的舞场去寻找精神的寄托，"喝醉了的人是快乐的 —— 上海不是快乐的王国吗？"在那里，他与一个同样寂寞的女子萍水相逢，两人慨叹"都是没有家的人啊！"而那个四处找鼻子的醉鬼，反复念叨的也是"我要回去了，回家去了"。

沈从文的小说并不以都市叙事见长，其关于都市叙事的作品也并不典型，但是对于城乡冲突的感悟却似乎是最为敏锐的，"我爱悦的一切还是存在，它们使我灵魂安宁，我的身体却为都市生活揪着，不能挣扎。两面的认识给我大量的苦恼，这冲突，这不调和的生命，使我永远同幸福分手了。……坐在房间里，我耳朵永远响的是拉船人的声音，狗叫声，牛角声音。"[①] 正如有研究者所指出的那样，"沈从文之于现代都市，似乎出自先天的敌视"，"对都市人性的指斥，对都市'文明'的怀疑与批判，沈从文这种写作姿态，在现在中国作家中，最为激愤最为鲜明"。他对于"精神还乡"的表达似乎也最为决绝。[②]

1931 年沈从文创作的短篇小说《虎雏》看似说的是乡土无法融入城市的悲哀，实质上可以说是有关"精神还乡"的文学寓言。小说中的"我"有个做军官的"六弟"，而虎雏则是他的勤务兵，当他与"六弟"来到上海，"我"对这个乖巧少年极为赏识，希望通过环境熏陶和积极培养，使他获得更好的发展平台。然而，大都市富裕的物质条件，优秀的教育方案，并不能使虎雏洗去乡野的雄蛮，最终虎雏同伙伴外出，在上海外滩打死了一个城里人，伙伴亦被打死，只好只身逃走了。小说叙述的是都市文明对乡野人性的"改造"，结果适得其反，通过虎雏的"改造"失败经历，沈从文表达了对都市生活秩序与规范的反思，"至于一个野蛮的灵魂，装在一个美丽盒子里，在我故乡是不是一件常有的事，我还不大知道；我所知道的，是那些山同水，使地方草木虫蛇皆非常厉害"[③]。

---

① 沈从文：《生命的沫·题记》，《现代文学》1930 年创刊号。

② 参见李俊国：《中国现代都市小说研究》，中国社会科学出版社 2004 年版，第 109 页。

③ 沈从文：《沈从文文集》第四卷《虎雏》，花城出版社、生活·读书·新知三联书店香港分店 1982 年版，第 175 页。

其后创作的小说《三三》，借助一个孩子的视角展示了"乡下人"对城里无法言表的恐惧与绝望。十五岁的三三保持着孩子般的纯真与纯朴，完全不被尘世所沾染，整日与河里的鱼和溪边的鸭子为伴。后来偶遇一个来乡下养病的白脸少爷，一度引发她对城市的好奇与向往，希望像门前的溪水"什么时候我一定也不让谁知道，就要流到城里去，一到城里就不回来了"。结果过不多久，"城里人"却因痨病而死，三三怅然若失，"站立溪边，望到一泓碧流，心里好象掉了什么东西，极力去记忆这失去的东西的名称，却数不出"，心中刚刚萌发的一点城市想象就这样被无法描述的恐惧所笼罩。在小说中，"城里人"患"痨病"而死显然具有象征的意义，形成鲜明对比的则是淳朴而充满活力的"乡下人"，这种并置与对照体现了沈从文对于乡土文化价值的推崇和钟爱。[①]

如果以人类学的角度进行追本溯源，可以发现"精神还乡"的某种必然性。"城市与乡村都是文明的不同类型，人的宇宙性的形式，也都属于文明的范畴。而一切文明的形式，都无法脱离自然的基础。人类归根结底是大自然的一个物种，对于大地的情感依恋，是共同的诗性家园的想象，而远离自然的尴尬文化处境，则激发着永恒的乡愁。"[②] 可见，故土依恋似乎是人类情感的本质属性之一，也由此衍生了人类以此为主题的各类文学艺术表达的恒久魅力。同时，我们也要清醒地认识到，"精神还乡"实际上并不能轻易实现。对更多的人来说，回归家园的梦想也许始终无法实现，因为家园及其所代表的文化已经不复存在，因此，渴望皈依换来的是无所皈依，一次漂泊的结束只是另一场漂泊的开始，因为经典的文学与现实相比，往往体现出其深刻性与超越性，它所洞察的是精神层面的真实，人的意志与现实的冲突如果永不停止，人生的悖谬感就会不断驱赶着现代人不断探寻着、漂泊着，行走在路上。

①　李俊国：《城乡互参模式与都市文明批判 —— 论沈从文都市小说》，《湖北大学成人教育学院学报》2003 年第 4 期。

②　季红真：《小说：城市的文体》，《文艺争鸣》2006 年第 1 期。

余 论 城市叙事流变的文化启示和当代意义

在 20 世纪 30 年代海派城市叙事繁荣之后至今的八十余年间，中国的城市叙事历经时代变革，几度起落，在 21 世纪呈现新的繁荣局面。当我们梳理这段历史时，可以将之大致分为四个阶段，四种不同的发展状态：20 世纪 40 年代的承继，50 年代至 70 年代的断裂，80 年代的回归，90 年代后的勃兴。40 年代后的城市叙事并不作为本书探讨的主要对象，但是历史毕竟后波连着前波，我们无法忽略这个前后相续的整体。作为一点余论，本章试图探讨、梳理和总结中国城市叙事的历史流变，对于当下的城市小说创作来说，又能够提供哪些有益的借鉴和启示。

第一节 承继、断裂、回归与勃兴：20 世纪 30 年代后的中国城市叙事

正如前文所言，现代小说城市叙事大致按照城市民俗、日常生活体验、商业贸易、都市情调四个方向和路径发展演进。20 世纪 40 年代城市叙事的典型作家显然是张爱玲。张爱玲小说将日常生活体验与都市情调融为一炉，其艺术表现技艺达到炉火纯青的程度。

张爱玲小说文本对繁富的日常生活景象的展示给众多读者留下了深刻的印象。与"五四"新文学运动以来沉溺于宏大叙事（民族国家、历史、革命）之中的主流作家不同，她构筑的文学世界，从某种意义上说是一个以日常生活为主体的世界，与恢宏壮阔的时代的重大问题保持着若即若离的暧昧

关系。张爱玲小说对于日常生活欲望运行方式进行了精细的考察，这种艺术感悟力很大程度上是从传统小说中汲取了灵感。如《金锁记》《倾城之恋》《红玫瑰与黑玫瑰》等日常生活叙事，正深刻展现了都市欲望在俗世中挣扎的各种演绎方式。正因为它如此曲折、迂回，还处于创作早期阶段的张爱玲就曾发出过哲理诗人般的感叹："生命是一袭华美的袍，爬满了蚤子。"① 她敏锐地指出，人生本就有不可摆脱的两面性，既可能织就了华美而欢畅的诗篇，也可能是交织成坎坷与悲凉的残章。

张爱玲小说对于现代城市叙事的更大意义在于她对于多个城市的记忆与想象以及城市影像之间的叠合与交错。"在张爱玲的小说中，香港承受着双重注视：来自英国殖民者的和来自中国上海人的。在她的散文《到底是上海人》中，张爱玲说她为上海人写了一本'香港传奇'，说'写它的时候，无时无刻不想到上海人，因为我是试着用上海人的观点来察看香港的'。她虽这样说，但还是给后来的读者提出了一些棘手的问题：张爱玲小说中对于香港的东方色彩的铺张罗列是对一个殖民社会的讽刺还是一种现实主义的描述？什么是上海人的观点？它与英国殖民者的观点有何不同？这两个城市，都是英国在亚洲殖民入侵的历史产物，关于它们之间错综复杂的关系，我们能说出什么来？张爱玲以她非凡的洞见也看出了这两个城市之间不寻常的关系。"② 可以说，她的《沉香屑 第一炉香》等作品中的香港叙事，深刻验证和生动演绎现代文学中的上海与香港这一"双城记"，从而与历史上的长安与洛阳，开封与杭州，南京与北京等多对双城遥相呼应，延续了中国城市叙事中关于"双城"的城市传奇。

新中国成立后的城市叙事具有鲜明的时代特征。萧也牧的短篇小说《我们夫妇之间》写于 1949 年，它恐怕可以说是当代文学中最早的城市题材小说了。小说展示的是解放初期一对夫妇之间的矛盾冲突，丈夫李克是参加革命多年的知识分子干部，妻子张英则是曾当过童养媳，后加入革命的工农兵，他们在革命过程中结合。但进城后，彼此就因出身背景和价值观的不同而产

---

① 许道明、冯金牛选编：《张爱玲集：到底是上海人》，汉语大词典出版社 1995 年版，第 131 页。
② 李欧梵著，毛尖译：《上海摩登——一种新都市文化在中国 1930—1945》，北京大学出版社 2001 年版，第 338—339 页。

生争吵和摩擦，丈夫李克身上还带有小资产阶级观念，在进入北京城后逐渐显现，而出身贫民、性格刚直的妻子却无法忍受他，两人不同的观念及互不妥协的态度，成为夫妻之间的主要矛盾。小说较为鲜明地突出了当时所倡导的"改造城市"的时代主题。

到 50 年代后，受意识形态强化的影响，城市生活中特有的生活情趣已不能被正常接受，城市生活被简化成贪图享受的代名词，城市也被视为资产阶级腐化堕落的象征符号，比如《霓虹灯下的哨兵》等作品就自然地将城市设定为革命与改造的对象。周而复的《上海的早晨》是一部以上海为背景、全景式书写资本主义工商业进行社会主义改造的长篇小说。小说以民族资本家徐义德为主人公，真实地反映出 20 世纪 50 年代前期各阶级、各阶层的生活状态和精神面貌，第一部于 1958 年在《收获》发表，并于当年下半年出版。这部小说在城市空间展示和城市人物群体的塑造上的确具有丰富性，庞杂的资产阶级人物群体被作为塑造主体，城市意象的密集呈现，城市空间的突破，日常生活的回归等，都提示了城市文学发展的某种可能，但这种可能却很快边缘化。社会主义工商业城市的起源、发展和演进被要求纳入社会主义革命的话语系统中加以解释，作家们被要求厘清社会主义国家城市想象中的"现代性"特征，一方面凸显了国家意义上的公共性、组织社会与大工业逻辑等特性；另一方面则强调反资本主义的意识形态。①这种以阶级意识观照的创作在此后的革命样板戏中体现得更为充分，比如《海港》是样板戏中唯一以当代大都市生活为题材的剧目，故事以京剧和电影的方式呈现，主要的剧情与国际化大都市中的外贸海运有关。在海港的装运码头，原属于中产阶级的专业技术人员钱守维利用调度员的身份搞破坏，装卸队党支部书记方海珍发现错包事故，立即发动群众，追查事故起因，揪出了阶级敌人。城市空间由此成为阶级斗争的舞台。

20 世纪五六十年代的城市叙事如《年青的一代》《千万不要忘记》《万紫千红总是春》等，在价值立场上，以突出国家公共性为主要追求，个人私性、日常性与消费性大都被忽略或漠视。随着社会主义建设不断推进，工业

---

① 张鸿声：《"文学中的城市"与"城市想象"研究》，《文学评论》2007 年第 1 期。

题材成为城市叙事中最被关注的题材内容，老作家如艾芜、草明、萧军等以及新涌现的工人作家胡万春、唐克新、万国儒、陆俊超等推出了一系列作品，草明是这一领域最早的探索者也是主要代表。从1945年到1964年间，草明一边在哈尔滨、牡丹江和沈阳等地的工厂承担具体工作，一边体验生活、从事文学创作。她从东北解放区的工业建设落笔，先后创作了《原动力》《火车头》《乘风破浪》《神州儿女》等作品，以较为独特的视角，展开了对产业工人在城市化进程中的生存状态的书写，尤其是《原动力》将前工业时代那种"力"的美生动地呈现出来，成为非常珍贵的历史遗存，也为当代工业题材小说奠定了美学基调。在当时政治意识统领一切的背景下，她仍对都市工业小说进行了积极的艺术探索，她作品的成就和缺失都具有一定的启示意义，草明也因此被誉为工业文学创作的"第一人"。[①]

20世纪80年代城市叙事开始回归，带有地域特色的城市民俗叙事成为这一时期的主体。其实20世纪80年代以来中国城市文学的创作一开始就是从具有地域属性的文学作品出发的。1980年陆文夫创作了"小巷人物志系列"，代表作如《小贩世家》《美食家》等，将目光始终聚焦在苏州小巷中，他曾颇为深情地自述："我也曾到过许多地方，可梦中的天地往往是苏州的小巷，我在这些小巷中去过千百遍，度过了漫长的时光；青春似乎从这些小巷中流走的，它在脑子里冲刷出一条深深的沟，留下了极其难忘的印象。"[②]陆文夫的城市风俗叙事往往是大处着眼，小处落笔，借风俗以写社会流变，因此，他的社会生活风俗小说大都概括出一个时代的政治经济面貌。陆文夫总是把风俗小说的凡人小事推向历史和哲学的制高点，从细微的生活现象中展现深广的政治经济关系和人情世风的变换。

1984年刘心武的《钟鼓楼》发表。这部当代城市生活题材的小说以北京钟鼓楼下的一座四合院中的9户人家为核心，以其中的薛家婚宴为主线，反映了近40个人物的经历、命运、心态及种种纠葛。顺着他们的生活轨迹，把视线投射到北京生活的各个领域，以精细的笔调描绘了一幅北京市民生活的"清明上河图"。刘心武在小说中很重视历史感的开掘和表现。他在卷首

---

① 巫晓燕：《再论草明工业小说中的精神资源》，《文艺报》2017年7月24日。
② 陆文夫：《小巷人物志》（第一集），中国文艺联合出版公司1984年版，第1页。

题词中写道:"谨将此作呈献:在流逝的时间中,已经和即将产生历史感的人们。"[1]那古老的钟鼓楼便是那悠悠岁月的象征,也是流动着的历史的见证。《钟鼓楼》的历史感不但产生于历史的回顾和思索中,更重要的是,城市叙事在时间空间的维度和坐标中,探索社会生活发展的可能走向。

20世纪80年代关于历史民俗的城市叙事成为潮流,除了上述的作品外,北京叙事主要有:陈建功创作了《京西有个骚达子》《丹凤眼》《辘轳把胡同9号》等;邓友梅出版了《那五》《烟壶》《话说陶然亭》《京城内外》等。天津叙事则以冯骥才为代表,冯骥才创作于20世纪80年代的《三寸金莲》《神鞭》《阴阳八卦》都是描写天津卫的城市传奇。上海叙事则有1985年程乃珊的《女儿经》、1988年俞天白的《大上海沉没》等,都是写上海的日常生活故事。还有林斤澜的温州叙事,他的"矮凳桥风情"系列小说以故乡温州的家乡人和事为题材,融现实生活和民间传说的叙述于一体,描绘了一幅幅如梦如幻般的温州风俗画面。

20世纪90年代以来城市叙事勃兴,呈现出多元化的文学品格,对于城市的日常生活体验与欲望书写成为主流。到了90年代,随着市场经济开始发展,中国城市才开始实现真正的蜕变,新型经济关系的建构使得城市空间变得日益多元,被欲望鼓励着的"竞争"逐渐成为城市的基调。至少有三种类型的城市叙事值得关注。

首先是对80年代城市叙事的反思、总结和深化,强调文化的涵育和积淀以及对城市历史品格的检视与沉思。在此方面,贾平凹的《废都》与王安忆的《长恨歌》显然是主要代表。贾平凹在80年代推出了《小月前本》《鸡窝洼人家》《腊月·正月》等"商州系列"小说之后,1993年发表了《废都》,从乡村文化书写进入到城市文化反思。在《废都》中,作者运用寓言体的形式,以变形、夸张的手法,幻化出知识分子在都市环境中的变异,废都虽然表面繁华,却是"鬼魅横行的舞台"。小说主要记叙作家庄之蝶、书法家龚靖元、画家汪希眠及艺术家阮知非"四大名人"的起居生活,展现了浓缩的西京城形形色色的"废都"景观。作者以庄之蝶与几位女性情感的纠

---

① 刘心武:《钟鼓楼》扉页题词,人民文学出版社2005年版。

葛为主线，以阮知非等诸名士穿插叙述为辅线，笔墨浓淡相宜，体现出作者独特的美学理想。《废都》是传统文化滋养的一代知识精英在现代都市社会绝望和幻灭的挽歌，是人文知识分子在 20 世纪末颓废情绪的大曝光。主人公庄之蝶的心态及命运，在相当程度上已成为社会转型期部分知识精英的精神缩影。由于大量的性描写，该书在国内饱受争议，一度遭禁，2009 年《废都》再度出版，并与《浮躁》《秦腔》组成《贾平凹三部》。

王安忆的《长恨歌》（1995）不仅表达出城市怀旧亦有如同城市史诗的追求。对都市生活的叙述温婉感人，令人难以释怀。《长恨歌》叙述了王琦瑶从 20 世纪 40 年代至 80 年代的人生经历，历史跨度颇大，在这漫长的岁月中，上海显然经历沧海桑田般的巨大变革，裹挟在历史洪流中的人生也都无一例外地发生转变。王安忆的笔调是富有热情的，她既是历史风云的记录者，又是上海弄堂岁月的守护人。主人公王琦瑶只是出身于上海弄堂的普通女子，虽然相貌美好，却非风华绝代，她静默隐忍，仪态从容，工于心计，就像上海的大多数女人一样，苦心经营着自己的人生。小说的笔法细致从容，这是《海上花列传》、张爱玲作品以来大上海叙事形成的传统，小说书写了王琦瑶虽然平凡但又不乏优雅、精致的生活景象，表现的正是曾受过历史风习熏染的普通市民面对日常生活时的坚韧、执着与忍耐，所指向的乃是城市历史的纵深，这部小说希望探寻的是"城市的街道，城市的思想和精神"①。

第二类是"新市民小说"。20 世纪 90 年代"新市民小说"的出现有着特定的历史、社会和文化背景。它传达出中国社会处于转型期的特殊的文化境况，揭示出市场化日益渗透的意识层面对旧有的思想观念造成的冲击与碰撞；在人性的表现方面致力于描述"饮食男女"，强调城市中的日常生活体验。90 年代的新市民小说，以王朔、池莉等人为代表。

在当代文坛，王朔已成为文化符号，其小说因对于当代市民文化资源的充分开掘和利用而拥有了鲜明的个性标记。他在《玩的就是心跳》《顽主》《动物凶猛》《看上去很美》等小说中塑造了一系列的"顽主"形象，这些顽主生活在城市的底层，没受过高等教育，没有正式工作，他们不断出入于各

---

① 齐红、林舟：《王安忆访谈》，《作家》1995 年第 10 期。

种娱乐场所，在他们的生活世界里，以物质欲望和性爱为中心，以游戏作为生活态度。他们的性格具有两面性，既趾高气扬、目空一切，又自轻自贱，对权威话语和知识分子的精英立场进行调侃和嘲讽，无论是语言还是行为都表现出对于规范和秩序的强烈反叛。对于中国当代城市叙事而言，20 世纪八九十年代这些个性十足的都市叛逆者形象的出现具有革命性的意义，他们以一种极致的市民趣味对长期以来在理想主义规约下之人生模式进行强烈反拨，宣示了城市人生的另一种可能。

池莉的新市民小说开始于 20 世纪 80 年代末出版的《烦恼人生》，这开启了她关注市民日常生活的写作模式，代表作有《生活秀》《来来往往》《汉口情景》等，她的作品大部分体现了武汉的特色，她写的人物大部分也和武汉有关，可称为"汉味小说"。在她笔下，没有了国家层面的宏大叙事，有的只是琐琐细细的生活流程、市井百态，缓缓推进的生活流在池莉笔下被艺术地处理成"生活秀"。这种写作姿态因与当下社会世俗化取向关系密切，而被社会充分认可与接受。随着市场经济的高速发展，理想主义情怀逐渐褪去，人们希望回归平淡踏实的生活。池莉的作品应和了这种社会心态，不仅在精细的市民生活刻画中表露出了浓浓的世俗情怀，也正面表现出对市民生活理想、价值观念、行为方式的认同。

第三类是关于迷乱都市的欲望叙事。张欣、何顿、邱华栋、钟道新、唐颖等人的许多小说也都从各个侧面对当代大都市的变幻莫测、物欲横流作了多方位的描述，同时对都市民间叙事话语有着明显展示。在这些小说家当中，邱华栋被认为是当代中国城市小说中最能抓住时代特征和都市脉搏的作者，他创作了大量都市题材的作品，主要有中短篇小说集《手上的星光》《都市新人类》《把我捆住》《摇滚北京》等，长篇小说《城市战车》《花儿花》等。邱华栋的都市小说往往采用由浅层扫描到深层勘探的方式，表现都市人生存与生活样态及其各自的现代性特质。在其笔下，活跃着形形色色的都市人，既有原住民，也包括都市闯入者。他以独到的观察和精确的笔调，记录了城市在瞬息万变发展中所带给人的心灵震颤，他既侧重呈示都市生活之表象，又关注向都市生存的实质的逼近；既擅长捕捉都市人生存方式、生存样态的新变，又善于剖析其生存本真之所在。他特别关注都市繁华的表征，对于都市空间予以具体而真切的刻画，作品中的许多地点都是实有其名，比如反复出现的王府井饭店、硬石酒吧、赛特购物中心、凯莱大酒店、奥斯菲尔斯俱乐部等。邱华栋从城市地理学入手，看到了城市里鲜明的建筑符码以及其所代表的城市物质力量，在建筑中除了有声色光影，物质压迫下人的异化、都市爱情的物化，也有着奔跑的思想和不羁的灵魂，人们进行着抵抗物质、高扬理想主义的突围表演。[①]

"70 后女作家"也在都市的欲望叙事中扮演了重要角色，比如卫慧、棉棉、周洁茹等人的写作集中展示了在城市生存背景下成长一代的焦灼和欲望，她们的作品总是在写"我"，写个体膨胀的欲望，对于性生活描写持大胆开放的姿态，以表达对流行时尚的极致追求。典型作品如卫慧的半自传小说《上海宝贝》，1999 年由春风文艺出版社出版。小说采取第一人称的叙事视角，故事主要是描述上海女作家 CoCo 与中国男友天天、德籍男友马克之间的三角恋情，小说除了毫无节制的性交描写外，其中还充斥着女性手淫、同性恋和吸毒等内容，由此引发了中国文坛的广泛争议，也使中国年轻一代对该书趋之若鹜，该书随后被官方禁售。

21 世纪以来，城镇化步伐进一步加快，对于城市空间产生最大影响的则是数以千万计的农民工涌入城市，他们进入了城市的各行各业，逐渐成为城市的主体，这改变了城市空间格局，也改变了城市叙事的原有着力点，一大特点即是农民工题材蔚为热潮。正如马克思所说："物质劳动和精神劳动的最大一次分工，就是城市和乡村的分离。……它贯穿着文明的全部历史直至现在。"[②] 人类社会发展到工业文明时代，城市化进程促成了城市与乡村的重大分化和重组。城乡既存在对立和分化又有着无法割断的紧密联系。"乡下人进城"正是在城乡分化与联系的意义背景下产生的一种内涵丰富的社会现象。在 21 世纪，农民工题材基本成为城市叙事的主体。影响较大的有尤凤伟的《泥鳅》（2002）、李佩甫的《城的灯》（2003）、北村的《愤怒》（2004）、贾平凹的《高兴》（2007）等小说。

---

① 杨新刚：《浓得化不开的都市情结——邱华栋新都市小说表意文化内涵探析》，《百家评论》2016 年第 6 期。

② 《马克思恩格斯选集》（第一卷），人民出版社 2012 年版，第 216 页。

新世纪以来的农民工题材小说将当代语境植入传统的"乡下人进城"题材中，农民工的形象有了较大的改变，从野性到文明，从卑微到自信，从懦弱到自强，比如贾平凹《高兴》中的刘高兴，别人说他不像农民，他也觉得"我的确贵气哩"。但城市的形象并没有发生大的改变，总体而言，城市这个用钢筋混凝土构建的巨大怪兽，还是负面的和否定性的，不断地诱惑着、吞噬着满怀着幻想，希望通过劳动实现致富梦的农民工。但是，作家们对此的态度大多是悲观的，农民工始终无法在城市的水泥路上扎下自己的根，总是扮演局外人的角色，未能真正融入城市。对于他们中的大多数人来说，城市生活终究只是一个海市蜃楼。城市想象成为农民工书写的悲剧之源，也是其中苦难叙事的主要载体。

新世纪的另一特点是网络时代的全面到来，网络写手推出的城市叙事堪称一场全民的狂欢。在"自媒体"的时代背景下，80后作家登上了文坛，这是一个网络文学登高一呼、应者云集的时代，网络不断推动以郭敬明、慕容雪村、安妮宝贝等为代表的写手队伍一路高歌猛进、气势夺人。无论以纸媒为主体的作家们是否承认，当代文学的版图面貌已霍然改变，一个类型化写作的华丽时代已经到来。考察网络文学中的城市书写，题材内容范围广泛，涵盖都市生活的方方面面，比如浪漫情缘、家庭伦理、商业竞争、职场生涯、政界沉浮、明星逸闻、豪门情仇、市井纪实等，为了博取眼球，小说标题也是"语不惊人死不休"，或香艳入骨，或惊诧悬疑，比如《同居万岁》《首席的危险情人》《终极黑客》《财色》《重生之官道》《娇妻十八岁》等。从审美特征上来看，作品具有世俗化、大众化的特点。比如郭敬明的《小时代》对于奢靡之物质生活的张扬与渲染，人们匍匐在拜金主义的脚下；慕容雪村的《成都，今夜请将我遗忘》描绘了在生活的磨砺与残酷的竞争下人性的沉沦，都市露出了令人窒息的面影；安妮宝贝的《告别薇安》《八月未央》等作品则往往选取颇具小资情调的酒吧为故事场景，以忧伤的笔触抒写着凄美的爱情。

时至今日，随着城镇化的步伐继续高歌猛进，城市不断扩容，功能日趋完善，从乡村到城镇的跨越更为便捷自如，自古而有的城市体验和反思还在继续，人与城市的关系不断被建构，城市叙事依然还在继续。回顾历史，如果说先秦至唐代，是以国家性等为中心的**"单质型空间叙事"**，宋代至清中期，是以世俗性等为中心的**"交互型空间叙事"**，清晚期至近现代，是以现代性为中心的**"感悟型空间叙事"**，那么新中国成立以来尤其是新时期以来，就是以去中心化为特征的**"重塑型空间叙事"**，许多传统主题依然不断被赋予新的时代内涵，而城市叙事的中心主题已经不复存在，我们看到的是在充满了现代文明标识的街道上，一个又一个人声鼎沸、众语喧哗的场景正在上演。

第二节　回望与借鉴：城市叙事流变的文化启示

前面我们粗线条地勾勒了 20 世纪 30 年代以后城市叙事的发展脉络，总结梳理的一个重要价值在于借鉴反思，所谓"鉴往知来"。那么，城市叙事之古典传统以及现代转型到底给中国城市叙事带来怎样的经验和影响，通过一个回望的超长视角，也许可以因此获得答案与新的启示。

当代城市内涵之丰富是空前的，正如李洁非指出："城市文学作家从来不曾像现在这样，拥有一座似乎取之不尽的题材库，生活源源不断地产生着新的职业！新的人群！新的'活法'！新的欲望！新的压力！新的危机！新的时尚！新的理念！所有的人不得不从旧生活形态里走出来，被卷入急剧变化中的新矛盾的漩涡。"[1]这是一个城市的新纪元，具有时代气象的城市生活为我们提供丰沛的情感、多样的素材，总体而言，我们当代的城市叙事也因此灵动起来、丰富起来。可以说，无论是历史还是现实，中国城市的复杂和多样性在全世界都是少见的，城市故事的丰富性同样令世人瞩目。但是，另一方面，我们也应该看到，与我们瞬息万变、鲜活灵动的城市生活面貌相比，我们的城市叙事还是存在诸多不足，最大的遗憾就是不少作品将本来绚烂多彩的城市描摹成"千城一面"，有研究者将之总结为一种普遍的重复现象："作家重复自己或互相重复。当读者翻开不同作家的作品，第一感觉是大多数作品似曾相识，从场景、主题、情节到人物都近于雷同"[2]，也有学者

---

① 李洁非：《城市像框》，山西教育出版社 1999 年版，第 99 页。

② 黄俊业：《当下城市文学发展面临的困境及出路》，《当代文坛》2004 年第 1 期。

指出"与活生生的中国城市比较起来，文学想象的中国城市沦为种种观念覆盖着的'看不见的城市'"①。

之所以如此，我们认为，其根本原因乃在于中国城市叙事缺乏必要的理论自觉，不知自己从何处来？将往何处去？写作者对于城市叙事的历史几乎不甚了解，对于城市叙事的各种路向也茫然无知，更奢谈总结城市叙事的成功经验。我们下面的追问是，我们能够从历史传统中获取什么？对于传统的解析能否让我们穿越认知的迷雾，汲取足够的经验与智慧，更为自觉自信地前行？

检视城市叙事在从传统到现代的流变，主题内涵、题材内容、叙事方式，抑或美学特征、文化意义，有些彼此相通，有些则存在质的区别，或异中有同，或同中有异，实有必要对这些问题加以全面的分辨思考。

一方面是本体上的追问，也就是关于人与城市关系的文化解读，这在本书关于小说叙事的"城—都—市"主题演进的段落中已有初步讨论，这里试加以重申。探讨哲学意义上人与城的关系，大体可包括三种类型的嬗递：在初级阶段，城市代表的是一种可以隔离危险、拱卫人群的军事力量，城与人是简单的保护与被保护的关系，核心城市的这种军事力量后来逐渐发展为国家力量；到了中级阶段，人与城关系变得复杂，表现出更多的互动与交流。城市作为政治中心的地位凸显出来，无论是亲近，或是疏离，城市的政治辐射力使得民众无可逃避，城市对于民众的政治规训日益明显；随着城市的高度发展，进入到成熟乃至于极化的阶段，城市逐步发展为以商业活动、生产生活活动等为要素的社会综合体，民众自觉或不自觉融入城市生活当中，逐步向立体多元化的城市人发展。在这过程中，是城市压抑个体，还是个体反压制发出呼声，人与城之间日益形成了更复杂、更内在的交互与对峙，也使人城关系进入到高级阶段。

从另一个角度来看，城市叙事所表达的人对城市的认识，可分为城市观览、城市体验和城市反思三个层次，这三方面并不完全对应前述的这种关系属性。城市观览大致处于人与城关系的初级状态，人对城市只是一种观感，

---

① 何平：《何为"我城"，如何"文学"》，《探索与争鸣》2011 年第 4 期。

往往停留于城市表面，直觉、感性，认识并不充分。这在大多数简略述及城市空间背景的小说作品中都可以看到。而城市体验对于城市有着更为丰富的认知和判断，它既强化个体品性，又注重类型状态；它既具历史意识，又结合时代观念；它既表现为个人经验，也包含着集体意识。总的来看，大多数城市叙事都旨在表达城市体验，以不同方式展示出城市生活认知的广泛性和过程性。城市反思则指向人城关系的高级阶段，在城市化进程中，尤其是城市在现代化过程中，城市书写者对于城市以及由此建立起来的社会关系予以深刻省思，这种反思往往指向城市人的生存状态和精神特征。总的来说，人与城市在不同历史阶段和不同场域下建立起来的相互关系正是"历史发展过程中空间被赋予意义的时刻"[1]。这种宏观上的认知，是理解和把握城市叙事的重要前提。

　　时代在变，城市在变，人群也在变。空间形态在变，情感在变，人与城市的关系也在变。以西方城市文学中的"现代性"为标尺，不少学者对于作为中国城市叙事高级阶段的"城市文学"提出质疑[2]，"城市文学"是否有一个相对明确的概念？就像西方城市文学有一个发展的过程一样，我们必须正视中国城市叙事乃至文学的历程，而不可轻易否认其存在。写作者和研究者都不要为"现代性"所迷惑，"现代性"并不是中国城市发展目标的全部，甚至在很长的历史时期里也不是主体。王建疆教授以颇具创新意义的"别现代"理论来解释独特的中国社会发展，他认为所谓"别现代"就是"根本上不承认现状是现代的，相反，它认为现状现代性不充分、不具足、真伪难辨，因此，别现代主义就是区分真伪现代性，然后建立真正的现代性"[3]。事实上，城市叙事同样如此，就有研究者指出："中国人的城市观念应具有自己的色彩，它不会因城市的现代性而失去民族性的差异。"[4]因此，面对中国城市叙事的客观存在，我们是否可以抽绎出一系列核心概念，作为中国式城市叙事的固有内涵，为未来之中国城市叙事提供更多启示？

---

① 〔英〕迈克·克朗著，杨淑华等译：《文化地理学》，南京大学出版社2003年版，第58页。
② 较为典型的论述有陈晓明：《城市文学：无法现身的"他者"》，《文艺研究》2006年第1期。
③ 王建疆：《别现代之"别"》，《江西社会科学》2019年第6期。
④ 汪政、晓华：《一种文学两种文化——论城市和乡村两种文化意识》，《文艺争鸣》1987年第4期。

　　这样我们就过渡到了另一方面的问题，当代城市叙事能否从传统城市叙事的主旨观念、文化底蕴、题材内容等方面吸取营养。本书将之概括为三个关键词：家国情怀之题旨，地域文化之意蕴，价值冲突之形式。家国情怀展示其深度，地域文化展示其厚度，价值冲突展示其张力，可以说，这概括了中国城市叙事的基本特质。

　　首先是家国情怀。家国情怀是中国城市叙事的底色，也是城市叙事能够生生不息的文化动力所在。回顾中国先民对于城市情感之萌发，《诗经》中的"黍离之悲"正是缘起于"周大夫行役，至于宗周，过故宗庙宫室，尽为禾黍"，而《楚辞》中的《哀郢》所哀悼的正是楚国郢都被秦国攻陷，两者抒发的都是都城倾覆，国家沦亡的无尽悲凉。先秦作品开启了城市叙事之源，家国感怀由此深深地根植于文化基因之中，成为文学传统之底色。检视城市叙事发展演进的几个历史时期，城市叙事从汉魏到唐代属于政治层面的国家叙事，宋以后则是走向世俗空间的民间叙事，近代以来逐步走向现代性叙事，从《洛阳伽蓝记》《东城老父传》《水浒传》《红楼梦》《儒林外史》，到《南北极》《四世同堂》《金锁记》《钟鼓楼》《长恨歌》，尽管题材内容、叙事形态等不断在变，城市叙事中优秀作品之家国情怀的题旨却始终不变。"都邑者，政治与文化之标征也"①，在对历代城市故事的叙述当中往往包含了对于整个时代文化的积聚和映射，见出作家们的时代感悟、历史判断以及背后深沉的家国理想。

　　其次是地域文化。在城市叙事中始终流淌着传统和历史，个性独特的地域文化使中国城市叙事由此获得了民族品格。这种地域文化既有横向的差异性，又有纵向的传承性。横向的差异性至少可以表现在两方面，一是就国家文学版图而言，体现在南方与北方的不同。中国文学地理的一个核心问题就是文学的南北问题，这不仅仅是文学表现形态，还表现在生成机制、文化立场、美学风格等诸多方面的不同，城市叙事的南北差异同样如此。二就是城市所依托的文化区域对于叙事的影响，比如三秦文化之于长安叙事，中原文化之于东京叙事，燕赵文化之于北京叙事，江南文化之于临安叙事等，概

---

① 王国维：《观堂集林》，中华书局 1959 年版，第 451 页。

言之，不同的地域文化造就了城市叙事的不同风貌与特质，传递出悠长的历史意蕴。就纵向的传承性而言，许多典型的城市叙事都有自古而今的脉络体系，绵延不绝。比如充满京味的北京叙事脉络是由文康、蔡友梅、老舍、刘心武、邓友梅、王朔等作家连缀起来；上海日常生活叙事则是由韩邦庆、张爱玲、周而复、程乃珊、俞天白、王安忆、卫慧等彼此接续而形成；苏州叙事是由冯梦龙、汪曾祺、陆文夫、范小青、苏童等携手完成。事实证明，时空两大维度的立体熔铸塑造了城市叙事，脱离了具体时空的城市叙事将是没有生命力的，尤其是在传统和历史中断裂的城市想象最终会沦为一厢情愿的自言自语。陈平原就曾这样强调用历史文化记忆来塑造一座城市："当我们努力用文字、用图像、用文化记忆来表现或阐释这座城市的前世与今生时，这座城市的精灵，便得以生生不息地延续下去。"①

　　再就是价值冲突。价值冲突尤其文化价值的冲突是城市叙事的永恒主题，城市场景为这种冲突的上演提供了几乎完美的平台，其角度的多元几乎可俯瞰人性世界所有的角落，男与女，中国与西方，城市与乡村，传统与现代，从而形成了极富有冲击性的戏剧冲突张力，淋漓尽致地展示人性发展的多种可能。比如关于城市叙事中的性别与欲望的书写，《海上花列传》中对于生活质感的把握，客观而冷峻，其价值冲突是在波澜不惊中完成的；再如《红楼梦》中的刘姥姥进大观园，就是对中国传统"乡下人进城"母题的另类演绎，它并没有预设"城乡冲突"的主题，而是艺术地逆转这一论题，刘姥姥最终扮演了贾府的拯救者。这给我们的写作启示在于，价值冲突往往与时代精神密切相关。在 21 世纪以来的城市化浪潮中，一方面，进城务工的农民工尤其是新生代农民工的知识素养、行为习惯已经发生了很大的变化，因此这必然引发农民工形象内涵的嬗递与更新；另一方面，当代的乡村景观也发生了巨大改变，城市与乡村的边界逐渐模糊。因此，传统城乡二元对立的主题预设，正在面临新的挑战，一系列复杂的命题出现了，城市在何处？乡村又在何处？谁是谁的主体？谁在突围？谁又在回归？作家们只有跳出窠臼，超越城乡，直面这些近似于悖论的命题，将历史放置在一个社会转型与

---

① 陈平原：《想象北京城的前世今生 ——答新华社记者刘江问》，《北京师范大学学报》2005 年第 4 期。

人性发展的广阔视野中，还原现代人复杂多元的生存空间，去书写他们的梦想与艰难，只有这样才能探究其复杂的文化本质，才能发现社会历史空间对个体生命的影响。

　　怀抱浓烈的家国情感，融汇深刻的地域文化底蕴，展示城市生活中关于时代的、文化的、人性的冲突，以上三者的完美组合在很多时候就足以铸造城市叙事杰作。行文至终，我们终于发现，城市叙事之所以恒久流传，深入人心，乃是因为它的核心要素，既关乎时间，又关乎空间，更关乎人性！

参考文献

一、古典作品

（汉）刘歆撰，（晋）葛洪集，向新阳等校注：《西京杂记》，上海古籍出版社1991年版。

（唐）谷神子、薛用弱：《博异记·集异记》，中华书局1980年版。

（唐）李冗、张读撰，张永钦、侯志明点校：《独异志·宣室志》，中华书局1983年版。

（唐）崔令钦等：《教坊记》（及其他九种），中华书局1985年版。

（唐）陆广微：《吴地记》，中华书局1985年版。

（南朝梁）殷芸：《殷芸小说》，上海古籍出版社1984年版。

（宋）孟元老：《东京梦华录》（外四种），上海古典文学出版社1956年版。

（宋）司马光：《资治通鉴》，中华书局1956年版。

（宋）吴曾：《能改斋漫录》，中华书局1960年版。

（宋）李昉：《太平广记》，中华书局1961年版。

（宋）李昉：《文苑英华》，中华书局1966年版。

（宋）欧阳修：《新唐书》，中华书局1975年版。

（宋）洪迈：《容斋随笔》，上海古籍出版社1978年版。

（宋）王栐：《燕翼诒谋录》，中华书局1981年版。

（宋）庄绰：《鸡肋编》，中华书局1983年版。

（宋）周淙、施谔：《南宋临安两志》，浙江人民出版社1983年版。

（宋）叶梦得：《石林燕语》，中华书局1984年版。

（宋）朱弁：《曲洧旧闻》，中华书局 1985 年版。

（宋）钱易：《南部新书》，中华书局 1985 年版。

（宋）周煇：《清波别志》，中华书局 1985 年版。

（宋）周煇：《清波杂志》，中华书局 1985 年版。

（宋）袁褧：《枫窗小牍》，中华书局 1985 年版。

（宋）范成大：《吴船录》（及其他三种），中华书局 1985 年版。

（宋）宋敏求：《长安志》，中华书局 1991 年版。

（元）李有：《古杭杂记》，附于中华书局本之《梦粱录》后，中华书局 1985 年版。

（明）冯梦龙：《警世通言》，人民文学出版社 1956 年版。

（明）田汝成：《西湖游览志》，中华书局 1958 年版。

（明）田汝成：《西湖游览志余》，中华书局 1958 年版。

（明）施耐庵、罗贯中：《水浒全传》，上海人民出版社 1975 年版。

（明）周清原：《西湖二集》，浙江人民出版社 1981 年版。

（明）张岱：《陶庵梦忆》，上海书店出版社 1982 年版。

（明）罗贯中：《三遂平妖传》，北京大学出版社 1983 年版。

（明）天然痴叟：《石点头》，上海古籍出版社 1983 年版。

（明）王锜、于慎行：《寓圃杂记·谷山笔麈》，中华书局 1984 年版。

（明）李濂：《汴京勼异记》，中华书局 1985 年版。

（明）冯梦龙：《喻世明言》，陕西人民出版社 1985 年版。

（明）兰陵笑笑生：《金瓶梅词话》，人民文学出版社 1985 年版。

（明）金木散人：《鼓掌绝尘》，春风文艺出版社 1985 年版。

（明）陆楫：《古今说海》，巴蜀书社 1988 年版。

（明）凌濛初：《初刻拍案惊奇》，岳麓书社 1988 年版。

（明）凌濛初：《二刻拍案惊奇》，岳麓书社 1988 年版。

（明）洪楩编，石昌渝校点：《清平山堂话本》，江苏古籍出版社 1990 年版。

（明）西湖渔隐主人：《欢喜冤家》，春风文艺出版社 1989 年版。

（明）陆人龙：《型世言》，齐鲁书社 1995 年版。

（明）郎瑛：《七修类稿》，上海书店出版社 2001 年版。

（明）谢肇淛：《五杂组》，上海书店出版社 2009 年版。

（清）张廷玉：《清朝文献通考》，商务印书馆 1936 年初版。

（清）东鲁古狂生：《醉醒石》，上海古籍出版社 1956 年版。

（清）钱谦益：《列朝诗集小传》，古典文学出版社 1957 年版。

（清）古吴墨浪子：《西湖佳话》，中华书局 1958 年版。

（清）李斗：《扬州画舫录》，中华书局 1960 年版。

（清）彭定求等：《全唐诗》，中华书局 1960 年版。

（清）徐松：《宋会要辑稿》，台湾新文丰出版股份有限公司 1976 年版。

（清）吴趼人：《二十年目睹之怪现状》，人民文学出版社 1978 年版。

（清）钱泳：《履园丛话》，中华书局 1979 年版。

（清）顾禄：《桐桥倚棹录》，上海古籍出版社 1980 年版。

（清）西周生：《醒世姻缘传》，齐鲁书社 1980 年版。

（清）李绿园：《歧路灯》，中州书画社 1980 年版。

（清）龚炜：《巢林笔谈》，中华书局 1981 年版。

（清）叶梦珠：《阅世编》，上海古籍出版社 1981 年版。

（清）潘荣陛：《帝京岁时纪胜》，北京古籍出版社 1981 年版。

（清）孙殿起：《琉璃厂小志》，北京古籍出版社 1982 年版。

（清）梁章钜：《浪迹丛谈》，福建人民出版社 1983 年版。

（清）岐山左臣：《女开科传》，春风文艺出版社 1983 年版。

（清）欧阳兆熊、金安清：《水窗春呓》，中华书局 1984 年版。

（清）徐松著，张穆校补：《唐两京城坊考》，中华书局 1985 年版。

（清）华阳散人：《鸳鸯针》，春风文艺出版社 1985 年版。

（清）毛祥麟：《墨余录》，上海古籍出版社 1985 年版。

（清）欧阳昱：《见闻琐录》，岳麓书社 1986 年版。

（清）顾禄：《清嘉录》，上海古籍出版社 1986 年版。

（清）李渔：《十二楼》，上海古籍出版社 1986 年版。

（清）黄小配：《二十载繁华梦》，天津古籍出版社 1986 年版。

（清）吴趼人：《胡涂世界》，花城出版社 1986 年版。

（清）李涵秋：《广陵潮》，百花文艺出版社 1986 年版。

（清）吴趼人：《吴趼人小说四种》，吉林文史出版社 1986 年版。

（清）曹雪芹、高鹗：《红楼梦》，岳麓书社 1987 年版。

（清）庾岭劳人：《蜃楼志全传》，百花文艺出版社 1987 年版。

（清）蘧园：《负曝闲谈》，吉林文史出版社 1987 年版。

（清）冷佛：《春阿氏》，吉林文史出版社 1987 年版。

（清）洪亮吉：《春秋左传诂》，中华书局 1987 年版。

（清）周城：《宋东京考》，中华书局 1988 年版。

（清）俞蛟：《梦厂杂著》，上海古籍出版社 1988 年版。

（清）草亭老人：《娱目醒心编》，上海古籍出版社 1988 年版。

（清）张春帆：《九尾龟》，荆楚书社 1989 年版。

（清）王韬：《瀛壖杂志》，上海古籍出版社 1989 年版。

（清）丁丙：《武林坊巷志》（1—8 册），浙江人民出版社 1990 年版。

（清）西泠野樵：《绘芳录》，北京大学出版社 1990 年版。

（清）邗上蒙人：《风月梦》，北京大学出版社 1990 年版。

（清）海上漱石生：《海上繁华梦》，上海古籍出版社 1991 年版。

（清）陈森：《品花宝鉴》，齐鲁书社 1993 年版。

（清）文康：《儿女英雄传》，上海书店 1993 年版。

（清）贪梦道人、郭广瑞：《永庆升平传》，上海古籍出版社 1993 年版。

（清）曾朴：《孽海花》，岳麓书社 1993 年版。

（清）牢骚子：《南朝金粉录》，中央民族学院出版社 1994 年版。

（清）荑秋散人：《玉娇梨》，上海古籍出版社 1994 年版。

（清）俞达：《青楼梦》，上海古籍出版社 1994 年版。

（清）韩邦庆：《海上花列传》，上海古籍出版社 1994 年版。

（清）郭小亭：《济公全传》，上海古籍出版社 1996 年版。

（清）陆士谔：《新上海》，上海古籍出版社 1997 年版。

（清）余怀：《板桥杂记》，上海古籍出版社 2000 年版。

（清）释际祥：《净慈寺志》，杭州出版社 2006 年版。

《笔记小说大观》，江苏广陵古籍刻印社 1983—1984 年版。

《古本小说丛刊》编委会编：《古本小说丛刊》，中华书局 1987—1991 年版。

《古本小说集成》编委会编：《古本小说集成》，上海古籍出版社 1990—1994 年版。

《韩国藏中国稀见珍本小说》，中国大百科全书出版社 1997 年版。

《京本通俗小说》，上海古典文学出版社 1954 年版。

《唐五代笔记小说大观》（上、下册），上海古籍出版社 2000 年版。

阿英：《晚清文学丛钞》（小说二卷），中华书局 1960 年版。

陈熙晋：《骆临海集笺注》，上海古籍出版社 1985 年版。

程毅中：《宋元小说家话本集》，齐鲁书社 2002 年版。

丁锡根点校：《宋元平话集》，上海古籍出版社 1990 年版。

范泉：《中国近代文学大系》，上海书店出版社 1991—1996 年版。

范祥雍：《洛阳伽蓝记校注》，上海古籍出版社 1978 年版。

傅惜华选注：《宋元话本集》，四联出版社 1955 年版。

海风：《吴趼人全集》，北京文艺出版社 1998 年版。

黄霖、韩同文选注：《中国历代小说论著选》，江西人民出版社 1985 年版。

李时人：《全唐五代小说》，陕西人民出版社 1998 年版。

鲁迅校录：《古小说钩沉》，齐鲁书社 1997 年版。

路工、谭天编：《古本平话小说集》，人民文学出版社 1984 年版。

倪其心：《中国古代游记选》，中国旅游出版社 2000 年版。

苏州博物馆编：《丹午笔记》《吴城日记》《五石脂》合刊本，江苏古籍出版社 1985 年版。

汪辟疆：《唐人小说》，上海古籍出版社 1978 年版。

王古鲁校注：《熊龙峰四种小说》，古典文学出版社 1958 年版。

萧欣桥：《西湖古代白话小说选》，浙江人民出版社 1982 年版。

张文潜：《元代散曲选》，福建教育出版社 1985 年版。

周光培：《历代笔记小说集成》，河北教育出版社 1995 年版。

朱东润：《梅尧臣集编年校注》，上海古籍出版社 2006 年版。

二、现当代文学作品

安妮宝贝：《告别薇安》，中国社会科学出版社 2000 年版。

包天笑：《上海春秋》，漓江出版社 1987 年版。

北村：《愤怒》，上海三联书店 2010 年版。

草明：《原动力》，人民文学出版社 1953 年版。

程乃珊：《金融家》，东方出版中心 2008 年版。

池莉：《烦恼人生》，北京十月文艺出版社 2010 年版。

邓友梅：《烟壶》，四川文艺出版社 1985 年版。

冯骥才：《神鞭》，文汇出版社 2003 年版。

贾平凹：《废都》，作家出版社 2009 年版。

贾平凹：《高兴》，漓江出版社 2012 年版。

老舍：《四世同堂》，人民文学出版社 1998 年版。

林斤澜：《矮凳桥风情》，浙江文艺出版社 1987 年版。

刘呐鸥：《都市风景线》，上海书店出版社 1988 年版。

刘心武：《钟鼓楼》，人民文学出版社 2005 年版。

陆文夫：《小巷人物志》，中国文艺联合出版公司 1984 年版。

茅盾：《茅盾选集》，四川人民出版社 1982 年版。

慕容雪村：《成都，今夜请将我遗忘》，中国和平出版社 2011 年版。

穆时英：《南北极 公墓》，人民文学出版社 1987 年版。

穆时英：《圣处女的感情》，上海书店出版社 1988 年版。

邱华栋：《手上的星光》，华文出版社 2001 年版。

施蛰存：《施蛰存精选集》，北京燕山出版社 2006 年版。

王安忆：《长恨歌》，南海出版公司 2003 年版。

王朔：《王朔精选集》，天津人民出版社 2009 年版。

卫慧：《上海宝贝》，春风文艺出版社 1999 年版。

吴欢章：《海派小说精品》，复旦大学出版社 1996 年版。

尤凤伟：《泥鳅》，春风文艺出版社 2002 年版。

俞天白：《大上海沉没》，人民文学出版社 1991 年版。

张爱玲：《张爱玲经典小说集》，北京十月文艺出版社 2013 年版。

中国现代文学馆：《中国现代文学百家 —— 施蛰存代表作》，华夏出版社 1998 年版。

三、今人著作

阿英：《晚清小说史》，人民文学出版社 1980 年版。

包亚明主编：《后现代性与地理学的政治》，上海教育出版社 2001 年版。

鲍昌：《风诗名篇新解》，中州书画社 1982 年版。

陈伯海、袁进：《上海近代文学史》，上海人民出版社 1993 年版。

陈伯海：《上海文化通史》，上海文艺出版社 2001 年版。

陈国灿：《宋代江南城市研究》，中华书局 2002 年版。

陈平原、王德威：《北京：都市想象与文化记忆》，北京大学出版社 2005 年版。

陈平原：《中国小说叙事模式的转变》，上海人民出版社 1988 年版。

陈汝衡：《说苑珍闻》，上海古籍出版社 1981 年版。

陈绪石：《海派文学与传统文化》，浙江大学出版社 2012 年版。

陈正祥：《中国文化地理》，生活·读书·新知三联书店 1983 年版。

陈忠：《空间与城市哲学研究》，上海社会科学院出版社 2017 年版。

陈子展：《楚辞直解》，复旦大学出版社 1996 年版。

程季华主编：《中国电影发展史》（第一卷），中国电影出版社 1963 年版。

程民生：《宋代地域文化》，河南大学出版社 1997 年版。

程蔷、董乃斌：《唐帝国的精神文明 —— 民俗与文学》，中国社会科学出版社 1996 年版。

程毅中：《宋元小说研究》，江苏古籍出版社 1999 年版。

程毅中：《唐代小说史话》，文化艺术出版社 1990 年版。

戴均良：《中国城市发展史》，黑龙江出版社 1992 年版。

费成康：《中国租界史》，上海社会科学院出版社 1992 年版。

费孝通：《小城镇四记》，新华出版社 1985 年版。

戈公振：《中国报学史》，中国和平出版社 2014 年版。

葛永海：《古代小说与城市文化研究》，复旦大学出版社 2004 年版。

顾朝林：《中国城镇体系 —— 历史·现状·展望》，商务印书馆 1992 年版。

郭华榕：《法兰西文化的魅力：十九世纪中叶法国社会寻踪》，生活·读书·新知三联书店 1992 年版。

何一民：《中国城市史》，武汉大学出版社 2012 年版。

侯忠义：《中国文言小说史稿》，北京大学出版社 1993 年版。

胡士莹：《话本小说概论》，中华书局 1980 年版。

胡适：《胡适古典文学研究论集》，上海古籍出版社 1988 年版。

胡适：《中国章回小说考证》，上海书店出版社 1979 年版。

胡文彬、周雷：《海外红学论集》，上海古籍出版社 1982 年版。

黄献文：《论新感觉派》，武汉出版社 2000 年版。

江苏社会科学院明清小说研究中心、文学研究所编：《中国通俗小说总目提要》，中国文联出版公司 1990 年版。

康少邦等编译：《城市社会学》，浙江人民出版社 1986 年版。

孔另境编：《现代作家书简》，花城出版社 1982 年版。

乐黛云：《北美中国古典文学研究名家十年文选》，江苏人民出版社 1996 年版。

乐正：《近代上海人社会心态（1860—1910）》，上海人民出版社 1991 年版。

李斌城：《隋唐五代社会生活史》，中国社会科学出版社 1998 年版。

李汉秋：《儒林外史研究资料》，上海古籍出版社 1984 年版。

李洁非：《城市像框》，山西教育出版社 1999 年版。

李今：《海派小说与现代都市文化》，安徽教育出版社 2000 年版。

李俊国：《中国现代都市小说研究》，中国社会科学出版社 2004 年版。

李时人：《金瓶梅新论》，学林出版社 1991 年版。

李书磊：《都市的迁徙》，时代文艺出版社 1993 年版。

李孝悌：《中国的城市生活》，新星出版社 2006 年版。

聊城《水浒》《金瓶梅》研究学会编：《〈金瓶梅〉作者之谜》，宁夏人民出版社 1988 年版。

廖奔：《中国古代剧场史》，中州古籍出版社 1997 年版。

刘石吉：《明清时代江南市镇研究》，中国社会科学出版社 1987 年版。

刘世德：《中国古代小说百科全书》，中国大百科全书出版社 1999 年版。

刘苑如：《朝向生活世界的文学诠释 —— 六朝宗教叙述的身体实践与空间书写》，台湾新文丰出版股份有限公司 2010 年版。

柳诒徵：《中国文化史》，上海古籍出版社 2001 年版。

栾星：《歧路灯研究资料》，中州书画社 1982 年版。

罗岗：《想象城市的方式》，江苏人民出版社 2006 年版。

马逢洋：《上海：记忆与想象》，文汇出版社 1996 年版。

梅新林、葛永海：《文学地理学原理》（上、下卷），中国社会科学出版社 2017 年版。

缪咏禾：《中国出版通史》（明代卷），中国书籍出版社 2008 年版。

漆侠：《宋代经济史》，上海人民出版社 1988 年版。

钱理群、温儒敏、吴福辉：《中国现代文学三十年》，北京大学出版社 1998 年版。

邱绍雄：《中国商贾小说史》，北京大学出版社 2004 年版。

山谷：《遥望姑苏台 —— 苏州》，上海古籍出版社 2001 年版。

施晔：《近代小说的城市书写与社会变革》，广西师范大学出版社 2013 年版。

史念海：《中国古都和文化》，中华书局 1998 年版。

孙楷第：《日本东京所见中国小说书目》，上杂出版社 1953 年版。

孙逊、陈恒：《都市文化研究》（第 11 辑），上海三联书店 2014 年版。

孙逊、杨剑龙：《都市、帝国与先知》，上海三联书店 2006 年版。

孙逊：《明清小说论稿》，上海古籍出版社 1986 年版。

孙永：《沈从文印象》，学林出版社 1997 年版。

唐晓峰：《人文地理随笔》，生活·读书·新知三联书店 2005 年版。

田银生：《走向开放的城市》，生活·读书·新知三联书店 2011 年版。

王德威：《想像中国的方法》，生活·读书·新知三联书店 1998 年版。

王国维：《观堂集林》，中华书局 1959 年版。

王启忠：《金瓶梅价值论》，上海文艺出版社 1991 年版。

王书奴：《中国娼妓史》，上海三联书店 1988 年版。

王文英、叶中强：《城市语境与大众文化 —— 上海都市文化空间分析》，上海人民出版社 2004 年版。

王孝通：《中国商业史》，上海书店出版社 1984 年版。

王瑜、朱正海：《盐商与扬州》，江苏古籍出版社 2001 年版。

韦明铧：《二十四桥明月夜 —— 扬州》，上海古籍出版社 2000 年版。

韦明铧：《扬州文化谈片》，生活·读书·新知三联书店 1994 年版。

吴承学：《晚明小品研究》，江苏古籍出版社 1999 年版。

吴福辉：《都市漩流中的海派小说》，复旦大学出版社 2009 年版。

谢纳：《空间生产与文化表征》，中国人民大学出版社 2010 年版。

徐剑艺：《城市与人》，云南人民出版社 1989 年版。

许道明：《海派文学论》，复旦大学出版社 1999 年版。

许结：《赋体文学的文化阐释》，中华书局 2005 年版。

薛冰：《家住六朝烟水间 —— 南京》，上海古籍出版社 2000 年版。

杨宽：《中国古代都城制度史研究》，上海古籍出版社 1993 年版。

杨义：《中国现代小说史》第二卷，人民文学出版社 1988 年版。

张寅德：《叙述学研究》，中国社会科学出版社 1989 年版。

张永禄：《唐都长安》，西北大学出版社 1987 年版。

张仲礼：《东南沿海城市与中国近代化》，上海人民出版社 1996 年版。

赵冬梅：《小城故事：中国现代文学中的小城小说》，人民文学出版社 2006 年版。

赵园：《北京：城与人》，上海人民出版社 1991 年版。

郑家建：《中国文学现代性的起源语境》，上海三联书店 2002 年版。

郑振铎：《西谛书话》，生活·读书·新知三联书店 1983 年版。

周绍良：《唐传奇笺证》，人民文学出版社 2000 年版。

周晓琳、刘玉平：《中国古代城市文学史》，人民出版社 2014 年版。

朱立元：《现代西方美学史》，上海文艺出版社 1993 年版。

宗白华：《美学散步》，上海人民出版社 1981 年版。

四、译著

〔丹麦〕勃兰兑斯：《十九世纪文学主流》，人民文学出版社 1980 年版。

〔德〕本雅明著，张旭东等译：《发达资本主义时代的抒情诗人》，生活·读书·新知三联书店 1989 年版。

〔德〕顾彬著，马树德译：《中国文人的自然观》，上海人民出版社 1990 年版。

〔德〕马尔库塞：《单向度的人 —— 发达工业社会意识形态研究》，重庆出版社 1990 年版。

〔德〕齐奥尔格·西美尔著，费勇等译：《时尚的哲学》，文化艺术出版社 2001 年版。

〔德〕斯宾格勒著，齐世荣等译：《西方的没落》，商务印书馆 1991 年版。

〔德〕瓦尔特·本雅明著，潘小松译：《莫斯科日记·柏林纪事》，北京东方出版社 2001 年版。

〔德〕雅斯贝尔斯：《悲剧的超越》，工人出版社 1988 年版。

〔法〕福柯著，王喆译：《另类空间》，《世界哲学》2006 年第 6 期。

〔美〕R. E. 帕克、E. N. 伯吉斯、R. D. 麦肯齐：《城市社会学》，华夏出版社 1987 年版。

〔美〕丹尼尔·贝尔著，赵一凡等译：《资本主义文化矛盾》，生活·读书·新知三联书店 1989 年版。

〔美〕菲利普·李·拉尔夫等著，赵丰等译：《世界文明史》，商务印书馆 1999 年版。

〔美〕霍塞著，越裔译：《出卖上海滩》，上海书店出版社 2000 年版。

〔美〕李欧梵著，邓卓译：《论中国现代小说（摘要）》，《中国现代文学研究丛刊》1985 年第 3 期。

〔美〕李欧梵著，毛尖译：《上海摩登——一种新都市文化在中国（1930—1945）》，北京大学出版社 2001 年版。

〔美〕理查德·利罕著，吴子枫译：《文学中的城市——知识与文化的历史》，上海人民出版社 2009 年版。

〔美〕刘易斯·芒福德著，宋俊岭、倪文彦译：《城市发展史：起源、演变和前景》，中国建筑工业出版社 2005 年版。

〔美〕罗兹·墨菲著，上海社科院历史研究所编译：《上海：现代中国的钥匙》，上海人民出版社 1986 年版。

〔美〕萨义德著，王宇根译：《东方学》，生活·读书·新知三联书店 1999 年版。

〔美〕约翰·劳维、艾尔德·彼得逊著，赫维人译：《社会行为地理——综合人文地理学》，四川科学技术出版社 1989 年版。

〔美〕张英进著，冯洁音译：《都市的线条：三十年代中国现代派笔下的上海》，《中国现代文学研究丛刊》1997 年第 3 期。

〔瑞士〕荣格：《荣格文集》，改革出版社 1997 年版。

〔英〕迈克·克朗著，杨淑华等译：《文化地理学》，南京大学出版社 2003 年版。

五、报刊论文

陈复兴：《〈文选〉京都赋与汉代的空间意识》，《社会科学战线》1989 年第 3 期。

陈继会：《关于城市文学的文化前考察》，《艺术广角》1991 年第 6 期。

陈平原：《另一种"双城记"》，《读书》2011 年第 1 期。

陈平原：《想象北京城的前世今生——答新华社记者刘江问》，《北京师范大学学报》2005 年第 4 期。

陈思和：《观念中的城市》，《中华新闻报》2007 年 1 月 17 日。

陈思和：《论海派文学的传统》，《上海文化》2001 年改刊号（总第 31 期）。

陈思和：《张爱玲现象与现代都市文学》，《文汇报》1995 年 9 月 24 日第 7 版。

陈晓兰：《19 世纪"现实主义者"的巴黎 —— 以巴尔扎克为例》，《西南民族大学学报》2011 年第 9 期。

陈晓明：《城市文学：无法现身的"他者"》，《文艺研究》2006 年第 1 期。

陈绪石：《在传统与现代之间游移的家 —— 论海派文学的中国传统家文化主题》，《贵州社会科学》2010 年第 6 期。

董雪静：《〈诗经〉东门恋歌与周代礼俗》，《淮阴师范学院学报》2005 年第 5 期。

冯保善：《明清江南小说文化论》，《明清小说研究》2013 年第 4 期。

冯保善：《明清小说与明清江苏经济》，《江苏社会科学》1999 年第 3 期。

高惠珠：《海派：源流与特征》，《上海师范大学学报》1995 年第 2 期。

高玉、梅新林：《过渡、衔接与转型 —— 重新定位中国近代文学》，《社会科学辑刊》2003 年第 2 期。

葛永海、王丹：《清代中晚期小说的"粤民走海"叙述及其文化意义》，《文艺研究》2010 年第 1 期。

葛永海：《"言情以启蒙"的主题标举与文化超越 —— 明清江南文学精神的一个考察维度》，《上海师范大学学报》2014 年第 3 期。

葛永海：《江南文化传统的本体之辨》，《史学月刊》2013 年第 2 期。

葛永海：《金陵守望与长安放歌：唐代都城诗的审美歧异》，《上海师范大学学报》2009 年第 4 期。

葛永海：《历史追忆与现世沉迷：唐诗中的金陵与广陵 —— 以江南城市文化圈为研究视阈》，《浙江社会科学》2009 年第 2 期。

葛永海：《六朝江南都市艳歌的生成机制及其历史流变》，《上海师范大学学报》2012 年第 3 期。

葛永海：《论城市文学视域中的 20 世纪初上海文学图景》，《上海师范大学学报》2011 年第 1 期。

葛永海：《明清白话小说中的俗赋及其文学史意义》，《文学评论》2004 年青年学者专号。

葛永海:《明清小说之季节叙事及其文化意蕴》,《上海师范大学学报》2013 年第 4 期。

葛永海:《试论早期京味小说的市井情味 —— 以〈小额〉、〈春阿氏〉为例》,《北京社会科学》2004 年第 4 期。

葛永海:《文学古今演变的临界点之辨》,《河北学刊》2009 年第 2 期。

葛永海:《以城市书写为视角的明代奇书解读》,《清华大学学报》2012 年第 1 期。

葛永海:《略论江南文化的现代转型及内涵重构 —— 以上海为中心》,《井冈山大学学报》2012 年第 2 期。

顾关元:《话说京语小说》,《人民日报》(海外版)2001 年 9 月 13 日第 7 版。

关纪新:《"欲引人心之趋向" —— 关于清末民初满族报人小说家蔡友梅与王冷佛》,《满语研究》2011 年第 2 期。

关纪新:《风雨如晦书旗族 —— 也谈儒丐小说〈北京〉》,《满族研究》2007 年第 2 期。

何平:《何为'我城',如何'文学'》,《探索与争鸣》2011 年第 4 期。

黄俊业:《当下城市文学发展面临的困境及出路》,《当代文坛》2004 年第 1 期。

黄曼君:《世纪相伴话沧桑》,《厦门大学学报》2008 年第 1 期。

黄新亚:《长安文化与现代化》,《读书》1996 年第 12 期。

黄子平、陈平原、钱理群:《论"20 世纪中国文学"》,《文学评论》1985 年第 5 期。

季红真:《小说:城市的文体》,《文艺争鸣》2006 年第 1 期。

蒋述卓、王斌:《论城市文学研究的方向》,《学术研究》2001 年第 3 期。

康保成:《"瓦舍"、"勾栏"新解》,《文学遗产》1999 年第 5 期。

雷晓彤:《"京味":近代北京小说家的探索》,《北京社会科学》2005 年第 2 期。

雷晓彤:《近代北京的满族小说家蔡友梅》,《满族研究》2005 年第 4 期。

李炳海:《朝政与民俗事象的消长 —— 古代京都赋文化指向蠡测》,《社会科学战线》2000 年第 4 期。

李炳海：《帝都中心论的文化承载》，《齐鲁学刊》2000 年第 2 期。

李洁非：《城市文学之崛起：社会和文学背景》，《当代作家评论》1998 年第 3 期。

李今：《穆时英年谱简编》，《中国现代文学研究丛刊》2005 年第 6 期。

李俊国：《都市文化理性与刘呐鸥的都会小说》，《湖北大学学报》2002 年第 5 期。

李淑兰：《试析构成京味文化的三种因素》，《首都师范大学学报》1998 年第 6 期。

李夜平：《论叶灵凤的小说创作》，《中国现代文学研究丛刊》1990 年第 4 期。

李永东：《"两个天津"与天津想象的叙事选择》，《文学评论》2016 年第 4 期。

李永东：《上海模式的中国乌托邦叙事》，《文学评论》2014 年第 2 期。

梁建国：《北宋东京街巷的空间特性》，《北京大学学报》2014 年第 2 期。

林正秋：《略论南宋杭州繁荣发达的商业》，《杭州商学院学报》1981 年第 3 期。

刘大先：《清末民初北京报纸与京旗小说的格局》，《满族研究》2008 年第 2 期。

刘云、王金花：《清末民初京味儿小说家蔡友梅生平及著作考述》，《北京社会科学》2011 年第 4 期。

罗苏文：《路、里、楼 —— 近代上海商业空间的拓展》，《史林》1997 年第 2 期。

罗苏文：《晚清上海租界公共娱乐区的兴起（1860—1872）》，《史林》2006 年第 5 期。

吕智敏：《论京味文学的源流与发展》，《中国文化研究》1997 年冬之卷。

吕智敏：《艺术对象的地域化 —— 谈京味小说的艺术特征》，《北京社会科学》1991 年第 1 期。

梅新林、葛永海：《从"原欲"到"情本"：晚明至清中叶江南文学的一个研究视角》，《浙江师范大学学报》2007年第4期。

　　梅新林：《〈红楼梦〉的"金陵情结"》，《红楼梦学刊》2001年第4期。

　　齐红、林舟：《王安忆访谈》，《作家》1995年第10期。

　　钱国祥：《中国古代汉唐都城形制的演进——由曹魏太极殿谈唐长安城形制的渊源》，《中原文物》2016年第4期。

　　施晔：《近代乡愚游沪小说中的城乡隔膜与对峙》，《上海师范大学学报》2013年第4期。

　　施晔：《时代焦虑与都市憧憬——陆士谔小说的上海书写与想象》，《社会科学》2009年第9期。

　　宋莉华：《汴州与杭州：小说中的两宋双城记》，香港大学中文系2001年主办"宋词与宋代文化国际学术研讨会"论文集，又见于《中国典籍与文化论丛》第七辑，北京大学出版社2002年版。

　　孙鲁涛等：《试析刘呐鸥的实验纪录片〈持摄影机的男人〉》，《齐鲁艺苑》2013年第2期。

　　孙逊、葛永海：《中国古代小说中的"东京故事"》，《文学评论》2004年第4期。

　　孙逊、葛永海：《中国古代小说中的"双城"意象及其文化蕴涵》，《中国社会科学》2004年第6期。

　　涂文学：《中国近代城市文化研究随想》，《档案与史学》1996年第3期。

　　汪政、晓华：《一种文学两种文化——论城市和乡村两种文化意识》，《文艺争鸣》1987年第4期。

　　王建辉：《上海何以成为近代中国出版的中心》，《中华读书报》2002年3月28日。

　　王建疆：《别现代之"别"》，《江西社会科学》2019年第6期。

　　王柳芳：《论〈洛阳伽蓝记〉对京都赋的接受》，《殷都学刊》2010年第1期。

　　王学振：《电影对中国新感觉派的影响》，《重庆师范大学学报》2004年第4期。

　　吴福辉：《老中国土地上的新兴神话》，《文学评论》1994年第1期。

吴福辉：《新市民传奇：海派小说文体与大众文化姿态》，《东方论坛》1994 年第 4 期。

吴福辉：《阴影下的学步 —— 晚清小说中的上海》，《报告文学》2003 年第 1 期。

吴福辉：《予且小说论》，《中国现代文学研究丛刊》1993 年第 1 期。

肖佩华：《新市民小说的崛起与市民文化精神的凸显 —— 兼谈"王朔与池莉现象"》，《湖北社会科学》2004 年第 7 期。

谢纳：《都市的兴起与空间体验的"感觉化"——都市景观中的新感觉派小说》，《渤海大学学报》2012 年第 4 期。

熊月之：《张园：晚清上海一个公共空间研究》，《档案与史学》1996 年第 6 期。

徐敏：《都市中的人群：从文学到影像的城市空间与现代性呈现》，《文艺研究》2008 年第 3 期。

许道明：《海派文学的现代性》，《复旦学报》1997 年第 3 期。

许自强：《再谈"京味小说派"》，《北京社会科学》1995 年第 2 期。

严家炎：《中国现代文学的"起点"问题》，《文学评论》2014 年第 2 期。

杨青云：《在现代文化与传统文化的"夹缝"中沉沦》，《西南农业大学学报》2012 年第 1 期。

杨晓斌：《地图、方志的编撰与汉晋大赋的创作》，《文学评论》2013 年第 2 期。

杨子坚：《南京与中国古代文学》，《南京大学学报》1995 年第 3 期。

叶立新：《20 世纪 90 年代城市文学的发展》，《广东社会科学》2002 年第 2 期。

叶中强：《稿费、版税制度的建立与近现代文人的生成》，《上海大学学报》2006 年第 5 期。

张昊臣：《多模态：文学意义研究的新维度》，《中南大学学报》2019 年第 5 期。

张宏生：《哈佛大学东亚语言与文明系韩南教授访问记》，《文学遗产》1998 年第 3 期。

张鸿声：《"文学中的城市"与"城市想象"研究》，《文学评论》2007年第1期。

张家英：《〈金瓶梅〉反映南清河说质疑》，《复旦学报》1991年第1期。

张敏：《从稿费制度的实行看晚清上海文化市场的发育》，《史林》2001年第2期。

赵冬梅：《现代文学中的"还乡者"》，《北京师范大学学报》2001年第4期。

周明鹃：《乡土情结：现代都会主义小说走不出的围城》，《人文杂志》1999年第5期。

周笑添、周建江：《中国古代城市笔记小说的源、流、变》，《西北师大学报》1995年第2期。

朱竑等：《地方感、地方依恋与地方认同等概念的辨析及研究启示》，《华南师范大学学报》2011年第1期。

朱士光：《城头山并非中国最早的城市》，《中国社会科学报》2011年8月25日。

六、学位论文

蔡莉娜：《施蛰存小说的修辞策略》，安徽大学2006年硕士学位论文。

崔莉：《文学想象历史——重读〈子夜〉及"农村三部曲"》，上海师范大学2007年硕士学位论文。

葛永海：《古代小说与城市文化》，上海师范大学2003年博士学位论文。

郭东辉：《新感觉派的现代性》，郑州大学2005年硕士学位论文。

郭玉红：《景观的诗学——20世纪中国都市文学中的景观书写》，上海大学2008年博士学位论文。

黄文丽：《中国现代意识流小说的两朵奇葩——三十年代新感觉派小说与新时期意识流小说比较研究》，聊城大学2009年硕士学位论文。

李燕：《传统村镇聚落与当代小城镇外部空间比较研究》，天津大学2006

年硕士学位论文。

廖文芳：《感伤：新感觉派小说的都市色调》，暨南大学 2005 年硕士学位论文。

刘海霞：《中国古代城市笔记研究》，上海师范大学 2014 年博士学位论文。

柳青：《新感觉派创作中的颓废主义》，厦门大学 2008 年硕士学位论文。

石秋仙：《论中国早期电影与文学的互动关系》，山东大学 2005 年博士学位论文。

石艳：《我们的"异托邦"——作为社会空间的学校》，南京师范大学 2008 年博士学位论文。

唐玲珍：《中国新感觉派小说中男女形象研究》，兰州大学 2010 年硕士学位论文。

王柳芳：《城市与文学：以两汉魏晋南北朝为考察对象》，苏州大学 2011 年博士学位论文。

王贞兰：《"在生命的底线上游移着的旅人"——论穆时英及其小说的虚无建构》，湖南师范大学 2006 年硕士学位论文。

魏耀武：《返乡·怀旧·绝望——90 年代中国城市小说的主要精神向度》，华中师范大学 2006 年硕士学位论文。

吴正平：《新感觉派小说的时空形态》，华中师范大学 2006 年硕士学位论文。

肖智成：《中国现代小说与回归自然》，湖南师范大学 2003 年硕士学位论文。

杨万里：《宋词与宋代的城市生活》，复旦大学 2000 年博士学位论文。

于启莹：《京味·市井·小说——〈京味市民小说三家〉》，东北师范大学 2008 年博士学位论文。

张鸿声：《文学中的上海想象》，浙江大学 2005 年博士学位论文。

张厚刚：《新感觉派的空间诗学》，苏州大学 2009 年博士学位论文。

张雪伟：《日常生活空间研究——上海城市日常生活空间的形成》，同济大学 2007 年博士学位论文。

朱志远：《余怀研究》，南京师范大学 2008 年硕士学位论文。

后 记

当书稿经过反复修订、最终交与出版社之后，也就到了该回顾小结、梳理心情的时候。写作本书的时间不可谓长，然由于冗务缠身，修订却是一个漫长的过程。暗夜沉吟，每念及此，不免心生愧疚，不得不说，文稿积压已成为笔者生命中的不可承受之重，几乎造成学路之拥堵和心路之委顿，多部已完成之书稿已是经年积压，而此书顶在最靠前的位置，这也是笔者"必欲出之而后快"的原因。

这个论题背后的思想脉络，其实也包含了笔者近年来学术探求的一个轨迹。最主要的缘起，是在完成了《古代小说与城市文化研究》的著作之后，感觉对于这一话题历史梳理基本到位，但是关于历史逻辑与规律的探讨则未能深入。有感于此，笔者申报了"中国城市叙事的古典传统及其现代变革"项目，并于2010年获得国家社科基金立项。在具体设计中，有心将此论题设计成前一著作的姊妹篇，以此完成对中国城市叙事历史演进及现代转型的整体把握和理论总结。但在具体写作中，发现与此相伴的问题亦较明显，不得不直面几方面的难题：一是关于研究对象的命名问题，此类关于城市的描绘叙述是城市书写？还是城市文学？抑或城市叙事？二是因为历史演进的部分不可回避与此前笔者的研究重复较多，如何做到尽量不重复自己？三是关于现当代时期相关研究的已出成果颇多，较难写出新意，如何做到尽量不重复别人？四是由于论题跨度很大，内容涵盖面极广，难以针线紧密，如何兼顾宏观与微观、厚重与深细之间的平衡？

本书作为最终的应对方案呈现于读者诸君，虽难言圆满，至少差强人意。首先是选择以"城市叙事"概念来涵盖全书，并将城市叙事定义为：发生在城市空间中、带有城市属性的故事情节的叙事内容或段落。由此明确了此类城市叙述的内涵，强调叙事性，这是从笔者所熟悉古代小说领域出发而选择的最大公约数，以之与普泛意义的"城市书写"相区别。总的来说，这一概念表现出一定的周延性，既关注了研究对象范围的广度，同时也注意了研究对象的独立性与系统性，大体可自圆其说。其次是在历史演进部分较大幅度地调整了原写作思路，将原计划中的各个时期以城市叙事作品叙论为主、以史出论的写法改为以论带史，也就是说，不以历时性的代表作品分析为主，而是尽量找出角度来提炼论题，总结规律。论述时特别于文中相关章节做出注释说明，指出典型作品分析可参见《古代小说与城市文化研究》一书，本书则略史详论，从时代主题、题材类型、美学特质等内容之演变加以立论，强化了阐释的力度。再次，在现当代时期城市叙事的讨论中，为了区别已有的研究，特别关注了古今演变的角度，不少内容是以现代文学为本位，上探其源，比如"新媒介传播：文学报刊的古典传统及其近代变革""渊源追溯：明清小说中的村镇叙事""传统城市空间的现代演绎：施蛰存的同题异构"等，也穿插了中西比较的个案，如"见证近代城市之恶的游荡叙事 ——陆士谔《新上海》与巴尔扎克《不自知的喜剧演员》比较分析"。当然，笔者深知，现当代文学非己所长，书中篇幅略显单薄，所论也多有不尽如人意之处。最后，本书采取了整体把握、动态描述、焦点透视的技术路线，尽可能注重点面结合，兼顾整体与细部，在每一章节的具体论述中都尽量做到通论和个案分析紧密配合。当然，由于本书所涉历史跨度很大，地域辽阔，城市众多，各类相关作品也是浩如烟海，书中论述有时瞻前顾后，首鼠两端，难免顾此失彼。以上诸端，得焉失焉？还请读者诸君明鉴。

从特定角度来看，本书的整体设计更像是笔者多年来学术兴趣的一个缩影和投射，即从文学地理研究的空间视角出发，以小说为主要研究对象，探讨中国文学古今演变的发生。这从笔者近年努力的三个主要方向可以窥见这一学术背景的重要影响。其一，2017 年笔者和梅新林教授共同出版了《文学地理学原理》，该书分上、下卷，约 120 万字，系统建构了文学地理学的理论体系，同时也确立了笔者文学地理研究的基本学术框架。其二，在文体方面，笔者长期以来一直从事古代小说研究，尤其关注各类带有功能性的叙事现象，主要有主体方面的游士叙事、乡绅叙事、粤民叙事，情节架构方面的谶纬叙事、契约叙事、疾患叙事，空间建构方面的城市叙事、庭园叙事、舟船叙事、出海叙事，等等，笔者甚至产生了撰写一部《明清小说功能性叙事研究》的想法，而城市叙事在这个分类叙事序列中思考最久也是用力最勤。其三，就文学古今演变而言，笔者曾多次参与组织所在的浙江师范大学中文学科与复旦大学联合主办的中国文学古今演变学术研讨会，也曾作为主要参与者完成了梅新林教授主持的国家社科基金项目"江南城市化进程与古代文学转型研究"，从中受到很多的启示和触发。正是以上这些实践体验和学术机缘促成了这一书稿的选题、思路以至于最终成文，就此而言，若将此书作为笔者学术生涯的阶段性总结，庶几近之！

本书在成稿过程中，其中的章节或者部分观点，分别见刊于《中国社会科学》《文学评论》《文艺研究》《史学月刊》《明清小说研究》《清华大学学报》《西北大学学报》《上海师范大学学报》《浙江师范大学学报》等刊物，亦多次被《新华文摘》、《中国社会科学文摘》、人大复印资料《古代、近代文学研究》等转载或摘要，谨对这些刊物的支持表示由衷的感谢！

在书稿杀青之时，惊闻噩耗，笔者的博士导师孙逊教授不幸因病辞世，令人悲痛不已，孙师是指导笔者进入这一学术领域的领路人，愿将此书献祭于先生的在天之灵！感谢硕士导师梅新林教授多年来的指导和提携，并慷慨赐序。感谢妻子项少媚女士的辛苦付出，感谢岳母李春燕女士承担了大量的家务。感谢浙江师范大学人文学院对于"丽泽人文书系"的出版资助。感谢商务印书馆的接纳和本书编辑苗双女士的辛勤工作。感谢何来军、刘曼华同学在注释校对中付出的诸多努力。本书在写作中参考了大量前辈时贤的研究成果，书中尽可能注明了出处和来源，由于体量庞大，或有不及之处，在此要再次表示敬意和感谢。

时维庚子，序属仲冬。今年是极不寻常的一年，对于大时代而言，年初由疫情带来的世事之变必将不可磨灭，成为恒久的历史记忆。于个体而言，则除了诸多事务的勉力而为之外，更在意的则是或深或浅的精神探求，以及所留的或明或暗的思想印记。岁月匆匆，不免感叹青春不再，年华老去，自谓："蜗角奔逐红尘老，诗笔空悬又一年。"新春将至，唯愿初心不舍，阳和启蛰，能不断自我勉励，继续保有学术进取之志，投入另一国家社科基金项目"游士叙事视角下的明清小说地图"的研究之中。

2020 年 12 月 24 日初识于浙江师大

2021 年 8 月 28 日修订